BESTSELLER

[!]

Clive Cussler posee una naturaleza tan aventurera como la de sus personajes literarios. Ha batido todos los récords en la búsqueda de minas legendarias y dirigiendo expediciones en pos de recuperar restos de barcos naufragados, de los cuales ha descubierto más de sesenta de inestimable valor histórico. Asimismo, Cussler es un consumado coleccionista de coches antiguos, y su colección es una de las más selectas del mundo. Sus novelas han revitalizado el género de aventuras y cautivan a millones de lectores. Entre ellas deben destacarse *Dragón, El tesoro de Alejandría, Cyclops, Amenaza bajo el mar, El triángulo del Pacífico, Iceberg, Rescaten el Titanic, Sáhara, El secreto de la Atlántida* y *La cueva de los vikingos*. Clive Cussler divide su tiempo entre Denver (Colorado) y Paradise Valley (Arizona).

Biblioteca

CLIVE CUSSLER

La cueva de los vikingos

Traducción de
Jofre Homedes Beutnagel

⊞ DEBOLS!LLO

Título original: *Valhalla Rising*
Diseño de la portada: Departamento de diseño de Random
  House Mondadori
Fotografía de la portada: © Ted Spiegel/National Geographic

Primera edición en U.S.A.: mayo, 2005

© 2001, Sandecker, RLLLP.
  Publicado por acuerdo con Peter Lampack Agency, Inc.,
  Nueva York
© 2004, Random House Mondadori, S. A.
  Travessera de Gràcia, 47-49. 08021 Barcelona
© 2004, Jofre Homedes Beutnagel, por la traducción

Printed in Spain – Impreso en España

ISBN: 0-30734-308-1

Distributed by Random House, Inc.

Mi absoluta gratitud a Penn Stohr,
Gloria Farley, Richard DeRosset, Tim Firme,
a los U.S. Submarines y a los bomberos de
mi zona, por su orientación y asesoramiento

RUMBO AL OLVIDO

Surcaban como espectros la niebla matinal, silenciosos y llenos de misterio en sus barcos fantasma. A proa y popa, en una grácil curva serpentina, se elevaban mascarones minuciosamente tallados en forma de dragón con dientes amenazadores como si sus ojos escrutaran la bruma en busca de víctimas. Aparte de su cometido de atemorizar a los enemigos de la tripulación, eran considerados como una protección contra los espíritus malignos que poblaban las aguas.

El reducido grupo de inmigrantes había cruzado un mar hostil en negras naves de elegante silueta que cortaban las olas con la misma facilidad y estabilidad que una trucha en las plácidas aguas de un arroyo. El casco estaba dotado de agujeros de los que salían largos remos que al hundirse en el agua oscura propulsaban a las embarcaciones sobre las olas. Ni un soplo de viento turbaba la flacidez de las velas, cuadradas y a rayas rojas y blancas. Cada popa llevaba atados pequeños botes de tingladillo, de seis metros y con cargamento suplementario.

Eran los precursores de otros que aún tardarían mucho en llegar: hombres, mujeres y niños entre cuyas escasas pertenencias se hallaba también el ganado. Ninguna de las rutas ganadas al océano por los escandinavos superaba en peligro al gran viaje por el norte del Atlántico. Arrostrando los peligros de lo desconocido, aquellos navegantes habían tenido la audacia de sortear témpanos, capear vientos huracanados, cortar olas gigantescas y soportar la atrocidad de las tormentas llegadas del sudoeste. La mayoría había sobrevivido, pero no sin pagar tributo al mar, pues dos de los ocho barcos salidos de Noruega se habían perdido sin remedio.

Ahítos de tormentas, los colonos llegaron al fin a la costa occidental de Terranova, pero no tomaron tierra en L'Anse aux Meadows, antiguo emplazamiento del poblado de Leif Eriksson; estaban decididos a explorar otras tierras más al sur, con la esperanza de encontrar un clima más cálido para su nueva colonia. Después de bordear una isla muy grande, pusieron rumbo al sudoeste hasta alcanzar un largo y curvo brazo de tierra que se alejaba del continente en dirección al norte. Circundaron dos islas más al sur, y los siguientes dos días de navegación les hicieron descubrir una gran playa blanca que causó un gran asombro a quienes habían vivido toda la vida en una interminable sucesión de acantilados.

Una vez rodeada la punta de la extensión de arena, que hasta entonces parecía no tener fin, hallaron una amplia bahía. Entonces la flotilla ingresó sin vacilar en aguas más tranquilas y siguió navegando hacia el oeste, ayudada por la marea. Un banco de niebla les pasó por encima, húmedo manto que cubrió las aguas; más tarde el sol, en su camino al invisible poniente, se convirtió en una vaga bola anaranjada. Los jefes de los barcos intercambiaron impresiones a gritos, y convinieron en echar el ancla hasta la mañana siguiente con la esperanza de que se levantara la niebla.

Con las primeras luces, gracias a que solo quedaba una neblina, se vio que la bahía se estrechaba en un fiordo que comunicaba con el mar. Los hombres, remo en mano, cortaron la corriente, mientras las mujeres y los niños contemplaban en silencio el alto acantilado que surgía de la menguante bruma, en la orilla oeste del río, y se cernía ominosa sobre los mástiles. Detrás de la escarpadura todo eran colinas cubiertas de árboles cuya gigantesca estatura les dejó estupefactos. Pese a la ausencia de señales de vida, sospecharon que entre los árboles había ojos escondidos, ojos humanos, espiándoles. Cada vez que habían puesto el pie en la orilla en busca de agua habían sido hostigados por los skraelings, como llamaban a los habitantes nativos del país extranjero que esperaban colonizar. Los skraelings habían dado pruebas suficientes de sus malas intenciones, hasta el punto de lanzar contra las naves varias nubes de flechas.

Bjarne Sigvatson, el cabecilla de la expedición, tenía prohibido el contraataque a sus guerreros, cuya naturaleza era muy belicosa. Sabía que los skraelings habían atacado a otros colonos de Vinlandia y Groenlandia, pero solo por culpa de los propios vikingos, que, por pura y bárbara afición a la masacre, habían asesinado a varios nativos inocentes. En aquel viaje, Sigvatson exigiría un trato amigable a los nativos. Consideraba esencial para la supervivencia de la colonia intercambiar artículos baratos por pieles y otros bienes de primera necesidad, sin efusión de sangre; y a diferencia de Thorfinn Karlsefni y Leif Eriksson, cuyas expediciones —anteriores a la suya— habían acabado repelidas por los skraelings, la de Sigvatson iba armada hasta los dientes y se componía de veteranos noruegos curtidos en mil batallas contra sus eternos enemigos, los sajones. Con la espada al hombro, la larga lanza en una mano y el hacha en la otra, eran los mejores combatientes de su época.

La marea, que se sentía llegar desde muy lejos, ayudó a los remeros a ganar rapidez a la corriente, que era débil por falta de desnivel. La desembocadura del río apenas tenía una anchura de algo más de un kilómetro, pero luego rápidamente alcanzaba los tres. Al este, la orilla era una verde y feraz ladera.

Sigvatson, con un brazo en el dragón de proa de la primera nave y la mirada perdida en la neblina, señaló en el risco una sombra que acababa de cernirse sobre ellos, al otro lado de un suave meandro.

—Acercaos a la orilla izquierda —ordenó a los remeros—. Veo un espacio entre las rocas donde podremos resguardarnos para pasar la noche.

A medida que avanzaban, vieron abrirse la entrada oscura y atemorizadora de una cueva bañada por las aguas. Al tenerla delante comprobaron que cabía todo un barco. Sigvatson escrutó la penumbra de su interior y, viendo que el paso se prolongaba entre las dos paredes de roca, mandó esperar al resto de las naves, mientras a la suya se le abatía el mástil para que pudiera pasar por el arco de entrada a la caverna. La corriente del fiordo se arremolinaba en la entrada, pero los fuertes remeros no tuvieron dificultad en guiar a las embarcaciones hasta el otro lado. Solo tuvieron que arrimar un poco los remos al casco para que no chocaran con las paredes de la entrada.

Las mujeres y los niños se asomaron a la borda y contemplaron el agua, que sorprendía por su transparencia y en la que se veían nadar bancos de peces contra un fondo de rocas situado casi a veinte metros de profundidad. De repente, para susto de todos, apareció una gruta muy alta, cuyas dimensiones permitían albergar sin problemas a una flota tres veces mayor que la vikinga —por lo demás, modesta—. Aunque sus antepasados hubieran abrazado el cristianismo, las antiguas tradiciones paganas se resistían a morir. Las grutas naturales se consideraban morada de los dioses.

Las paredes de la gruta, formadas doscientos mil años antes por el enfriamiento de la roca líquida, habían sufrido desde épocas muy antiguas la erosión de las olas marinas, responsables de esculpir y suavizar las capas de piedra volcánica, que eran una prolongación de las montañas circundantes. En su inclinación vertical, formaban una especie de bóveda sin musgo ni vegetación colgante. Curiosamente, tampoco había murciélagos. El ambiente era bastante seco. El nivel de las aguas moría en un saliente de un metro de altura que penetraba unos sesenta metros en las entrañas de la cueva.

Sigvatson se volvió hacia la entrada de la gruta y dio la orden de que el resto de los barcos le siguiera. Sus hombres remaron más despacio y se dejaron llevar por la corriente hasta que el casco chocó suavemente con el suelo de la segunda caverna. Mientras las demás naves se acercaban al desembarcadero, los de la primera tendieron largas pasarelas y se apresuraron a poner pie en tierra para aprovechar la primera oportunidad en muchos días de estirar las piernas. Lo más urgente era servir la primera comida caliente desde la última vez que habían tocado tierra, cientos de millas al norte. Los niños se repartieron por las cuevas en busca de leña, aprovechando las plataformas rocosas que la erosión del agua había producido a lo largo de millones de años. Las mujeres tardaron poco en encender hogueras, que utilizaron para cocer pan y cocinar gachas y guisos de pescado en grandes ollas de hierro. Algunos hombres empezaron a reparar los daños sufridos por los cascos durante la ardua navegación, mientras otros echaban la red y apresaban bancos de peces, muy abundantes en el fiordo. La alegría de las mujeres por estar a salvo de los elementos no era compartida por sus compañeros, hombres fornidos y desgreñados, acostumbrados al aire libre y al mar y poco amigos de verse entre rocas.

Después de cenar, y justo antes de meterse en los sacos de piel para pasar la noche, dos de los hijos de Sigvatson, un niño de once años y una niña de diez, se acercaron corriendo entre gritos de entusiasmo y, tomando las rudas manazas de su padre, le arrastraron hacia la parte más profunda de la cueva, donde encendieron antorchas. Sigvatson les siguió por un túnel muy largo por el cual apenas se podía caminar erguido. Se trataba de un sistema de cavernas formado originariamente bajo las aguas.

Trepando por rocas caídas, o rodeándolas, recorrieron unos sesenta metros de cuesta hasta que los niños se detuvieron y señalaron una pequeña grieta.

—¡Mira, padre! —exclamó la niña—. Hay un agujero que da afuera. Se ven las estrellas.

Sigvatson vio que el agujero era demasiado pequeño y estrecho para que pasara una persona, incluido un niño, pero distinguía claramente el cielo nocturno. Al día siguiente hizo que un grupo de hombres rebajaran el suelo del túnel para facilitar el acceso y ampliar el agujero de salida. Cuando la abertura tuvo el tamaño suficiente para que pasara un hombre de pie, salieron a un prado de grandes dimensiones, rodeado de árboles recios. El contraste con los páramos de Groenlandia era total. Allí había madera para hacer miles de casas. El suelo era una alfombra de flores y hierba donde podría pastar el ganado. En tierra generosa, dominada por un bello fiordo azul lleno de peces, Sigvatson erigiría su colonia.

Los dioses habían mostrado el camino a los niños, que condujeron a los mayores a lo que todos esperaban que fuera un nuevo paraíso.

Los escandinavos eran grandes amantes de la vida, duros para todo: trabajar, vivir y morir. El mar era su elemento. Para ellos, un hombre sin barco era un hombre encadenado. Pese al temor que suscitaron durante toda la Edad Media por sus instintos bárbaros, cambiaron el rostro de Europa. Los intrépidos inmigrantes combatieron y se establecieron en Rusia, España y Francia, y se convirtieron en mercaderes y mercenarios, célebres por su valor y su habilidad con la espada y el hacha de batalla. Hrolf el Caminante, o Rollón, se adueñó de Normandía —nombre derivado de «normando», es decir, hombre del norte—. Su descendiente Guillermo conquistó Inglaterra.

Bjarne Sigvatson era el paradigma del vikingo de cabello y barba rubios. No era alto, pero sí ancho de hombros y con la fuerza de un buey. Había nacido en Noruega en 980, en la granja de su padre, y de niño, como la mayoría de los jóvenes vikingos, ardía en deseos de ver qué había detrás del horizonte. Curioso y atrevido, pero al mismo tiempo prudente, a los quince años ya había formado parte de varias expediciones de pillaje por Irlanda. A los veinte ya era un curtido pirata, dueño de suficientes tesoros —fruto del saqueo— como para construirse un buen barco y organizar sus propios viajes de rapiña. Estaba casado con Freydis, una mujer bella, robusta e independiente, de largo cabello dorado y ojos azules, con quien formaba una pareja inmejorable, tan armoniosa como la del sol y el cielo.

Después de amasar una fortuna mediante el saqueo de pueblos y ciudades británicas, Bjarne, portador de tantas cicatrices como batallas, había cambiado el pillaje por la vida de mercader. Comerciaba en ámbar, el diamante de su época, pero a los pocos años le había vuelto a picar el gusanillo, sobre todo al oír las sagas sobre las épicas exploraciones de Eric el Rojo y su hijo Leif Eriksson. Estaba fascinado por la idea de que muy al norte le esperaban extraños países, tanto que tomó la decisión de organizar una expedición a lo desconocido y fundar una colonia. En poco tiempo tenía a su mando una flota de diez barcos con capacidad para trescientas cincuenta personas con sus familias, ganado y utensilios agrícolas. Uno solo de los barcos llevaba entre su carga la fortuna en ámbar y botines de Bjarne, destinada al intercambio con los barcos que transportaban mercancías desde Noruega e Islandia.

La cueva era ideal como cobijo de barcos, almacén y fortaleza contra posibles ataques de los skraelings. Las gráciles embarcaciones fueron sacadas del agua mediante troncos que servían de ruedas, y afianzadas en la plataforma de roca viva mediante calzos de madera. Los vikingos construían espléndidas naves, admiración de su época. Además de máquinas eficacísimas de navegar, eran obras maestras de la escultura, de proporciones magníficas y con suntuosas tallas en la proa y la popa. Ni antes ni después han existido muchos barcos capaces de rivalizar con ellas en pura elegancia de líneas.

Para el pillaje por Europa se usaba el barco largo, de velocidad y versatilidad extremas y capacidad para cincuenta remos, pero la principal herramienta de los exploradores era el *knarr*, de entre quince y veinte metros de eslora y hasta cinco de manga y capacidad para transportar quince toneladas de cargamento a grandes distancias marítimas. En mar abierto, su baza principal era la gran vela cuadrada, pero disponía de hasta diez remos para la navegación de cabotaje en aguas poco profundas.

Entre las cubiertas de proa y popa, formadas por tablones, había una espaciosa zona donde se podía transportar cargamento o ganado. El único recurso contra la intemperie eran pieles de buey. Los jefes —como Sigvatson— no disponían de alojamientos especiales. Los vikingos navegaban como simples marineros, todos iguales entre sí. Solo las decisiones importantes recaían en el cabecilla. El *knarr* tenía en la mala mar su elemento. Vientos huracanados, olas como montañas... Ni lo peor que le enviaran los dioses le impedía surcar las aguas a una velocidad de entre cinco y siete nudos, y cubrir en un día más de ciento cincuenta millas.

La quilla, hecha de fuerte roble por espléndidos carpinteros —que trabajaban a ojo y labraban la madera únicamente con hachas—, estaba compuesta de una sola pieza, cuya forma de T mejoraba la estabilidad con mar revuelta. Tablas de roble componían finas tracas que se curvaban elegantemente antes de juntarse en la roda y el codaste. Era lo que se llama «construcción en tingladillo», con sobreposición de las tablas superiores sobre las inferiores. El calafateado se realizaba con una mezcla de pelo animal y brea. Aparte de las vigas transversales —o baos—, que apuntalaban el casco y sostenían las cubiertas, no había ninguna pieza de madera en todo el barco que siguiera una línea recta. El conjunto parecía demasiado frágil para capear las tormentas del norte del Atlántico, pero la aparente locura no era tal, sino estudio. La quilla tenía la virtud de combarse, y el casco de alabearse, motivo por el que las aguas oponían menor resistencia al barco, convertido así en el más estable de su tiempo. Por otra parte, su escaso calado le permitía deslizarse sobre olas gigantescas como un simple y plano guijarro.

También el timón era una obra maestra de la ingeniería: fijado a la aleta de estribor, su eje vertical era maniobrado por el timonel mediante una barra horizontal. El timón siempre estaba en el lado derecho del casco, y recibía el nombre de *stjornbordi* —palabra emparentada con «estribor»—. El timonel estaba tan pendiente del mar como de una veleta de bronce muy elaborada que se fijaba a la roda o bien al mástil. El estudio de los cambios del viento le permitía tomar la bordada más favorable.

Un bloque grande de roble desempeñaba el papel de sobrequilla, y era donde se fijaba el pie del mástil. Este medía nueve metros, y sostenía una vela de casi ciento diez metros cuadrados en forma de rectángulo apaisado de lados casi iguales. Las telas estaban hechas de dos capas de algodón resistente, para mayor seguridad. Se teñían con tonos rojos y blancos, siguiendo casi siempre diseños sencillos de franjas o rombos.

Aparte de ser maestros en el arte de construir barcos y gobernarlos, los vikingos dominaban a fondo la navegación: sabían leer las corrientes, las nubes, la temperatura del agua, el viento y las olas, y estudiaban las migraciones de las aves y los peces. De noche se guiaban por las estrellas, y de día utilizaban una especie de reloj de sol circular con una vara en medio que se subía y bajaba para medir la declinación solar siguiendo su sombra en las muescas de la superficie de la tabla. Los cálculos de latitud de los vikingos eran de una precisión extraordinaria. Pocos barcos vikingos se perdían. Su dominio de los mares era total, incuestionable.

Pasaron varios meses, durante los que los colonos construyeron grandes y recias cabañas de madera con vigas muy macizas en las que se sustentaba una techumbre de tierra y raíces. Erigieron asimismo una gran sala común dotada de un horno gigantesco, para cocinar y reunirse —aunque también servía de almacén y abrigo para el ganado—. Ávidos de tierras fértiles, los escandinavos empezaron a sembrar lo antes posible; además, recolectaban frutos silvestres, y en el fiordo encontraron abundante pesca. Resultó que los skraelings eran curiosos, pero razonablemente amistosos. Los dos pueblos intercambiaban baratijas, ropa y leche de vaca por valiosas pieles y caza. Sigvatson tuvo el acierto de ordenar a sus hombres que escondieran las espadas, hachas y lanzas de metal. Los skraelings conocían el arco y la flecha, pero sus armas de mano eran toscas y de piedra. Sigvatson supuso —y tenía razón— que las armas de los escandinavos, superiores a las de los skraelings, no habrían tardado en ser robadas o solicitadas como elemento de trueque.

En otoño estaba todo preparado para un invierno crudo, pero el de aquel año fue clemente, con poca nieve y pocos días de frío extremo. Los colonos quedaron maravillados por los días de sol, desacostumbradamente largos para lo que conocían de Noruega y de su breve estancia en Islandia. Al llegar la primavera, Sigvatson se dispuso a enviar una gran expedición cuya misión sería explorar aquellas nuevas y extrañas tierras. Él prefirió quedarse y asumir los deberes y responsabilidades de la pequeña y ya próspera comunidad. El jefe elegido para la expedición fue su hermano pequeño, Magnus.

Para el viaje, que esperaba que fuese largo y difícil, Bjarne seleccionó a cien hombres. Tras varias semanas de preparativos, seis de los barcos de menor tamaño izaron las velas y pusieron rumbo a la cabecera del río, mientras los hombres, mujeres y niños que quedaban atrás se despedían de la pequeña flota. Sin embargo, lo que debería haber sido una expedición de reconocimiento de dos meses se convirtió en un épico viaje de catorce. Los exploradores recorrieron anchos ríos a vela y remo —salvo cuando tenían que transportar los barcos por tierra hasta la vía navegable más cercana—, y cruzaron lagos enormes que parecían tan vastos como el gran mar norteño. Uno de los ríos por los que navegaron excedía en mucho las dimensiones de cualquiera de los que hubieran visto en Europa o alrededor del Mediterráneo. Después de quinientos kilómetros de navegación por su cauce, desembarcaron y acamparon en un bosque frondoso en el que ocultaron las embarcaciones y desde el que iniciaron una marcha de un año por colinas y pastos interminables.

Los escandinavos hallaron extraños animales, animales que jamás habían visto: seres pequeños parecidos a perros que aullaban de noche, grandes gatos de cola corta y bestias enormes y peludas con cuernos y cabezas enormes. A estos últimos los mataron con sus lanzas, y su carne no les pareció menos deliciosa que la del buey.

Como no se establecían en ninguna parte, los skraelings no les consideraban una amenaza y no les molestaban. Para los exploradores, las diferencias entre las tribus de skraelings eran fuente de fascinación y diversión. Algunos tenían un porte noble y orgulloso; otros, en cambio, eran poco mejores que animales inmundos.

Al cabo de muchos meses, la visión de enormes cimas en la lejanía hizo que se detuvieran. Intimidados por aquel país enorme que no parecía tener fin, decidieron que había llegado el momento de dar media vuelta y regresar a la colonia antes de las primeras nieves del invierno. Sin embargo, mediado el verano, cuando los fatigados viajeros llegaron al poblado, no encontraron el recibimiento jubiloso que esperaban, sino devastación y tragedia. Toda la colonia había sido arrasada por el fuego, y de sus compañeros, esposas e hijos no quedaban sino huesos dispersos. ¿Qué terrible roce había encendido los ánimos de los skraelings, impulsándoles a masacrar a los vikingos? ¿Cuál era la causa de la ruptura de las relaciones pacíficas? Los muertos no contestaban.

Enfermos de ira y de dolor, Magnus y los demás supervivientes descubrieron que el acceso al túnel por el que se bajaba a la cueva donde estaban los barcos había sido tapado con piedras y maleza por los difuntos para ocultárselo a los skraelings. Los colonos se las habían arreglado para esconder tanto los tesoros y reliquias sacras que constituían el botín de los años mozos de Sigvatson como sus pertenencias más preciadas, escondiéndolas en los barcos durante el ataque de los skraelings.

Los guerreros, en su angustia, podrían haber dado la espalda a la carnicería y emprendido el viaje de regreso, pero no estaba en sus genes. Ardían en deseos de venganza. Se daban cuenta de que lo más probable era que muriesen en el intento, pero para un vikingo morir luchando con el enemigo era un final lleno de espiritualidad y gloria. Existía, además, la terrible posibilidad de que los skraelings se hubieran llevado como esclavas a sus mujeres e hijas.

Locos de pena y de cólera, recogieron los cadáveres de sus amigos y parientes y los llevaron a la cueva por el túnel, para depositarlos en los barcos. Formaba parte de sus tradiciones enviar a los muertos a un glorioso más allá en el Valhalla. Una vez identificados los restos mutilados de Bjarne Sigvatson, le colocaron en su barco envuelto en una capa y rodeado de los restos de sus dos hijos, junto con sus tesoros y varios cubos de comida para el viaje. Nada habrían deseado más que poner al lado a su mujer, Freydis, pero no encontraron su cuerpo, y tampoco quedaba ganado que sacrificar. Los skraelings se lo habían llevado todo.

La tradición ordenaba sepultar los barcos, y con ellos a los muertos, pero era imposible. Temían que los skraelings desenterrasen a los difuntos para arrebatarles algún objeto de valor. Por eso, llenos de tristeza, deshicieron a martillazos una roca suspendida sobre la entrada; al caer, junto con varias toneladas de escombros, aisló la cueva de la superficie del río. El derrumbe se produjo de tal modo que a varios metros de profundidad bajo las aguas del río quedó abierto, invisible, un túnel de grandes dimensiones.

Finalizada la ceremonia, los escandinavos se prepararon para la batalla.

Honor y valentía eran para ellos cualidades sagradas. Se hallaban en un estado de euforia, conscientes de que pronto entrarían en combate. En lo más profundo del alma anhelaban el choque de las armas y sentir el olor de la sangre. Formaba parte de su cultura. Sus padres les habían criado para convertirse en guerreros, expertos en el arte de matar. Así pues, afilaron sus largas espadas y hachas, preciadísimos enseres, objeto de auténtica devoción. Las unas y las otras, forjadas en el mejor acero por artesanos alemanes, tenían nombre propio, como si fueran seres vivos, de carne y hueso.

Tras protegerse el torso con espléndidas cotas de malla y la cabeza con sencillos cascos cónicos —que en algunos casos tenían protector nasal, pero en ninguno cuernos—, tomaron sus escudos de madera, pintados con vivos colores y dotados en su parte frontal de una remache que sujetaba al dorso correas para el brazo. Todos llevaban lanzas de puntas afiladas y larguísimas; algunos, anchas espadas de doble filo, de un metro de longitud; otros, la gran hacha de combate.

Cuando estuvo preparado, Magnus Sigvatson condujo a su centenar de vikingos al gran poblado de los skraelings, que se hallaba a cinco kilómetros del lugar de la horrible matanza. En realidad, más que un poblado era una ciudad primitiva compuesta por centenares de cabañas en las que vivían casi dos mil skraelings. No se recurrió a ninguna estratagema, ni siquiera al sigilo. Los vikingos salieron en tromba de los árboles, aullando como perros enloquecidos, y arrasaron la empalizada que rodeaba el pueblo, erigida para que no entraran animales más que para rechazar ataques humanos.

La brutal irrupción sembró el desconcierto entre los skraelings, que, anonadados, se dejaron matar como ganado. Antes de que tuvieran tiempo de comprender lo que ocurría, el salvajismo de aquel inesperado ataque segó la vida de doscientos de los suyos, hasta que rápidamente empezaron a formar grupos de cinco o diez hombres y a plantar batalla. Conocían la lanza y se habían fabricado toscas hachas de piedra, pero su arma de guerra preferida eran el arco y las flechas; el cielo se llenó enseguida de ellas. Las mujeres se sumaron al caos y lanzaron una lluvia de piedras que apenas melló los cascos y los escudos de los vikingos.

Magnus iba en cabeza de sus valientes, luchando a dos manos: en una la lanza, en la otra el hacha gigantesca, empapadas ambas y salpicando gotas rojas. Era lo que los vikingos llamaban un *beserk*, palabra que con el paso de los siglos daría origen al inglés *berserk* —«loco», «furibundo»—: un hombre que parecía haber perdido el juicio y llenaba de pavor las mentes de sus enemigos. Se lanzaba sobre los skraelings con gritos propios de un demente, y mató a muchos con los mandobles de su hacha.

Tanta y tan brutal ferocidad sobrecogía a los skraelings. Los que trataban de luchar cuerpo a cuerpo con los escandinavos sufrían terribles pérdidas. Sin embargo, aunque se vieran diezmados nunca disminuían en número. Hubo algunos que corrieron a los poblados vecinos y volvieron con refuerzos. Sustituidas las bajas, los skraelings se batieron en retirada para reorganizarse.

Durante la primera hora los vengadores habían abierto una senda de muerte por el poblado en busca de sus mujeres, pero no encontraron a ninguna, solo retales de sus vestidos que las skraelings usaban como adorno. Más allá de la ira está la furia, y más allá de la furia la histeria. Los vikingos, frenéticos, llegaron a la conclusión de que sus mujeres habían sido devoradas, y su cólera se tornó gélida locura. Ignoraban que las cinco supervivientes de la matanza, lejos de sufrir daño alguno, habían sido entregadas en tributo a los jefes de otros poblados. La ferocidad de los vikingos se multiplicó, y dentro del poblado de los skraelings la tierra quedó empapada de sangre. Aun así, seguían llegando refuerzos, hasta que la situación comenzó a cambiar.

Muy inferiores en número y sumamente debilitados por las heridas y el cansancio, de los vikingos quedaron solo cien hombres, liderados por Magnus Sigvatson. Los skraelings ya no se lanzaban frontalmente contra las mortíferas espadas y hachas. Ya no temían las lanzas de sus enemigos, que a esas alturas estaban en el suelo o rotas. Formaban un ejército cada vez más nutrido, que superaba a los mermados vikingos en proporción de uno a cincuenta y se mantenía fuera de su alcance, lanzando lluvias de flechas hacia el pequeño grupo de supervivientes. Estos, agachados, se protegían con los escudos, en los que las flechas quedaban clavadas como púas de puercoespín. A pesar de todo, seguían atacando, devolviendo sin tregua golpe por golpe.

De pronto, los skraelings se alzaron como un solo hombre y, con temerario desenfreno, se lanzaron contra los escudos vikingos. La marea engulló al pequeño grupo de escandinavos, y una enorme ola humana rodeó a los guerreros que plantaban batalla por última vez. Los pocos que quedaban, espalda contra espalda, vendieron muy cara su piel, expuestos a una avalancha de crueles hachas de piedra hasta que ya no pudieron más.

Sus últimos pensamientos fueron para sus seres queridos, a los que habían perdido; y para la muerte gloriosa que les aguardaba.

Perecieron todos, espada y hacha en mano. El último en caer fue Magnus Sigvatson, cuya muerte fue la más trágica. Con él moría la última esperanza de colonizar Norteamérica en los siguientes quinientos años. Además, dejó un legado que costaría muy caro a quienes acabaron por seguir sus pasos. Antes de ponerse el sol, los cien valientes escandinavos perdieron la vida junto con los más de mil skraelings —hombres, mujeres y niños— a quienes habían abatido. Los skraelings habían aprendido del peor modo posible a reconocer que los extranjeros de piel blanca que venían de allende los mares eran una amenaza que solo podía frenarse con la fuerza bruta.

Entre los pueblos skraeling cundió el aturdimiento. Nunca se había visto ninguna lucha entre tribus comparable a aquella, ni en el horrendo precio de vidas a pagar, ni en las atroces heridas y mutilaciones. Y la gran batalla no era sino el antiguo preludio de las espantosas guerras por venir.

Para los vikingos que vivían en Islandia y Noruega, el destino de la colonia de Bjarne Sigvatson pervivió como un misterio. No había supervivientes para contarlo. Tampoco hubo nuevos inmigrantes que siguieran su camino por el proceloso mar. Los colonos quedaron como una olvidada nota a pie de página en las sagas que se transmitían de generación en generación.

UN MONSTRUO
DE LAS PROFUNDIDADES

2 de febrero de 1894
En el mar del Caribe

Nadie a bordo del *Kearsarge*, un viejo buque de guerra con casco de madera, fue capaz de prever la inminente catástrofe. Con la bandera izada y la misión de proteger los intereses de Estados Unidos en las Antillas, la nave hacía la travesía de Haití a Nicaragua. De pronto sus vigías avistaron una forma extraña en el agua, entre uno y dos kilómetros a estribor de la proa. Con el cielo despejado, la visibilidad se extendía a todo el horizonte; el mar estaba en calma, y pocas olas superaban el medio metro de altura. Se apreciaba claramente, a simple vista, el lomo negro y curvilíneo de un monstruo marino.

—¿A usted qué le parece que es? —preguntó el capitán Leigh Hunt a su segundo de a bordo, el teniente James Ellis, mientras miraba por unos prismáticos de latón.

Ellis observaba el objeto a través de un telescopio, apoyado en la borda para tener más estabilidad.

—En principio diría que una ballena, pero nunca he visto que se muevan tan deprisa sin enseñar la cola o sumergirse. Por otro lado, tiene un bulto extraño en la parte central.

—Debe de ser una serpiente de mar de una especie poco conocida —dijo Hunt.

—Yo, en todo caso, no la conozco —murmuró Ellis, inquieto.

—Me resisto a creer que sea una embarcación.

Hunt era delgado y canoso. Su rostro curtido y sus ojos marrones, muy hundidos, mostraban que era un hombre que pasaba demasiadas horas expuesto al sol y el viento. Siempre iba con la pipa entre los labios, pero casi nunca la encendía. Era todo un profesional de la navegación, con un cuarto de siglo de experiencia y una hoja de servicios intachable. El mando del buque más famoso de la marina de guerra le había sido concedido como un honor previo a la jubilación. Hunt era demasiado joven para haber combatido en la guerra de Secesión. Desde el año de su graduación en la academia naval —1869— había servido a bordo de ocho barcos, en una trayectoria de ascensos cuyo colofón era el mando del *Kearsarge*.

El venerable navío debía su fama a la batalla que había protagonizado treinta años antes en las costas francesas de Cherburgo contra el tristemente famoso barco corsario confederado *Alabama*, con el resultado final de hundimiento del segundo. A pesar de que las fuerzas estaban igualadas, el *Kearsarge* había necesitado menos de una hora para mandar a pique al *Alabama*, reducido a una ruina, y la Unión, agradecida, había dispensado trato de héroes al capitán y su tripulación.

Posteriormente, el barco había realizado varias travesías alrededor del planeta. Tenía sesenta metros de eslora, diez de manga y cuatro y medio de calado. Sus dos motores y su única hélice podían impulsarlo por los mares a una velocidad de once nudos. Diez años después del final de la guerra, sus cañones habían sido sustituidos por una batería más nueva consistente en dos cañones de ánima lisa de veintiocho centímetros, cuatro de veintitrés y dos de ánima estriada de nueve kilos. Su tripulación era de ciento sesenta hombres. En fin, que no por ser un barco antiguo había perdido su fuerza.

Ellis bajó el telescopio y se volvió hacia Hunt.

—¿Lo investigamos, señor?

Hunt asintió con la cabeza.

—Dé orden de que viren diez grados a estribor. Solicite a Gribble, el jefe de máquinas, la máxima velocidad. Que la tripulación esté a punto para disparar, y doble los vigías. No sé qué es ese monstruo, pero no quiero perderlo de vista.

—A sus órdenes, señor.

Ellis, que era alto y calvo, con una larga barba bien cuidada, transmitió las órdenes, con el inmediato resultado de que el prestigioso navío empezó a aumentar de velocidad y a cortar grandes bancos de espuma con el viento en contra. Su chimenea desprendía una cinta de humo muy denso y oscuro y una lluvia de chispas. En los primeros momentos de la persecución, las cubiertas del viejo buque de guerra temblaban de entusiasmo.

El *Kearsarge* tardó poco en acercarse al extraño ser, que se movía a velocidad constante. Un grupo de varios artilleros introdujeron un proyectil en la boca de un cañón de ánima estriada de nueve kilos y se apartaron. El oficial de artillería miró a Hunt, que estaba al lado del timonel.

—Cañón número dos cargado y listo para hacer fuego, señor.

—Dispare un proyectil cincuenta metros por delante del morro del monstruo, señor Merryman —gritó Hunt por el megáfono.

Merryman hizo un gesto de aquiescencia con la mano, y otro con la cabeza a dos hombres: el que estaba al lado del cañón con la cuerda en la mano y el que ajustaba el tornillo elevador en la recámara.

—Ya habéis oído al capitán. Disparad cincuenta metros por delante de la bestia.

Una vez hechos los ajustes necesarios, tiraron del acollador; el gran cañón rugió, y su retroceso tensó el grueso cabo que pasaba por la anilla de la culata. El disparo fue casi perfecto. El proyectil rompió la superficie justo delante del enorme bulto que se deslizaba por el agua sin dificultad. Ya se tratase de un animal o de una máquina, el caso es que hizo caso omiso de la intrusión y mantuvo tanto la velocidad como el rumbo, sin la menor desviación.

—No parece que le impresione mucho nuestra artillería —dijo Ellis, sonriendo ligeramente.

Hunt miró por los prismáticos.

—Calculo que va a diez nudos, y nosotros a doce.

—Deberíamos alcanzarlo en diez minutos.

—Vuelva a disparar cuando estemos a trescientos metros, y esta vez acorte a treinta la distancia.

Aparte del personal de la sala de máquinas, todos se habían apoyado en la borda para contemplar al monstruo, que minuto a minuto se aproximaba a la proa del buque. Su movimiento apenas turbaba las aguas, pero dejaba una estela de espuma blanca. De repente se vio brillar algo: el lomo.

—Si no fuera una tontería —comentó Hunt—, diría que se le refleja el sol en una especie de ojo de buey.

—No hay monstruos marinos con partes de cristal —murmuró Ellis.

El personal de artillería volvió a cargar y disparar un proyectil, que se zambulló aparatosamente entre quince y veinte metros por delante del monstruo. Este seguía sin reaccionar, como si el *Kearsarge* fuera una simple y pasajera molestia. Mientras tanto, la distancia se había acortado lo bastante para que el capitán Hunt y su tripulación distinguieran una especie de cabina triangular en lo alto del monstruo, con ojos de buey grandes, redondos y de cuarzo.

—Es una embarcación —dijo Hunt, que se había quedado sin aire por la sorpresa.

—Me resisto a creerlo —dijo vagamente Ellis—. ¿Quién puede haber construido semejante artefacto?

—Si no es de fabricación estadounidense, solo puede haber sido construido en Gran Bretaña o Francia.

—Vaya usted a saber. No tiene bandera.

Vieron que el extraño objeto se hundía lentamente hasta desaparecer bajo las olas. Poco después, el *Kearsarge* pasó justo por donde se había sumergido, pero la tripulación no divisó ningún rastro en las profundidades.

—Ha desaparecido, capitán —dijo uno de los marineros.

—¡Permaneced ojo avizor! —exclamó Hunt—. Que algunos hombres suban a las jarcias, para tener mejor visión.

—¿Qué hacemos si vuelve a aparecer? —preguntó Ellis.

—Si no detiene el rumbo y se identifica, le lanzaremos una descarga.

Pasaron las horas, y llegó la del crepúsculo, mientras el *Kearsarge* trazaba círculos cada vez más amplios con la vaga esperanza de volver a hallar al monstruo. Justo cuando el capitán Hunt estaba a punto de interrumpir la persecución, se oyó gritar a un vigía desde lo alto de las jarcias:

—¡Monstruo unos mil metros a babor y aproximándose!

Los oficiales, y el resto de la tripulación, acudieron corriendo a la borda para mirar el agua. Aún había suficiente luz para ver al monstruo con claridad. Iba muy deprisa, y parecía haber puesto rumbo directo hacia el *Kearsarge*.

Durante la búsqueda, los artilleros se habían quedado pacientemente en sus puestos, con los cañones preparados para disparar. Los de babor se apresuraron a apuntar con los suyos hacia la misteriosa embarcación, que se acercaba.

—Tened en cuenta su velocidad, y apuntad al bulto que tiene casi en la proa —les indicó Merryman.

Una vez realizados los ajustes, los cañones descendieron y el monstruo apareció en sus puntos de mira. Entonces Hunt exclamó:

—¡Fuego!

La respuesta fue el estruendo conjugado de seis de los ocho cañones del *Kearsarge*, con detonaciones que hicieron temblar el aire y gran efusión de humo. Por los prismáticos, Hunt vio que los proyectiles de los dos cañones de veintiocho centímetros quebraban la superficie a ambos lados del desconcertante objeto. Los cañones de ánima lisa de veintitrés centímetros añadieron nuevos géiseres a los que ya brotaban alrededor del blanco. Entonces Hunt vio que el proyectil del cañón de ánima estriada de nueve kilos chocaba con el lomo del monstruo, era rechazado y rebotaba en el agua como un canto liso.

—Está blindado —dijo, atónito—. El proyectil ha rebotado en el casco sin dejar ninguna marca.

El enemigo mantenía impertérrito el rumbo, con la proa dirigida hacia la mitad del casco del *Kearsarge*; cada vez iba más deprisa y era mayor el impulso con que se preparaba para el choque.

Los artilleros volvieron a cargar; lo hicieron con la máxima rapidez, pero en el tiempo necesario para preparar otra descarga el artefacto ya se había colocado demasiado cerca y no pudieron bajar los cañones hasta su nivel. El destacamento de marines que iba a bordo del buque empezó a disparar al asaltante con sus rifles. En la borda había varios oficiales, que con una mano se cogían a las jarcias y con la otra disparaban sus revólveres. La lluvia de balas no hizo sino rebotar en el blindaje del casco.

Hunt y su tripulación contemplaban incrédulos la pesadilla que estaba a punto de estrellarse contra el barco. El capitán, hipnotizado por la embarcación en forma de puro, se aferró a la borda, preparándose para lo inevitable.

Pero no hubo ningún choque. Lo único que percibieron los tripulantes fue un ligero temblor bajo la cubierta. El impacto no parecía muy diferente a la suave colisión con un muelle. Tampoco se oyó nada aparte de un ruido lejano de madera partiéndose. En aquel instante como desgajado del tiempo, el sobrenatural artefacto había seccionado los fuertes nervios de roble del *Kearsarge* con la limpidez de una cuchillada de asesino, penetrando en lo más hondo del casco cerca de la sala de máquinas, hacia popa.

La misteriosa nave retrocedió a gran velocidad y desapareció en las profundidades.

Hunt supo que el *Kearsarge* estaba sentenciado. La bodega de popa y la cocina estaban inundándose por debajo de la línea de flotación. La herida era un boquete cóncavo casi perfecto, practicado en las planchas del casco a dos metros de profundidad. A medida que el buque se escoraba a babor, fue entrando más agua. Lo único que salvó al *Kearsarge* de irse a pique de inmediato fueron los mamparos: contuvieron la tromba de agua, pero solo hasta que la tremenda presión los hizo ceder.

Hunt dio media vuelta, se fijó en un arrecife de coral situado a tres kilómetros y le dijo al timonel:

—Ponga rumbo al arrecife que tenemos a estribor.

A continuación dio orden a la sala de máquinas de avanzar a todo vapor. Su principal preocupación era el tiempo que tardarían los mamparos en ceder al chorro de agua, dejándola entrar en la sala de máquinas. Mientras las calderas pudieran seguir produciendo vapor, quizá tuvieran tiempo de llevar el buque a tierra antes de que se hundiera.

El navío incrementó su velocidad y, con un lento viraje de la popa, puso rumbo a aguas poco profundas. Ellis, el segundo de a bordo, no tuvo necesidad de que Hunt le ordenase echar al agua los botes salvavidas. Los únicos miembros de la tripulación que no se habían reunido en la cubierta eran los de la sala de máquinas. Las miradas del resto se concentraban en el bajo y desolado arrecife de coral que se acercaba con exasperante lentitud. La hélice agitaba el agua con la misma fuerza con que los fogoneros se desvivían por avivar las calderas: paletada a paletada de carbón, repartían sus miradas entre el fuego y el mamparo, que crujía y era lo único que les separaba de una muerte atroz.

La única hélice dirigía al buque hacia lo que todos veían como una esperanza de salvación. El timonel pidió ayuda para gobernar el timón, porque el peso cada vez mayor del agua que entraba por el casco, y los seis grados que alcanzaba ya la escora, retardaban el avance del navío.

La tripulación estaba al lado de los botes, lista para subirse a ellos y abandonar el barco en cuanto Hunt lo ordenase. Al percibir que la cubierta se inclinaba sospechosamente, se pusieron más nerviosos. Un marinero recibió la orden de echar una sonda de plomo desde la popa para calcular la profundidad. La comunicó a gritos, formulada en brazas.

—Veinte y subiendo —exclamó con un tono que no destacaba por su optimismo.

Necesitaban que la profundidad disminuyese otros treinta metros para que la quilla del *Kearsarge* tocara fondo. Hunt tenía la impresión de que se acercaban a la exigua superficie de coral a velocidad de caracol.

El *Kearsarge* se hundía a gran velocidad. La escora rozaba los diez grados, y empezaba a ser casi imposible mantener el rumbo. El arrecife se acercaba. Vieron romperse las olas en el coral y brillar al sol pulverizadas.

—Fondo a cinco brazas —anunció el marinero—, subiendo muy deprisa.

Hunt no estaba dispuesto a poner en peligro las vidas de su tripulación. Justo cuando se aprestaba a dar la orden de abandonar el *Kearsarge*, este chocó con el fondo de coral y arrastró la quilla y el casco hasta detenerse con una sacudida, a diez grados de inclinación.

—¡Alabado sea Dios! ¡Estamos salvados! —murmuró el timonel sin soltar los radios del timón. Tenía la cara roja por el esfuerzo y los brazos insensibles a causa del agotamiento.

—Se ha quedado bien encallado —dijo Ellis a Hunt—. De aquí ya no se mueve, porque la marea está bajando.

—Tiene razón —contestó Hunt, apenado—. Sería una lástima no poder salvarlo.

—Quizá sea posible desprenderlo del arrecife con remolcadores, siempre que no se haya desfondado.

—La culpa la tiene ese maldito monstruo. Si existe Dios, le hará pagarlo muy caro.

—Quizá ya haya pagado —dijo Ellis sin levantar la voz—. Después del choque se ha hundido muy deprisa. Debe de haber sufrido daños en la proa. Se le habrá resquebrajado.

—No se me va de la cabeza una pregunta: ¿por qué no se ha identificado, que era lo más fácil?

Ellis contempló pensativo las aguas color turquesa del mar del Caribe.

—Creo recordar que hace unos treinta años uno de nuestros barcos de guerra, el *Abraham Lincoln*, se encontró con un monstruo misterioso de metal que le destrozó el timón.

—¿Dónde? —preguntó Hunt.

—Creo que en el mar de Japón. Y en los últimos veinte años han desaparecido como mínimo cuatro barcos de guerra británicos en circunstancias misteriosas.

—El Departamento de Marina no se creerá lo que nos ha pasado —dijo Hunt, sintiendo crecer la irritación al ver el estado de su barco—. Tendré suerte si no me hacen un consejo de guerra y me expulsan del servicio.

—Cuenta con ciento sesenta testigos que le apoyarán —dijo Ellis para tranquilizarle.

—No hay ningún capitán que pierda el barco por gusto, y menos si es por culpa de una monstruosidad mecánica sin identificar. —Hunt guardó silencio, mirando el mar y concentrándose en lo prioritario—. Empiece a cargar provisiones en los botes. Bajaremos y esperaremos en tierra firme hasta que nos rescaten.

—Señor, he consultado las cartas de navegación y este arrecife se llama Roncador.

—Triste sitio, y triste final para un barco tan ilustre —dijo el capitán con aire apenado.

Ellis se despidió acercando la mano a la gorra y dio órdenes a la tripulación de que bajaran comida y tela para las tiendas al cayo de coral, sin olvidar sus pertenencias personales. Trabajando toda la noche a la luz de la media luna, y parte del día siguiente, montaron el campamento y prepararon la primera de sus comidas en tierra.

El último en abandonar el *Kearsarge* fue Hunt. Justo antes de bajar al bote por la escalerilla, se detuvo para contemplar el oleaje. Jamás olvidaría la imagen del hombre con barba que le había mirado fijamente desde el monstruo negro.

—¿Quién eres? —murmuró—. ¿Has sobrevivido? Si es así, ¿cuál será tu próxima víctima?

Durante el resto de su vida, que fue larga, cada vez que llegaba a sus oídos la noticia de que un barco de guerra había desaparecido con toda su tripulación no podía dejar de preguntarse si el culpable era el hombre del monstruo.

Los oficiales y la tripulación del *Kearsarge* tardaron dos semanas —durante las que no les faltó de nada— en divisar una cinta de humo en el horizonte. Entonces Ellis, el segundo de a bordo, salió en bote por orden de Hunt e interceptó un barco de vapor que les rescató del cayo y les llevó a todos a Panamá.

Tras el regreso a Estados Unidos, se produjo un hecho sumamente inhabitual: no se formó ninguna comisión investigadora. Parecía que el secretario de Marina y el almirantazgo quisieran echar tierra sobre el incidente con la mayor discreción. El capitán Hunt se llevó la sorpresa de verse ascendido antes de un honroso retiro. También Ellis, el segundo de a bordo, fue ascendido y puesto al frente del más moderno cañonero de la marina, el *Helena*, con el que sirvió en aguas cubanas durante la guerra contra España.

El Congreso autorizó una partida de cuarenta y cinco mil dólares para rescatar al *Kearsarge* del arrecife Roncador y remolcarlo a un astillero. Sin embargo, se descubrió que los nativos de las islas vecinas lo habían quemado para quedarse con el latón, el cobre y el hierro. Tras retirar los cañones, la expedición de rescate volvió a su puerto de origen dejando que el casco se desintegrase en una tumba de coral.

PRIMERA PARTE

INFIERNO

1

La catástrofe no habría podido ser mayor ni con varios meses de meticulosa planificación. Todo lo que podía salir mal salió peor. El lujoso crucero *Emerald Dolphin* se había incendiado, pero sin el menor presagio, indicio ni rastro de sospecha a bordo. Las llamas, sin embargo, devoraban lentamente el interior de la capilla del barco, situada en su parte central, justo a proa del suntuoso centro comercial.

Los oficiales montaban guardia en la cubierta, ajenos al desastre que se avecinaba. Los sistemas automáticos de alarma antiincendios, tanto los principales como los de refuerzo, reflejaban la más absoluta normalidad. La consola, con su esquema del conjunto del barco donde figuraban todos los indicadores de incendios existentes a bordo, era un mar de luces verdes. La luz que debería haber informado del fuego en la capilla no se había puesto roja.

A las cuatro de la madrugada, todos los pasajeros dormían en sus camarotes. El *Emerald Dolphin*, con sus suntuosos bares y salones, su casino, su club nocturno y su pista de baile vacíos, surcaba los mares del Sur a veinticuatro nudos, en un viaje cuyos puntos de partida y destino eran Sidney y las islas de Tahití. Menos de un año después de su construcción y posterior acondicionamiento, estaba en su viaje inaugural. Sus líneas no poseían la elegancia y fluidez de otros cruceros. El casco parecía una bota gigante de alpinista, con un enorme disco en medio. La estructura superior de seis cubiertas, íntegramente circular, estaba a cincuenta metros de los lados del casco y a quince de su proa y su popa. Si a algo se parecía era a la nave espacial *Enterprise*. No tenía chimenea.

El nuevo barco, orgullo de Blue Seas Cruise Lines, recibiría indudablemente una calificación de seis estrellas. Las expectativas eran de que fuera todo un éxito, sobre todo por su interior, que parecía el de un barroco hotel de Las Vegas. En su viaje inaugural ya partía con todos los camarotes reservados. Tenía doscientos treinta metros de eslora, un tonelaje bruto de cincuenta mil y capacidad para prestar acomodo por todo lo alto a mil seiscientos pasajeros, atendidos por una tripulación de novecientas personas.

Los arquitectos navales del *Emerald Dolphin* no habían reparado en gastos para que sus cinco comedores, sus tres bares y zonas de descanso, su casino, su sala de baile, su teatro y sus camarotes fueran lo más moderno, lo nunca visto. El barco era como una sinfonía de cristales de todos los colores imaginables; sus paredes y techos, una vorágine de cromo, latón y cobre. Todo el mobiliario estaba firmado por artistas contemporáneos y diseñadores famosos. La iluminación, única en su género, creaba un ambiente paradisíaco, o al menos respondía al concepto de paraíso que se había forjado el diseñador a partir de los testimonios de personas que lo conocían porque habían muerto y revivido. Aparte de las cubiertas exteriores de paseo, no había mucha necesidad de caminar, puesto que todo el interior disponía de ascensores, rampas y pasarelas mecánicas. Los ascensores, que eran de vidrio, estaban repartidos por las cubiertas con pocos pasos de separación.

La cubierta de deportes contaba con un pequeño campo de golf de cuatro hoyos, una piscina de medidas olímpicas, un campo de baloncesto y un enorme gimnasio. Tampoco faltaba un centro comercial de una longitud como de dos manzanas, que ocupaba tres cubiertas en altura y parecía salido de la Ciudad Esmeralda de Oz.

Por otra parte, el barco era un museo flotante del expresionismo abstracto, donde podían admirarse cuadros de Jackson Pollock, Paul Klee y Willem de Kooning, por citar algunos nombres. El comedor principal estaba sembrado de nichos con estatuas de Henry Moore en pedestales de platino. Por sí sola, la colección ya valía setenta y ocho millones de dólares.

Los camarotes eran circulares, sin ángulos marcados, todos espaciosos e iguales entre sí. En el *Emerald Dolphin* no había camarotes pequeños e interiores, como tampoco había grandes suites. Los diseñadores no creían en la división de clases. El mobiliario y la decoración parecían salidos de una película de ciencia ficción. Las camas tenían colchones extremadamente mullidos y suaves luces que las iluminaban desde arriba. Los techos contaban con discretos espejos, en honor a quienes estuvieran de luna de miel —o la repitiesen—. En los baños había aspersores empotrados que bañaban de niebla, lluvia o vapor una selva de lozanas plantas tropicales que parecían traídas de otro planeta. Viajar a bordo del *Emerald Dolphin* constituía una experiencia única en el mundo de los cruceros.

Provistos de una idea exacta sobre la posición social de sus futuros pasajeros, los diseñadores del barco habían convertido el barco en un espejo de los gustos de la juventud adinerada. Entre el pasaje había muchos médicos, abogados y grandes y pequeños empresarios bien situados, la mayoría de ellos con sus familias. Los pasajeros sin pareja eran minoría. También había un grupo no desdeñable de personas mayores con aspecto de poder permitirse cualquier capricho.

Después de cenar, mientras la mayoría de las parejas jóvenes evolucionaban en la pista de baile al son de un grupo que tocaba los últimos éxitos, o disfrutaban del espectáculo del club nocturno, o jugaban en el casino, las familias con niños iban al teatro y asistían al último gran éxito de Broadway, *Sonofagun from Arizona*, interpretado por la compañía del barco. A las tres de la noche, todas las cubiertas y las salas estaban vacías. En el momento de acostarse, a ningún pasajero se le había pasado por la cabeza que el *Emerald Dolphin* fuera a recibir la visita de la Parca.

Antes de retirarse a su camarote, el capitán realizó una breve inspección de la cubierta superior. Para los cánones del mundo de los cruceros, Jack Waitkus era un hombre mayor; le faltaban cinco días para cumplir sesenta y cinco años, y no se hacía ilusiones sobre la continuidad de su carrera. Los directores de la compañía le habían notificado que después del viaje inaugural de ida y vuelta a

Sidney, en cuanto el barco regresara a su puerto de origen —Fort Lauderdale—, dejaría de formar parte activa de la empresa. De hecho, Waitkus ya tenía ganas de jubilarse. Vivía con su mujer en un bonito yate de trece metros, y hacía muchos años que soñaban con dar la vuelta al mundo. En su cabeza, Waitkus ya trazaba el recorrido desde el Atlántico hasta el Mediterráneo.

Le habían puesto al mando del viaje inaugural del *Emerald Dolphin* en atención a su brillante historial al servicio de la empresa. Era robusto, jovial, una especie de Falstaff desbarbado con ojos azules de duendecillo y unos labios que parecían llevar impresa la más afable de las sonrisas. A diferencia de tantos capitanes de crucero reacios a alternar con el pasaje, Waitkus disfrutaba moviéndose entre la gente. A la hora de comer obsequiaba a sus comensales con anécdotas de su vida, desde el día en que se había escapado de su Liverpool natal enrolándose en un barco hasta sus viajes por Oriente en diversos cargueros, sin olvidar su paulatino ascenso en el escalafón. Una vez obtenido el título de capitán —a fuerza de mucho estudio y muchas pruebas—, Waitkus había servido diez años en Blue Seas Cruise Lines, primero como segundo oficial, luego como primero, y por último como capitán del *Emerald Dolphin*. Era tan popular que los directivos de la línea se resistían a prescindir de él, pero así era la política de la empresa, y les parecía mal hacer excepciones.

Por cansado que estuviera, nunca se dormía sin haber leído unas cuantas páginas de alguno de sus libros sobre tesoros submarinos. En ese momento le ocupaba el caso de un barco con un cargamento de oro que había naufragado en las costas marroquíes y que él tenía especiales ganas de buscar durante su viaje de jubilación. Se puso en contacto con el puente de mando por última vez, y como todo estaba en orden concilió el sueño.

A las cuatro y diez de la madrugada, durante una ronda de rutina por el barco, Charles McFerrin, el segundo oficial, tuvo la clara impresión de haber percibido olor a humo. Su nariz le dijo que se concentraba en un extremo de la zona comercial, donde estaban las boutiques y las tiendas de regalos. Extrañado de que no hubiera sonado ninguna alarma, rastreó el olor hasta llegar a la puerta de la capilla nupcial. Notó calor al otro lado, y la abrió.

El interior de la capilla estaba siendo pasto de las llamas. McFerrin, asombrado, retrocedió para apartarse del intenso calor y tropezó, quedando tendido en la cubierta. Enseguida se recuperó y llamó al puente de mando por su radio para impartir a gritos una serie de órdenes.

—¡Despertad al capitán Waitkus, hay un incendio en la capilla! Activad la alarma, programad el ordenador de control de daños y poned en marcha los sistemas antiincendios.

El segundo de a bordo, Vince Sheffield, se giró maquinalmente hacia la consola. Todas las luces estaban verdes.

—¿Estás seguro, McFerrin? Aquí no sale nada.

—¡Hazme caso! —dijo McFerrin, desgañitándose—. Es un infierno, y está descontrolado.

—¿Se han activado los aspersores? —preguntó Sheffield.

—No, pasa algo raro. El sistema de extinción de incendios no funciona, y no se ha disparado la alarma de calor.

Sheffield no sabía qué hacer. El *Emerald Dolphin* disponía del sistema de alarma y control antiincendios más moderno de toda la flota mundial, y si este fallaba no había alternativa. Miró la consola, que indicaba total normalidad, y en su incredulidad y su vacilación perdió unos segundos valiosísimos. Luego se giró hacia el oficial de menor rango, Carl Harding.

—McFerrin comunica un incendio en la capilla. En la consola de control de incendios no aparece nada. Baja a comprobarlo.

McFerrin, mientras tanto, hacía un uso desesperado de los extintores para tratar de dominar unas llamas que no dejaban de crecer. Fue otra pérdida de tiempo, porque era como querer apagar un gran incendio forestal a golpes de saco de arpillera. A pesar de sus solitarios esfuerzos, el fuego se estaba propagando más allá de la capilla. El caso era que a McFerrin le parecía imposible que no funcionaran los aspersores automáticos. La única manera de controlar el incendio era que acudiese una parte de la tripulación, abriese las válvulas y atacara el fuego con mangueras, pero el único refuerzo fue Harding, que apareció tan campante por el centro comercial.

A la sorpresa de descubrir la magnitud de la catástrofe se sumó la de ver que McFerrin libraba a solas un combate perdido de antemano. Harding se puso en contacto con el puente de mando.

—¡Sheffield, por amor de Dios! Aquí abajo hay un incendio en toda regla, y aparte de los extintores de mano no tenemos nada para dominarlo. ¡Avisa al equipo antiincendios y pon en marcha los sistemas!

Sheffield, que seguía indeciso por la incredulidad, tardó unos instantes en activar manualmente el sistema antiincendios de la capilla.

—Sistema encendido —comunicó a sus dos compañeros.

—¡No pasa nada! —exclamó McFerrin—. Date prisa, que esto no podemos pararlo nosotros solos.

Sheffield estaba como en una nube, pero acabó por dar el aviso al principal responsable de la brigada antiincendios. Luego se puso en contacto con el capitán Waitkus.

—Señor, me informan de un incendio en la capilla.

Waitkus se despertó de golpe.

—¿Lo están controlando los sistemas antiincendios?

—Los oficiales McFerrin y Harding, que se han desplazado al lugar del incidente, informan de que los sistemas no funcionan. Están intentando dominar el fuego con extintores.

—Avise a la brigada, y que lleve las mangueras.

—Ya lo he hecho, señor.

—Que ocupen sus puestos los responsables de los botes salvavidas.

—Enseguida, señor.

Waitkus se vistió apresuradamente. Le costaba asimilar una emergencia que exigiría ordenar el embarque en los botes salvavidas de dos mil quinientos pasajeros y de la tripulación para evacuar el barco. Sin embargo, como estaba decidido a tomar todas las precauciones, corrió al puente de mando y echó un vistazo a la consola antiincendios. Seguía dominada por el color verde. Ninguno de los sofisticados sistemas detectaba la presencia del supuesto incendio, ni se ponía automáticamente en marcha para apagarlo.

—¿Está seguro? —preguntó a Sheffield con escepticismo.

—McFerrin y Harding juran y perjuran que la capilla está ardiendo.

—Imposible.

Waitkus cogió el teléfono y llamó a la sala de máquinas. Le contestó Joseph Barnum, el jefe de máquinas.

—Sala de máquinas. Al habla Barnum.

—Al habla el capitán. ¿Sus sistemas de control y detección de incendios indican que haya fuego en alguna zona del barco?

—Un momento. —Barnum se volvió y examinó un gran tablero—. No, todas las luces están verdes. Aquí no nos consta que haya ningún incendio.

—Esté preparado para activar manualmente su sistema antiincendios —ordenó Waitkus.

Justo entonces alguien llegó corriendo al puente de mando y se dirigió a Sheffield.

—He considerado que tenía que informarle, señor. Yendo por el puente de paseo de babor he olido a humo.

Waitkus cogió el auricular.

—¿McFerrin?

El estruendo que provocaba el incendio era tan grande que el segundo oficial casi no oyó que le llamaban por teléfono.

—¿Qué pasa? —contestó bruscamente.

—Soy el capitán Waitkus. Salgan de la capilla usted y Harding. Cerraré las compuertas de acero y la aislaré.

—Dese prisa, señor —dijo McFerrin a todo pulmón—. Tengo miedo de que el incendio esté a punto de propagarse a las tiendas.

Waitkus pulsó el interruptor que haría cerrarse las compuertas ocultas de la zona de la capilla de modo que quedase aislada y se llevó la sorpresa de que el piloto no se encendía. Volvió a llamar a McFerrin.

—¿Se han cerrado las compuertas?

—No, señor, no se ha movido nada.

—Imposible —murmuró Waitkus por segunda vez en dos minutos—. Me resisto a creer que haya fallado todo el sistema. —Volvió a ponerse en contacto con la sala de máquinas—. ¡Barnum, use la activación manual y cierre las compuertas de alrededor de la capilla! —vociferó.

—A la orden —respondió Barnum. Pasaron unos segundos—. Mi panel de control no indica movimiento. No lo entiendo. El sistema de compuertas antiincendios no funciona.

—¡Maldita sea! —exclamó Waitkus. Le hizo a Sheffield un breve gesto con la cabeza—. Voy a bajar para evaluar personalmente la situación.

Fue la última vez que el segundo de a bordo vio al capitán. Waitkus entró en el ascensor del puente de mando, bajó a la cubierta A y se acercó a la capilla nupcial por el lado contrario al de los oficiales que luchaban contra el fuego. Iba tan confiado, era tan poco consciente de la gravedad del peligro, que abrió de golpe la puerta de detrás del altar y quedó envuelto por las llamas que salieron por la puerta. Se le quemaron los pulmones casi enseguida y se convirtió en una antorcha ambulante que, después de tambalearse unos pasos, cayó en la cubierta, envuelto en llamas y muerto antes del impacto con el suelo.

El capitán Jack Waitkus sufrió una muerte atroz, sin saber que también el barco estaba a punto de perecer.

Kelly Egan se despertó de una pesadilla. A menudo soñaba algo parecido: que la perseguía una especie de animal o insecto indescriptible. En aquel caso era un enorme pez el que le daba caza por el agua. Gimió en sueños, y al abrir los ojos solo vio la luz de la lamparita del lavabo.

En el momento de incorporarse abrió las aletas de la nariz, y poco a poco se dio cuenta de que olía ligeramente a humo. Trató de rastrear el origen con el olfato, pero era casi imperceptible. Después de comprobar que no procedía del interior de su camarote, volvió a acostarse y, como en duermevela, se preguntó si eran imaginaciones suyas. Sin embargo, a los pocos minutos tuvo la impresión de que el olor se hacía más fuerte. También notó que la temperatura de su camarote había aumentado. Entonces apartó la manta y apoyó los pies descalzos en la alfombra, que le pareció más caliente de lo normal. Parecía que el calor procediese de la cubierta inferior. Se subió a una silla y puso la mano en el techo de cobre labrado. Estaba fresco.

Preocupada, se echó la bata a los hombros y caminó descalza hacia la puerta del camarote contiguo, ocupado por su padre. A juzgar por sus ronquidos, el doctor Elmore Egan dormía profundamente. Era un genio de la ingeniería, galardonado con el premio Nobel, y viajaba a bordo del *Emerald Dolphin* para estudiar el rendimiento de los motores del barco en su primer viaje, unos motores revolucionarios diseñados por él. El doctor Egan estaba tan enfrascado en su invento, el último grito en tecnología, que casi no salía de la sala de máquinas. Por eso Kelly prácticamente no le había visto desde Sidney. La noche anterior había sido la primera en que habían cenado juntos. El doctor Egan empezaba a relajarse después de comprobar que sus enormes motores magnéticos de propulsión por chorro de agua funcionaban eficazmente y sin problemas.

Kelly se inclinó y lo sacudió suavemente por el hombro.

—Despierta, papá.

Egan, que tenía el sueño ligero, se despertó enseguida.

—¿Qué pasa? —preguntó, mirando fijamente la silueta oscura de su hija—. ¿Te encuentras mal?

—Huele a humo —contestó ella—, y el suelo está caliente.

—¿Estás segura? No oigo ninguna alarma.

—Compruébalo.

Egan se sentó en la cama, ya despierto del todo, y puso las palmas de las manos en la alfombra. Luego olió el aire con el entrecejo fruncido, y dijo:

—Vístete. Vamos a salir a la cubierta.

Cuando salieron de sus camarotes y llegaron al ascensor, el olor a humo se había vuelto más pronunciado y definido.

En la zona comercial de la cubierta A, cerca de la capilla, la tripulación se estaba batiendo en retirada, vencida por el fuego. Ya no quedaba ningún extintor. Los sistemas antiincendios seguían sin responder, y para mayor desesperación era imposible conectar las mangueras porque se habían atascado las tapas de las válvulas y no podían retirarse a mano. McFerrin envió a alguien a la sala de máquinas en busca de llaves inglesas, pero fue una medida inútil.

Ni siquiera la fuerza combinada de dos hombres logró desenroscar las tapas. Parecía que estuvieran soldadas.

Viendo empeorar la situación, los que luchaban contra el fuego empezaron a asustarse. Si no se cerraban las compuertas antiincendios, sería imposible aislar las llamas. McFerrin se puso en contacto con el puente de mando.

—Decidle al capitán que aquí abajo estamos perdiendo el control. El incendio ya está en el casino.

—¿No podéis evitar que se extienda? —preguntó Sheffield.

—¿Cómo? —contestó gritando McFerrin—. No funciona nada. Nos hemos quedado sin extintores, no podemos conectar las mangueras y los sistemas de aspersión no se ponen en marcha. ¿Hay alguna manera de anular el automatismo desde la sala de máquinas y cerrar manualmente las compuertas antiincendios?

—Negativo —contestó Sheffield, con un nerviosismo que se le notaba en la voz—. Ha fallado todo el programa antiincendios: ordenadores, compuertas, aspersores… Todo. Ha fallado absolutamente todo.

—¿Por qué no habéis dado la alarma?

—No puedo asustar a los pasajeros sin permiso del capitán.

—¿Dónde está?

—Ha bajado a evaluar personalmente la situación. ¿No le habéis visto?

McFerrin, sorprendido, buscó por toda la zona, pero no había ni rastro de Waitkus.

—Aquí no está.

—Estará volviendo al puente de mando —contestó Sheffield, que empezaba a estar inquieto.

—Por el bien de los pasajeros, da la alarma y haz que se distribuyan por los botes que les corresponden. Que estén preparados para abandonar el barco.

Sheffield estaba horrorizado.

—¿Que mande que abandonen el *Emerald Dolphin* mil seiscientos pasajeros? Sería una exageración.

—Tú no has visto cómo está esto —dijo McFerrin, impacientándose—. Venga, ponlo todo en marcha antes de que sea demasiado tarde.

—Esa orden solo puede darla el capitán Waitkus.

—¡Pues entonces da la alarma, por el amor de Dios, y avisa a los pasajeros antes de que el fuego pase a las cubiertas de los camarotes!

Sheffield estaba paralizado por la indecisión. Era la primera vez en sus dieciocho años de marino que se veía enfrentado a una emergencia de ese calibre. Por eso nunca había querido ser capitán. ¿Qué debía hacer?

—¿Estás completamente seguro de que la situación justifica una medida tan drástica?

—O conseguís que funcionen los sistemas antiincendios en un plazo de cinco minutos, o no habrá quien salve al barco ni a los que van a bordo —vociferó McFerrin.

La desorientación empezó a hacer mella en Sheffield. Solo podía pensar en una cosa: en el peligro que corría su carrera. Si tomaba la decisión equivocada…

Mientras tanto, pasaban los segundos.

En último término, el precio de su pasividad iba a ser un centenar largo de vidas.

2

Los hombres que luchaban contra el fuego estaban bien instruidos en el control de incendios en alta mar, y sin embargo tenían las manos atadas. Llevaban traje antillamas, casco y botellas de oxígeno a la espalda, pero empezaban a desesperarse. Con todos los sistemas y equipos antiincendios inutilizados, poco podían hacer salvo quedarse al margen y asistir impotentes al implacable avance de las llamas. En quince minutos la cubierta A se convirtió en un infierno. Las llamas consumieron la zona comercial y se propagaron a las cubiertas contiguas, las de los botes salvavidas, provocando la huida del personal que los estaba preparando. Un torrente de fuego devoró los botes de babor y de estribor.

Aun así, seguía sin sonar la alarma.

Parecía que Sheffield, el segundo de a bordo, se negaba a aceptar la cruda realidad. Sus sentimientos al asumir el mando del barco eran de miedo y reticencia. Seguía sin poder aceptar la posibilidad de que el capitán Waitkus estuviera muerto, o de que las vidas de todos corrieran peligro. Como todos los cruceros modernos, el *Emerald Dolphin* estaba construido a prueba de incendios. El hecho de que las llamas se hubieran propagado a tal velocidad contravenía todos los diseños de seguridad de la arquitectura naval.

Perdió un tiempo precioso en enviar a varios hombres en busca del capitán, y en esperar a que volvieran e informaran de su ausencia. Entonces entró en el cuarto de derrota y estudió el rumbo del barco en una carta de navegación de grandes dimensiones. La última marca del GPS, introducida hacía menos de media hora por el cuarto oficial, indicaba que la costa más cercana era la isla de Tonga, más de trescientos kilómetros al nordeste. Sheffield regresó al puente de mando y salió al ala del puente. El barco estaba siendo azotado por una tormenta. Debido al viento, la altura de las olas que rompían en proa había aumentado hasta un metro y medio.

Dio media vuelta, y se llevó un susto enorme al ver que salía humo del centro del barco y que las llamas consumían los botes salvavidas. Parecía que el fuego lo devorara todo a su paso. ¿Por qué habían fallado los sistemas antiincendios? El *Emerald Dolphin* era uno de los barcos más seguros del mundo. Era inconcebible que acabara en el fondo del mar. Sheffield se decidió a activar el sistema de alarmas antiincendios del barco, como si estuviera viviendo una pesadilla.

Para entonces el casino ya se había convertido en un infierno llameante. La increíble intensidad del calor, sumada a la total ausencia de sistemas y equipos antiincendios capaces de mitigarla, derretía todo lo que tocaba o lo consumía en cuestión de segundos. El fuego irrumpió en el teatro convirtiéndolo rápidamente en un incinerador, y a los telones en lluvia pirotécnica. Solo quedó un simple cascarón negruzco y humeante. El incendio estaba a apenas dos cubiertas de los primeros camarotes inferiores.

De repente sonaron campanas y se oyeron sirenas por todo el barco, el único sistema de alarma que había respondido a la orden de activación. Mil seiscientos pasajeros salieron de las nieblas del más profundo sueño y se preguntaron confusos por el motivo del brusco despertar. Extrañados de que sonara la alarma a las cuatro y veinticinco de la madrugada, su reacción fue lenta; al principio la mayoría conservó la calma y se tomó el tiempo necesario para ponerse ropa cómoda e informal, y después, siguiendo lo que habían aprendido durante los simulacros, se pusieron los chalecos salvavidas y se dirigieron al bote que les correspondía. Los únicos en topar de bruces con la realidad fueron los que salieron a la galería para averiguar qué pasaba.

El mar de luces del barco les permitió ver nubes de humo espeso y grandes lenguas de fuego surgiendo de los ojos de buey derretidos y rotos de las cubiertas inferiores. Era un espectáculo tan deslumbrante como aterrador, que dio el pistoletazo de salida para las primeras reacciones de pánico; un pánico que se extendió en cuanto los primeros pasajeros en llegar a la cubierta de los botes salvavidas se encontraron con un muro de fuego.

El doctor Egan había llevado a su hija al ascensor más próximo. Pulsó el botón de la cubierta de observación, desde donde tendrían una visión de conjunto del barco. Al ver el incendio, cuyo foco estaba siete cubiertas más abajo, en el centro mismo del barco, se confirmaron sus peores temores. Desde aquel observatorio privilegiado también se veían las llamas consumiendo las dos cubiertas donde estaban los botes salvavidas en sus pescantes. A popa, la tripulación se desvivía en echar al mar balsas salvavidas que se inflaban al contacto con el agua. A Egan le pareció una escena digna de los Monty Python: la tripulación no parecía consciente de que el barco seguía moviéndose a velocidad de crucero y las balsas vacías quedaban rápidamente atrás, perdidas en la estela del buque.

Lívido y anonadado por lo que acababa de ver, le dijo a Kelly en tono enérgico:

—Baja al café al aire libre de la cubierta B y espérame.

Kelly, que solo llevaba un top y pantalones cortos, preguntó:

—¿Tú no vienes?

—Tengo que ir a buscar unos papeles que he dejado en el camarote. Adelántate, que solo tardaré unos minutos.

Los ascensores se habían atascado por el sobrepeso de los pasajeros de las cubiertas inferiores. Ante la imposibilidad de bajar de la cubierta de observación, Kelly y su padre tuvieron que abrirse camino por las escaleras, entre hordas de asustados pasajeros. La multitud llenaba hasta el último pasillo, escalera y ascensor, como termitas atacadas en su nido por un oso hormiguero. De repente ya no eran personas responsables y disciplinadas, sino una masa lamentable dominada por el miedo a la muerte. Había algunos que avanzaban a ciegas, sin saber adónde iban. Otros caminaban como aturdidos, apabullados por el caos. Los hombres decían palabrotas y las mujeres chillaban. El drama se estaba convirtiendo a marchas forzadas en una escena del *Infierno* de Dante.

Tripulación, oficiales, camareras y camareros... Todos se esforzaban por controlar el tumulto, pero era una batalla perdida. Sin el recurso a los botes salvavidas, la única manera de huir era saltar por la borda. La tripulación y los oficiales circulaban entre la asustada muchedumbre para asegurarse de que llevaran correctamente puestos los chalecos salvavidas y para garantizarles que otros barcos ya estaban de camino para rescatarles.

Vana esperanza: Sheffield seguía paralizado, y sin haber emitido la señal de socorro. Tres veces había salido corriendo el radiotelegrafista de la sala de comunicaciones para preguntar si la transmitía a todos los barcos de la zona, pero Sheffield no había sabido reaccionar.

En pocos minutos sería demasiado tarde. Menos de veinte metros separaban la sala de comunicaciones de las llamas.

Kelly Egan se abrió camino a codazos para acceder al bar al aire libre de la cubierta B, que estaba en la zona de popa del *Emerald Dolphin*, pero lo encontró atestado de pasajeros con aspecto aturdido. Allí no había oficiales que mantuvieran la calma. El humo que circulaba por el barco, impulsado por el viento que llegaba de la proa —ya que el barco seguía navegando a veinticuatro veloces nudos—, hacía que la gente tosiese.

Se había dado la milagrosa circunstancia de que casi todos los pasajeros se habían librado de morir en sus camarotes gracias a que habían salido sin perder la calma antes de que el fuego bloquease los pasillos, las escaleras y los ascensores. Al principio se habían negado a tomarse en serio el desastre, pero al comprobar que era imposible llegar hasta los botes salvavidas, la angustia se había propagado rápidamente. Dando muestras de un valor excepcional, los oficiales y el resto de la tripulación les habían conducido a las cubiertas de popa, donde estarían a salvo de las llamas por algún tiempo.

Había familias enteras: padres, madres e hijos, muchos de ellos en pijama. Algunos niños lloriqueaban de miedo, mientras otros se lo tomaban como un juego, pero apenas hasta que veían el miedo en las miradas de sus padres. Entre las mujeres se veía de todo, señoras despeinadas en albornoz y otras que, sin darse ninguna prisa, se habían tomado el tiempo de maquillarse, vestirse de largo y coger el bolso. En cuanto a los varones, predominaba la ropa informal, sobre todo los conjuntos de bermudas y americana. Los únicos que acudieron preparados para saltar por la borda fueron una pareja joven en bañador. Sin embargo, todos tenían algo en común: el miedo a morir.

Kelly se abrió camino entre la muchedumbre hasta llegar a la borda, a la que se aferró desesperadamente. Estaba a punto de amanecer, pero aún era de noche. Miró hacia abajo, hacia los torbellinos de espuma. Bajo los reflectores del barco se distinguían unos doscientos metros de estela; más allá, el negro océano se mezclaba con el negro horizonte tachonado todavía de estrellas. Le extrañó que el barco no se detuviera.

Una mujer se dejaba llevar por la histeria:

—¡Nos quemaremos vivos! ¡Yo no quiero morirme en un incendio!

Y, sin dar tiempo a que se lo impidieran, se encaramó a la barandilla y saltó al mar, donde varios ojos asombrados la vieron hundirse. Tras una fugaz reaparición de su cabeza en la superficie, se fundió con la oscuridad.

Kelly empezaba a temer por su padre y a plantearse la posibilidad de volver al camarote en su busca, pero justo entonces le vio llegar con un maletín de cuero marrón.

—¡Papá! —exclamó—. Tenía miedo de no volver a verte.

—Esto es de locos, de locos —dijo él sin aliento y con la cara congestionada—. Parece una estampida de ganado dando vueltas sin parar.

—¿Qué podemos hacer? —preguntó ella, ansiosa—. ¿Adónde podemos ir?

—Al agua —contestó Egan—. Es nuestra única esperanza de seguir vivos el máximo tiempo posible.

Miró con gran seriedad los ojos de su hija, a los que la luz, desde determinados ángulos, arrancaba resplandores azules, como de zafiro. Nunca dejaba de admirarle que se pareciera tanto a su madre, Lana, cuando tenía su edad. Eran idénticas en estatura, peso y constitución: altas, elegantes, con medidas casi perfectas, de modelos. El pelo castaño de Kelly, largo y liso, enmarcaba un rostro perfecto, de pómulos marcados, labios bien dibujados y nariz perfecta; su rostro casi reproducía el de su madre. La única diferencia entre las dos residía en los brazos y las piernas. Kelly era más atlética, mientras que su madre había sido de miembros más finos y estilizados. Su muerte, tras una larga batalla contra el cáncer, había llenado de desolación tanto a Kelly como a su padre. Viéndola a bordo del barco en llamas, el doctor Egan sintió un peso indescriptible en el corazón al comprender que esta vez era la vida de su hija la que corría el grave peligro de verse interrumpida a destiempo.

Kelly le sonrió animosamente.

—Suerte que estamos en el trópico, y que el agua estará lo bastante templada para poder nadar.

Él le dio un apretón en el hombro y miró el mar que el casco surcaba unos quince metros por debajo de donde estaban.

—No tendría sentido saltar antes de que pare el barco —dijo—. Esperaremos hasta el último minuto. Seguro que viene alguien a rescatarnos.

Sheffield, el segundo de a bordo, estaba aferrado a la barandilla del puente de mando, viendo la luz roja reflejarse en las olas como si se tratase de un calidoscopio. Las llamas se extendían por todo el centro del barco y brotaban como ríos de fuego por los ojos de buey y las ventanas que el intenso calor había reventado. Oyó el gemido de protesta del majestuoso crucero al sucumbir. Parecía inconcebible que el *Emerald Dolphin*, orgullo de Blue Sea Cruise Lines, estuviera destinado a convertirse en menos de una hora en un casco chamuscado flotando a la deriva por un mar turquesa. Ya hacía tiempo que el cerebro de Sheffield se había cerrado a cualquier pensamiento relacionado con las vidas de los dos mil quinientos pasajeros y tripulantes.

Miró el oscuro mar, pero era una mirada ciega. Si había luces de otros barcos, él no las veía. En ese momento, McFerrin irrumpió en el puente de mando. El segundo oficial tenía la cara tiznada, el uniforme lleno de quemaduras y se le había quemado buena parte de las cejas y el cabello. Cogió a Sheffield por un hombro y le obligó a girarse sin contemplaciones.

—El barco sigue navegando a velocidad de crucero directamente contra el viento. El fuego está siendo alimentado como con un fuelle gigante. ¿Por qué no ha dado orden de parar las máquinas?

—Es prerrogativa del capitán.

—¿Y se puede saber dónde está el capitán Waitkus?

—No lo sé —dijo Sheffield, aturdido—. Se ha marchado y aún no ha vuelto.

—Habrá muerto en el incendio.

Viendo que era inútil tratar de comunicarse con su superior, McFerrin se puso al teléfono y llamó al jefe de máquinas.

—Jefe, aquí McFerrin. El capitán Waitkus está muerto. El incendio se ha descontrolado. Detenga los motores y que suban sus hombres. Tenga en cuenta que no pueden salir por el centro del barco. Tendrán que ir hacia la proa o hacia la popa. ¿Me ha entendido?

—¿Tan grave es el incendio? —preguntó tontamente Raymond García, el jefe de máquinas.

—Peor que grave.

—¿Por qué no vamos a los botes salvavidas?

Esto es de locos, se dijo McFerrin. Desde el puente de mando no habían avisado a la sala de máquinas de que el incendio ya había destruido la mitad del barco.

—Porque se han quemado todos. El *Emerald Dolphin* está condenado. Salgan mientras aún hay tiempo. Y dejen los generadores en marcha: necesitaremos luz para abandonar el barco y orientar a las expediciones de rescate.

Sin perder más tiempo en palabrería, el jefe de máquinas dio la orden de detener los motores. Poco después, sus hombres salieron de la sala de máquinas y se dirigieron a proa por los compartimientos de carga y equipaje.

El último en marcharse fue García, que antes de internarse en el pasillo más próximo se aseguró de que los generadores funcionaran correctamente.

—¿Ya ha contestado algún barco a la señal de socorro? —le preguntó McFerrin a Sheffield.

Sheffield le miró sin comprender.

—¿Socorro?

—¿No ha informado sobre nuestra posición? ¿No ha pedido ayuda urgente?

—Es verdad, deberíamos pedir ayuda… —murmuró Sheffield con aire distraído.

McFerrin se percató enseguida de la incoherencia del tono de su superior, y se quedó estupefacto.

—¡Dios mío, ya debe de ser demasiado tarde! Seguro que las llamas han alcanzado la sala de comunicaciones.

Cogió el auricular y llamó a la sala de comunicaciones, pero solo se oían parásitos. Exhausto, y dolorido por las quemaduras, se apoyó con expresión desesperada en el tablero de mandos del crucero.

—Más de dos mil personas están a punto de morir quemadas o ahogadas, y no hay ninguna esperanza de que les rescaten —murmuró con tono grave y lleno de angustia—. En cuanto a nosotros, no nos queda otra opción que seguir la misma suerte.

3

Veinte kilómetros al sur, unos ojos de color verde ópalo veían aclararse el cielo al este y se volvían para examinar una luz roja en el horizonte, hacia el norte. Su dueño, absorto, abandonó el ala del puente y entró en la timonera del *Deep Encounter*, un barco de investigación oceanográfica de la NUMA, la agencia marina y submarina, donde se hizo con unos potentes prismáticos que enfocó en la distancia.

Era un hombre alto, de un metro noventa de estatura, pero solo pesaba ochenta y cuatro kilos. Parecía que tuviera planeado al milímetro cada uno de sus movimientos. Tenía el cabello ondulado, casi rizado, con canas insinuándose en las sienes. Su rostro era el de alguien acostumbrado al mar tanto por dentro como por fuera. Su piel morena y sus facciones curtidas delataban su afición por la vida a la intemperie. Saltaba a la vista que pasaba mucho más tiempo al sol y al aire libre que bajo los fluorescentes de un despacho.

El aire matinal de los trópicos era cálido y húmedo. El hombre llevaba tejanos cortos y una camisa de estampado hawaiano. Sus pies estrechos, que no se desviaban ni un milímetro de su trayectoria, calzaban sandalias. Era el uniforme de Dirk Pitt cuando se dedicaba a algún proyecto de exploración submarina, sobre todo si trabajaba a menos de mil quinientos kilómetros del ecuador. En su calidad de director de proyectos especiales de la NUMA, pasaba nueve meses al año en el mar. En aquella expedición los científicos de la NUMA realizaban un examen geológico de los fondos marinos de la fosa de Tonga.

Después de tres minutos examinando la luz, Pitt volvió a entrar en la cabina y se asomó a la sala de comunicaciones. El operador que cumplía el turno de noche le miró con cara de sueño y dijo maquinalmente:

—Según las últimas previsiones meteorológicas por satélite, se acercan fuertes borrascas con vientos de cincuenta kilómetros por hora y olas de tres metros.

—Perfecto para hacer volar cometas —dijo Pitt y, pasando de la sonrisa a la seriedad, añadió—: ¿Durante la última hora has detectado alguna señal de socorro?

El operador negó con la cabeza.

—Más o menos a la una he cruzado unas palabras con el operador de un buque portacontenedores británico, pero señales de socorro… no, ninguna.

—Tenemos un barco grande al norte que parece que se esté quemando. Intenta ponerte en contacto con él.

Pitt dio media vuelta y le puso una mano en el hombro a Leo Delgado, el oficial de guardia.

—Leo, me gustaría que pusieras rumbo al norte a toda máquina. Creo que hay un barco incendiado. Despierta al capitán Burch y pídele que suba a la cabina.

Aunque el jefe del proyecto fuera Pitt y su rango superara al de Burch, el mando del barco seguía correspondiendo al capitán. Kermit Burch llegó casi enseguida, con unos pantalones cortos de topos como única prenda.

—¿Qué dices de un barco incendiado? —le preguntó a Pitt, disimulando un bostezo.

Pitt señaló el ala del puente y le pasó los prismáticos. Burch escrutó el horizonte, limpió los lentes con la tela de los pantalones y volvió a mirar.

—Tienes razón, parece una antorcha. Para mí que es un crucero, y grande.

—Qué raro que no haya dado la señal de auxilio.

—Sí que es raro, sí. Deben de tener la radio estropeada.

—Le he pedido a Delgado que cambie de rumbo y se dirija hacia el barco a toda máquina. Espero que no te moleste que invada tu territorio, pero es que he pensado que nos ahorraríamos unos minutos.

Burch sonrió burlonamente.

—Yo habría dado la misma orden. —Se acercó al teléfono del barco—. Sala de máquinas, sacad a Marvin de la cama y que le exprima a los motores todas las revoluciones que se pueda. —Guardó silencio, atento a lo que le decían—. ¿Por qué? Pues porque vamos a un incendio.

En cuanto se supo la noticia, el barco entró en plena actividad, con órdenes especiales tanto para la tripulación como para los científicos. Las dos lanchas de inspección hidrográfica del barco, que medían diez metros y medio de eslora, quedaron listas para navegar. Las dos grúas telescópicas que se usaban para subir y bajar sumergibles e instrumental de reconocimiento fueron dotadas de eslingas, con el objetivo de poder recoger del agua a varias personas a la vez. Todas las escaleras y maromas del barco estaban preparadas para ser arrojadas al mar, con camillas para subir a bordo a los niños y las personas mayores.

El médico del barco, con la colaboración de los científicos marinos, preparó el hospital y una sala de heridos en el comedor. El cocinero y su pinche empezaron a sacar botellas de agua, cafeteras y grandes ollas de sopa. No hubo nadie que no participara en el préstamo de ropa para los pasajeros que fueran rescatados sin ella. Los oficiales seleccionaron a un grupo de tripulantes y les dieron instrucciones de repartir a los supervivientes por diversas zonas del barco, a fin de que recibieran cuidados, pero también de compensar los pesos. El *Deep Encounter*, con sus setenta metros de eslora y quince de manga, no estaba diseñado para acoger a dos mil pasajeros, y menos para flotar con ellos a bordo. Si la multitud que se esperaba recibir no era objeto de un reparto estratégico que mantuviera el equilibrio de la embarcación, se corría el peligro de que volcara.

En principio, la velocidad máxima del *Deep Encounter* solo era de dieciséis nudos, pero el jefe de máquinas, Marvin House, arrancó hasta el último caballo de los tres mil que tenían sus dos grandes motores eléctricos diésel, y los diecisiete nudos se convirtieron en dieciocho, los dieciocho en diecinueve… hasta que la proa cortó el mar a veinte nudos. Salvando la cresta de las olas, parecía que volase. Nadie había imaginado que el *Deep Encounter* fuera capaz de alcanzar esas velocidades.

El capitán Burch se paseaba por cubierta vestido de pies a cabeza, dirigiendo el sinfín de preparativos que había que ejecutar sin dilación de cara a la esperada invasión de supervivientes. El radiotelegrafista recibió la orden de ponerse en contacto con los demás barcos de la zona, darles la información estrictamente necesaria sobre el incendio y solicitar su posición, así como la hora a la que calculaban llegar. Uno de esos barcos era el *Earl of Wattlesfield*, el portacontenedores británico con el que ya había hablado anteriormente el operador. La reacción del capitán había sido inmediata; se acercaban a toda máquina, pero estaban cincuenta y ocho kilómetros al este. El segundo barco era un crucero portamisiles australiano que había cambiado de rumbo y acudía desde el sur hacia la posición facilitada por Burch. El problema era que tenía que cubrir ciento dos kilómetros.

En cuanto consideró que todos los preparativos estaban en marcha, Burch se reunió con Pitt en el ala del puente. Los tripulantes que no tenían asignada ninguna misión se habían reunido en la borda del *Deep Encounter* y miraban fijamente el rojo resplandor que iluminaba el cielo. El barco de investigación oceanográfica acortaba sin tregua la distancia que lo separaba del crucero en llamas. A cada milla que pasaba se hacía más patente la magnitud del desastre y los comentarios en voz alta quedaban reducidos a murmullos. Un cuarto de hora después estaban todos como en trance, sobrecogidos por el increíble drama que se desarrollaba ante sus ojos: un lujoso palacio flotante, poblado por personas felices y risueñas, convertido de pronto en una horrible pira fúnebre.

El setenta por ciento del buque era una vorágine de llamas. La estructura superior ya había quedado transformada en una montaña retorcida y humeante de acero al rojo vivo, que prácticamente dividía al barco en dos. La combinación de tonos esmeralda y blanco se había vuelto negra por el fuego. La contorsión de los mamparos internos los había convertido en una masa indescriptible de metal derretido y abrasado. Los botes salvavidas, o lo que quedaba de ellos, colgaban irreconocibles de los pescantes.

Era un monstruo, algo grotesco que superaba la imaginación del más loco escritor del género de terror.

Ante la imagen del *Emerald Dolphin* a la deriva, a merced del viento y de un oleaje cada vez más feroz, Pitt y Burch se preguntaron atónitos si el barco de la NUMA, con sus científicos y tripulantes, tendría capacidad para hacer frente a tan enorme tragedia.

—Madre mía —masculló Burch—. No se ha salvado ni uno en los botes.

—Parece que se han quemado antes de haber podido utilizarlos —dijo Pitt con tono grave.

Las llamas se elevaban bramando hacia el cielo y se reflejaban en las aguas que rodeaban el barco como terribles demonios. El crucero parecía una horripilante tea que, flotando en el agua, aguardase el momento de dejar de sufrir y hundirse en el mar. De pronto se oyó el chirrido, o mejor dicho gemido, de las cubiertas interiores al venirse abajo. La experiencia, en un radio de doscientos metros, tenía que ser necesariamente como la de abrir la puerta de un alto horno. Ya había amanecido lo suficiente para observar los escombros chamuscados que flotaban alrededor del barco en llamas como un manto de ceniza blanca y gris. Todo eran nubes arremolinadas de fragmentos de pintura y fibra de vidrio ardiendo. Desde el *Deep Encounter,* la primera impresión fue que el incendio no podía haber dejado supervivientes, hasta que distinguieron la masa humana que llenaba a reventar cinco de las cubiertas abiertas de popa. Nada más ver al *Deep Encounter*, varias personas empezaron a saltar y a nadar en dirección a él, formando una línea continua.

Burch dirigió los prismáticos a la zona de la popa del *Emerald Dolphin*.

—¡Los de las cubiertas inferiores saltan como lémures! —exclamó—. En cambio, los de las de arriba parecen estatuas.

—No me extraña —dijo Pitt—. Están a una altura de entre nueve y diez pisos. Debe de parecerles que el agua queda a un par de kilómetros.

Burch se apoyó en la borda y dio una orden a la tripulación.

—¡Bajad las lanchas! ¡Acercaos a los que nadan antes de que se los lleve la corriente!

—¿Podrías arrimar el *Deep Encounter* a la popa? —preguntó Pitt.

—¿Juntar los dos barcos?

—Sí.

Burch puso cara de escepticismo.

—No podré acercarme tanto como para que salten a bordo.

—Cuanto más se acerque el fuego, más serán los que salten por la borda. Morirán a centenares antes de que podamos recogerles del agua. Si echamos un cabo a la popa del crucero, su tripulación podrá tender cuerdas por donde se deslicen los pasajeros hasta nuestra cubierta.

Burch le miró.

—Con este oleaje, el choque del *Deep Encounter* con un monstruo así sería desastroso. Reventarían las planchas del casco, y lo más probable es que nos hundiéramos.

—Más vale que se hundan los dos barcos que quedarse cruzados de brazos —dijo Pitt filosóficamente—. Asumo toda la responsabilidad de mi barco.

—Sí, claro, tienes razón —dijo Burch, que se hizo cargo del timón y empezó a orquestar los controles de los dos motores omnidireccionales Z-drive y los propulsores del barco de investigación oceanográfica, acercándose por estribor, con suavidad y de costado, a la inmensa popa del *Emerald Dolphin*.

A medida que los pasajeros se refugiaban del incendio en las cubiertas de popa, el terror y el pánico fueron reduciéndose a simple miedo y aprensión. Los oficiales y la tripulación, en especial las mujeres, circulaban por la multitud en movimiento serenando a los más alterados y tranquilizando a los niños. Hasta la inesperada aparición del *Deep Encounter*, casi todos se habían acostumbrado a la idea de tirarse al agua como alternativa preferible a morir quemados.

Sin embargo, justo cuando ya no se avistaba ningún rastro de esperanza, la aparición del barco de investigación de la NUMA surcando el agua a la luz de un nuevo día fue acogida como un milagro divino. Las más de dos mil personas que se apretujaban en las cubiertas de popa empezaron a agitar los brazos como locos. Veían la salvación a su alcance; optimista estimación, como no tardaría en comprobarse. Los oficiales del crucero se dieron cuenta enseguida de que el barco de la NUMA era demasiado pequeño para acoger a bordo, no ya a todas las personas que aún se aferraban a la vida, sino a la mitad.

McFerrin, el segundo oficial, había conseguido abrirse camino desde el puente de mando y colocarse en popa con un megáfono para ayudar a calmar a los pasajeros. Como aún no comprendía las intenciones de Pitt y Burch, les dirigió unas palabras:

—Hablando al barco que tenemos a popa: no sigan acercándose. Hay gente en el agua.

Las cubiertas estaban tan abarrotadas que Pitt no pudo distinguir quién les hablaba. Cogió a su vez un megáfono y respondió:

—Entendido. Nuestras lanchas les recogerán lo antes posible. Manténganse a la espera. Dentro de unos minutos nos aproximaremos y amarraremos de costado. Por favor, que su tripulación esté lista para recoger nuestras cuerdas.

McFerrin se llevó una gran sorpresa. Le parecía increíble que el capitán del buque de la NUMA y su tripulación estuvieran dispuestos a jugarse la vida y el barco en una tentativa de rescate.

—¿A cuántos pueden recibir a bordo? —preguntó.

—¿Cuántos hay? —respondió Pitt.

—Más de dos mil. Un máximo de dos mil quinientos.

—¡Dos mil! —gimió Burch—. Con dos mil personas apretadas en la cubierta nos hundiremos como una piedra.

Pitt, que ya había reconocido al oficial que les hablaba desde la cubierta superior, dijo con todas sus fuerzas:

—Hay más barcos de camino. Si podemos, les recogeremos a todos. Que su tripulación eche cabos para que los pasajeros puedan bajar a nuestra cubierta.

Burch manejó hábilmente los controles de propulsión y el barco avanzó con lentitud. Luego el capitán hizo un diestro uso de los propulsores de popa y el *Deep Encounter* se aproximó centímetro a centímetro al crucero. A bordo del barco de investigación, todos quedaron sobrecogidos por la enormidad de la popa que se les venía encima. De repente se oyó el roce de dos superficies de acero. Treinta segundos después, los dos barcos estaban firmemente amarrados.

Mientras la tripulación del barco de la NUMA arrojaba cabos, la del crucero desenrolló los suyos y los echó por la borda hasta que sus extremos cayeron en manos de los científicos, que se apresuraron a atarlos a cualquier objeto firme. En cuanto estuvieron todos amarrados, Pitt indicó a la tripulación del *Emerald Dolphin* que podían empezar a enviarles pasajeros.

—¡Primero las familias con niños! —exclamó McFerrin por el megáfono, dirigiéndose a la tripulación.

La antigua tradición de dar prioridad a las mujeres y los niños había sido arrinconada a favor de mantener íntegras a las familias. Tras el hundimiento del *Titanic*, en que la mayoría de los hombres habían sufrido el mismo destino que el barco —dejando viudas con pequeños huérfanos—, el espíritu práctico había dictado que las familias sobrevivieran unidas o murieran unidas. Fueron pocos los casos en que los pasajeros más jóvenes, solteros o de edad avanzada no se mantuvieron valerosamente al margen, viendo cómo la tripulación hacía descender a los maridos, mujeres y niños hasta el *Deep Encounter*, en cuya cubierta de trabajo se encontraron a salvo, rodeados por los sumergibles, los vehículos robotizados submarinos y el equipo de reconocimiento hidrográfico. Los siguientes fueron los ancianos, a quienes hubo que obligar a abandonar el barco, no porque tuvieran miedo, sino porque consideraban que la prioridad era para la gente joven, que tenía toda la vida por delante.

Sorprendentemente, los niños que bajaban por las cuerdas no parecían asustados. El director de la orquesta del crucero y algunos miembros de la orquesta y de la compañía teatral del barco empezaron a tocar e interpretar canciones de espectáculos de Broadway. Hubo incluso momentos en que la gente cantaba, en vista de que la evacuación parecía desarrollarse sin sobresaltos ni embotellamientos; sin embargo, a medida que se aproximaba el fuego, el calor se intensificó y el humo empezó a dificultar la respiración. Entonces el miedo volvió a apoderarse de la multitud. De repente había mucha gente corriendo: eran los que habían decidido asumir el riesgo de saltar al agua sin esperar turno para ponerse a salvo bajando por las cuerdas. La mayoría de los que se arrojaban eran jóvenes que saltaban por la borda de las cubiertas inferiores. Formaban una auténtica lluvia, y chocaban con los que ya flotaban en el agua. Hubo varios que calcularon mal y cayeron en la cubierta del *Deep Encounter*, quedando malheridos o sufriendo una muerte horrible por el impacto. Otros cayeron entre los dos barcos y perecieron aplastados cuando el movimiento de las olas aproximó los cascos.

La tripulación del *Emerald Dolphin* se esforzaba al máximo por explicar a los pasajeros el mejor modo de saltar. Levantar mucho los brazos en el momento del impacto era una manera segura de quedarse sin chaleco salvavidas y de depender de las propias fuerzas para no hundirse. Los que no sujetaran el cuello del chaleco salvavidas y tiraran hacia abajo en el momento del impacto se arriesgaban a romperse el cuello.

No hizo falta mucho tiempo para que los dos barcos quedaran rodeados no solo de escombros, sino también de cadáveres.

Kelly tenía miedo. El pequeño barco de investigación parecía al mismo tiempo próximo y lejano. Solo tenían delante a diez personas esperando para bajar por una de las cuerdas atadas a la menor de las dos embarcaciones. El doctor Egan estaba decidido a que él y su hija soportaran el calor y el humo y se pusieran a salvo por la cuerda cuando llegara su turno, pero la indisciplina y la precipitación del gentío, que tosía y se ahogaba, le estaba aplastando contra la borda. De repente un pelirrojo corpulento, con un bigote que se juntaba con las patillas, se destacó de la marea humana y trató de arrebatarle la cartera. Una vez superada la sorpresa inicial, el ingeniero consiguió mantenerla en su mano y evitar que se la quitasen.

Kelly asistía horrorizada al forcejeo. Otro de los espectadores era un oficial cuyo uniforme no tenía ni una sola arruga y que aparentaba la más absoluta indiferencia. Era de raza negra, con la cara como de obsidiana y las facciones muy marcadas.

—¡Haga algo! —le gritó—. ¡No se quede parado! ¡Ayude a mi padre!

Sin embargo, el oficial negro no solo no le hizo caso, sino que dio un paso adelante y, para asombro de Kelly, empezó a ayudar al pelirrojo a quedarse con el maletín.

Empujado por las fuerzas combinadas de los dos, el doctor Egan perdió el equilibrio y chocó de espaldas con la borda. Al mismo tiempo se le separaron los pies de la cubierta y el impulso le hizo caer de cabeza por la borda. Sorprendidos por el inesperado desenlace, el oficial negro y el pelirrojo volvieron a mezclarse con la multitud. Kelly se lanzó gritando hacia la borda y tuvo tiempo de ver a su padre chocar ruidosamente con el agua.

Contuvo la respiración, y a los veinte segundos de espera —que le parecieron una hora— vio salir su cabeza a la superficie. Había perdido el chaleco salvavidas, arrancado por el impacto. Kelly comprobó con angustia que parecía inconsciente. Las olas zarandeaban su cabeza.

De repente Kelly notó que le apretaban el cuello unos dedos vigorosos. Aturdida y tomada por sorpresa, empezó a dar coces como loca mientras trataba inútilmente de apartarse aquellas manos del cuello, hasta que tuvo la suerte de que una de sus patadas alcanzara al agresor en la entrepierna. Entonces oyó un grito ahogado y la presión de su cuello se alivió. Al dar media vuelta vio que volvía a tratarse del oficial negro.

En ese momento, el pelirrojo apartó al negro y se arrojó sobre Kelly, pero justo cuando estaba a punto de cogerla ella se llevó las manos al cuello del chaleco salvavidas y se lanzó al vacío saltando por la borda.

Durante la caída, que duró un abrir y cerrar de ojos, lo vio todo borroso a su alrededor. El impacto con el agua le cortó la respiración. Le había entrado un chorro de agua salada por la nariz, pero contuvo el impulso de abrir la boca para reanimarse respirando.

Tragada por el mar, se hundió en un remolino de burbujas. Al perder impulso miró hacia arriba y vio brillar la superficie bajo las luces de los dos barcos. El chaleco salvavidas la ayudó a regresar a la superficie, donde respiró profundamente varias veces. Al mismo tiempo buscaba a su padre, hasta que le vio flotar inerte a unos diez metros del casco chamuscado del crucero.

Una ola sumergió al doctor, y de repente Kelly se puso muy nerviosa, porque ya no le veía. Nadó como desesperada hacia donde le había visto por última vez. Gracias a una ola que la levantó, volvió a verle: solo estaba a seis o siete metros. Le dio alcance, le rodeó los hombros con un brazo y le levantó la cabeza por el pelo, exclamando:

—¡Papá!

El doctor Egan abrió los ojos y se quedó mirándola. Tenía la cara crispada, como si le doliera mucho algo.

—Sálvate, Kelly —dijo con voz entrecortada—. Yo no puedo.

—¡Aguanta, papá! —dijo ella, dándole ánimos—. Pronto te recogerá una lancha.

Él le puso delante el maletín, sin soltarlo ni un segundo.

—Al caerme al agua he chocado con esto. Debo de haberme roto la espalda. Estoy paralizado y no puedo nadar.

Un cadáver que flotaba boca abajo se acercó a Kelly, que al apartarlo contuvo el impulso de vomitar.

—Ya te sujeto yo. No pienso soltarte, papá. Usaremos tu maletín como flotador.

—Quédatelo —murmuró él, obligándola a cogerlo—. Guárdalo bien hasta que llegue el momento.

—No te entiendo.

—En su momento lo sabrás…

El doctor Egan hablaba con dificultad. De repente su rostro se contrajo en una mueca de dolor y aflojó los músculos.

Kelly no entendía su derrotismo. Aún no se había dado cuenta de que estaba presenciando la agonía de su padre. En cuanto al doctor Egan, era consciente de que se moría, pero aceptaba su destino sin pánico ni miedo. Lo que más lamentaba no era perder a su hija —estaba seguro de que sobreviviría—, sino no saber si el descubrimiento que había creado sobre el papel funcionaría. Miró los ojos azules de Kelly y esbozó una sonrisa débil.

—Me espera tu madre —susurró.

Kelly miraba desesperadamente a su alrededor, buscando una lancha de rescate. La más cercana estaba a más de sesenta metros. Soltó a su padre, nadó varios metros y, moviendo las manos, exclamó:

—¡Aquí! ¡Vengan hacia aquí!

Una mujer debilitada por la inhalación de humo y el esfuerzo de no hundirse con el oleaje vio a Kelly justo cuando la recogían del agua y se la señaló a un marinero, pero los rescatadores estaban demasiado enfrascados en la recogida de otras personas, y no la vieron. Kelly dio media vuelta y quiso llegar a nado a donde estaba su padre, pero no le encontró. Lo único que flotaba era el maletín de cuero.

Egan lo había soltado y se había dejado tragar por las olas. Mientras llamaba a gritos a su padre, Kelly se dispuso a coger el maletín, pero justo en ese momento cayó al agua un adolescente que había saltado de la cubierta superior y prácticamente chocó con la joven. Un rodillazo en la nuca la sumió en un pozo negro.

4

Al principio, los supervivientes que llegaban al *Deep Encounter* eran como un pequeño río, pero no tardó en convertirse en una auténtica marea humana que desbordó a una tripulación y un personal científico cuyo número no era suficiente para ocuparse de todos. Los cincuenta y un varones y ocho mujeres que viajaban a bordo del *Deep Encounter* no daban abasto.

A pesar de la frustración y la angustia que sentían ante la cantidad de muertos y agonizantes que flotaban en el agua, los rescatadores se negaban a tirar la toalla. Varios oceanógrafos e ingenieros de sistemas, obviando los riesgos, se ataron cuerdas a la cintura y se zambulleron en las agitadas aguas para coger a dos supervivientes a la vez, mientras sus compañeros de barco volvían a remolcarles hacia el *Deep Encounter* y les subían a bordo. El fervor con que salvaban vidas humanas estaba destinado a convertirse en legendario en los anales de la historia de la navegación marítima.

La tripulación del barco también hacía uso de las grúas para depositar balsas y redes en el mar, a fin de que los nadadores se subieran a ellas y quedaran listos para ser izados a bordo. Incluso echaron mangueras y escalerillas por la borda para que los supervivientes treparan por ellas. Sin embargo, y por muy deprisa que actuasen, el agua estaba demasiado llena de gente para poder ocuparse de todos. Más tarde llorarían amargamente la suerte de los que se habían ahogado, de los que no habían tenido tiempo de ser rescatados por las lanchas.

Una vez que los pasajeros llegaban a bordo, el protagonismo pasaba a las mujeres del personal científico, que tras recibirles cariñosamente atendían sus quemaduras y heridas. En muchos casos el humo y los gases habían provocado ceguera, y era necesario llevar al paciente al hospital o al puesto de primeros auxilios del comedor. Ninguna de las mujeres del personal científico disponía de la formación necesaria para tratar la inhalación de humo; sin embargo, todas aprendieron deprisa y no llegaría a saberse cuántas vidas salvaron con su entrega.

A los que no estaban heridos les llevaban a una serie de camarotes y compartimientos elegidos previamente, distribuyéndolos de modo que no perjudicasen la estabilidad y el equilibrio del barco. También se habilitó una zona de reunión de pasajeros para redactar una lista de los supervivientes y ayudarles a encontrar a los amigos y parientes que se hubieran perdido por culpa de la confusión.

Durante la primera media hora fueron más de quinientas las personas recogidas del agua por las lanchas. Doscientas más consiguieron llegar a las balsas que rodeaban el *Deep Encounter* y ser izadas a bordo por las eslingas de los cabrestantes. Los rescatadores se concentraban en los vivos. Si al subir a alguien a las lanchas se descubría que estaba muerto, era devuelto al mar a fin de ganar espacio para los que seguían con vida.

Las lanchas, que recogieron al doble de pasajeros de lo que permitían las regulaciones marítimas, se aproximaban a la popa y eran rápidamente alzadas por alguno de los pescantes. De ese modo los supervivientes podían poner el pie en la cubierta sin tener que trepar por la borda, y los heridos eran colocados inmediatamente en camillas para su traslado al hospital y centro de atención médica del barco. El sistema, ideado por Pitt, era mucho más eficaz, y lo cierto es que desocupó las lanchas y las devolvió al mar en la mitad de tiempo que si se hubiera descargado desde ellas a los exhaustos supervivientes, subiéndolos uno a uno por la borda.

Burch no podía permitir que la operación de rescate se inmiscuyera en sus pensamientos, concentrados en que el *Deep Encounter* no sufriera daños en el casco. Consideraba que la tarea de evitar que el barco se destrozase contra el gigantesco crucero le competía exclusivamente a él. Habría sacrificado su brazo izquierdo a cambio de disponer del sistema de posicionamiento dinámico del barco, pero era inútil, porque los dos barcos estaban sometidos a los embates del viento y la corriente.

Mientras sometía a prudente vigilancia la altura que estaban alcanzando las olas que el barco surcaba a babor, incrementaba la potencia de los propulsores y los motores Z-drive cada vez que una de ellas amenazaba con provocar la colisión del *Deep Encounter* con la voluminosa proa del *Emerald Dolphin*; y no siempre salía victorioso en el envite. Le estremecía darse cuenta de que algunas planchas del casco estaban quedando gravemente abolladas, y no necesitaba dotes de adivino para saber que por las partes rotas empezaba a entrar agua. A pocos metros, en la timonera, Leo Delgado calculaba los factores de peso y escora, mientras el barco de investigación acogía literalmente a toneladas de supervivientes, como una marea sin fin. De hecho, los discos Plimsoll, que indicaban el nivel del peso máximo en el casco, ya quedaban a cuarenta y cinco centímetros de la superficie.

Pitt se encargaba de organizar y dirigir la operación de rescate. Las personas que estaban empleando toda su energía en salvar a más de dos mil personas tenían la impresión de verle en todas partes, dando órdenes por la radio portátil, sacando supervivientes del agua, orientando a las lanchas hacia los pasajeros que habían sido arrastrados por la corriente y ayudando a manejar las grúas con que se izaban y descargaban las lanchas. Ora guiaba a los supervivientes desde las maromas hasta los brazos de las mujeres del personal científico, que a continuación les conducían abajo, ora recibía en sus manos a niños que en los últimos tres metros de cuerda se soltaban porque el esfuerzo les había dejado insensibles los brazos y las manos. La constatación de que el barco empezaba a sufrir una peligrosa sobrecarga, y de que aún quedaban mil pasajeros por salvar, le llenaba de una aprensión considerable.

Subió corriendo al puente para consultar a Delgado sobre la distribución del peso.

—¿Es muy grave?

Delgado levantó la mirada del ordenador y sacudió la cabeza, cariacontencido.

—Bastante. Como añadamos otro metro de calado, nos convertiremos en un submarino.

—Aún quedan mil personas.

—Solo con que suban quinientos, estando el mar como está, las olas empezarán a saltar por la borda. Diles a tus científicos que repartan a más supervivientes por la proa. La popa empieza a pesar demasiado.

Mientras asimilaba las malas noticias, Pitt contempló a la multitud que se deslizaba por las cuerdas o era bajada con ellas. Se fijó en la cubierta de trabajo, donde una lancha de rescate estaba descargando a otros sesenta supervivientes. No, no era posible condenar a muerte a centenares de personas negándose a acogerlas a bordo del pequeño barco de la NUMA. Empezó a ocurrírsele una solución, aunque parcial, y fue corriendo a la cubierta de trabajo, donde reunió a varios miembros de la tripulación.

—Tenemos que aligerar el barco —dijo—. Cortad las anclas y la cadena. Echad los sumergibles por la borda y dejad que se los lleve el agua. Ya habrá tiempo de recogerlos. Desembarazaos de cualquier parte del instrumental que pese más de cuatro kilos.

Después de arrojar los sumergibles por la borda y abandonarlos a su suerte, se procedió a desmontar la enorme grúa de popa —que servía para soltar y recoger instrumental oceanográfico— y a arrojarla al mar. La diferencia fue que no flotó, sino que se fue directamente a pique, seguida por varios cabrestantes y sus correspondientes kilómetros de grueso cable. Pitt se alegró de ver que el casco se elevaba unos quince centímetros respecto al nivel del agua.

Como paso siguiente en las medidas de ahorro de peso, dio instrucciones a los tripulantes de las lanchas que se habían acercado:

—Nuestro problema de peso ha alcanzado un punto crítico. Después de recoger al último grupo de supervivientes, quedaos al lado del barco pero sin subir a nadie a bordo.

Los timoneles volvieron a dirigir sus lanchas hacia la masa humana que forcejeaba para no hundirse, pero antes hicieron un gesto con la mano en señal de que habían entendido el mensaje.

Pitt miró hacia arriba y vio que McFerrin le hacía señas. Desde su privilegiado observatorio, el segundo oficial había visto que, a pesar del equipamiento arrojado por la borda, el barco de investigación seguía teniendo peligrosamente alta la línea de flotación.

—¿A cuántas personas más pueden recibir a bordo?

—¿Cuántas quedan en el barco?

—Más o menos cuatrocientas; solo tripulantes, porque los pasajeros ya se han ido.

—Que bajen —le indicó Pitt—. ¿Están todos?

—No —contestó McFerrin—. La mitad de la tripulación se ha refugiado en la proa.

—¿Puede darme un número aproximado?

—Otros cuatrocientos cincuenta. —McFerrin miró al hombre alto del *Deep Encounter*, que estaba haciendo gala de una eficacia excepcional como director de la evacuación—. ¿Me podría decir cómo se llama?

—Dirk Pitt, director de proyectos especiales de la NUMA. ¿Y usted?

—Charles McFerrin, segundo oficial.

—¿Dónde está su capitán?

—El capitán Waitkus ha desaparecido —respondió McFerrin—. Le damos por muerto.

Pitt vio que había sufrido quemaduras.

—Dese prisa en bajar, Charlie, que tengo una botella de tequila esperándole.

—Prefiero el whisky.

—Destilaré una botella especialmente para usted.

Dio media vuelta y levantó las manos para recoger a una niña de una cuerda y dejarla en brazos de Misty Graham, una de las tres biólogas marinas del *Deep Encounter*. Los siguientes fueron los padres, a quienes se condujo inmediatamente abajo. Poco después, Pitt ayudó a subir a la cubierta de trabajo a nadadores demasiado exhaustos para trepar por sus medios desde las lanchas de rescate.

—Rodea el crucero y colócate a babor —ordenó al timonel de la lancha—. Recoge a los que han sido arrastrados por la corriente y las olas.

El timonel le miró con una tensión en el rostro que delataba agotamiento, pero consiguió sonreír un poco.

—Aún no me han dado propina.

Pitt le devolvió la sonrisa.

—Ya me encargaré de que te la incluyan en la cuenta. Venga, vete, no sea que…

De repente se oyó el grito desgarrador de un niño, y como a Pitt le pareció que procedía justo de debajo de sus pies corrió a la borda y miró al agua. Había una niña, como mucho de ocho años, aferrándose a una cuerda que se balanceaba. Se había caído por la borda después de ser izada, y con el ajetreo nadie se había dado cuenta. Pitt se puso boca abajo con los brazos extendidos y la cogió por las muñecas, aprovechando el paso de una ola. Luego la levantó del agua y la dejó en la cubierta.

—¿Te has divertido nadando? —preguntó para aliviar el susto.

—Hay demasiadas olas —dijo la niña frotándose los ojos hinchados por el humo.

—¿Sabes si tus padres venían contigo?

La niña asintió.

—Han salido con mi hermana de donde hacía calor. Yo me he caído al agua, y no me ha visto nadie.

—No se lo reproches —dijo Pitt con dulzura mientras se la entregaba a Misty—. Seguro que les tienes medio muertos de preocupación.

Misty, sonriente, la cogió de la mano.

—Ven, vamos a buscar a mamá y a papá.

En ese momento Pitt percibió un reflejo de pelo marrón extendido en la superficie verdosa del agua, como filamentos de encaje en una sábana de raso. No distinguía la cara, pero sí el ligero gesto de una mano. ¿Trataba de chapotear, o no era más que el movimiento de las olas? Cruzó corriendo siete metros de cubierta para acercarse y ver mejor, esperando contra todo pronóstico que la mujer —con ese pelo solo podía ser una mujer— no se hubiera ahogado. La cabeza se separó un poco del agua, lo justo para dejarle ver dos grandes y hermosos ojos azules llenos de debilidad y aturdimiento.

—¡Recogedla! —ordenó al timonel de la lancha de rescate,

señalándosela. Sin embargo, la lancha ya había rodeado media popa y el timonel no le oyó—. ¡Nade hacia mí! —le dijo a la mujer.

Vio que miraba hacia él, pero sin verle. Entonces se subió a la borda sin la menor vacilación, mantuvo el equilibrio unos segundos y se zambulló. En lugar de subir enseguida a la superficie, dio varias poderosas brazadas bajo el agua, como un nadador olímpico después de saltar del trampolín, y al sacar las manos y la cabeza vislumbró la de la mujer, que acababa de hundirse. Le separaban seis metros de ella. Los recorrió, la tomó por el cabello y volvió a sacarle la cabeza a la superficie. A pesar de su aspecto de rata ahogada, se dio cuenta de que era muy atractiva. Hasta entonces no se había fijado en que tuviera cogida el asa de una especie de pequeño maletín que la arrastraba hacia abajo porque se había llenado de agua.

—Pero ¿está loca? ¡Suéltelo!

—¡No puedo! —susurró ella entrecortadamente, con una rotundidad que le sorprendió—. ¡Ni pienso hacerlo!

Él, demasiado contento de que estuviese viva para discutir, la cogió por el top y empezó a remolcarla hacia el *Deep Encounter*. Al llegar al casco, la tomó firmemente por ambas muñecas y la subió a bordo. Luego, una vez libre de su carga, trepó por una escalerilla de cuerda. Una de las mujeres del personal científico le echó a Kelly una manta por los hombros, pero Pitt le impidió conducirla enseguida hacia una de las escaleras.

Miró los ojos azules de la chica y le preguntó:

—¿Qué hay en el maletín? ¿Es tan importante como para haberse arriesgado a morir para no perderlo?

Ella le miró con cara de cansancio.

—El trabajo de toda una vida. La de mi padre.

Pitt miró el maletín con más respeto.

—¿Sabe si a su padre le han salvado?

Kelly negó lentamente con la cabeza y contempló desolada la superficie del mar, con su capa de ceniza y la multitud de cadáveres flotando.

—Está en el fondo —susurró.

Dio media vuelta bruscamente y empezó a subir por la escalera.

Llegó el momento en que las lanchas ya no encontraban más supervivientes que rescatar. Los que necesitaban atención médica urgente fueron trasladados al barco de investigación. Luego las lanchas se apartaron un poco, llevando el máximo pasaje que su estabilidad permitía. De ese modo contribuían a aliviar la saturación que sufría el *Deep Encounter*.

Pitt se puso en contacto con las tripulaciones de las lanchas por su radio portátil.

—Vamos hacia la proa para buscar más supervivientes. Seguidnos.

Cuando el último superviviente hubo subido a bordo, el *Deep Encounter* estaba más lleno que un hormiguero. En su interior no cabía ni una aguja, desde la sala de máquinas a las dependencias de los científicos, pasando por los almacenes de instrumental y los laboratorios. El salón, la cocina, los camarotes y el comedor acogían al máximo número posible de gente sentada o tumbada. Se habían llenado todos y cada uno de los pasillos. En la cabina del capitán Burch se agolpaban cinco familias. Tampoco cabía nadie más en el puente de mando, el cuarto de derrota y la sala de comunicaciones. La cubierta de trabajo principal, de trescientos quince metros cuadrados, parecía una calle a rebosar, un mar de seres humanos que ocupaban hasta el último palmo libre.

El *Deep Encounter* tenía la línea de flotación tan baja que cada vez que el casco era azotado por las olas, de bastante más de un metro de altura, la cubierta se mojaba. Entretanto, la tripulación del *Emerald Dolphin* desempeñaba un papel más que honroso. Solo empezaron a deslizarse por las maromas, y a bajar al barco de investigación oceanográfica, cuando ya no quedó ni un solo pasajero a bordo del crucero. Había muchos que habían sufrido quemaduras por haber seguido ayudando a los pasajeros hasta el último momento y haber aplazado al máximo el momento de abandonar el buque.

En cuanto pisaron el barco de la NUMA, los que estaban en condiciones empezaron a ayudar a los científicos en la ardua tarea de aliviar la congestión que reinaba en el pasaje. También el *Deep Encounter* recibió la visita de la muerte. Varios casos de quemaduras graves y de traumatismos por impacto con el agua terminaron en muerte. Un grave murmullo de oraciones y llanto acompañaba el último viaje de tantos seres queridos a quienes se había arrojado por la borda; el espacio destinado a los vivos era demasiado valioso.

Pitt pidió que los oficiales del crucero subieran al puente de mando y se presentaran ante Burch. Todos ofrecieron sus servicios, que en ningún caso fueron rechazados.

El último en bajar fue McFerrin, cubierto de quemaduras y al límite de sus fuerzas.

Pitt, que le estaba esperando, le sujetó por el brazo para que no se cayera, y al ver la piel quemada de sus dedos dijo:

—Siento no poder darle la mano a un valiente.

McFerrin se miró las quemaduras de las manos como si fueran de otra persona.

—Sí, creo que habrá que esperar bastante. —De repente su rostro mostró preocupación—. No tengo ni idea de cuántos supervivientes hay entre los que se han refugiado en la proa. Suponiendo que haya alguno.

—Pronto lo sabremos —contestó Pitt.

McFerrin echó un vistazo general al barco de investigación y vio que las olas llegaban hasta la cubierta.

—Parece que están en una situación de muchísimo peligro —dijo con calma.

—Se hace lo que se puede —bromeó Pitt con una sonrisa forzada.

Tras enviar a McFerrin al hospital, se giró hacia el ala del puente y forzó la voz para decirle a Burch:

—Era el último de los de popa. El resto había ido a proa.

Burch se limitó a asentir, apagar el tablero de mandos del propulsor y entrar en la cabina.

—Te cedo el timón —dijo al timonel—. Llévanos hasta la proa, y sin sustos, que ya tenemos el casco en bastantes malas condiciones.

—Trataré al barco como a una mariposa —le aseguró el joven al hacerse cargo del timón.

Para Burch fue un gran alivio apartar al barco del crucero. Hizo que Leo Delgado bajara a comprobar las abolladuras y las vías de agua que hubiera podido sufrir el casco a causa de los golpes. En espera del informe, se puso en contacto con el jefe de máquinas, Marvin House.

—Marvin, ¿cómo va todo por ahí?

House, que estaba en la pasarela, rodeado de motores, observó el chorrito de agua que empezaba a acumularse en los soportes.

—Yo diría que hemos sufrido daños estructurales por la parte delantera. Probablemente sea en alguna de las bodegas. Tengo las bombas principales funcionando a tope.

—¿Puedes hacer que no se inunde?

—He ordenado a mis hombres que pongan bombas y mangueras auxiliares para contener la inundación. —House se quedó callado, mirando a los supervivientes del crucero que ocupaban hasta el último centímetro de su querida sala de máquinas, y preguntó—: ¿Cómo va todo arriba?

—Más lleno que Times Square en Nochevieja —contestó Burch.

Delgado volvió al puente de mando y Burch leyó en su expresión que las noticias distaban mucho de ser buenas.

—Han saltado varias planchas. —El oficial estaba sin respiración por haber subido corriendo—. Entra agua a un ritmo alarmante. De momento las bombas consiguen absorberla, pero si el estado del mar empeora, lo veo difícil. Como las olas superen los dos metros y medio, lo tendremos crudo.

—El jefe de máquinas dice que va a poner bombas auxiliares para que no se inunde la sala.

—Ojalá sea suficiente —dijo Delgado.

—Reúne a la brigada de reparación y bajad a trabajar en el casco. Apuntalad las planchas y reforzadlas lo mejor que podáis. E infórmame enseguida de cualquier cambio en las filtraciones, para bien o para mal.

—A la orden.

Burch observó con aprensión las oscuras nubes grises que se acumulaban al sudoeste. En ese momento regresó Pitt, que siguió la dirección de su mirada.

—¿Qué, qué dicen del tiempo? —preguntó.

Burch sonrió y señaló una claraboya. Fuera había una cúpula de cuatro metros de diámetro que contenía un sistema de radar Doppler.

—No necesito que un ordenador de última generación me haga predicciones meteorológicas al minuto para saber que en un plazo de dos horas llegará un vendaval.

Pitt se fijó en los nubarrones, que como máximo estaban a quince kilómetros. Ya se había hecho completamente de día, pero el sol quedaba oculto tras las amenazadoras nubes.

—Quizá pase de largo.

Burch se mojó el dedo índice, lo levantó y negó con la cabeza.

—Según este ordenador, no. —Y añadió unas palabras de mal agüero—: Va a ser imposible seguir a flote.

Pitt se pasó la mano por la frente en un gesto que delataba cansancio.

—Si calculamos que los hombres, mujeres y niños que van a bordo pesan una media de cincuenta y cinco kilos, el *Deep Encounter* lleva una carga extra de ciento veinte toneladas, sin contar a la tripulación ni al personal científico. La única manera de salvarnos es seguir a flote el tiempo necesario para trasladar a otro barco a la mayoría de los supervivientes.

—Es imposible que lleguemos a algún puerto —añadió Burch—. Nos hundiríamos antes de haber recorrido un kilómetro.

Pitt entró en la sala de radio.

—¿Se sabe algo de los australianos y del portacontenedores?

—Según el radar, el *Earl of Wattlesfield* solo está a diez millas. La fragata australiana se acerca muy deprisa, pero aún le faltan treinta y cinco millas.

—Pídeles que fuercen la máquina —dijo Pitt con tono grave—. Como llegue la tormenta antes que ellos, es posible que no encuentren nadie a quien rescatar.

5

El interior del *Emerald Dolphin* se desintegraba; los mamparos caían como fichas de dominó y las cubiertas se hundían una tras otra. Desde el principio del incendio, el suntuoso interior del buque había tardado menos de dos horas en consumirse. Toda la estructura superior se desmoronaba en una inmensa pira. La barroca decoración, el elegante centro comercial con sus tiendas de lujo, la colección de obras de arte por valor de setenta y ocho millones de dólares, el espléndido casino, los lujosos camarotes, las opulentas instalaciones de ocio y deporte... todo, todo había quedado reducido a humo y cenizas.

Cuando el capitán Burch dio la vuelta a la popa del gigantesco barco en dirección a la proa, ni una sola de las personas que abarrotaban las cubiertas del *Deep Encounter* —ex pasajeros y ex tripulantes, así como el personal del barco de la NUMA, que trabajaba a ritmo febril— dejó de interrumpir unos segundos sus actividades para contemplar el desastre con una mezcla de dolor y de fascinación.

Ya no era como una inmensa llama, sino algo que se derretía, reducido poco a poco a sus rescoldos. Tras atacar y consumir sin excepción todos los materiales inflamables y todos los objetos combustibles, el furibundo incendio ya no hallaba nada que destruir. Los botes salvavidas, con su casco de fibra de vidrio, pendían grotescamente, irreconocibles en las formas que habían adoptado al derretirse. Las grandes cubiertas circulares eran como las alas de un buitre muerto, abatidas sobre el casco. El salón mirador, situado en lo más alto, había sufrido el mismo destino que casi todo el puente: derrumbarse y poco menos que desaparecer, como si se lo hubiera tragado una sima inmensa. La gran cantidad de cristal derretido adoptaba formas extrañas al enfriarse y endurecerse de nuevo.

Toda la estructura superior circular, consumida por el fuego, se derrumbaba bajo grandes nubes de humo. A causa de las explosiones que se producían en lo más profundo de sus entrañas, de repente surgían nuevas llamas por los flancos abiertos del buque. El *Emerald Dolphin* se estremecía como un gran animal sometido a tortura, y sin embargo se resistía a morir, a ser engullido por las olas; se mantenía obstinadamente a la deriva, en un mar que por minutos se tornaba gris y hostil. En poco tiempo habría quedado reducido a un vacío cascarón. No volvería a oír los pasos, conversaciones y risas de sus alegres y entusiastas pasajeros. No volvería, majestuoso, a visitar puertos exóticos, a pasear por todos los mares del planeta su orgullosa estampa, sin parangón en la historia. Si una vez apagado el incendio se mantenía a flote, si las planchas de su casco no quedaban combadas por el intenso calor, lo remolcarían hasta su último puerto y lo reducirían a chatarra en cualquier astillero.

Pitt lo miraba con profunda tristeza: un barco fabuloso reducido a una ruina. El calor de las llamas se hacía sentir por encima del agua. Se preguntó por qué tenían que perecer unos barcos tan hermosos, por qué en algunos casos navegaban durante treinta años antes de acabar en el desguace, y en otros, como el del *Titanic* y el *Emerald Dolphin* —ambos en su viaje inaugural—, les ocurría una desgracia a la primera de turno. Había barcos con suerte y otros que zarpaban con destino al olvido.

Fue así, apoyado en la borda y absorto en sus pensamientos, como le encontró McFerrin. Mientras el *Deep Encounter* pasaba junto al escenario del macabro drama, el segundo oficial del crucero guardó un extraño silencio. Detrás iban las lanchas de rescate, sobrecargadas de supervivientes.

—¿Qué tal las manos? —preguntó amablemente Pitt.

McFerrin las levantó, enseñando unos vendajes que parecían manoplas blancas. Tenía la cara como una fea máscara de Halloween, cubierta de quemaduras y manchas rojas y untada de loción antiséptica.

—Así, cualquiera va al lavabo.

Pitt sonrió.

—Me lo imagino.

McFerrin miraba el horrible sepulcro como si estuviera en trance, conteniendo lágrimas de rabia.

—Esto no tendría que haber pasado —dijo con la voz temblándole por la emoción.

—¿Cuál diría usted que ha sido la causa?

El segundo oficial dio la espalda al casco retorcido e iluminado por las llamas y se le crispó la cara.

—Lo que le puedo asegurar es que no ha sido fortuito.

—¿Un acto terrorista? —preguntó Pitt con incredulidad.

—Yo lo tengo clarísimo. El incendio se ha propagado demasiado deprisa para ser accidental. No ha saltado ninguno de los sistemas automáticos, ni los de alarma ni los antiincendios; y al querer ponerlos en marcha manualmente tampoco respondían.

—Lo que no entiendo es que el capitán no emitiera la señal de socorro. Hemos puesto rumbo hacia aquí porque hemos visto el resplandor del fuego en el horizonte. Al preguntarles su situación por radio no hemos recibido respuesta.

—¡Sheffield, el segundo de a bordo! —McFerrin prácticamente escupió el nombre—. No ha sabido tomar decisiones. Al enterarme de que no se había enviado ninguna señal, me he puesto enseguida en contacto con la sala de radio, pero era demasiado tarde; el fuego ya había llegado allí y los operadores habían huido.

Pitt señaló la proa del crucero, que describía un ángulo muy pronunciado.

—Veo movimiento.

En el rasel de proa se distinguía un grupo de figuras humanas moviendo los brazos enfervorecidamente. Como mínimo cincuenta pasajeros, y una elevada cantidad de tripulantes, habían tomado la dirección contraria y se habían refugiado en el rasel abierto de encima de la proa. Habían tenido la suerte de que esta se hallara a unos sesenta metros de los primeros mamparos de la estructura superior y de que la dirección del viento les evitara el fuego y la humareda, desplazados hacia popa.

McFerrin se irguió y, usando la mano como visera contra el sol naciente, fijó la vista en las minúsculas figuras que gesticulaban como locas por encima de la proa.

—La mayoría son de la tripulación, con algún pasajero. La verdad es que no parece que corran un peligro inmediato, porque el fuego va en la otra dirección.

Pitt consiguió unos prismáticos y examinó los aledaños de la proa.

—No parece que haya saltado nadie. No veo cuerpos flotando o nadando.

—De momento, mientras estén a salvo del fuego —dijo Burch, que había salido de la timonera—, más vale que les dejemos donde están, hasta que llegue otro barco o mejore el tiempo.

Pitt estaba de acuerdo.

—Es evidente que con este oleaje no podemos mantenernos a flote con otras cuatrocientas personas —dijo—. En estos momentos ya nos falta poquísimo para volcar y hundirnos.

Empezaban a recibir el viento de cara, un viento que había pasado de los quince kilómetros por hora a los cuarenta y cinco y que levantaba espuma en las olas. También estas marchaban como un irresistible ejército; habían adquirido una altura de casi tres metros, y aun así solo eran un anticipo de lo que estaba a punto de llegar.

Pitt bajó corriendo del puente y ordenó a gritos que la tripulación y los científicos hicieran abandonar la cubierta de trabajo al máximo número de personas y a los demás los pusieran a buen recaudo antes de que se los llevara la fuerza de las olas. En las cubiertas inferiores se estaba llegando rápidamente a una situación de hacinamiento insoportable, pero no había más remedio. Dejar a centenares de personas expuestas a los elementos durante una tempestad equivalía a firmar sus sentencias de muerte.

Examinó las tripulaciones de las dos lanchas que les seguían. Su situación le preocupaba enormemente. En el mar reinaba un caos demasiado grande para que se acercaran al barco y procedieran a recoger a los pasajeros. Miró a Burch.

—Propongo que viremos ciento ochenta grados, nos pongamos a sotavento del crucero y lo usemos para resguardarnos de la tormenta. Ya que no podemos traer a bordo a las tripulaciones de las lanchas y a los pasajeros, tendremos que trasladarles a aguas más tranquilas; si no, estarán perdidos.

Burch asintió con la cabeza.

—Una recomendación muy sensata. Para nosotros también podría ser la única salvación posible.

—¿No pueden traerles a bordo? —preguntó McFerrin.

—Cien personas más en el barco serían la gota que colmaría el vaso —dijo Burch con tono serio.

McFerrin le miró.

—No podemos jugar a ser Dios.

La expresión de Burch era de profunda angustia.

—Tratándose de la supervivencia de todos los pasajeros que ya han subido a bordo, sí podemos.

—Estoy de acuerdo —dijo Pitt con tono firme—. Estarán mejor con el *Emerald Dolphin* protegiéndoles de la tormenta que a bordo del *Deep Encounter*.

Burch miró largamente la cubierta, sopesando todas las opciones, hasta que añadió con voz cansada:

—Amarraremos las lanchas a nuestra proa, por si la situación se vuelve crítica y tienen que subir a bordo. —Se volvió y contempló el muro de oscuros nubarrones que se acercaba muy deprisa por el agua como una nube de langostas—. Lo único que le pido a Dios es que nos dé una oportunidad.

La tormenta rugía cada vez más cerca del pequeño barco y su nutrido pasaje. En pocos minutos la tendrían encima. Ya hacía mucho que había desaparecido el sol, y con él cualquier atisbo de cielo azul. Las crestas de las olas giraban como derviches, desprendiendo nubes de espuma. La cubierta de trabajo se estaba llenando de agua verde y caliente, que empapaba a las personas que no habían encontrado sitio abajo. Cualquier posibilidad de hacer pasar a alguno más por las escotillas, de embutir a más gente en los pasillos, como pasajeros del metro en hora punta, era más que remota.

En las lanchas, que se habían arrimado al barco en llamas, se sufría más por el calor procedente del incendio que por el viento y las olas que las zarandeaban. Ni Pitt ni Burch perdían de vista su situación, listos para subirles a bordo a la primera señal de peligro.

Si no llegaba ayuda pronto, y el *Deep Encounter* se hundía, llevándose su preciosa carga a las profundidades, serían muy pocos los que sobrevivieran.

—¿Sabe si a bordo del crucero hay alguien que tenga una radio? —preguntó Pitt a McFerrin.

—Todos los oficiales llevan una portátil.

—¿A qué frecuencia?

—Veintidós.

Pitt se acercó la radio a la boca y la tapó con la solapa del abrigo para aislarla del viento, que literalmente bramaba.

—*Emerald Dolphin*, aquí el *Deep Encounter*. ¿Hay algún oficial a bordo que me oiga?

A causa de los parásitos tuvo que repetir tres veces la pregunta antes de oír una voz:

—Le oigo, *Deep Encounter*. —Era una mujer—. No muy bien, pero le entiendo.

—Ha contestado una mujer —dijo Pitt mirando a McFerrin.

—Por la voz parece Amelia May, la primera sobrecargo.

—Hay interferencias por culpa del fuego. Prácticamente no la oigo.

—Pregúntale cuánta gente hay en el rasel —le indicó Burch.

—¿Es usted Amalia May? —preguntó Pitt.

—Sí. ¿Cómo lo sabe?

—Tengo a mi lado a su segundo oficial.

—¿Charlie McFerrin? —exclamó ella—. ¡Alabado sea Dios! Creía que había muerto en el incendio.

—¿Podría calcular el número de pasajeros y tripulantes que quedan a bordo?

—Yo diría que cuatrocientos cincuenta tripulantes y unos sesenta pasajeros. ¿Cuándo podremos empezar a abandonar el barco?

Burch miraba la proa con intensa pesadumbre.

—Imposible. A bordo no pueden subir —repitió, cabeceando con expresión compungida.

—Se mire como se mire —dijo Pitt—, no hay salida. El viento y el oleaje están aumentando a una velocidad que asusta. Nuestras lanchas no pueden recogerles, y sería un suicidio tirarse al mar e intentar nadar hasta nosotros.

Burch asintió.

—Nuestra única esperanza es que llegue el portacontenedores británico durante la próxima media hora. Por lo demás, la situación está en manos de Dios.

—Señora May, haga el favor de escucharme —dijo Pitt—. Nuestro barco está muy por encima de su capacidad, y corremos el peligro de hundirnos por los daños en el casco. Tendrán que resistir hasta que amaine el temporal o llegue un barco de rescate. ¿Lo ha entendido?

—Sí, perfectamente —contestó la sobrecargo—. El viento lleva el fuego hacia la popa, y el calor se puede soportar.

—De momento —le advirtió Pitt—. El *Dolphin* está virando, y pronto tendrá el viento y la corriente de costado. El fuego y el humo se acercarán a ustedes y soplarán hacia estribor.

Tras una pausa, Amalia dijo con tono decidido:

—En ese caso, tendremos que sacar las salchichas.

Pitt miró hacia arriba, hacia la proa, entornando los ojos para protegerse del agua que el viento levantaba.

—Es usted muy intrépida. Espero que todo se arregle y que tengamos ocasión de conocernos. A la cena invito yo.

—Bueno… —Se la oyó vacilar—. Pero antes tendrá que decirme cómo se llama.

—Dirk Pitt.

—Me gusta, es rotundo. Corto y cambio.

McFerrin sonrió con expresión de cansancio.

—Es un bombón, y muy independiente en cuestión de hombres.

Pitt le devolvió la sonrisa.

—Como a mí me gusta.

Cuando empezó a llover, no fue de modo gradual, sino en forma de una verdadera y sólida pared de agua, como un diluvio repentino. Aun así, en el *Emerald Dolphin* el incendio continuaba. Con el impacto de la lluvia en los flancos del barco, que emitían una luz roja, el crucero en llamas tardó muy poco en quedar envuelto en una gran nube de vapor.

—Ve acercándote al casco hasta que solo falten sesenta metros, pero despacio —ordenó Burch al timonel.

Los cabeceros del barco, azotado por unas olas cada vez más grandes, le tenían preocupado, pero aún lo estuvo más cuando House, el jefe de máquinas, se puso en contacto con el puente.

—Estamos recibiendo de lo lindo —informó—. Cada vez entra más agua. No puedo garantizar que las bombas la absorban durante mucho más tiempo, ni siquiera con las auxiliares en marcha.

—Nos hemos acercado al casco del crucero —contestó Burch—. Tengo la esperanza de que siendo tan grande nos proteja un poco de la tormenta.

—Nunca está de más.

—Esfuérzate al máximo.

—No es fácil —se quejó House—, y menos teniendo que moverse por aquí entre tanta gente; porque esto parece una lata de anchoas.

Burch miró a Pitt, que escudriñaba la lluviosa oscuridad con los prismáticos.

—¿Alguna señal del portacontenedores o de la fragata australiana?

—Llueve tanto que la visibilidad se ha reducido al mínimo, pero según el radar el portacontenedores está en un radio de mil metros.

Burch sacó un pañuelo viejo y se secó el sudor de la frente y el cuello.

—Espero que el capitán sea un buen profesional, porque va a necesitar toda la experiencia que tenga.

Malcolm Nevins, el capitán del portacontenedores *Earl of Wattlesfield* de Collins and West Shipping Lines, estaba sentado en una silla giratoria con los pies en el tablero del puente de mando, atento a la pantalla del radar. Apenas hacía diez minutos que se había establecido contacto visual con el barco incendiado, pero luego se les había echado encima la tormenta a una velocidad descomunal y el diluvio había limitado mucho la visibilidad. Con estudiada indiferencia, Nevins se sacó una pitillera de platino del bolsillo de los pantalones, cogió un Dunhill y se lo puso entre los labios. Incongruentemente para lo caro que era el cigarrillo, lo encendió con un mechero Zippo viejo y lleno de arañazos que se remontaba a sus días en la Royal Navy, en la época de la guerra de las Malvinas.

Sus sonrosadas facciones habían perdido el habitual buen humor; ahora denotaban una gran concentración, y los claros ojos grises reflejaban inquietud. Nevins se preguntó qué infierno le esperaba. Los truculentos partes radiofónicos del barco de reconocimiento norteamericano hablaban de más de dos mil personas intentando escapar del crucero incendiado. Él llevaba treinta años navegando, pero no recordaba ningún desastre de aquella magnitud.

—¡Mire! —exclamó su segundo de a bordo, Arthur Thorndyke, señalando a estribor por la ventana del puente de mando.

Durante un minuto, el aguacero se abrió como si fuera una cortina, dejando ver el crucero en llamas con su velo de humo y de vapor.

—Reduzcan la velocidad —ordenó Nevins.

—Sí, señor.

—¿Está preparado el personal de las lanchas? —preguntó, viendo surgir de la lluvia el inmenso crucero.

—Sí, los dos equipos. Están a la espera de echarlas al agua —contestó Thorndyke—. Reconozco que no les envidio tener que meterse en el mar con olas de cuatro metros.

—Antes nos acercaremos al máximo, para ahorrarles tiempo y distancia entre los barcos. —El capitán cogió unos prismáticos y observó la zona de alrededor del crucero—. No veo a nadie nadando, ni rastro de botes salvavidas.

Thorndyke señaló con la cabeza los restos carbonizados de los botes del crucero.

—En esos no se ha marchado nadie.

Nevins se puso tenso al imaginar una mole en llamas llena de miles de muertos.

—El número de víctimas debe de ser espantoso —dijo con aire sombrío.

—No veo el barco de investigación norteamericano.

Nevins interpretó enseguida la situación.

—Rodeen el barco. Seguro que los americanos están a sotavento.

El *Earl of Wattlesfield* surcaba el mar revuelto con seguridad, como si despreciara las terribles amenazas del oleaje y desafiara a los elementos a no escatimar artillería. Con sus sesenta y ocho mil toneladas, tenía una longitud mayor que la de una manzana de casas, y sus cubiertas transportaban tal acumulación de mercancía en contenedores que su altura correspondía a la de varios pisos. Hacía diez años que navegaba por todos los mares del mundo y en todas las condiciones imaginables, y durante ese tiempo jamás había perdido un solo contenedor ni una sola vida. Era considerado un barco con suerte, sobre todo por sus propietarios, a quienes sus fiables servicios habían reportado millones de libras.

A partir de aquel día sería tan famoso como el *Carpathia*, el barco que rescató a los supervivientes del *Titanic*.

El viento empezaba a ser huracanado; las olas no dejaban de crecer, pero su efecto sobre el gran portacontenedores era mínimo. Nevins no albergaba muchas esperanzas de rescatar a algún pasajero o miembro de la tripulación. Consideraba que los que no habían sido pasto de las llamas debían de haber saltado por la borda, y que a esas alturas, con un mar tan turbulento, sin duda ya se habían ahogado. Mientras el *Earl of Wattlesfield* rodeaba lentamente la proa inclinada, el capitán miró hacia arriba, se fijó en las letras verdes *Emerald Dolphin* y le entristeció el recuerdo de haber visto zarpar de Sidney al crucero en toda su hermosura; pero una visión repentina interrumpió sus pensamientos, un espectáculo que no esperaba en absoluto contemplar.

El oleaje, iluminado por el color naranja de las llamas, imprimía un fuerte cabeceo al *Deep Encounter*, cuyo casco casi estaba hundido hasta la borda y cuyas cubiertas rebosaban de gente. A un máximo de siete metros de su popa se veían dos lanchas llenas de gente y sometidas al intenso bamboleo de las olas. Parecía que el barco principal fuera a hundirse de un momento a otro.

—¡Dios mío! —musitó Thorndyke—. Parece a punto de irse a pique.

El radiotelegrafista asomó la cabeza desde la sala de comunicaciones.

—Señor, tengo a alguien del barco americano.

—Pásalo al altavoz.

A los pocos segundos se oyó una voz enérgica.

—Hablando con el capitán y la tripulación del portacontenedores. No se imaginan lo que nos alegramos de verles.

—Aquí el capitán Nevins. ¿Hablo con el capitán del barco?

—No, el capitán Burch está en la sala de máquinas, inspeccionando las vías de agua.

—Entonces, ¿quién es usted?

—Dirk Pitt, director de proyectos especiales de la NUMA.

—¿En qué condiciones están? Parece que hundiéndose.

—Nos falta poco —contestó Pitt sin rodeos—. Se nos han abollado las planchas del casco al arrimarnos a la popa del crucero para rescatar al pasaje y la tripulación, y se nos entra demasiada agua para que puedan absorberla las bombas.

—¿Cuántos supervivientes tienen a bordo? —preguntó Nevins, que aún no había asimilado del todo la sorpresa de ver a tanta gente en la cubierta de trabajo, resistiendo el empuje de las olas.

—Unos mil novecientos, más cien que siguen en las lanchas.

—¡Dios santo! —Nevin hablaba lentamente, con la voz reducida a un susurro por el estupor—. ¿Me está diciendo que han rescatado a dos mil supervivientes?

—Cincuenta más, cincuenta menos.

—¿Y se puede saber dónde los han metido?

—Tendría que venir a verlo personalmente —dijo Pitt.

—No me extraña que parezcan un ganso que se ha tragado unas pesas —murmuró Nevins, alucinado.

—En el rasel de proa del crucero, sumando tripulación y pasajeros, quedan unas quinientas personas pendientes de que las rescaten; lo que ocurre es que no podíamos traerlas a bordo sin poner en peligro al resto.

—¿Hay alguna posibilidad de que se quemen?

—Estamos en contacto con los oficiales del crucero, y nos informan de que no corren un peligro inmediato —explicó Pitt—. Con todo respeto, capitán, y aprovechando que aún flotamos, yo propondría que la prioridad número uno sea trasladar al máximo número de gente desde nuestro barco al de ustedes. Le agradeceríamos que empezasen por los de las lanchas de rescate, que son los que están saliendo peor parados.

—Por supuesto. Ahora mismo envío nuestros botes y empezamos a trasladar a los supervivientes desde su barco al mío. Es evidente que aquí disponemos de más espacio. Cuando estén descargadas, sus lanchas podrán ir a buscar a la gente que aún sigue en la proa del crucero. Bastará con que bajen por cuerdas.

—A estas alturas ya conocemos el sistema al dedillo.

—Pues adelante.

Pitt añadió:

—Le aseguro, capitán Nevins, que no se puede imaginar lo oportunamente que llegan.

—Me alegro de haber pasado cerca.

Nevins se giró hacia Thorndyke. Su habitual buen humor había dejado paso a la incredulidad.

—Es un milagro que hayan metido a tanta gente en un barco tan pequeño.

—La verdad es que sí —murmuró Thorndyke, que compartía su asombro—. Parafraseando a Churchill, nunca tan pocos habían salvado a tantos.

6

Kelly estaba sentada en la cubierta con las rodillas a la altura del mentón, en una de las bodegas del *Deep Encounter*. Tenía la sensación de haber sido llevada al Agujero Negro de Calcuta. Los supervivientes estaban tan hacinados que solo podían sentarse las mujeres. Apoyó la cabeza en las manos y empezó a llorar, sin que nadie se fijara en ella. La pena por haber perdido a su padre era abrumadora. El hecho de haberle visto morir, tan cerca, se traducía en una dolorosa sensación de impotencia y en una tristeza infinita.

¿Por qué ese desenlace? ¿Quién era el pelirrojo, y por qué el forcejeo con su padre? ¿Y el oficial negro? ¿Por qué, en lugar de intervenir, había ayudado al atacante? Parecía que intentaran quitarle el maletín. Lo miró: aún lo tenía apretado contra el pecho, mojado de agua salada. Le habría gustado saber por qué su contenido era tan importante como para justificar el sacrificio de su padre.

Hizo el esfuerzo de quedarse despierta, sobreponiéndose al cansancio, por si el pelirrojo volvía a aparecer y reincidía en la tentativa de robo. Sin embargo, la proximidad caliente y húmeda de tantos cuerpos y el hecho de que el aire acondicionado tuviera la misma eficacia que un cubito de hielo en un horno se combinaron para amodorrarla, y al final cayó en un sueño inquieto.

Se despertó de golpe. Seguía sentada con la espalda apoyada en un armario, pero le extrañó que la bodega se hubiera vaciado. Una mujer que se había presentado como bióloga marina se agachó y le apartó dulcemente el pelo mojado de los ojos, como a un niño.

Su mirada era de cansancio, de total agotamiento, pero tuvo fuerzas para sonreír con amabilidad.

—Hay que moverse —dijo en voz baja—. Ha llegado un portacontenedores británico y estamos trasladando a todo el mundo.

—No sabe lo agradecida que les estoy a usted y a su tripulación, sobre todo al hombre que se ha tirado al agua para que no me ahogara.

—No sé quién ha sido —dijo la bióloga, que era guapa, pelirroja y de ojos marrones.

—¿No puedo quedarme en este barco? —preguntó Kelly.

—Lo siento, pero no. Nos entra agua, y con esta tormenta no está claro que podamos mantenernos a flote. —Ayudó a Kelly a levantarse—. Le aconsejo que se dé prisa, no vaya a perder el barco.

Salió de la bodega para llevar arriba a otros pasajeros para que pudieran ocupar las lanchas del portacontenedores. Kelly se quedó sola, con la espalda entumecida por haber estado sentada tanto tiempo sobre el duro suelo. De repente, cuando estaba a punto de cruzar la puerta, se interpuso en su camino un hombre alto. Tras un momento de vacilación, Kelly levantó la vista y se encontró con las gélidas facciones del pelirrojo que había forcejeado con su padre en el crucero. El hombre entró en la bodega y cerró lentamente la puerta.

—¿Qué quiere? —susurró asustada.

—El maletín de tu padre —contestó él tranquilamente, con voz grave—. Si me lo das, no te pasará nada; en caso contrario, tendré que matarte.

Al mirar sus ojos, negros, fríos e inexpresivos, Kelly comprendió que era capaz de hacer lo que decía. También vio otra cosa: que pensaba matarla tanto si le daba el maletín como si no.

—¿Los papeles de mi padre? ¿Para qué los quiere?

Él se encogió de hombros.

—Ni idea. A mí solo me pagan por entregar el maletín y su contenido.

—¿Entregarlo? ¿A quién?

—Eso da igual —dijo él dando las primeras muestras de impaciencia.

—¿Me va a pegar un tiro? —preguntó Kelly, desesperada por ganar tiempo.

—Yo no uso pistolas ni cuchillos. —El pelirrojo enseñó unas manos enormes y callosas y sonrió—. Esto es lo único que necesito.

Kelly sintió una punzada de pánico y empezó a retroceder. El asesino la siguió, y al separar los labios en una malévola sonrisa se le vieron los dientes blancos bajo el bigote pelirrojo. Sus ojos tenían el brillo complacido del animal que tiene acorralada a su presa. El pánico de Kelly se convirtió en terror; le latía muy fuerte el corazón y empezaba a no poder respirar. Tampoco sus piernas respondían bien. Le cayeron largos mechones de cabello por los ojos y la cara, y no pudo reprimir el llanto.

El pelirrojo adelantó los brazos con las manos engarfiadas y se las puso encima. Entonces Kelly profirió un chillido muy agudo que resonó en la pequeña bodega de mamparos de acero y, zafándose, dio media vuelta. Parecía que el pelirrojo la hubiera soltado adrede, para jugar un poco al gato y al ratón. Incapaz de plantar cara, Kelly empezó a desfallecer y se quedó acurrucada en un rincón de la bodega, presa de incontrolables temblores.

Le vio acercarse lentamente, pero solo podía mirarle fijamente con los ojos azules muy abiertos, vidriosos. Él se agachó, la cogió por las axilas y la levantó sin el menor esfuerzo. La fría expresión de asesino había dado paso a otra de lascivia. Le puso los labios en la boca como en cámara lenta. Entonces ella, abriendo mucho los ojos, quiso volver a gritar, pero solo le salían sollozos ahogados. Su atacante se apartó y volvió a sonreír.

—Eso —dijo con dureza e indiferencia—, grita todo lo que quieras, que con esta tormenta no te oye nadie. A mí me gusta que las mujeres griten. Me estimula.

La levantó del suelo como si tuviera el mismo peso que un maniquí relleno de espuma y, tras apoyarla en un mamparo, empezó a manosearla con brutalidad. Kelly, desmadejada y aturdida por el miedo, profirió la antiquísima queja de las mujeres.

—Por favor, que me hace daño.

Las enormes manos del pelirrojo subieron en dirección a su cuello y se lo rodearon.

—Te prometo una cosa —dijo con la misma emoción que un bloque de hielo—. Morirás deprisa y sin sufrir.

Cuando empezó a apretar, a Kelly se le oscureció la vista.

—No, por favor —suplicó, pero su voz se estaba reduciendo a un ronco susurro.

—Dulces sueños, monada.

De repente se oyó una voz a sus espaldas:

—Tu técnica de seducción deja mucho que desear.

El asesino pelirrojo soltó el cuello de Kelly y giró en redondo con la agilidad de un gato. En la puerta había una silueta oscura con una mano en la manija. La luz del pasillo recortaba su cabeza, oscureciendo sus facciones. El asesino adoptó rápidamente una postura de artes marciales, con las manos en alto, y quiso asestarle un puntapié al intruso.

Sin saberlo ni el asesino ni Kelly, Pitt había oído los gritos y, tras abrir la puerta sigilosamente, se había quedado unos segundos en ella, analizando la situación y pensando en la táctica más oportuna. No tenía tiempo de buscar ayuda. En el tiempo que tardasen en llegar los refuerzos, la chica ya habría muerto. Se dio cuenta enseguida de que se hallaba en presencia de un hombre peligroso, con experiencia en el asesinato. Para matar fríamente a una mujer indefensa, los individuos de su calaña debían tener una razón concreta. Pitt se preparó, sabiendo que estaba a punto de ser atacado.

Un veloz movimiento en espiral le devolvió al pasillo, esquivando al asesino. El pie del pelirrojo chocó con el marco de la puerta, pero fue cuestión de centímetros que no lo hiciera con la cabeza de Pitt. Se oyó un ruido seco, el del hueso del tobillo al romperse.

Cualquier otro se habría retorcido de dolor, pero el pelirrojo era una masa de músculos que había aprendido a obviar el dolor. Después de un vistazo al pasillo para asegurarse de que Pitt estuviera solo y sin ayuda, se abalanzó sobre él con los movimientos rítmicos de los brazos y las manos propios de las artes marciales; y de repente saltó sobre su presa cortando el aire con las manos como si fueran hachas.

Pitt parecía una estatua. Fingió miedo hasta la última décima de segundo, en que se dejó caer y rodó hacia su agresor; este, llevado por el ímpetu, perdió el equilibrio, tropezó con su rival y cayó en la cubierta, hecho un ovillo. Entonces Pitt se le echó encima a la velocidad del rayo y, usando hasta el último gramo de su cuerpo, le inmovilizó contra el suelo, le clavó la rodilla en la espalda y le dio sendas y bruscas palmadas en los oídos.

Al pelirrojo se le reventaron los tímpanos como si le hubieran perforado la cabeza de parte a parte con un punzón. Con un terrible aullido, se retorció y arrojó a Pitt contra una puerta cerrada. Pitt quedó asombrado por la fuerza brutal del asesino y por su aparente inmunidad al dolor. Desde la postura en que estaba, con la espalda en el suelo, proyectó con fuerza los dos pies, pero no hacia la entrepierna, sino centrándose en el tobillo roto.

Esta vez no hubo grito, solo un rugido, y un siseo con los dientes apretados. La cara del asesino se contrajo en una horrible mueca y sus ojos brillaron con ferocidad. Le dolía, y mucho, pero seguía siendo el agresor, y prosiguió su avance hacia Pitt arrastrando el pie maltrecho. Antes, sin embargo, recuperó sus fuerzas para el siguiente asalto.

Pitt no necesitaba dotes de adivino para comprender que no era rival para un experto asesino con un cuerpo como una bola de demolición. En consecuencia, sabiendo que su única ventaja era una mayor agilidad de pies —puesto que su adversario había quedado con una pierna inutilizada, con lo cual quedaba eliminada la posibilidad de una demoledora patada en la cabeza—, retrocedió.

Nunca había estudiado artes marciales. Durante sus años en la academia de las fuerzas aéreas había practicado el boxeo, pero con victorias y derrotas a partes iguales. Lo que sí había aprendido, a fuerza de sobrevivir a peleas de bar, eran las bases de otra modalidad de lucha, la del todo vale: la primera lección —aprendida muy temprano— era no pelear jamás con los puños en distancias cortas, sino con el cerebro, y usando cualquier objeto arrojadizo, una botella, una silla o lo que fuera. El índice de supervivientes sin heridas era mucho más alto entre los que peleaban desde la barrera.

Kelly apareció de repente en la puerta, detrás del asesino. Llevaba el maletín como si fuera una excrecencia de su pecho. El verdugo pelirrojo estaba tan concentrado en Pitt que no reparó en su presencia.

Pitt vislumbró una oportunidad.

—¡Corra! —le dijo a Kelly—. ¡Salga a la cubierta por la escalera!

El asesino vaciló, pensando que podía ser el típico farol, pero era un profesional consumado, que estudiaba a sus víctimas, y al detectar un ligero cambio de enfoque en la mirada de Pitt giró en redondo, justo cuando Kelly corría hacia la escalerilla que llevaba a la cubierta de trabajo. Concentrado en su objetivo principal, salió en persecución de la joven, corriendo en la medida de sus posibilidades y luchando contra el terrible dolor que le producía su tobillo roto.

Era el movimiento que Pitt esperaba.

Ahora le tocaba atacar. Un gran salto hacia delante le hizo aterrizar sobre la espalda del asesino. Era un placaje brutal de fútbol americano, que combinaba el ímpetu de los dos cuerpos para tumbar al corredor por detrás y, cayendo sobre él con todo el peso, estamparle la cara y la cabeza en la cubierta.

Oyó el impacto de la cabeza de su agresor con la cubierta de acero, forrada de fina moqueta; fue un ruido espeluznante, acompañado por el de algo partiéndose. El cuerpo del asesino quedó desmadejado. Pitt pensó que el cráneo debía de haber sufrido, si no una fractura, sí una conmoción. Se quedó un rato encima de él, respirando con fuerza y esperando a que se le calmara el pulso. Como le escocía el sudor en los ojos, parpadeó y se pasó la manga de la chaqueta por la cara.

En ese momento se dio cuenta de que la posición de la cabeza del asesino no era normal, y de que tenía los ojos abiertos pero ciegos.

Le aplicó los dedos a la carótida. No había pulso. El asesino estaba muerto. Llegó a la conclusión de que el golpe en la cabeza debía de habérsela torcido, partiéndole el cuello. Entonces se sentó en la cubierta con la espalda en la puerta cerrada del compartimiento donde se guardaban las baterías y evaluó la situación. No tenía sentido. Lo único que sabía a ciencia cierta era que había interrumpido por casualidad una tentativa de asesinato contra la joven a quien había salvado de morir ahogada. Ahora tenía delante a un desconocido, alguien a quien había matado de modo accidental. Miró los ojos sin vida del pelirrojo y murmuró:

—No soy mejor que tú.

Luego pensó en la chica.

Se levantó, pasó encima del cuerpo desmañado del muerto y subió corriendo a la cubierta exterior. La cubierta de trabajo estaba llena de supervivientes cogiendo las cuerdas de seguridad que había amarrado la tripulación del *Deep Encounter*. Todos aguantaban sin quejarse el duro chaparrón, avanzando en fila y subiendo a bordo de las lanchas de rescate del *Earl of Wattlesfield*, que les llevarían al portacontenedores.

Pitt corrió en paralelo a la fila, buscando a la mujer del maletín de cuero, pero no formaba parte del grupo que estaba siendo transportado de un barco a otro. Parecía que hubiera desaparecido. Al mirar las lanchas que ya habían depositado su carga y volvían hacia el barco de la NUMA, estuvo seguro de que no podía haber abandonado el *Deep Encounter*. Tenía que seguir a bordo.

Tenía que encontrarla. Si no, ¿cómo le explicaría al capitán Burch la presencia de un cadáver? ¿Y cómo iba a averiguar lo que estaba ocurriendo?

7

En el *Deep Encounter* empezaba a haber motivos para el optimismo. A media tarde, con la excepción de diez heridos demasiado graves para su traslado, solo faltaban cien supervivientes del *Emerald Dolphin* por transportar al *Earl of Wattlesfield*. Sin la aglomeración de supervivientes a bordo, el pobre barco de la NUMA vio bajar en metro y medio su línea de flotación. Entonces la tripulación puso manos a la obra y reforzó las planchas más dañadas, reduciendo la entrada de agua y permitiendo que las bombas no se vieran excedidas por su volumen.

Al llegar, la fragata australiana incorporó sus lanchas a la operación de traslado, acogiendo a los supervivientes que bajaban de la proa con cuerdas y relevando a la exhausta tripulación de las del *Deep Encounter*. Por suerte, la tormenta tuvo un final casi tan brusco como su principio y a su paso solo quedó marejadilla.

McFerrin fue el último en abandonar el barco de investigación, pero antes de subir a bordo del portacontenedores dio personalmente las gracias a toda la tripulación y a los científicos.

—El rescate de tantos seres humanos quedará en los anales de la historia naval —les dijo.

En los rostros se pudo apreciar que sus palabras fueron acogidas con cierto pudor.

—Siento no haber podido salvarlos a todos —dijo Burch en voz baja.

—Lo que han hecho prácticamente es un milagro. —McFerrin se volvió y apoyó sus manos vendadas en los hombros de Pitt—.

Ha sido un honor, Dirk. En casa de los McFerrin siempre se pronunciará tu nombre con respeto. Espero sinceramente que volvamos a vernos.

—No hay más remedio —dijo Pitt, jovial—. Te debo una botella de whisky.

—Queden con Dios, señoras y señores de la NUMA.

—Adiós, Charles. Ojalá hubiera muchos como tú.

McFerrin bajó a la lancha del *Earl of Wattlesfield*, y antes de alejarse se despidió acercando la mano a la gorra en un saludo militar.

—¿Y ahora? —le preguntó Pitt a Burch.

—Primero a recoger los sumergibles, que si no el almirante Sandecker nos decapitará en la escalinata del Capitolio —dijo el capitán refiriéndose al director general de la NUMA—. Luego pondremos rumbo a Wellington, que es el puerto que nos queda más cerca, al menos de los que tienen astillero y las instalaciones necesarias para arreglar los desperfectos.

—Si no encontramos el *Ancient Mariner* da igual, porque con lo viejo que es ya está más que amortizado, pero el *Abyss Navigator* es lo último en tecnología, recién salido de fábrica, y ha costado doce millones de dólares. No estamos en situación de perderlo.

—Tranquilo, lo encontraremos. La señal se recibe fuerte y clara.

Llegaba tanto ruido del cielo que Burch casi tuvo que gritar. Los barcos tenían encima un auténtico enjambre de aviones procedentes de Nueva Zelanda, Tonga, Fidji y Samoa. La mayoría habían sido enviados por las cadenas de noticias internacionales para cubrir lo que no tardaría en conocerse como la más formidable operación de rescate de la historia marítima. Las radios de los tres barcos estaban recibiendo un alud de mensajes procedentes de gobiernos, familiares de los supervivientes, directivos de Blue Sea Cruise Lines y representantes de las aseguradoras del *Emerald Dolphin*. Las ondas estaban tan cargadas que las comunicaciones entre los tres barcos se realizaban exclusivamente con radios portátiles o balizas luminosas.

Burch, suspirando, descansó en su sillón de capitán, encendió la pipa y esbozó una sonrisa.

—¿Tú crees que cuando el almirante se entere de lo que le hemos hecho a su barco de investigación le saldrá humo por las orejas?

—Teniendo en cuenta las circunstancias, el muy zorro exprimirá hasta la última gota de publicidad.

—¿Ya has pensado cómo explicarás lo del cadáver de abajo a las autoridades? —preguntó Burch.

—Solo puedo contar lo que sé.

—Lástima que no tengas a la chica de testigo.

—Parece mentira que se me haya escapado durante la evacuación.

—Tranquilo, ese problema ya está solucionado —dijo Burch con una sonrisa pícara.

Pitt le miró fijamente.

—¿Cómo que solucionado?

—No, es que me gusta tener el barco limpio —explicó Burch—. A tu amigo le he echado yo mismo por la borda. Ahora hace compañía a las pobres víctimas de la tragedia del *Emerald Dolphin*. Por lo que a mí respecta, es asunto cerrado.

—Digan lo que digan —contestó Pitt con los ojos brillantes—, eres un señor.

El radiotelegrafista salió agobiado de la sala de comunicaciones.

—Un mensaje del capitán Harlow, de la fragata australiana. Si quiere marcharse, ya se quedan ellos para recoger los cadáveres y esperar al lado del crucero hasta que lleguen los remolcadores para llevarlo a puerto.

—Dile que recibido, y agradece encarecidamente su ayuda y su altruismo al capitán y su tripulación.

El operador solo tardó un minuto en volver.

—El capitán Harlow se despide de usted y le desea una navegación tranquila.

—Supongo que es la primera vez en toda la historia que una fragata portamisiles recibe a quinientos pasajeros civiles a bordo —dijo Pitt.

—Sí —dijo lentamente Burch, girándose para mirar aquel leviatán reducido a escombros.

La lluvia apenas había contribuido a sofocar el fuego. Aún había llamas intermitentes y espirales de humo elevándose hacia el cielo. Todo el barco estaba ennegrecido y chamuscado, a excepción de una pequeña zona alrededor de la proa. Las planchas de acero se habían ondulado, y lo poco que quedaba de la estructura superior era un laberinto de armazones quemados y retorcidos. No quedaba nada orgánico. Todo lo que podía arder había sido reducido a cenizas. Los arquitectos del barco habían jurado que no podía quemarse. Para su construcción solo se habían usado materiales resistentes al fuego, pero no se había contado con el calor dinámico, que, al avivarse, había convertido el buque en un infierno capaz de derretir metales.

—Otro de los grandes misterios del mar —dijo Pitt como absorto.

—Una cosa es la frecuencia anual de los incendios a nivel mundial, que es alarmante. —Parecía que Burch estuviera dando una clase magistral—. Pero no conozco ningún caso tan inexplicable como el del *Emerald Dolphin*. No tiene sentido que en un barco tan grande se propague el fuego tan deprisa.

—McFerrin, el segundo oficial, ha venido a decir que se ha descontrolado porque no funcionaban los sistemas de alarma y de control de incendios.

—¿Tú crees que ha sido un sabotaje?

Pitt señaló con la cabeza el casco humeante y vacío.

—Iría contra toda lógica atribuirlo a una cadena de infortunios.

—Capitán —volvió a interrumpirles el radiotelegrafista—, el capitán Nevins, del *Earl of Wattlesfield*, quiere hablar con usted.

—Pásamelo al altavoz.

—Ya puede hablar, señor.

—Aquí el capitán Burch.

—Aquí el capitán Nevins. Si pensaban ir a Wellington, estaría encantado de guiarles, porque es el puerto importante que nos queda más cerca para desembarcar a los supervivientes.

—Muy amable, capitán —contestó Burch—. Acepto su oferta. Nosotros también hemos puesto rumbo a Wellington. Espero que no les retrasemos demasiado.

—No quedaría bien que los héroes y heroínas del momento se hundieran de camino.

—Nuestras bombas están conteniendo la inundación. En

principio deberíamos llegar sin percances a Wellington, a menos que encontremos un tifón.

—Les seguiremos en cuanto se pongan en marcha.

—Bueno, ¿cómo va eso de tener mil ochocientas personas a bordo? —preguntó Pitt.

—A la mayoría les hemos puesto en dos de las bodegas donde no había cargamento. Los demás están repartidos, algunos en contenedores medio vacíos. En la cocina tenemos bastantes provisiones para una comida como Dios manda. A partir de entonces todos, incluidos mi tripulación y yo, seguiremos una dieta estricta hasta llegar a Wellington. —Nevins se quedó callado—. Ah, sí… Si hacen el favor de pasar entre mi barco y la fragata australiana, nos gustaría dedicarles una despedida. Corto y cambio.

Burch ponía cara de perplejidad.

—¿Una despedida?

—Quizá quieran decirnos *aloha* y tirarnos serpentinas —dijo Pitt riéndose.

Burch se puso al teléfono del barco.

—Jefe, ¿estás listo para ponernos en marcha?

—Bueno, pero que no pase de ocho nudos —contestó House—. Como vayamos más deprisa, nos entrará más agua que en un cubo oxidado.

—Ocho nudos se ha dicho.

Para la tripulación del barco y los científicos de la NUMA, demacrados y muertos de cansancio tras doce horas de continuado esfuerzo físico y mental, el mero hecho de tenerse en pie ya era un suplicio, pero cuando Pitt les puso en fila en la cubierta de trabajo lo soportaron orgullosos y sin desfallecer. La tripulación del barco estaba agrupada en un extremo de la cubierta, y el personal científico de ambos sexos en la otra. No faltaba nadie. Burch insistió en que saliera todo el personal de la sala de máquinas. El jefe, House, se resistía a dejar las bombas sin vigilancia, pero el capitán se salió con la suya. Como única excepción, el timonel se quedó en el puente, guiando al barco por los menos de doscientos metros que separaban al *Earl of Wattlesfield* de la fragata australiana.

El barco de investigación, de por sí pequeño, parecía minúsculo entre las dos embarcaciones. Aun así navegaba con orgullo y con la bandera de la NUMA en el palo del radar, mientras el asta de la bandera, a popa, mostraba las barras y estrellas estiradas por el viento.

Pitt y Burch miraron hacia arriba y quedaron sorprendidos al ver que la tripulación de la fragata parecía a punto de revista. De repente, cuando el *Deep Encounter* penetró en el espacio entre los dos barcos, el aire silencioso del trópico quedó hecho trizas por los golpes de sirena de los barcos y los vítores de los más de dos mil supervivientes que se repartían por las bordas del portacontenedores y de la fragata. Un verdadero pandemónium flotó sobre las aguas. Todo eran saludos frenéticos y gritos de hombres, mujeres y niños, voces que se perdían en el estrépito y vuelo de trozos de periódico y revista a modo de confeti. Fue el momento en que todos los que iban a bordo del *Deep Encounter* comprendieron plenamente lo magnífica que había sido su hazaña.

Habían hecho mucho más que rescatar a más de dos mil personas: habían demostrado que estaban dispuestos a sacrificar sus vidas por salvar al prójimo. Por eso, sin pudor, dejaron correr las lágrimas.

Con el paso del tiempo, los hombres y mujeres del barco de investigación seguirían sin poder describirlo con exactitud. Estaban demasiado emocionados para asimilar del todo los acontecimientos. El propio —y tremendo— esfuerzo de rescate parecía una lejana pesadilla. Quizá no la olvidaran durante el resto sus vidas, pero tampoco podrían hacerle justicia con simples palabras.

De repente todas las cabezas se giraron por última vez hacia la imagen lamentable de lo que veinticuatro horas antes había sido uno de los buques más hermosos de la historia. Pitt también miraba. A ningún marinero le gusta asistir al triste final de un barco. No pudo evitar preguntarse quién era el responsable de un acto tan odioso. ¿Con qué motivo?

—¿Cuánto quieres por decirme en qué piensas? —preguntó Burch.

Pitt le miró sin comprender.

—¿Que en qué pienso?

—Apuesto el rosario de mi abuela a que te carcome la curiosidad.

—No te sigo.

—Me refiero a la pregunta que está en la cabeza de todos —explicó Burch—: ¿qué motivo puede haber tenido un loco para matar a dos mil quinientos inocentes, mujeres y niños incluidos? Pero bueno, en cuanto remolquen el barco al puerto de Sidney un ejército de investigadores de las aseguradoras contra incendios navales hará una criba de las cenizas y descubrirá la respuesta.

—No encontrarán mucho que cribar.

—No les subestimes —dijo Burch—. Se trata de expertos. Si hay alguien que pueda averiguar la causa, son ellos.

Pitt se volvió y le sonrió.

—Espero que tengas razón. En todo caso, me alegro de que no me toque a mí.

En lo que quedaba de semana, quedaría demostrado que se equivocaba. No podía prever por nada del mundo que la solución del misterio recaería en él.

8

El primer remolcador que llegó hasta el *Emerald Dolphin* fue el *Audacious*, de la compañía Quest Marine. Sus cincuenta y ocho metros de eslora y dieciocho de manga lo convertían en uno de los mayores barcos del mundo dentro de su clase, con un doble motor diésel Hunnewell que proporcionaba nueve mil ochocientos caballos a sus unidades de propulsión. Se había adelantado a dos remolcadores grandes de Brisbane gracias a la ventaja de estar estacionado en Wellington.

El capitán del *Audacious* había sacado el máximo partido a su barco, guiándose por los partes de la fragata australiana como un pesado galgo en pos de la correspondiente liebre. Durante la travesía por el sur del Pacífico, el capitán había recurrido a una estratagema muy habitual entre los capitanes de remolcadores que compiten por llegar al mismo punto: no emitir ningún comunicado por radio, ya que el vencedor suscribía el contrato de salvamento y recibía el veinticinco por ciento del valor de los restos del naufragio.

Finalmente, al avistar el humeante crucero, así como el portamisiles australiano, el capitán Jock McDermott entabló contacto con las autoridades de Blue Seas Cruise Lines, y después de media hora de negociaciones estas aceptaron un contrato de pago condicionado al salvamento según el cual la compañía Quest Marine era nombrada principal responsable del rescate de lo que quedaba del *Emerald Dolphin*.

Al aproximarse al crucero, que seguía emitiendo un resplandor rojizo, McDermott y su tripulación quedaron boquiabiertos ante la magnitud de los destrozos. Lo único que quedaba del hermoso buque era un montón de escombros chamuscados flotando en un revuelto mar de color turquesa. Parecía una foto de Hiroshima después de la atroz conflagración de la bomba atómica: algo ennegrecido, retorcido y contrahecho.

—Está directamente para el desguace —dijo con desprecio el segundo de a bordo del *Audacious*, Herm Brown, ex jugador profesional de rugby que se había hecho marino al fallarle las rodillas. Era un hombre de greñas rubias, piernas musculosas enfundadas parcialmente en unos pantalones cortos y torso peludo que asomaba por la camisa, desabrochada y tirante en los hombros.

McDermott se bajó las gafas y miró por encima de ellas. Era un escocés de cabello entre castaño y rubio, de ojos verdes y nariz fina y picuda, que llevaba veinte años de navegación marítima a bordo de remolcadores. Aparte de su prominente mandíbula y de la intensidad de su mirada —sus ojos parecían reflectores—, podría haber encarnado a Bob Cratchit, el escribiente de Scrooge en el *Cuento de Navidad* de Dickens.

—Lo que está claro es que este trabajo no les gustará a los directivos de la compañía. Nunca hubiese dicho que un barco tan grande pudiera acabar como una montaña de carbón.

Sonó el teléfono del barco. McDermott levantó el auricular.

—Hablando con el capitán del remolcador. Soy el capitán Harlow, del portamisiles que tienen a babor. ¿Con quién hablo?

—Con Jock McDermott, capitán del remolcador *Audacious*.

—Ahora que han llegado, capitán McDermott, ya puedo marcharme y poner rumbo a Wellington. Tengo a bordo a quinientos supervivientes que se mueren de ganas de volver a pisar tierra firme.

—Menudo trabajo han tenido, capitán —respondió McDermott—. Me sorprende que no se hayan marchado hace dos días.

—Teníamos que recoger los cadáveres de las víctimas del crucero que se ahogaron. Además, la Organización Marítima Internacional me había pedido que me quedase cerca e informase de la posición de los restos, porque los habían clasificado como amenaza para la navegación.

—Ya no parece un barco.

—Da pena —dijo Harlow—. Y eso que era uno de los más bonitos. —Y añadió—: ¿Les podemos ayudar a remolcarlo?

—No, gracias —contestó McDermott—. Ya nos las arreglaremos.

—No tiene muy buen aspecto. Espero que se mantenga a flote hasta llegar a puerto.

—Yo, de momento, no pondría la mano en el fuego. Esperaré a saber si el calor ha provocado muchos daños en el casco.

—Al quemarse todo el interior, su peso ha disminuido mucho. Con la línea de flotación tan baja no debería ser difícil de remolcar.

—Hombre, remolcar siempre es difícil. Ustedes prepárense, porque cuando lleguen a Wellington tendrán un comité de bienvenida esperándoles y una horda de reporteros.

—Estoy impaciente —contestó Harlow, sarcástico—. Que tengan buena suerte.

McDermott se volvió hacia el segundo de a bordo, Arle Brown.

—En fin, más vale que pongamos manos a la obra.

—Suerte que no hay olas —dijo Brown señalando al otro lado del cristal del puente.

McDermott dedicó algunos segundos a contemplar los restos del crucero.

—Sospecho que será lo único a nuestro favor.

McDermott no perdió el tiempo. Después de rodear las ruinas y de ver que el timón parecía haberse quedado en posición de cero grados, llevó el *Audacious* a setenta metros de la proa del *Emerald Dolphin*. Tenía la esperanza de que el timón estuviera fijo. Si se movía, el casco se ladearía y sería imposible controlarlo.

Bajaron la lancha motora del remolcador. Brown y cuatro miembros más de la tripulación se aproximaron a los restos del naufragio hasta que tuvieron encima la enorme proa. Había visita. Alrededor del casco, el mar estaba infestado de tiburones. Algún instinto primigenio les hacía saber que si el barco se iba a pique quizá quedara a flote algo comestible… y suculento.

No iba a ser fácil subirse al casco. La parte central aún estaba demasiado caliente para ser practicable; no así la proa, que se había salvado de lo peor del incendio. Como mínimo había treinta cuerdas colgando de la borda, y tuvieron la suerte de que dos de ellas fueran escalerillas con peldaños de madera. El timonel de la lancha se dirigió hacia una de las que colgaban, manteniendo la proa en el sentido de las olas para gozar de la máxima estabilidad.

El primero en subir fue Brown, que, atento a los escualos, plantó firmemente ambos pies en la borda y aseguró el equilibrio. Luego tendió los brazos, cogió la escalerilla y la atrajo hacia sí. Al paso de una ola que levantó la lancha, Brown puso el pie en un peldaño y emprendió la subida. Tardó menos de tres minutos en cubrir más de quince metros de trayecto vertical. Al llegar a la borda, se aferró a ella y subió a pulso al rasel. A continuación balanceó uno de los cabos lanzados desde la proa por los supervivientes, hasta que lo cogió uno de los hombres de la lancha y fue amarrado a otro más grueso que habían traído desde el remolcador.

Una vez que hubieron subido por la escalerilla tres de los miembros de la tripulación, el cabo fue izado y sujetado alrededor de un bolardo enorme y redondo, al que ni mucho menos habían destinado a un uso así los arquitectos del crucero. El siguiente paso consistió en volver a arrojar el extremo del cabo al hombre que quedaba en la lancha, que la ató. Brown vio que la lancha regresaba al remolcador, donde el cabo quedó unido al extremo de un cable enroscado a un enorme cabrestante. Antes de dar la señal de puesta en marcha de este último, Brown esperó a que uno de sus hombres hubiera engrasado el bolardo.

La falta absoluta de electricidad a bordo del *Emerald Dolphin* dificultaba en extremo la tarea de subir a bordo el cable del remolcador, que tenía ni más ni menos que veinte centímetros de diámetro y una tonelada de peso por cada treinta metros. El cabrestante se puso en marcha, usando el bolardo como polea, y empezó a enroscar el cabo tendido entre las dos embarcaciones a un pequeño tambor unido al cabrestante principal. Poco después, un cable de cinco centímetros que había sido anudado a un extremo de la soga empezó a enroscarse en el bolardo, antes de volver al remolcador. El otro extremo del mismo cable estaba atado al de veinte centímetros, que a continuación fue izado hasta la proa del crucero y se fijó a las cadenas del ancla con una serie de pernos en U, dada la ausencia de cabrestante en la cubierta de proa del gran crucero. Lo tenía abajo, en una cubierta que se había quemado y a la que no se podía acceder.

—El cable está fijo —notificó Brown a McDermott por la radio portátil—. Volvemos a bordo.

—Recibido.

Lo normal era que una pequeña dotación permaneciera a bordo del barco remolcado, pero, como se desconocía la gravedad de los estragos sufridos por el casco en el transcurso del incendio, era demasiado peligroso quedarse en el *Emerald Dolphin*. Si se iba a pique repentinamente, quizá no tuvieran tiempo de escapar y se vieran succionados con el barco.

Brown y sus hombres bajaron a la lancha por la escalerilla. En cuanto una y otros estuvieron a bordo del remolcador, McDermott dio la orden de avanzar a velocidad mínima. Brown, que manejaba el gigantesco cabrestante, fue soltando el cabo hasta que el crucero quedó como a medio kilómetro de distancia. Entonces activó el freno, el cable se tensó y el cabrestante absorbió la tensión a medida que el *Audacious* avanzaba lentamente.

A bordo del remolcador todos aguantaban la respiración, pendientes de cómo reaccionaría el *Emerald Dolphin*. Poco a poco, centímetro a centímetro, como un elefante obediente guiado por un ratón, su proa empezó a surcar las aguas. Nadie se movía. Seguía imperando el nerviosismo. No obstante, el gigantesco crucero se alineó con la estela del remolcador sin la menor desviación. Al ver que el casco, del que aún salía humo, empezaba a moverse sin sufrir ningún desgarro, los tripulantes del remolcador empezaron a relajarse.

Diez horas más tarde, los grandes motores del *Audacious* arrastraban el enorme casco a la respetable velocidad de dos nudos. Del incendio solo quedaban los últimos rescoldos, con alguna que otra llama insinuándose entre los restos retorcidos de la estructura superior. No había luna y el cielo estaba nublado.

Era una noche tan negra que no se veía dónde acababa el mar y dónde empezaba el cielo.

El reflector principal del remolcador estaba enfocado sobre el *Emerald Dolphin*, iluminando su proa y la parte correspondiente de la estructura superior, que parecía una cáscara vacía. La tripulación hacía turnos de guardia para asegurarse de que lo que llevaban a remolque aún siguiera allí. Después de medianoche le tocó al cocinero, que se acomodó en la silla plegable que llevaba a bordo para tomar el sol cuando no tenía trabajo en la cocina. Como el tiempo era demasiado caluroso y húmedo para un café, se tomó una de las latas de Pepsi light puestas a enfriar en un cubo pequeño con hielo. Luego se recostó con el refresco en la mano y encendió un cigarrillo, sin perder ojo a la pesada masa que les seguía a popa.

Dos horas después luchaba denodadamente contra el sueño, gracias a la ayuda del décimo cigarrillo y de la tercera Pepsi. El *Emerald Dolphin* seguía donde tenía que estar. De repente el cocinero se incorporó y ladeó la cabeza porque le pareció oír un ruido sordo procedente del casco, un ruido que le recordó el de un trueno lejano y que se repitió varias veces, como detonaciones, con pocos segundos de intervalo. Aguzó la vista con el torso muy erguido, y justo cuando estaba a punto de atribuirlo a su imaginación se dio cuenta de que algo había cambiado. Aún tardó un poco en comprender de qué se trataba: el crucero estaba más hundido que antes.

El barco devastado por el incendio se escoró ligeramente a estribor, pero volvió a enderezar el rumbo. A la luz del reflector, una enorme nube de humo surgió de su parte delantera y se elevó en espiral hacia la oscuridad. El cocinero puso cara de susto.

El *Emerald Dolphin* zozobraba, y parecía que deprisa.

Profundamente impresionado, corrió al puente de mando y exclamó:

—¡Se hunde! ¡Dios santo, se hunde!

El alboroto hizo que McDermott saliera de su camarote, pero no le preguntó nada al cocinero. Le bastó con verle para saber que, si no cortaban el cable, el crucero se llevaría al *Audacious* y su tripulación a siete mil metros de profundidad. El siguiente en aparecer fue Brown, que también captó la situación con una simple mirada y acompañó corriendo al capitán hacia el gigantesco cabrestante.

McDermott y Brown se emplearon a fondo para soltar el freno y aflojar el pesado cable, que se desenrolló en el vacío ante sus ojos y rápidamente pasó de un ángulo casi horizontal a otro vertical, a medida que el crucero hundía su proa en el agua. El gran cable, enroscado al tambor del cabrestante, empezó a desenrollarse cada vez más deprisa, hasta el punto de que llegó a verse borroso. La esperanza de McDermott y Brown era que al llegar al final se desprendiera de los empalmes por sí solo, puesto que de lo contrario el *Audacious* se vería arrastrado por la popa.

El cascarón del crucero se sumergía a una velocidad increíble. La proa ya había desaparecido bajo el agua. El ángulo de hundimiento era poco pronunciado, quince grados, pero no la rapidez con que se iba a pique. Cuando los mamparos, torturados por el fuego, empezaron a ceder a la tensión, el casco maltrecho emitió una especie de terrible quejido. Entonces el timón y los enormes propulsores salieron del agua y se elevaron en el cielo nocturno. La popa resistió unos segundos, pero al final siguió a la proa hacia las profundidades del negro mar; primero lo hizo lentamente, pero luego empezó a hundirse más deprisa hasta que todo el barco desapareció, dejando un torbellino de burbujas.

En el tambor solo quedaba una vuelta de cable. De repente quedó tenso, y la popa del remolcador se hundió de modo brusco, haciendo que la proa se elevase. A bordo todos estaban paralizados e impresionados, con la mirada fija en el tambor, viendo aproximarse las fauces de la muerte. De repente el tambor dio su última vuelta y el cable sufrió un brutal estirón en toda su longitud. El drama llegaba a su clímax.

Con una especie de ensordecedor chirrido, el extremo salió disparado del tambor y desapareció en el mar con un fuerte latigazo. Libre de la tensión, la proa chocó brutalmente con el agua y la embarcación recuperó la horizontalidad después de un brusco cabeceo. La tripulación, muy afectada por haber estado tan cerca de la muerte, guardaba silencio.

Poco a poco fue disipándose el shock de los últimos minutos, hasta que Brown murmuró:

—Nunca me había imaginado que un barco pudiera hundirse en un abrir y cerrar de ojos.

—Yo tampoco —dijo McDermott—. Parece que se haya desfondado por completo en un instante.

—Adiós a un millón de libras en cable. Los directores de la compañía no estarán muy contentos.

—No hemos podido evitarlo. Ha sido todo demasiado rápido. —McDermott se quedó callado y levantó la mano—. ¡Escuchad! —dijo imperiosamente.

Todos dirigieron la vista hacia donde había desaparecido el *Emerald Dolphin*. Se oían gritos pidiendo auxilio en la noche.

Lo primero que pensó McDermott fue que con todo el alboroto habría caído algún marinero por la borda, pero un rápido repaso de la cubierta le informó de que no faltaba nadie. Entonces volvió a oírse el mismo grito, pero más débil, casi imperceptible.

—Hay alguien —dijo el cocinero señalando hacia el lugar de donde llegaba la voz.

Brown corrió hacia el reflector, lo giró y orientó su haz hacia la superficie del agua. A unos treinta metros de la popa, apenas visible en un mar de color ébano, se distinguía la cara oscura de un hombre.

—¿Puede nadar hasta el barco? —exclamó Brown con todas sus fuerzas.

Pese a la falta de respuesta, el hombre no parecía agotado. Nadaba hacia el remolcador con vigor y constancia.

—Échale un cabo —ordenó Brown a uno de sus hombres— y súbelo antes de que lleguen los tiburones.

Un cabo fue echado por la borda. El nadador lo cogió, y dos hombres lo izaron por la popa.

—Es un aborigen —dijo Brown, que era australiano de nacimiento.

—No, tiene el pelo rizado —observó McDermott—. Yo diría que es africano.

—Lleva uniforme de oficial de barco.

McDermott, que si algo no esperaba era encontrar supervivientes a esas alturas, miró al hombre con expresión inquisitiva.

—¿Puedo preguntarle de dónde viene?

El desconocido exhibió su dentadura en una ancha sonrisa.

—Creía que era evidente. Soy, o mejor dicho era, el oficial de relaciones con los pasajeros del *Emerald Dolphin*.

—¿Y qué hacía a bordo, si todos los supervivientes ya han sido rescatados? —preguntó Brown. Le parecía incomprensible que no estuviera herido. La experiencia no parecía haberle dejado otras secuelas que un uniforme mojado.

—Me caí y me di un golpe en la cabeza mientras ayudaba a los pasajeros a pasar del crucero al barco de investigación. Debieron de darme por muerto. Al despertarme, me he encontrado con que ya estaban remolcando el barco.

—Pues debe de haberse quedado inconsciente unas veinticuatro horas —dijo McDermott con escepticismo.

—Supongo que sí.

—Parece increíble que no haya muerto en el incendio.

—He tenido una suerte enorme. Me caí en una escalera donde no llegó el incendio.

—Tiene acento americano.

—Soy de California.

—¿Cómo se llama? —preguntó Brown.

—Sherman Nance.

—Pues mire, señor Nance —dijo McDermott—, ya puede ir quitándose el uniforme, porque lo tiene empapado. Calculo que tiene más o menos la misma talla que el señor Brown, mi segundo de a bordo. Él le dejará ropa seca. Luego vaya a la cocina, que con todo lo que le ha pasado debe de estar deshidratado y muerto de hambre. Me ocuparé de que nuestro cocinero le dé algo de beber y le prepare una sustanciosa comida.

—Gracias, capitán…

—McDermott.

—La verdad es que sed sí que tengo.

Después de que el cocinero se llevara a Nance, Brown miró al capitán.

—Es un poco raro que haya sobrevivido a un incendio de estas dimensiones sin chamuscarse ni una ceja.

McDermott, receloso, se frotó la barbilla.

—Sí, sí que es raro. —Suspiró—. En fin, no es asunto nuestro. Ahora tengo el desagradable deber de notificar a los directivos que hemos perdido lo que remolcábamos, además del cable, que costaba un ojo de la cara.

—No es normal —masculló Brown como si hablara solo.

—¿El qué no es normal?

—Que de un minuto a otro pase de estar flotando con toda normalidad a irse a pique. No debería haberse hundido tan deprisa. No es natural.

—Estoy de acuerdo —dijo McDermott encogiéndose de hombros—, pero no está en nuestras manos.

—Ahora que ya no queda nada que investigar, los del seguro se tirarán de los pelos.

McDermott asintió con gesto cansado.

—A falta de pruebas, tendrá que quedar como otro de los grandes misterios del mar.

A continuación se acercó al reflector y lo apagó, dejando que la calígine se apoderara de la tumba marina del crucero.

En cuanto el *Audacious* llegó a Wellington, el hombre rescatado del agua por McDermott tras el hundimiento del *Emerald Dolphin* desapareció. El personal de inmigración del puerto juraba que no había abandonado el barco por la pasarela, ya que de lo contrario le habrían retenido para someterle a un interrogatorio sobre el incendio y el hundimiento del barco. McDermott llegó a la conclusión de que Sherman Nance solo podía haber bajado a tierra por la borda, en el momento de llegar a puerto.

Cuando dio el parte a los investigadores de seguros, le dijeron que en la lista del personal del *Emerald Dolphin* no figuraba ningún tripulante ni oficial llamado Sherman Nance.

9

Mientras el *Earl of Wattlesfield* se quedaba al pairo, la tripulación del *Deep Encounter* se guió por los indicadores luminosos de los sumergibles dejados a la deriva y los recogió. En cuanto los tuvieron a bordo, bien asegurados, el capitán Burch avisó al capitán Nevins y ambos barcos reanudaron la travesía hacia Wellington.

Después de asegurar los sumergibles, Pitt, muerto de cansancio, ordenó su camarote, que había quedado hecho un desastre por el paso de cuarenta personas durante la evacuación del barco; se trataba de número inconcebible, teniendo en cuenta su estrechez. Le dolían los músculos, algo que era consciente de estar experimentando cada vez más a menudo con la edad. Metió la ropa sucia en una bolsa, y al meterse en la ducha, que era muy pequeña, orientó hacia un rincón el chorro de agua caliente y se tumbó de espaldas con las largas piernas apoyadas en la repisa para el jabón. En aquella postura durmió una siesta de veinte minutos de la que se despertó bastante recuperado, aunque los dolores persistían. Después de enjabonarse y enjuagarse el cuerpo, se secó con una toalla, salió de la ducha y dirigió la mirada hacia el espejo de encima del lavamanos metálico.

La cara y el cuerpo que veía no eran los mismos que diez años antes. El pelo seguía sin mostrar indicios de calvicie; era una mata negra y ondulada, aunque un poco invadida de gris en las sienes. Bajo unas cejas tupidas, los ojos, verdes y penetrantes, conservaban su intensidad; los había heredado de su madre, y tenían cualidades hipnóticas, como si al mirar a alguien llegaran a lo más profundo de su alma. Las más sensibles a ello eran las mujeres. En sus ojos percibían una especie de aura, algo que delataba que él era una persona con los pies en el suelo y digna de toda confianza.

En cambio, la cara empezaba a mostrar los efectos imparables de la edad. La comisura de los párpados marcaba el nacimiento de unas arrugas cada vez más profundas a fuerza de sonreír. La piel ya no tenía la elasticidad de la juventud; poco a poco adquiría un aspecto curtido, y las facciones de las mejillas y la frente parecían volverse más abruptas. La nariz se mantenía razonablemente recta e intacta, teniendo en cuenta que se había roto en tres ocasiones. Pitt no era guapo como pudiera serlo un Errol Flynn, pero conservaba una presencia capaz de atraer todas las miradas cada vez que entraba en algún sitio.

Se afianzó en la idea de que había heredado las facciones de su familia materna, mientras que el desenfado con que se tomaba la vida, y su cuerpo alto y delgado, eran herencia de su padre y de los antepasados de su padre.

Acarició, rozándolas apenas, las diversas cicatrices que tenía por el cuerpo, recuerdos de sus muchas aventuras durante dos décadas de servicio a la NUMA. Pese a que había estudiado en la academia de aviación y conservaba el rango de mayor de las fuerzas aéreas, había pillado al vuelo la ocasión de estar a las órdenes del almirante James Sandecker como integrante del nuevo organismo de ciencias oceanográficas y marítimas. Nunca se había casado; había estado a punto de hacerlo con una congresista, Loren Smith, pero las vidas de ambos eran demasiado complicadas. El trabajo de Pitt en la NUMA y el de Loren en el Congreso no dejaban margen para el matrimonio.

Dos de sus antiguos amores habían fallecido en circunstancias trágicas: Summer Moran en un terrible maremoto en las costas de Hawai, y Maeve Fletcher en la costa de Tasmania, donde su hermana la había matado a tiros.

De las dos, la que no dejaba de aparecérsele en sueños era Summer. Siempre la veía nadando hacia las profundidades para buscar a su padre, encerrado en una caverna submarina; con su precioso cuerpo y su melena pelirroja flotando, desaparecía en el agua verde del Pacífico. Al salir a la superficie para respirar y encontrarse con que Summer no estaba, Pitt había intentado volver a sumergirse, pero se lo habían impedido físicamente los tripulantes del barco que le había rescatado, conscientes de que era inútil.

Desde entonces solo vivía para su trabajo, ya fuese sobre el agua o bajo ella. El mar se había convertido en su amante. En ningún lugar era más feliz que navegando a bordo de un barco de investigación oceanográfica, con la excepción de su casa, un viejo hangar para aviones situado al lado del aeropuerto Ronald Reagan de Washington.

Suspiró, se puso un albornoz y se tumbó en la cama, pero justo cuando estaba a punto de abandonarse a un merecido sueño se acordó de algo y se incorporó como un resorte. Sin saber por qué, le había vuelto a la memoria la joven del maletín. Cuanto más lo pensaba, menos sentido tenía que se hubiera marchado inadvertidamente en una de las lanchas del portacontenedores. De repente lo entendió.

No se había ido. Seguía escondida a bordo del *Deep Encounter*.

Se levantó de la cama sin dejarse tentar por el sueño y se vistió muy deprisa. A los cinco minutos iniciaba su búsqueda en el extremo de popa, registrando hasta el último rincón de la sala de generadores, la de motores y el almacén de instrumental científico. El proceso era lento porque había numerosos resquicios donde esconderse entre el cargamento y el instrumental.

Al registrar el almacén de repuestos estuvo a punto de pasársele por alto una pequeña anomalía. Se fijó en un banco de trabajo donde había una hilera perfecta de latas de cuatro litros de diversos lubricantes. A primera vista no se advertía nada fuera de lo normal, pero Pitt sabía que deberían haber estado guardadas en una caja de madera. Sigiloso, se acercó a la caja y levantó la tapa.

Kelly Egan estaba tan agotada, dormía tan profundamente, que no se percató de la presencia de Pitt. El maletín de cuero estaba apoyado en un costado de la caja, protegido por uno de los brazos de la joven. Pitt sonrió, cogió una tablilla que colgaba de un mamparo, arrancó una página de la libreta y escribió una nota: «Estimada señorita: Cuando despierte, haga el favor de presentarse en mi camarote, el número ocho del segundo nivel».

En el último momento se le ocurrió algo para tentarla, y añadió: «Habrá comida y bebida».

Después de dejarle la nota con delicadeza sobre el pecho, cerró la tapa de la caja haciendo el menor ruido posible y salió en silencio del almacén de repuestos.

Poco después de las siete de la tarde, Kelly dio unos golpecitos en la puerta del camarote de Pitt, que al abrir se la encontró en el pasillo con el maletín fuertemente cogido por el asa, mirando al suelo con expresión avergonzada. Cogió a la joven de la mano y la hizo entrar.

—Debe de estar muerta de hambre —le dijo, indicando con una sonrisa que no estaba enfadado ni molesto.

—¿Es usted Dirk Pitt?

—Sí. ¿Y usted?

—Kelly Egan. Le pido mil perdones por haberle…

—¡No, por favor, si no me ha molestado en absoluto! —la interrumpió él, señalando una bandeja con bocadillos y una jarra de leche que había en una mesa—. No es lo que sea una comida para gourmets, pero con las provisiones que nos han quedado el cocinero no ha podido hacer gran cosa. —Le tendió una blusa y unos pantalones cortos de mujer—. Una de las chicas del personal científico le ha adivinado la talla, y ha tenido la amabilidad de prestarme algo de ropa. Primero coma, y luego dúchese. Volveré dentro de media hora. Ya hablaremos entonces.

Al volver, Pitt se encontró con que Kelly no solo ya estaba duchada, sino que había dado buena cuenta de varios bocadillos de jamón y queso. También la jarra de leche estaba prácticamente vacía. Se sentó frente a ella en una silla.

—¿Qué tal, ya vuelve a sentirse como un ser humano?

Ella asintió, sonriendo como una colegiala sorprendida en una travesura.

—Supongo que querrá saber por qué me he quedado en el barco.

—Se me había ocurrido la pregunta.

—Tenía miedo.

—¿De qué? ¿Del hombre que les atacó a usted y su padre? Tengo buenas noticias: está haciendo compañía a los demás ahogados del crucero.

—Había otro —dijo ella, vacilante—. Un oficial del barco. Parecía cómplice del pelirrojo que intentó matarme. Intentaron robar el maletín de mi padre entre los dos, y le aseguro que tenían intención de matarle, pero durante la pelea pasó algo imprevisto y lo único que consiguieron fue tirarle por la borda...

—Llevándose el maletín —dijo Pitt terminando la frase.

—Exacto. —Al revivir la muerte de su padre, los ojos de Kelly se humedecieron. Pitt se sacó un pañuelo del bolsillo, y ella, después de secarse las lágrimas, se lo quedó mirando—. Creía que los hombres ya no llevaban pañuelos. Creía que hoy día todo el mundo usaba kleenex.

—Es que soy de la vieja escuela —dijo él con voz queda—. Nunca se sabe cuándo te puedes encontrar con una mujer triste.

Kelly le miró de un modo peculiar, sonriendo ligeramente.

—No acaba de parecerse a nadie que conozca.

—Los de mi tipo nunca han tenido instinto gregario. —Pitt volvió al tema que les ocupaba—: ¿Podría describir al oficial?

—Sí, era negro y alto; supongo que afroamericano, porque el barco era de una compañía nacional y en la tripulación la mayoría eran de Estados Unidos.

—¡Qué raro que esperaran al incendio del barco para entrar en acción!

—No era la primera vez que molestaban a papá —dijo ella, enfadada—. Ya me había hablado de varias amenazas.

—¿Y se puede saber qué es tan importante como para justificar la muerte de su padre? —dijo Pitt señalando el maletín que Kelly tenía a sus pies.

—Mi padre es... —Una pausa—. Era el doctor Elmore Egan, una eminencia. Era a la vez ingeniero mecánico e ingeniero químico.

—Sí, he oído ese nombre —dijo Pitt—. Tengo entendido que el doctor Egan era un inventor muy respetado, creador de varios tipos de motores de propulsión acuática. ¿Me equivoco? Creo recordar que también encontró la fórmula de un combustible diésel muy eficaz que se usa mucho en la industria del transporte.

—¡Qué informado está! —dijo ella impresionada.

—Soy ingeniero naval —puntualizó él—. Si no conociera el nombre de su padre, me habrían suspendido vilmente.

—El último proyecto de papá era perfeccionar unos motores magnetohidrodinámicos.

—Como las unidades de propulsión del *Emerald Dolphin*.

Kelly asintió en silencio.

—Confieso mi ignorancia sobre los motores magnetohidrodinámicos. Por lo poco que he leído, creía que aún faltaban treinta años para que esa tecnología estuviera lista. Por eso me sorprendió leer que los habían instalado en el *Emerald Dolphin*.

—A usted y a todo el mundo, pero a papá se le ocurrió un adelanto revolucionario: primero potenciaba la electricidad que hay en el agua del mar, y luego la hacía pasar por un tubo altamente magnético mantenido a cero absoluto con helio líquido. La corriente eléctrica generada produce una energía que bombea el agua por propulsores.

Pitt, que escuchaba atentamente, se puso tenso al oír la explicación.

—¿Quiere decir que es un motor cuya única fuente externa de energía es el agua del mar?

—El agua salada tiene un campo eléctrico pequeñísimo. Mi padre descubrió un método para intensificarlo extraordinariamente y producir energía.

—Me resulta difícil imaginar un sistema de propulsión con una fuente de energía inagotable.

A Kelly se le reflejó en la cara el orgullo de ser hija de un hombre así.

—Tal como me lo explicó…

—¿Usted no era colaboradora suya? —intervino Pitt.

—¡No, qué va! —Era la primera vez que Kelly se reía—. Aunque me duela decirlo, le tenía decepcionadísimo... Soy incapaz de pensar en términos abstractos. El álgebra siempre me ha superado. Soy un desastre con las ecuaciones. He estudiado empresariales en Harvard, que es donde cursé el máster. Trabajo como analista comercial en una consultoría especializada en grandes almacenes y cadenas de saldos.

En la boca de Pitt se insinuó una sonrisa.

—Menos emocionante que crear nuevas formas de energía.

—Es posible —dijo ella con un movimiento de la cabeza que hizo volar su pelo de color castaño claro en torno al cuello y los hombros—, pero me gano bien la vida.

—¿En qué consistía ese adelanto que permitió a su padre perfeccionar la tecnología de los motores magnetohidrodinámicos?

—En la primera fase de la investigación, chocó con el obstáculo de que su motor experimental superaba las expectativas en potencia y energía, pero tenía problemas muy graves de fricción. Solo aguantaba unas horas a muchas revoluciones. Entonces él y un ingeniero químico colaborador suyo, Josh Thomas, que también es amigo de la familia, crearon la fórmula de un nuevo petróleo cien veces más eficaz que cualquiera de los que hay actualmente en el mercado. Desde entonces papá disponía de una nueva fuente de energía capaz de funcionar durante años sin que se le apreciara desgaste.

—O sea, que el superpetróleo fue el elemento que hizo pasar el motor magnetohidrodinámico de su padre de los planos a la realidad.

—Exacto —asintió Kelly—. Después del éxito del programa de pruebas del módulo piloto, los directivos de Blue Seas Cruise Lines se pusieron en contacto con él y le propusieron instalar sus motores en el *Emerald Dolphin*, que entonces se estaba construyendo en unos astilleros de Singapur. Al mismo tiempo construían un submarino de pasajeros de lujo, pero se me ha olvidado el nombre. Le dieron licencia exclusiva para construir los motores.

—¿La fórmula del petróleo no se puede copiar?

—Sí, la fórmula sí, pero el proceso no. Es imposible repetir exactamente el proceso de producción.

—Imagino que se cubriría las espaldas con patentes.

Kelly asintió vigorosamente.

—Por supuesto. Él y Josh quedaron como titulares de treinta y dos o más patentes relacionadas con el diseño del motor.

—¿Y la fórmula del petróleo?

Kelly vaciló y negó con la cabeza.

—Eso prefirió guardárselo. No se fiaba ni del registro de patentes.

—El doctor Egan podría haber ganado una fortuna negociando los derechos tanto del petróleo como del motor.

Kelly se encogió de hombros.

—Papá era como usted: no le gustaba ir por donde iban los demás. Quería que el mundo se beneficiase de su descubrimiento, y estaba dispuesto a cederlo. Además, siempre estaba ocupado en otras cosas. Me contó que trabajaba en un proyecto aún más importante, algo que tendría un impacto increíble en el futuro.

—¿Llegó a especificar de qué se trataba?

—No. Era muy reservado. Según él, era mejor que yo no lo supiese.

—Sensata decisión —dijo Pitt—. Quería protegerla de los que estaban desesperados por conseguir sus secretos.

La mirada de Kelly se entristeció.

—Desde la muerte de mamá, papá y yo no teníamos una relación muy estrecha. Era un buen padre, cariñoso, pero lo primero era su trabajo, y siempre estaba enfrascado en él. Yo creo que me invitó al viaje inaugural del *Emerald Dolphin* para que intimásemos un poco más.

Pitt reflexionó durante casi un minuto y luego señaló el maletín con la cabeza.

—¿No le parece que va siendo hora de que lo abra?

Kelly disimuló su confusión tapándose la cara con las manos.

—Me gustaría —dijo, vacilante—, pero tengo miedo.

—¿De qué? —preguntó Pitt con tono calmado.

Ella se ruborizó, pero más que vergüenza sentía un vago temor a lo que pudiera encontrar dentro.

—No lo sé.

—Si lo que teme es que yo sea un malhechor que pretende huir con los preciosos documentos de su padre, puede descartarlo. Mientras usted levanta la tapa, yo estaré tranquilamente sentado al otro lado del camarote, así que no veré nada.

De repente a Kelly le pareció que aquella era una situación muy ridícula, y se rió tímidamente con el maletín en las rodillas.

—Mire, la verdad es que no tengo ni la más remota idea de lo que contiene. Podrían ser libretas llenas de anotaciones ilegibles, como todas las suyas, o podría ser la ropa sucia.

—Razón de más para mirar.

Lentamente, venciendo un largo titubeo, Kelly abrió el seguro y levantó la tapa como si abriera una de esas cajas de las que salta un payaso.

—¡Dios mío!

Pitt se incorporó.

—¿Qué pasa?

Ella hizo girar el maletín como a cámara lenta y dejó que se cayera al suelo.

—No lo entiendo —susurró—. No lo he soltado ni un momento.

Pitt se agachó y examinó el interior del maletín de cuero.

Estaba vacío.

10

A doscientas millas de Wellington, los instrumentos meteoroló-
gicos predecían mar en calma y cielo despejado para los siguientes
cuatro días. Como el *Deep Encounter* ya no corría el peligro inmediato de inundarse y zozobrar, el capitán Nevins ordenó que
su portacontenedores se adelantara y llegara lo antes posible a
puerto. Cuanto antes llegara a Wellington el *Earl of Wattlesfield*,
mejor. Con dos mil pasajeros extra a bordo, las provisiones estaban en un punto crítico.

En el momento de tomar la delantera, la tripulación y los pasajeros del *Emerald Dolphin* se despidieron con la mano. Una
voz empezó a cantar una canción de Woody Guthrie, «So long,
it's been good to know you», que fue rápidamente recogida por
mil voces más y dedicada a los hombres y mujeres que iban a bordo del pequeño barco de reconocimiento.

«An I've got to be driftin' along», «Y tengo que seguir vagan-
do», rezaba el último verso del estribillo, coreado en un momento de gran emoción. Menos de una hora después, la figura del *Earl
of Wattlesfield* desaparecía en el horizonte.

El capitán Nevins llegó a Wellington seis horas antes que el *Deep
Encounter* y fue recibido con una mezcla de júbilo y solemnidad.
El muelle estaba ocupado por miles de personas que observaban
en silencio e intercambiaban comentarios en voz baja, mientras el
portacontenedores penetraba lentamente en un atracadero. Nueva
Zelanda acogía con todo su corazón a quienes habían sobrevivido
milagrosamente al peor incendio en alta mar de la historia marítima.

En una oleada espontánea de compasión hacia los vivos y los muertos, todos los hogares del país abrieron sus puertas a los supervivientes y les cedieron grandes cantidades de comida y de ropa. El personal de aduanas les dejó pasar con poquísimas preguntas, habida cuenta de que casi todos habían perdido el pasaporte en el incendio. Las compañías aéreas, por su parte, fletaron vuelos especiales de regreso a sus ciudades de origen. Ni siquiera faltó un comité de bienvenida, constituido por destacados miembros del gobierno neozelandés y por el embajador de Estados Unidos. Los supervivientes, asediados por un verdadero enjambre de periodistas llegados de todo el país, no veían el momento de desembarcar e informar de su rescate a sus amigos y parientes. Era el mayor acontecimiento informativo de la historia reciente del país, y lo encabezaba el heroico rescate por parte de los tripulantes y el personal científico del *Deep Encounter*.

Entretanto, ya se había puesto en marcha una investigación. La mayoría de los pasajeros se ofrecieron a ser interrogados y realizar declaraciones sobre la actuación de la tripulación durante el incendio. A los supervivientes de la tripulación, que guardaban silencio por indicación de los letrados de la compañía de cruceros, se les facilitó alojamiento por tiempo indefinido, a fin de que hubiera ocasión de interrogarles y tomarles testimonio en el transcurso de una investigación en toda regla.

Si la llegada del *Earl of Wattlesfield* se desarrolló en clave melancólica, el tono del recibimiento que esperaba al *Deep Encounter* era muy festivo. Cuando el barco de investigación penetró por el estrecho de Cook y puso rumbo a Wellington, fue recibido por una flotilla de yates privados, que en el momento en que la proa del *Deep Encounter* embocó el puerto se había visto engrosada por varios centenares de embarcaciones de todo pelaje. El barco fue escoltado hasta el muelle por varias lanchas de bomberos, cuyas mangueras lanzaban al aire una cortina de agua en la que el sol dibujaba arco iris.

El público no tuvo dificultad en reconocer las manchas de pintura turquesa y las planchas abolladas que correspondían a los puntos en los que el casco se había golpeado contra el del crucero durante el increíble rescate de casi dos mil personas. El capitán

Burch tuvo que usar un megáfono para dar órdenes durante las maniobras, tal era el estrépito de voces, bocinazos de mil coches, campanas de iglesias y ulular de sirenas, mientras caía sobre la cubierta un chaparrón de serpentinas y confeti.

La tripulación y el personal científico no tenían conciencia de haberse convertido en personajes de fama mundial, en héroes por aclamación popular; de ahí su estupefacción ante el recibimiento y la incredulidad con que vivían el hecho de ser sus protagonistas. Por otro lado, ya no tenían aspecto de científicos y marineros cansados y vestidos de cualquier manera, ya que, en vista del recibimiento, todos se habían apresurado a arreglarse y ponerse sus mejores galas. Las mujeres llevaban vestidos; los hombres, pantalones de sport y americanas; la tripulación, los uniformes de la NUMA. Todos saludaban desde la cubierta, que había quedado libre de cualquier instrumental oceanográfico con la excepción de los dos sumergibles.

Kelly estaba al lado de Pitt en el puente de mando, a la vez eufórica y entristecida por el espectáculo, y lamentando no verlo en compañía de su padre. Se volvió y miró a Pitt a los ojos.

—Supongo que habrá que despedirse.

—¿Piensas coger un vuelo a Estados Unidos?

—Sí, el primero a casa que tenga plazas libres.

—¿A qué te refieres con lo de «casa»?

—A Nueva York —respondió ella, cogiendo una serpentina que bajaba flotando—. Tengo una casa antigua de ladrillo rojo en el Upper West Side.

—¿Vives sola?

—No. —Sonrió—. Tengo un gato atigrado que se llama Zippy, y un perro basset, Shagnasty.

—Yo no voy a la ciudad muy a menudo, pero en mi próxima visita te llamaré y quedaremos para cenar.

—Encantada.

Kelly apuntó su número de teléfono en un trozo de papel y se lo dio.

—Te echaré de menos, Kelly Egan.

Al mirar aquellos increíbles ojos verdes y ver que hablaba en serio, Kelly se puso muy pálida y le flojearon las rodillas. Primero se aferró a la borda, sin saber qué le pasaba; luego, perdiendo el control —fue la primera sorprendida por ello—, rodeó con los brazos la cabeza de Pitt, le obligó a agacharse y le dio un largo beso en la boca. Tenía los ojos cerrados, pero los de él se abrieron mucho por la agradable sorpresa.

Al apartarse, Kelly procuró adoptar una actitud de compostura femenina.

—Gracias, Dirk Pitt; por salvarme la vida y por muchísimas más cosas. —Después de dar unos pasos se giró—. El maletín de mi padre…

—¿Qué? —dijo él, sin saber cómo interpretarlo.

—Quédatelo.

Fue lo último que dijo la joven antes de darle la espalda y bajar a la cubierta de trabajo por la escalerilla. En cuanto la pasarela estuvo tendida, bajó a tierra y fue engullida por la multitud de reporteros.

Pitt dejó la gloria para Burch y los demás. Mientras en la ciudad se improvisaban banquetes para agasajarles, él se quedó en el barco y usó el teléfono por satélite Globalstar para ponerse en contacto con la sede de la NUMA en Washington y facilitarle al almirante Sandecker un informe pormenorizado.

—El *Encounter* se ha llevado una buena paliza —explicó—. Ya me he puesto de acuerdo con el astillero para que la entrega se realice mañana por la mañana. El capataz ha calculado que harán falta tres días para arreglar los desperfectos.

—La noticia del rescate está saliendo en prensa y en televisión las veinticuatro horas del día —contestó el almirante—. Las fotos aéreas del crucero incendiado y del *Encounter* son espectaculares. Las líneas de la NUMA están sobrecargadas por la cantidad de personas que llaman para felicitarnos, y el edificio está rodeado por un enjambre de periodistas. A ti, y a todos los del *Encounter*, os debo un sincero agradecimiento de parte de la agencia.

Pitt se imaginó al almirante en su despacho, henchido de orgullo y disfrutando a fondo cada minuto de protagonismo. Le veía con su pelo muy rojo y las canas teñidas, su barba puntiaguda del mismo color y sus ojos azules, tan iluminados de profunda satisfacción que debían de parecer anuncios luminosos. Casi podía oler el fragante humo de uno de los puros personalizados de Sandecker.

—¿Eso quiere decir que nos van a subir el sueldo? —preguntó sarcásticamente.

—Que no se os suba a la cabeza —replicó Sandecker—. La gloria no se compra con dinero.

—Como gesto, no estaría mal una pequeña prima.

—No tientes a la suerte. Alégrate de que no te descuente la reparación del sueldo.

Pitt no se dejó engañar ni un segundo por aquella actitud reticente. Entre los empleados de la NUMA, Sandecker tenía fama de generoso. Seguro que el almirante ya estaba calculando los cheques de las primas. Lo cual no se contradecía con cierto materialismo en lo referente a su querida NUMA: a Pitt no le hacía falta una bola de cristal para saber que Sandecker ya habría hecho planes para sacar el máximo provecho del rescate y de la publicidad a la que diera pie, con el objetivo de obtener del Congreso una partida extra de cincuenta millones de dólares para el presupuesto del año siguiente.

—Hablando de deducciones, quizá no sea lo único —dijo Pitt con tono pícaro—. Hemos tenido que echar al mar casi todo el instrumental, para no hundirnos.

La voz de Sandecker adquirió un tono de seriedad.

—¿Los sumergibles también?

—Esos los dejamos a la deriva, pero más tarde los recuperamos.

—Mejor, porque vais a necesitarlos.

—No le entiendo, almirante. Teniendo en cuenta que la mitad de nuestro equipo de reconocimiento se ha quedado en el fondo del mar, es imposible seguir adelante con nuestra misión original de levantar un mapa de la fosa de Tonga.

—Tampoco os lo pido —dijo lentamente Sandecker—. Lo que quiero que reconozcáis es el *Emerald Dolphin*. A partir de ahora, vuestra misión será inspeccionar sus restos buscando pruebas sobre el incendio y la causa de que se hundiera tan deprisa. —Hizo una pausa—. Porque sabías que se hundió más deprisa de lo normal mientras lo remolcaban, ¿no?

—Sí, el capitán Burch y yo controlamos las transmisiones entre el remolcador y la dirección.

—El *Deep Encounter* es el único barco en mil kilómetros a la redonda capaz de llevar a cabo la misión.

—No es lo mismo explorar un crucero de grandes dimensiones, bajando en submarino a un mínimo de seis o siete mil metros de profundidad, que cribar las cenizas de una casa incendiada. Además, tuvimos que arrojar la grúa por la borda.

—Compraos otra, o alquiladla. Esmeraos al máximo, y procurad no volver con las manos vacías. Al margen de lo que encontréis, la industria de cruceros se enfrenta a un bajón inevitable, y las compañías de seguros están más que dispuestas a compensar a la NUMA por nuestros esfuerzos.

—No soy investigador de una aseguradora contra incendios. ¿Qué se supone que tengo que buscar?

—Tranquilo —dijo Sandecker—, te envío a alguien con experiencia en desastres marítimos. Además, es experto en vehículos de inmersión a gran profundidad.

—¿Alguien que yo conozca? —preguntó Pitt.

—Deberías —dijo ladinamente Sandecker—, teniendo en cuenta que es tu adjunto en la dirección de proyectos especiales.

—¡Al Giordino! —exclamó Pitt con alegría—. Creía que aún estaba en el Antártico, trabajando en el Proyecto Atlántida.

—Ya no. Ahora está en un avión, y en principio aterrizará mañana por la mañana en Wellington.

—No podrías haber enviado a nadie mejor.

A Sandecker le encantaba jugar con Pitt.

—Ya decía yo que te lo parecería —dijo con malicia.

11

Albert Giordino recorría con dificultad la pasarela que llevaba desde el final del dique seco hasta la cubierta del *Deep Encounter*, acarreando en uno de sus fornidos hombros un viejo baúl cubierto de adhesivos de diferentes hoteles y países. Una de sus manos sujetaba la correa del baúl metálico, dotado de tiras de madera barnizada en sus lados superior e inferior, mientras la otra levantaba una cartera no menos pasada de moda. Al llegar al final de la pasarela, hizo una pausa y soltó el equipaje; paseó la mirada por la cubierta de trabajo y el puente de mando, pero no vio a nadie. Excepto el personal del astillero ocupado en reparar el casco exterior, en todo el barco.

La anchura de los hombros de Giordino era casi equivalente a su estatura. Con su metro sesenta y tres y sus setenta y nueve kilos, era todo músculo. Su ascendencia italiana quedaba de manifiesto en el tono aceitunado de su piel, los rizos de su pelo negro y el color marrón de sus ojos. Era un hombre sociable, sarcástico y jovial, cuyo humor cortante solía suscitar tantas risas como malestar.

Pitt y Giordino eran amigos de la infancia y habían jugado juntos en los equipos de fútbol americano del instituto y de la academia de aviación. Eran tan inseparables que Giordino no había dudado en unirse a Pitt en la NUMA. Las aventuras del dúo, encima y debajo del agua, ya eran legendarias. A diferencia de Pitt, con su hangar lleno de coches antiguos, Giordino vivía en un piso de propiedad cuya decoración podría inducir al suicidio a cualquier diseñador de interiores. Se desplazaba en un viejo

Corvette, y aparte de su trabajo le apasionaban las mujeres. No veía nada de malo en desempeñar el papel de gigoló.

—¡Ah del barco! —exclamó.

Esperó un poco antes de volver a gritar, y en ese momento vio salir de la timonera a alguien cuya cara le sonaba.

—¿Podrías controlarte?—dijo Pitt fingiendo seriedad—. En este barco tan elegante no nos gusta demasiado tener bárbaros a bordo.

—Pues estás de suerte —dijo Giordino sonriendo de oreja a oreja—. Te conviene alguien muy vulgar para animar el cotarro.

—Espera, que bajo —dijo Pitt.

Un minuto después se abrazaban sin pudor, como viejos amigos que eran. A pesar de que Giordino era el triple de fuerte, a Pitt siempre le encantaba levantarle en brazos.

—¿Por qué has tardado tanto? Sandecker dijo que llegarías ayer por la mañana.

—Ya le conoces; como es demasiado tacaño para dejarme un jet de la NUMA, he venido en un vuelo regular. Así que, por supuesto, todos iban con retraso, y se me ha escapado el vuelo que tenía que coger en San Francisco.

Pitt le dio a su amigo una palmada en la espalda.

—Me alegro de verte. Te imaginaba en el Antártico, con lo del Proyecto Atlántida. —Se apartó e interrogó a Giordino con la mirada—. Mis últimas noticias eran que te ibas a casar.

Giordino hizo un gesto de impotencia con las dos manos.

—Sandecker me apartó del proyecto, y mi novia me plantó.

—¿Qué pasó?

—Que ninguno de los dos estaba dispuesto a cambiar de trabajo y mudarse a una urbanización. Además, a ella le ofrecieron un empleo descifrando escritos antiguos en China durante dos años, y como no quería desaprovechar la oportunidad se fue en el primer vuelo a Pekín.

—Me alegro de ver que no te has venido abajo por eso.

—Qué quieres que te diga… Es peor que te den de latigazos, te claven la lengua a un árbol y te metan en el maletero de un Nash Rambler modelo de mil novecientos cincuenta y uno.

Pitt recogió la cartera, pero no hizo ningún amago de hacer lo mismo con el baúl.

—Ven, te enseñaré tu suite.

—¿Suite? La última vez que estuve a bordo del *Encounter* los camarotes eran tan pequeños que parecían armarios escoberos.

—Lo único que se han cambiado son las sábanas, en aras de la inocencia.

—Esto parece una tumba —dijo Giordino refiriéndose con gestos al barco vacío—. ¿Dónde están los demás?

—Los únicos a bordo somos House, el jefe de máquinas, y yo. Los demás se alojan en el mejor hotel de la ciudad y se dejan mimar a base de entrevistas y premios.

—Por lo que he oído, eres el héroe del día.

Pitt se encogió de hombros con modestia.

—No es mi estilo.

Giordino le miró con respeto y admiración sinceros.

—Ya, ya; tú como siempre, yendo de humilde. Es lo que me gusta de ti: eres la única persona que conozco que no colecciona fotos suyas al lado de famosos y que cuelga todos los trofeos y premios en el cuarto de baño.

—¿Quién los vería? Apenas organizo fiestas. Además, ¿a quién le importa?

Giordino sacudió ligeramente la cabeza, pensando: Este Pitt no cambiará nunca. Si el presidente de Estados Unidos quisiera galardonarle con la máxima condecoración del país, Pitt se disculparía por escrito alegando unas fiebres tifoideas.

Después de deshacer el equipaje y de instalarse, Giordino entró en el camarote de Pitt y encontró a su amigo sentado a un pequeño escritorio, estudiando los planos de las cubiertas del *Emerald Dolphin*. Dejó una caja de madera encima de ellos.

—Toma, te he traído un regalo.

—¿Ya es Navidad? —dijo Pitt riéndose, y al abrir la caja suspiró—. Qué bueno eres, Albert. Una botella de tequila de agave azul añejo Don Julio Reserva.

Giordino le tendió dos copas de plata de ley.

—¿Lo probamos para estar seguros de que cumple con nuestros requisitos?

—¿Qué diría el almirante si supiera que incumples su décimo mandamiento, el que prohíbe tener alcohol a bordo de una embarcación de la NUMA?

—O me administro cuanto antes sustancias alcohólicas medicinales, o falleceré.

Pitt quitó el tapón de corcho y llenó las dos copas de plata con el líquido castaño claro. Cuando las tuvieron en alto e hicieron chocar sus bordes metálicos, propuso un brindis:

—Por el éxito de nuestra inmersión en la carcasa del *Emerald Dolphin*.

—Y por que volvamos sanos y salvos a la luz del día. —Giordino saboreó un trago de tequila y preguntó—: ¿Dónde se hundió, exactamente?

—En la ladera oeste de la fosa de Tonga.

Arqueó las cejas.

—Eso está muy hondo.

—Yo calculo que se ha quedado a unos cinco mil ochocientos metros.

Giordino abrió los ojos como platos.

—¿Qué submarino tienes previsto utilizar?

—El *Abyss Navigator* nos viene al pelo.

Giordino se quedó callado y muy serio.

—Sabrás, supongo, que su profundidad límite estimada es de seis mil metros, y que aún no se ha puesto a prueba a tanta profundidad.

—Una estupenda ocasión para comprobar si los constructores sabían lo que se hacían —dijo Pitt.

Giordino le pasó la copa vacía.

—Más vale que me sirvas otra. No, ahora que lo pienso, que sean diez o doce, o no dormiré en todo el viaje hasta la fosa de Tonga por culpa de las pesadillas sobre implosión de sumergibles.

Se quedaron hasta medianoche en el camarote de Pitt, entre tragos de tequila de reserva, viejas anécdotas de guerra y recuerdos de sus largos años de aventuras juntos. Pitt contó el avistamiento del *Emerald Dolphin* en llamas y el rescate, así como la oportuna llegada del *Earl of Wattlesfield*, la noticia del hundimiento por parte del capitán del *Audacious*, el rescate de Kelly y la muerte del asesino.

Cuando terminó, Giordino, que ya se había levantado para volver a su camarote, dijo:

—Has estado muy ocupado.

—Preferiría no volver a vivirlo.

—En el astillero, ¿cuándo calculan que tendrán reparado el casco?

—El capitán Burch y yo esperamos zarpar pasado mañana y haber llegado al lugar del hundimiento en cuatro días.

—Me sobra tiempo para volver a estar moreno como antes de mi temporada en el Antártico. —Giordino se fijó en el maletín que había en un rincón del camarote—. ¿Es el maletín que me has comentado, el que era del doctor Egan?

—El mismo.

—¿Y dices que al final estaba vacío?

—Como la caja fuerte de un banco después de una visita de Butch Cassidy.

Giordino lo cogió y palpó el cuero.

—De calidad. Bastante viejo. Fabricado en Alemania. Egan tenía buen gusto.

—¿Lo quieres? Quédatelo.

Giordino volvió a sentarse con el maletín en las rodillas.

—Tengo debilidad por las maletas antiguas.

—Ya me he fijado.

Abrió los dos seguros, levantó la tapa… y se le derramaron en el regazo casi dos litros de petróleo, que cayeron en la moqueta. Inmóvil y mudo por la sorpresa, se dejó empapar las perneras, mientras el líquido formaba un charco en el suelo. Cuando se le pasó el susto, dedicó a Pitt una mirada sumamente agria.

—No sabía que fueras tan bromista.

La cara de Pitt reflejaba asombro en estado puro.

—No, es que no lo soy. —Se levantó de un salto, cruzó rápidamente el camarote y miró el interior del maletín—. Te aseguro que no es culpa mía. Ayer, cuando miré, estaba vacío; y en las últimas veinticuatro horas las únicas personas a bordo hemos sido House, el jefe de máquinas, y yo. No entiendo qué razón se puede tener para entrar a escondidas y llenarlo de petróleo. ¿Qué sentido tiene?

—Entonces, ¿de dónde viene? Porque lo que está claro es que no es un espejismo.

—No tengo ni la menor idea —dijo Pitt, cuya mirada había adquirido un matiz peculiar—, pero seguro que lo averiguaremos antes del final del viaje.

12

Dejando de lado el misterio de quién había puesto petróleo en el
maletín de Egan, Pitt y Giordino empezaron a verificar el buen
estado del instrumental y los sistemas electrónicos del *Sea Sleuth*,
el vehículo submarino autónomo del barco de investigación. Durante el viaje hacia la tumba del *Emerald Dolphin*, hablaron con el
capitán Burch y los ingenieros oceanográficos de a bordo sobre
el procedimiento de sondeo de los restos, y todos estuvieron de
acuerdo en que lo conveniente, por razones de seguridad, era empezar por la inmersión del vehículo autónomo, no por la del sumergible tripulado, el *Abyss Navigator*.

El diseño del *Sea Sleuth* carecía por completo de elegancia o
aerodinamismo. Era el paradigma de lo funcional: un aparato utilitario y al servicio de sus fines, a cuyo lado un Mars Lander parecía una obra de arte. Sus medidas eran dos metros diez de alto
y un metro ochenta de ancho; su peso, poco menos de tres mil
doscientos kilos. Su piel era una gruesa capa de titanio y desde lejos
parecía un huevo enorme y alargado, con aperturas en los lados
y un soporte como de trineo. En su parte superior, una protuberancia circular albergaba los dos tanques de flotabilidad variable.
Debajo de ellos, el interior estaba forrado de tubos de soporte.

Dentro, un poco como si los hubiera colocado un niño con
sus piezas de Lego, había cámaras de vídeo de alta resolución
y fotográficas, un ordenador y sensores que registraban la salini-
dad, la temperatura del agua y el nivel de oxígeno. La unidad de
alimentación del motor era un sistema muy potente de baterías

alcalinas de manganeso. De enviar señales e imágenes a la superficie, y al barco nodriza —que devolvía señales de control—, se ocupaban una serie de transductores sofisticadísimos. Un dispositivo de diez luces externas le permitía iluminar su recorrido.

Un complejo brazo robotizado, también llamado «manipulador», se extendía desde un lado del vehículo, como si se tratara de una especie de monstruo mecánico de película de ciencia ficción. El brazo tenía la fuerza suficiente para levantar un ancla de ciento ochenta kilos, pero también la delicadeza necesaria para sujetar una taza de té.

A diferencia de otros vehículos robotizados más antiguos, el *Sea Sleuth* no estaba atado a nada, no tenía cordón umbilical que lo conectase a los controles del puente. Era completamente autónomo. Su propulsión, y también sus cámaras de vídeo, se manejaban desde la sala de control del *Deep Encounter*, a miles de metros por encima.

Mientras Pitt ayudaba a Giordino a ajustar el brazo robotizado, se le acercó un miembro de la tripulación.

—El capitán Burch ha dicho que le informe de que estamos a cinco kilómetros del objetivo.

—Gracias —dijo Pitt—. Por favor, dile que Al y yo no tardaremos.

Giordino metió dos destornilladores en una caja de herramientas, se levantó y se desentumeció la espalda.

—Más a punto no puede estar.

—Venga, vamos al puente, a ver qué pinta tiene el *Dolphin* por el sonar de barrido lateral.

Burch, y varios ingenieros y científicos de la NUMA, estaban en el compartimiento del centro de control, justo a popa de la timonera. La luz del techo teñía de un extraño tono violáceo todas las caras y las manos. Los últimos experimentos habían demostrado que una banda de luz de onda roja y azul facilitaba la lectura de los instrumentos durante períodos prolongados de tiempo.

Estaban reunidos alrededor de la pantalla de la grabadora Klein System 5000, viendo desfilar el fondo submarino a seis mil metros de profundidad. La imagen en color correspondía a un fondo bastante liso que iba bajando en suave pendiente hacia el abismo. Cuando entraron Pitt y Giordino, Burch se volvió y les señaló la lectura digital del GPS, que indicaba la distancia hasta el objetivo.

—Debería aparecer en uno o dos kilómetros —comentó.

—¿Es la posición de GPS que dio el remolcador? —preguntó Giordino.

Burch asintió con la cabeza.

—Donde se fue a pique el crucero al romperse el cable de remolque.

En el compartimiento, todos los ojos estaban pendientes de la pantalla del Klein. El lecho, que quedaba muy por debajo del sensor arrastrado por el *Deep Encounter* en el otro extremo de un cable, presentaba una superficie llana y desértica cubierta de un limo entre gris y marrón. No se apreciaban escarpaduras ni ningún relieve. La desolación superaba a la de cualquier yermo; aun así, era una imagen fascinante, debido a que todos estaban a la expectativa de que algún objeto apareciera en un extremo de la pantalla y se moviera hacia su centro.

—Quinientos metros —anunció Burch.

La tripulación y los miembros del equipo científico se quedaron callados. En el centro de control reinaba el silencio de una cripta. La espera habría angustiado casi a cualquiera, pero no a los integrantes de la misión, que eran personas pacientes, acostumbradas a pasar varias semanas contemplando instrumentos a la espera de que se revelara por sí solo un objeto interesante —un barco hundido, o una formación geológica fuera de lo común— y a no ver nada más que un fondo marino de aspecto infinito y estéril.

—Se acerca algo —anunció Burch, que era el que mejor podía ver la pantalla.

Lentamente apareció la imagen de algo duro, que poco a poco se fue revelando como algo fabricado por el hombre. El contorno era recortado, irregular; parecía demasiado pequeño, demasiado alejado de la inmensa imagen de un crucero que esperaban.

—Es el barco —afirmó rotundamente Pitt.

Burch sonrió como un novio feliz.

—Lo hemos encontrado a la primera pasada.

—La posición del remolcador no podía ser más exacta.

—El tamaño no coincide con el del *Emerald Dolphin* —observó Giordino con tono neutro.

Burch señaló la pantalla.

—Al tiene razón. Solo estamos viendo una parte. Ahora aparecerá otra.

Pitt se concentró en las imágenes de la pantalla.

—Se partió; no sé si al hundirse o al chocar con el fondo, pero se partió.

Una parte grande de lo que Burch identificó como la popa fue invadiendo la pantalla. Entre los fragmentos del naufragio, un gran campo de escombros revelaba centenares de objetos imposibles de identificar, de todos los tamaños, desperdigados como al paso de un tornado.

Giordino hizo un rápido esbozo de las imágenes en una libreta.

—Parece que se ha roto en tres trozos.

Pitt examinó los dibujos de Giordino y los comparó con imágenes de la pantalla del sonar.

—Con una distancia entre ellos de más o menos cuatrocientos metros.

Burch dijo:

—Debió de desintegrarse durante el hundimiento, por lo debilitada que estaba la estructura interna después del incendio.

—No sería la primera vez —dijo alguien del equipo científico—. El *Titanic*, al hundirse, se partió en dos.

—Sí, pero inclinándose hacia abajo en un ángulo muy pronunciado —aclaró Burch—. Hablé con el capitán del barco que estaba remolcando al *Emerald Dolphin* cuando se hundió, y me dijo que se había ido a pique muy deprisa con un ángulo que no pasaba de los quince grados. El del *Titanic*, al hundirse, era de cuarenta y cinco.

Giordino miró fijamente el mar por la ventana delantera.

—La explicación más lógica es que se hundió intacto y se partió al chocar con el fondo. Su velocidad debía de estar entre los cincuenta y los ochenta kilómetros por hora.

Pitt negó con la cabeza.

—Entonces los restos estarían más concentrados, y ya se ve lo desperdigados que están.

—Entonces, ¿por qué se partió durante el hundimiento? —preguntó Burch sin dirigirse a nadie en concreto.

—Con un poco de suerte —dijo lentamente Pitt—, averiguaremos las respuestas cuando el *Sea Sleuth* haga honor a su nombre, «detective del mar». Si lo hace.

A la luz de un deslumbrante sol anaranjado que escalaba el cielo al este sobre un horizonte llano y azul, el *Sea Sleuth* colgaba de la nueva grúa que sustituía a la que se había echado por la borda en el transcurso del rescate. La habían instalado en el astillero. Hacía pocas horas que la tripulación había terminado de montar el cabrestante y conectar el cable, y el ambiente, mientras izaban por la popa el sumergible oblongo, era de expectación. El mar estaba más o menos en calma, con olas que no superaban el metro de altura.

La operación estaba siendo dirigida por el segundo oficial del barco, que hizo señas al operador del cabrestante en cuanto el vehículo se apartó de la popa. Con el siguiente de sus gestos, que indicaba luz verde, el *Sea Sleuth* quedó a muy poca distancia de la superficie, hasta que, tras la última verificación de sus sistemas electrónicos, fue depositado lentamente en el Pacífico azul. En cuanto estuvo a flote, el accionamiento de un interruptor hizo que el cable quedara suelto.

Giordino estaba en el centro de control, sentado ante una consola con una serie de interruptores que rodeaban un joystick. Sería él quien pilotara el *Sea Sleuth* durante su viaje al abismo. En su calidad de integrante del equipo de creadores del software de la sonda, también era el ingeniero jefe a cargo de su producción. Había pocos hombres que supieran tanto sobre las peculiaridades de pilotar un vehículo submarino autónomo a seis kilómetros de profundidad. Sin perder de vista ni un momento el monitor donde se veía flotar libremente el vehículo submarino autónomo, activó las válvulas del tanque y vio cómo el *Sea Sleuth* se sumergía entre las olas.

Pitt estaba a su lado, sentado delante de un teclado en el que introducía órdenes destinadas al ordenador de a bordo del sumergible. Mientras Giordino controlaba los sistemas de propulsión del vehículo, Pitt manejaba las cámaras y los sistemas de iluminación. Detrás, en diagonal, tenían una mesa en la que Misty Graham estudiaba una copia de los planos del *Emerald Dolphin*, enviados en avión por los arquitectos. Los demás ojos estaban fijos sin excepción en la hilera de monitores que ofrecerían imágenes de lo que el *Sea Sleuth* registrase en las profundidades.

Misty era una mujer menuda, pero apasionada y con mucho genio. Por lo corto que llevaba el pelo negro —para no tener que cuidárselo mientras estuviera a bordo—, podría haber ofrecido cierto aspecto varonil, si no fuese por lo definido que era su físico. Tenía los ojos de color marrón claro, la nariz respingona y los labios carnosos. Nunca había estado casada; como científica de vocación y una de las mejores biólogas marinas de la NUMA, vivía mucho más tiempo en alta mar que en su piso de Washington, y le quedaba poco margen para salir con hombres.

Levantó la vista de los planos y le dijo a Burch:

—Si resulta que se hundió por el centro, resultará difícil que el *Sea Sleuth* encuentre algo interesante.

—Lo sabremos cuando lleguemos —contestó él lentamente.

En el compartimiento, como suele ocurrir en los proyectos de investigación submarina, el personal charlaba. Con la sonda encaminada, las tres horas y media que tardaría el vehículo autónomo en llegar al fondo se reducían a una simple y gris rutina. A menos que a algún ejemplar de las extrañas especies de peces que poblaban las profundidades se le ocurriera pasar por delante del objetivo de la cámara, habría poco que ver.

Los legos suelen imaginarse las búsquedas submarinas como algo interesante, pero lo cierto es que son el colmo del aburrimiento. Se dedican muchas horas a esperar que ocurra algo, lo que en la jerga se conoce como «un acontecimiento»; aun así, la actitud general es de optimismo, de estar pendiente de que el sonar o las cámaras revelen alguna anomalía.

Es muy habitual que no se encuentre nada. A pesar de ello, las imágenes que llegan desde las profundidades poseen efectos hipnóticos, y ni la tripulación ni los científicos pueden despegar la mirada de los monitores. En el caso del *Sea Sleuth*, afortunadamente, el paradero del barco naufragado tras sus seis kilómetros de descenso hasta el fondo —tal como lo había registrado el GPS del remolcador— quedaba ceñido con precisión a una zona del tamaño de un estadio.

El monitor recogía digitalmente la trayectoria del *Sea Sleuth*, con indicadores de dirección y altura en la base de la pantalla. Cuando el vehículo alcanzase el fondo, Giordino únicamente tendría que enviarlo derecho hacia los restos del naufragio, evitándose la farragosa operación de búsqueda.

Leyó en voz alta los números transmitidos por el altímetro de la sonda.

—Ochocientos metros.

Y fue repitiendo la lectura de los indicadores de profundidad cada diez minutos, mientras el *Sea Sleuth* descendía por el negro vacío muy por debajo de la quilla del barco de investigación. Por fin, a las dos horas y media, los sensores empezaron a mostrar un rápido retroceso en la distancia respecto al fondo.

—Faltan ciento cincuenta metros, y sigue bajando.

—Activando las luces inferiores —dijo Pitt.

Giordino redujo la velocidad de descenso del *Sea Sleuth* a sesenta centímetros por segundo, por si se daba el caso de que bajara directamente hacia los restos del barco. En ningún caso debería quedarse encallado entre los retorcidos restos; entonces sería imposible recuperarlo. El limo incoloro del lecho tardó poco en hacer su aparición en los monitores. Giordino detuvo el descenso de la sonda y la dejó flotando a treinta metros.

—¿Profundidad? —preguntó Burch.

—Seis mil veinte metros —contestó Giordino—. La visibilidad es extremadamente buena, más de cincuenta metros.

Era el momento de tomar directamente el control del *Sea Sleuth*. Entre miradas a los monitores, Giordino accionó los botones y el joystick como si se tratara de un simulador de vuelo. El fondo, mientras tanto, iba pasando con una lentitud que a todos se les antojaba exasperante. En condiciones tan extremas de presión, los propulsores del *Sea Sleuth* solo podían imprimirle un avance ligeramente superior a un nudo.

Mientras tanto, en el teclado, Pitt transmitía al ordenador del *Sea Sleuth* órdenes de ajuste y enfoque de las cámaras que tenía montadas en la proa y la quilla, para ofrecer una visión de lo que había delante y debajo. Burch estaba sentado a su izquierda, ante el tablero de mandos, controlando la posición del sumergible y manteniendo al *Deep Encounter* justo encima de los restos del naufragio.

—¿Por dónde? —le preguntó Giordino.

—Avanza a dieciocho grados. Deberías llegar al casco en un poco más de cien metros.

Giordino puso el *Sea Sleuth* en el rumbo indicado. A los diez minutos se dibujó la sombra de algo. La masa oscura se hizo cada vez mayor, hasta superar los límites de los monitores.

—Objetivo al frente —informó en voz alta.

Poco a poco fueron perfilándose los contornos del barco naufragado. La sonda había llegado a poca distancia de la proa, a estribor, cerca del ancla. En comparación con otros barcos más antiguos, las anclas del moderno crucero quedaban más lejos de la proa y no tan distanciadas de la línea de flotación.

Pitt accionó las potentes luces frontales, que perforaron la oscuridad e iluminaron la proa prácticamente por entero.

—Cámaras en marcha, y grabando.

El descubrimiento fue acogido con menos ovaciones y risas que en otros casos. Todo el mundo estaba callado, como si vieran un ataúd al fondo de una tumba. De repente fue como si les hubiera rodeado una goma elástica gigante, porque se apelotonaron ante los monitores. Para entonces ya se veía que el *Emerald Dolphin* no estaba del todo derecho, sino que formaba un ángulo de veinticinco grados con la superficie del limo, dejando a la vista la parte interior del casco casi hasta la quilla.

Giordino hizo que el *Sea Sleuth* se desplazase a lo largo del casco, pendiente de posibles obstrucciones que amenazaran con retener la sonda. Su estudiada cautela dio sus frutos. Detuvo el vehículo a tres metros de un gran boquete en el casco en el que la torsión de las planchas se traducía en formas irreconocibles.

—Haz un zoom para verlo mejor —le dijo a Pitt.

Una vez introducida la orden, los objetivos de las cámaras enfocaron el agujero irregular desde diversas perspectivas. Entretanto, Giordino dirigió la sonda para colocarla de proa a los restos.

—Espera —le indicó Pitt—, esto parece interesante.

—Esto no lo ha hecho el fuego —dijo alguien de la tripulación.

—Ha explotado desde dentro —observó Pitt.

Burch se frotó los ojos y miró el monitor.

—¿La explosión de un tanque de combustible?

Pitt negó con la cabeza.

—Los motores magnetohidrodinámicos no funcionaban con combustible fósil inflamable. —Se giró hacia Giordino—. Al, llévanos por el casco hasta alcanzar el punto donde se separó de la parte central.

Giordino satisfizo su petición: manipulando el joystick, desplazó el *Sea Sleuth* en una trayectoria paralela al casco, y setenta metros más allá llegaron a otro agujero todavía mayor. También en este caso había indicios de una explosión interna que había desgarrado las planchas hacia fuera.

—La parte interior del boquete era donde estaba la maquinaria del aire acondicionado —les informó Misty. Examinó con atención los planos de la cubierta—. No veo nada que pudiera provocar tantos daños.

—Yo tampoco —dijo Pitt.

Giordino orientó al *Sea Sleuth* ligeramente hacia arriba, hasta que apareció ante sus ojos la cubierta del barco. Durante el descenso a las profundidades, varios botes salvavidas chamuscados habían sido arrancados de sus pescantes; en cuanto a los que seguían unidos al barco, se habían quemado y derretido tanto que desafiaban cualquier descripción. No parecía posible que todos los botes salvavidas del barco tecnológicamente más avanzado del mundo hubieran quedado inutilizados en tan breve espacio de tiempo.

A continuación, el vehículo autónomo rodeó la parte devastada del casco que se había desgarrado del resto del crucero. Las tuberías, las vigas retorcidas y los restos de revestimiento de cubiertas que sobresalían de ella parecían los restos de una refinería completamente quemada. Era como si el *Emerald Dolphin* se hubiera visto partido en dos por una fuerza titánica.

En cuanto a la zona central, era imposible reconocerla como

parte integrante de un barco, reducida como estaba a una enorme montaña de negros y retorcidos escombros. Dejando atrás el dantesco espectáculo, el *Sea Sleuth* volvió a ofrecer imágenes del inhóspito fondo marino.

—¿Qué rumbo tomo para la zona de popa? —le preguntó Giordino a Burch.

El capitán observó los dígitos de la base de su monitor.

—En principio debería estar diecinueve grados al oeste, a una distancia de trescientos metros.

—Girando diecinueve grados al oeste —repitió Giordino.

Esta vez el lecho estaba sembrado de una gran diversidad de escombros, casi todos irreconocibles por la acción del fuego. Parecía que solo hubieran sobrevivido objetos de cerámica: platos, cuencos y tazas, muchos de ellos apilados, que se repartían por el limo como una baraja de cartas sobre un tapete de fieltro gris. A los observadores del centro de control les pareció macabro que unos objetos tan frágiles hubieran resistido a un fuego tan terrible, y a una caída de varios kilómetros en el abismo, sin deshacerse en mil pedazos.

—Se acerca la popa —les avisó Giordino, mientras los propulsores dejaban atrás el campo de escombros y la parte final del barco hundido empezaba a concretarse bajo las luces penetrantes del sumergible.

En ese momento se mostró en toda su crudeza la horrible pesadilla, el momento en que los hombres y mujeres que tan valerosamente habían trabajado para rescatar a los pasajeros y tripulantes del barco en llamas volvieron a ver las cubiertas de popa desde donde los supervivientes habían abandonado el barco bajando por cuerdas o saltado al mar antes de ser llevados a bordo del *Deep Encounter*.

—Creía que no tendría que volver a verlo —murmuró la mujer.

—Algo así no se olvida fácilmente —dijo Pitt—. Da la vuelta hacia la zona donde se separó de la parte central.

—Oído.

—Baja hasta cinco pies por encima del limo. Quiero echarle un vistazo a la quilla.

Fiel a las instrucciones de Giordino, el *Sea Sleuth* circundó lentamente la base de la popa, que estaba casi vertical. Con grandes precauciones y sorteando escombros, Giordino detuvo el vehículo y lo dejó flotando en un punto donde la zona de popa del barco había quedado reventada. La quilla de acero, gigantesca, no estaba cubierta de limo. Todos vieron claramente que la zona donde se había partido en dos estaba combada hacia abajo.

—Eso solo pueden haberlo hecho explosivos —comentó Pitt.

—Empieza a parecer que le hayan reventado el fondo —dijo Giordino—. Mientras se hundía, la estructura interna, debilitada por el fuego y la explosión, cedió a medida que aumentaba la presión del agua.

—Eso explicaría que se fuera a pique tan deprisa —añadió Burch—. Según el capitán del remolcador, lo hizo a tal velocidad que casi les engulle.

—Lo cual nos lleva a la conclusión de que alguien tenía motivos para incendiar el barco y hundirlo en lo más profundo del océano, para que los restos no pudiesen ser examinados.

—Una teoría muy fundada —dijo Jim Jakubek, el hidrógrafo del equipo—, pero ¿dónde están las pruebas tangibles? ¿Cómo se podría demostrar en los tribunales?

Pitt se encogió de hombros.

—La respuesta es muy sencilla: no se puede.

—¿Entonces? —preguntó Misty.

Pitt miró los monitores, pensativo.

—El *Sea Sleuth* ya ha cumplido. Ya ha demostrado que el *Emerald Dolphin* no se hundió sin ayuda, y que no fue un accidente. Tenemos que seguir investigando y conseguir pruebas suficientes para abrir una investigación, pruebas que lleven hasta la sabandija que tiene sobre su conciencia la pérdida de un barco precioso y más de cien muertes.

—¿Seguir investigando? —preguntó Giordino, sonriendo como si ya supiera la respuesta—. ¿Cómo?

Pitt lanzó a su amigo una mirada maquiavélica.

—Bajando tú y yo personalmente hasta los restos en el *Abyss Navigator*, y trayendo lo que haya que traer.

13

—Ya estamos sueltos —dijo Giordino haciendo señas con la mano por la gruesa ventanilla al submarinista que había desprendido el gancho y el cable del *Navigator*.

Antes de llenar los tanques y de emprender la lenta caída hacia el fondo, esperó a que el submarinista hubiera hecho una última inspección del sumergible. A los pocos minutos, en uno de los cuatro ojos de buey que garantizaban la visibilidad aparecieron la cabeza y las gafas del submarinista, que les hizo un gesto con el pulgar en señal de que todo estaba en orden.

—Todos los sistemas a punto —notificó Pitt a la tripulación del centro de control del *Deep Encounter*, que asistiría al viaje de ida y vuelta al fondo.

—Desde aquí no parece que haya ningún problema —respondió Burch—. Por nosotros, cuando quieras.

—Llenando los tanques —dijo Giordino.

El sistema de descenso del *Abyss Navigator* consistía en llenar de agua su tanque superior de lastre. Al llegar al fondo, como la presión era excesiva para que las bombas funcionasen, se desprendían los pesos que había en la base del vehículo y de ese modo podía flotar hacia la superficie.

El *Abyss Navigator*, un sumergible con capacidad para cuatro personas, tenía como centro neurálgico una esfera de aleación de titanio que contenía al piloto y al técnico que controlaban los sistemas internos, las luces exteriores, las cámaras y los dos brazos manipuladores. Estos últimos estaban montados dentro del casco esférico, y sobresalían como los brazos de los robots de las películas de ciencia ficción. Bajo los dedos mecánicos había una cesta de metal destinada a recibir los objetos recogidos del fondo. El armazón tubular que rodeaba la esfera de la tripulación tenía conectados el equipo de comunicación, las cajas protectoras del instrumental electrónico y las baterías. Aunque sus objetivos fueran similares, y a pesar de que a grandes rasgos llevaran el mismo instrumental, el *Navigator* y el *Sleuth* se parecían tan poco como un san bernardo y una mula: uno llevaba un barrilito de brandy, y el otro a una o más personas.

En aquel viaje, el *Navigator* tenía tres pasajeros. Misty Graham se había unido a Dirk y Al por dos razones: la primera, que se entregaba en cuerpo y alma a cualquier proyecto en el que estuviera implicada —como había dedicado hasta el último minuto libre a estudiar los planos del *Emerald Dolphin*, era la que más sabía en todo el barco sobre la situación de los compartimientos—; la segunda, que era una oportunidad para estudiar los organismos marinos de las profundidades.

Después de cargar las cámaras y de verificar su funcionamiento, Pitt puso a punto los sistemas internos y, por último, acomodó su largo cuerpo en un pequeño asiento reclinable, recurriendo a un crucigrama para paliar el aburrimiento del largo viaje hasta el lecho marino. De vez en cuando levantaba la vista y miraba por uno de los ojos de buey: la luz de la superficie iba perdiendo poco a poco los tonos rojos, verdes y amarillos y, pasando por el azul oscuro, desaparecía por completo. Accionó una de las luces exteriores, pero no había nada que ver. Ninguna extraña forma de vida submarina se molestaba en investigar al singular intruso que estaba descendiendo a sus líquidos dominios.

Penetraron en el universo negro y tridimensional de la zona intermedia, infinita región que se extendía aproximadamente desde los ciento cincuenta metros bajo la superficie hasta los ciento cincuenta sobre el lecho marino. Fue donde recibieron a su primer visitante.

Pitt dejó el crucigrama y, al echar un vistazo por el ojo de buey de babor, se encontró con un rape que seguía al *Navigator* en su viaje. Pocos peces había tan feos y grotescos como el rape: tenía ojos grises y muertos como perlas, y un palo que surgía en vertical de un agujero en la nariz, dotado en su punta de una pequeña luz que servía de señuelo para atraer a sus presas hacia la negrura infinita.

Se diferenciaba de sus parientes de la superficie en que no tenía escamas, sino una piel marrón y arrugada con aspecto de pergamino podrido. La parte inferior de la cabeza estaba surcada por una boca enorme, una especie de caverna poblada por centenares de dientes como agujas. A pesar de la similitud de tamaño —pocos centímetros de longitud—, cualquier piraña que se encontrara a un rape en un oscuro callejón submarino habría huido por piernas… o por aletas.

Pitt sonrió.

—Un ejemplo perfecto del antiguo tópico de que hay caras que solo pueden inspirarle amor a las madres.

—Comparado con otros habitantes de las profundidades —dijo Misty—, el rape es precioso.

La curiosidad del feo carnívoro no tardó en apagarse, con el resultado de que volvió a internarse en la oscuridad.

Una vez superados los seiscientos metros, accedieron al mundo de esas estrafalarias formas de vida acuática que reciben el nombre de «sifonóforos», depredadores gelatinosos de formas y tamaños variadísimos —algunos miden menos de tres centímetros; otros, hasta cuarenta metros—. Viven en un reino que comprende el noventa y cinco por ciento de las aguas de la Tierra, y a pesar de ello son un misterio para los oceanógrafos, un misterio que se deja ver muy poco, y a durísimas penas apresar.

Misty estaba en su elemento, fascinada por la singular belleza de los sifonóforos de las profundidades. Al igual que sus parientes de la superficie, las medusas, son de una delicada transparencia y poseen colores de espectacular luminiscencia, con juegos de luz variados y característicos. Sus cuerpos son modulares, con múltiples órganos internos, y en algunos casos pueden tener más de cien estómagos que suelen ser visibles a través de su diáfano interior. Numerosas variedades presentan largos y etéreos tentáculos de más de treinta metros de longitud. En algunos casos los tentáculos son muy livianos, mientras que en otros parecen una mopa para quitar el polvo. Vienen a ser como una tela de araña que lanzan a modo de red para capturar peces.

En la mayoría de los sifonóforos, la cabeza recibe el nombre de «campana»; carece de ojos y boca, y funciona como medio de propulsión. Se trata de un sistema de increíble eficacia en que el agua es aspirada por una serie de válvulas y expulsada mediante contracciones musculares que, según las válvulas que se compriman, impulsan al pegajoso animal en una u otra dirección.

—La luz fuerte ahuyenta a los sifonóforos —les dijo Misty a Pitt—. ¿Podrías bajarla un poco?

Pitt redujo la luz que emitían los focos del *Navigator* a un tenue resplandor que permitía que los animales exhibiesen sus arco iris bioluminiscentes.

—Una apolemia —susurró Misty con tono reverente al ver que el ser que recibía ese nombre desplegaba sus tentáculos de treinta metros en una red mortal.

El espectáculo continuó a lo largo de varios miles de metros, mientras Misty recogía a toda prisa sus observaciones en una libreta y Pitt grababa con las cámaras de vídeo y fotográficas. A medida que disminuía el número de seres, también se reducía su tamaño. El hecho de que sobrevivieran a tal profundidad, sometidos a miles de kilos de presión, se debía a que el interior de sus cuerpos igualaba en fuerza a la del exterior.

Pitt estaba tan absorto en lo que veía por el ojo de buey que no volvió a acordarse del crucigrama. Solo dejó de mirar cuando Giordino le dio un empujoncito.

—Nos acercamos al fondo.

Fuera, el agua se estaba llenando de «nieve marina», minúsculas partículas de color gris claro formadas por organismos muertos y desperdicios generados por los animales marinos de arriba. Los ocupantes del sumergible tenían la sensación de estar conduciendo en medio de una ventisca. Pitt se preguntó qué fenómeno subacuático hacía que la nieve pareciera más densa que el día anterior, bajo las luces y cámaras del *Sea Sleuth*.

Encendió todas las luces y miró por el ojo de buey del fondo del *Navigator*. El lecho marino se iba perfilando bajo los patines, como tierra a través de la niebla, mientras en el limo iba apareciendo la sombra del sumergible.

Avisó a Giordino:

—Ya se ve el fondo.

Giordino suavizó el ascenso soltando un par de pesos, y de ese modo neutralizó la flotabilidad hasta que el desplazamiento vertical quedó reducido a su mínima expresión. El sumergible quedó flotando a solo seis metros del fondo. Giordino lo había detenido en el punto justo y con gran habilidad, como en un aterrizaje modélico.

—Muy bien —le felicitó Pitt.

—Uno más en mi larga lista de éxitos —contestó Giordino, dándose aires.

—Estamos en el fondo, y necesitamos que nos orientéis —le dijo Pitt a Burch, que estaba seis mil metros por encima de ellos, en el centro de control.

—Lo encontraréis doscientos metros al sudeste —dijo la voz del capitán viajando a las profundidades—. Si seguís un rumbo de ciento cuarenta grados, en principio deberíais llegar al extremo de popa de la parte delantera, donde se partió.

Giordino puso en marcha los motores de los propulsores y dirigió el *Navigator* desde el tablero de mandos en la dirección indicada por Burch. A los catorce minutos aparecieron los fragmentos de la parte del barco que se había desgarrado. Era impresionante ver los efectos devastadores del incendio con los propios ojos, no en un monitor de vídeo. No quedaba nada reconocible. Tenían la sensación de estar mirando una caverna monstruosa llena de escombros quemados. La única semejanza con un barco era el perfil del casco.

—¿Y ahora? —inquirió Giordino.

Misty dedicó un buen rato a estudiar los planos de las cubiertas interiores del *Emerald Dolphin* y a orientarse. Al final dibujó un círculo alrededor de una zona y le pasó el plano.

—¿Quieres entrar? —le preguntó Giordino a Pitt, sabiendo que la respuesta no sería ni remotamente de su agrado.

—Hasta donde se pueda —le contestó Pitt—. Si es posible, me gustaría acceder a la capilla donde la tripulación dijo que se había declarado el incendio.

Giordino dirigió una mirada dubitativa a los restos del naufragio, negros y de aspecto amenazador.

—Es fácil que nos quedemos atascados.

Pitt sonrió burlón.

—Así tendré tiempo de acabar el crucigrama.

—Sí —gruñó Giordino—, toda la eternidad. —Su actitud sarcástica era pura fachada. Si su amigo Pitt hubiera estado en la barandilla del Golden Gate, habrían saltado juntos. Puso el pie en el embrague y acarició el acelerador—. Dime adónde y cuándo.

Misty procuraba hacer oídos sordos a sus comentarios sardónicos, pero la idea de morir sola en las profundidades abisales del mar, de que nadie pudiese encontrarla, no era muy halagüeña.

Antes de dar la orden, Pitt se puso en contacto con el *Deep Encounter* para informar sobre su posición, pero no obtuvo respuesta. El altavoz permaneció en silencio.

—Qué raro —dijo, perplejo—. No contestan.

—Será que se ha estropeado el instrumental de comunicaciones —contestó tranquilamente Giordino.

Pitt no perdió más tiempo en tratar de establecer contacto con el centro de control. Consultó el nivel de oxígeno en los indicadores: les quedaba una hora en el fondo.

—Entra —ordenó.

Giordino hizo un leve gesto de asentimiento y, accionando varios controles del sumergible, lo condujo lentamente hacia la abertura.

Los restos del naufragio ya estaban siendo investigados y acondicionados por formas de vida marina. Divisaron varios peces cola de rata, una especie de gamba y lo que solo podía describirse como una babosa de mar, que se las había arreglado para meterse en las anfractuosidades del barco.

El interior quemado del *Emerald Dolphin* presentaba un aspecto amenazador. Había algo de corriente, pero no tanta como para que a Giordino le costara mantener la estabilidad del *Navigator*. Se dibujó en la oscuridad el vago perfil de lo que quedaba de las cubiertas y mamparos. Mirando alternativamente los planos del barco y a través del ojo de buey, Pitt calculó por qué cubierta había que entrar para llegar a la capilla.

—Sube hasta la cuarta cubierta —indicó Misty—. A la capilla se llega pasando por la zona comercial.

—Intentaremos entrar por ahí —dijo Pitt.

Lentamente y sin soltar más lastre, sino usando exclusivamente los propulsores, Giordino llevó el sumergible hacia arriba. Cuando llegaron a la cubierta indicada por Misty, detuvo unos segundos el vehículo y tanto él como Pitt contemplaron los restos iluminados por las cuatro luces delanteras. Las tuberías y los cables eléctricos colgaban derretidos como tentáculos. Pitt puso en marcha las cámaras y empezó a grabar.

—No es posible rodear esto —dijo Giordino.

—No, rodearlo no —replicó Pitt—, pero se puede atravesar. Mete la proa directamente por las tuberías.

Sin protestar, Giordino gobernó el sumergible, que penetró en el laberinto de tuberías derretidas que colgaba del techo de la cubierta. Las tuberías se partieron y se deshicieron como si estuvieran hechas de yeso de mala calidad, levantando una nube de cenizas por la que se deslizó el sumergible.

—Tenías razón —murmuró Giordino.

—He supuesto que, habiendo estado expuestas a un calor tan fuerte, se romperían con mucha facilidad.

Navegaron sobre los restos quemados de la zona comercial. No quedaba nada del complejo de boutiques de lujo que ocupaba tres cubiertas. El fuego las había consumido. La único señal de su antiguo emplazamiento era una serie de mamparos negruzcos y torcidos. Giordino navegó con precaución alrededor y por encima de las montañas de escombros, una suerte de cordillera con picos de lava negra.

A Misty, la idea de estar recorriendo un espacio que había estado lleno de paseantes, clientas y niños riendo y corriendo le producía una sensación todavía más extraña que a sus compañeros. Se imaginaba la avenida poblada de fantasmas al acecho. La mayoría de los pasajeros se habían librado de la muerte y ya estaban de camino a sus hogares, llevándose recuerdos que jamás olvidarían.

—No hay mucho que ver —dijo Giordino.

Pitt contempló el desolador panorama.

—Seguro que ningún buscador de tesoros hundidos malgastará su tiempo y su dinero en esta ruina.

—Yo no lo aseguraría. Ya sabes lo que pasa: dentro de veinte años alguien dirá que se hundió con un millón de dólares en efectivo dentro de la caja fuerte del sobrecargo. A los cincuenta años, correrá el rumor de que eran cincuenta millones en plata. Cuando hayan pasado dos siglos, dirán que se fue a pique con mil millones en oro.

—Pues es curioso, porque en el último siglo se ha gastado más dinero en buscar oro bajo el mar del que se ha recuperado.

—Los únicos casos en los que la inversión valió la pena fueron el *Edinburgh*, el *Atocha* y el *Central America*.

—Excepciones a la regla —dijo Pitt.

—En el mar hay más tesoros, aparte del oro —dijo Misty.

—Cierto —contestó Pitt—. Tesoros que aún están por descubrir, y que no han salido de manos humanas.

La conversación quedó interrumpida por la presencia de varias vigas que se interponían en su camino. Giordino dedicó toda su atención a guiar al *Navigator* por el laberinto, pero no pudo evitar hacer algunos rasguños en la pintura de los patines.

—Por los pelos —suspiró—. Ahora la cuestión es salir.

—Estamos llegando a donde estaba la capilla —les notificó Misty.

—¿Cómo lo sabes, con lo destrozado que está todo? —preguntó Pitt.

—Porque se reconocen algunas cosas del plano —dijo ella con cara de concentración—. Dentro de diez metros.

Pitt se tumbó boca abajo y miró por el ojo de buey del suelo, mientras Giordino recorría la distancia indicada y detenía el sumergible. El vehículo parecía levitar sobre el espacio que había ocupado la capilla interconfesional del *Emerald Dolphin*. El único rasgo distintivo que les permitía deducir que estaban en la posición correcta eran las hileras de soportes derretidos de los bancos.

Pitt se acercó al pequeño tablero donde estaban los controles del brazo manipulador y, mediante una ligera presión en los botones y palancas, procedió a mover hacia abajo el brazo articulado hasta que los dedos mecánicos empezaron a tamizar los escombros chamuscados.

Después de una búsqueda infructuosa en una zona de un metro cuadrado, miró a Giordino.

—Avanza un metro y medio.

Giordino obedeció y esperó pacientemente a que Pitt le pidiera desplazar el sumergible hasta otra casilla en la cuadrícula de búsqueda. Hablaban muy poco, enfrascados cada uno en su tarea. Media hora después, Pitt había inspeccionado casi toda la zona de la capilla, pero quiso la suerte que encontrara lo que buscaba en la última casilla. Había un pequeño grumo de alguna sustancia sobre la cubierta: de aspecto extraño y con menos de quince centímetros de longitud y cinco de anchura, no parecía fundido, como el resto, sino que presentaba un aspecto liso y redondeado. También sus colores eran raros: en lugar de ser negro, o de un gris chamuscado, tenía tonos verdosos.

—Se ha acabado el tiempo —advirtió Giordino—. No nos quedan muchas reservas de oxígeno para llegar sanos y salvos a la superficie.

—Me parece que hemos encontrado lo que buscábamos —dijo Pitt—. Dame cinco minutos más.

Movió con extrema suavidad los dedos del manipulador, introduciéndolos con lentitud bajo el extraño material semienterrado en la ceniza. Cuando lo pudo levantar, sin apretarlo, accionó los controles y lo separó de los escombros incinerados. A continuación hizo retroceder el brazo mecánico y depositó el trofeo en la cesta con precaución. Por último, soltó los dedos y dejó el brazo en posición de repliegue.

—Ya podemos volver.

Giordino imprimió un giro lento y progresivo de ciento ochenta grados al sumergible, y volvió a poner rumbo a la zona comercial.

De repente se oyó un golpe metálico y el sumergible sufrió un brusco frenazo. Al principio, ni Pitt ni Giordino dijeron nada. Asustada, Misty se llevó las manos al pecho. Los dos hombres se limitaron a mirarse mientras les cruzaba por la cabeza la posibilidad de que hubieran quedado eternamente prisioneros en aquel espantoso lugar.

—Oye, creo que has chocado con algo —dijo Pitt con tono tranquilo.

—Eso parece —contestó Giordino, con el nerviosismo de un oso perezoso que descubre que no le gusta el sabor de la hoja que ha empezado a masticar.

Pitt levantó la cabeza y miró fijamente por el ojo de buey superior.

—Parece que el tanque de lastre se ha enganchado en una viga.

—Debería haberla visto.

—Es que no estaba ahí cuando entramos. Supongo que se ha caído después de pasar nosotros.

Misty tenía miedo. Le parecía incomprensible que sus dos compañeros se tomaran tan a la ligera una situación de peligro mortal. Ignoraba que Pitt y Giordino se habían encontrado en aprietos mucho más graves durante su larga amistad. El humor era un mecanismo para evitar pensamientos de miedo y muerte.

Giordino hizo retroceder y descender suavemente al *Navigator*. De repente se oyó un chirrido muy fuerte, y el sumergible quedó libre de trabas. El fantasmagórico vacío volvía a estar en silencio.

—El tanque no tiene buena pinta —dijo estoicamente Pitt—. Se ha abollado mucho, y parece que esté hundido por la parte superior.

—Al menos no puede tener pérdidas, porque ya está lleno de agua de mar.

—Por fortuna, no nos va a hacer falta para el viaje de vuelta.

El aspecto exterior de Giordino era de suma tranquilidad, pero por dentro le alivió enormemente salir del laberinto de escombros colgantes y devolver al *Navigator* a mar abierto. Una vez fuera, después de que su amigo soltara el lastre para el descenso, Pitt volvió a llamar a la superficie, y la falta de respuesta le dejó pensativo.

—No entiendo por qué no funciona el teléfono de comunicaciones —dijo con lentitud—. Por nuestra parte no hay ningún problema, y ellos están mucho mejor equipados que nosotros para solucionar cualquier fallo.

—Nunca se está a salvo de la ley de Murphy —dijo filosóficamente Giordino.

—No creo que sea un problema grave —dijo Misty, aliviadísima de estar de camino hacia la superficie y la luz del sol.

Renunciando a ponerse en contacto con el *Deep Encounter*, Pitt desactivó las cámaras y los sistemas de iluminación externa a fin de ahorrar batería por si surgía alguna emergencia. Luego se acomodó en su asiento y volvió a coger el crucigrama. Tardó poco en acabarlo, a excepción de una palabra que se le resistió. Luego echó una cabezadita para matar el tiempo.

A las tres horas, el agua, hasta entonces negra, empezó a recuperar su color azul oscuro, y luego, poco a poco, reaparecieron los colores del espectro. Por el ojo de buey superior se apreciaban los reflejos y chispeos de la superficie del mar, siempre en movimiento. Menos de un minuto después, el *Abyss Navigator* irrumpió en la superficie y sus tripulantes se alegraron de ver que las olas apenas superaban el medio metro de altura. El balanceo del sumergible, cuya masa aún quedaba algunos metros por debajo de la superficie, era muy suave.

Seguía sin establecerse comunicación con el barco. Verlo era imposible, porque todos los ojos de buey menos uno quedaban bajo el agua, y el superior no ofrecía visión horizontal. La tripulación del submarino solo podía mirar hacia arriba. Esperaron a que llegasen los submarinistas y enganchasen el cable de izado, pero a los diez minutos seguían sin aparecer. Algo no iba bien.

—Sigue sin haber contacto —dijo Pitt—. Ni equipo de submarinistas. ¿Se habrán dormido?

—Tal vez se haya hundido el barco —bromeó Giordino entre bostezos.

—Ahórrate el comentario —le regañó Misty.

Pitt la miró sonriendo.

—Me parece difícil. Estando el mar tan tranquilo...

—¿Y si abrimos la escotilla y nos asomamos, aprovechando que las olas no nos pasan por encima?

—Sensata propuesta —dijo Misty—. Estoy harta de olores corporales de macho.

—Haberlo dicho antes, mujer —dijo Giordino con tono displicente, y sacó un ambientador nuevo para coches con el que roció el sumergible—. Adiós, malos olores.

A Pitt, que estaba de pie en el estrecho túnel que cruzaba el tanque dañado, se le escapó una carcajada. Le preocupaba que la colisión con la viga pudiera haber dejado atascada la escotilla, pero al girar la rueda que la aseguraba cedió con poco esfuerzo. Entonces sacó la cabeza y los hombros, se llenó los pulmones de aire fresco del mar y miró alrededor buscando el barco de investigación y las pequeñas lanchas del equipo de submarinistas. Su mirada hizo un recorrido de trescientos sesenta grados por el horizonte.

Sería inútil tratar de describir el torbellino de emociones que se apoderó de él. Sus reacciones iban desde la estupefacción más completa al puro miedo.

La superficie estaba desierta. El *Deep Encounter* había desaparecido. Era como si nunca hubiera existido.

14

Llegaron a bordo casi en el mismo momento en que el *Abyss Navigator* alcanzaba el lecho marino y en que Pitt informaba sobre su situación. La tripulación estaba ocupada en tareas de rutina, mientras el personal científico seguía la investigación de los restos del *Emerald Dolphin* por parte de Pitt y Giordino desde el centro de control. Fue un secuestro tan repentino e inesperado que a bordo del *Deep Encounter* nadie se dio cuenta de lo que pasaba.

Burch estaba recostado y cruzado de brazos en su silla, mirando los monitores. De repente Delgado, el que estaba más cerca del radar, se fijó en un punto que recorría la pantalla a toda prisa.

—Tenemos visita por el noroeste.

—Debe de ser un barco de guerra —dijo Burch sin dejar de mirar los monitores—. Estamos a tres o cuatro kilómetros de las vías de navegación comercial.

—No parece un barco de guerra —contestó Delgado—. En todo caso, se mueve bastante deprisa, y viene directamente hacia aquí.

Burch arqueó las cejas. Sin responder a Delgado, cogió unos prismáticos y salió al ala del puente. Mientras enfocaba las lentes de siete por cincuenta en la distancia, una embarcación de vivos colores anaranjado y blanco fue haciéndose más grande a medida que surcaba las aguas en dirección al *Deep Encounter*. Todo rastro de aprensión desapareció. A juzgar por su aspecto, el barco no era peligroso.

—Bueno, ¿qué es? —preguntó Delgado.

—Un barco de trabajo de una petrolera, bastante grande —contestó Burch— y rápido, por la espuma que levanta. Como mínimo debe de ir a treinta nudos.

—Pues no sé de dónde viene, porque aquí no hay plataformas en un radio de casi dos mil kilómetros.

—Me interesa más el porqué de que le interesemos nosotros.

—¿En el casco hay algún nombre, o el símbolo de alguna compañía?

—Qué raro —dijo lentamente Burch—. Tiene tapado el nombre de la proa y no se ve ningún indicativo de la empresa propietaria.

Justo entonces, como obedeciendo a una señal, salió el radiotelegrafista.

—Tengo al capitán del barco de la petrolera —dijo a Burch—. Está en su teléfono.

El capitán abrió una caja hermética y activó el altavoz del ala del puente.

—Aquí Burch, capitán del *Deep Encounter*, de la NUMA. Adelante.

—Aquí Wheeler, capitán del *Pegasus*, de la Mistral Oil Company. ¿Llevan un médico a bordo?

—Afirmativo. ¿Qué problema tienen?

—Un herido grave.

—Acérquense y les enviaré al médico de nuestro barco.

—Preferiría enviarles nosotros al herido, porque aquí no tenemos instalaciones ni material médico.

Burch miró a Delgado.

—¿Lo has oído?

—Rarísimo —dijo Delgado.

—A mí también me lo parece. Que en un barco así no haya médico es comprensible, pero que no haya material… No tiene sentido.

Delgado dio un paso hacia la escalerilla.

—Haré que haya un equipo preparado para izar a bordo una camilla.

El barco se detuvo a unos cincuenta metros. A los pocos minutos bajaron una lancha con un hombre en una camilla, tapado con mantas y apoyado transversalmente en los asientos. Poco después, la lancha —en la que iban cuatro hombres más— cabeceaba junto al casco de la embarcación de la NUMA. Inesperadamente, tres miembros de la tripulación del barco de trabajo saltaron a bordo y ayudaron a izar al herido a la cubierta, apartando con malos modos al personal del *Deep Encounter*.

Rápidamente, los visitantes apartaron las mantas y cogieron varias armas automáticas, con las que apuntaron a la tripulación de Burch. El hombre de la camilla saltó al suelo, cogió la pistola que le daban y corrió hacia la escalerilla de estribor que daba acceso al puente.

Burch y Delgado comprendieron enseguida que se trataba de un secuestro. En un barco comercial, o en un yate privado, habrían corrido al armario de las armas y las habrían repartido, pero el derecho internacional prohibía la presencia de armas a bordo de los barcos de investigación. Por lo tanto, se vieron obligados a observar con impotencia mientras el intruso accedía a la cubierta del puente.

El secuestrador no parecía un pirata. No tenía pata de palo, no llevaba un loro ni un parche en un ojo. Más bien parecía un ejecutivo, con tez oscura y canas prematuras. Era de estatura media, con una barriga incipiente, y daba la impresión de estar acostumbrado a mandar. Iba vestido con elegancia: camisa de golf y bermudas. Tuvo podría decirse la cortesía de no apuntar ni a Burch ni a Delgado con el cañón del fusil automático, sino orientarlo hacia el cielo con desenvoltura.

Se observaron con recelo durante unos segundos, hasta que el intruso, obviando a Delgado, le dijo a Burch con buen tono y acento norteamericano:

—Supongo que usted es el capitán Burch.

—¿Y usted?

—Mi nombre no tiene importancia —dijo el pirata con un tono tan áspero que parecía capaz de limar hierro con la voz—. Espero que no oponga resistencia.

—¿Se puede saber qué hacen en mi barco? —exigió Burch.

—Confiscarlo —contestó el intruso con cierta dureza—. No haremos daño a nadie.

Burch le miró con incredulidad.

—Este barco es propiedad del gobierno de Estados Unidos. No tienen ninguna autoridad para subir a bordo y confiscarlo.

—¿Ah, no? —El secuestrador enarboló el fusil—. Mire, nuestra autoridad.

Mientras tanto, los tres hombres armados de la cubierta de trabajo empezaron a rodear a la tripulación del barco de investigación. La lancha volvió en poco tiempo con diez hombres más, también armados, que se repartieron por el barco.

—Esto es una locura —gruñó Burch, indignado—. ¿Qué esperan conseguir con esta acción criminal?

El hombre moreno sonrió despectivamente.

—No se lo explico porque no lo entendería.

Se acercó un secuestrador armado.

—Señor, el barco es nuestro. Toda la tripulación y el personal científico están vigilados en el comedor.

—¿Y la sala de máquinas?

—Esperando órdenes suyas.

—Pues preparaos para emprender el viaje, y a toda máquina.

—Por muy deprisa que vayan, no podrán evitar que les cojan —dijo Delgado—. Este barco no supera los diez nudos.

El secuestrador se rió.

—¿Diez nudos? Eso es hacerle un desprecio a su propio barco. Resulta que sé que al acudir en rescate del *Emerald Dolphin* consiguieron el doble de velocidad. De todos modos, veinte nudos siguen siendo pocos. —Calló y señaló la proa, con la que se estaba alineando el barco de los piratas para remolcar al de la NUMA—. Entre los dos, deberíamos poder superar los veinticinco.

—¿Adónde nos llevan? —quiso saber Delgado, a quien Burch nunca había visto tan furioso.

—No es asunto suyo —se limitó a decir el secuestrador—. Capitán, ¿me da su palabra de que ni usted ni su tripulación intentarán resistirse o desobedecer mis órdenes?

—Ustedes van armados —dijo escuetamente Burch—. Nosotros lo máximo que tenemos son cuchillos de cocina.

Mientras hablaban, el cable de remolque fue izado a bordo y amarrado al bolardo delantero del *Deep Encounter*. De repente los ojos de Burch se llenaron de una profunda inquietud.

—¡No podemos marcharnos! —exclamó—. ¡Todavía no!

El secuestrador le observó por si advertía indicios de alguna estratagema, pero no vio ninguno.

—¿Tan pronto empieza a cuestionar mis órdenes?

—No lo entiende —dijo Delgado—. Hay un submarino nuestro en el fondo del mar, con dos hombres y una mujer. No podemos abandonarles así como así.

—¡Qué pena! —El secuestrador se encogió de hombros con indiferencia—. Tendrán que llegar a tierra por sus propios medios.

—Imposible. Sería un asesinato.

—¿No están comunicados con el exterior?

—Solo disponen de una radio portátil pequeña y de un teléfono acústico —explicó Delgado—. No pueden establecer contacto con ningún barco o avión que se encuentre a más de tres kilómetros.

—¡Pero, hombre, por el amor de Dios! —dijo Burch, suplicante—. Cuando vuelvan a la superficie y vean que ya no estamos, no tendrán ninguna esperanza de rescate, sobre todo tan lejos de las vías de navegación. Es como firmarles la pena de muerte.

—No es problema mío.

Burch, furioso, dio un paso hacia el secuestrador, que levantó rápidamente el arma y aplicó el cañón al pecho del capitán.

—Sería una imprudencia provocarme, capitán.

Burch se quedó con los puños apretados, mirando fijamente al negro como si estuviera loco. Luego giró en redondo y dirigió una mirada ausente a la parte del mar donde había visto al *Abyss Navigator* por última vez.

—Como mueran, encomiéndese a Dios —dijo con una voz que habría cortado el acero—, porque le aseguro que lo pagará.

—Suponiendo que haya algún castigo —dijo fríamente el pirata—, no correrá a su cargo.

Vencidos, angustiados por la suerte de Pitt, Giordino y Misty, y sin alternativas ni base para negociar, Burch y Delgado no tuvieron más remedio que dejarse llevar al comedor por un guardia armado.

Cuando el *Abyss Navigator* volvió a la superficie, ya hacía tiempo, mucho tiempo, que el *Deep Encounter* había desaparecido al nordeste.

15

Sandecker trabajaba en su mesa, tan absorto que al principio no se dio cuenta de que Rudi Gunn había entrado en el despacho y se había sentado enfrente. Gunn era un hombre bajito y jovial, que por su despoblada coronilla, sus gafas gruesas con montura de carey y su reloj de pulsera barato bien podía confundirse con el típico funcionario gris que se mata a trabajar en un cubículo detrás del dispensador de agua, sin que nadie se fije en él.

Y, sin embargo, Gunn no tenía nada de gris. Había sido el primero de su promoción en la academia naval de Annapolis, y antes de trabajar para Sandecker en la NUMA como subdirector y jefe de operaciones se había distinguido por sus servicios en la marina. Tenía fama de reunir inteligencia y pragmatismo, y la eficacia con que gestionaba el día a día de la NUMA era algo inédito en otros organismos del gobierno. También era muy amigo de Pitt y de Giordino, a quienes solía apoyar, y cuyos locos y aventurados planes, contrarios a las directrices de Sandecker, solía respaldar.

—Perdone que le interrumpa, almirante, pero es que tenemos un problema grave.

—¿Qué pasa? —preguntó Sandecker sin levantar la vista—. ¿Otro proyecto que supera el presupuesto?

—Me temo que algo mucho peor.

El almirante se decidió por fin a despegar la vista del papeleo.

—¿Qué ocurre?

—Que el *Deep Encounter* ha desaparecido con todo el personal de a bordo.

No hubo exhibiciones de sorpresa, miradas interrogantes ni repeticiones automáticas de la palabra «desaparecido». Sandecker mantuvo la calma, en espera de que su subdirector le diera más datos.

—No hemos recibido respuesta ni por radio ni por satélite —empezó a explicar Gunn.

—Existen mil motivos por los que podrían haber fallado las comunicaciones —le interrumpió Sandecker.

—Hay sistemas de refuerzo —dijo Gunn pacientemente—. Es imposible que hayan fallado todos.

—¿Cuánto tiempo ha pasado desde la última respuesta?

—Diez horas.

Gunn se preparó para un estallido de mal genio, seguro de que era inminente.

Esta vez la reacción de Sandecker fue la esperada.

—¡Diez horas! Mis instrucciones son que todos los barcos de reconocimiento e investigación que estén de servicio informen cada dos horas a nuestro departamento de comunicaciones.

—Sus instrucciones se han cumplido al pie de la letra. El *Deep Encounter* ha dado partes a las horas estipuladas.

—Pues ya no entiendo nada.

—Alguien que se identificaba como el capitán Burch ha establecido contacto cada dos horas para darnos las últimas noticias sobre el proyecto de investigación de los restos del *Emerald Dolphin*. Sabemos que no era el capitán porque los sistemas de voz que graban todas nuestras comunicaciones no aceptaban la grabación. Era alguien que intentaba imitarle, y la verdad es que bastante mal.

Sandecker no se perdía ni una sola de las palabras de Gunn, mientras su agudísimo cerebro analizaba las consecuencias.

—¿Estás completamente seguro, Rudi?

—Puedo decirle sin temor a equivocarme que sí, completamente.

—Parece increíble que se hayan esfumado el barco y toda su tripulación.

Gunn asintió.

—Al enterarme por nuestro departamento de comunicaciones, me he tomado la libertad de pedirle a un amigo de la agencia meteorológica NOAA que analizara las fotos del satélite meteorológico de la zona donde trabajaba el *Deep Encounter*, y en las ampliaciones no se ve ni rastro del barco en cien millas a la redonda.

—¿Qué tiempo hacía?

—Cielo despejado, vientos de quince kilómetros por hora y mar en calma.

Sandecker se esforzaba por sacar algo en claro de sus dudas y su confusión.

—El barco no puede haberse hundido porque sí. No llevaba productos químicos que pudieran hacerlo estallar. Es imposible que haya volado en pedazos. ¿Una colisión con otro barco, quizá?

—Estaba lejos de las vías de navegación, y no tenía ningún otro barco cerca.

—Un impostor dando partes puntuales… —El almirante fijó en Gunn una mirada penetrante—. Lo que sugieres, Rudi, es que han secuestrado al *Deep Encounter*.

—Empieza a parecerlo —reconoció Gunn—. A menos que lo haya hundido un submarino que no habíamos detectado, y la verdad es que me parece una hipótesis ridícula, no se me ocurre ninguna alternativa. Seguro que se han apoderado del barco y lo han sacado del campo del satélite antes de la siguiente pasada de las cámaras meteorológicas.

—Bueno, pero si es un secuestro, ¿adónde lo han llevado? ¿Cómo puede haber desaparecido en menos de dos horas? Sé por experiencia que el *Deep Encounter* no puede navegar a mucho más de quince nudos. Desde el último informe, no puede haber recorrido más de ciento cincuenta millas náuticas.

—Es culpa mía —dijo Gunn—. Debería haber solicitado una ampliación del campo de las cámaras, pero pedí las imágenes antes de saber lo de los falsos partes por radio, y lo último que se me ocurría era un secuestro.

Sandecker se apoyó en el respaldo de la silla y se tapó la cara con las manos. Después de un rato en aquella postura, se puso tenso.

—En el proyecto trabajaban Pitt y Giordino —dijo, más como afirmación que como pregunta.

—En el último parte, realizado por el capitán Burch en persona, se informaba de que estaban los dos a bordo del *Abyss Navigator*, preparándose para bajar al fondo.

—¡Esto es de locos! —exclamó Sandecker—. ¿Quién se atrevería a secuestrar un barco del gobierno de Estados Unidos en el sur del Pacífico? Ahora mismo, en esa parte del mundo no hay guerras ni revoluciones. No se me ocurre ninguna razón.

—A mí tampoco.

—¿Te has puesto en contacto con los gobiernos de Australia y Nueva Zelanda, para pedirles una búsqueda a fondo?

Gunn asintió con la cabeza.

—Sí, y me han garantizado la más absoluta cooperación. Todos los barcos que están cerca de la zona, tanto militares como comerciales, se han ofrecido para apartarse de su ruta e iniciar la búsqueda.

—Consigue de la fuente que sea, de la NOAA o una de las agencias de seguridad, fotos aumentadas por satélite de un recuadro de tres mil kilómetros cuadrados de esa parte del Pacífico. No quiero que se pase por alto ni un solo centímetro. El *Deep Encounter* tiene que estar necesariamente en alguna parte. Me niego a creer que se haya ido a pique.

Gunn se levantó de la silla y caminó hacia la puerta.

—Ahora mismo me encargo.

Sandecker se quedó sentado mucho rato, mirando fijamente la galería de fotos que cubría una pared. Su mirada recayó en una foto en color de Pitt y Giordino al lado de un sumergible, bebiendo champán a morro y celebrando el descubrimiento y rescate de un barco chino en el lago Michigan. Se fijó en que Giordino fumaba uno de los puros exclusivos de su jefe.

Entre los tres reinaba una estrecha amistad. Pitt y Giordino eran como los hijos que no tenía. Ni en sus peores pesadillas podía imaginar que hubieran muerto. Hizo girar su sillón de directivo y miró por la ventana de su despacho del último piso del edificio de la NUMA, con vistas al río Potomac.

—¿En qué líos os habéis metido esta vez, chicos? —murmuró entre dientes.

16

Después de asimilar la desaparición del *Deep Encounter* en el inmenso vacío del mar, Pitt, Giordino y Misty permanecieron en la estrechez del sumergible, concentrándose en sobrevivir. Como no había ningún resto flotando, ni ninguna mancha de petróleo, venció el optimismo y supusieron que por alguna razón el barco de la NUMA se había marchado y no tardaría en regresar.

Pero pasó la noche, el sol salió y se puso otras dos veces, y seguía sin haber indicios del barco. Entonces dieron rienda suelta a la preocupación y, a fuerza de escrutar el horizonte sin límites y no ver otra cosa que mar verde y cielo azul, empezaron a sospechar lo peor. No se avistaba ni un solo barco; tampoco aviones comerciales volando alto. El GPS de a bordo les informó de que habían cruzado la línea del cambio de fecha y de que en su deriva al sur estaban alejándose de las rutas de navegación. Las esperanzas de rescate menguaban.

Por otro lado, no se engañaban: cualquier barco que pasase tendría que hacerlo prácticamente junto a ellos para divisar la minúscula escotilla del *Abyss Navigator*. El emisor del sumergible tenía un alcance de treinta kilómetros, pero su señal solo estaba programada para que la recibiera el ordenador de a bordo del *Deep Encounter*. Era poco probable que la detectara otro barco, o un avión. La única esperanza era que pasara un barco o un avión de rescate en un radio de tres kilómetros.

Lo más importante era el agua potable. Por suerte llovía a menudo. Sacaron la estera de vinilo del suelo del submarino por la escotilla y la usaron para recoger el agua de lluvia y dirigirla por un surco hacia las botellas que llevaban para la inmersión. Al acabárseles los bocadillos, se embarcaron en un proyecto de pesca. Pitt fabricó una serie de ganchos usando las herramientas que llevaban a bordo para hacer reparaciones, mientras Misty recurría a sus dotes artísticas para confeccionar reclamos de colores a base de los materiales que tuviera a mano, y Giordino desmontaba conexiones electrónicas y las aprovechaba como sedales conectándolos a los ganchos y los cebos. Como no se fiaban de un solo sedal, echaron varios y se vieron recompensados por tres pececillos que, una vez identificados como melvas, fueron rápidamente cortados en pedazos, usados como cebo y arrojados al agua para atraer más peces. En diez horas disponían de una pequeña reserva de pescado crudo que Misty escamó y limpió con mano experta. Se lo comieron al estilo sushi, y no dejaron ni un bocado. Era soso, pero como era nutritivo nadie se quejó.

Cansados de tantas conjeturas sobre el paradero del *Deep Encounter*, su tripulación y los científicos, pasaron a debatir y filosofar sobre todos los temas imaginables, desde la política y la comida a la tecnología oceánica. Todo era válido con tal de suavizar un poco el tedio, mientras uno de los tres se quedaba en la escotilla para recoger la lluvia o escrutar el océano en busca de alguna embarcación y los otros dos trazaban su rumbo en las cartas de navegación y atendían los sedales.

La sustancia recogida en los restos del *Emerald Dolphin* había sido cuidadosamente extraída de la cesta poco después de llegar a la superficie e introducida en una bolsa de plástico. Como lo que más les sobraba era tiempo, dedicaron un sinfín de horas a especular sobre su composición química.

—¿Nos hemos alejado mucho? —preguntó Misty por enésima vez, protegiéndose los ojos de la luz poniendo una mano como visera; estaba asomada a la escotilla y tenía a sus pies a Pitt, que contestó:

—Desde ayer a la misma hora, casi treinta y dos millas hacia el sudeste.

—A este paso, en seis meses deberíamos llegar a la costa de Sudamérica —dijo ella con tono sombrío.

—Sí, o a la Antártida —murmuró Giordino.

—No, que eso ya lo conocemos —dijo Pitt—, y nunca me ha gustado pasar dos vacaciones en el mismo sitio.

—Comunicaré tus preferencias al viento y las corrientes.

—Podríamos usar la estera como vela —dijo Misty.

—Con el noventa y cinco por ciento de su masa bajo el agua, los sumergibles no tienen fama de navegar muy bien con el viento.

—Me gustaría saber si el almirante Sandecker está al tanto de nuestra situación —dijo Misty en voz baja.

—Conociéndole —dijo Pitt con confianza—, seguro que está removiendo cielo y tierra para poner en marcha una operación de búsqueda y rescate.

Giordino estaba acurrucado en su asiento, soñando con un buen bistec poco hecho.

—Daría la paga de todo un año por saber dónde está en este momento el *Deep Encounter*.

—No tiene sentido volver a darle vueltas al misterio —dijo Pitt—. Mientras no nos pesquen, no tendremos el menor indicio.

El cuarto día amaneció muy nublado. La rutina era la misma de siempre: recoger agua —si la había—, pescar —si picaba algún pez— y vigilar el horizonte. Las condiciones no empeoraban ni mejoraban. Los turnos eran de dos horas. Como la torre de la escotilla solo sobresalía un metro y pico de la superficie, el vigía solía quedar empapado cada vez que el oleaje pasaba por encima. Giordino soltó todo el lastre, pero la pesada masa seguía tendiendo a hacer que la embarcación quedara por debajo de la mayoría de las olas. Los vaivenes del pequeño submarino habrían mareado a cualquiera, pero no a sus tres tripulantes, que por suerte ya se habían inmunizado hacía tiempo contra el *mal de mer*, después de media vida en los océanos.

Pitt se fabricó una punta de lanza tallando a navaja el soporte de plástico de una tablilla usada por Misty para tomar notas, y durante el turno de guardia de Giordino pescó un tiburón de casi un metro. La captura fue el preludio de un festín de carne insípida, acompañado por el último medio litro de agua.

Durante el turno de Misty pasó un avión a menos de dos kilómetros del submarino a la deriva, pero no sirvió de nada mover desesperadamente la estera, porque pasó de largo.

—Era un avión de rescate —exclamó la joven con una emoción casi incontrolada—. Ha pasado justo por encima de nosotros, pero no nos ha visto.

—Es que somos muy difíciles de reconocer —le recordó Pitt.

Giordino lo confirmó con un gesto de la cabeza.

—Si vuelan a mucho más de ciento cincuenta metros, es dificilísimo que nos detecten. Con lo pequeña que es la torre de la escotilla… Desde el aire llamamos tanto la atención como una cagada de mosca en la puerta de un establo.

—O una moneda en un campo de golf —añadió Pitt.

—Entonces, ¿cómo nos encontrarán? —preguntó Misty, cuya determinación empezaba a flaquear.

Pitt quiso tranquilizarla con una sonrisa y un abrazo.

—Por la ley de los promedios —dijo.

—Además —intervino Giordino—, nosotros dos tenemos suerte. ¿Verdad que sí?

—Más que casi nadie.

Misty se enjugó una lágrima, se alisó la blusa y los pantalones cortos y se pasó una mano por el pelo.

—Perdonad; soy menos dura de lo que pensaba.

Los dos días siguientes pusieron a prueba la actitud quijotesca de Pitt y Giordino. Pasaron otros tres aviones, que tampoco les vieron. Pitt intentó avisarles por la radio portátil, pero estaban demasiado lejos. Resultaba descorazonador saber que los equipos de rescate estaban peinando el mar en su busca y que se acercaban tanto sin llegar a verles. Lo único que les infundía ánimos era la seguridad de que el almirante Sandecker estaba recurriendo a todas sus influencias para realizar una operación de búsqueda exhaustiva.

El cielo gris que les había perseguido durante todo el día se despejó a la hora de la puesta de sol. La gama de colores del crepúsculo iba del naranja del oeste al azul aterciopelado del este. Giordino estaba de guardia, apoyado en el borde de la torre de la escotilla. En poco tiempo notó cierta propensión a dar cabezaditas, de las que se despertaba sistemáticamente al cuarto de hora. Cuando, por décima vez en la tarde, recorrió el horizonte con la mirada y no vio ninguna luz, volvió a quedar sumido temporalmente en la modorra.

Al regresar a la dura realidad de lo que estaban viviendo, oyó música. Al principio lo tomó por una alucinación; por eso alargó el brazo, recogió agua con la mano y se mojó la cara.

La música seguía sonando.

Identificó la melodía: en medio de la noche sonaba un vals de Strauss. Lo reconoció como *Cuentos de los bosques de Viena*. Luego vio una luz. Parecía una estrella entre tantas, pero oscilaba al oeste del horizonte dibujando un pequeño arco. De noche era casi imposible calcular la distancia en el mar, pero Giordino habría jurado que la música y la luz móvil estaban como máximo a quinientos metros.

Saltó de la escotilla, cogió una linterna y volvió a subir. Ahora discernía vagamente el contorno de una pequeña embarcación, con ventanas cuadradas por las que brillaban luces tenues. Mientras encendía y apagaba la linterna a la máxima velocidad que permitía su pulgar, empezó a berrear como una cabra enferma.

—¡Aquí! ¡Aquí!

—¿Qué pasa? —preguntó Pitt desde abajo.

—¡Hay un barco! —contestó Giordino desgañitándose—. ¡Y me parece que viene hacia aquí!

—Enciende una bengala —dijo Misty alborozada.

—Misty, no llevamos bengalas. Solo hacemos inmersiones de día, y volvemos a la superficie donde nos puedan ver sin problemas desde el barco nodriza —explicó Pitt con la misma serenidad con que cogió la radio portátil y empezó a emitir mensajes por cinco frecuencias distintas.

Misty se moría de ganas de ver qué pasaba, pero en la torre de la escotilla solo cabía una persona y no tuvo más remedio que quedarse sentada, esperando con los nervios de punta a que Pitt hubiera conseguido entablar contacto con el barco y a que Giordino les dijera si estaban a punto de ser rescatados o no.

—No nos han visto —se lamentó Giordino sin interrumpir sus gritos ni sus aspavientos con la linterna, que casi no iluminaba nada porque se le estaban gastando las pilas—. Están pasando de largo.

—¡Hola, hola! ¡Contesten, por favor! —imploró Pitt.

La única respuesta eran los parásitos en la línea.

La decepción se apoderó del sumergible, mientras Giordino

veía cerrarse gradualmente la oscuridad sobre las luces. Los del barco no les habían visto. Sintiéndose impotente y con el alma en los pies, vio que proseguía su rumbo hacia el noroeste.

—Tan cerca, pero tan lejos —murmuró con desaliento.

De repente el altavoz del sumergible crepitó.

—¿Con quién hablo? —dijo una voz.

—¡Con náufragos! —contestó Pitt—. Acaban de pasar de largo. Viren, por favor.

—Aguanten, ahora mismo doy la vuelta.

—¡Está virando! —exclamó alegremente Giordino—. Va a volver.

—¿En qué posición están respecto a mi proa? —preguntó la voz.

Pitt dio voces hacia la escotilla.

—¡Al! ¡Quiere saber nuestra posición!

—Dile que vire veinte grados a babor.

Pitt transmitió el mensaje.

—Vire veinte grados a babor, y debería vernos.

Un minuto después la voz dijo:

—Ya les veo: una lucecita amarilla a unos cien metros en línea recta.

El dueño del barco que se aproximaba encendió varias luces exteriores, entre ellas un reflector de gran tamaño que barrió la superficie del mar hasta detenerse en Giordino, que aún movía la linterna como loco desde la torre de la escotilla.

—No se alarmen. —Volvía a ser la voz—. Les pasaré por encima y me detendré sobre su torrecilla cuando la tenga alineada con mi popa. He soltado una escalerilla para que suban a bordo.

Pitt no supo interpretarlo.

—¿Por encima? —repitió—. No le entiendo.

La única respuesta fue la voz de Giordino, gritando de sorpresa:

—¡Creo que quiere pasarnos por encima!

Lo primero que se le pasó por la cabeza a Pitt fue que les había encontrado alguien que quería matarles. Quizá fuera el mismo grupo que estaba detrás del hombre que había intentado asesinar a Kelly Egan. Tomó a Misty entre sus brazos y le dijo:

—Agárrate hasta que hayamos chocado. Luego sal deprisa por la escotilla, antes de que nos hundamos. Ya te empujo yo.

Parecía que Misty fuera a decir algo, pero hundió la cara en el pecho de su compañero y se dejó rodear por sus fuertes brazos.

—¡Cuando estés seguro de que vamos a chocar, avisa! —le pidió Pitt a Giordino—. ¡Luego salta!

Giordino se aprestó a saltar por la torre de la escotilla, pero al ver el barco que se les venía encima, muy iluminado, se quedó de piedra. Nunca había visto un yate así: tenía forma de raya, con las aletas cefálicas delanteras rodeando su enorme boca recogedora de plancton. En la proa había una cubierta inclinada muy ancha, y en el centro de ella una caseta de mando circular con un gran ventanal curvo.

De repente el susto se convirtió en alivio al ver pasar los dos cascos del catamarán con un metro y medio de espacio libre a cada lado. Impresionado, vio moverse lentamente sobre su cabeza la panza de la estructura superior principal, hasta que el sumergible quedó justo debajo de la popa, entre los cascos gemelos. De pronto, a poco más de medio metro, apareció una pequeña escalerilla cromada y Giordino la cogió casi en un acto reflejo.

Hasta entonces no se había acordado de agacharse para informar a Pitt y Misty.

—Tranquilos, es un catamarán. Estamos justo debajo de su popa.

Luego desapareció.

Misty salió por la escotilla como un tapón de champán, y la visión del increíble barco que tenían encima la dejó estupefacta. Poco después pisaba la lujosa cubierta posterior, dotada de mesa y sofás, pero ni siquiera se acordaba de haber subido por la escalerilla.

En cuanto a Pitt, reactivó la señal del sumergible, cerró herméticamente la escotilla y subió al catamarán. Al principio estaban solos, sin tripulación ni pasajeros que salieran a su encuentro. El barco reanudó su marcha en cuanto el timonel lo apartó del sumergible. Doscientos metros más allá, redujo su velocidad y se quedó al pairo. Vieron bajar a alguien de la caseta de mando.

Era alto, de la misma estatura de Pitt pero con quince kilos más. También le superaba en treinta años. Su pelo y su barba grises le daban aspecto de vieja rata de puerto. Sus ojos, entre azules y verdes, tenían chispa, y sonrió enseguida al examinar el fruto de la pesca.

—¡Tres! —dijo sorprendido—. Creía que en aquella balsa salvavidas solo había una persona.

—No es ninguna balsa salvavidas —dijo Pitt—. Es un sumergible para grandes profundidades.

El viejo estuvo a punto de decir algo, pero descartó la idea y se limitó a contestar:

—Si usted lo dice...

—Estamos investigando el naufragio de un barco —explicó Misty.

—Sí, el *Emerald Dolphin*. Estoy al corriente. Una tragedia horrible. Es un milagro que sobreviviera tanta gente.

Pitt no se extendió sobre su papel en el rescate. Prefirió ofrecer a su rescatador un breve resumen de las circunstancias por las que estaban perdidos en el mar.

—¿Y cuando han vuelto a la superficie el barco ya no estaba? —preguntó el viejo con escepticismo.

—Había desaparecido —le aseguró Giordino.

—Es imprescindible que llamemos a nuestro cuartel general de Washington para informar al director de la NUMA de que nos han encontrado y recogido.

El viejo asintió con la cabeza.

—No faltaría más. Suba a la caseta y podrá usar la radio, o el teléfono por satélite. Si quiere, incluso puede mandar un e-mail. El *Periwinkle* dispone del mejor sistema de comunicaciones disponible en el mundo de los yates.

Pitt le observó.

—Nos conocemos.

—Sí, creo que sí.

—Me llamo Dirk Pitt. —Se volvió hacia los demás—. Le presento a mis camaradas de a bordo, Misty Graham y Al Giordino.

El viejo les dio la mano a todos efusivamente. Luego se giró y sonrió a Pitt.

—Yo me llamo Clive Cussler.

17

Pitt miraba al viejo con curiosidad.

—Viaja mucho.

—¡Qué suerte que pasara por aquí! —dijo Misty, felicísima de haber abandonado la estrechez del submarino.

—Estoy dando la vuelta al mundo —explicó Cussler—. Mi último puerto ha sido Hobart, en Tasmania. Ahora me dirigía a Papeete, en Tahití, pero supongo que será mejor dar un rodeo y dejarles en la isla con aeropuerto más cercana.

—¿Cuál es? —preguntó Giordino.

—Rarotonga.

Pitt echó un vistazo general al lujoso catamarán.

—No veo tripulación.

—Viajo solo —respondió Cussler.

—¿En un yate tan grande?

Cussler sonrió.

—Es que el *Periwinkle* no es un yate cualquiera. Está dotado de sistemas automáticos y ordenadores que le permiten gobernarse solo, y es lo que suele hacer.

—¿Puedo aceptar su oferta de usar el teléfono por satélite? —preguntó Pitt.

—Por supuesto.

Cussler les condujo a la caseta de mando por una escalerilla. Los de la NUMA nunca habían visto nada igual. Las ventanas tintadas formaban un círculo de trescientos sesenta grados que permitía ver íntegramente el horizonte. La distribución no tenía nada de tradicional. No había instrumentos ni indicadores convencionales; tampoco timón, ni palancas, sino siete pantallas de cristal líquido, con una butaca acolchada delante. El apoyabrazos derecho de la butaca tenía un trackball de ordenador; el izquierdo, un joystick. Todas las pantallas estaban empotradas en madera de nogal. El conjunto superaba en elegancia al puente de la nave espacial *Enterprise*.

Cussler le hizo señas a Pitt para que se sentase en la butaca.

—El teléfono Globalstar está en el panel que tiene a la derecha. Pulse el botón azul y podrán hablar y escuchar los tres al mismo tiempo.

Pitt le dio las gracias y marcó el número de la línea privada de Sandecker en la sede de la NUMA. Como siempre, el almirante cogió el teléfono a la primera.

—Sandecker.

—Almirante, soy Dirk.

Al cabo de una pausa que lo decía todo, Sandecker dijo lentamente:

—¿Estás vivo? ¿Sano y salvo?

—Con ganas de comer algo como Dios manda, y un poco deshidratado, pero bien de salud.

—¿Y Al?

—Le tengo al lado; a él y a Misty Graham, del *Deep Encounter*.

Pitt pudo oír el suspiro de alivio del almirante.

—Tengo a Rudi en mi despacho. Voy a poner el altavoz.

—¡Dirk! —tronó la voz de Rudi Gunn—. No sabes lo contento que estoy de oír que sigues en el mundo de los vivos. Te estaban buscando todas las unidades de rescate que hay en Australia y Nueva Zelanda, a ti y al barco.

—Hemos tenido la suerte de que pasara un yate.

—¿No estáis en el *Deep Encounter*? —preguntó bruscamente Sandecker.

—Después de varias horas en el fondo, investigando los restos del *Emerald Dolphin*, subimos a la superficie y nos encontramos con que habían desaparecido el barco y todos sus tripulantes.

—Claro, entonces no lo sabéis.

—¿El qué?

—No estamos del todo seguros, pero todo apunta a que han secuestrado al *Deep Encounter*.

—¿Por qué lo pensáis?

—Ayer a estas horas, nuestros sistemas de seguridad detectaron diferencias al analizar la voz del capitán Burch en sus informes a la sede de la NUMA. Hasta entonces se habían aceptado como auténticos. No teníamos ninguna razón para sospechar.

—Cuando salimos del barco todo estaba normal.

—En su último informe, el auténtico capitán Burch decía que el *Abyss Navigator* estaba a punto de sumergirse. Ahora sabemos que los secuestradores abordaron el barco durante vuestra inmersión.

—¿Tenéis alguna idea de adónde se lo han llevado? —preguntó Giordino.

—No —tuvo la franqueza de decir Gunn.

—No puede haberse esfumado —dijo Misty—. No se lo han llevado los extraterrestres.

—Lo que nos da más miedo —dijo Sandecker con un tono que no presagiaba nada bueno— es que lo hayan hundido adrede.

Evitó cualquier alusión a la posibilidad de que toda la tripulación estuviera en el fondo del mar.

—Pero ¿por qué? —le espetó Giordino—. ¿Qué valor puede tener un barco de investigación oceanográfica para unos piratas? No lleva ningún tesoro a bordo. Tampoco puede usarse para el contrabando, porque es demasiado lento y demasiado fácil de reconocer. ¿Qué razón pueden tener?

—Razón… —Pitt dejó que la palabra quedara flotando en el aire—. Los mismos que incendiaron el crucero y lo mandaron a pique querían impedir que encontráramos pruebas del incendio intencionado.

—¿Habéis podido examinar los restos? —preguntó Gunn.

Pitt asintió.

—Sí, y está clarísimo: el fondo del *Emerald Dolphin* sufrió explosiones como mínimo en seis puntos. Por eso se hundió en la fosa de Tonga.

—Por lo que he oído —dijo Sandecker—, el remolcador se salvó por los pelos de que lo arrastrara.

—Seis mil metros de profundidad —dijo Giordino lentamente—. Buena manera de esconder algo.

El siguiente en hablar fue Gunn.

—A esa pandilla de asesinos no se les había ocurrido la posibilidad de que hubiera un barco de la NUMA trabajando en la zona, y para colmo con dos sumergibles capaces de bajar a seis mil metros.

De repente la mirada de Misty reflejó sorpresa.

—Es decir, que no es imposible que como tapadera hayan matado a toda la tripulación del *Deep Encounter*.

Silencio en el yate, y en Washington, a quince mil kilómetros. Todos se resistían a tener en cuenta aquella idea, aunque no albergaran ninguna duda de que alguien con tan poca conciencia como para quemar o ahogar a todos los ocupantes de un crucero jamás vacilaría en mandar a pique al barco de investigación junto con todo el personal de a bordo.

Pitt empezaba a verlo claro. Después de analizar la situación en sus diversas facetas, optó por pensar que los piratas todavía no habían puesto en marcha su plan asesino.

—Rudi…

Gunn se quitó las gafas y empezó a limpiarlas.

—Dime.

—Para los piratas habría sido muy fácil hundir el *Deep Encounter* justo después de capturarlo, pero has dicho que enviaban informes puntuales imitando a Burch. Si el barco ya estaba hundido, ¿qué ganaban evitando las sospechas?

—No podemos estar seguros de que no lo hayan hundido —dijo Gunn.

—Es posible, pero nosotros, al salir a la superficie, no vimos restos ni manchas de combustible. Tampoco oímos los típicos sonidos que hace un barco al romperse por la presión extrema a partir de cierta profundidad. Yo creo, y lo espero fervientemente, que se llevaron al barco y a todos sus ocupantes y lo escondieron para tener margen de negociación por si les fallaban los planes.

—Ya. Y cuando empiece a estar claro que se han salido con la suya, que no les persiguen —añadió Gunn—, ¿se desharán de la prueba del delito?

—No podemos permitirlo —dijo Misty, angustiada—. Si es verdad lo que propone Dirk, nos queda poco tiempo para salvar a nuestros amigos.

—El problema es saber dónde buscar —dijo Sandecker.

—¿No hay ninguna pista? —preguntó Misty.

—Nada.

—¿Del barco de los secuestradores tampoco?

—No —respondió Sandecker con impotencia.

—Creo que yo sabría encontrarlos a los dos —dijo Pitt con aplomo.

En Washington, Sandecker y Gunn se miraron.

—¿En qué aguas pescas? —preguntó cauteloso el almirante.

—Se trata de ampliar la cuadrícula de búsqueda —contestó Pitt.

—No te entiendo —dijo Gunn.

—Vamos a suponer que tanto el barco pirata como el nuestro estaban fuera del alcance de las cámaras del satélite, que se concentraban en un rumbo muy delimitado.

—Creo que eso se puede dar por hecho —reconoció Sandecker.

—Parto de la premisa de que en la siguiente órbita ampliasteis el campo.

—Partes bien —dijo Gunn.

—Sin encontrar indicios de los barcos.

—Ni uno.

—Es decir, que aún no sabemos dónde está el *Deep Encounter*, pero sabemos dónde no está.

Sandecker se estiró la acicalada barba.

—Ya sé por dónde vas, pero tu teoría no funciona.

—No tengo más remedio que estar de acuerdo con el almirante —dijo Gunn—. La velocidad máxima del *Deep Encounter* no supera los quince nudos. Es imposible que saliera del campo de la primera pasada del satélite.

—Cuando acudimos en ayuda del crucero, House, el jefe de máquinas, consiguió llegar a veinte nudos —le informó Pitt—. Reconozco que hay un buen trecho, pero si los secuestradores tenían un barco rápido quizá remolcaran al nuestro y aumentaran en cuatro o seis nudos su velocidad.

El tono de Sandecker era de escepticismo.

—Da igual. Cuando ampliamos el campo de las cámaras del satélite, seguía sin haber ni rastro del *Deep Encounter*.

Pitt jugó su comodín.

—Es verdad, pero os ceñíais al agua, ¿no?

—¿Dónde querías que buscáramos? —preguntó Sandecker, que empezaba a estar intrigado.

—Lo que dice Dirk no es ninguna tontería —observó Gunn, pensativo—. No se nos ocurrió enfocar tierra firme con las cámaras.

—Perdón por la pregunta —terció Giordino—, pero ¿qué tierra? La que queda más cerca de donde se hundió el crucero es la punta norte de Nueva Zelanda.

—No —dijo Pitt, llamando aún más la atención por su sosiego—, a menos de doscientas millas náuticas al sur están las islas Kermadec. Yendo a veinticinco nudos, en ocho horas se llega de sobra. —Se volvió y miró a Cussler—. ¿Usted conoce las islas Kermadec?

—Sí, las he rodeado —contestó Cussler—, y no son gran cosa: tres islitas y la roca Espérance. La más grande es la isla de Raoul, pero solo es un montón de pedruscos de veinte kilómetros por veinte, con acantilados de lava dominados por el monte Mumukai.

—¿Tiene habitantes? ¿Algún asentamiento?

—Hay una estación meteorológica y de comunicaciones, pero es pequeña y automática. Solo recibe visitas de científicos cada seis meses, para verificar y reparar el instrumental. Los únicos residentes permanentes son cabras y ratas.

—¿Hay algún puerto natural con capacidad para un barco pequeño?

—Más que puerto, es una laguna —contestó Cussler—, pero con espacio para que anclen sin peligro dos barcos pequeños, o como mucho tres.

—¿Vegetación, algún lugar donde camuflarse?

—La vegetación de Raoul es muy frondosa, con mucho bosque. Si los barcos son pequeños y los que buscan no se fijan demasiado, existe la posibilidad de esconderlos bastante bien.

—¿Lo habéis oído? —dijo Pitt por teléfono.

—Sí —dijo Sandecker—. Pediré que el próximo satélite que pase por encima de esa zona del Pacífico enfoque las Kermadec con sus cámaras. ¿Cómo me pongo en contacto con vosotros?

Pitt iba a pedirle el código de comunicaciones a Cussler, pero el viejo ya había apuntado los números y se los dio en un papelito. Tras informar a Sandecker, Pitt cortó la comunicación.

—¿Hay alguna posibilidad de que haga un rodeo por las Kermadec? —preguntó.

Los ojos verdosos brillaron.

—¿Se le ha ocurrido alguna estrategia?

—Oiga, ¿por casualidad no tendrá a bordo una botella de tequila?

Cussler asintió solemnemente.

—Pues sí, una caja del mejor. Un poco de agave azul de vez en cuando me mantiene los reflejos.

Una vez servidos los vasos de tequila Porfirio —Misty prefirió un margarita—, Pitt le contó sus planes al viejo, pero solo en la medida que le pareció prudente por las circunstancias. A fin de cuentas, pensó mirando el elegante yate, nadie en su sano juicio se arriesgaría a destruir un barco tan bonito por un plan desesperado.

18

El verde malaquita del mar se fundía con el verde peridoto de las aguas que fluían por el canal de la gran laguna, enclavada entre los acantilados de lava de la isla de Raoul. Al otro lado del estrecho canal, el ensanchamiento de la laguna daba origen a un fondeadero pequeño pero respetable. Más lejos, la desembocadura de un arroyo alimentaba las aguas de la laguna tras descender por las escarpadas laderas del monte Mumukai. La playa, de arena fina y con forma de herradura, estaba sembrada de rocas volcánicas erosionadas por el mar, y enmarcada por todo un ejército de cocoteros.

Desde el mar solo se veía una parte minúscula de la laguna, a través de la garganta cuyas enhiestas paredes delimitaban el canal. Era como examinar una lejana ranura a través de un telescopio. Al oeste del acceso, a cien metros de altura sobre el oleaje que rompía en la costa, una choza de hojas de palmera se asomaba peligrosamente al borde. El aspecto nativo era pura fachada. Las hojas de palmera encubrían muros de bloques de cemento. El interior tenía aire acondicionado, y los cristales de las ventanas eran tintados. Dentro, en la comodidad de una pequeña vivienda, un guardia de seguridad oteaba el vasto mar con unos grandes prismáticos apoyados en un trípode. Estaba sentado en un sillón acolchado, frente a un ordenador, una radio y un vídeo provisto de monitor. La montaña de colillas del cenicero daba fe de que era un fumador empedernido. En la pared opuesta había cuatro lanzamisiles y dos fusiles automáticos, pulcramente alineados. Con semejante arsenal, podía evitarse la entrada a la laguna de toda una flotilla.

El guardia, de treinta años, nervudo y físicamente en forma, observaba el mar brillante casi como si no lo viera, acariciándose la barba de pocos días. Era rubio, de ojos azules, veterano de las Fuerzas Especiales, y trabajaba para el departamento de seguridad interna de un imperio empresarial del que poco sabía y que le importaba aún menos. Era un trabajo que le exigía viajar por todo el mundo, y de vez en cuando asesinar a alguien, pero estaba bien pagado, que a fin de cuentas era lo único importante.

Bostezando, cambió los discos del reproductor de compactos. Tenía un gusto ecléctico, que iba desde la música clásica hasta el rock más suave. Justo después de pulsar el botón de play, captó movimiento al otro lado del afloramiento rocoso que caía a pico junto a la choza de seguridad, y al enfocar la zona con los prismáticos divisó un objeto azul y blanco que se aproximaba a gran velocidad por el agua.

Calculó que el tamaño del barco era de unos veintitantos metros. En cuanto al diseño, no supo si le gustaba o todo lo contrario. Cuanto más miraba sus líneas, más elegantes y exóticas se le antojaban. Le recordaba unos patines de hielo unidos, con una caseta circular encima. Arriba, en la cubierta superior, había dos personas, un hombre y una mujer, en un jacuzzi, bebiendo en vaso alto y riéndose. Todas las ventanas del barco eran tintadas y no se veían indicios de que hubiera nadie más a bordo.

Se acercó a la radio, activó el transmisor y empezó a hablar.

—Aquí Pirata. Hay un yate privado acercándose por el nordeste.

—¿Has dicho nordeste? —contestó una voz de lija.

—Deben de estar haciendo un crucero entre Tahití y Nueva Zelanda.

—¿Te parece que pueda llevar armas a bordo, o personal armado?

—No.

—¿No parece una amenaza? —preguntó la voz de lija.

—Todo lo amenazadoras que puedan ser dos personas en un jacuzzi...

—¿Se dirige al canal?

El guardia de seguridad examinó el rumbo de las proas gemelas del yate, que seguía acercándose.

—Parece que va a pasar de largo.

—Mantén la comunicación, y si ves algo sospechoso informa enseguida. Si pone rumbo al canal, ya sabes lo que tienes que hacer.

El guardia echó un vistazo a uno de los lanzamisiles.

—¡Qué pena destruir un barco tan bonito! —Hizo girar la silla, y al volver a enfocar el barco con los prismáticos se alegró de ver que dejaba atrás el canal. Lo vio perderse en la distancia, reducido a un punto. Entonces volvió a entablar contacto radiofónico—. Aquí Pirata. El barco se ha alejado. Parece que ha echado el ancla en la laguna abierta de la punta sur de la isla de Macaulay.

—Entonces no hay peligro —dijo una voz muy ronca.

—Parece que no.

—Cuando oscurezca, fíjate en las luces y asegúrate de que se quede donde está.

—Yo diría que se quedarán a pasar la noche. Lo más probable es que los pasajeros y la tripulación piensen hacer una barbacoa en la playa. Parece el típico yate de crucero por el sur del Pacífico.

—Enviaré un helicóptero de reconocimiento para asegurarme de que estás en lo cierto.

Misty y Giordino no estaban desnudos en el jacuzzi. Llevaban unos trajes de baño que les había prestado Cussler. Lo que sí hacían, cuando el barco pasó bajo los abruptos precipicios de la isla de Raoul, era beber combinados de ron. En eso tenían más suerte que Cussler y Pitt. El viejo estaba sentado al timón con una carta de navegación en las rodillas, pendiente de la sonda de profundidad y vigilando los arrecifes de coral de que estaba sembrado el fondo marino, capaces de seccionar el doble casco del *Periwinkle* como hojas de afeitar rajando cartón. El peor parado era Pitt, que sudaba bajo una montaña de almohadas y toallas en la cubierta inferior, grabando en vídeo la choza del guardia encaramada en los acantilados que se cernían sobre la entrada al canal.

En cuanto el yate estuvo anclado, se reunieron todos en el salón principal y miraron el monitor, mientras Pitt ponía la cinta en el vídeo. La combinación del teleobjetivo de la cámara con la ampliación del vídeo permitía ver al guardia por las ventanas de la choza, un poco borroso pero con la suficiente nitidez para constatar que miraba por unos prismáticos enormes. La banda sonora del vídeo era la conversación entre el guardia y su colega de voz ronca —que estaba en algún punto de la laguna de la isla de Raoul—, conversación que había sido localizada y grabada mediante el sistema de comunicaciones de alta tecnología de Cussler.

—Les hemos engañado —dijo Misty sin dudarlo.

—Suerte que no hemos intentado meternos por el canal —dijo Giordino poniéndose una botella de cerveza fría en la frente.

—Sí, no ha dado la impresión de que les guste mucho recibir visitas —dijo Pitt.

Como si fuera la prueba de su afirmación, se oyó resonar por la cabina el tableteo de rotores y el fragor de un helicóptero sobrevolando el yate.

—Han dicho que harían un reconocimiento —dijo Pitt—. ¿Y si saliéramos a saludar?

A un máximo de treinta o treinta y cinco metros de altura, ligeramente a popa del *Periwinkle*, volaba un helicóptero pintado de rojo y amarillo, con la matrícula y el nombre del propietario tapados con cinta aislante en el fuselaje. Dos hombres con camisas floreadas se asomaron para ver el yate.

Pitt estaba en la cubierta inferior, arrellanado en una tumbona, mientras Giordino, ligeramente oculto por la cubierta de encima, recogía en vídeo la imagen del helicóptero con una cámara escondida bajo la camisa y la axila. Misty y Cussler estaban al lado del jacuzzi, saludando a los del helicóptero. Pitt levantó el vaso y les invitó por señas. La presencia de una mujer y un hombre mayor con barba gris debió de atenuar las sospechas, porque el piloto del helicóptero respondió a los saludos y regresó hacia la isla de Raoul, convencido de que los turistas no eran ninguna amenaza.

En cuanto el helicóptero quedó reducido a un punto en el azul del cielo, volvieron todos al salón. Giordino sacó la cinta de la cámara y la introdujo en el vídeo. El zoom mostró con claridad a un hombre rubio y de barba canosa en los controles, y a otro negro como copiloto.

—Bueno, el argumento ya tiene caras —dijo Giordino, pensativo.

Cussler apagó el vídeo con el mando a distancia.

—¿Y ahora qué?

—En cuanto se haga de noche, fabricaremos una balsa y le ataremos luces para que de lejos parezca un barco iluminado. Luego volveremos en secreto a los acantilados de al lado del canal, justo donde el guardia no pueda vernos desde arriba. No detectarán el yate, porque en el vídeo no se ve ningún rastro de radares. A continuación, Al y yo nos meteremos en el agua y nadaremos por el canal hasta llegar a la laguna. Será una pequeña expedición de reconocimiento. Si hemos acertado y tienen camuflado al *Deep Encounter*, subiremos a bordo sin que nos vean, reduciremos a los secuestradores, liberaremos a nuestros amigos y zarparemos hacia mar abierto.

—¿Ese es el plan? —preguntó Giordino entornando los ojos como si viera un espejismo en el desierto.

—Ese es el plan —repitió Pitt.

Misty estaba estupefacta.

—¡Lo dirás en broma! ¿Vosotros dos contra cincuenta o más secuestradores armados? Es el mayor despropósito que he oído en mi vida.

Pitt se encogió de hombros.

—Reconozco que quizá haya simplificado las cosas un poquito, pero no se me ocurre ninguna otra posibilidad, la verdad.

—Podríamos avisar a los australianos para que envíen una fuerza especial —propuso Cussler—. En veinticuatro horas les tendríamos aquí.

—Es posible que no tengamos tanto tiempo —dijo Pitt—. Si los secuestradores aún no han hundido el *Deep Encounter* con todo el personal de a bordo, lo más probable es que lo hagan esta misma noche. Veinticuatro horas podrían ser demasiadas.

—Es una locura que os juguéis así la vida —insistió Misty.

—No hay alternativa —dijo firmemente Pitt—. Tenemos el tiempo en contra.

—¿Y las armas? —preguntó Giordino como si preguntara el precio de un cucurucho de helado.

—Yo llevo un par de fusiles automáticos, como medida de protección —les ofreció Cussler—. Ahora bien, no sé cómo responderán después de un par de kilómetros de inmersión, ni ellos ni la munición.

Pitt negó con la cabeza.

—Gracias, pero es mejor que nademos sin sobrepeso. Llegado el momento, ya pensaremos en nuestro arsenal.

—¿Y equipo de buceo? Tengo cuatro botellas de oxígeno llenas y dos reguladores.

—Cuanto menos equipo, mejor. El de buceo solo serviría para entorpecernos cuando lleguemos a la orilla. Haremos esnórquel por la laguna. A oscuras será imposible que nos vean a menos de seis o siete metros.

—Es mucha distancia —dijo Cussler—. Contando desde donde atracaré, el interior de la laguna queda a más de kilómetro y medio.

—Con suerte llegaremos a medianoche —murmuró Giordino.

—Yo os puedo ahorrar dos horas —dijo Cussler.

Pitt le miró.

—¿Cómo?

—Tengo un propulsor. Si queréis, lo podéis usar en tándem.

—Gracias, nos ayudaría mucho.

—¿En serio que no os puedo convencer de que es una locura? —dijo Misty con tono de súplica.

—No —dijo Pitt con una leve y reconfortante sonrisa en los labios—. Hay que hacerlo. Si no quisieran esconder algo al otro lado del canal, no tendrían instalaciones de control a la entrada. Tenemos que averiguar si ese algo es el *Deep Encounter*.

—¿Y si os habéis equivocado?

La sonrisa desapareció de inmediato. La cara de Pitt se puso tensa.

—Si nos hemos equivocado, nuestros amigos del barco morirán porque no hemos podido salvarles.

Los tres hombres pusieron manos a la obra justo al anochecer. Tardaron dos horas en construir una balsa atando troncos de palmera, consiguieron una silueta parecida a la del *Periwinkle* gracias a las maderas sueltas que había por la playa. Como toque final, conectaron una pequeña batería a la hilera de luces que habían fijado a las maderas. Luego anclaron la balsa entre el yate y la orilla.

—¿Sabéis qué os digo? Que no es una mala imitación —comentó Cussler.

—Bonito no es —dijo Giordino—, pero debería engañar al guardia de seguridad que está sentado en su choza a ocho kilómetros de aquí.

Pitt se mojó la cara para limpiarse el sudor causado por la humedad.

—Encenderemos las luces de la balsa justo cuando apaguemos las del yate.

Pocos minutos después, Cussler ponía en marcha los grandes motores del *Periwinkle* y pulsaba el botón que activaba la polea del ancla. A continuación encendió las luces de la balsa y dejó el yate a oscuras. El paso siguiente fue gobernar la embarcación hasta dejar atrás el arrecife, vigilando la sonda para conocer la profundidad del coral que acechaba bajo el agua como un grupo de pérfidos dientes asesinos, deseosos de llevárselos al fondo.

Para llegar a la isla de Raoul usó el radar, asegurándose de que el barco no dejara ninguna fosforescencia en su estela y sin superar en ningún momento los diez nudos de velocidad. Daba gracias por que en el firmamento plagado de estrellas no hubiera luna. Pitt se reunió con él en el puente de mando, acompañado por Misty, que, resignada a la operación, salía de preparar un tentempié en la cocina. Misty pasó al lado de Cussler y de Pitt y se sentó al lado de Al, que se había puesto auriculares y procuraba reproducir la voz de cazalla que habían grabado durante la conversación del guardia de seguridad.

Cussler desplegó la carta de navegación donde figuraban las profundidades de alrededor de la isla y dirigió la doble proa hacia la pequeña luz de la cima de los acantilados, la de la choza del guardia de seguridad.

—Llevaré el yate hasta más allá del afloramiento rocoso que hay justo delante del canal —explicó—. De ahí en adelante tendréis que recurrir al propulsor. Hasta que lleguéis a aguas tranquilas, alejaos de las olas que rompen en los acantilados.

Por primera vez Cussler parecía algo nervioso. Casi no miraba por la ventana, hacia la negra noche; reservaba su atención para alguna que otra ojeada a la brújula. Gobernaba el yate casi exclusivamente con la sonda de profundidad y el radar, sentado en una postura extraña y con las manos en el joystick y el trackball del ordenador. Al abrir un poco una ventana, oyó el ruido inconfundible de las olas chocando con la roca.

Pitt también lo oyó. Habían superado el afloramiento rocoso, y estaban donde no podía verles el guardia de seguridad. Más allá de donde rompía el oleaje, el agua era de una placidez inverosímil. Cussler apretó un botón del joystick y redujo la velocidad al mínimo. Cuando consideró que no podía acercarse más a las rocas sin correr excesivo peligro, dejó los motores al ralentí y se volvió hacia Pitt con una mirada que parecía sugerir que no era buena idea, pero sin decir nada.

Soltó el ancla, mientras observaba por la sonda de profundidad el escabroso fondo, que solo quedaba a cinco metros de los dos cascos del *Periwinkle*, y dirigía una mirada pensativa a los indicadores. En cuanto el barco quedó bien anclado, con las proas de frente a la marea, asintió con la cabeza.

—Aquí me planto.

—¿Cuánto tiempo puedes quedarte? —preguntó Pitt.

—Me gustaría decir que hasta que volváis, pero dentro de tres horas y veinte minutos cambiará la marea. Entonces tendré que apartarme más de la orilla, porque si no me arriesgaría a quedarme sin barco, y tendré que volver a dar la vuelta a la isla para que no pueda vernos el guardia.

—¿Cómo te encontraremos a oscuras?

—Tengo un transmisor de radio submarino que uso para estudiar las reacciones de los peces en función de los sonidos. Dentro de dos horas pondré un disco de Meat Loaf.

Misty le miró.

—¿Te gusta Meat Loaf?

Cussler se rió.

—¿Qué pasa, que a un vejestorio no le puede gustar el rock?

—¿Atrae a los tiburones? —preguntó Giordino con tono aprensivo.

Cussler negó con la cabeza.

—Prefieren a Tony Bennett.

Después de que Pitt y Giordino se pusieran las aletas y las gafas de bucear prestadas, Cussler bajó la escalerilla de popa, se apartó y les dio a cada uno una palmada en la espalda.

—Acordaos de no nadar cerca de las rocas de la entrada del canal y de esperar a que el oleaje os lleve hacia dentro. No tiene sentido gastar innecesariamente las baterías del propulsor. —Hizo una pausa casi solemne—. Buena suerte. Esperaré lo máximo que pueda.

Se zambulleron silenciosamente en el agua, caliente y negra como tinta, y se apartaron un poco del yate a nado. Pitt, que iba en cabeza, calculó que la temperatura del agua rondaba los veintisiete grados. Soplaba un poco de brisa de tierra, y la marea, al subir, iba acompañada por un ligero oleaje. Después de varios minutos de brazadas, hicieron una pausa para mirar atrás. A partir de treinta metros, el *Periwinkle* se volvía invisible. Pitt levantó la muñeca y observó la posición de la pequeña flecha luminiscente de la brújula que le había dejado el viejo. Luego le dio a Giordino un golpecito en la cabeza y señaló a lo lejos. Giordino se agarró a las piernas de su amigo y, cuando el propulsor estuvo en marcha, se dejó llevar. El motor zumbaba, y los chorros empezaron a impulsarles por el agua a poco menos de tres nudos.

Los únicos medios de orientación de Pitt eran la pequeña brújula y el ruido grave y retumbante de las olas contra las rocas de los acantilados; rocas peligrosas que podían estar tanto a cien como a doscientos metros, puesto que a oscuras era imposible saberlo.

De pronto sus oídos diferenciaron dos impactos, señal de que las olas rompían en lados opuestos del canal. Entonces desvió el propulsor y dejó que les arrastrase hacia la isla hasta que el oleaje se oyó a izquierda y derecha, pero no al frente. A continuación, siguiendo las instrucciones de Cussler, apagó el propulsor y dejó que las olas les llevaran por la entrada del canal. Había sido un consejo acertado.

Entre las paredes escarpadas del canal no había olas gigantes. La profundidad del centro del canal y la ausencia de obstrucciones hacían que el oleaje se meciera sin rizarse y les hiciera flotar sanos y salvos, como corchos, a través de las rocas.

Pitt flotaba boca abajo y con las piernas abiertas, tan relajado como una tortuga durmiendo en la superficie. Respiraba por el tubo lenta y regularmente. El propulsor había evitado que se cansasen mucho. Giordino, que se había soltado por unos instantes, se dejaba llevar junto a su amigo.

Ninguno de los dos se giró para mirar si les habían localizado. Era inútil. Si no veían ningún guardia al borde del acantilado, significaba que tampoco ellos podían ser vistos en la oscuridad del agua de la parte baja del mismo. Pitt empezó a preguntarse a deshora si los piratas habrían apostado centinelas alrededor de la laguna. No, no creía que extremasen tanto las medidas de seguridad. Era prácticamente imposible escalar a oscuras los riscos que rodeaban la isla y penetrar en una selva tan tupida, teniendo en cuenta, además, lo accidentado que era el suelo de lava. Tuvo la seguridad de que los únicos ojos pendientes de posibles intrusos eran los del guardia que se encargaba de la entrada del canal.

Basándose en lo poco que había visto de la laguna al pasar junto al acceso a bordo del *Periwinkle*, calculó que en línea recta medía más o menos medio kilómetro. Al sentir que el oleaje perdía fuerza —hasta que el fondo quedó a unos escasos sesenta centímetros—, avisó a Giordino para que se cogiese a él, y volvió a poner en marcha el propulsor.

En menos de un cuarto de hora el firmamento estrellado se abrió sobre sus cabezas: habían accedido a la laguna abierta, dejando atrás los acantilados. Pitt orientó el propulsor hacia la playa y lo mantuvo en marcha hasta notar arena bajo sus pies. Entonces lo apagó.

En la playa no se veía ninguna señal de estructuras habitadas, pero la laguna no estaba ni mucho menos desierta. En su centro había dos barcos, anclados el uno junto al otro. La oscuridad no impedía discernir sus siluetas. Tal como sospechaba Pitt, lo amorfo de su aspecto se veía acentuado por el hecho de estar cubiertos por redes de camuflaje. Aparte de unas cuantas luces tenues a babor, eran irreconocibles. En una noche tan negra, resultaba imposible identificar el *Deep Encounter* sin aproximarse.

—Quítate las gafas de buceo —susurró a Giordino—. Las luces podrían reflejarse en los cristales.

Dejaron el propulsor en la playa y nadaron hacia el más grande de los dos barcos, que estaba anclado con la proa hacia el canal. Su elegante proa inclinada recordaba la del barco de investigación, pero era necesario cerciorarse. Sin la menor vacilación, Pitt se quitó las aletas, se las dio a Giordino y empezó a trepar por la cadena del ancla. Estaba húmeda, pero sin demasiada herrumbre ni limo. Subió hasta quedar a la altura de la bocina del escobén y se quedó colgado de allí un minuto entero.

La luz de un ojo de buey abierto le permitió leer a duras penas las letras soldadas a la proa.

Decía *Deep Encounter*.

19

La bocina del escobén quedaba como mínimo a tres metros del borde superior de la proa. Sin cuerda ni garfio era imposible que Pitt y Giordino treparan hasta la cubierta. En cuanto al resto del casco, ofrecía muy pocas esperanzas en ese sentido, ya que carecía de asideros por los que escalar. Pitt se reprochó no haber tenido en cuenta algo tan básico en sus planes.

Bajó por la cadena del ancla.

—Es el *Deep Encounter* —informó en voz baja a Giordino.

Este miró hacia arriba y la luz tenue iluminó su cara de perplejidad.

—¿Cómo subiremos a bordo, sin pasarela ni escalerilla?

—De ninguna manera.

—Ya. O sea, que tienes un plan alternativo —dijo mecánicamente.

—¡Por supuesto!

—Dame la mala noticia.

La oscuridad impidió ver la leve sonrisa burlona de Pitt.

—El barco de los secuestradores es más pequeño. Probablemente podamos subir por la popa, y de ahí pasar al *Deep Encounter*.

Pitt había recuperado todo su aplomo. El barco de los piratas no era ningún navío lleno de cañones, sino un simple barco de trabajo de cuarenta y dos metros de eslora con una proa que no solo era bastante baja para trepar por ella, sino que tenía el detalle de poner a su disposición una escalerilla para submarinistas y una pequeña plataforma.

Giordino murmuró:

—Espero que encontremos una buena tubería de las de toda la vida, para aporrear cabezas; así, con las manos vacías, me siento desnudo.

—A mí no me preocupa —dijo Pitt con displicencia—. Ya he visto de lo que eres capaz con ese par de jamones. Además, te olvidas de que tenemos la ventaja del factor sorpresa. No esperarán visita, y menos de dos energúmenos como nosotros que se cuelan por la puerta trasera.

Cuando Pitt estaba a punto de subir por la borda, se le clavaron los dedos de Giordino en el brazo.

—¿Qué pasa? —susurró, frotándose la parte magullada.

—Que en el puente de popa hay alguien fumando a oscuras —le dijo Giordino al oído.

Pitt levantó poco a poco la cabeza hasta poder echar un vistazo a la cubierta de trabajo. No andaba errado Giordino, con su admirable visión nocturna: el movimiento de llevarse un cigarrillo a la boca era lo único que permitía distinguir la silueta de alguien apoyado en la borda, disfrutando del aire tropical. No parecía alerta, sino enfrascado en sus pensamientos.

Giordino, silencioso como una aparición, subió por la borda esperando que el ruido de las gotas al caer chorreando de su cuerpo no se oyera por encima del de la suave brisa que mecía las hojas de las palmeras. Cuando hubo cruzado silenciosamente la cubierta, rodeó con ambas manos el cuello del fumador, dejándole sin respiración. Tras un breve forcejeo, el cuerpo quedó flácido. Giordino hizo el menor ruido posible al volver a popa arrastrando al secuestrador y le escondió tras un voluminoso cabrestante.

Pitt registró la ropa del hombre y encontró una navaja grande y un revólver corto.

—Listos —proclamó.

—Aún respira —dijo Giordino—. ¿Qué hacemos?

—Déjale en la plataforma para submarinistas, donde no se le vea.

Giordino asintió con la cabeza y pasó al secuestrador sin dificultad al otro lado de la borda, dejándole caer hecho un ovillo en la plataforma, donde estuvo a pocos centímetros de caer rodando al mar y ahogarse.

—Ahí queda eso.

—Esperemos que se quede dormidito como mínimo una hora.

—Cuenta con ello —afirmó Giordino a oscuras, mientras inspeccionaba las cubiertas—. ¿Cuántos crees que hay?

—La NUMA tiene dos barcos de trabajo parecidos, más o menos del mismo tamaño. La tripulación es de quince, pero caben hasta más de cien pasajeros.

Pitt entregó la navaja a Giordino, que la examinó con semblante taciturno.

—¿Por qué no me das la pistola?

—Eres tú el que siempre ve películas antiguas de Errol Flynn.

—Vale, pero usaba espada, no una navaja de tres al cuarto.

—Tú finge.

Ahí terminaron las quejas de Giordino. Cruzaron sin prisa la cubierta de carga y de trabajo, que no era pequeña, y llegaron a una escotilla del mamparo de popa. Estaba cerrada, para aprovechar al máximo el aire acondicionado del barco. Un momento así habría justificado el miedo a lo desconocido, pero no, eso era algo inaceptable. Lo único que sentían era la angustia de que tal vez llegasen demasiado tarde para salvar a la tripulación del *Deep Encounter*. El cerebro de Pitt asimiló lo peor, pero sin hacerle caso, del mismo modo que no hacía caso al temor a que le matasen.

Antes de llegar a la pasarela que unía los dos barcos, se detuvieron y miraron disimuladamente por uno de los ojos de buey por donde salía luz. Pitt contó veintidós secuestradores sentados en un espacioso comedor, jugando a las cartas, leyendo o viendo la televisión por satélite. El arsenal de armas de fuego era suficiente para iniciar una revolución. Ninguno de los secuestradores parecía temer la presencia de intrusos, ni se les veía nerviosos por que los prisioneros pudieran huir. Al verles, Pitt sintió una gran inquietud. Parecían muy relajados, demasiado para tener a su cargo a cincuenta rehenes.

—Recuérdame que no contrate a ninguno de estos para vigilar mis bienes materiales —masculló Giordino.

—Por la ropa que llevan, más que piratas del fin del mundo parecen mercenarios profesionales —murmuró Pitt.

Descartó cualquier tentación de vengarse de los secuestradores a bordo de su propio barco. La situación —un revólver con seis balas y una navaja contra más de veinte hombres armados— reducía más de lo deseable las posibilidades de éxito. El objetivo primordial era comprobar si en el barco de reconocimiento quedaba alguien con vida y, suponiendo que fuera posible, rescatarles. Se mantuvieron pegados a la estructura superior de babor, con los oídos y los ojos bien atentos, y como no se oía ni veía nada peligroso cruzaron la cubierta con sigilo. De repente, Pitt se detuvo.

Giordino, inmóvil a su lado, susurró:

—¿Ves algo?

Pitt señaló un parche grande de cartón pintado, toscamente pegado con cinta aislante al lateral de la estructura superior.

—A ver qué esconden...

Lentamente y con infinita cautela, retiró la cinta que mantenía pegado el cartón a la superficie de metal. Cuando ya no quedaba casi nada, tiró de un extremo y observó fijamente las señales que la débil luz de los ojos de buey apenas permitía distinguir.

Se reconocía con dificultad la imagen estilizada de un perro de tres cabezas con cola de serpiente y justo debajo la palabra CERBERUS. Como no le decían nada, volvió a poner el cartón en su sitio y a pegarlo.

—¿Has visto algo? —le preguntó Giordino.

—Lo suficiente.

Una vez frente a la estrecha pasarela de metal tendida entre los barcos, la cruzaron con pies de plomo. Ya se veían a sí mismos asaltados y barridos a disparos de arma automática por un grupo de secuestradores surgidos de la oscuridad.

Llegaron sin percances a la cubierta del barco de investigación y se tomaron un respiro en la oscuridad. Pitt ya estaba en su terreno. Conocía el *Deep Encounter* como la palma de su mano, hasta el punto de que habría podido recorrerlo con los ojos vendados.

Giordino le acercó una mano ahuecada a la oreja y le dijo en voz baja:

—¿Quieres que nos separemos?

—No —susurró él—, prefiero que sigamos juntos. Empezaremos por la timonera, y luego iremos bajando.

Podrían haber subido por la escalerilla exterior, pero no querían arriesgarse a que algún secuestrador saliese del comedor y les viese; prefirieron deslizarse por una escotilla y cruzar cuatro cubiertas hasta llegar a su objetivo. Encontraron la timonera oscura y vacía. Pitt entró en la sala de comunicaciones y cerró la puerta, mientras Giordino montaba guardia al otro lado. Cogió el teléfono Globalstar y marcó el número del teléfono móvil de Sandecker. En espera de que se realizara la conexión, consultó la esfera anaranjada de su reloj de submarinista Doxa: indicaba las diez y dos minutos. Ajustó mentalmente las ocho horas de diferencia. En Washington serían las seis de la mañana; el almirante, por lo tanto, debía de estar corriendo sus ocho kilómetros diarios.

Sandecker contestó. Los cinco kilómetros que llevaba recorridos no alteraban su respiración. Pitt, por su parte, tenía el tiempo demasiado justo para empezar con vaguedades que desviasen la atención de lo importante. Dio un informe breve y conciso sobre el descubrimiento del *Deep Encounter* y facilitó su localización exacta.

—¿Y mi tripulación y el personal científico? —preguntó el almirante como si formaran parte de su familia más cercana.

—Es un tema que aún está pendiente —contestó Pitt, repitiendo el famoso mensaje del mayor Deverieux justo antes de la caída de la isla de Wake—. En cuanto tenga una respuesta clara, me pondré en contacto con usted.

Dicho lo cual, cortó la comunicación y salió de la sala.

—¿Ves u oyes algo?

—Esto parece una tumba.

—Preferiría que no usaras la palabra tumba —dijo Pitt con tono malhumorado.

Bajaron del puente a la siguiente cubierta. Todo estaba igual. Los camarotes y el hospital estaban tan silenciosos que parecía un depósito de cadáveres. Pitt entró en su camarote, buscó en un cajón y le sorprendió encontrar su fiel Colt automático justo donde lo había dejado. Se lo metió por la cintura de los pantalones y le entregó el revólver a Giordino, que lo cogió sin decir nada. A continuación, Pitt cogió una linterna de bolsillo, la encendió y paseó el haz de luz por la sala. No habían tocado nada. Lo único que no encontró donde lo había dejado, en el armario, era el maletín de piel del doctor Egan, que estaba abierto encima de la cama.

Giordino vio repetirse el mismo panorama en su camarote. Ninguna de sus pertenencias había sido registrada o cambiada de sitio.

—Esta gente no hace nada que tenga sentido —dijo en voz baja—. Es la primera vez que veo piratas sin ningún interés por el saqueo.

Pitt enfocó el pasadizo con la linterna.

—Venga, movámonos.

Bajaron por la escalerilla hasta llegar a la siguiente cubierta, integrada por ocho camarotes, el comedor, la cocina, la sala de reuniones y el salón. En la mesa del comedor aún había bandejas con comida podrida; en las del salón, y en los sofás, las revistas parecían recién dejadas allí por sus lectores. Los ceniceros de la sala de reuniones contenían filtros de cigarrillos que se habían consumido solos. En la cocina, las ollas y sartenes seguían en los fogones, con su contenido mohoso. Parecía que todos los ocupantes del barco se hubieran convertido literalmente en humo.

Pitt y Giordino perdieron la cuenta del tiempo que llevaban buscando como locos señales de vida: cinco minutos, diez… Quizá esperaran oír alguna voz, algún ruido, o tal vez fuera el miedo de no encontrar respuestas. Pitt se sacó de la cintura el Colt del cuarenta y cinco y lo sostuvo en la mano. Sin embargo, aun en caso de agresión se lo habría pensado mucho antes de disparar, para no poner sobre aviso a la horda de secuestradores que descansaban en su barco.

Al descender a las salas de máquinas y generadores, la ausencia total de guardias de seguridad empezó a convencer a Pitt de que sus peores temores se habían hecho realidad. Si de veras quedaba algún prisionero a bordo, lo lógico habría sido tenerles vigilados. Otro factor era la falta de luz. Era impensable que los centinelas montaran guardia a oscuras. Siguió perdiendo gradualmente la esperanza, hasta que pasaron por los camarotes y vieron luz en el despacho del jefe de máquinas.

—Ya era hora de que necesitaran luz para ver algo —murmuró Giordino.

El pasadizo terminaba en la puerta de las salas de máquinas y de generadores. Se apostaron cada uno en un mamparo y se acercaron a ella. A tres metros de distancia oyeron un vago murmullo de voces, y se miraron fugazmente. Pitt dedicó unos segundos a escuchar con la oreja pegada a la puerta de acero. El tono de las voces parecía de burla, de desprecio. De vez en cuando se escuchaba alguna risa.

Pitt empujó unos milímetros el largo picaporte de metal, que se movió sin hacer ruido. Pensando que tendría que darle las gracias al jefe de máquinas por engrasar periódicamente las bisagras, siguió presionando con extrema lentitud, para que nadie reparara en ello al otro lado. Cuando el picaporte llegó a su tope, Pitt abrió una rendija como si supiera que dentro había una docena de monstruos alienígenas que se alimentaban de carne humana.

Ahora las voces se oían claramente: eran las de cuatro personas, dos de ellas desconocidas, pero las otras dos tan familiares como la propia. El corazón de Pitt dio un brinco. No se trataba de ninguna conversación intrascendente. Parecía que los dos desconocidos se burlaban.

—Dentro de poco sabréis lo que es ahogarse.

—Sí, y no se parece nada a quedarse dormido en el Ártico —tuvo la mala sombra de añadir el segundo—. Te notas la cabeza como si te la hubieran llenado de petardos. Se te salen los ojos de las órbitas. Te explotan los tímpanos como si te los perforaran. Te notas la garganta como si te la arrancasen, y los pulmones como si estuvieran llenos de ácido nítrico. Será fantástico.

—Vaya par de ratas —les espetó el capitán Burch.

—Mira que hablar así habiendo mujeres delante... Señal de que sois una pandilla de animales, de degenerados —se oyó decir a House, el jefe de máquinas.

—Oye, Sam, ¿tú sabías que eras un degenerado?

—Desde la semana pasada, no.

Este último comentario dio pie a rotundas carcajadas.

—Como nos matéis —dijo Burch, enfurecido—, contad con que os perseguirán todas las fuerzas de investigación del mundo, y que os meterán un puro de órdago.

—Sin pruebas del crimen, lo dudo —dijo despectivamente el tal Sam.

—Seréis uno más de los miles de barcos que se han perdido con toda la tripulación.

—Por favor… —Era la voz de una de las mujeres del personal científico—. Todos tenemos familia o gente que nos quiere. No podéis hacernos algo tan horrible.

—Lo siento, señora —dijo Sam con frialdad—. Para la gente que nos paga, sus vidas no valen nada.

El otro secuestrador dijo:

—Dentro de media hora subirá a bordo nuestra tripulación. —Guardó silencio, mirando algo que quedaba fuera del campo visual de Pitt—. Y a las dos horas de que lleguen, vosotros, los de la NUMA, estaréis estudiando la fauna de las profundidades con vuestros propios ojos.

Pitt, cuya visión quedaba limitada por la rendija, vio que los secuestradores tenían armas automáticas en posición de disparar. Entonces le hizo una señal con la cabeza a Giordino, y los dos, agazapados y listos para pelear, abrieron la puerta y entraron hombro con hombro en la sala de máquinas.

Los dos secuestradores notaron que se movía algo a sus espaldas, pero no se molestaron en girarse; daban por supuesto que sus amigos habían llegado antes de lo esperado para la ejecución. Sam dijo:

—Llegáis temprano. ¿A qué viene tanta prisa?

—Nos han ordenado poner rumbo a Guam —dijo Giordino imitando razonablemente bien al secuestrador de la voz de cazalla.

—Bueno, pues nada —dijo Sam entre risas—; ya podéis ir rezando, que casi ha llegado la hora de que os reunáis con vuestro creador y…

No pudo decir nada más. Giordino le levantó del suelo por la cabeza y se la estampó contra un mamparo, mientras Pitt le daba al otro guardia un golpe de Colt en la mandíbula que le hizo quedarse hecho un ovillo en un rincón.

A partir de entonces todo fue una fiesta, una noche de sábado en la que solo faltaban globos y champán.

Estaban todos: la dotación completa del *Deep Encounter* sentada alrededor de los generadores del barco, con las piernas encadenadas como galeotes. Los grilletes de los tobillos estaban conectados a una larga cadena que terminaba en el soporte del generador principal. Mientras digerían la sorpresa de ver aparecer a sus dos compañeros, a quienes daban irremediablemente por perdidos, Pitt hizo un recuento rápido. Burch, House, la tripulación y el personal científico ponían cara de estar soñando. Poco a poco se fueron levantando, pero cuando se disponían a estallar en una gran ovación, Pitt levantó las manos y susurró:

—¡Silencio! No hagáis ruido, por amor de Dios, no vaya a venir corriendo todo un ejército de guardias armados.

—¿De dónde demonios salís vosotros? —preguntó Burch.

—De un yate muy lujoso —contestó Giordino—, pero eso es otro cantar. —Miró a House, el jefe de máquinas—. ¿Qué tienes para cortar la cadena?

House señaló un compartimiento lateral.

—Busca en la caja de herramientas. Verás que hay un cortacables colgado del mamparo.

—Primero suelta a la tripulación —dijo Pitt a Giordino—. Tenemos que poner el barco en marcha antes de que los secuestradores suban a bordo.

Giordino regresó en treinta segundos y empezó a cortar febrilmente la cadena. Mientras tanto, Pitt salió corriendo a la cubierta para asegurarse de que el rescate hubiera pasado desapercibido. Las cubiertas del barco pirata seguían desiertas. Todo indicaba que seguían en el comedor, relamiéndose como hienas hambrientas ante la feliz perspectiva de mandar a pique al *Deep Encounter* con toda su tripulación.

Al volver, se encontró con que House y el personal de la sala de máquinas ya estaban en sus puestos, preparándose para que el barco de investigación zarpara.

—Bueno, os dejo —le dijo a Burch.

El capitán puso cara de no entender. Hasta Giordino se giró para mirar a Pitt de modo extraño.

—En la cima del acantilado, sobre la entrada del canal, hay un guardia en una choza. Me huelo que, aparte de estar pendiente de si vienen intrusos, dispone de suficiente arsenal para evitar que salgan barcos de la laguna.

—¿Cómo has llegado a esa conclusión? —le preguntó Giordino.

—A simple vista, parecería que los secuestradores estén vigilando que no entren ciervos en un jardín. ¿Dos hombres custodiando a cincuenta, y el resto apoltronados como si estuvieran de vacaciones? Lo dudo mucho. Deben de estar convencidos de que, en caso de que la tripulación de este barco consiguiera recuperar el control, les sería imposible sacarlo a mar abierto. En el centro del canal, la profundidad no baja de los ciento veinte metros. Sería muy fácil mandar a pique al *Deep Encounter* y que no lo encontrara nadie. Después, el barco pirata seguiría teniendo agua de sobra bajo la quilla para salir de la laguna.

—Es noche cerrada —dijo Burch—. Quizá podamos salir disimuladamente sin que nos vea el guardia.

—Ni hablar —dijo Pitt—. En cuanto zarpáramos, los secuestradores del otro barco se darían cuenta y nos perseguirían. El ruido de levantar el ancla y encender los motores nos delataría sin remedio, y lo primero que harían sería avisar al guardia que vigila la entrada del canal. Tengo que subir y eliminar el peligro.

—Te acompaño —dijo firmemente Giordino.

Pitt negó con la cabeza.

—Lo mejor que puedes hacer es evitar que suba nadie antes de zarpar.

—Como Horacio en el puente, ¿no?

—Es imposible que llegues a tiempo —dijo House—. Hay un kilómetro de selva cuesta arriba.

Pitt le enseñó la linterna de bolsillo.

—Me iluminaré con esto. Además, seguro que los secuestradores tienen un camino bien marcado para ir desde aquí hasta la choza del guardia.

Giordino le dio la mano.

—¡Buena suerte, compañero!

—Lo mismo digo.

Y Pitt se marchó.

20

Extrañamente, la tripulación ejecutaba sus tareas con la misma calma que si fueran a zarpar de San Francisco. Nadie malgastaba saliva. También era extraño que no hiciesen comentarios sobre el peligro que corrían. La aprensión y los malos augurios brillaban por su ausencia. Los científicos fueron a sus camarotes para no estorbar, y allí se quedaron.

El capitán Burch estaba acuclillado en el ala del puente, observando a oscuras el barco de los secuestradores. Se acercó el teléfono inalámbrico del barco y dijo en voz baja:

—Por mí cuando quieras.

—Pues levanta el ancla —contestó House—. En cuanto se haya despegado del fondo, me avisas y les sacaré hasta la última revolución a estos motores.

—Mantén la comunicación —dijo Burch.

En otros tiempos, las anclas eran subidas por la tripulación mediante interruptores y palancas, pero con los modernos sistemas de que disponía el *Deep Encounter* solo había que introducir un código en el ordenador, y a partir de ahí todo era automático. En cambio, lo que no tenía remedio era el ruido de los eslabones rozando el escobén al entrar en la caja de cadenas.

Los años de experiencia de Burch le indicaron el momento en el que el ancla se desprendía del fondo.

—Adelante a toda velocidad, House. Sácanos de aquí, y que sea deprisa.

Abajo, en su reino, las manos de House se movieron sobre el

tablero de mandos. Al notar que las hélices se introducían en el agua y hacían hundirse la popa con la primera sacudida, no dejó de sentir cierta satisfacción.

Giordino cogió los fusiles automáticos —los de los dos secuestradores a quienes él y Pitt habían reducido— y se apostó detrás de la borda, a pocos metros de la pasarela que comunicaba con el barco pirata. Al echarse en la cubierta, se colocó uno de los fusiles en el interior del brazo doblado y dejó el otro a mano, cerca del revólver. No se engañaba: sabía que en un tiroteo con todas las de la ley llevaba las de perder, pero una vez que el barco hubiera zarpado su línea de fuego le permitiría mantener alejado sin problemas a cualquier intruso. Podría haber arrojado la pasarela al agua, pero prefirió evitar cualquier ruido innecesario. Ya caería por sí sola en cuanto el *Deep Encounter* empezara a alejarse.

Sintió vibrar la cubierta: House, el jefe de máquinas, había puesto en marcha los dos generadores grandes y acelerado al máximo los motores eléctricos diésel. Dos miembros de la tripulación del barco de investigación se arrastraron por la cubierta, al amparo del acero de la borda, y desataron las amarras del barco de trabajo de los bolardos de estribor. Cumplida su misión, volvieron a la seguridad que les brindaba la estructura superior.

Ahora viene lo divertido, pensó Giordino al oír el traqueteo de la cadena del ancla. Para los que iban a bordo del *Deep Encounter* era como el ruido de veinte martillos en otros tantos yunques. Como estaba previsto, tres secuestradores salieron corriendo del comedor con el objetivo de averiguar la causa del alboroto.

Entre la sorpresa de ver levantarse el ancla del *Deep Encounter* y el hecho de ignorar que sus cómplices habían sido reducidos, uno de los secuestradores empezó a exclamar con todas sus fuerzas:

—¡Parad, parad! ¡No podéis zarpar antes de lo programado, y menos sin tripulación!

Entre las virtudes de Giordino no se contaba la de saber callarse.

—No la necesito —dijo con voz de cazalla, pues seguía imitando al secuestrador ronco—. Lo voy a hacer yo solo.

Por si la confusión fuera poca, otros secuestradores salieron a cubierta. De repente una voz familiar, rasposa, exclamó:

—¿Quién eres?

—¡Sam!

—Tú no eres Sam. ¿Dónde está?

Giordino sintió incrementarse el ritmo de los motores, señal de que el barco empezaba a avanzar. En pocos segundos se desprendería la pasarela del barco.

—Dice Sam que eres un imbécil, y que no se te puede pedir ni que levantes la tapa del váter.

Un nutrido grupo de secuestradores corrió hacia la pasarela, profiriendo insultos y gritos. Dos de ellos consiguieron llegar, pero cuando estaban a medio camino Giordino afinó la puntería y les alcanzó en las rodillas. Uno de los secuestradores volvió a caer en el barco de trabajo, mientras que el otro se aferró a la barandilla de la pasarela entre gritos de dolor. En ese momento se desprendió un extremo de la tabla. El barco de investigación había zarpado, e iniciaba su carrera por el canal.

Los secuestradores se congregaron en un abrir y cerrar de ojos, y antes de que el *Deep Encounter* hubiera recorrido un centenar de metros el barco de trabajo levantó el ancla, hincó su proa en las aguas y saltó en persecución de su presa. De pronto se oyó una descarga de disparos y su eco en las laderas de roca volcánica, descarga a la que respondió Giordino descerrajando varios tiros por la ventana frontal del puente del barco de la NUMA.

Al superar el recodo de entrada al canal, el *Deep Encounter* quedó temporalmente a salvo de las armas de los secuestradores. Fue una tregua que Giordino aprovechó para subir corriendo por la escalerilla hasta el puente.

—No se les ve muy contentos —le dijo a Burch, que estaba al timón.

—Lo máximo que pueden hacer es pegarnos cuatro tiros —dijo el capitán, sujetando con los dientes una pipa al revés—. Esta vez les costará un poco más abordarnos que la primera.

Ya estaban en pleno canal. House les sacaba el máximo partido a los grandes motores eléctricos diésel. El canal parecía un pozo negro; solo la imprecisa silueta de los acantilados que se cernían sobre ellos, recortada contra las estrellas, ofrecía alguna referencia visual, pero Delgado, muy inclinado sobre el radar, indicaba con calma los cambios de rumbo. Los demás ocupantes del puente de mando miraban ansiosos por los ojos de buey de popa: ya se veían las luces del barco de trabajo, que enfilaba el canal.

Su velocidad duplicaba la del *Deep Encounter*. Negro y siniestro, surgía de la noche con un fondo recortado de palmeras. De repente todas las miradas se alzaron hacia los acantilados, y a la pequeña luz de la choza del guardia de seguridad. En el puente de mando, todos se preguntaban si Pitt conseguiría acceder a ella antes de que el *Deep Encounter* llegara a la entrada del canal. El único que parecía confiado era Giordino, que se gastó las municiones en una última descarga contra un barco de trabajo que no dejaba de acercarse.

El camino, no muy digno de ese nombre, era tan estrecho que no superaba los treinta centímetros, y subía tortuosamente por los acantilados desde la laguna. Pitt corría con todas sus fuerzas. No solo le dolían los pies por el roce con la roca volcánica, sino que habían empezado a sangrarle. Sus calcetines, que eran lo único que se había puesto debajo de las aletas del viejo, habían tardado poco en destrozarse. A cada zancada le latía más deprisa el corazón, pero no redujo el paso ni un instante. Sudaba a chorros, y tenía empapados la parte superior del torso y la cara.

Tapó la linterna con la mano para que el guardia de la choza no viera su luz. Era el típico momento en que se arrepentía de no haber dedicado más tiempo al ejercicio físico. A diferencia de Sandecker, que habría hecho una carrera así sin un solo jadeo, el único deporte de Pitt era una vida físicamente activa. Empezaba a faltarle la respiración, y se notaba los pies como si estuviera pisando brasas. Al oír ruido de disparos, echó un rápido vistazo por encima del hombro. Tenía plena confianza en que su amigo, que lo era desde hacía treinta años, no dejaría cruzar la pasarela a ningún agresor. El movimiento de las luces que salían por los ojos de buey y chispeaban en las aguas de la laguna le indicó que el *Deep Encounter* había zarpado. El eco de gritos por las paredes de roca le indicó asimismo que el barco pirata había salido rápidamente en su persecución. Volvió a oír disparos, los de Giordino acribillando el puente del barco que les perseguía.

Estaba a menos de cincuenta metros de la choza. Pasó de correr a caminar, y de repente quedó inmóvil: había visto pasar una sombra, algo que había tapado la luz que salía de una ventana. El centinela había salido de la choza y estaba al borde del acantilado viendo navegar por el canal al barco de la NUMA. Pitt salió de su escondrijo y corrió agachado a situarse detrás del guardia, cuya atención se concentraba en lo que sucedía abajo. La puerta de la choza estaba abierta, y salía bastante luz para ver que el guardia tenía un arma en las manos. O bien le había puesto sobre aviso el eco de los disparos de la laguna, o bien le habían comunicado por radio que la tripulación de la NUMA había conseguido escapar en su barco y trataba de llegar al mar.

Cuando estuvo más cerca, reconoció el arma como un lanzamisiles, y se le tensó todo el cuerpo. El guardia tenía al lado una caja de madera que contenía un pequeño arsenal de misiles. Vio que se disponía a apoyar el lanzador en un hombro.

Entonces descartó la idea de ser sigiloso. No estaba seguro de poder recorrer la distancia y embestir al guardia sin ser visto, aunque saliera de la oscuridad. Fue un acto de desesperación: si no evitaba que el guardia disparase un misil contra el *Deep Encounter*, morirían cincuenta víctimas inocentes, entre ellas su mejor amigo. Así pues, se lanzó temerariamente por los últimos diez metros.

Corría con todos sus arrestos, surgido de la noche como un ángel exterminador. Durante los últimos metros, mientras hacía un esfuerzo de voluntad para olvidarse del suplicio de sus pies llenos de cortes, sus fuerzas no decayeron ni un momento. El guardia se percató del ataque demasiado tarde. Sintió acercarse algo mientras activaba el sistema de disparo del lanzamisiles. Entonces Pitt se lanzó por los aires y cayó sobre él, justo cuando el misil salía disparado.

El fogonazo del arma se produjo tan cerca de Pitt que le chamuscó el pelo, coincidiendo con el instante en que su cabeza y su hombro se estampaban contra el pecho del guardia. Mientras ambos caían al suelo, el misil, cuya trayectoria había sido alterada por el impacto del cuerpo de Pitt en el del guardia, surcó la noche y se estrelló en un acantilado, quince metros por encima y ligeramente a popa del *Deep Encounter*. La explosión provocó una lluvia de lava en el canal, y algunos fragmentos cayeron sobre el barco de investigación, pero sin que hubiera víctimas ni perjuicios graves.

Aturdido y con dos costillas rotas, el centinela consiguió levantarse y juntó las manos para asestar un peligroso golpe de judo que, si bien erró el blanco —el cuello de su asaltante—, le alcanzó en la parte superior del cráneo. Pitt estuvo en un tris de perder la conciencia, pero se recuperó enseguida y, apoyado en las rodillas, usó todas las fuerzas que le quedaban en pegarle al centinela un puñetazo en el vientre, justo por encima de la ingle. El guardia quedó doblado sobre sí mismo y se oyó que expulsaba todo el aire de los pulmones. Entonces Pitt cogió el lanzamisiles y lo usó como porra, derribando a su enemigo con un golpe en la cadera. A pesar de sus heridas, el guardia era un rival duro de roer. Los años de entrenamiento físico habían endurecido su cuerpo. Giró en redondo, se levantó y se abalanzó sobre Pitt como un jabalí herido.

Pitt, usando el cerebro más que la musculatura, se puso en pie con gran agilidad y se apartó. El guardia pasó de largo, tropezó y cayó por el borde del acantilado. Su derrota fue tan rápida e inesperada que ni siquiera gritó. El único ruido fue el de algo cayendo al agua, lejos. Con fría eficiencia, Pitt se apresuró a coger un misil de la caja de madera, meterlo en el lanzador y apuntar al barco pirata, que ya estaba a menos de cien metros del *Deep Encounter*. Dio gracias a los dioses por que el manejo del arma no fuera tan complicado como el de un Stinger. La secuencia de disparo era tan elemental que hasta un terrorista retrasado mental habría podido usarla. Usando las miras, que eran muy sencillas, apuntó con el cañón al barco pirata y apretó el gatillo.

Con un silbido, el misil se alejó en la oscuridad y explotó en pleno centro del casco del barco de trabajo, justo por encima de la línea de flotación. Al principio la detonación pareció insignificante, pero el proyectil había penetrado por las planchas del casco y había estallado en el interior de la sala de máquinas. De repente todo era fragor, todo eran llamas: el barco pirata se estaba partiendo por la mitad. El canal se iluminó por entero, y en los acantilados se reflejó la intensa luz de una bola roja y anaranjada. La explosión había destrozado los depósitos de combustible, convirtiendo el barco en un terrible infierno. Parecía que toda la estructura superior se desprendiera del casco como un juguete desmontado por una mano invisible. El intenso fogonazo se extinguió bruscamente, y el canal quedó de nuevo a oscuras, con la única excepción de los pedazos en llamas que caían alrededor del barco agonizante, que ya desaparecía en las negras aguas del canal. Las vidas de los secuestradores se habían extinguido en un breve incendio.

Pitt estaba de pie y como en trance, mirando la zona del canal donde segundos antes un barco había surcado el agua a gran velocidad. Sentía muy pocos remordimientos. Las víctimas eran asesinos que planeaban matar a los cincuenta y un ocupantes del barco de la NUMA. Para el *Deep Encounter*, y para todos los de a bordo, el peligro había pasado. Desde el punto de vista de Pitt, eso era lo único importante.

Arrojó el lanzamisiles con todas sus fuerzas por el acantilado, en dirección al canal, y en ese momento el dolor de los cortes en los pies regresó con toda su crudeza. Entró cojeando en la choza del guardia. Registró los armarios y encontró un kit de primeros auxilios. Tardó unos minutos en aplicarse una dosis generosa de antiséptico y en protegerse los doloridos pies con un vendaje suficientemente grueso para poder caminar. Luego buscó en los cajones del archivador que había debajo del equipo de comunicaciones, pero solo encontró una libreta. Al hojearla, vio que las anotaciones habían sido hechas por el guardia. Se la guardó en el bolsillo de los pantalones. A continuación vertió el contenido de un bidón de gasolina medio lleno, que servía para alimentar el generador portátil que suministraba energía para las luces y la radio, y para encenderla usó la caja de cerillas que encontró en un cenicero lleno de colillas consumidas hasta el filtro.

Salió de la choza del guardia, prendió fuego a la caja de cerillas y la arrojó puerta adentro. Mientras el interior empezaba a ser devorado por las llamas, se alejó dando saltitos por el camino que bajaba a la laguna. Al llegar, encontró a Giordino y Misty esperándole en la playa. También había una lancha con la proa en la arena, y a bordo dos miembros de la tripulación del barco de la NUMA.

Giordino fue a su encuentro y le abrazó.

—Empezaba a pensar que te había entretenido una guapa nativa.

Pitt devolvió el abrazo a su amigo.

—La verdad es que por poco no lo cuento.

—¿Y el guardia?

—En el fondo del canal, haciendo compañía a sus colegas.

—Tú sí que sabes.

—¿En el barco ha habido víctimas o heridos?

—Alguna que otra abolladura, algún rasguño… Nada grave.

Misty llegó corriendo y le echó los brazos al cuello a Pitt.

—Me parece mentira que aún estés vivo.

Después de darle un beso de caballero, Pitt echó un vistazo al conjunto de la laguna.

—¿Has venido con la lancha del barco?

Misty asintió.

—El viejo ha arrimado su yate al *Deep Encounter,* y he cambiado de barco.

—¿Dónde está?

Misty se encogió de hombros.

—Ha hablado un momento con el capitán Burch y ha reanudado su viaje alrededor del mundo.

—No he tenido la oportunidad de darle las gracias —dijo Pitt, apenado.

—¡Menudo personaje! —dijo Giordino—. Ha dicho que casi seguro que nos volveremos a encontrar.

—A saber —dijo Pitt, pensativo—. Todo es posible.

SEGUNDA PARTE

EL GUARDIÁN DEL HADES

21

25 de julio de 2003
Nuku'Alofa, Tonga

Cumpliendo órdenes del almirante Sandecker, el capitán Burch puso rumbo directo a la ciudad portuaria de Nuku'Alofa, capital del estado insular de Tonga, única monarquía polinesia superviviente. Pitt y Giordino tenían esperándoles un coche que les llevaría sin pérdida de tiempo al aeropuerto internacional de Fua'amotu, donde podrían tomar de inmediato un vuelo a Hawai de la Royal Tonga Airlines. Desde ahí serían trasladados a Washington por un jet de la NUMA.

La despedida de los hombres y mujeres del *Deep Encounter* estuvo llena de emoción y lágrimas. A pesar del espeluznante mal trago por el que acababan de pasar, casi todos habían votado a favor de regresar a su anterior destino y proseguir el reconocimiento del fondo marino de la fosa de Tonga. Misty lloraba, Giordino se sonaba sin descanso, Pitt tenía los ojos húmedos y hasta Burch y House ponían cara de que se les hubiera muerto el perro. A Pitt y Giordino les costó un gran esfuerzo separarse del grupo y subir al coche que les esperaba.

Una vez a bordo del 747, casi no tuvieron tiempo de acomodarse en las butacas y abrocharse los cinturones antes de que el pesado aparato rodara por la pista y emprendiera su perezoso ascenso. El paisaje verde y frondoso de Tonga quedó rápidamente atrás. Iban ganando altura sobre un mar añil, viendo a sus pies nubes dispersas pero tan densas que parecía posible caminar sobre ellas. A la media hora de vuelo, Giordino ya dormía en su asiento de pasillo. Pitt, que tenía la ventanilla al lado, sacó el maletín de

Egan de debajo del asiento de delante y abrió el seguro. Tuvo cuidado al levantar la tapa, por si volvía a contener petróleo; idea absurda, pensó con regocijo. ¿Qué tenía de mágico una simple broma?

Lo único que contenía el maletín era una toalla y las cintas de vídeo con la grabación del *Emerald Dolphin* realizada por las cámaras del *Abyss Navigator*. Desenvolvió la toalla con cuidado y tomó en la mano izquierda aquel grumo irregular, de aspecto extraño, que habían recogido del fondo submarino. Lo hizo girar en la palma con los dedos de la mano derecha. Era su primera oportunidad de examinarlo de cerca.

Su tacto era raro, como aceitoso. No tenía una superficie irregular y basta, como suele ser el caso de la materia inorgánica muy quemada, sino que era muy suave, y su forma dibujaba una espiral. Pitt no habría sabido decir nada sobre su composición. Volvió a envolverlo con la toalla y a dejarlo en el maletín, seguro de que los químicos de la NUMA lo identificarían. En cuanto entregara el material, habría concluido su papel en el misterio.

Trajeron el desayuno, pero lo rechazó educadamente y solo tomó zumo de tomate y café. No tenía hambre. Entre sorbo y sorbo de café, volvió a mirar por la ventana. Estaban sobrevolando a gran altura una isla, una mancha esmeralda engastada en un mar azul topacio. Al poco rato de observarla, reconoció la forma de Tutuila, una de las islas estadounidenses de Samoa. Distinguió el puerto de Pago Pago, cuya base naval había visitado muchos años antes en compañía de su padre cuando este estaba de viaje oficial por el Pacífico como miembro del Congreso de Estados Unidos.

Se acordaba bien del viaje. El Dirk Pitt adolescente había aprovechado a fondo todas las oportunidades de bucear en los alrededores de la isla, deslizándose entre coral y peces de vivos colores con un arpón, mientras su padre inspeccionaba las instalaciones navales. Por lo general, se había abstenido de descargar el fino arpón sobre algún pez. Prefería limitarse a estudiar o fotografiar las maravillas que se escondían bajo la superficie. Al cabo de un día de disfrutar del agua, descansaba en la arena de la playa, pensando en su futuro al pie de una palmera.

De repente se acordó de otra playa, pero no de Tutuila, sino de la isla hawaiana de Oahu. El recuerdo pertenecía a sus tiempos en las fuerzas aéreas. Se vio de joven con la mujer cuyo recuerdo permanecía imborrable. Nunca había visto a ninguna más hermosa que Summer Moran. Se acordaba como si fuera ayer del día en que se habían conocido, en el bar del hotel Ala Moana, en la playa de Waikiki: los encantadores ojos grises de Summer, su larga y brillante melena pelirroja, su cuerpo de formas perfectas ceñido por un vestido oriental de color verde con cortes en los lados... Lo siguiente que recordó, como ya había hecho mil veces, fue la escena de su muerte. La había perdido en el transcurso de un terremoto en una ciudad submarina construida por el loco de su padre, Frederick Moran. Summer había descendido a nado para salvarle, y no había vuelto.

Como tantas veces, clausuró aquella parte de su memoria y contempló el reflejo de su cara en la ventanilla. Sus ojos seguían irradiando la misma intensidad de siempre, pero empezaban a delatar ligeros indicios de envejecimiento, de cansancio. Se imaginó viéndose a sí mismo veinte años más joven. ¿Y si de repente aparecía el Dirk Pitt de hacía dos décadas y se le sentaba al lado en el banco de un parque? ¿Qué acogida dispensaría a aquel joven en la flor de la edad, con una impecable hoja de servicios como piloto de las fuerzas aéreas? Más aún: ¿le reconocería? ¿Y qué impresión produciría el Dirk Pitt viejo al Dirk Pitt joven? ¿Tendría vagas premoniciones de descabelladas aventuras, de terribles desengaños amorosos y de sangrientas luchas y heridas? El Pitt viejo lo dudó. ¿Sentiría el Pitt joven repulsión ante lo que veía? ¿Rehuiría aquel futuro, tomando una dirección completamente distinta en su vida?

Dejó de mirar la ventanilla y, con los ojos cerrados, apartó de sus pensamientos aquella visión de su juventud, de lo que podría haber sido y no fue. Si le dieran la posibilidad de revivirlo todo, ¿lo haría? La respuesta, en general, era que sí. Habría introducido algunos cambios, ajustado algunos episodios de su vida, naturalmente, pero a grandes rasgos había sido una existencia más que satisfactoria, y llena de éxitos. El mero hecho de estar vivo le llenaba de gratitud. A partir de ahí no le daba más vueltas.

Sus pensamientos se vieron interrumpidos por una turbulencia que sacudió el avión. Obedeciendo al indicador luminoso, se abrochó el cinturón. Durante el resto del vuelo hasta el aeropuerto internacional John Rodgers de Honolulu, se quedó despierto, leyendo revistas. Al aterrizar, él y Giordino fueron recibidos por el piloto de la NUMA que tenía la misión de llevarles a Washington. Primero les acompañó a la cinta de recogida de equipajes, y a continuación les llevó en coche hasta un jet Gulfstream de la NUMA pintado de turquesa, en el otro extremo del aeropuerto. Despegaron cuando a occidente ya se ponía el sol y a oriente el azul se convertía lentamente en negro.

Giordino se pasó casi todo el viaje durmiendo como un zombi, mientras Pitt lo hacía de manera irregular. Al despertar volvió a ponérsele el cerebro en marcha. ¿Su papel en la tragedia del *Emerald Dolphin* ya había llegado a su fin? Como tenía bastante claro que el almirante Sandecker le encomendaría otro proyecto, tomó la decisión de oponerse. Estaba resuelto a llegar hasta el fondo del misterio. No podía ser que los causantes del pavoroso incendio del crucero quedaran impunes. Había que darles caza, analizar sus motivos y, por último, castigarles.

Sus pensamientos derivaron lentamente desde el no va más de la crueldad hacia la seductora perspectiva de dormir en la cama de plumón de su apartamento del hangar. Se preguntó si Loren Smith, la mujer con quien mantenía una relación sentimental, iría a buscarle al aeropuerto como había hecho otras veces. Loren, con su pelo de color canela y sus ojos violeta... Habían estado a punto de casarse varias veces, pero el proyecto nunca se había consumado. Quizá ahora fuera el momento. Lo que está claro, pensó Pitt, es que no me quedan muchos años de ir saltando de océano en océano y de nido de ratas en nido de ratas. Se daba cuenta de que la edad le iba envolviendo el cuerpo como una capa de melaza, ralentizando sus reflejos de modo imperceptible hasta el día en que se despertara diciendo: Dios mío, ya estoy para jubilarme.

—¡No! —dijo en voz alta.

Giordino se despertó y le miró.

—¿Me has llamado?

Pitt sonrió.

—No, hablaba en sueños.

Giordino se encogió de hombros, se puso de costado y volvió a conciliar el sueño.

No, pensó Pitt. Aún me falta mucho para retirarme. Siempre habría otro proyecto submarino, otra investigación marítima. Estaba decidido a no renunciar hasta que le pusieran la tapa sobre el ataúd.

Al despertar por última vez, el avión ya estaba tomando tierra en la base Andrews, de las fuerzas aéreas. El día estaba encapotado, la lluvia caía por las ventanillas. El piloto rodó por la pista hasta la terminal de la NUMA y se detuvo a muy poca distancia de un hangar abierto. Al pisar el asfalto, Pitt se detuvo a mirar el aparcamiento de al lado. Sus esperanzas eran vanas.

Loren Smith no había ido a recibirle.

Giordino fue a su piso de Alexandria para lavarse y avisar por teléfono a varias amigas de que volvía a estar en circulación. En cuanto a Pitt, dejando las comodidades hogareñas para otro momento, tomó un jeep de la NUMA y fue al cuartel general, que estaba situado en la colina este, sobre el río Potomac. Dejó el jeep en el aparcamiento subterráneo y subió en ascensor hasta el décimo piso, el dominio de Hiram Yaeger, el genio informático de la agencia, que dirigía una vasta red informática. La biblioteca de Yaeger contenía todos los hechos científicos o históricos de que se tuviera noticia en relación con el mar desde que la historia era historia, y quizá desde antes.

Yaeger procedía de Silicon Valley, y llevaba casi quince años en la NUMA. Su aspecto era de hippy envejecido, con el pelo canoso recogido en una coleta. Su uniforme habitual consistía en unos pantalones Levi's, una chaqueta de la misma marca y botas camperas. Viéndole, nadie habría dicho que vivía en una casa lujosa de diseño en una urbanización de alto standing de Maryland. Conducía un BMW 740, y sus hijas, aparte de ser alumnas de matrícula de honor, habían ganado varios trofeos ecuestres. Yaeger, además, había creado y diseñado un ordenador técnicamente muy avanzado que recibía el nombre de Max y al que poco le faltaba para ser humano. Para los momentos en que hablaba con él, tenía programada una imagen holográfica de su mujer creada a base de fotos.

Cuando Pitt entró en el sanctasanctórum de Yaeger, le encontró estudiando los últimos resultados enviados por una expedición de la NUMA a las costas japonesas cuya misión era perforar el lecho marino en busca de formas de vida bajo el limo, en la roca fracturada.

Yaeger miró hacia arriba, se levantó y le tendió la mano sonriendo.

—¡Hombre, ya ha vuelto a casa el azote de los negros abismos!

El aspecto de Pitt le dejó de piedra. El director de proyectos especiales de la NUMA parecía un pordiosero. Llevaba los pantalones cortos y la camisa de flores hechos cisco, y los pies muy vendados, con zapatillas. A pesar de haber dormido varias horas durante los vuelos, tenía los ojos cansados y la mirada apagada. Para colmo, no se afeitaba desde hacía más de una semana. Saltaba a la vista que las había pasado canutas.

—Para ser el héroe del día, la verdad es que pareces un saldo.

Pitt le dio la mano.

—Vengo directamente del aeropuerto, solo para incordiarte.

—Me lo creo. —Yaeger miró a Pitt a los ojos con admiración en estado puro—. He leído el informe sobre el rescate, que es como para no creérselo, y sobre tu pelea con los piratas. ¿Cómo te lo montas para meterte en tantos jaleos?

—Los atraigo —dijo Pitt haciendo un gesto de modestia con la mano—. No, en serio: los que se merecen alabanzas son todos los del barco de investigación, que sudaron la gota gorda para salvar a los pasajeros. En cuanto al rescate de la tripulación, la mayor parte del mérito le corresponde a Giordino.

Yaeger conocía de sobra la aversión de Pitt a cualquier forma de elogio. Pensando que tanta timidez era excesiva para su propio bien, evitó seguir hablando de los últimos sucesos y le indicó por gestos que se sentara.

—¿Ya has visto al almirante? Te tiene organizadas como veinte entrevistas en varios medios de comunicación.

—Aún no estoy preparado para enfrentarme al mundo. Ya le veré por la mañana.

—¿Qué te trae a mi mundo de manipulaciones electrónicas?

Pitt dejó el maletín de Egan en el escritorio de Yaeger, lo abrió, desenvolvió el extraño grumo recogido del crucero y se lo dio.

—Me gustaría que lo analizarais y lo identificarais.

Tras observar detenidamente la extraña forma del grumo, Yaeger asintió con la cabeza.

—Se lo pasaré al laboratorio de química. Los resultados tendrían que estar listos en dos días, a menos que su estructura molecular sea muy compleja. ¿Algo más?

Pitt le entregó las cintas de vídeo del *Abyss Navigator*.

—Procesa estas imágenes por ordenador y digitalízalas en tres dimensiones.

—Vale.

—Lo último. —Pitt puso un dibujo encima de la mesa—. ¿Este logo te suena de alguna empresa?

Yaeger examinó el rudimentario dibujo de Pitt, que representaba un perro de tres cabezas y cola de serpiente con la palabra «Cerberus» debajo. Luego le miró con expresión de extrañeza.

—¿No sabes de qué compañía es?

—No.

¿Dónde lo has visto?

—En el casco del barco de los piratas, tapado.

—Un barco de trabajo petrolero.

—Sí, de ese tipo —contestó Pitt—. ¿Lo conoces?

—Sí —dijo Yaeger—. Pero menuda la que se puede armar si relacionas a la corporación Cerberus con el secuestro del *Deep Encounter*.

—La corporación Cerberus —dijo Pitt, demorándose en cada sílaba—. Qué tonto. ¿Cómo no me he dado cuenta? Son dueños de casi todos los campos de petróleo, las minas de cobre y las de hierro de Estados Unidos, y su división química fabrica mil productos. Lo que me ha despistado ha sido el perro de tres cabezas. No he sabido relacionarlo.

—Si lo piensas, es lógico.

—¿Por qué tienen un perro de tres cabezas como símbolo de la compañía?

—Cada cabeza simboliza una división —contestó Yaeger—. Una es el petróleo, otra la minería y la otra la división de química.

—¿Y la cola de serpiente? —preguntó Pitt medio en broma—. ¿Representa algo oscuro y siniestro?

Yaeger se encogió de hombros.

—Cualquiera sabe.

—¿Y a qué viene el perro?

—Cerberus, Cerbero… Suena a griego.

Yaeger se puso al teclado de su ordenador. En la pantalla apareció una atractiva mujer en tres dimensiones. Llevaba un traje de baño de una sola pieza.

—¿Me llamabas? —dijo.

—Hola, Max. A Dirk Pitt ya le conoces.

Unos ojos de color marrón claro recorrieron a Pitt de pies a cabeza.

—Sí, de vista. ¿Qué tal, señor Pitt?

—Bueno, tirando... ¿Y tú qué tal, Max?

La imagen hizo un mohín de disgusto.

—Esta porquería de traje de baño que me ha puesto Hiram no me favorece nada.

—¿Preferirías otra cosa? —preguntó Yaeger.

—Pues no estaría mal un modelo elegante de Armani, lencería de Andra Gabrielle y sandalias de tacón de Tods.

Yaeger sonrió con aire chulesco.

—¿De qué color?

—Rojo —contestó Max sin vacilar.

Los dedos de Yaeger se desplazaron tan deprisa por el teclado del ordenador que la vista no podía seguirlos. Al poco rato se apoyó en el respaldo para admirar su obra.

Max se borró unos instantes y reapareció con un elegante conjunto rojo de blusa, americana y falda.

—Mucho mejor —dijo, contenta—. No me gusta nada ir al trabajo vestida como una maruja.

—Ahora que estás de buen humor, me gustaría que me proporcionaras datos sobre un tema.

Max se palpó el traje chaqueta nuevo.

—Adelante.

—¿Qué me puedes decir sobre Cerbero, el perro de tres cabezas?

—Pertenece a la mitología griega —respondió inmediatamente Max—. En un momento de locura, Hércules (que es la forma latinizada de Heracles, como le llamaban los griegos) mató a su mujer y a sus hijos. El dios Apolo, entonces, le ordenó servir durante doce años al rey Euristeo de Micenas, en castigo por su terrible acción. Como parte de la sentencia, Hércules debía cumplir doce trabajos, cada uno de ellos un desafío tan grande que parecía irrealizable. Entre los diversos monstruos a los que debía sojuzgar, el más difícil era Cerbero, que viene del griego Kerberos. Se trataba de un grotesco perro de tres cabezas que vigilaba la entrada del Hades e impedía que las almas de los muertos escapasen del mundo inferior. Las tres cabezas representaban el pasado, el presente y el futuro. El significado de la cola de serpiente me es desconocido.

—¿Y Hércules destruyó al perro? —preguntó Pitt.

Max negó con la cabeza.

—Cerca de las puertas del río Aqueronte, uno de los cinco que descendían al mundo inferior, sometió al monstruo, pero antes este le mordió, pero no con las mandíbulas, sino con la serpiente de la cola. Entonces Hércules llevó a Cerbero a Micenas, y después de adiestrarlo lo devolvió al Hades. Creo que no me dejo nada importante, aparte de que la hermana de Cerbero era Medusa, aquella fresca con cabello de serpientes.

—¿Qué me puedes contar de la corporación Cerberus?

—¿Cuál? En el mundo debe de haber una docena de compañías que se llaman Cerberus.

—Una muy diversificada que trabaja en los sectores del petróleo, la minería y la química.

—Ah, esa —dijo Max—. ¿Dispones de unas diez horas?

—¿Tantos datos tienes? —preguntó Pitt, constantemente sorprendido por la magnitud del volumen de información de Max.

—Todavía no, pero cuando acceda a su red, y a las de las empresas que hacen negocios con ellos, los tendré. Teniendo en cuenta que sus intereses son internacionales, seguro que hay varios gobiernos con archivos sobre la compañía.

Pitt miró a Yaeger con recelo.

—¿Desde cuándo es legal piratear las redes de las empresas?

En la cara del informático se pintó la astucia de un zorro.

—Siempre que le doy una orden de búsqueda a Max, me abstengo rigurosamente de interferir en sus métodos.

Pitt se levantó de la silla.

—Os dejo a ti y a Max el trabajo de encontrar las respuestas.

—Descuida.

Se volvió para mirar a Max.

—De momento me despido. Oye, con este traje estás impresionante.

—Gracias, señor Pitt. Me cae usted bien. Lástima que nuestros circuitos no puedan integrarse.

Pitt se acercó y le tendió la mano, que pareció atravesar la imagen.

—Nunca se sabe, Max. Puede que un día Hiram sea capaz de darte solidez.

—Eso espero, señor Pitt —dijo insinuantemente Max—. No sabe hasta qué punto.

El viejo hangar, construido en la década de 1930 para unas líneas aéreas que ya hacía tiempo que habían dejado de existir, ocupaba un rincón perdido del aeropuerto internacional Ronald Reagan. Las paredes y el techo de chapa tenían una capa de óxido de color anaranjado. Las pocas ventanas estaban cegadas con tablones, y la antigua puerta del despacho acusaba el paso del tiempo en lo descolorido y pelado de la pintura. La construcción, de techo redondeado, quedaba al final de un camino de tierra en la zona de mantenimiento del aeropuerto, a poca distancia de una verja.

Pitt aparcó el jeep de la NUMA entre los hierbajos que rodeaban el hangar, y al llegar a la puerta echó un vistazo a la cámara de seguridad que había al otro lado del camino, sobre un poste de madera, para ver si había dejado de girar y le enfocaba a él. A continuación introdujo un código, esperó a oír una serie de clics den-

tro del hangar y giró el pomo de latón. La vieja puerta se abrió sin
ruido. Dentro, todo estaba oscuro, excepto por algunas claraboyas del apartamento del piso superior. Encendió las luces.

El efecto era espectacular. La intensidad de las luces del techo,
la blancura de las paredes y el suelo de epoxi ponían de relieve la
elegancia y majestuosidad de tres hileras de coches antiguos perfectamente restaurados. Al final de una de ellas, incongruente
pero no menos espectacular, se veía un Ford trucado de 1936.
Uno de los lados del hangar estaba ocupado por un caza alemán
de la Segunda Guerra Mundial y un trimotor de 1929. Detrás había un vagón de tren Pullman de principios del siglo xx, un velero
de aspecto peculiar sobre una balsa de goma y una bañera con
motor fuera borda.

Aquella antología de obras maestras de la automoción representaba acontecimientos de la vida de Pitt. Eran reliquias de su
historia personal y tenían un gran valor para su dueño, que las
mantenía personalmente y solo dejaba que las viesen sus más ínti-
mas amistades. Si alguien, yendo en coche por la carretera Mount
Vernon Memorial, pasaba al lado del aeropuerto Ronald Reagan
y se fijaba por casualidad en el hangar obsoleto que había al fondo
de las pistas, era imposible que se imaginara el portentoso despliegue de artefactos que ocultaba en su interior.

Pitt cerró la puerta con llave y dio un corto paseo por el hangar, como tenía por costumbre al regresar de alguna expedición.
Durante el último mes había llovido varias veces, y gracias a ello
no había polvo. Se prometió pasar un trapo al día siguiente por la
reluciente pintura, para eliminar la fina capa de polvo que en su
ausencia se había filtrado en el hangar. Cuando terminó la inspección, subió por la escalera de hierro, toda una pieza de anticuario,
y llegó a su apartamento, que estaba al fondo del hangar, suspendido sobre la planta baja.

No tenía nada que envidiar a la heterogénea colección de vehículos de abajo, salvo que las antigüedades, en este caso, eran
náuticas. Cualquier decorador de interiores que se preciara se habría negado a entrar. Los poco más de cien metros cuadrados de
espacio habitable, divididos en sala de estar, baño, cocina y dormitorio, rebosaban de objetos procedentes de barcos antiguos

que se habían hundido o habían acabado en el desguace, entre ellos el gran timón de madera de un clíper antiguo, la bitácora de un viejo vapor oriental, campanas de barco, cascos de buzo de latón o cobre... También el mobiliario se componía de antigüedades provenientes de barcos que habían estado en uso durante el siglo XIX. Había estantes bajos con maquetas de barcos en vitrinas, y las paredes estaban adornadas con cuadros de buques surcando el mar, obras del reputado pintor Richard DeRosset.

Después de ducharse y afeitarse, Pitt reservó mesa en un pequeño restaurante francés que estaba a escasos dos kilómetros del hangar. Podría haber llamado a Loren, pero decidió que prefería cenar solo. Ya habría tiempo para relaciones cuando estuviera más relajado. Primero una agradable cena a solas, y luego a dormir en su gran colchón de plumón: nada mejor para que su rostro apareciese rejuvenecido al día siguiente.

Ya vestido, como le sobraban veinte minutos antes de ir al restaurante, cogió el papelito donde tenía anotado el número de teléfono de Kelly Egan y la llamó. A los cinco tonos, justo cuando estaba a punto de colgar, extrañado de que no saltara el buzón de voz, contestaron.

—¿Diga?

—Hola... ¿Kelly Egan?

Oyó que a la joven se le cortaba la respiración.

—¡Dirk! ¡Has vuelto!

—Acabo de llegar, y se me ha ocurrido llamarte.

—Pues me alegro muchísimo.

—Voy a tener unos días de vacaciones. ¿Estás muy ocupada?

—No doy abasto con las obras de beneficencia —contestó ella—. Soy presidenta de la organización para niños minusválidos de la ciudad. Estamos montando la Fiesta del Cielo anual, y soy la principal responsable.

—Oye, no es que me guste parecer tonto, pero ¿qué es eso de la fiesta del cielo?

Kelly se rió.

—Una especie de exhibición aérea; gente que se monta en aviones antiguos y se lleva a los niños a dar una vuelta.

—Un trabajo perfecto para ti.

—Y que lo digas. En principio tenía que venir uno que tiene un Douglas DC-3 de hace sesenta años y pasear a los niños por encima de Manhattan, pero tiene un problema con el tren de aterrizaje y al final no podrá participar.

—¿Dónde se celebra?

—En Nueva Jersey, justo al otro lado del Hudson, en un aeródromo privado cercano a un pueblo que se llama Englewood Cliffs. No queda lejos de la granja y el laboratorio de papá.

Dio la impresión de que se entristecía.

Pitt salió con el teléfono inalámbrico a la galería de su apartamento y contempló los coches y vehículos antiguos. Concretamente, se fijó en el gran trimotor de 1929.

—Creo que puedo ayudarte en tu proyecto de paseos aéreos.

—¿En serio? —preguntó Kelly, animándose—. ¿Sabes dónde se puede conseguir un avión antiguo de pasajeros?

—¿Cuándo es la exhibición?

—Dentro de dos días, pero ¿cómo lo puedes solucionar en un plazo tan corto?

Pitt sonrió.

—Conozco a alguien con debilidad por las mujeres guapas y los niños minusválidos.

A la mañana siguiente, Pitt se levantó temprano, se afeitó y se puso un traje oscuro de ejecutivo. Sandecker insistía en que sus principales directivos vistieran en consonancia con el cargo. Desayunó algo ligero y fue a la sede de la NUMA en coche, cruzando el río. Había tanto tráfico como de costumbre, pero no tenía ninguna prisa especial y aprovechó los embotellamientos para ordenar sus ideas y planificar el día. Después de dejar el coche en el aparcamiento subterráneo, subió en ascensor al tercer piso, que era donde tenía su despacho. Al abrirse las puertas caminó sobre un mosaico de baldosas con escenas de alta mar que se prolongaba hasta el pasillo. No había nadie en toda la planta. Eran las siete, y llegaba el primero.

Entró en su despacho de la esquina del edificio, se quitó la americana y la colgó en un perchero de los antiguos. No solía pasar en su despacho más de seis meses al año. Prefería el trabajo de campo. Lo suyo no era el papeleo. Las siguientes dos horas las dedicó al correo y a estudiar la logística de futuras expediciones científicas de la NUMA por todo el mundo. Como director de proyectos especiales, supervisaba todo lo relacionado con el aspecto técnico de la oceanografía.

A las nueve en punto entró en el antedespacho la que era su secretaria desde hacía muchos años, Zerri Pochinsky, y al verle en su mesa corrió a darle un beso en la mejilla.

—Bienvenido. He oído que van a felicitarte.

—¡Solo me faltabas tú! —rezongó Pitt, contento de verla.

Había entrado a trabajar como secretaria de Pitt a los veinticinco años. Luego se había casado con un miembro de un grupo de presión de Washington, con quien no tenía hijos biológicos, pero sí cinco adoptados. Era una mujer de gran inteligencia que solo trabajaba cuatro días por semana; una solución que a su jefe le iba de perlas, porque Zerri, con su enorme eficacia, siempre le llevaba la delantera. Pitt no conocía a ninguna otra secretaria que aún supiera taquigrafía.

Vivaracha, de sonrisa simpática, Zerri seguía llevando el pelo de color castaño claro del mismo modo que cuando Pitt la conoció: hasta los hombros. Durante los primeros años flirteaban mucho, pero Pitt siempre se había mantenido fiel a una regla: no tener líos de faldas en el trabajo. En conclusión, que habían seguido siendo solamente amigos, sin escarceos románticos.

Zerri rodeó el escritorio y la silla de su jefe, le puso las manos en el cuello y los hombros y le dio unos apretones cariñosos.

—Nunca sabrás cuánto me alegro de verte en carne y hueso. Cada vez que me entero de que estás desaparecido, me angustio como si fuera tu madre.

—Mala hierba nunca muere.

Zerri se irguió y, alisándose la falda, adoptó un tono oficial.

—El almirante Sandecker te espera en la sala de reuniones a las once en punto.

—¿A Giordino también?

—Sí, a Giordino también. Ah, y para esta tarde no hagas planes, que el almirante ha concertado varias entrevistas con los medios de comunicación. Como no tenían testigos de primera fila del incendio del *Emerald Dolphin*, están como locos.

—En Nueva Zelanda ya conté todo lo que sabía —murmuró Pitt.

—Sí, pero ahora estás en Estados Unidos, en Washington, para más señas, y se te considera un héroe. Tendrás que seguirles el juego y contestar a sus preguntas.

—Lo lógico sería que el almirante expusiera al bombardeo a Al, que por algo le encanta ser el centro de atención.

—Ya, pero resulta que es subordinado tuyo; o sea, que el principal responsable eres tú.

Pitt dedicó las siguientes horas a elaborar un informe detallado de los increíbles sucesos de las dos últimas semanas, empezando por el avistamiento del crucero en llamas y acabando por la refriega con los secuestradores y la huida del *Deep Encounter*. Se saltó la parte sobre la posible vinculación de la corporación Cerberus, ya que de momento carecía de datos sobre el papel concreto de la gigantesca multinacional. La tarea de seguir el hilo se la dejaba a Hiram Yaeger.

A las once entró en la sala de conferencias y cerró la puerta. Sandecker y Rudi Gunn ya estaban sentados a la larga mesa, construida con planchas rescatadas de una goleta que había naufragado en 1882 en el lago Erie. La sala era grande, revestida de teca, y le otorgaban prestancia una alfombra de color turquesa y una chimenea victoriana. En las paredes había cuadros de batallas navales históricas de Estados Unidos. En confirmación de los peores temores de Pitt, dos hombres más se levantaron y fueron a su encuentro.

Sandecker hizo las presentaciones sin levantarse de su silla.

—Creo que ya os conocéis, Dirk.

Un rubio alto, con bigote y ojos azules, le dio la mano.

—Me alegro de verte, Dirk. ¿Cuánto hacía, dos años?

Pitt dio la mano a Wilbur Hill, un alto cargo de la CIA.

—Casi tres.

A continuación se adelantó Charles Davis, ayudante especial del director del FBI. Sus casi dos metros le convertían con diferencia en el más alto de la sala. A Pitt siempre le recordaba un perro de ojos tristes buscando el comedero.

—La última vez que nos vimos fue colaborando en aquel caso de inmigrantes chinos.

—Sí, me acuerdo perfectamente —respondió Pitt, cordial.

Mientras hablaban un poco de los viejos tiempos, entraron Hiram Yaeger y Al Giordino.

—Bueno, parece que ya estamos todos —dijo Sandecker—. ¿Empezamos?

Lo primero que hizo Yaeger fue repartir carpetas con copias de las fotos del *Emerald Dolphin* que habían tomado las cámaras en el fondo del mar.

—Mientras les echan un vistazo, pondré en marcha el vídeo.

Un enorme monitor de tres pantallas bajó de un hueco escondido en el techo. Entonces Yaeger pulsó algunos botones de un mando a distancia y las imágenes captadas por las cámaras de vídeo del *Sea Sleuth* en tres dimensiones empezaron a pasar sobre una especie de plataforma. La imagen de los restos del crucero reposando en el lecho marino tenían un aire fantasmal, patético. Costaba asimilar que un barco tan hermoso pudiera haber sido devastado hasta ese extremo.

Mientras el sumergible se desplazaba en paralelo al casco del crucero hundido, Pitt ejerció de narrador.

—El barco se encuentra a seis mil veintidós metros de profundidad, en una pendiente poco pronunciada de la fosa de Tonga. Está roto en tres trozos. Los escombros están desperdigados por una superficie de más de dos kilómetros cuadrados. La popa, y un fragmento de la parte central, quedan a cuatrocientos metros de la parte delantera, y es donde concentramos la búsqueda. Al principio creíamos que el barco se había partido al chocar con el fondo, pero si se analizan los boquetes del casco, que tienen los bordes hacia fuera, se ve enseguida que la causa fueron una serie de explosiones que destrozaron el casco por debajo de la línea de flotación, durante la operación de remolque. Es lícito concluir que la estructura interna, debilitada por una serie de detonaciones sincronizadas, se rompió durante el hundimiento.

—¿No sería posible que el casco se hubiera partido porque los rescoldos del incendio llegaron a los tanques de combustible y los hicieron explotar mientras el barco estaba siendo remolcado? —preguntó Davis.

Wilbur Smith miraba alternativamente las fotos y las imágenes del monitor.

—Yo he investigado bastantes explosiones de bombas terroristas, y me parece que tengo buena base para respaldar la teoría de Dirk. Al *Emerald Dolphin* no lo desfondó ninguna explosión concentrada. Las fotos y el vídeo dejan claro que el casco estalló por varios puntos. Lo demuestran las planchas reventadas hacia fuera. También parece que los explosivos estuvieran colocados equidistantemente, señal clarísima de que fue una destrucción muy bien planeada y ejecutada.

—¿Con qué objetivo? —preguntó Davis—. ¿Qué sentido tiene complicarse tanto para hundir un casco quemado? ¿Quién podía hacerlo, sobre todo? Cuando empezaron a remolcar el barco, no quedaba nadie a bordo.

—Falso —dijo Gunn—. El capitán del remolcador... —Hizo una pausa para consultar una libreta muy grande—. Jock McDermott informó de que justo después del hundimiento del barco rescataron del mar a uno de los oficiales del crucero.

Davis no ocultó su escepticismo.

—¿Cómo pudo sobrevivir al incendio?

—Buena pregunta —dijo Gunn dando golpecitos en la libreta con el lápiz—. McDermott no se explicaba el milagro. Declaró que el náufrago fingió estar en estado de shock hasta que el remolcador llegó a Wellington, y que entonces bajó a hurtadillas del barco, sin dar tiempo a que le interrogaran.

—¿Facilitó una descripción? —quiso saber Davis.

—Solo que era negro.

Sandecker no pidió permiso a los demás para fumar. Como la NUMA era su territorio, encendió uno de los legendarios y enormes puros que tanto apreciaba, y que casi nunca regalaba, ni siquiera a sus mejores amigos. Tras exhalar una nube de humo en dirección al techo, dijo lentamente:

—Lo principal es que hundieron deliberadamente el *Emerald Dolphin* para evitar que las compañías de seguros investigaran la causa del incendio. Hundirlo era una táctica de encubrimiento. Al menos, a mí me lo parece.

Davis le miró fijamente.

—Si su teoría es cierta, almirante, debemos contemplar la terrible posibilidad de que el incendio fuera intencionado. Por mi parte, no concibo ninguna razón para destruir un crucero con veinticinco mil personas a bordo, sumando tripulación y pasajeros. Ni siquiera como un acto terrorista. En todo caso, el atentado habría sido reivindicado por algún grupo, y hasta ahora...

—Estoy de acuerdo en que es una idea incomprensible —dijo Sandecker—, pero si es a lo que nos conducen los hechos, no habrá más remedio que seguirlos.

—¿Qué hechos? —insistió Davis—. Sería imposible encontrar pruebas de que el fuego se debió a una intervención humana, no a un accidente o a un defecto en los sistemas del barco.

—Según las declaraciones de los oficiales que sobrevivieron, no funcionó ni un solo sistema antiincendios —dijo Rudi Gunn—. Todos han comentado su frustración al ver que el incendio se descontrolaba y que no tenían medios para frenarlo; y me refiero a doce sistemas diferentes, incluidos los de refuerzo. ¿Qué probabilidades hay de que fallaran todos?

—Más o menos las mismas de que un ciclista gane en el circuito de Indianápolis —contestó cínicamente Giordino.

—Yo creo que Dirk y Al nos han proporcionado pruebas concluyentes de que fue intencionado —dijo Yaeger.

Todos los presentes le miraban, en espera de que dijera algo más, pero Pitt se le adelantó.

—¿Nuestro laboratorio ya ha identificado el material? ¡Qué rápidos!

—Han trabajado hasta la madrugada, y han encontrado una respuesta —dijo Yaeger con aire triunfal.

—¿De qué se trata? —preguntó Hill.

—De una sustancia que encontramos al reconocer los restos del naufragio a bordo de un sumergible —contestó Giordino—. La descubrimos en la zona de la capilla, que fue donde, según todas las declaraciones, comenzó el incendio, y trajimos una muestra.

—No les aburriré con una conferencia sobre el proceso por el que han sido aislados sus componentes —siguió explicando Yaeger—. Solo les diré que nuestros científicos de la NUMA lo han identificado como un material altamente inflamable que recibe el nombre de Pyrotorch 610. Una vez que se le prende fuego, es casi imposible de apagar. Se trata de una sustancia tan inestable que ni el propio ejército quiere manipularla.

Yaeger disfrutó con la mezcla de expresiones que veía por la mesa. Pitt se inclinó para tocar la mano de Giordino.

—Felicidades, socio.

Giordino sonrió orgulloso.

—Parece que nuestro viajecito en el *Abyss Navigator* ha servido de algo.

—Lástima que Misty no esté aquí para conocer la noticia.

—¿Misty? —inquirió Davis.

—Misty Graham —dijo Pitt—, una bióloga marina que nos acompañó en el *Deep Encounter* durante la inmersión.

Sandecker contemplaba la ceniza del puro en un gran cenicero de latón.

—Me parece que lo que habíamos considerado como una tragedia espantosa se ha convertido en un crimen gravísimo.

Y se quedó callado, pasando de la inexpresividad a la exasperación.

Giordino, que mientras tanto se había sacado del bolsillo un puro idéntico al del almirante, lo estaba encendiendo sin ninguna prisa.

—¿Decía usted...? —intervino Hill, ajeno al jueguecito que se traían Sandecker y Giordino con los puros.

El almirante estaba casi seguro de que Al se los robaba, pero nunca había podido demostrarlo, y tampoco había echado ninguno en falta. No sabía que Al se los compraba en secreto al mismo proveedor de Nicaragua.

—Decía —contestó lentamente, lanzando a Giordino una mirada envenenada— que tenemos entre manos un delito muy grave. —Se quedó callado, mirando a Hill y Davis, que estaban frente a él—. Espero, señores, que sus respectivas agencias emprendan de inmediato una investigación sobre semejante atrocidad y hagan comparecer a los culpables ante la justicia.

—Ahora que tenemos la certeza de que se ha producido un hecho delictivo —dijo Davis—, supongo que colaboraremos para encontrar las respuestas.

—Pueden empezar por el secuestro del *Deep Encounter* —dijo Pitt—. Por mi parte, estoy seguro de que existe una relación.

—He leído un breve informe sobre el incidente —dijo Hill—, y hay que tener mucho valor para rescatar el barco y derrotar a los piratas como hicieron usted y Al.

—Más que piratas en el sentido estricto de la palabra, eran mercenarios a sueldo.

Hill no se dejaba convencer.

—¿Qué motivos podían tener para robar un barco de la NUMA?

—No se limitaron precisamente a robarlo —dijo Pitt en tono mordaz—; pretendían hundirlo, y matar a las cincuenta personas que había a bordo. ¿Quiere motivos? Pues mire, para empezar querían evitar que reconociésemos los restos del naufragio. Tenían miedo de que descubriéramos algo.

Gunn estaba pensativo.

—¡Por el amor de Dios! ¿Quién puede hacer algo así?

—Se podría empezar por la corporación Cerberus —dijo Yaeger mirando a Pitt de reojo.

—¡Venga, hombre! —dijo despectivamente Davis—. ¿Que una de las compañías más importantes y más respetadas del país tenga algo que ver con el asesinato de más dos mil personas en la otra punta del mundo? ¿Se imagina a General Motors, Exxon o Microsoft dedicándose al asesinato en masa? Yo no, se lo aseguro.

—Estoy completamente de acuerdo —dijo Sandecker—; ahora bien, tampoco se puede decir que Cerberus tenga las manos completamente limpias. Se les ha vinculado con varios negocios turbios.

—Exacto, y han estado en el punto de mira de varias comisiones del Congreso —añadió Gunn.

—Pero al final todo se ha diluido en fantasías políticas —replicó Davis.

Sandecker sonrió, burlón.

—Tenga en cuenta la dificultad, para el Congreso, de censurar a una corporación que cada vez que hay elecciones dona a los dos partidos cantidades que serían suficientes para sacar de la miseria a diez países del Tercer Mundo.

Davis negó con la cabeza.

—Solo se me podría convencer de investigar a Cerberus con pruebas tangibles.

Pitt vio que a Yaeger le brillaban los ojos al tomar la palabra.

—¿Le sirve de algo que le diga que los científicos de la división química de Cerberus son los responsables del Pyrotorch 610?

—Eso no se puede asegurar —dijo Davis, delatando dudas en el tono.

—No hay ninguna otra compañía en todo el mundo que haya estado cerca de reproducir las propiedades del Pyrotorch 610.

Davis contraatacó rápidamente.

—El material probablemente fue robado. Podría haberlo hecho cualquiera.

—Al menos, el FBI tiene por donde empezar —dijo Sandecker al agente del FBI. Luego miró a Hill—. ¿Y la CIA?

—Considero que el primer paso es organizar una expedición para sacar a flote los restos del barco pirata y ver qué encontramos.

—¿Necesitan ayuda de la NUMA en el proyecto? —preguntó Pitt.

—No, gracias —contestó Hill—. Para las investigaciones submarinas ya tenemos una empresa privada colaboradora.

—Muy bien —dijo Sandecker entre chupadas al puro—. Si necesita nuestros servicios, solo tiene que llamarnos y la NUMA le prestará toda la colaboración posible.

—Me gustaría tener su permiso para interrogar a la tripulación del *Deep Encounter* —dijo Davis.

—Cuente con ello —dijo Sandecker sin vacilar—. ¿Algo más?

—Sí, otra pregunta —dijo Hill—. ¿De quién era el *Emerald Dolphin*?

—Su bandera era británica —contestó Gunn—, pero pertenecía a Blue Seas Cruise Lines, una empresa con sede en Gran Bretaña pero con mayoría de accionistas estadounidenses.

Hill lanzó una débil sonrisa a Davis.

—O sea, que es terrorismo a la vez nacional e internacional. Ya veo que al final nuestros dos organismos tendrán que colaborar estrechamente.

Davis y Hill se marcharon juntos. Cuando la puerta estuvo cerrada, Sandecker volvió a sentarse y entornó los ojos hasta que su mirada adquirió una gran intensidad.

—Es impensable que la NUMA vaya a quedarse al margen, tratándose de dos delitos que han sucedido en el mar. Eso sí, nosotros trabajaremos por nuestra cuenta, sin interferir en lo que hagan la CIA ni el FBI. —Miró a Pitt y a Giordino—. Tomaos tres días libres para descansar. Luego volved, y a trabajar.

Pitt le miró directamente a los ojos, y a continuación observó al resto de los reunidos.

—¿Por dónde empezamos?

—Cuando volváis ya tendré un plan. Mientras tanto, Rudi y Hiram reunirán todos los datos posibles.

—¿Cómo pensáis relajaros? —le preguntó Gunn a Pitt y a Giordino—. Yo, antes de zarpar para el Pacífico, me compré un velero de quince metros. Lo tengo en un puerto deportivo, cerca de Annapolis, y había pensado hacer un crucero por la bahía de Chesapeake con unas cuantas amigas.

Gunn se volvió hacia Pitt.

—¿Y tú?

—¿Yo? —Pitt se encogió de hombros—. Yo iré a una exhibición aérea.

23

Hacía un día inmejorable para la exhibición aérea y la recogida de fondos para niños minusválidos. Bajo un cielo azul cobalto, totalmente despejado, se congregaban más de diez mil personas. Soplaba un poco de brisa del Atlántico que mitigaba el calor estival.

El Gene Taylor era un aeródromo privado que ocupaba el centro de una urbanización habitada exclusivamente por propietarios de aviones. El trazado de las calles facilitaba que las familias pudieran llevar su avión del domicilio a la pista, y viceversa. A diferencia de la mayoría de los aeródromos, las inmediaciones de la pista estaban ajardinadas con pequeños arbustos, setos y parterres de flores. La zona asfaltada que servía de aparcamiento para coches y área de picnic estaba casi completamente rodeada por varias hectáreas de césped, desde donde el numeroso público podía asistir a las acrobacias aéreas protagonizadas por aviones y pilotos. También era posible pasear entre los modelos antiguos, aparcados en un extremo de la pista.

Los niños minusválidos llegaban por iniciativa de familias, colegios y hospitales de cuatro estados, y si algo no faltaba eran voluntarios para acompañarles por la exposición de aviones. Era un acontecimiento emocionante en el que todos se enorgullecían de participar.

Kelly estaba al borde de un ataque de nervios, con la presión arterial casi al límite, y lo sabía. Hasta entonces todo se había desarrollado a las mil maravillas, sin ningún problema: los voluntarios lo ponían todo de su parte, y los dueños y pilotos de los noventa aparatos estaban contentos de participar desinteresadamente. No se les podía pedir más amabilidad a la hora de dejar sentarse a los niños en la cabina y explicarles la historia de cada avión.

Sin embargo, faltaba uno de los aparatos con los que contaba Kelly, el de pasajeros que tenía que llevar de paseo a los niños por encima de los rascacielos de Manhattan. Justo cuando se disponía a dar la mala noticia a los pequeños, se acercó su amiga íntima y colaboradora Mary Conrow.

—Lo siento —dijo con tono apesadumbrado—. Ya sé que contabas con él.

—Si Dirk no ha podido disponer del avión, me extraña mucho que no me haya llamado —murmuró Kelly, abatida.

Mary era una atractiva mujer de unos treinta y cinco años, vestida y arreglada con gran elegancia. Su pelo, de un rubio como de hoja seca, formaba largos tirabuzones que se le repartían por los hombros. Observaba el mundo con unos ojos de color verde claro llenos de seguridad, que acentuaban sus marcados pómulos y su fino mentón. De repente, justo cuando iba a decir algo, se protegió los ojos con una mano y señaló el cielo.

—¿Qué es eso que llega por el sur?

Kelly miró hacia donde Mary señalaba.

—No lo veo bien.

—¡Parece un avión de pasajeros antiguo! —dijo Mary, entusiasmada—. ¡Creo que viene!

Un gran alivio se extendió por todo el cuerpo de Kelly, y se le aceleró el pulso.

—¡Tiene que ser él! —exclamó—. Al final, Dirk no me ha fallado.

Todos miraban: Kelly y Mary, los niños, el público... Todos veían volar sobre ellos el singular avión, apenas un centenar de metros por encima de las copas de los árboles que rodeaban el aeródromo. Se aproximaba lentamente, a ciento veinte kilómetros por hora o menos. Su forma de volar tenía una especie de gracia aparatosa que le había hecho merecer el afectuoso nombre de Tin Goose, «ganso de hojalata». Era, además, el principal avión de pasajeros de su época.

El trimotor 5-AT era un antiguo modelo de la Ford del que

quedaban pocos ejemplares en museos o colecciones privadas, entre ellos el de Pitt. En la mayoría de los casos estaban pintados con combinaciones de colores que representaban los símbolos de las respectivas compañías aéreas. Pitt, en cambio, había mantenido la pureza del color plateado en las alas de aluminio ondulado y en el fuselaje, con el número de registro y el símbolo de la Ford como únicas marcas.

Dado que en ese momento no había ningún otro avión volando, todos los espectadores, y todos los pilotos participantes, miraron el cielo y observaron al legendario aparato en el momento en que se ladeaba y enfilaba la pista. Las hélices de los motores reflejaban la luz del sol y batían el aire con un característico zumbido.

Dos de los tres motores colgaban de las alas y el tercero sobresalía de la proa del fuselaje. Las alas, de gran tamaño y grosor, parecían capaces de sostener en el aire a un avión dos veces mayor. El parabrisas delantero en ángulo tenía un aspecto cómico, pero las ventanillas laterales eran grandes y proporcionaban suficiente visibilidad a los pilotos. El avión, un verdadero clásico, pareció quedarse suspendido unos instantes, como una oca de verdad antes de tocar el agua con las patas. Luego aterrizó con gran lentitud, y al morder el asfalto sus enormes neumáticos chirriaron casi inaudiblemente y levantaron una nubecilla blanca.

Un voluntario cruzó la pista en un jeep restaurado de la Segunda Guerra Mundial e hizo señas al trimotor de que le siguiera hacia el estacionamiento asignado, casi al final de una hilera de aviones de época. Pitt se metió entre un biplano Fokker DR.1 de la Primera Guerra Mundial, del mismo color rojo intenso que el famoso aparato del barón Von Richthofen, y un anfibio Sikorsky S-38 azul de 1932 que podía amerizar o aterrizar.

Kelly y Mary fueron hasta el avión en el Cadillac de 1918 de un voluntario que les hizo de chófer. Se apearon y esperaron a que las hélices de doble pala dejasen de girar. Un minuto después, se abrió la puerta de pasajeros y asomó Pitt, que antes de poner el pie en tierra apoyó un taburete en el suelo.

—¡Tú! —dijo Kelly, boquiabierta—. No me habías dicho que el avión fuera tuyo.

—Pensaba darte una sorpresa —dijo él con una sonrisa maliciosa—. Perdona por el retraso; es que al venir de Washington me he encontrado el viento en contra. —Miró a Mary—. Hola.

—Ay, perdona —dijo Kelly—. Te presento a Mary Conrow, una buena amiga mía. Es mi principal ayudante en la organización del espectáculo. Mary, te presento a…

—Ya, ya lo sé: Dirk Pitt, la persona de quien no te cansas de hablar. —Mary observó a Pitt y quedó atrapada de inmediato por sus ojos verdes—. Encantada —murmuró.

—Igualmente.

—Los niños están entusiasmados con volar en tu avión —dijo Kelly—. Desde que te han visto llegar, no hablan de otra cosa. Ya les hemos puesto en fila para los vuelos.

Pitt observó a los niños minusválidos que se reunían para los paseos, muchos de ellos en sillas de ruedas.

—¿Cuántos quieren subir? En el avión solo caben quince pasajeros a la vez.

—Tenemos unos sesenta —contestó Mary—, así que habrá que hacer cuatro viajes.

Pitt sonrió.

—Por mí que no quede; pero si tengo que llevar pasajeros necesitaré un copiloto. Mi amigo Al Giordino no ha podido venir.

—Solucionado —dijo Kelly—. Mary es piloto en Conquest Airlines.

—¿Desde hace mucho?

—Doce años en siete-tres-sietes y siete años en siete-seis-sietes.

—¿Cuántas horas de vuelo en aviones de hélice?

—Bastante más de mil.

Pitt asintió con la cabeza.

—Muy bien, pues sube para que repasemos cuatro cosas.

La cara de Mary se iluminó como la de un niño el día de Navidad.

—Cuando se enteren de que he pilotado un trimotor Ford, todos los pilotos hombres que conozco se pondrán verdes de envidia.

Cuando estuvieron sentados en los envolventes asientos, con el cinturón de seguridad puesto y el tablero de mandos delante, Pitt instruyó a Mary en el uso de los controles e instrumentos de navegación. El tablero era de una simplicidad modélica: consistía en varios conmutadores y poco más de una docena de instrumentos básicos repartidos por un tablero grande de color negro y forma piramidal. Sin embargo, solo contenía los instrumentos del motor delantero. Curiosamente, los tacómetros e indicadores de presión y temperatura del combustible de los dos motores de las alas estaban colocados fuera del tablero de mandos, en las riostras.

Los tres reguladores de los motores estaban montados entre los asientos. Las columnas de control tenían volantes con radios de madera para mover los alerones que parecían salidos de coches antiguos. Con su proverbial tacañería, Henry Ford había insistido en ahorrar dinero usando volantes del modelo T. El equilibrio horizontal se modificaba mediante una pequeña manivela colocada sobre la cabeza del piloto. La gran palanca del freno, que se manipulaba hacia la izquierda y la derecha para dirigir el avión cuando estaba en el suelo, también estaba entre los asientos del piloto y del copiloto.

Pitt encendió los motores y los vio temblar y vibrar en sus soportes con gran acompañamiento de chasquidos y carraspeos, hasta que la combustión interna de los cilindros se regularizó. Cuando los tuvo a su máxima potencia, rodó hasta el final de la pista. Tras explicarle a Mary los procedimientos de despegue y aterrizaje, le entregó los controles, no sin antes recordarle que iba a pilotar un avión con rueda de cola, no un jet con tren de aterrizaje de tres ruedas.

Mary, que manejaba los controles con destreza y suavidad, aprendió enseguida las peculiaridades de pilotar un aparato de setenta y dos años de antigüedad. Pitt le hizo una demostración de que el avión se calaba a poco más de cien kilómetros por hora, volaba sin esfuerzo con dos motores y conservaba potencia suficiente para realizar un aterrizaje controlado con uno solo.

—¡Qué sensación más rara ver motores descubiertos! —dijo Mary, levantando la voz para ser oída por encima del ruido de los tres motores.

—Estaban hechos para resistir a los elementos.

—¿Qué historia tiene este avión?

—Lo construyó en mil novecientos veintinueve la Stout Metal Airplane Company —explicó Pitt—, una división de la Ford. Fabricaron ciento noventa y seis, los primeros aviones íntegramente metálicos de Estados Unidos. Este fue el ciento cincuenta y ocho en la cadena de montaje. Se conservan unos dieciocho, tres de los cuales todavía vuelan. Este entró en servicio con la Transcontinental Air Transport, que luego se convirtió en la TWA. Hacía el trayecto entre Nueva York y Chicago, y llevó a muchos famosos de la época: Charles Lindbergh, Amelia Earhart, Gloria Swanson, Douglas Fairbanks, Mary Pickford… Franklin Roosevelt contrató sus servicios para la convención demócrata de Chicago. Todos los personajes públicos de cierta relevancia viajaron en este avión, que en términos de comodidad y servicios era el mejor de la época. El trimotor Ford fue el primero con lavabo y servicio de azafata. No sé si te das cuenta, pero estás sentada en el modelo que marcó el comienzo de la aviación comercial moderna. El primer rey del aire.

—Tiene un pedigrí interesante.

—En mil novecientos treinta y cuatro, cuando empezó a fabricarse el Douglas DC-3, jubilaron al «Infalible», que era el apodo que le habían puesto. Todavía voló unos cuantos años en México, como avión de pasajeros. En mil novecientos cuarenta y dos, inesperadamente, apareció en la isla filipina de Luzón y evacuó a una veintena de soldados estadounidenses en vuelos de isla a isla hasta Australia. A partir de entonces se pierde su rastro. Su siguiente aparición fue en Islandia, a cargo de un mecánico de aviones que transportaba provisiones a granjas y pueblos aislados. Yo lo compré en mil novecientos ochenta y siete, volé con él a Washington y al llegar lo sometí a una restauración a fondo.

—¿Qué características técnicas tiene?

—Tres motores Pratt & Whitney de cuatrocientos cincuenta caballos —dijo Pitt, entrando en detalles—. Lleva combustible para cubrir ochocientos noventa kilómetros a una velocidad de crucero de ciento ochenta y cinco kilómetros por hora. Forzándolo un poco, llega a los doscientos quince. Puede elevarse a trescientos treinta metros por minuto y alcanzar una altitud de casi cinco mil trescientos. Su envergadura es de veintitrés metros y medio, y su longitud de quince. ¿Me he saltado algo?

—Me ha parecido bastante exhaustivo —dijo Mary.

—Pues nada, todo tuyo —dijo Pitt soltando los controles—. Es un avión estrictamente manual. No puedes dejar de pilotarlo ni un segundo.

—Ya, ya te entiendo —dijo Mary, que tuvo que emplear bastante fuerza muscular para girar el volante y mover los enormes alerones.

Tras varios giros y evoluciones, se dispuso a aterrizar. Pitt, que la observaba, la vio tomar tierra sin apenas sacudidas y apoyar la cola en el asfalto.

—Perfecto —la felicitó—. Mejor que un profesional de trimotores de los de antes.

—Gracias, capitán —dijo ella con una sonrisa de satisfacción.

Cuando el trimotor estuvo estacionado, los niños empezaron a subir a bordo. En la mayoría de los casos era necesario que un voluntario les dejara en brazos de Pitt, que les llevaba a sus asientos y les abrochaba el cinturón. Ante la valentía y el sentido del humor demostrados por aquellos niños, aquejados de graves minusvalías, Pitt se conmovió profundamente. También subió Kelly, para atender las necesidades de los pequeños; les hacía bromas, se reía con ellos y, después de despegar y de que Pitt cruzara el Hudson hacia la ciudad, les señalaba los principales edificios de Manhattan.

El viejo avión era perfecto para un paseo por los aires. Su escasa velocidad, y la amplitud de las ventanillas cuadradas distribuidas por su fuselaje ofrecían panorámicas muy despejadas. Los niños, sentados en las viejas butacas acolchadas de mimbre, no se cansaban de hacer comentarios, entusiasmados por el hecho de ver acercarse a ellos los edificios de la ciudad.

Después de tres viajes, y mientras el avión repostaba, Pitt se acercó a admirar el triplano Fokker de la Primera Guerra Mundial, que estaba estacionado junto al trimotor. Durante una etapa del conflicto había sido el flagelo de la aviación aliada, pilotado por los ases alemanes Manfred von Richthofen, Werner Voss y Hermann Göring. Von Richthofen había dicho que trepaba como un mono y hacía maniobras como el mismísimo diablo.

Mientras examinaba las ametralladoras montadas en la cubierta del motor, se le acercó un individuo vestido con ropa antigua de aviador y le preguntó:

—¿Qué, qué le parece?

Al girar la cabeza, Pitt se encontró con los ojos aceitunados de un hombre de piel oscura con marcados rasgos como de egipcio. Su actitud tenía algo de arrogante. Era alto e iba muy erguido, con un porte que a Pitt le pareció militar. Sus ojos eran extraños, con una dureza que les hacía parecer enfocados en línea recta, sin movimiento hacia los lados.

Tras observarse mutuamente y reparar en que tenían la misma estatura y peso, fue Pitt quien tomó la palabra.

—Siempre me sorprende que los cazas antiguos parezcan tan pequeños en las fotos, pero se vean tan grandes cuando estás al lado. —Señaló las dos ametralladoras de detrás de la hélice—. Parecen auténticas.

El otro asintió con la cabeza.

—Spandaus de 7,92 milímetros originales.

—¿Y las cintas de munición? Tienen balas.

—Solo para impresionar. En su época era una excelente máquina de matar, y me gusta conservar la imagen. —Se quitó un guante de aviador y tendió la mano—. Soy Conger Rand, propietario del avión. ¿Usted es el piloto del trimotor?

—Sí. —Pitt tenía la extraña sensación de que aquel individuo le conocía . Me llamo Dirk Pitt.

—Ya lo sé —dijo Rand—. Trabaja en la NUMA.

—¿Nos conocemos?

—No, pero tenemos conocidos comunes.

Antes de que Pitt pudiera contestar, Kelly le llamó.

—Estamos listos para subir al pasaje del último vuelo.

Se volvió y estuvo a punto de decir «Bueno, parece que tengo que irme», pero el piloto del Fokker se había marchado sigilosamente, desapareciendo tras el avión.

Cuando los depósitos estuvieron tapados y se hubo marchado el camión de repostaje, un grupo de niños subió al trimotor para el último paseo por encima de la ciudad. Mientras iba a hablar con los pequeños y les señalaba la Estatua de la Libertad y la isla de Ellis desde una altura de trescientos metros, Pitt dejó a Mary a los controles. Luego volvió a la cabina y, relevándola, puso rumbo al East River y al puente de Brooklyn.

Le distrajo una sombra que apareció al lado y ligeramente por encima del trimotor.

—Tenemos visita —dijo Mary mientras oía los gritos de entusiasmo de los niños en la cabina de pasajeros.

Al mirar hacia arriba, Pitt vio una mancha muy roja en contraste con el puro azul del cielo. El piloto del triplano Fokker rojo les saludaba a menos de veinte metros. Llevaba un gorro de cuero, gafas de aviador y un fular de seda al cuello. El viejo Fokker estaba tan cerca que Pitt vio brillar los dientes del piloto en una amplia y casi malvada sonrisa. De repente el triplano se alejó, sin darle tiempo de devolver el saludo.

Vio que hacía un rizo y regresaba bruscamente hacia el trimotor como si quisiera embestirle de costado.

—¿Qué hace? ¿Está loco? —dijo Mary—. Está prohibido hacer acrobacias por encima de la ciudad.

En respuesta a su pregunta, las ametralladoras Spandau emitieron dos chispazos como de láser. Al principio Mary creyó que formaba parte de la exhibición, pero solo hasta que el cristal delantero estalló en pedazos, seguido rápidamente por una rociada de combustible y por una nube de humo surgida del motor delantero.

24

Pitt intuyó el peligro antes de recibir la descarga e imprimió un brusco giro de trescientos sesenta grados al trimotor hasta que vio moverse al Fokker por debajo y a la izquierda. Luego el caza se ladeó y volvió al ataque. Pitt aceleró al máximo y le siguió con la vana esperanza de quedarse a su cola, pero llevaba las de perder. Si hubiera dispuesto de tres motores en buen estado, quizá hubiera podido plantar cara al Fokker y al loco que lo pilotaba, puesto que la velocidad máxima del trimotor superaba a la del viejo caza casi en cincuenta kilómetros por hora, pero la pérdida de un motor hacía que la maniobrabilidad del Fokker anulara la diferencia de velocidad.

Salía humo por los tubos del motor central, y era cuestión de segundos que se incendiase. Metiendo la mano entre sus piernas, Pitt empezó por apagar el selector de combustible, y luego hizo lo mismo con el contacto, que estaba situado en un panel debajo de las palancas, todo ello sin dejar de mirar la hélice del motor central y ver que se detenía en posición horizontal.

Mary estaba roja de perplejidad.

—¡Nos está disparando! —dijo entrecortadamente.

—Sí, pero no me preguntes por qué —replicó Pitt.

Kelly apareció en la puerta de la cabina.

—¿Se puede saber por qué damos tantos brincos? —exigió saber, furiosa—. Los niños se están asustando. —Entonces vio el humo del motor y el cristal roto, y notó el chorro de aire que entraba—. ¿Qué pasa?

—Que un loco nos está atacando.

—Nos dispara balas de verdad —dijo Mary a voz en grito, protegiéndose la cara del aire con una mano.

—¡Pero si llevamos niños! —adujo Kelly.

—Ya lo sabe, y no parece que le importe. Vuelve y tranquilízales. Que se crean que es un juego. Pídeles que canten. Haz lo que sea con tal de que tengan la cabeza ocupada, y quita importancia al peligro. —Pitt volvió ligeramente la cabeza hacia Mary y le dio ánimos con un gesto—. Enciende la radio y da la señal de auxilio. Si contesta alguien, informa sobre la situación.

—¿Pueden ayudarnos?

—No tendrían tiempo.

—¿Qué piensas hacer?

Pitt vio que el triplano Fokker rojo daba media vuelta para darle otra pasada al trimotor.

—Intentar que no muera nadie.

Tanto Kelly como Mary quedaron admiradas por su serenidad y por la absoluta determinación que se reflejaba en su mirada. Mientras Mary se desgañitaba pidiendo ayuda por el micrófono de la radio, Kelly volvió a toda prisa a la cabina de pasajeros.

Pitt escrutó el cielo en busca de alguna nube en la que entrar para despistar al Fokker, pero las pocas que había estaban a varios kilómetros y como mínimo a seis mil metros, casi mil más que la altura máxima que podía alcanzar el trimotor. Ni nubes en las que esconderse, ni ninguna otra escapatoria. El viejo avión de pasajeros estaba tan indefenso como un cordero en un prado con el lobo al acecho. ¿Cómo explicar aquel comportamiento por parte del piloto al que acababa de conocer? El cerebro de Pitt le daba vuelta a mil preguntas, pero no había respuestas fáciles.

Podía intentar posarse en el East River. Si conseguía amerizar sin causar daños al avión o heridas a los niños y se mantenía a flote el tiempo suficiente para que escapasen… Descartó la idea con la misma rapidez con que se le había ocurrido. Con un tren de aterrizaje tan rígido como el del trimotor, el riesgo de estrellarse en el agua era demasiado alto; además, no se podía contar con que el loco del Fokker no disparara contra los desvalidos pasajeros, suponiendo que no salieran heridos del amerizaje. Pensó que si el piloto intentaba ametrallarles en el aire no tendría reparos en matarles en el agua.

Entonces tomó una decisión y, dando media vuelta, puso rumbo al puente de Brooklyn.

El Fokker rojo viró en redondo y salió en persecución del trimotor a lo largo del río. Pitt redujo la velocidad de los dos motores restantes y dejó acercarse al agresor. A diferencia de los modernos cazas a reacción, dotados de misiles capaces de abatir a un avión enemigo desde casi dos kilómetros, los ases de la Primera Guerra Mundial disponían de menos de cien metros de margen para disparar. Pitt contaba con que el piloto del Fokker esperara hasta el último minuto antes de abrir fuego.

Los avisos de los pilotos aliados conservaban su vigencia, como en los históricos tiempos del frente occidental. Pitt recordó el viejo dicho: «El huno siempre sale de detrás del sol». Seguía siendo tan pertinente como entonces. Primero el piloto del Fokker levantó el morro casi en vertical, y luego emprendió un descenso en picado, con el sol detrás. Cuando estaba a cien metros, acometió al trimotor abriendo fuego y las balas agujerearon las planchas de aluminio del ala derecha, detrás del motor; pero le faltó tiempo: los dos Spandaus solo tuvieron dos segundos a su presa en el punto de mira, hasta que Pitt lanzó al trimotor casi en picado.

El avión iba derecho hacia el río. El Fokker, muy pegado a él, no podía volver a disparar hasta tenerles de nuevo en el punto de mira. Pitt siguió descendiendo hasta el punto que los paseantes de las dos orillas, así como los pasajeros que se agolpaban en la cubierta de un barco de excursión y los bomberos de una lancha que pasaba tuvieron la impresión de que el choque con el agua era inevitable. Sin embargo, justo en el último momento, Pitt tiró de la columna de control y enderezó el rumbo del trimotor para meterlo por debajo del puente de Brooklyn.

El célebre puente, con su laberinto de cables, parecía una enorme telaraña. Lo habían terminado en 1883, y soportaba a diario el peso de más de ciento cincuenta mil coches, dos mil ciclistas y trescientos peatones. El tráfico se estaba deteniendo. La visión de los dos aviones de época aproximándose a gran velocidad dejaba alucinados a los conductores. La pasarela de madera que pasaba por encima del tráfico estaba llenándose de peatones y ciclistas. A todos les parecía inconcebible que el caza de la Primera Guerra Mundial estuviera disparando munición auténtica al viejo avión de tres motores.

—¡Dios santo! —murmuró Mary—. ¡No pensarás meterte por debajo del puente!

—¿No? Espera y verás —dijo Pitt, obstinado.

Apenas prestaba atención a las dos torres, cuya altura era de ochenta y tres metros. Hizo un cálculo rápido de la distancia entre la carretera y el agua, y la estableció en cuarenta y cinco metros —en realidad eran cuarenta y uno—. El trimotor, con su estela de humo procedente del motor central, pasó bajo el puente como una exhalación y salió al otro lado esquivando un remolcador con dos barcazas.

Al ver pasar el puente por encima de sus cabezas, los niños se entusiasmaron. Creían que formaba parte del paseo. Kelly les pidió que cantasen, y ellos, felizmente ignorantes del grave peligro que corrían, entonaron una canción infantil:

Un elefante se balanceaba
sobre la tela de una araña.
Como veía que no se caía
fue a buscar a otro elefante...

En todos los aeropuertos de la zona —no solo los más grandes, La Guardia y Kennedy— se recibió el mensaje de auxilio emitido frenéticamente por Mary. Las radios de la policía no dejaban de emitir novedades sobre el combate aéreo. El controlador del aeropuerto Kennedy avisó a su jefe.

—He recibido un mensaje de auxilio de una mujer desde un trimotor antiguo Ford de la exhibición aérea de hoy. Dice que les está atacando un caza de la Primera Guerra Mundial.

El controlador jefe se rió.

—Sí, y en la Estatua de la Libertad están aterrizando los marcianos.

—No creo que sea un bulo, porque también recibo mensajes de la policía sobre que un triplano rojo ha perseguido a un avión de tres motores por debajo del puente de Brooklyn y le ha inutilizado un motor.

El jefe ya no se reía.

—¿Sabes si en el trimotor hay pasajeros?

—Según la policía, quince niños minusválidos. —Se quedó callado, y añadió vacilando—: Esto... Les oigo cantar.

—¿Cantar?

El controlador asintió en silencio.

Su jefe se acercó con expresión crispada al tablero del radar y tocó en el hombro al controlador que vigilaba las llegadas.

—¿Cómo está la situación en Manhattan?

—Tenía controlados dos aviones por encima del East River, pero el más grande acaba de desaparecer de la pantalla.

—¿Se ha estrellado?

—Eso parece.

La mirada del controlador jefe se llenó de angustia.

—Pobres niños —dijo con tristeza.

El piloto del Fokker emprendió el ascenso y se elevó por encima de los cables arqueados del puente, que pasaron a poquísimos metros de su avión. Luego ganó velocidad en línea recta y realizó un giro de ciento ochenta grados para embestir al trimotor.

Como no quería esperar a que les acribillaran como a una vulgar lata colocada encima de una piedra, Pitt ladeó el aparato a babor y le imprimió el giro más pronunciado que pudo, en una trayectoria que les llevó por encima de los muelles 11 y 13 y a cruzar FDR Drive y South Street en un ángulo de noventa grados. Luego Pitt, recuperada la estabilidad, pasó sobre Wall Street a menos de setenta metros y descendió sobre la estatua de George Washington jurando el cargo, mientras el fragor del Pratt-Whitney reverberaba en los edificios y hacía vibrar sus ventanas. Con sus veintitrés metros y setenta centímetros de envergadura, fue casi un milagro que no chocase con ningún edificio mientras trataba de salir de aquella garganta de cristal y hormigón.

Mary estaba en estado de shock y la sangre le goteaba de la herida que le había hecho en la mejilla una esquirla de cristal.

—Esto es una locura.

—Lo siento —dijo Pitt inexpresivamente—. No tengo muchas alternativas.

Ante lo que parecía una calle ancha —y que resultó ser el tramo inferior de Broadway—, Pitt viró bruscamente con escasísimos metros de margen y se metió por la célebre avenida a una manzana de la Bolsa, pasada la capilla de Saint Paul y enfrente de City Hall Park. Mientras tanto, varios coches patrulla intentaban seguir al avión, pero era inútil: en una hora de tanto tráfico, no podían avanzar ni a la mitad de su velocidad.

El piloto del Fokker rojo, que había perdido temporalmente a Pitt en la selva de edificios, viró en redondo sobre el East River hasta ascender a trescientos metros y dirigirse hacia la parte baja de Manhattan. Al pasar por encima de los altos barcos del puerto marítimo de South Street, asomó la cabeza por la cabina en un esfuerzo por volver a localizar al trimotor, y fue entonces cuando vio un chispazo, un reflejo plateado. Subiéndose las gafas de aviador, observó con incredulidad al trimotor, que volaba por Broadway a una altura inferior a la de los rascacielos.

Pitt era consciente de que estaba poniendo vidas en peligro, y de que si el Fokker les abatía, si él y los niños caían con el avión en llamas, también pondrían en peligro las de los conductores y los transeúntes. Su única esperanza era esquivar a su verdugo el tiempo suficiente para, una vez obtenida una ventaja sustancial, alejarse de la ciudad, dejando que el piloto del Fokker se las viera con los helicópteros de la policía. La decisión de salvar a los niños se hizo aún más fuerte cuando oyó que cantaban:

> *Cuatro elefantes se balanceaban*
> *sobre la tela de una araña.*
> *Como veían que no se caían*
> *fueron a buscar a otro elefante...*

De repente vio que bajo el trimotor la calle se convertía en una lluvia de asfalto: la causa eran las balas de 7,92 milímetros del Fokker rojo, que se le había pegado por detrás. Los proyectiles no hirieron a nadie, pero agujerearon el techo de un taxi amarillo y el buzón de la esquina. Al principio Pitt creyó que el avión no había sufrido daños, pero luego notó que los controles no respondían como antes. Una rápida comprobación le permitió constatar que el timón iba un poco flojo y que los timones de profundidad no respondían. Lo único que seguía funcionando con normalidad eran los alerones. Dedujo que la causa era un balazo, ya fuese en las poleas o bien en el punto de unión con los cables de control que iban desde la cabina de pilotaje hasta el timón y los timones de profundidad de la parte exterior del fuselaje.

—¿Qué ha pasado? —preguntó Mary.

—Que la última descarga nos ha alcanzado en los timones de profundidad, y no puedo hacer que el avión se eleve.

La maniobra del Fokker había rozado la perfección, pero la proximidad de los edificios puso nervioso al piloto, que pasó por encima del trimotor antes de poder infligirle daños graves con las ametralladoras. Entonces inició un ascenso brusco en vertical y realizó una maniobra Immelmann que le llevó a invertir el rumbo. Pitt se dio cuenta enseguida de que su adversario no malgastaría el tiempo en ataques frontales. Se conformaba con pegarse a la voluminosa cola del trimotor y atacarle por detrás.

—¿Puedes mantenerle a la vista? —preguntó a Mary.

—Si se pone justo detrás, no —contestó ella con calma, y, tras aflojarse el cinturón para poder girarse, dijo—: Me asomaré lo máximo que pueda para vigilar nuestra cola.

—Así me gusta.

Kelly apareció en la puerta.

—Estos críos son increíbles. Se lo toman con una calma…

—Porque no saben que tenemos los segundos contados.

Pitt miró hacia abajo y supuso que sobrevolaban Greenwich Village. De pronto pasó Union Square Park como una exhalación y vio acercarse Times Square en línea recta. Sabía que el Theater District, la zona de los teatros, solo quedaba una manzana a la izquierda. Sobrevolaron la estatua de George M. Cohan en un rápido desfile de enormes letreros luminosos. Pitt intentó elevarse un poco más para apartarse de la ciudad, pero los controles del timón de profundidad no respondían. De momento lo único que podía hacer era mantener un vuelo estable. Mientras Broadway mantuvo un trazado recto, con un ligero ángulo hacia el oeste, no hubo ningún problema, pero a la altura de la calle Cuarenta y ocho, cerca de Paramount Plaza, la trayectoria comenzó a ser más difícil y Pitt se dio cuenta de que estaban en aprietos. No notaba los timones de profundidad, y solo conseguía que respondiesen en parte a base de pisar muy a fondo los pedales. Dependía exclusivamente de los alerones, pero cualquier error de cálculo, cualquier desviación, provocarían el choque del avión con la fachada de algún edificio. Se tuvo que limitar a mantener un rumbo recto por Broadway a base de manipular las palancas de gas.

Sudaba a chorros y tenía los labios secos. Las paredes verticales de los edificios de Nueva York estaban tan cerca que parecía posible tocarlas sacando el brazo por la ventanilla. La calle parecía interminable. Tuvo la sensación de que se estrechaba, de que se cerraba sobre ellos. Al ver un trimotor en pleno Broadway, a solo diez plantas de la calle, las multitudes de las aceras y de los pasos de cebra quedaban pasmadas, inmóviles. El ensordecedor rugido de los dos aparatos se oía a varias manzanas de distancia. Los oficinistas que miraban por la ventana y veían pasar el avión no daban crédito a sus ojos. Todos los que observaban la trayectoria del trimotor estaban seguros de que se estrellaría.

Pitt procuraba levantar desesperadamente el morro del avión, pero no había manera. Redujo la velocidad a unos modestos ciento doce kilómetros por hora; solo diez menos, y los motores habrían empezado a fallar. El del Fokker rojo, un excelente piloto, tenía la habilidad de un zorro persiguiendo a una gallina. Pitt estaba enfrascado en una lucha que le exigía todas sus reservas de valor y audacia. Se trataba de un conflicto entre dos hombres iguales en habilidad, técnica, paciencia y tenacidad; y no era su supervivencia personal lo único por lo que luchaba, sino también la de dos mujeres y quince niños minusválidos. A saber cuántas personas morirían si el trimotor se estrellaba en las abarrotadas calles de la ciudad.

Detrás, viendo los edificios tan cerca de las ventanillas, los niños empezaban a sentir miedo, pero siguieron cantando a petición de Kelly, que estaba demasiado asustada para fijarse en el paso borroso de los bloques de oficinas y en el desfile de caras de susto en las ventanas de los despachos.

El piloto del Fokker volaba trescientos metros más arriba, observando la trayectoria del trimotor entre los edificios de Broadway. Su paciencia era como la del demonio en espera del alma de un hombre honrado. De momento no consideraba necesario bajar de su punto de observación y volver a disparar al viejo avión de pasajeros, puesto que todo jugaba a favor de que se estrellase por sí solo. De pronto quedó fascinado por la aparición de un helicóptero de la policía que, sumándose a la persecución, se interpuso entre el Fokker y el Ford justo por encima de las azoteas.

Sereno, preciso, se lanzó hacia el helicóptero. A bordo de este pudo ver a un policía que había estado vigilando el Fokker rojo y que hacía aspavientos señalándoselo al piloto. El helicóptero giró en redondo para enfrentarse a lo que entendieron como un ataque, pero las armas de mano que llevaba su tripulación no estaban a la altura de las ametralladoras del Fokker, cuya munición, escupida por dos cañones, les alcanzó de lleno por debajo del rotor, en el motor. Fue un ataque de una crueldad y un salvajismo sin paliativos. La descarga duró únicamente tres segundos, pero fueron suficientes para que el helicóptero pasara de ser un elegante aparato volador a un manojo de hierros caído en la azotea de un bloque de oficinas.

La lluvia de escombros causó varios heridos entre los transeúntes, pero, por increíble que pareciera, no los hubo de gravedad, ni tampoco víctimas mortales. Los dos policías, que fueron rescatados de los restos del helicóptero por empleados de mantenimiento del edificio, presentaban una serie de fracturas, pero nada que hiciera temer por sus vidas.

Había sido inhumano; un acto inhumano que no estaba al servicio de ningún objetivo. Una vez seguro de que al trimotor le quedaban pocos segundos de vuelo, el piloto del Fokker podría haber interrumpido la caza. Si había abatido al helicóptero de la policía no había sido para protegerse, sino como un acto de pura diversión, a sangre fría; de hecho, al reemprender la persecución del trimotor ni siquiera se volvió a mirar los destrozos.

Pitt no se dio cuenta de la catástrofe que dejaba a su espalda. Sí la vio Mary al mirar hacia atrás por la ventanilla de la cabina, pero se quedó muda. La calle trazaba una ligera curva. Pitt redobló su concentración para imprimir un giro al aparato.

En el cruce con Columbus Circle, Broadway se desviaba hacia la izquierda. Pitt dio una patada al timón derecho e imprimió al avión un giro a la derecha, justo en el momento en que salía del largo desfiladero que formaban los edificios. Al ladearse sobre Central Park Oeste y la calle Cincuenta y nueve, el ala izquierda estuvo a menos de tres metros de chocar con la estatua de veinte metros que representaba a Colón. Al llegar al acceso sudoeste a Central Park, Pitt esquivó el monumento a las víctimas del acorazado *Maine* y empezó a sobrevolar el parque. En el camino de herradura, la aparición del trimotor hizo encabritarse a los caballos, que estuvieron a punto de lanzar al suelo a sus jinetes.

Las miles de personas que habían aprovechado la cálida tarde de verano para relajarse en el parque dejaron lo que estaban haciendo y quedaron pendientes del drama que se desarrollaba sobre sus cabezas. Mientras tanto, todos los coches patrulla de la ciudad estaban convergiendo hacia el parque con las sirenas ululando, al tiempo que por la Quinta Avenida llegaban más helicópteros de la policía, acompañados por todo un escuadrón de reporteros de cadenas de televisión.

—¡Ya vuelve! —exclamó Mary—. ¡Lo tenemos doscientos cincuenta metros por encima, bajando en picado hacia nuestra cola!

Pitt podía ladearse, y a duras penas girar, pero sin los timones de profundidad, hechos un colador y fijos en posición neutral, no podía ganar ni medio metro de altura. Se le ocurrió un plan, pero solo funcionaría si el Fokker empezaba por atacarles en picado y luego les adelantaba. Se inclinó para accionar los interruptores de arranque y de combustible del motor central. El maltrecho motor tosió varias veces, pero al final empezó a girar. Entonces Pitt ladeó el avión muy pronunciadamente a la derecha, a sabiendas de que su loco atacante se les echaba encima. La maniobra evasiva trastocó la puntería del piloto; el doble chorro de balas del Fokker rojo se perdió a la izquierda, muy lejos del blanco.

El viejo avión de pasajeros no podía compararse en maniobrabilidad con el triplano que tantos éxitos había reportado a los mejores pilotos de la Alemania imperial hacía ochenta años. El piloto del Fokker compensó enseguida su error, y Pitt sintió el impacto repetido de las balas en el ala superior del trimotor, penetrando en el motor de estribor. Atrás, en la barquilla, brotaron llamas, pero los cilindros seguían percutiendo con gran fuerza. Pitt hizo girar al viejo avión en dirección contraria y esperó con infinita paciencia el momento indicado para pasar al ataque.

De repente, una ráfaga de balas barrió la cabina y se incrustó en el tablero de mandos. Aquel maldito piloto loco se anticipaba a cada movimiento de Pitt. No se podía dudar de su astucia. El Fokker rojo pasó por encima del cristal hecho trizas. Ahora le tocaba a Pitt.

Puso los tres motores al máximo de su potencia. Con dos, su velocidad igualaba la del Fokker; en cambio, con el central escupiendo humo y combustible —¡pero funcionando con todos sus cilindros!—, el trimotor salió disparado como un purasangre.

Con la cara ensangrentada por los trozos de cristal que se le habían clavado en las mejillas y la frente, salpicado de combustible y sin ver prácticamente nada por culpa del humo, Pitt lanzó un glorioso desafío a pleno pulmón:

—¡Maldito seas, Barón Rojo!

En la roja cabina, la cabeza del gorro de cuero se giró y vio el trimotor plateado a seis o siete metros, pero era demasiado tarde. Ladeó súbitamente al Fokker y lo colocó en ángulo recto. Grave error: era justo lo que Pitt había previsto. Si se hubiera elevado en vertical, el trimotor, con los timones de profundidad estropeados, no habría podido seguirle, pero en un ángulo de noventa grados, con las tres alas de estribor apuntando hacia arriba, el Fokker rojo era vulnerable. Una de las grandes ruedas de aterrizaje del trimotor dejó hecha trizas el ala superior.

Mientras el Fokker salía catapultado en barrena, Pitt vio fugazmente a su piloto: le amenazaba con el puño, en el colmo de la audacia. Inmediatamente después perdió de vista al avión rojo, que se estrelló en los árboles que rodeaban los Shakespearean Gardens. La hélice de madera chocó con el tronco de un gran olmo y saltó en mil pedazos. El fuselaje y las alas se arrugaron como los de un avión de juguete fabricado con madera de balsa, papel y pegamento. En cuestión de minutos, el lugar del impacto quedó rodeado por coches patrulla, cuyas sirenas rojas y azules parecían relámpagos de colores.

Kelly, con una entereza que a Pitt le pareció increíble, aún dirigía el coro de voces infantiles:

> *Diez elefantes se balanceaban*
> *sobre la tela de una araña...*

Pitt apagó los motores central y de estribor antes de que convirtieran al trimotor en una tea, y el viejo pájaro luchó por mantenerse en el aire como un caballo de batalla malherido pero empeñado en avanzar. Al frente de una estela de humo y llamas, y con el único motor en buen estado funcionando a tope de revoluciones, giró en redondo y se dirigió hacia el mayor espacio abierto que tenía a la vista, una gran extensión de césped que recibía el nombre de Sheep Meadow.

Estaba lleno de gente. Unos estaban de picnic, otros tomaban el sol, pero al ver que el acribillado avión perdía altura y se acercaba, todos empezaron a dispersarse como hormigas. No les hacía falta ningún esquema para entender que podía estrellarse e incendiarse en medio del prado. Pitt, que sacaba la cabeza por la ventanilla lateral para evitar el humo que inundaba la cabina, aguzó la vista para ver la mancha verde y se dispuso a aterrizar. Era consciente de que en circunstancias normales habría hecho posarse el aparato en el filo de una moneda, pero dada la falta casi absoluta de control, todo podía suceder. Redujo la velocidad y descendió lentamente.

Eran dos mil personas mudas por la sorpresa, muchas de ellas rezando por que el destrozado avión, envuelto por el humo y las llamas, consiguiera aterrizar sin estallar a causa del impacto. Había respiraciones en vilo y dedos cruzados, había fascinación en las miradas, y en los oídos ante el ruido huracanado del único motor que funcionaba girando a máxima velocidad. Hipnotizados, a merced de los nervios, el miedo y la incredulidad, vieron que el avión rozaba las copas de los árboles del borde del prado. Años después, ninguno de los testigos del increíble evento sabría describirlo con fidelidad; cada vez, en el esfuerzo de rememorar la imagen del avión de época cernido sobre el verde prado, se les nublaría la memoria.

Dentro de la cabina de pasajeros, los niños seguían cantando:

... fueron a buscar a otro elefante...

El deslizamiento lateral que Pitt imprimió al avión amenazaba su estabilidad. Hubo un momento, antes de que tocara la hierba con las ruedas, rebotara dos veces y plantara la cola en el suelo, en el que parecía suspendido en el aire. Para sorpresa de todos, el trimotor tardó menos de cincuenta metros en dejar de rodar, cosa que ninguno de los espectadores creía posible.

Al ver que todos corrían hacia el aeroplano, Pitt apagó el motor y vio detenerse la hélice, que quedó en posición vertical. Luego se volvió hacia Mary con la intención de decirle algo y felicitarla por su intrépida ayuda, pero enmudeció al ver lo pálida que estaba. Le puso los dedos en el cuello para ver si tenía pulso. Luego dejó caer la mano y cerró el puño con fuerza.

Kelly se asomó jadeando a la cabina.

—¡Lo has conseguido! —exclamó jubilosa.

—¿Y los niños? —preguntó él, distante.

—Todos están bien.

Entonces Kelly se fijó en el respaldo del asiento de Mary, en la serie de agujeritos espaciados con regularidad casi perfecta, obra de las Spandaus del Fokker, y quedó paralizada por la impresión, mientras Pitt cabeceaba con expresión grave. Al principio se negó a creer que Mary, su vieja amiga, estuviera muerta, pero al bajar la vista y ver el charco de sangre que se formaba en el suelo de la cabina comprendió la terrible verdad.

La vivísima consternación que expresaba su rostro no era más intensa que la confusión de su mirada.

—¿Por qué? —murmuró con tono ausente—. ¿Por qué ha tenido que pasar esto? No había ninguna razón para que Mary muriera.

Por todas las calles de la zona, y por todo el parque, acudía gente para admirar el antiguo y agujereado avión; eran miles, pegando gritos y moviendo las manos frente a la cabina, pero Pitt parecía no verles ni oírles. No era de gente de lo que se sentía rodeado, sino de su propio sentimiento de fracaso. Miró a Kelly y le dijo:

—No ha sido la única víctima del piloto del Fokker. Ha habido muchas más, que han perdido la vida innecesariamente.

—Es todo tan absurdo… —murmuró Kelly entre sollozos, tapándose la cara con las manos.

—Cerbero —dijo Pitt en voz baja, tanto que los gritos de fuera casi impedían oírle—. Alguien, aún no sé quién, va a ir al Hades a buscarle.

25

Después de que el personal sanitario atendiera las contusiones sufridas por los niños en el accidentado combate contra el Fokker rojo y su desconocido piloto, los pequeños se reunieron con sus padres. Pitt, mientras tanto, hacía compañía a Kelly, que asistía consternada al traslado del cadáver de su amiga Mary desde el avión a una ambulancia. Una vez que la policía hubo acordonado el avión, se los llevaron a ambos en coche patrulla a la comisaría más cercana, donde se les tomaría declaración.

Antes Pitt dio una vuelta alrededor del viejo trimotor Ford, cuyo pésimo estado le llenó de asombro y pena. En fin, lo importante —y milagroso— era que se hubiera mantenido en el aire hasta posarse sin percances en Sheep Meadow. Examinó la parte de la cola arrancada a balazos, las perforaciones limpias en la parte superior de las alas y las cabezas de cilindro de los dos motores Pratt & Whitney, que aún crepitaban por el calor y desprendían pequeñas cintas de humo.

Puso una mano en el guardabarros de una rueda de aterrizaje y murmuró:

—Gracias.

Luego le pidió al oficial que estaba al mando permiso para ver los restos del Fokker antes de ir a comisaría, y el oficial asintió, haciendo señas al coche patrulla que tenía más cerca.

El Fokker rojo, empotrado a siete metros del suelo en un olmo gigantesco, parecía una cometa arrugada. Debajo había un grupo de bomberos que lo observaban desde la escalera del camión.

Pitt salió del coche patrulla y se acercó. Al fijarse en el motor, que había sido arrancado de su soporte y estaba semienterrado en la hierba, le sorprendió que no fuera un modelo actual, sino un Oberursel de nueve cilindros y con ciento diez caballos de potencia. A continuación, su vista se posó en la cabina abierta.

Estaba vacía.

Miró las ramas del árbol y el suelo de su base. Los únicos rastros del piloto eran una chaqueta de cuero, un gorro y unas gafas con manchas de sangre.

Se había esfumado casi milagrosamente.

Durante el interrogatorio de Kelly, la policía dio permiso a Pitt para llamar a una empresa de mantenimiento de aviones de la zona y acordar que desmontaran el trimotor y lo llevaran de nuevo a Washington, donde expertos en restauración de aviones lo repararían y conseguirían que volviese a su estado original. Después llamó a Sandecker y le puso al corriente de la situación.

Cuando terminó de hacer las llamadas, se sentó tranquilamente ante una mesa desocupada de la comisaría y se dedicó a resolver el crucigrama del *New York Times* hasta que le llamaron. Antes de entrar dio un abrazo a Kelly, que salía del despacho. Dentro esperaban cuatro detectives a una mesa de roble cubierta de rasguños cuya antigüedad quedaba de manifiesto en la cantidad de quemaduras de colilla repartidas por su superficie.

—¿El señor Pitt? —preguntó un hombre bajo con bigote fino.

Llevaba tirantes estrechos, sin americana.

—Yo mismo.

—Soy el inspector Mark Hacken. Mis colegas y yo queremos hacerle unas preguntas. ¿Le importa que grabemos la sesión?

—En absoluto.

Hacken no se ofreció a presentarle a los otros tres detectives, ninguno de los cuales se parecía a los policías de la tele. Su aspecto era de gente normal, como la que corta el césped de su casa todos los sábados.

Lo primero que hizo fue pedirle a Pitt que se presentara en

pocas palabras, explicara sus funciones en la NUMA y les pusiera en antecedentes sobre la razón de que hubiera traído su viejo avión a aquel acto benéfico para niños minusválidos. De vez en cuando los otros detectives hacían alguna pregunta, pero en general se limitaban a tomar notas, mientras Pitt describía el viaje en avión desde el momento del despegue del aeródromo Gene Taylor con los niños minusválidos a bordo hasta el aterrizaje en Sheep Meadow, en Central Park.

Uno de los detectives dijo mirándole:

—Yo también soy piloto, y espero que se dé cuenta de que sus piruetas no solo podrían hacerle perder la licencia de vuelo, sino incluso meterle en la cárcel.

Cuando Pitt miró al detective, en su rostro se insinuó una sonrisa de burla y confianza.

—Bueno, si salvar a quince niños minusválidos es ser un delincuente…

—Habría conseguido lo mismo sin alejarse del río y sin meterse por las calles de la ciudad.

—Si no me hubiera metido por Wall Street cuando lo hice, seguro que nos habrían derribado y nos habríamos estrellado en el agua. Y le puedo asegurar que no habría habido supervivientes.

—Pero reconocerá que corrió un riesgo enorme…

Pitt se encogió de hombros.

—Por supuesto, si no me la hubiera jugado ahora no estaría aquí.

—¿Sabe algo de por qué el otro piloto estaba dispuesto a arriesgar un caza que valía un millón de dólares, cargarlo con armas antiguas pero que funcionaban y atacar un avión antiguo con niños minusválidos a bordo? —preguntó Hacken.

—Ojalá lo supiera —dijo Pitt eludiendo la pregunta.

—Y yo —dijo Hacken con tono sarcástico.

—¿Tienen idea de quién era el piloto? —preguntó Pitt a su vez.

—Ni la más mínima. Ha desaparecido entre la gente.

—Pero el avión tendrá algún número de registro que pueda conducir al propietario…

—Nuestros expertos aún no han tenido la oportunidad de examinar el aparato.

—Seguro que los organizadores de la exhibición aérea tienen sus documentos de inscripción —dijo Pitt—. Teníamos que rellenarlos todos los participantes, por la cuestión del seguro. Deberían servir de algo.

—Esa pista la estamos siguiendo en colaboración con las fuerzas de seguridad de Nueva Jersey, y de momento solo han sabido decirnos que llamó un coleccionista de aviones y dijo que en un hangar de un pequeño aeródromo cercano a Pittsburgh había un avión idéntico. Dijo que el dueño era un tal Raoul Saint Justin.

—Suena a nombre falso —sugirió Pitt.

—Estamos de acuerdo —dijo Hacken—. ¿Usted conocía a Saint Justin, o como se llame de verdad?

—No. —Pitt miró a Hacken a los ojos sin pestañear—. Cruzamos unas palabras antes de despegar.

—¿Sobre qué?

—Sobre su triplano. Siempre me han fascinado los aviones antiguos. No hablamos de nada más.

—Así que nunca le había visto.

—No.

—¿Podría describirle, y ayudar a nuestro dibujante a hacer un retrato de él?

—Estaré encantado de colaborar.

—Sentimos tener que hacerles pasar por todo esto a usted y a la señorita Egan, pero la muerte de Mary Conrow ha añadido un cargo de homicidio al de poner en peligro a la población. Ha sido un milagro que cuando el avión rojo les perseguía por las calles de la ciudad, y al derribar a nuestro helicóptero cerca de un cruce tan concurrido, no haya habido víctimas.

—Sí, hay que dar las gracias por eso —dijo sinceramente Pitt.

—De momento nada más —dijo Hacken—. Naturalmente, usted y la señorita Egan tendrán que quedarse en la ciudad hasta que se cierre la investigación.

—Me temo que será imposible, inspector.

Las cejas de Hacken se arquearon. No estaba acostumbrado a que un testigo de un caso importante le dijera que pensaba salir de la ciudad.

—¿Se puede saber por qué?

—Porque formo parte de una investigación del gobierno sobre el incendio del crucero *Emerald Dolphin*, y sobre el secuestro de un barco de investigación de la NUMA. Tengo que trasladarme a Washington. —Pitt guardó un momento de silencio para hacer más efectivo su discurso—. Como es natural, querrán verificarlo consultando a mi superior, el almirante Sandecker, de la NUMA. —Sacó su cartera y le dio a Hacken su tarjeta de la NUMA—. Tenga, su número de teléfono.

Sin decir nada, Hacken le pasó la tarjeta a uno de sus detectives, que salió de la habitación.

—¿Querían algo más? Me gustaría llevar a la señorita Egan a casa.

Hacken asintió con la cabeza y señaló la puerta.

—Por favor, espere fuera hasta que hayamos confirmado su vinculación con el gobierno y la investigación.

Pitt encontró a Kelly acurrucada en un banco de madera. Presentaba el lastimero aspecto de una niña abandonada en los escalones de un orfanato.

—¿Te encuentras bien?

—No me hago a la idea de que Mary haya muerto —dijo ella con tristeza—. Fue muy amiga de mi padre durante muchos años.

La mirada de Pitt se paseó por los ajetreados despachos de la comisaría para comprobar que no les escuchara nadie, y cuando se hubo cerciorado de ello preguntó:

—¿Muy amiga... hasta qué punto?

Ella le miró con rabia.

—Hasta el de ser amantes. ¿Es lo que querías oír?

—No, no es lo que quiero oír —dijo él afablemente—. ¿En qué medida estaba al corriente de los proyectos de tu padre?

—Los conocía. Como yo tenía mi carrera, y casi nunca estaba en casa, cuando mi padre no volaba Mary le hacía de confidente, de secretaria, de criada y de ama de llaves.

—¿Tu padre te había comentado algo sobre lo que hacía?

Kelly negó con la cabeza.

—Papá era muy reservado. Siempre decía que era imposible explicarle su trabajo a alguien que no fuera ni científico ni ingeniero. La única vez que me dio explicaciones fue a bordo del

Emerald Dolphin. Estaba muy orgulloso de sus conceptos de ingeniería para los motores del barco, y una noche, cenando, me explicó su principio magnetohidrodinámico.

—¿Aparte de eso, no te explicó nada?

—Sí, en el salón, cuando llevaba unos cuantos martinis. Me dijo que había conseguido el mayor adelanto de la historia. —Kelly se encogió de hombros con aire compungido—. Lo atribuí a la ginebra.

—Es decir, que la única persona que estaba al corriente de sus actividades era Mary.

—No. —Miró hacia arriba como si hubiera visto a alguien—. Josh Thomas.

—¿Quién?

—El doctor Josh Thomas, un amigo de mi padre que a veces le hacía de ayudante. Habían sido compañeros en el MIT y se habían doctorado al mismo tiempo, papá en ingeniería y Josh en química.

—¿Sabes cómo podría ponerme en contacto con él?

—Sí —contestó Kelly.

—¿Dónde está el laboratorio de tu padre?

—En su casa, cerca del aeródromo Taylor.

—¿Podrías llamar al doctor Thomas? Me gustaría verle.

—¿Por alguna razón en especial?

—Digamos que me muero de ganas de averiguar en qué consiste el mayor adelanto de la historia.

26

El almirante Sandecker respondía a la lluvia de preguntas de los medios de comunicación desde lo alto de un estrado. Si de algo no se le podía acusar era de ser un narcisista de los medios. Siempre había estado en buenas relaciones con los reporteros de la prensa y la televisión, y de tú a tú solía estar cómodo con ellos, pero lo suyo, decididamente, no eran los focos, ni se sentía cómodo esquivando preguntas delicadas. Por decirlo lisa y llanamente, a veces Sandecker era demasiado franco y directo para la burocracia de Washington.

Después de cuarenta minutos de preguntas sin concesiones sobre el papel de la NUMA en la investigación del trágico naufragio del *Emerald Dolphin*, Sandecker comprobó con alivio que la rueda de prensa entraba en su recta final.

—¿Podría decirnos qué encontraron sus hombres dentro del barco al bajar a inspeccionarlo con el sumergible? —preguntó una reportera televisiva de renombre nacional.

—Creemos haber encontrado pruebas que indican que el incendio fue provocado —contestó Sandecker.

—¿Podría describirlas?

—En la zona donde la tripulación del barco afirmó que se había declarado el incendio apareció algo que según todos los indicios podría ser un material incendiario.

—¿Han identificado la sustancia? —preguntó un reportero del *Washington Post*.

—Ahora mismo está en el laboratorio del FBI —dijo Sandecker, escabulléndose—. Los resultados no deberían tardar.

—¿Qué nos puede decir del secuestro terrorista de su barco de investigación oceanográfica, el *Deep Encounter*? —preguntó un reportero de la CNN.

—Poco que no sepan de anteriores informes. Me gustaría poder exponerles la causa del secuestro, pero, por desgracia, no hay supervivientes entre los piratas.

Una corresponsal de ABC News que llevaba un traje azul levantó la mano.

—¿Cómo se explica que el personal de la NUMA destruyera el barco pirata y acabara con todos sus tripulantes?

Era una pregunta inevitable, para la que Sandecker estaba preparado; aunque no le gustara, mintió para evitar que los científicos de la NUMA y la tripulación fueran acusados de asesinato.

—Parece ser que uno de los secuestradores, que vigilaba la entrada a la laguna, disparó un misil a oscuras y en lugar de alcanzar al *Deep Encounter*, que era lo que pretendía, le dio al barco pirata.

—¿Y qué le pasó al vigilante? —insistió la corresponsal—. ¿No sobrevivió? ¿No se le pudo arrestar?

—No, murió accidentalmente durante una pelea con mi director de proyectos especiales, que intentaba evitar que disparase otro misil a nuestro barco de reconocimiento.

Un reportero del *Los Angeles Times* obtuvo la atención del almirante.

—¿Les consta alguna posible relación entre los dos incidentes?

Sandecker se encogió de hombros enseñando las palmas de las manos.

—En lo que a mí respecta, es un misterio. Probablemente consigan más respuestas del FBI y la CIA, que lo están investigando.

El reportero del *Los Angeles Times* pidió turno para otra pregunta y Sandecker se lo concedió con un gesto de la cabeza.

—¿Se trata del mismo director de proyectos especiales de la NUMA que participó en el rescate de los dos mil quinientos ocupantes del *Emerald Dolphin*, el mismo que evitó la destrucción de su barco de investigación y que ayer, en Nueva York, salvó a unos niños minusválidos en un combate aéreo?

—Sí —dijo Sandecker, orgulloso—. Como ya saben, se llama Dirk Pitt.

La mujer del fondo planteó la siguiente pregunta casi a gritos.

—¿Considera que hay alguna relación entre…?

—No —la interrumpió Sandecker—. Y no me pregunten más sobre ese tema, por favor, que como no he hablado con el señor Pitt desde el incidente solo sé lo que leo en sus periódicos y lo que veo en las noticias de sus canales de televisión. —Calló, bajó del estrado y levantó las manos—. Señoras y señoras, hasta aquí lo que sé. Gracias por su amabilidad.

Cuando el almirante regresó a su despacho, se encontró esperándole a Hiram Yaeger. El viejo maletín de piel del doctor Egan estaba en el suelo al lado de su silla. Yaeger, encariñado con él, había empezado a usarlo para llevarse trabajo a casa, porque era más grande y cuadrado que los modelos habituales. Se levantó y entró en el despacho detrás de Sandecker.

—Bueno, ¿qué tienes para mí? —preguntó el almirante al sentarse a su mesa.

—Me ha parecido que podía interesarle una pequeña puesta al día sobre el proyecto de la CIA de inspeccionar el barco de los secuestradores —dijo Yaeger abriendo el maletín y sacando una carpeta.

Sandecker le miró fijamente con las cejas arqueadas, por encima de las gafas de leer.

—¿De dónde has sacado la información? De momento la CIA no ha soltado prenda. Sé con seguridad que solo llevan… —Consultó su reloj—. Diez horas de inmersión.

—El responsable del proyecto insiste en que haya transmisión constante de datos cada hora. Podría decirse que nos enteraremos de lo que descubran casi al mismo tiempo que ellos.

—Como se enteren de que Max piratea archivos secretos de la CIA, las pasaremos canutas.

Yaeger sonrió con malicia.

—Le aseguro, almirante, que no se enterarán. Max saca los datos del ordenador del barco de salvamento antes de que los encripten y los manden a analizar a su sede de Langley.

La sonrisa maliciosa pasó a los labios de Sandecker.

—Bueno, pues dime qué ha encontrado Max.

Yaeger abrió la carpeta y empezó a leer.

—El barco de los secuestradores ha sido identificado como un barco de trabajo de cuarenta y dos metros de eslora construido en los astilleros Hogan and Lashere de San Diego, California. Fue diseñado para su uso en la industria petrolera de las costas de Indonesia, y destacaba por su flexibilidad y rapidez.

—¿Han averiguado quién era el propietario? —preguntó Sandecker.

—El último registro está a nombre de la Barak Oil Company, una filial de Colexico.

—Colexico —repitió Sandecker—. Tenía entendido que ya no funcionaba porque la habían comprado y cerrado.

—Sí, y fue una situación que no sentó muy bien en el gobierno de Indonesia, porque se quedaban sin su principal fuente de ingresos petroleros.

—¿Quién fue el comprador?

Yaeger le miró sonriendo.

—La compañía Colexico fue adquirida y disuelta por Cerberus.

Sandecker se apoyó en el respaldo con expresión de suficiencia.

—Me gustaría ver la cara que pondrá Charlie Davis cuando se entere.

—Seguro que no hay documentos —dijo Yaeger—. La titularidad del barco no cambió. Según nuestra base de datos, a partir de mil novecientos noventa y nueve se pierde su rastro. Y es muy poco probable que los secuestradores tuvieran a bordo alguna pista que pudiera llevar hasta Cerberus.

—¿El equipo de rescate de la CIA ya ha identificado a alguno de los secuestradores?

—Queda poco que identificar, y al vigilante de la entrada a la laguna se lo llevó la marea hacia alta mar. Es probable que se confirmen las sospechas de Dirk y que las pruebas de dentadura y huellas dactilares les identifiquen como ex miembros de las fuerzas especiales convertidos en mercenarios.

—Sí, hoy día es habitual.

—Desgraciadamente, se gana más fuera del ejército que dentro.

—¿Y Max? ¿Ha elaborado alguna teoría sobre el motivo que pudieran tener los directivos de Cerberus para cometer un asesinato en masa?

—No consigue formular ninguna hipótesis coherente.

—Quizá la clave sea el doctor Egan —dijo Sandecker, pensativo.

—Le pediré a Max que investigue la biografía del buen doctor.

Yaeger regresó a su vasto departamento de informática, se sentó al teclado y, tras llamar a Max, se quedó con la mirada perdida mientras ella aparecía en forma holográfica y permanecía a la espera. Al cabo de un rato, Yaeger la miró y se dirigió a ella.

—¿Ha pasado algo mientras estaba con el almirante?

—Los buzos dicen que no han encontrado prácticamente nada referente a la tripulación pirata: ni efectos personales, ni libretas... nada que no sea ropa y armas. La persona responsable de la operación de secuestro era un maestro en borrar su rastro.

—Quiero apartarte del proyecto y solicitarte una biografía pormenorizada del doctor Elmore Egan.

—¿El científico?

—Exactamente.

—A ver qué encuentro más allá de una biografía convencional.

—Gracias, Max.

Yaeger, cansado, decidió irse temprano a casa. Desde que se había concentrado totalmente en el incidente Dolphin, como empezaba a ser llamado, había descuidado a su familia. Decidió salir a cenar y al cine con su mujer y sus dos hijas. Con esa intención, dejó el maletín de piel sobre la mesa del ordenador y lo abrió para meter algunas carpetas y papeles.

Yaeger no se sobresaltaba fácilmente. Su serenidad de sabueso era proverbial. Aun así, lo que vio le dejó de una pieza. Metió las manos en el maletín con la misma precaución que si fuera una trampa para osos y palpó la sustancia con el pulgar y el índice.

—Petróleo —murmuró sin entender nada, mirando el líquido que llenaba a medias el maletín de piel. Imposible, pensó, confuso. No se había despegado de él desde que había salido del despacho de Sandecker.

27

Kelly circulaba por la autopista 9, en la orilla oeste del río Hudson. El día era lluvioso, con ráfagas de viento que arrojaban cortinas de agua contra el coche. Con Kelly al volante, el deportivo Jaguar XK-R rodaba sin problemas por el asfalto mojado. Con un motor sobrealimentado de trescientos setenta caballos a su disposición bajo el capó, y suspensión y control de tracción controlados por ordenador bajo el chasis, Kelly no vacilaba en acelerar muy por encima del límite de velocidad establecido.

Pitt se dejaba llevar, disfrutando del coche y del mullido asiento de piel del acompañante. De vez en cuando, sin embargo, se le iban los ojos a la izquierda, hacia la aguja del indicador de velocidad. Aunque se esforzara por confiar en las dotes de conductora de Kelly, la conocía desde hacía demasiado poco tiempo para estar seguro de sus reflejos bajo la lluvia. Suerte que era domingo a primera hora de la mañana y había poco tráfico. Se relajó y siguió viendo pasar la campiña. Sobre el acantilado, el terreno era pedregoso, verde y con unos árboles tan altos y una vegetación tan densa que no se podía ver más allá de medio kilómetro, excepto cuando se abría un claro de campos de labranza.

Cuando Pitt llevaba contadas como mínimo dos docenas de tiendas de antigüedades, Kelly giró a la derecha por una estrecha carretera asfaltada cerca de Stony Point. Vieron pasar varias casas pintorescas con jardines de flores y cuidados céspedes. Después de mucho serpentear, la carretera terminaba en una verja que la cortaba. El conjunto desentonaba con el resto del ambiente, tan rural; y no porque los altos muros de piedra que rodeaban la verja no fueran lo suficientemente rústicos a pesar de sus tres metros de altura, sino porque la verja en sí era un entramado de barras de hierro que habría frenado hasta la embestida a toda velocidad de un camión con el tráiler cargado de plomo. Al otro lado, tres metros más allá, había dos postes de gran altura con sendas cámaras de televisión. La única manera de desactivarlas era con balas... y puntería.

Kelly se asomó por la ventanilla e introdujo un código en una caja empotrada en un pilar de piedra, al lado de la carretera. A continuación sacó un mando a distancia de la guantera y tecleó otro código. Las alas de la verja se abrieron lentamente, y al paso del Jaguar se cerraron tan deprisa que no habría podido entrar ningún otro vehículo.

—Se nota que a tu padre le preocupaba la seguridad. Tiene un sistema mucho más elaborado que yo.

—Y aún no hemos superado todos los controles. Aunque no los veas, hay cuatro vigilantes.

La carretera se devanaba entre campos de maíz, alfalfa y cereales. Bruscamente, mientras cruzaban un denso viñedo, surgió ante el coche una gran barricada. Kelly, conocedora de la existencia del obstáculo, ya había reducido la velocidad. Nada más frenar, un hombre salió de detrás de un enorme árbol; iba armado con un fusil automático, y acercó la cara al coche para ver quién iba dentro.

—Siempre es un placer verla por aquí, señorita Egan.

—Hola, Gus. ¿Qué tal la niña?

—La hemos tirado al vaciar la bañera.

—Muy sensato. —Kelly señaló una casa que se adivinaba al otro lado de un bosquecillo—. ¿Está Josh?

—Sí —contestó el vigilante—. El señor Thomas no ha salido de la finca desde la muerte del señor Egan. Lo siento mucho. Era una buenísima persona.

—Gracias, Gus.

—Que pase un buen día.

El vigilante volvió a fundirse con el tronco casi antes de haber dicho la última palabra.

Pitt dirigió a Kelly una mirada interrogante.

—¿De qué iba lo de tirar a la niña al vaciar la bañera?

—Es un código —le explicó ella sonriendo—. Si le hubiera preguntado por el niño en vez de por la niña, habría sabido que tú me tenías de rehén y te habría pegado un tiro antes de avisar a los otros tres vigilantes.

—¿De pequeña vivías en este ambiente?

Kelly se rió.

—¡No, por Dios! Entonces no hacían falta tantas medidas de seguridad. A los diez años me quedé sin madre, y como papá pasaba tantas horas trabajando le pareció mejor que me fuera a vivir a la ciudad, a casa de mi tía; así que crecí en las aceras de Nueva York.

Kelly dejó el Jaguar en un camino circular, frente a una gran casa colonial de dos pisos con columnas alrededor del porche. Pitt bajó del coche y la siguió por la escalera hasta llegar a una doble puerta de grandes dimensiones con imágenes de vikingos talladas.

—¿Qué significan?

—Nada enigmático. A papá le encantaba estudiar la historia vikinga. Era una de sus muchas pasiones aparte del trabajo. —Tenía una llave en la mano, y sin embargo llamó al timbre—. Podría entrar, pero prefiero avisar a Josh.

En medio minuto abrió la puerta un hombre calvo de sesenta y pocos años, con chaleco, camisa a rayas y pajarita. El poco pelo que le quedaba era gris y su ojos azules tenían la limpidez de alguien constantemente enfrascado en sus pensamientos. Llevaba un bigote gris muy cuidado, y su nariz larga y redondeada estaba enrojecida por el consumo constante de alcohol.

Al ver a Kelly sonrió de oreja a oreja, avanzó y la abrazó.

—¡Kelly, qué alegría! —La soltó, y se le entristeció la cara—. Siento tanto lo de Elmore… Debió de ser horrible verle morir.

—Gracias, Josh —dijo ella en voz baja—. Ya me imagino cómo te ha sentado la noticia.

—Nunca había pensado que pudiera morirse así. Lo que más miedo me daba era que le mataran ellos.

Pitt tomó nota mentalmente de preguntarle a Josh Thomas

quiénes eran «ellos». Cuando Kelly hizo las presentaciones, le dio la mano. La flacidez de la de Thomas no fue muy de su agrado, pero por lo demás parecía un hombre afable.

—Encantado de conocerle. Kelly me ha contado muchas cosas de usted por teléfono. Gracias por salvarle la vida, y no una vez, sino dos.

—Lo que lamento es no haber podido ayudar al doctor Egan.

Con una expresión que reflejaba una intensa angustia, Thomas le pasó un brazo por la espalda a Kelly.

—Y Mary... Qué gran mujer. ¿Cómo es posible que quisieran matarla?

—Los dos hemos sufrido una gran pérdida —dijo ella, abatida.

—Kelly me ha contado que usted era muy amigo de su padre —dijo Pitt en un intento de cambiar de tema y dejar el de la muerte.

Thomas les indicó que pasaran.

—Sí, sí, Elmore y yo trabajamos juntos a temporadas durante más de cuarenta años, y nunca he conocido a nadie tan inteligente. Ya pueden ir hablando de Einstein y de Tesla, ya... Y Mary también tenía su mérito, ¿eh? Si no le hubiera gustado tanto volar, podría haber sido una gran científica.

Les llevó al acogedor salón, decorado con muebles victorianos, y les ofreció una copa de vino. A los pocos minutos volvió con una bandeja con una botella de chardonnay y tres copas.

—Me resulta raro tener a Kelly de invitada en su propia casa.

—Lo de la sucesión aún tardará lo suyo —dijo Kelly—. Mientras tanto, considérala tu casa. —Levantó la copa—. Salud.

Pitt habló mirando fijamente el contenido de la suya.

Oiga, señor Thomas, ¿en qué trabajaba el doctor Egan justo antes de morir?

Thomas miró a Kelly, que asintió con la cabeza.

—Su gran proyecto era diseñar y perfeccionar un motor magnetohidrodinámico eficaz y fiable. —Se quedó callado, mirando a Pitt a los ojos—. Kelly me ha dicho que es usted ingeniero marino y que trabaja en la NUMA.

—Efectivamente.

Pitt tuvo la vaga sensación de que escondía algo.

—Entonces le habrá dicho que el doctor Egan iba de pasajero

en el viaje inaugural del *Emerald Dolphin* porque los motores que inventó, y cuya construcción supervisó, eran los que llevaba el barco.

—Sí, me consta por Kelly, pero lo que me interesa saber es cuál fue la contribución del doctor Egan. Ya hace veinte años que se experimenta con motores magnetohidrodinámicos. Los japoneses construyeron un barco que se regía por los mismos principios de propulsión.

—Sí, es verdad, pero no era eficaz; era lento, y no llegó a tener viabilidad comercial. Lo increíble es que Elmore inventó una fuente de energía eficaz destinada a revolucionar el campo de la propulsión marítima. Diseñó los motores casi desde cero en poco más de dos años, lo cual, teniendo en cuenta que trabajaba solo, no deja de ser extraordinario. Lo normal habrían sido diez años, entre investigación y desarrollo. En cambio, Elmore construyó un modelo viable en menos de cinco meses. Las unidades experimentales de Elmore iban mucho más allá de la tecnología magnetohidrodinámica. No necesitaban mantenimiento.

—Le he explicado a Dirk que los motores de papá usaban el agua del mar como combustible, creando la fuente de energía necesaria para bombear el agua a través de los propulsores —dijo Kelly.

—Aunque la idea fuera revolucionaria —siguió explicando Thomas—, los primeros motores no funcionaban adecuadamente y se quemaban por el elevadísimo nivel de fricción. Entonces empezamos a trabajar juntos en el problema, y entre los dos conseguimos una fórmula de petróleo que aguantaba el calor y la fricción extremas.

—Así que usted y el doctor Egan inventaron un superpetróleo —dijo Pitt.

—Sí, es una manera de decirlo.

—¿Qué ventajas tendría usarlo en motores de combustión interna?

—Teóricamente se podría conducir tres millones de kilómetros o más en coche sin que hubiera que reparar el mecanismo —contestó Thomas como si tal cosa—. En cuanto a los motores industriales diésel, no es inconcebible que funcionaran eficazmente durante quince millones de kilómetros. Los motores que más se beneficiarían de una vida larga y con menos mantenimiento serían los de avión, aunque es un hecho que también se aplica a todos los vehículos industriales, desde las carretillas a las excavadoras.

—Por no hablar de las unidades de propulsión de barcos grandes o pequeños —añadió Pitt.

—Mientras no se perfeccionen tecnologías nuevas de energía que no estén basadas en componentes móviles —dijo Thomas—, nuestra fórmula tendrá repercusiones importantísimas en todas las fuentes de energía mecánica que dependan del petróleo para la lubricación.

—¿Cuánto cuesta refinarlo y producirlo?

—¿Me creerá si le digo que menos de un centavo por litro más que la gasolina normal?

—No creo que las compañías petroleras se alegren mucho de su descubrimiento. Podrían perder perfectamente miles de millones de dólares, y en un plazo de veinte años incluso billones. A menos, claro está, que compren la fórmula y se encarguen de comercializarla.

Thomas negó lentamente con la cabeza.

—Eso está descartado —dijo con rotundidad—. Elmore nunca tuvo la intención de ganar dinero con esto. Pensaba ceder la fórmula al mundo, gratuitamente y sin condiciones.

—Por lo que ha dicho, entiendo que la fórmula era suya en parte. ¿Usted también estaba de acuerdo en dar prioridad al interés común?

Thomas rió discretamente.

—He cumplido sesenta y cinco años, señor Pitt. Tengo diabetes, artritis aguda, una enfermedad de exceso de hierro que se llama hemocromatosis y cáncer de páncreas y de hígado. Con mucha suerte me quedan cinco años de dar vueltas por el mundo. ¿Qué haría yo con mil millones de dólares?

—Pero Josh... —dijo Kelly, acongojada—. No me habías dicho que...

Él le acarició la mano.

—No lo sospechaba ni tu padre. Siempre se lo había ocultado

a todo el mundo, pero bueno, ahora ya no importa. —Cogió en silencio la botella de vino—. ¿Un poco más, señor Pitt?

—No, gracias, de momento no.

—¿Kelly?

—Sí, por favor. Después de lo que has dicho no es que me sobren ánimos.

—He observado que la casa está muy protegida —dijo Pitt.

—Sí —reconoció Thomas—. A Elmore y a mí nos han amenazado de muerte muchas veces. Una vez un ladrón intentó entrar en el laboratorio y me hirió en la pierna.

—¿Alguien que intentaba robarles la fórmula?

—Más que alguien, todo un conglomerado industrial.

—¿Sabe quiénes eran?

—La misma compañía que nos echó a Elmore y a mí después de veinticinco años de dedicación absoluta.

—¿Despedidos? ¿Los dos?

—Entonces papá y Josh aún estaban perfeccionando la fórmula del petróleo —contestó Kelly—. Los directivos de la compañía empezaron a hacer planes prematuros de producirlo y venderlo para sacar una barbaridad en beneficios.

—Elmore y yo nos oponíamos —dijo Thomas—. Coincidíamos en que era demasiado importante para el bien de la humanidad como para limitar su venta a los que se lo pudieran permitir. Los directivos cometieron la tontería de pensar que sus demás químicos e ingenieros tenían la información suficiente para producirlo por sí solos, y nos despidieron amenazándonos con denunciarnos y dejarnos en la calle si intentábamos acabar el experimento por nuestros propios medios. Las amenazas incluían daños físicos e incluso la muerte, pero nosotros seguimos erre que erre.

—¿Tiene claro que los que intentaron matarle y robar la fórmula eran sus antiguos superiores? —preguntó Pitt.

—¿Quién estaba al tanto de nuestro trabajo, aparte de ellos? —dijo Thomas como si Pitt supiera la respuesta—. ¿Quién tenía un móvil y podía beneficiarse? Como no consiguieron encontrar la clave de nuestra fórmula, el programa se les fue al garete y quisieron vengarse con nosotros.

—¿A quién se refiere?

—A la corporación Cerberus.

Pitt tuvo la impresión de haber recibido un mazazo en la cabeza.

—Cerberus —repitió.

—¿Le suena? —preguntó Thomas.

—Existen pruebas que vinculan a la empresa con el incendio del *Emerald Dolphin*.

Thomas, asombrosamente, no pareció sorprendido ni indignado.

—No me extrañaría —dijo con serenidad—. El dueño, la persona que controla la compañía, es capaz de todo con tal de proteger sus intereses, aunque haya que quemar un crucero con todos sus pasajeros, hombres, mujeres y niños.

—Por lo que dice, no es aconsejable tenerle de enemigo. ¿Y los accionistas? ¿No sospechan nada raro?

—¿Qué más les da, si se embolsan auténticas fortunas a cambio de sus inversiones? Además, ¿cómo van a tener voz y voto si Curtis Merlin Zale, el principal responsable del imperio, es dueño del ochenta por ciento de las acciones?

—Es horrible que una de las mayores empresas del país mate para obtener beneficios.

—Pues es más habitual de lo que se imagina, señor Pitt. Podría darle nombres de personas que tuvieron tratos con Cerberus y que, por la razón que sea, desaparecieron o murieron digamos que por accidente. En algunos casos se supone que se suicidaron.

—Qué raro que el gobierno no haya investigado sus actividades criminales...

—Cerberus extiende sus tentáculos por todos los organismos del gobierno, tanto del estatal como del federal. ¿Que hay que pagar un millón de dólares a un funcionario para que les haga de topo y les suministre información importante? Por ellos que no quede. Cualquier político que se avenga a los deseos de Cerberus se retirará de la vida pública con una fortuna en paraísos fiscales. —Thomas hizo una pausa para servirse otra copa de vino—. Y no sea tan ingenuo como para pensar que puede haber alguien que dé el soplo por lo que considera un desaire, o por una crisis de conciencia, porque Cerberus tiene un programa para evitar que sus trapos sucios se aireen en público. La familia del soplón, por ejemplo, podría recibir amenazas físicas, apoyadas por el caso de un hijo o una hija que se rompen un brazo o una pierna en lo que parece un simple accidente. Si el soplón no se calla ni por esas, la solución es fácil: se suicida. O eso, o bien es víctima de alguna enfermedad mortal que le han inoculado sin que se dé cuenta. Le sorprendería el número de investigaciones de los medios de comunicación que han sido interrumpidas por los jefazos de la prensa o la televisión después de reunirse con directivos de Cerberus. Hubo uno que les echó de su despacho, pero que volvió al redil cuando a una hija suya le pegaron una paliza, supuestamente en un atraco. Hágame caso, señor Pitt. No es buena gente.

—¿A quiénes contratan para el trabajo sucio?

—A una organización secreta, los Vipers, las Víboras. Solo obedecen órdenes personales del propio Zale. Lo sé porque se lo contó a Elmore en secreto un amigo suyo que era de los Vipers, y que le avisó de que él y yo estábamos en la lista de gente a asesinar.

—¿Qué le pasó al amigo?

—Desapareció —contestó Thomas como si fuera obvio.

Pitt recordó algo.

—La cola de Cerbero, el guardián del Hades.

Thomas le miró intrigado.

—Conque conoce al perro de tres cabezas…

—El logotipo de la compañía. La cola del perro acaba en una cabeza de serpiente.

—Se ha convertido en un icono empresarial —dijo Thomas.

—¿Cómo es la moral entre los empleados? —preguntó Pitt.

—Desde el primer día de trabajo les adoctrinan como si se tratase de una secta. La compañía no repara en medios para que tengan semana de cuatro días, pagas extras al final del año muy generosas y muchos más beneficios que cualquier otra empresa. Es casi como si estuvieran esclavizados sin saberlo.

—¿Cerberus no tiene problemas con los sindicatos?

—Los sindicatos nunca han tenido ninguna influencia en la empresa. Si los dirigentes sindicales organizan alguna convocatoria, enseguida corre la voz de que los que quieran afiliarse no serán despedidos pero perderán los extras y los incentivos, que ya he dicho que son considerables. Cada vez que se muere o se jubila un empleado, suele transmitirle el empleo a sus hijos: así de difícil es meterse en la infraestructura de la compañía. Las relaciones, desde la cúpula hasta los conserjes, son como las que se establecen entre feligreses de una iglesia. La adoración a la compañía se ha convertido en una religión. A ojos de los trabajadores, Cerberus no puede hacer nada mal.

—¿A qué hay que atribuir que usted y el doctor Egan hayan sobrevivido tanto tiempo después de abandonar la empresa?

—A que la persona que dirige sus operaciones nos dejó en paz, pero porque tenía planes de robar la fórmula del petróleo y los diseños del motor magnetohidrodinámico de Elmore cuando más le conviniera.

—Pero ¿qué necesidad tenían de esperar a que los motores del doctor Egan estuvieran perfeccionados e instalados en el *Emerald Dolphin*?

—Así podían destruir el barco y echar la culpa a los motores —respondió Thomas—. Consiguiendo que tuvieran fama de poco fiables, les hacían perder mercado y así podían quedarse con las patentes por cuatro chavos.

—Pero el incendio no empezó en la sala de máquinas.

—No lo sabía —contestó Thomas, sorprendido—. Si es verdad lo que dice, solo se me ocurre que algo salió mal en la operación de quemar el barco, que no se ajustó del todo a los planes. Claro que solo es una hipótesis.

—Una hipótesis que podría ser correcta —dijo Pitt—. Encontramos dispositivos incendiarios en la capilla del barco, donde la tripulación dijo que había empezado el fuego. Probablemente hubiera varios conectados para detonar en serie, empezando en la sala de máquinas y subiendo por las cubiertas hasta llegar al último en la capilla del barco, pero, como dice usted, algo debió de fallar.

Pitt se guardó una idea que acababa de ocurrírsele: no poder acusar del desastre a los motores magnetohidrodinámicos era otra razón para hundir el barco antes de la investigación oficial.

Thomas bajó tanto la voz que a Pitt le costó entenderle.

—Espero de corazón que no intenten lo mismo con el *Golden Marlin*.

—¿El nuevo submarino de lujo que está diseñado como un crucero para viajar por debajo del agua?

—Sí, dentro de dos días emprende su viaje inaugural.

—¿Y por qué te preocupa? —quiso saber Kelly.

Thomas la miró.

—¿No lo sabes?

—¿El qué? —intervino Pitt.

—Que el *Golden Marlin* es propiedad de Blue Seas Cruise Lines. También lleva los motores que desarrollamos Elmore y yo.

28

Pitt avisó enseguida al almirante Sandecker, que dispuso que le recogiera un jet de la NUMA en el aeródromo Gene Taylor. En el viaje de vuelta, Kelly condujo aún más deprisa que en el de ida, y llegaron minutos antes de que aterrizara el jet. Insistía en ayudar, y nada de lo que dijo Pitt la disuadió de subir al avión y acompañarle a Washington.

Tras el aterrizaje en el aeródromo Langley, se encontraron a Giordino y Rudi Gunn esperando. Fue subir ellos dos al avión y volver a despegar con rumbo sur, hacia Fort Lauderdale, en Florida, donde tenía su sede Blue Seas Cruise Lines. Gunn se había ocupado de que dispusieran de un Lincoln para desplazarse. A los pocos minutos de tomar tierra, se dirigieron hacia el puerto con Giordino al volante.

El edificio de Blue Seas plantaba sus casi trescientos metros de altura en la misma isla donde atracaban los cruceros de la compañía. Por fuera estaba diseñado como un descomunal velero. Los ascensores externos circulaban por un conducto enorme que por su verticalidad parecía un mástil. El resto del edificio, casi todo de cristal, presentaba el perfil curvo de una vela gigantesca. Las paredes de cristal eran azules, y en medio había una gran superficie de tela blanca muy tensa capaz de soportar vientos de hasta doscientos cuarenta kilómetros por hora. Las primeras cuarenta plantas del edificio estaban ocupadas por las oficinas de la compañía de cruceros, mientras que las cincuenta superiores correspondían a un hotel destinado a los pasajeros que se quedaran a pasar la noche antes de embarcar.

Giordino entró en un túnel por el que se accedía bajo el agua a la isla donde asentaba sus reales el monumental edificio. Dejando el coche a cargo de un mozo, entraron en uno de los ascensores exteriores y subieron tres pisos hasta la recepción principal, un espacio de doscientos diez metros de altura que cruzaba las plantas de oficinas y de habitaciones por su centro. El secretario del presidente de Blue Seas Cruise Lines, que les esperaba, les condujo en ascensor privado al despacho principal, situado en el piso catorce. Warren Lasch, presidente de la compañía, se levantó de su mesa para saludarles.

Rudi Gunn se encargó de las presentaciones. Todos cogieron una silla.

—Bueno, bueno… —Lasch era un hombre alto, canoso y un poco fondón, con aspecto de haber jugado a fútbol americano en la universidad. Sus oscuros ojos de color café repartían miradas escrutadoras entre Pitt, Kelly, Giordino y Gunn, como una cámara panorámica en rotación—. ¿De qué se trata? Por teléfono, el almirante Sandecker ha insistido mucho en que el *Golden Marlin* no zarpe todavía.

—Existe el temor de que sufra el mismo destino que el *Emerald Dolphin* —contestó Gunn.

—Aún no he visto ningún informe que no lo atribuya a un accidente —dijo Lasch con expresión dubitativa—. Me parece imposible que ocurra otro desastre.

Pitt se inclinó un poco en su asiento.

—Le aseguro que la NUMA cuenta con pruebas irrefutables de que el incendio fue provocado, y con material que apunta claramente a que se usaron explosivos para hundir el barco mientras lo remolcaban.

—Pues es la primera vez que lo oigo. —Lasch no podía disimular su enfado—. Las compañías de seguros que teníamos contratadas para el barco no nos habían dicho que fuera un incendio provocado, ni a mí ni a nadie de la dirección. Lo único que nos explicaron es que por alguna razón fallaron los sistemas de emergencia antiincendios. Lógicamente, Blue Seas tiene intención de demandar a los fabricantes de esos sistemas.

—Si se demuestra de manera concluyente que los desactivaron adrede, podría ser problemático.

—Según qué cuentos, yo no me los trago.

—Le doy mi palabra de que no es ningún cuento —dijo Pitt.

—¿Qué razón podía haber para destruir el *Emerald Dolphin* y matar a miles de pasajeros?

—Sospechamos que el motivo fue la destrucción de los nuevos motores magnetohidrodinámicos del doctor Elmore Egan —explicó Giordino.

—¿Qué sentido tiene querer destruir lo mejor del nuevo siglo en tecnología de propulsión? —preguntó Lasch con expresión perpleja.

—Eliminar la competencia.

—Francamente, señores… —le hizo a Kelly un gesto con la cabeza, y sonrió— … y señoras, no puedo evitar que me parezca un invento.

—Me gustaría poder explicárselo en detalle —dijo Gunn—, pero tenemos las manos atadas hasta que el FBI y la CIA hagan públicas sus conclusiones.

Lasch no era tonto.

—Es decir, que no se trata de ninguna investigación oficial de la NUMA, y no está autorizada.

—Con toda franqueza —contestó Gunn—, no.

—Espero que no piensen divulgar esas hipótesis descabelladas.

—El almirante Sandecker ha decidido que no se emita ningún informe oficial antes de que todos los organismos implicados hayan concluido sus investigaciones —dijo Pitt—. Considera que si los medios informativos empezaran a hacer sensacionalismo con el incidente, especulando con terroristas que destruyen barcos y matan pasajeros, el sector de los cruceros saldría muy perjudicado.

—En eso estoy más que de acuerdo —reconoció Lasch—, pero ¿qué sentido tiene retrasar el viaje del *Golden Marlin*, y no el de otros cien cruceros? Si el hundimiento del *Emerald Dolphin* fue una acción terrorista, ¿por qué no avisan a las líneas del resto del mundo? —Levantó las manos—. No, señores, no me van a convencer de que retrase el viaje inaugural del *Golden Marlin*. Se trata del primer crucero submarino y marcará el principio de una nueva época en los cruceros de lujo. Algunas reservas están hechas desde hace dos años. No me siento capaz de decepcionar a los cuatrocientos pasajeros que han comprado su plaza. De hecho, ya han llegado muchos, que se alojan en el hotel. Lo siento, pero el *Golden Marlin* saldrá en la fecha prevista, es decir, mañana.

—Ya que no podemos convencerle —dijo Pitt—, ¿qué le parecería reforzar las medidas de seguridad y autorizar la presencia de inspectores que revisen constantemente la maquinaria y los sistemas del barco?

—Por supuesto —dijo afablemente Lasch.

A Pitt aún le quedaban peticiones que hacer.

—Otra cosa que le agradecería es que, antes de zarpar, un equipo de submarinistas inspeccionara el casco por debajo de la línea de flotación.

Lasch asintió con sequedad.

—De eso ya me encargo yo. Tenemos contratado un equipo para reparaciones y mantenimiento subacuáticos, tanto de los barcos como del edificio.

—Gracias por su colaboración —dijo Gunn.

—Personalmente, considero que se trata de precauciones innecesarias, pero no quiero que se repita la tragedia del *Emerald Dolphin*. Sin el seguro de Lloyds, seguro que Blue Seas ya se habría declarado en quiebra.

—Si no le importa, a Giordino y a mí nos gustaría ir en el barco —dijo Pitt.

—Me apunto —insistió Kelly—. Debo defender la obra de mi padre.

Lasch se levantó de la silla.

—Por mí no hay problema. A pesar de nuestras diferencias de opinión, tendré mucho gusto en hacer que les asignen camarotes. En principio están reservados todos los de pasajeros, pero quizá haya bajas. En caso contrario, seguro que podremos hacer algún arreglo con la tripulación. El barco llegará al muelle que hay frente al hotel mañana a las siete de la mañana. Pueden embarcar en cuanto atraque.

Gunn le dio la mano.

—Gracias, señor Lasch. Espero no haberle preocupado sin

motivo, pero el almirante Sandecker ha considerado que se le debía informar del posible peligro.

—Estoy de acuerdo. Por favor, dígale al almirante que se lo agradezco, pero que no preveo ningún problema grave. El *Golden Marlin* ha pasado muchas pruebas y todo ha respondido a la perfección, tanto los motores del doctor Egan como los sistemas de emergencia.

—Gracias, señor Lasch —dijo Pitt—. Le mantendremos al corriente de cualquier novedad.

Después de salir del despacho de Lasch, durante el trayecto en ascensor, Giordino suspiró.

—Bueno, al menos lo hemos intentado.

—A mí no me ha sorprendido —dijo Gunn—. Después del desastre del *Emerald Dolphin*, la empresa está en una situación muy difícil. Retrasar el viaje del *Golden Marlin* sería exponerla a un cierre seguro. Lo único que pueden hacer Lasch y sus directivos es dejar que zarpe el barco y confiar en que no sufra ningún percance.

Después de que Gunn volviera al aeropuerto para el vuelo de regreso a Washington, Pitt, Giordino y Kelly reservaron habitaciones en el hotel a través del secretario privado de Warren Lasch. En cuanto estuvo instalado en la suya, Pitt llamó a Sandecker.

—No hemos podido convencer a Lasch de que posponga el viaje —le explicó.

—Me lo temía —suspiró Sandecker.

—Al y yo iremos en el barco, con Kelly.

—¿Se lo habéis consultado a Lasch?

—Sí, y no ha puesto ningún problema.

Pitt oyó que el almirante movía papeles en su mesa, antes de decir:

—Tengo noticias. El FBI cree haber identificado al responsable del incendio del *Emerald Dolphin*, partiendo de las descripciones de los pasajeros supervivientes.

—¿Quién es?

—Un pajarraco de cuidado. Su verdadero nombre es Omo

Kanai. Nació en Los Ángeles. A los dieciocho años ya tenía cinco páginas de antecedentes penales, y se alistó en el ejército para librarse de un juicio por violación. Luego fue subiendo en el escalafón, y cuando llegó a oficial ingresó en una organización militar secretísima llamada ASEES.

—No me suena.

—Ni a ti ni a casi nadie del gobierno; y, teniendo en cuenta a qué se dedican, es lógico —dijo Sandecker—. ASEES son las siglas de Acción Secreta de Élite para la Eliminación Selectiva.

—Sigue sin sonarme de nada —dijo Pitt.

—En principio se formó para luchar contra el terrorismo asesinando a líderes terroristas antes de que sus acciones pudieran amenazar a los ciudadanos de Estados Unidos, pero hace una década el presidente recortó sus proyectos y les ordenó disolverse, lo cual se ha demostrado que no fue buena idea. Omo Kanai, que ya era capitán y estaba muy formado en el asesinato político y secreto, dimitió junto con doce de sus hombres y formó una empresa comercial de asesinatos. Se ofrecen para matar. En los últimos dos años se ha acumulado toda una lista de muertes sin resolver, desde políticos a directivos, incluyendo a algunos famosos. Hasta se han cargado a algunos cabecillas de la mafia.

—¿Y no les están investigando? —preguntó Pitt.

—El FBI tiene informes, pero es gente que sabe lo que se hace y nunca deja pruebas de su participación. Los agentes que les investigan están frustrados porque en todo este tiempo aún no les han echado el guante ni una sola vez a Kanai y su banda de asesinos. Se empieza a temer que las guerras económicas del futuro generen escuadrones de la muerte.

—Los analistas económicos no hablan precisamente en términos de asesinatos y destrucciones.

—Aunque suene repulsivo —dijo Sandecker en tono informal—, no deja de haber algunos presidentes de empresa capaces de todo por conseguir poder y el monopolio.

—Lo cual nos lleva a Cerberus.

—Exacto —contestó sucintamente Sandecker—. Cada vez está más claro que, aparte de ser el responsable del incendio del *Emerald Dolphin* y de las explosiones que reventaron el casco del crucero mientras lo remolcaban, Kanai se hizo pasar por oficial del barco y saboteó los sistemas antiincendios.

—Todo eso no pudo hacerlo una sola persona —dijo Pitt poco convencido.

—Kanai no siempre trabaja solo. Por eso os aviso a ti y a Al de que, mientras estéis a bordo del *Golden Marlin*, no bajéis la guardia ni un segundo.

—Estaremos atentos a cualquier movimiento sospechoso entre la tripulación.

—Yo os aconsejaría estar atentos a Omo Kanai.

—No entiendo —dijo Pitt desconcertado.

—Tiene un ego demasiado grande. Un trabajo así no se lo dejaría a sus subordinados. Te apuesto lo que quieras a que se encargará personalmente.

—¿Sabemos qué aspecto tiene?

—Deberías saberlo, porque ya le has visto.

—¿Yo? ¿Dónde?

—La policía de Nueva York acaba de informarme de que Omo Kanai era el piloto del avión antiguo que intentó derribarte.

29

El *Golden Marlin* no se parecía a ningún otro crucero. Carecía de cubiertas de paseo, balcones de camarotes y salidas de humo. Su estructura superior redondeada estaba sembrada de hileras de ojos de buey de gran tamaño, y sus únicas prominencias eran una especie de cúpula en la proa —que acogía el puente y la sala de mando— y, a popa, un ala que albergaba un opulento conjunto de salón y casino, con ojos de buey fijos.

Con sus ciento veinte metros de eslora y doce de manga, pertenecía a la misma categoría que casi todos los cruceros de lujo de tamaño modesto que navegaban por el mar. Hasta entonces el turismo subacuático se había realizado en pequeños submarinos, limitados en cuanto a profundidad y distancia, pero el *Golden Marlin* estaba a punto de cambiar la historia de los cruceros. Sus motores autoalimentados, diseñados por el doctor Egan, le permitían navegar por todo el Caribe a una profundidad que podía llegar hasta trescientos metros sin tener que repostar en ningún puerto durante varias semanas.

Respondiendo al anhelo generalizado de actividades de ocio y a una economía que se traducía en cantidades cada vez mayores de dinero disponible en los bolsillos, los cruceros por alta mar se habían convertido en uno de los más prósperos sectores del mercado internacional de viajes y turismo, que facturaba tres billones de dólares anuales. Con la creación de un submarino de cruceros, el horizonte de la navegación subacuática estaba destinado a ampliarse incalculablemente.

—¡Qué bonito! —exclamó Kelly. Era temprano, y contemplaba desde el muelle la espectacular embarcación.

—Se han pasado un poco con el dorado —murmuró Giordino mientras se ajustaba las gafas para protegerse del reflejo del sol naciente en la estructura superior de la nave.

Pitt, silencioso, estudiaba el casco de titanio, que parecía de una sola pieza. La diferencia con los barcos anteriores era que no se distinguían planchas ni remaches. El gran submarino turístico era un prodigio de la tecnología naval. Mientras Pitt admiraba su factura, un oficial de la tripulación se acercó desde el extremo de la pasarela.

—Disculpen, ¿son los de la NUMA?

—Sí —contestó Giordino.

—Yo soy Paul Conrad, el segundo de a bordo. El señor Lasch ya ha avisado al capitán Baldwin de que nos acompañarán en el viaje inaugural. ¿Tienen equipaje?

—Solo lo que llevamos —dijo Kelly, que tenía muchas ganas de ver el barco por dentro.

—Señorita Egan, usted se alojará en un camarote de pasajeros —dijo educadamente Conrad—. Ustedes dos, señor Pitt y señor Giordino, tendrán que compartir uno de los de la tripulación.

—¿Al lado de las coristas del espectáculo? —dijo Giordino sin perder la seriedad.

Conrad se rió.

—No han tenido esa suerte. Síganme, por favor.

—Ahora vuelvo —dijo Pitt.

Se volvió y caminó junto al barco hasta llegar a una escalera que descendía hasta el agua. Un hombre y una mujer con trajes de neopreno verificaban el estado de sus equipos de inmersión antes de bajar y meterse en el agua.

—¿Son ustedes el equipo que inspeccionará el fondo del casco? —preguntó Pitt.

El hombre, delgado y bien parecido, le miró sonriendo.

—Sí.

—Me llamo Dirk Pitt. Soy la persona que solicitó sus servicios.

—Frank Martin.

—¿Y la señora?

—Mi mujer, Caroline. Cariño, te presento a Dirk Pitt, de la NUMA. Le debemos el trabajo.

—Encantada —dijo la guapa rubia. El traje de neopreno se adaptaba a su bonita figura.

Al darle la mano, Pitt quedó sorprendido por la fuerza del apretón.

—Supongo que es una experta.

—Con quince años de experiencia.

—Como submarinista no tiene nada que envidiar a ningún hombre —dijo Martin, orgulloso.

—¿Podría aclararnos qué buscamos? —preguntó Caroline.

—No me andaré con rodeos, porque sería inútil —respondió Pitt—. Tienen que buscar cualquier objeto pegado al casco, concretamente un artefacto explosivo.

Martin permaneció impasible.

—¿Y si encontramos alguno?

—Si encuentran uno, encontrarán varios. No los toquen. Haremos que los extraiga un equipo submarino de demolición.

—¿A quién se lo notificamos?

—Al capitán del barco, que es a quien le compete a partir de ese punto.

—Encantado de conocerle, señor Pitt —dijo Martin.

—Lo mismo digo —añadió Caroline con una sonrisa encantadora.

—Buena suerte —dijo cordialmente Pitt—. Si no encuentran nada me darán una alegría.

Cuando llegó a la pasarela, los Martin ya estaban en el agua, buceando por debajo del casco del *Golden Marlin*.

El segundo de a bordo llevó a Kelly a un camarote muy cómodo, cruzando un lujoso solárium y tomando un ascensor de cristal con peces tropicales grabados. Después condujo a Pitt y Giordino a un pequeño camarote de la zona de la tripulación, bajo las cubiertas de pasajeros.

—Me gustaría ver al capitán Baldwin en cuanto sea posible —dijo Pitt.

—El capitán le espera para desayunar dentro de media hora

en el comedor de oficiales. También estarán los oficiales del barco y un equipo de inspección de la constructora.

—También me gustaría que viniese la señorita Egan —dijo Pitt con tono oficial.

Conrad parecía nervioso, pero se le pasó enseguida.

—Preguntaré al capitán Baldwin si da su permiso para que asista a la reunión.

—Teniendo en cuenta que sin la genialidad de su padre este barco ni siquiera existiría —dijo secamente Giordino—, creo que la señorita está en su derecho.

—Estoy seguro de que el capitán no pondrá inconvenientes —se apresuró a decir Conrad antes de salir del camarote y cerrar la puerta.

Giordino echó un vistazo a la desnudez de lo que más que camarote parecía un armario y dijo:

—Tengo la impresión de que no somos bienvenidos.

—Lo seamos o no —dijo Pitt—, nuestro deber es velar por la seguridad del barco y de los pasajeros. —Metió la mano en su talego y le entregó a su amigo una radio portátil—. Si encuentras algo, me llamas. Yo haré lo mismo.

—¿Por dónde empezamos?

—Si quisieras mandar el barco a pique con todos sus pasajeros, ¿tú cómo lo harías?

Giordino reflexionó.

—Ya que me salió bien lo del incendio del *Emerald Dolphin*, quizá volviera a intentar lo mismo. Ahora bien, si quisiera mandarlo a pique de la manera más limpia, reventaría el casco o los tanques de lastre.

—Me has leído el pensamiento. Parte de esa hipótesis y busca explosivos por el barco.

—¿Tú qué buscarás?

Pitt sonrió, pero sin alegría.

—Yo al que encenderá la mecha.

Cualquier esperanza de que el capitán del *Golden Marlin* fuera un modelo de cooperación quedó rápidamente descartada. Morris

Baldwin era uno de esos hombres que nunca se desvían de sus pautas. Gobernaba el barco con mano férrea, y no pensaba dejar que subieran intrusos a bordo y trastocaran los hábitos de la tripulación. Su vida privada se reducía al barco. De haber tenido esposa —que no la tenía—, o casa —lo consideraba una pérdida de tiempo—, habría sido como una ostra sin concha.

Las facciones de su cara rubicunda componían una máscara inamovible de severidad en la que el buen humor no tenía cabida. Tenía los ojos de color marrón oscuro, ojos duros como cuentas y unos párpados carnosos de expresión severa. Lo único que le prestaba un aire de autoridad sofisticada era una espléndida y plateada cabellera. Tenía los hombros tan anchos como Giordino, pero como mínimo un palmo de cintura más. Tamborileando con los dedos en la mesa del comedor de oficiales, miró con fijeza a Pitt, que ni siquiera parpadeó.

—¿Y dice que el barco está en peligro?

—Sí —contestó Pitt—; yo, el almirante Sandecker y varios altos cargos del FBI y la CIA.

—Qué tontería —se oyó decir con claridad al capitán, mientras se le ponían blancos los nudillos en el apoyabrazos—. Que uno de los barcos de la compañía haya sufrido un desastre no quiere decir que se repita. Este barco no podría ser más seguro. Lo he revisado personalmente centímetro a centímetro. ¡Si hasta supervisé su construcción! —Su mirada irritada se posó sucesivamente en Pitt, Giordino y los cuatro integrantes del equipo de inspección enviado por la constructora—. Hagan lo que consideren necesario, pero tengan en cuenta esta advertencia: como interfieran con el gobierno de este barco a lo largo del viaje, juro que les dejaré en el primer puerto, no importan las medidas con que me pueda sancionar la dirección.

Rand O'Malley, un personaje tan arisco como Baldwin, sonrió sardónicamente.

—Le aseguro, capitán, y hablo como jefe del equipo de inspección, que no vamos a ser ningún obstáculo. Eso sí, confío en contar con su cooperación si encontramos problemas en alguno de los sistemas de seguridad.

—Busquen, busquen —murmuró Baldwin—. Les aseguro que no encontrarán nada peligroso para el barco.

—Le aconsejo esperar hasta que llegue el informe de los submarinistas que están inspeccionando el fondo del casco —dijo Pitt.

—No veo ninguna razón para esperar —replicó Baldwin.

—Existe la posibilidad de que encuentren algún objeto extraño pegado al casco.

—No estamos en una serie de televisión, señor Pitt —dijo el capitán con tono indiferente.

Durante cerca de medio minuto no se oyó ni el vuelo de una mosca. Luego Pitt se levantó con una gélida sonrisa en los labios, y la mirada clavada en los ojos de Baldwin.

Giordino previó lo que se avecinaba y pensó, feliz: Eso, Dirk, pégale un buen repaso a este creído, que le das mil vueltas.

—Ya veo que no tiene usted ni idea del peligro que corre su barco —dijo Pitt, extremadamente serio—. En esta mesa, el único que presenció el horror del incendio del *Emerald Dolphin* soy yo. Vi morir a centenares de hombres, mujeres y niños, unos quemados y otros ahogados antes de poder rescatarles. El fondo del mar está sembrado de barcos cuyos capitanes se creían invencibles, inmunes a la catástrofe: el *Titanic*, el *Lusitania*, el *Morro Castle*... Ninguno de ellos hizo caso a los malos presagios ni a las señales de peligro, y lo pagaron muy caro. Cuando a este barco y a sus pasajeros les llegue el momento, capitán Baldwin, porque cuente con que les llegará, ocurrirá todo tan deprisa que ni usted ni su tripulación tendrán tiempo de reaccionar. La crisis será como una bofetada, y saltará en el lugar más insospechado. Entonces será demasiado tarde. El *Golden Marlin*, y todas las personas que viajan a bordo, estarán muertos, y será usted quien lleve sus muertes sobre la conciencia.

Hizo una pausa para levantarse.

—Seguro que ahora mismo, mientras discutimos —continuó—, las personas que se han propuesto destruir el barco ya están a bordo, haciéndose pasar por oficiales suyos, por miembros de la tripulación o bien por pasajeros. ¿Entiende la gravedad de la situación, Baldwin?

Curiosamente, Baldwin no pareció enfadarse. Su expresión era distante, sin ningún rastro de emoción.

—Le agradezco su opinión, señor Pitt —dijo lacónicamente—. Tendré en consideración sus palabras. —Se levantó y caminó hacia la puerta—. Gracias, caballeros. Zarparemos dentro de exactamente treinta minutos.

Cuando no quedó nadie en la sala excepto Pitt, Giordino y O'Malley, Giordino se apoyó en el respaldo de la silla y cruzó los pies irreverentemente encima de la mesa.

—Zarparemos dentro de exactamente media hora —dijo imitando a Baldwin—. Menudo hueso, ¿eh?

—Un hueso duro de roer —observó O'Malley.

Tanto a Pitt como a Giordino les cayó bien enseguida.

—Espero que usted nos tome más en serio que el capitán Baldwin.

O'Malley no dejó ningún diente por enseñar.

—Si ustedes tuvieran razón, y no digo que no la tengan, yo no pienso morirme en este absurdo monumento a la avaricia humana.

—Deduzco que no le acaba de gustar —dijo Pitt, divertido.

—Es excesivo —dijo O'Malley despectivamente—. Hay más dinero y más tiempo gastados en la decoración palaciega que en la maquinaria, en lo puramente técnico; y, aunque digan que le han hecho tantas pruebas, no me sorprendería que se hundiera, o que no volviera a subir a flote.

—No sé por qué, pero me da mala espina oírlo decir esto a un experto en construcción naval —murmuró Giordino.

Pitt se cruzó de brazos.

—A mí lo que más me preocupa es que el desastre sea provocado.

O'Malley le miró.

—¿Sabe cuántos sitios hay donde un loco podría poner explosivos capaces de hundir el barco?

—Si se navega a gran profundidad, ese resultado lo obtendría prácticamente cualquier fractura en el casco.

—Sí, y cualquier agujero en los tanques de lastre.

—No he tenido tiempo de estudiar los planos y las especificaciones del barco, solo le he echado un vistazo esta noche —dijo Pitt—, pero debe de haber un sistema de evacuación submarina.

—Sí —contestó O'Malley—, lo hay, y bueno. En vez de botes

salvavidas, los pasajeros se meten en las cápsulas que tienen asignadas, con capacidad para cincuenta personas. Luego, la puerta de entrada se cierra herméticamente. Al mismo tiempo se abren las puertas exteriores, se envía un chorro de aire al sistema de expulsión y las cápsulas se desprenden del barco y salen a la superficie. Le aseguro que es eficaz; lo sé porque fui uno de los asesores del proyecto.

—Si quisiera desactivar el sistema de evacuación, ¿cómo lo haría?

—No es una idea muy agradable.

—Hay que tener en cuenta todas las posibilidades.

O'Malley se rascó la cabeza.

—Yo optaría por provocar un fallo en el sistema de expulsión de aire.

—Les agradecería a usted y su equipo que verificasen muy a fondo el sistema, por si ha sufrido alguna manipulación —dijo Pitt.

O'Malley le miró con los ojos entornados.

—Ya que me juego la vida, comprenderá que cualquier inspección que haga será lo más minuciosa posible.

Giordino se miró con desinterés las uñas de una mano.

—Una verdad como un templo. Espero.

El personal del muelle soltó las amarras de los norays para que fueran recogidas a bordo del *Golden Marlin*, segundos antes de que fueran activados los propulsores de estribor y el barco empezara a apartarse del muelle en sentido lateral. Más de mil personas habían acudido a ver zarpar el primer crucero submarino en su viaje inaugural. El gobernador de Florida, y otras personalidades y famosos, pronunciaron discursos desde una tribuna. La banda de música de la Universidad de Florida interpretó un popurrí de canciones marineras, seguidas por la actuación de un grupo caribeño de marimbas y percusiones. Cuando el barco empezó a separarse del muelle, ambos grupos se sumaron a la orquesta del *Golden Marlin* para interpretar la clásica canción de marineros «Until We Meet Again». Bajo una lluvia de serpentinas y confeti, los pasajeros intercambiaban gritos y saludos con el público del muelle. Fue una escena muy conmovedora. Pitt quedó sorprendido por la cantidad de mujeres que se enjugaban las lágrimas. Incluso Kelly se emocionó con aquella despedida tan calurosa.

Pitt no veía ni rastro de los submarinistas. Tampoco recibían respuesta sus intentos de ponerse en contacto con el capitán Baldwin, en el puente. Estaba nerviosísimo, pero no podía evitar que el barco emprendiera su singladura.

Antes de que el *Golden Marlin* abandonase el canal y accediese a las verdosas aguas de la costa de Florida, todos los pasajeros fueron convocados al teatro para que Paul Conrad, el segundo de a bordo, dedicara unas palabras al funcionamiento del crucero submarino y su sistema de evacuación. Kelly se sentó hacia el final de las primeras filas; Pitt casi al fondo, en el extremo opuesto. Entre los pasajeros había seis familias negras, pero ninguno de los varones presentaba el más remoto parecido con Omo Kanai. En cuanto terminó la exposición, sonaron varios golpes de gong y los pasajeros fueron conducidos hacia sus correspondientes zonas de evacuación.

Giordino colaboraba con el equipo de inspectores en la búsqueda de explosivos o indicios de que alguna parte de la maquinaria estuviera en mal estado, mientras Pitt y Kelly, con la ayuda del sobrecargo, identificaban a los pasajeros por sus nombres y camarotes. Era una búsqueda lenta. A la hora de comer aún les quedaba más de la mitad de la lista de pasajeros, sin contar a la tripulación.

—Empiezo a dudar de que esté a bordo —dijo Kelly, cansada.

—También es posible que viaje como polizón —dijo Pitt, examinando las fotos de los pasajeros realizadas por el fotógrafo del barco durante el embarque. Expuso una de ellas a la luz y se fijó en los rasgos faciales del retratado. A continuación le pasó la foto a Kelly—. ¿Te suena?

Ella, después de mirarla unos minutos, leyó el nombre y sonrió.

—Parecerse, está claro que se parece. Lástima que el señor Jonathan Ford sea blanco.

Pitt se encogió de hombros.

—Ya, ya. En fin, sigamos.

A las cuatro de la tarde, toda la megafonía del barco emitió una interpretación de carillón de «By the Sea, By the Beautiful Sea». Era la señal de que el barco estaba a punto de sumergirse. Los pasajeros acudieron corriendo a encontrar asiento ante los ojos de buey. El barco empezó a descender lentamente bajo la superficie, sin que se apreciara ninguna vibración o disminución de velocidad; parecía que lo que se elevara fuera el mar, mientras el *Golden Marlin* se hundía en un torbellino de burbujas que desapareció con la misma rapidez con la que el sol y el cielo, intensamente luminosos, daban paso a un vacío líquido de color azul oscuro.

Los motores magnetohidrodinámicos funcionaban silenciosamente y sin temblores. Para los pasajeros, la única sensación de movimiento provenía de la circulación del agua ante los ojos de buey. Los regeneradores de aire eliminaban el dióxido de carbono y renovaban el aire respirable de la embarcación.

A pesar de que al principio había muy poco en que fijarse, todos estaban absortos por la aparición de otro mundo, situado por debajo del que estaban acostumbrados a ver. Pronto empezaron a observarse peces que no mostraban gran interés por la enorme nave que invadía sus dominios. Al otro lado de los ojos de buey pasaban peces tropicales, en una sinfonía de violetas, amarillos y rojos fluorescentes. Los habitantes del agua salada eran mucho más espectaculares que sus parientes de los lagos y ríos de agua dulce, pero desaparecieron en cuanto el barco bajó a más profundidad.

Un banco de barracudas se deslizó perezosamente junto al barco, con sus cuerpos alargados brillando como si estuvieran recubiertos de purpurina plateada, sus negros ojos sin vida acechando posibles alimentos y sus labios inferiores protuberantes. No les costaba ningún esfuerzo mantenerse junto al barco, pero de pronto, en un brusco cambio de dirección, desaparecieron.

Los pasajeros del lado de babor tuvieron el privilegio de ver un enorme pez luna. Su gigantesco cuerpo oval —tres metros de largo, casi los mismos de alto y un peso que debía de rondar las dos toneladas— poseía una especie de lustre metálico, de tonos blancos y anaranjados. Era un pez muy peculiar, dotado de grandes aletas dorsales y anales, cuyo cuerpo parecía haberse olvidado de crecer a lo largo. La cola, muy grande, quedaba justo debajo de la cabeza. El inofensivo gigante de las profundidades no tardó en quedar atrás.

Los biólogos marinos contratados por la compañía describían los peces y explicaban sus características, su comportamiento y sus pautas migratorias. Después del pez luna pasaron dos peces martillo, pequeños, de menos de dos metros de longitud. A los pasajeros les parecía mentira que pudiera haber un pez con una protuberancia horizontal tan grande en la cabeza y un ojo a cada extremo. Los animales, curiosos, se mantenían junto a los ojos de buey, observando con un solo ojo a los extraños seres del otro lado. Pronto, sin embargo, como el resto de los peces, se cansaron del intruso gigante y, con un grácil coletazo, propulsaron sus elegantes cuerpos hacia la oscuridad.

Al lado de cada ojo de buey había indicadores digitales de profundidad. Conrad, el segundo de a bordo, anunció por megafonía que estaban a ciento ochenta metros, acercándose al fondo. En ese momento, como un solo hombre, los pasajeros se aproximaron a los ojos de buey y miraron hacia abajo, mientras el lecho marino iba apareciendo y ensanchándose bajo la embarcación: un paisaje que antes de la subida del océano había estado cubierto de coral y que ahora lo estaba de antiguas conchas, limo y abruptas formaciones de lava solidificada que albergaban múltiples formas de vida. Como a aquella profundidad desaparecían los colores vivos, así como los rojos y amarillos, el fondo tenía tonos entre verdes y marrones. Ornato de aquel páramo eran las miríadas de peces que lo habitaban. Los pasajeros quedaron embelesados por la oportunidad de ver aquel extraño mundo con una visibilidad superior a los sesenta metros.

Quince metros por encima del fondo marino, en la cúpula de proa —que servía de puente y sala de mando—, el capitán Baldwin gobernaba el *Golden Marlin* con mano precavida, atento a cualquier cambio inesperado del terreno. El radar y el sonar de barrido lateral leían el fondo en un radio de casi un kilómetro, y gracias a ello los operadores tenían tiempo de sobra para cambiar de rumbo y emprender el ascenso si de pronto aparecía una elevación rocosa. El rumbo de los diez días siguientes había sido trazado con extrema minuciosidad. Un reconocimiento oceanográfico contratado a una empresa privada había estudiado el lecho entre las islas del canal, marcando las profundidades en previsión del viaje. En ese momento, el rumbo lo marcaban los ordenadores de a bordo.

De repente el fondo desapareció, y el *Golden Marlin* quedó flotando sobre una sima de tres mil pies de profundidad, dos mil por encima del límite establecido para el casco por los arquitectos del barco. Baldwin dejó el timón a su tercer oficial y se volvió hacia el oficial de comunicaciones, que venía a entregarle un mensaje. El capitán lo leyó y su rostro adoptó una expresión interrogante.

—Busque al señor Pitt, y que suba al puente —ordenó a un marinero que parecía hipnotizado por la visión del exterior.

Pitt y Kelly no habían tenido tiempo de disfrutar del paisaje submarino porque aún estaban en el despacho del sobrecargo estudiando los perfiles de la tripulación. Cuando le informaron de que el capitán quería verle, Pitt subió al puente. Baldwin le encajó el mensaje casi sin darle tiempo ni de cruzar la puerta.

—A ver qué le parece —dijo.

Pitt leyó el mensaje en voz alta:

—«Exponemos a su atención que los cadáveres de los submarinistas que debían inspeccionar el fondo de su barco han aparecido atados a los pilares del embarcadero, bajo la superficie del canal. Las primeras investigaciones indican que han sido asesinados por uno o varios desconocidos, con una puñalada en la espalda que ha hecho llegar la hoja hasta el corazón. Esperamos su respuesta».

Lo firmaba el teniente Del Carter, de la policía de Fort Lauderdale.

Pitt se sintió culpable de pronto, ya que era él quien había enviado a Frank y Caroline Martin a la muerte, aunque entonces no lo supiera.

—¿A qué profundidad estamos? —preguntó secamente.

—¿Profundidad? —repitió Baldwin, azorado—. Hemos superado la plataforma continental y estamos en aguas profundas.

—Señaló el indicador de encima de las ventanas—. Véalo usted mismo. El fondo queda a unos setecientos metros de nuestra quilla.

—¡Dé la vuelta inmediatamente! —ordenó Pitt sin ambages—. Navegue hacia aguas poco profundas antes de que sea demasiado tarde.

El rostro de Baldwin se endureció.

—Pero ¿qué dice?

—Si han asesinado a los submarinistas, es que habían encontrado explosivos en el casco del barco. No es que se lo pida, capitán. Por el bien de todos los que van en este barco, dé media vuelta y pase a aguas poco profundas antes de que sea demasiado tarde.

—¿Y si no? —le retó el capitán.

Los ojos verdes de Pitt adquirieron la frialdad del Ártico y se clavaron en Baldwin como punzones. El tono de su respuesta fue digno del mismísimo diablo.

—¡Si no, le juro por toda la humanidad que le mataré y le relevaré al mando del barco!

Baldwin retrocedió como si le hubieran clavado una lanza. Tardó un buen rato en recuperarse, pero cuando lo hizo sus labios blanquecinos dibujaron una sonrisa tensa. Entonces se volvió hacia el timonel, que tenía los ojos tan abiertos por la sorpresa que parecían tapacubos de coche.

—Invierta el rumbo a máxima velocidad. —Y añadió—: ¿Satisfecho, señor Pitt?

—Le sugiero dar la señal de alarma y distribuir a los pasajeros por los puntos de evacuación de las cápsulas.

Baldwin asintió.

—Considérelo hecho. —Se volvió hacia Conrad, el segundo de a bordo, y le ordenó—: Saque agua de los tanques de lastre. Cuando lleguemos a la superficie podremos doblar la velocidad.

—Ojalá estemos a tiempo —dijo Pitt, algo menos tenso—. Si no, tendremos que elegir entre ahogarnos o morir de asfixia viendo pasar los peces.

Kelly estaba sentada en el despacho del sobrecargo, repasando los currículos de la tripulación. De repente notó que no estaba sola, y al levantar la vista vio que alguien había entrado sin hacer ruido. Se trataba de un hombre con camisa de golf y pantalones cortos, cuya sonrisa no presagiaba nada bueno. Reconoció enseguida al pasajero cuya foto Pitt le había mostrado antes. Como el hombre no decía nada, observó su cara y empezó a sentir un hormigueo de miedo.

—Usted se llama Jonathan Ford.

—¿Me conoce?

—Pues… no, la verdad es que no —balbuceó Kelly.

—Debería. Coincidimos fugazmente en el *Emerald Dolphin*.

Kelly no sabía qué pensar. Entre aquel individuo y el oficial negro que había intentado matarles a ella y a su padre había algo más que un simple parecido, pero el primero era blanco.

—No puede ser…

—Pues es. —La sonrisa se ensanchó—. Ya veo que la he engañado.

Sin decir nada más, se sacó un pañuelo del bolsillo de los pantalones, mojó una esquina con la lengua y se la pasó por encima de la mano izquierda. El maquillaje blanco dejó a la vista un trozo de piel marrón.

Kelly se levantó como pudo y trató de correr hacia la puerta, pero el hombre la cogió por los brazos y la inmovilizó contra la pared.

—Me llamo Omo Kanai, y tengo órdenes de llevármela.

—¿Adónde? —dijo ella, ronca por el miedo y con la inverosímil esperanza de que aparecieran Pitt y Giordino.

—¿Adónde va a ser? A casa.

Kelly no le encontró sentido a aquella respuesta. Lo único claro era la maldad de la mirada de Kanai al aplicarle a la cara un trapo empapado en un líquido de olor extraño. Entonces Kelly vio abrirse a sus pies un pozo negro, y cayó en él.

30

Se había convertido en una carrera contra la muerte. Para Pitt, la existencia de explosivos en el casco estaba fuera de toda duda. Los Martin los habían descubierto, pero habían sido asesinados antes de poder avisar al capitán Baldwin. Llamó a Giordino por la radio portátil.

—Oye, no sigas buscando. Llama a los inspectores, los explosivos no están dentro del barco.

Giordino se limitó a dar la señal de recibido y subir corriendo al puente.

—¿Qué sabes que yo no sepa? —preguntó al irrumpir por la puerta, seguido por Rand O'Malley.

—Acaban de informarnos de que han asesinado a los submarinistas —les dijo Pitt.

—Pues ya está todo claro —murmuró Giordino con indignación.

—¿Los que inspeccionaban el fondo del barco? —preguntó O'Malley.

Pitt asintió con la cabeza.

—Empieza a parecer que los explosivos estén programados para detonar cuando estemos en aguas profundas.

—Como ahora —dijo en voz baja Giordino, mirando inquieto el indicador de profundidad.

Pitt se volvió hacia Baldwin, que estaba con el timonel frente al tablero de mandos.

—¿En cuánto tiempo llegaremos a aguas poco profundas? —preguntó.

—En veinte minutos habremos llegado al borde de la fosa y estaremos en el talud continental —contestó el capitán, que, convencido al fin de que su barco corría auténtico peligro, empezaba a delatar cierta tensión—. En diez minutos más saldremos a la superficie y podremos doblar la velocidad para llegar a aguas poco profundas.

El marinero que vigilaba la consola principal del barco dijo de pronto:

—Capitán, hay problemas con las cápsulas de evacuación.

Baldwin y O'Malley se acercaron, y al ver el tablero de mandos pusieron cara de susto. De las dieciséis luces que representaban las cápsulas de evacuación, quince estaban rojas y solo una permanecía verde.

—Las han activado —dijo Baldwin entrecortadamente.

—Sí, antes de que haya podido subir nadie —añadió sombríamente O'Malley—. Ahora ya no podremos evacuar el barco.

La visión de una explosión en el casco, con el agua penetrando en la nave y arrastrándola al abismo con setecientas personas entre pasajeros y tripulación, era demasiado horrible para imaginársela, pero demasiado real para no tenerla en cuenta.

Pitt comprendió que el culpable de haber activado las cápsulas de evacuación ya debía de haber abandonado el barco en una de ellas, y dedujo que la detonación de los explosivos podía ser inminente. Entonces se acercó a la pantalla del radar, situada justo al lado de la del sonar de barrido lateral: el talud continental iba subiendo, pero no lo bastante deprisa. Aún tenían debajo casi trescientos metros de agua. El casco del *Golden Marlin* estaba hecho para soportar la presión propia de tales profundidades, pero las posibilidades de rescate quedarían prácticamente descartadas. Todas las miradas estaban pendientes del indicador de profundidad. Todos los cerebros contaban los segundos.

El fondo, mientras tanto, subía con angustiosa lentitud. Solo faltaban treinta metros para que el barco saliera a la superficie. Cuando el *Golden Marlin* superó el borde del talud continental y el fondo pasó a estar a menos de doscientos metros del casco, se oyó un suspiro colectivo de alivio en la sala de mando. Al otro lado de los ojos de buey de observación, el agua estaba aclarándose mucho y ya se veía chispear la móvil superficie bajo el sol.

—Ciento sesenta y cinco metros de profundidad, y seguimos subiendo —dijo Conrad.

Nada más salir de su boca estas palabras, el barco se estremeció con una fuerza aterradora. Casi no hubo tiempo de reaccionar ni de pensar en el desastre inevitable. El *Golden Marlin* perdió el rumbo y se volvió ingobernable. Sus motores, un prodigio de la técnica, dejaron de funcionar, mientras el mar, hambriento, penetraba por la doble herida infligida por los explosivos submarinos.

El barco quedó a la deriva, a merced de una débil corriente, pero hundiéndose inexorablemente hacia el fondo del mar. Al mismo tiempo, empezaron a entrar toneladas de agua por el casco, inundando zonas que los ocupantes de la sala de mando aún no tenían identificadas. La superficie se veía tan cerca, tan angustiosamente próxima, que parecía posible tocarla con un palo.

Baldwin no se hacía ilusiones. Su barco se estaba hundiendo.

—Llama a la sala de máquinas y pídele al jefe que evalúe los daños —ordenó con tono áspero a su segundo de a bordo.

La respuesta fue casi inmediata.

—El jefe de máquinas informa de que les está entrando agua en la sala de máquinas. También se está inundando el compartimiento de equipajes, pero el casco aún está intacto. Ha puesto las bombas a su máxima capacidad. También informa de que el sistema de bombeo del tanque de lastre ha quedado dañado por la explosión de proa, y de que está entrando agua en los tanques por los tubos de evacuación. La tripulación intenta cortar las vías de agua, pero sube demasiado deprisa y es posible que tengan que evacuar la sala de máquinas. Lo siento, señor, pero el jefe de máquinas dice que ya no puede evitar que el barco pierda la flotabilidad neutral.

—Dios mío —murmuró un joven oficial que estaba frente al tablero de mandos—. Vamos a hundirnos.

Baldwin reaccionó deprisa.

—Dile al jefe que cierre todas las compuertas herméticas de abajo y mantenga en marcha los generadores todo el tiempo que pueda. —Miró a Pitt sin decir nada, con una mirada inexpresiva, y añadió—: Bueno, señor Pitt, va siendo hora de que me suelte algo así como «Le había avisado».

La expresión firme y pensativa de Pitt era la de un hombre que analizaba a fondo todas las posibilidades, todas las maneras de salvar el barco y a sus ocupantes. Era una cara que Giordino le había visto muchas veces. Negó lentamente con la cabeza.

—En este caso no me alegro de haber acertado.

—El fondo se acerca.

Conrad, el segundo de a bordo, no había dejado de estar pendiente ni un instante de las pantallas del radar y el sonar de barrido lateral. Sus palabras casi se solaparon con el momento en el que el *Golden Marlin* chocó con el fondo y, entre fuertes crujidos de protesta, su casco se asentó en el limo, levantando una gran nube de color marrón que tapó por completo la visibilidad de los ojos de buey.

A los pasajeros no les hizo falta haberlo visto en alguna película para darse cuenta de que se fraguaba una situación realmente trágica. Sin embargo, hasta que el agua llegó a las cubiertas de pasajeros y vieron caras de miedo entre la tripulación, ninguno de ellos, siendo como era su primer viaje en submarino, comprendieron la verdadera magnitud del peligro que corrían, y no hubo escenas de pánico. El capitán Baldwin intervino por megafonía para informar de que, aunque el *Golden Marlin* se hubiera quedado sin energía, era cuestión de poco tiempo volver a la normalidad. Sus palabras no convencieron ni a los pasajeros ni a la tripulación, que ya se había dado cuenta de que casi todas las cámaras de las cápsulas estaban vacías. Hubo gente que, confusa, siguió deambulando por la zona, otros se quedaron ante los ojos de buey de observación, viendo pasar los peces que aparecieron al depositarse el limo, y otros se retiraron al salón y pidieron bebidas, que iban a cuenta de la casa.

El capitán Baldwin y sus oficiales empezaron a estudiar procedimientos de emergencia sacados de manuales de empresa cuyos autores no tenían ni idea de qué hacer con un crucero submarino perdido en el fondo del mar con setecientas almas a bordo. Mientras se procedía a inspeccionar el casco para asegurarse de que aún fuera casi del todo hermético y se cerraban los mamparos, el personal técnico puso en marcha las bombas para compensar el agua que entraba en la sala de máquinas y en el compartimiento de equipajes. Por suerte, parecía que las explosiones no hubieran afectado a ningún sistema aparte del de propulsión.

Baldwin estaba sentado en la sala de comunicaciones. Parecía aturdido. Haciendo un gran esfuerzo, estableció comunicación primero con Lasch en la sede de la empresa, luego con la Guardia Costera y, por fin, con cualquier barco en ochenta kilómetros a la redonda. También emitió una señal de auxilio y facilitó la posición del *Golden Marlin*, después de lo cual se recostó en el respaldo con la cabeza apoyada en las manos. Al principio temía por el fin de su larga carrera como marino, pero luego se dio cuenta de que en circunstancias así la carrera carecía por completo de importancia. Lo primero era su deber con los pasajeros y la tripulación.

—A la mierda la carrera —murmuró entre dientes.

Se levantó, cruzó el puente y entró en la sala de máquinas para recibir un parte exhaustivo. A continuación se paseó por el barco, tranquilizando a los pasajeros con el argumento de que no corrían peligro inmediato y el bulo de que había problemas con los tanques de lastre y los estaban reparando.

Pitt, Giordino y O'Malley bajaron a la cubierta de las cápsulas de evacuación, donde O'Malley empezó a abrir paneles de inspección y a revisar el sistema. El corpulento irlandés tenía un extraño don: el de infundir seguridad. Conocía muy bien su trabajo y no perdía el tiempo. Después de menos de cinco minutos de inspección, se apartó de los paneles abiertos, se sentó en una silla y suspiró.

—La persona que ha activado las cápsulas de evacuación sabía lo que hacía. Ha anulado los circuitos que enlazan con el puente, y ha activado las cápsulas usando los controles manuales de emergencia. Por suerte, parece que ha fallado una.

—Pues vaya consuelo —murmuró Giordino.

Pitt meneó lentamente la cabeza en un gesto de derrota.

—Desde el principio han estado dos pasos por delante de nosotros. No tengo más remedio que ponerles un sobresaliente en planificación.

—¿De quién habla? —preguntó O'Malley.

—De gente capaz de matar niños, como usted y yo mataríamos moscas.

—No tiene sentido.

—No, para alguien cuerdo no.

—Nos queda una cápsula para meter a los niños —dijo Giordino.

—Esa orden tendrá que darla el capitán —dijo Pitt mirando fijamente la cápsula que quedaba—. La cuestión es saber cuántos caben.

Una hora después, llegó una lancha de la Guardia Costera, recogió la boya anaranjada con una línea telefónica que había soltado el *Golden Marlin* y estableció comunicación con el barco. Baldwin aguardó hasta entonces para dar la orden de reunir a los pasajeros en el teatro y explicarles la situación. Se concentró en minimizar el peligro, y declaró que en caso de emergencia la normativa de la empresa exigía enviar a la superficie a los pequeños. Su discurso no fue bien recibido. Hubo preguntas. Se encendieron los ánimos, y el capitán se las vio y se las deseó para aplacar las iras, y el miedo.

Antes de embarcarlos, Pitt y O'Malley se sentaron ante un ordenador del despacho del sobrecargo y calcularon el número de personas que podía transportar la cápsula superando los límites de seguridad establecidos por el constructor pero sin dejar de subir hacia la superficie.

Mientras estaban absortos en su trabajo, Giordino salió en busca de Kelly.

—¿Cuántos niños hay a bordo? —preguntó O'Malley.

Pitt usó la lista de pasajeros del sobrecargo para calcularlo.

—Pasajeros de menos de dieciocho años, cincuenta y cuatro.

—Las cápsulas están hechas para transportar a cincuenta personas con un peso medio de setenta y cuatro kilos, y el límite total de peso es de tres mil setecientos cincuenta kilos. Por encima de eso ya no llegará a la superficie.

—Podemos dividir el número por dos, porque en principio

los niños deberían pesar la mitad. Menos: unos treinta y cinco kilos de media.

—Bueno, pues con esos casi mil novecientos kilos queda sitio para algunas madres —dijo O'Malley. Le resultaba extraño estar distinguiendo entre vidas que salvar.

—Partiendo de un peso medio de sesenta y cinco kilos, hay sitio casi para veintinueve madres.

O'Malley hizo el cómputo de las familias y los niños.

—Hay veintisiete madres a bordo —dijo con un asomo de optimismo—. ¡Sería magnífico poder evacuarlas a todas con sus hijos!

—Tendremos que saltarnos la nueva tradición de mantener unidas a las familias —dijo Pitt—. Los hombres suman demasiado peso.

—Estoy de acuerdo —dijo O'Malley, cariacontecido.

—Nos queda sitio para una o dos personas.

—Sí, pero no vamos a pedirles a los otros seiscientos dieicisiete pasajeros y tripulantes que lo echen a suertes.

—No —dijo Pitt—. Tenemos que enviar a alguien, a uno de nosotros, capaz de dar un buen informe de la situación, un parte más detallado de lo que permiten las comunicaciones submarinas.

—Yo soy más importante aquí abajo —dijo firmemente O'Malley.

En ese momento regresó Giordino, y no se le veía muy contento.

—Kelly ha desaparecido —dijo a bocajarro—. He organizado un equipo de búsqueda, pero no hay manera de encontrarla.

—Maldita sea —dijo Pitt.

No le hizo preguntas a su amigo, ni dudó un solo momento de que Kelly, en efecto, hubiera desaparecido. Se lo confirmaba su instinto. De repente vino a su mente la imagen de un pasajero. Abrió la lista en el ordenador y tecleó el nombre de Jonathan Ford.

La foto de Ford tomada al subir a bordo por la pasarela llenó la pantalla. Entonces Pitt pulsó la tecla de imprimir y esperó a que saliera una imagen en color de la impresora. Mientras O'Malley y Giordino guardaban silencio, Pitt examinó el rostro y lo comparó mentalmente con el piloto del Fokker rojo, con quien había hablado antes de la batalla aérea. Luego se llevó la imagen a una mesa, cogió un lápiz y empezó a sombrear la cara. Al terminar sintió como si hubiese recibido un puñetazo en la barriga.

—Estaba a bordo, y se me ha escapado.

O'Malley, totalmente confuso, preguntó:

—¿De quién habla?

—De un hombre que en Nueva York casi nos mata a mí y un grupo de niños; del culpable de que estemos en el fondo del mar sin poder hacer nada, del que ha soltado las cápsulas de evacuación vacías. Sospecho que se ha escapado en una de ellas, llevándose a Kelly.

Giordino le puso una mano en el hombro. Se daba cuenta de lo mal que se sentía. Él también tenía la sensación de haber fallado, y era algo que le obsesionaba.

Tras grabarse en la memoria el número del camarote de Ford, Pitt salió corriendo al pasadizo, seguido por Giordino y O'Malley. Sus ánimos no estaban como para entretenerse en pedirle la llave a la encargada de los camarotes. Echó la puerta abajo de una patada. Se había arreglado la habitación, pero no se veía equipaje. Pitt abrió los cajones de las cómodas. No había nada. Giordino abrió el armario y vio un objeto blanco en el estante superior. Se puso de puntillas y bajó un grueso rollo de papel, que abrió sobre la cama.

—Los planos del barco —murmuró O'Malley—. ¿De dónde los ha sacado?

Con un escalofrío, Pitt comprendió que raptar a Kelly figuraba entre las misiones de Ford.

—Le respalda un dispositivo de inteligencia inmejorable. Ha tenido ocasión de familiarizarse minuciosamente con todos los sistemas y los mecanismos, con todas las cubiertas, los mamparos y las estructuras.

—Eso explica que supiera dónde colocar los explosivos y cómo activar manualmente las cápsulas de evacuación —dijo O'Malley.

—Aquí ya no podemos hacer nada —dijo Giordino—; como máximo, pedirles a los de la Guardia Costera que busquen un barco que rondaba por la zona para recoger de la cápsula a este individuo y a Kelly.

Al asimilar la huida de Ford y el secuestro de Kelly como terribles realidades, Pitt tuvo una profunda sensación de ineptitud e inutilidad. No podía hacer nada para ayudarla, o para rescatarla. Abatido, se dejó caer en una silla. Entonces sintió por todo el cuerpo una frialdad aún más mortal, que esta vez no tenía nada que ver con el destino de Kelly. Ya no quedaban cápsulas. Imposible recuperarlas y volverlas a llenar. A su modo de ver, las esperanzas de salvar al resto de los ocupantes del barco, más de seiscientos, eran escasas. Al cabo de unos segundos de quedarse sentado apáticamente, miró el rostro silencioso y expectante de O'Malley y dijo:

—Usted conoce el barco al dedillo.

No había sido una pregunta, sino una afirmación. Como no sabía a qué venía, O'Malley vaciló.

—Sí, soy el que mejor lo conoce.

—¿Hay algún otro sistema de evacuación aparte de las cápsulas?

—No acabo de entenderle.

—¿El constructor instaló un sistema de cámara estanca para operaciones de salvamento?

—¿Se refiere a una escotilla de configuración especial encima del casco?

—Exacto.

—Sí, hay una, pero sería imposible rescatarnos a los seiscientos antes de que se acabase el oxígeno.

—¿Cómo que no? —preguntó Giordino—. ¡Si ya hay operaciones de rescate en marcha!

—¿No lo saben?

—Como no nos lo explique… —dijo Pitt con dureza.

—El *Golden Marlin* no está diseñado para quedarse más de cuatro días sin subir a la superficie. Es el límite de tiempo antes de que el aire se vuelva irrespirable.

—Creía que los regeneradores de aire renovaban la atmósfera interior indefinidamente —dijo Giordino, sorprendido.

O'Malley negó con la cabeza.

—Son muy eficaces, de lo mejor para renovar el aire, pero llega un punto en que el dióxido de carbono acumulado por setecientos seres humanos en una atmósfera cerrada supera la capacidad de los depuradores y los filtros, y entonces el equipo de purificación del aire empieza a fallar. —Se encogió de hombros con aire sombrío—. Y lo que digo solo es válido suponiendo que no se inunde el generador y nos quedemos sin energía, porque entonces el sistema de regeneración se apagará.

—Con suerte, cuatro días —dijo lentamente Pitt—. Mejor dicho, tres y medio, porque desde la inmersión ya han pasado casi doce horas.

—La marina de Estados Unidos tiene un vehículo de rescate submarino que podría encargarse de la operación —dijo Giordino.

—Sí, pero entre la movilización y el transporte tanto del vehículo como del personal humano, más los preparativos del rescate, podrían pasar perfectamente cuatro días. —O'Malley hablaba con lentitud y enfatizando cada sílaba—. Para cuando bajen y se conecten a la cámara, será demasiado tarde y solo podrán salvar a unos cuantos.

Pitt se volvió hacia Giordino.

—Al, es necesario que subas con las madres y los niños.

Se produjo un intervalo de unos cinco segundos, llenos de incredulidad y de perplejidad, hasta que Giordino desahogó su indignación.

—El hijo de la señora Giordino no es ningún cobarde. No pienso abandonar el barco escondiéndome entre faldas.

—Hazme caso —le rogó Pitt—. Si colaboras conmigo desde la superficie, habrá muchas más posibilidades de que salvemos a todos.

Giordino estuvo a punto de preguntar por qué no subía él, pero acabó aceptando la validez del razonamiento de Pitt.

—Vale, pero ¿y cuando llegue a la superficie?

—Es fundamental que consigamos bajar un conducto para purificar el aire.

—¿Y cómo voy a conseguir ciento cincuenta metros de manguera, una bomba capaz de suministrar el aire necesario para la supervivencia de seiscientas diecisiete personas y un sistema para conectarlo todo al barco hundido?

Pitt miró a quien llevaba casi cuarenta años siendo su amigo y sonrió.

—Te conozco, algo se te ocurrirá.

31

En el plazo de cinco horas a partir del hundimiento del *Golden Marlin*, llegaron cuatro barcos al lugar donde se había producido: el *Joseph Ryan*, de la Guardia Costera, el petrolero *King Zeus*, el remolcador de alta mar de la marina estadounidense *Orion* y el carguero *Compass Rose*. En poco tiempo se les unió desde Miami y Fort Lauderdale una flota de yates y lanchas motoras, que acudían por curiosidad más que por ganas de colaborar en el rescate. El almirante Sandecker había enviado un barco de salvamento de la NUMA desde Savannah, pero todavía faltaban doce horas para su llegada.

El vehículo autónomo de rescate submarino *Mercury*, su equipo de operaciones y su barco nodriza, el *Alfred Aultman*, estaban acudiendo a toda máquina al lugar del desastre desde Puerto Rico, donde les había llevado una misión de prácticas. Mientras tanto, el barco de la Guardia Costera se encargaba de transmitirle al capitán del *Alfred Aultman* los exhaustivos informes del capitán Baldwin sobre el estado del crucero hundido.

Abajo, en el *Golden Marlin*, los hijos de los pasajeros eran embarcados junto con sus madres en la cápsula de evacuación, una vez que O'Malley hubo reparado el mecanismo de expulsión. Todo eran lágrimas al despedirse de los padres, y en muchos casos de otros parientes de mayor edad, sobre todo abuelos. Entre los más pequeños hubo varios niños que al entrar en el exiguo espacio de la cápsula empezaron a llorar a pleno pulmón, y era dificilísimo o imposible serenarles.

Giordino, que procuraba no dejarse afectar por el llanto de los niños y las madres, estaba más desolado que nunca por ser el único varón que abandonaba el barco.

—Me siento como el que subió a un bote salvavidas del *Titanic* disfrazado de mujer.

Pitt le pasó un brazo por los hombros.

—Arriba tu papel será decisivo para la operación de rescate.

—Me quedará un trauma —se quejó Giordino—. Más vale que te salga bien, ¿eh?, porque como todo salga mal y no lo consigas...

—Lo conseguiré —le aseguró Pitt—, pero con la condición de que dirijas el rescate en los momentos cruciales.

Se dieron un último apretón de manos mientras Pitt le empujaba hacia el único asiento libre de la cápsula de evacuación. De repente una madre angustiada puso en brazos de Giordino a su lloroso hijo, y a Pitt le costó reprimir una sonrisa burlona. El italiano, duro y bajito, ponía la misma cara de agobio que si se hubiera sentado sobre cristales rotos. Pitt no recordaba haberle visto jamás tan mala cara como cuando se cerró con un siseo la puerta de la cápsula y se activó la secuencia de expulsión. Sesenta segundos después se oyó un ruido como de chorro y la cápsula emprendió el camino hacia la superficie. Como su carga rozaba el límite de flotabilidad, se elevaba muy despacio.

—Bueno, supongo que ahora lo único que se puede hacer es esperar —dijo O'Malley, que estaba detrás de Pitt.

—No —contestó Pitt—. Ahora hay que prepararse.

—¿Por dónde empezamos?

—Por la cámara estanca.

—¿Qué quiere saber?

—Si la escotilla es compatible con la del vehículo de rescate sumergible de la marina.

O'Malley asintió con la cabeza.

—Me consta que se diseñó de acuerdo con las especificaciones de la marina, para que, en caso de una emergencia como esta, pudiera acoplarse con su vehículo o sus cámaras de rescate.

Pitt ya estaba en la puerta.

—Lléveme allí. Quiero comprobarlo personalmente.

Subieron en ascensor a la cubierta donde estaba el comedor, atravesando la cocina, donde, a juzgar por el ajetreo de los cocineros, parecía que el viaje no hubiera sufrido ninguna interrupción. La escena, en circunstancias así, parecía irreal. Pitt siguió al ingeniero del barco por una estrecha escalerilla que les condujo a una pequeña estancia con bancos adosados al mamparo. En el centro había escalones por los que se subía a una plataforma, y encima de esta una escalera de mano que se metía por un túnel. La escotilla del fondo tenía cerca de un metro de diámetro. O'Malley entró en el túnel y la examinó. A Pitt le pareció que tardaba mucho en bajar. Cuando lo hizo, se sentó en la plataforma con expresión cansada.

Levantó la vista hacia Pitt y dijo:

—Su amigo es muy concienzudo.

—¿Por qué lo dice?

—Porque ha atascado la escotilla a martillazos. Para desatascarla haría falta una carga de plástico de cinco kilos.

Al mirar el túnel y fijarse en las abolladuras de la escotilla de escape, Pitt entendió la situación, y casi se le pusieron los pelos de punta.

—O sea, que no se puede pasar al vehículo de rescate.

—No, por aquí no —dijo O'Malley, consciente de que habían perdido cualquier esperanza de salvar a seiscientas diecisiete personas. Extravió la mirada en la cubierta y repitió—: Por aquí no. Ni por ningún otro sitio.

Pitt y O'Malley subieron al puente para darle la mala noticia al capitán Baldwin, que se la tomó con estoicismo.

—¿Están seguros? ¿No se puede forzar la escotilla de salvamento de ninguna manera?

—Quizá se pudiera cortar con un soplete —dijo Pitt—, pero entonces ya no podríamos evitar que entrara agua. A esta profundidad, debemos de estar a unas diecisiete atmósferas. Calculando una atmósfera cada diez metros, la presión del agua sobre nuestro casco es de unos cuarenta kilos por centímetro cuadrado. Es impensable que los pasajeros puedan meterse en el vehículo de salvamento a través del chorro de agua.

La expresión de Baldwin no era un espectáculo agradable.

Hombre de pocas emociones, no acababa de creerse que fueran a morir él y todos los ocupantes del *Golden Marlin*.

—Siempre hay esperanza —dijo Pitt, animoso—, pero no por los medios habituales.

Baldwin, con los hombros caídos, miró la cubierta con expresión ausente.

—Entonces lo único que podemos hacer es sobrevivir el máximo de tiempo.

Conrad, el segundo de a bordo, le pasó un teléfono a Pitt.

—El señor Giordino llama desde la superficie.

Pitt se acercó el auricular a la oreja.

—¿Al?

—Estoy en el barco de la Guardia Costera —dijo entre parásitos una voz conocida.

—¿Qué tal el viaje hasta la superficie?

—No estoy acostumbrado a tantos niños gritando. Me han reventado los tímpanos.

—Pero ¿va todo bien? —preguntó Pitt.

—Los niños y las madres están sanos y salvos. Les han trasladado a un carguero que tenía mejores instalaciones y ya han salido hacia el puerto más cercano. Aunque te digo una cosa: las mujeres no estaban muy contentas de separarse de sus maridos. He recibido más miradas asesinas que una serpiente de cascabel en una heladería.

—¿Se sabe algo de cuándo llegará el vehículo autónomo de rescate submarino?

—Aquí dicen que dentro de treinta y seis horas —contestó Giordino—. ¿Vosotros qué tal?

—Pues no muy bien. Nuestro amigo Kanai estaba a bordo, y antes de irse ha atascado la escotilla de salvamento.

Giordino tardó un poco en contestar, y lo hizo con una pregunta:

—¿Está muy mal?

—Encajada al máximo. Según O'Malley, es imposible forzarla sin que se inunde medio barco.

Giordino se resistía a creer que ya no hubiera ninguna esperanza para quienes seguían en el *Golden Marlin*.

—¿Estás seguro del todo?

—Segurísimo.

—Aquí, en todo caso, no tiraremos la toalla —prometió con firmeza—. Voy a llamar a Yaeger para que le plantee el problema a Max. Tiene que haber alguna manera de subiros.

Pitt notó que a su amigo empezaba a embargarle la emoción, y le pareció conveniente interrumpir la conversación.

—Vuelve a llamar de vez en cuando —dijo en broma—, pero que no sea a cobro revertido.

La tripulación y los pasajeros del crucero submarino hundido no tenían ni idea del huracán que se fraguaba sobre sus cabezas. Tras inundar la prensa y las cadenas de televisión con toda una semana de incesantes noticias sobre la tragedia del *Emerald Dolphin*, volvían como un maremoto, decididos a informar del hundimiento del *Golden Marlin* y la carrera contrarreloj para salvar a los que se habían quedado atrapados en el submarino. Tampoco faltaron las apariciones de famosos y políticos.

De repente, como por arte de magia, aparecían barcos llenos de cámaras y hordas de reporteros en avionetas y helicópteros. Cuando el crucero submarino no llevaba ni dos días en el fondo del mar, se congregó en el lugar del hundimiento una flota de casi cien barcos y lanchas. La Guardia Costera se encargaba de ahuyentar a los que no llevasen periodistas con acreditación.

El incendio del *Emerald Dolphin* había tenido como escenario una zona remota del Pacífico; no así el hundimiento del *Golden Marlin*, ocurrido a ciento cincuenta y seis kilómetros de la costa de Florida. No quedaba ningún enfoque informativo por abordar. A medida que transcurrían las horas y que se acercaba el final de los que estaban prisioneros en las profundidades, la agitación se convertía en fiebre. Al tercer día, el circo mediático funcionaba a toda máquina, listo para el capítulo final.

Con tal de conseguir algún testimonio del barco hundido, se aguzaba el ingenio hasta extremos inverosímiles. Hubo quien intentó pinchar la línea telefónica de la boya, pero la intervención de la Guardia Costera llegó al punto de disparar contra las proas de los barcos de los periodistas para impedir que molestasen a los técnicos que trabajaban sin descanso para salvar a las seiscientas diecisiete personas que quedaban a bordo.

Los supervivientes de la cápsula, mujeres y niños, eran entrevistados sin descanso. Los reporteros también trataron de acceder a Giordino, pero había subido al barco de investigación de la NUMA nada más llegar y se negaba a tener trato alguno con la prensa; prefería poner enseguida manos a la obra y ayudar a la tripulación a enviar a las profundidades al *Sea Scout*, un sumergible hermano del *Sea Sleuth* cuya misión era investigar e inspeccionar el casco del *Golden Marlin*.

Giordino gobernaba el sumergible con un mando a distancia en las rodillas. Cuando lo hizo flotar por encima de la escotilla de emergencia, en la parte más alta del casco, comprendió hasta qué punto era desesperada la situación. La imágenes del monitor de vídeo no hacían sino confirmar lo que le había dicho Pitt. La escotilla estaba atascada irreparablemente. Como máximo, se podía arrancar con explosivos o sopletes, pero a costa de que entrara el agua antes de que ningún superviviente pudiera salir. Tampoco era posible sellarla con el vehículo de rescate. La gente que había al otro lado no tenía ninguna otra vía de escape.

A la mañana siguiente llegó el barco que transportaba el vehículo de rescate submarino, y Giordino trasladó el centro de mando al *Alfred Aultman*, cuya tripulación se apresuró a ejecutar los preparativos para que el vehículo de rescate descendiera hasta el barco hundido. El capitán del barco, que se llamaba Mike Turner, dio la bienvenida a bordo a Giordino.

—Bienvenido al *Alfred Aultman* —dijo al estrecharle la mano—. La marina siempre se alegra de colaborar con la NUMA.

Los capitanes de la marina suelen caracterizarse por su actitud recelosa, como si hubieran pagado el barco de su propio bolsillo y lo reservaran para huéspedes selectos. La expresión de Turner, en cambio, era amistosa, y su actitud reflejaba una profunda inteligencia. Tenía los ojos de color avellana y el pelo rubio ya le escaseaba, con profundas entradas.

—Lástima que sea en circunstancias tan trágicas —respondió Giordino.

—Tiene razón —admitió Turner con aire grave—. Voy a pedirle a uno de mis oficiales que le lleve a su camarote. ¿Le apetece comer algo? Aún falta una hora para la inmersión del *Mercury*.

—Espero que me dé permiso para ir, a menos que ocupe un espacio necesario para otras funciones.

Turner sonrió.

—No se preocupe; tenemos sitio para veinte personas.

—¿Tenemos? —inquirió Giordino, extrañándose de que el capitán del barco no delegara la inmersión en un subordinado—. ¿Usted también baja?

Turner asintió con la cabeza y la sonrisa amistosa se borró de sus labios.

—No será la primera vez que me ponga al frente del *Mercury* para conducirlo hasta un barco cuyos ocupantes no tienen otra esperanza de sobrevivir que nuestro vehículo.

Antes de la inmersión, el *Mercury*, que tenía el casco pintado de amarillo con una franja roja, se quedó colgando de la cubierta de trabajo del *Alfred Aultman* como un enorme plátano visto por un artista contemporáneo, un plátano con la piel llena de extrañas excrecencias. Medía once metros y medio de longitud, tres de altura y casi otros tantos de anchura, y desplazaba treinta toneladas. Su profundidad operativa máxima eran cuatrocientos noventa metros, y su velocidad dos nudos y medio.

El capitán Turner subió a la escotilla principal por una escalerilla, seguido por un miembro de la tripulación a quien presentó como su copiloto, el suboficial Mack McKirdy. Era un lobo de mar canoso y con barba de marinero de clíper, que saludó a Giordino con un ademán de la cabeza y le guiñó un ojo azul.

—Me han dicho que es un veterano en sumergibles —le dijo.

—Sí, tengo bastantes horas de inmersión a mis espaldas.

—Dicen que sondeó los restos del *Emerald Dolphin* a seis mil metros.

—Es verdad —reconoció Giordino—; yo, mi amigo Dirk Pitt y Misty Graham, una bióloga marina de la NUMA.

—Entonces, esta inmersión de ciento sesenta y cinco metros debería ser pan comido.

—Solo si conseguimos conectar con la esclusa de salvamento.

McKirdy reparó en lo seria que era la mirada de Giordino.

—Le dejaremos justo encima. —Y añadió como para tranquilizarle—: No se preocupe, que si hay alguien que pueda forzar una escotilla atascada soy yo con el *Mercury*. Llevamos el instrumental necesario.

—Eso espero —murmuró Giordino—. ¡Desde luego que lo espero!

El *Mercury*, con McKirdy al tablero de mandos, llegó al barco hundido en menos de un cuarto de hora. McKirdy lo desplazó a lo largo del casco. Parecía un gigantesco animal muerto. Para los tres tripulantes del vehículo de rescate, era una extraña sensación mirar por los ojos de buey y verse observados por caras desde dentro del *Golden Marlin*. Giordino creyó ver a Pitt saludándole con la mano por una de las portezuelas de la nave, pero el vehículo pasó demasiado deprisa para cerciorarse.

Dedicaron tres horas a una minuciosa inspección del barco varado en el limo, mientras las cámaras de vídeo lo grababan todo y las de fotos tomaban instantáneas con intervalos de dos segundos.

—¡Qué interesante! —dijo Turner en voz baja—. Hemos inspeccionado el casco metro a metro, y he visto muy pocas burbujas.

—Sí, es raro —reconoció McKirdy—. Hasta ahora, por suerte, solo habíamos tenido que hacer operaciones de rescate con dos submarinos, uno alemán, el *Seigen*, y uno ruso, el *Tavda*; los dos se habían hundido por chocar con barcos en la superficie, y en ambos casos seguían saliendo chorros de burbujas por las fracturas del casco mucho después de las colisiones.

Giordino contemplaba la siniestra escena por el ojo de buey de observación.

—Los únicos compartimientos donde entró agua son la sala de máquinas y la de equipaje. Debe de ser que ya están inundadas del todo y no les queda aire que expulsar.

McKirdy acercó el sumergible a las zonas reventadas hacia dentro por las explosiones, y señaló por el cristal.

—Es increíble lo pequeños que son los agujeros.

—Suficientes para hundir el barco.

—¿Los tanques de lastre reventaron? —preguntó Turner.

—No —contestó Giordino—. No sufrieron daños. El capitán Baldwin los mandó vaciar, pero no pudo evitar que el agua que entraba por las fracturas del casco arrastrara al barco hasta el fondo. Las bombas no daban abasto. Lo que salvó al barco fue cerrar las compuertas herméticas y limitar la inundación al depósito de equipajes y a la sala de máquinas.

—Qué tragedia —dijo lentamente Turner, señalando las dos fracturas del casco por el ojo de buey—. No consiguió salir a la superficie por cuestión de medio metro.

—Señor, propongo examinar la escotilla de salvamento antes de tener que volver a subir —dijo McKirdy.

—Afirmativo. Sitúenos justo encima, a ver si podemos aplicar un sellado hermético. Con un poco de suerte podremos volver con un equipo y desatascarla.

McKirdy llevó el vehículo de rescate a la parte superior del *Golden Marlin* y lo detuvo justo encima de la escotilla, ligeramente a un lado. Él y Turner examinaron los daños producidos por los explosivos.

—No es muy prometedor... —dijo McKirdy.

Turner no parecía muy optimista.

—El reborde hermético de alrededor de la base está destrozado. No podemos usar la cámara de aire para hacer reparaciones, porque el casco está en demasiado mal estado para hacer un sellado hermético, bombear el agua y mandar una brigada con sopletes.

—¿Y buzos? —preguntó Giordino—. No serían los primeros que trabajaran a esta profundidad.

—Tendrían que hacer turnos las veinticuatro horas, viviendo en una cámara de descompresión. Necesitaríamos como mínimo cuatro días para instalar una *in situ* y terminar las reparaciones. En ese tiempo...

Dejó la frase a medias. Los tres miraron largamente —o así se lo pareció— la zona destrozada de alrededor de la escotilla. De pronto Giordino tuvo una sensación inconfundible de cansancio, sin saber si se debía al progresivo enrarecimiento del aire o a la insoportable sensación de frustración. Era lo bastante buen técnico para saber que era imposible abrir la escotilla sin provocar un chorro de agua que dejaría muy pocas posibilidades a los que quedaban a bordo. Todo lo que hicieran sería en vano. McKirby dejó flotar un minuto más el vehículo de rescate sobre la escotilla de emergencia.

—Tendremos que bajar una cámara de presión, sellarla herméticamente con el casco y practicar en las planchas un agujero lo bastante grande como para evacuar a todos los del *Mercury*.

Turner describía la operación en términos tan sencillos que parecía un profesor poniendo deberes.

—¿Cuánto se tardaría? —preguntó Giordino.

—Debería poder hacerse en cuarenta y ocho horas.

—Demasiado tiempo —contestó sin ambages—. Les quedan como mucho treinta. Sería como abrir un ataúd gigante.

—Tiene razón —reconoció Turner—, pero, según los planos del barco que la constructora nos hizo llegar en helicóptero antes de zarpar, para esta clase de emergencias hay un conector externo de aire. Justo a proa de la aleta de popa hay un conector para una manguera umbilical de superficie. Nosotros tenemos la manguera, y una bomba con capacidad para unos setenta kilos por centímetro cuadrado. Podemos montarlo todo, y estar listos para bombear aire, en… —Consultó su reloj—. Tres horas como mucho.

—En el peor de los casos —dijo McKirdy—, podremos mantenerles con vida mientras preparamos la cámara y les rescatamos.

Giordino, eterno pesimista, dijo:

—Sí, lo de la toma externa de aire de emergencia ya lo sabía, pero antes de jugársela valdría la pena echar un vistazo al conector.

Sin esperar la orden de Turner, McKirby cambió radicalmente de rumbo y se dirigió a la parte delantera del ala que sobresalía del casco y albergaba el salón del barco. Dejó el vehículo flotando sobre una cámara pequeña y redonda que sobresalía del casco en la base del ala.

—¿Es la caja del conector de aire? —preguntó.

—Debería serlo —dijo Turner consultando los planos de la nave.

—Parece intacto.

—¡Menos mal! —se animó McKirby—. Ahora podremos conectar la manguera y bombearles el aire que les hace falta para sobrevivir hasta que podamos subirles.

—Tienen manipuladores —dijo Giordino, que aún consideraba prematuro descorchar el champán—. ¿Y si levantamos la tapa para asegurarnos y verificamos que el conector coincida con el de la manguera?

—Estoy de acuerdo —dijo Turner—. Ya que estamos aquí, sería buena idea ahorrar tiempo y preparar el empalme.

Volvió a la consola, cogió un pequeño mando a distancia y empezó a manejar los dos brazos manipuladores. Primero accionó con sumo cuidado los cuatro cierres, uno en cada lado de la cámara, y luego levantó el lado opuesto a las bisagras.

No encontraron lo previsto. Faltaba la conexión hembra para el macho de la manguera. Parecía que alguien lo hubiese mutilado y arrancado con un mazo y un escoplo.

—¡Dios santo! ¿Quién puede haber hecho algo así? —preguntó Turner con desesperación.

—Un desalmado, y muy listo —murmuró Giordino con ganas de matar a alguien.

—Va a ser imposible recibir una pieza de recambio y hacer las reparaciones antes de que se acabe el aire —dijo McKirby examinando cuidadosamente el conector dañado.

—¿Eso qué quiere decir, que vamos a quedarnos de brazos cruzados mientras se mueren más de seiscientas personas? —dijo Giordino sin que su bronceado rostro delatara ninguna emoción.

Turner y McKirdy se miraron fijamente como si estuvieran perdidos en una ventisca. No se les ocurría nada que decir. Estaban abrumados, tan increíble les parecía estar encontrando un obstáculo tras otro. Los daños, además de inesperados, eran imposibles de prever. Tanta perfidia excedía su capacidad de comprensión.

Giordino experimentaba una sensación de irrealidad. Ya habría sido bastante grave perder a su mejor amigo en un accidente inesperado, pero quedarse aguardando a que una persona completamente sana pereciera por el simple hecho de que no se le podía ayudar, de que estaba fuera del alcance de la ciencia y la tecnología modernas, era de todo punto inaceptable. La angustia lleva al hombre a desafiar a los dioses. Giordino tomó la firme decisión de hacer algo, aunque ese algo fuera bajar en persona a los ciento sesenta y cinco metros de profundidad del barco hundido.

Presa de una intensa inquietud, McKirdy sacó agua de los tanques de lastre e impulsó la embarcación hacia la superficie sin esperar las órdenes de Turner. Aunque se resistieran a imaginar la escena, los tres sabían que la tripulación y los pasajeros de dentro del *Golden Marlin* estaban viendo alejarse al vehículo de rescate, viéndolo perderse en el turbio vacío sin saber que con él se iban sus esperanzas e ilusiones.

32

Dentro del *Golden Marlin*, el ambiente era fúnebre. Los pasajeros pasaron al comedor y comieron a la hora indicada, del mismo modo en que jugaron en el casino, tomaron cócteles en el salón, leyeron en la biblioteca y se acostaron: como si el crucero no hubiese terminado. Era lo único que podían hacer. Nadie dio señales de percibir la lenta disminución de oxígeno. Comentaban la situación como quien habla del tiempo. Casi parecía que no quisieran aceptar la verdad.

En su mayoría, los pasajeros que se habían quedado a bordo eran gente mayor, salvo algunas parejas sin niños, dos docenas de solteros de ambos sexos y los padres que se habían separado de sus mujeres e hijos al ser enviada a la superficie la única cápsula de evacuación. El personal de servicio hacía lo de siempre: servir en las mesas, trabajar en la cocina, limpiar los camarotes y actuar en el teatro. Los únicos que trabajaban sin descanso eran los de la sala de máquinas, ocupados en mantener las bombas y los generadores, que aún suministraban energía. Por suerte, no estaban en el mismo compartimiento que la sala de máquinas, y habían sido herméticamente cerradas justo después de las explosiones.

La confirmación de los peores temores de Pitt llegó al ver que el vehículo de rescate regresaba a la superficie, y al oír por teléfono las noticias de Giordino. Unas horas después estaba en la sala de mando del puente, sentado a la mesa de las cartas de navegación, estudiando sin descanso los planos del barco en busca de algún resquicio para la supervivencia. Entonces llegó Baldwin y se sentó en un taburete al otro lado de la mesa. Había recuperado un poco la compostura, pero la gravedad de la situación le pesaba como una losa, y se notaba que respiraba con mayor dificultad de lo normal.

—Lleva tres días sin pegar ojo —le dijo a Pitt—. ¿Por qué no duerme un poco?

—Si duermo, yo o cualquiera de nosotros, será para no despertar.

—Hasta ahora he ido diciendo una mentira, que estamos a punto de recibir ayuda —dijo Baldwin, visiblemente angustiado—, pero empiezan a darse cuenta de la verdad, y lo único que nos salva de que la situación se vuelva conflictiva es que están demasiado débiles para tener iniciativa.

Pitt se frotó los ojos enrojecidos y, después de un sorbo de café frío, estudió por enésima vez los planos del constructor.

—Tiene que haber alguna clave —dijo en voz baja—. Tiene que haber una manera de conectar una manguera y bombear aire puro al barco.

Baldwin cogió un pañuelo y se secó la frente.

—Con la escotilla y el conector de aire destrozados, lo dudo. Si intentaran hacer un agujero en el casco, inundarían el resto del barco. Hay que aceptar la triste realidad: en el tiempo que tarde la marina en reparar los daños, practicar un sellado hermético y penetrar en el casco para poder evacuarnos, se habrá acabado el aire.

—Podríamos parar los generadores. Así tendríamos unas cuantas horas más.

Baldwin negó cansinamente con la cabeza.

—Más vale mantener el suministro y dejarles vivir con un poco de normalidad hasta el final. Además, las bombas tienen que seguir absorbiendo el agua que sale de los compartimientos inundados.

En ese momento apareció el doctor John Ringer, el médico del barco. El hospital estaba recibiendo un alud de pasajeros que se quejaban de dolor de cabeza, mareo y náuseas. Ringer hacía lo posible por proporcionarles todos los cuidados que tenía a su disposición, sin entrar en detalles sobre la causa última de sus malestares.

Pitt le miró y le vio exhausto, al límite de sus fuerzas.

—Oiga, doctor, ¿tengo tan mala cara como usted?

Ringer sonrió forzadamente.

—Peor, aunque no se lo crea.

—Me lo creo, me lo creo.

Ringer se dejó caer pesadamente en una silla.

—Las perspectivas son de asfixia: insuficiencia respiratoria por bajo consumo de oxígeno y baja exhalación de dióxido de carbono.

—¿Cuáles son los niveles aceptables? —preguntó Pitt.

—De oxígeno, veinte por ciento; de dióxido de carbono, tres décimas partes de un uno por ciento.

—¿En qué niveles estamos ahora?

—Al dieciocho por ciento de oxígeno —contestó Ringer—, y a un poco más del cuatro por ciento de dióxido de carbono.

—¿Y cuáles son los límites de riesgo? —le preguntó Baldwin en tono frío.

—Dieciséis por ciento y cinco por ciento, respectivamente. Más allá, la concentración se vuelve extremadamente peligrosa.

—Peligrosa en el sentido de letal —dijo Pitt.

Baldwin le planteó a Ringer la pregunta que todos preferían eludir:

—¿Cuánto nos queda?

—La falta de oxígeno ya la notamos todos —dijo el médico sin alterarse—. Dos horas; máximo dos y media, pero es improbable.

—Gracias por su franqueza, doctor —dijo Baldwin con sinceridad—. ¿Sería posible prolongar un poco la vida de algunos pasajeros con los respiradores del personal antiincendios?

—Hay unos diez jóvenes que tienen menos de veinte años. Les suministraré oxígeno hasta que se termine. —Ringer se levantó—. Va siendo hora de que vuelva al hospital. Sospecho que habrá cola.

Después de que el médico se marchara, Pitt siguió examinando los planos del constructor del barco.

—No hay ningún problema complejo que no tenga una solución sencilla —dijo filosóficamente.

—Cuando la encuentre, me avisa —dijo Baldwin en un arranque de buen humor. Se levantó y fue hacia la puerta—. Me toca presentarme en el comedor. Buena suerte.

Pitt no dijo nada. Se limitó a hacer un pequeño movimiento con la cabeza.

Poco a poco penetraba en su cerebro un miedo angustioso, pero no era miedo por su vida, sino a fracasar cuando tantas otras dependían de que encontrase una solución. Al mismo tiempo, y a pesar de algunos bajones transitorios, ese temor le aguzaba los sentidos y le infundía una extraordinaria claridad mental. De pronto tuvo una revelación, de tal intensidad que al principio le aturdió. La solución, en efecto, era sencilla. Se le había ocurrido bruscamente, con estremecedora facilidad; y se hizo la típica pregunta de cuando se tiene una inspiración: ¿cómo no se le había ocurrido mucho antes?

Se levantó con tanto ímpetu que derribó la silla en sus prisas por coger el teléfono de la línea conectada a la boya, y exclamó con la boca pegada al auricular:

—¡Al! ¿Me oyes?

—Sí —contestó la voz, muy seria, de Giordino.

—¡Creo que tengo la solución! No, no es que lo crea, es que la tengo.

Giordino quedó sorprendido por su entusiasmo.

—Un momento, te paso por el altavoz del puente para que lo oigan el capitán Turner y el resto de la tripulación. —Hubo una breve pausa—. Vale, ya puedes hablar.

—¿Cuánto tardarán en preparar la manguera y bajarla hasta aquí?

—Ya sabe que no podemos conectarla, señor Pitt —dijo Turner con expresión compungida.

—Sí, sí, estoy informado —dijo Pitt con impaciencia—. ¿Cuánto tiempo tardarían en empezar a bombear aire?

Turner se volvió hacia McKirdy, que estaba al otro lado del puente mirando el suelo como si viera lo que había debajo.

—En tres horas podemos tenerlo todo listo.

—Que sean dos.

—¿De qué serviría? No podemos conectarla.

—¿A esta profundidad la bomba vencería la presión del agua?

—Tiene una capacidad de treinta y cinco kilos por centímetro cuadrado —contestó McKirdy—; el doble de la presión del agua a la profundidad a la que están ustedes.

—De momento vamos bien —dijo Pitt con voz ronca. Empezaba a marearse—. Bajen enseguida la manguera, ya hay gente que empieza a sentirse mal; y estén preparados para usar los manipuladores del vehículo.

—¿Le importaría explicarnos sus planes? —dijo Turner.

—Se los expondré en detalle cuando estén aquí. En cuanto lleguen, llámenme y les daré más instrucciones.

O'Malley había entrado con paso titubeante en la sala de mando, a tiempo para oír la conversación entre Pitt y el *Alfred Aultman.*

—¿Qué as guarda en la manga?

—Una idea fenomenal —dijo Pitt, cada vez más optimista—. Una de las mejores que he tenido.

—¿Cómo piensa hacer que llegue aire hasta aquí dentro?

—No, es que no pienso hacerlo.

O'Malley le miró como si ya estuviera muerto.

—Entonces, ¿qué tiene la idea de fenomenal?

—Muy fácil —explicó Pitt tranquilamente—: si Mahoma no va a la montaña...

—No le veo lógica a nada de lo que dice.

—Usted espere —dijo misteriosamente Pitt—. Es el experimento más fácil del manual de física del instituto.

El *Golden Marlin* estaba a punto de convertirse en una cripta submarina. El aire había sufrido un deterioro brutal, y el ambiente estaba tan enrarecido que solo unos pocos minutos separaban a los pasajeros y la tripulación de la pérdida de conciencia, primer paso antes del coma y de la muerte. El nivel de dióxido de carbono se aproximaba con rapidez a los límites en los que ya no se podía garantizar la vida. Pitt y O'Malley, únicos que quedaban en el puente, aguantaban de milagro.

Como la falta de oxígeno embotaba los cerebros, los pasajeros se estaban convirtiendo en zombis que ya no podían pensar racionalmente. En los momentos finales no hubo escenas de pánico, porque nadie era plenamente consciente de estar en las últimas. Baldwin se dirigió a los pasajeros que seguían en el salón, aunque fuera consciente de que sus palabras de aliento eran absurdas. Durante el camino de regreso al puente, se le doblaron las rodillas y se derrumbó sobre la moqueta del pasillo. Una pareja mayor pasó al lado, miró al capitán inexpresivamente y siguió caminando con dificultad hacia su camarote.

En la sala de mando, O'Malley aún murmuraba coherentemente, pero estaba cerca del límite de la inconsciencia. En cuanto a Pitt, respiraba a grandes bocanadas para absorber el poco oxígeno que quedaba en la sala.

—¿Dónde estáis? —dijo con un hilo de voz por el auricular—. Ya no podemos aguantar.

—Muy cerca. —La voz de Giordino parecía desesperada—. Mira por el ojo de buey. Estamos acercándonos a la cúpula de la sala de mando.

Pitt renqueó hacia el ojo de buey principal, que estaba frente al tablero de mandos, y vio bajar al *Mercury*.

—¿Traéis la manguera?

—Listos para bombear cuando y donde usted diga —respondió el suboficial McKirdy—. El capitán Turner se ha quedado en el *Alfred Aultman* para dirigir la operación desde la superficie.

—Bajen hasta rozar el fondo y diríjanse a la fisura del casco que hay al otro lado de la sala de máquinas.

—Allá vamos —dijo Giordino sin poner en duda los planes de su amigo.

A los cinco minutos, Turner informó de lo siguiente:

—Estamos a la altura de la grieta provocada por la explosión.

A Pitt le parecía irónico no poder respirar teniendo a pocos metros todo el aire que pudiese necesitar para el resto de su vida. Habló a golpes de garganta.

—Usen los manipuladores para insertar la manguera hasta el fondo de la sala de máquinas.

Dentro del sumergible, McKirdy miró a Giordino y se encogió de hombros. Giordino procedió a introducir la manguera por la hendidura con los manipuladores, procurando que no se desgarrase con los dientes del casco roto. Trabajaba lo más deprisa posible, pero tardó casi diez minutos en sentir que la manguera tocaba el mamparo del fondo y quedaba prendida entre los soportes de los motores.

—Ya está dentro —anunció.

Pitt inhalaba una palabra y exhalaba la siguiente.

—Vale… Empieza a bombear.

Los dos tripulantes del vehículo de rescate volvieron a cumplir sus órdenes sin rechistar. McKirdy se las transmitió a Turner, que estaba en la superficie, y en dos minutos empezó a salir un chorro de agua por la manguera, que entró en la sala de máquinas.

—¿Qué estamos haciendo? —preguntó Giordino, perplejo y abrumado por la pena de escuchar lo que consideró las últimas palabras de su amigo.

La voz de Pitt había quedado reducida a poco más que un susurro.

—Los barcos se hunden cuando entra agua a presión por el casco, pero a esta profundidad el aire de vuestra manguera está saliendo al doble de presión que el agua, y la expulsa hacia el mar.

La explicación agotó sus últimas reservas de energía. Cayó al suelo junto al cuerpo de O'Malley, que ya estaba inconsciente.

Giordino sintió revivir sus esperanzas al ver salir el agua de la sala de máquinas, devuelta al mar por la brutal presión de la bomba de aire, que se hallaba ciento sesenta y cinco metros por encima, en la superficie.

—¡Funciona! —exclamó—. El aire está formando una burbuja.

—Sí, pero no se transmite a las demás partes del barco —dijo McKirdy.

Giordino, sin embargo, ya se había dado cuenta de que los planes de Pitt no eran ninguna locura.

—No intenta purificar el aire de dentro, sino llevar el barco a la superficie.

Al mirar hacia abajo, McKirdy vio el casco del barco enterrado en el limo y tuvo serias dudas de que pudiera vencer la succión y elevarse. Esperó un poco y dijo:

—Su amigo no contesta.

—¡Dirk! —bramó Giordino por el auricular—. Dime algo.

Pero no hubo respuesta.

El capitán Turner se paseaba por el puente del *Alfred Aultman*, atento al drama que se desarrollaba a gran profundidad. También él comprendió la brillantez de la estratagema de Pitt, pero le pareció que era increíblemente sencilla, demasiado como para funcionar. La ley de Murphy no solía cederle el puesto a la navaja de Ockham.

En el puente había ocho hombres, desmoralizados por el mismo ambiente de miedo y de derrota. Los ocho creían que todo había terminado, que el *Golden Marlin* estaba a punto de convertirse en un cementerio de titanio. Les resultaba poco menos que imposible creer que a menos de doscientos metros de donde pisaban hubiera seiscientas diecisiete personas respirando por última vez. Reunidos alrededor del altavoz, pendientes de las noticias del *Mercury*, hablaban en voz baja, como en una iglesia.

—¿Rescatarán los cadáveres? —se preguntó uno de los oficiales de Turner.

Este se encogió de hombros con expresión sombría.

—A esa profundidad, les costaría millones. Lo más probable es que les dejen donde están.

Un joven alférez dio un puñetazo a una consola.

—¿Por qué no informan? ¿Qué le pasa a McKirdy, por qué no nos cuenta lo que está pasando?

—Tranquilo, muchacho, ya tienen bastantes preocupaciones como para que les molestemos.

—Está subiendo. Está subiendo.

Fueron cuatro palabras del operador del sonar de barrido lateral, que no había apartado la vista ni un momento de la pantalla.

Turner miró por encima del hombro de su subordinado y lo que vio le dejó boquiabierto. La imagen del *Golden Marlin* se había movido.

—Es verdad, está subiendo —confirmó.

El altavoz transmitió un ruido desgarrador que solo podía indicar que el metal se tensaba y expandía a medida que el barco se movía hacia la superficie. De repente McKirdy se arrancó con una exclamación:

—¡Dios santo! ¡Se ha movido! Está subiendo hacia la superficie. Lo de bombear agua en la sala de máquinas ha funcionado. El barco ha ganado bastante flotabilidad como para vencer la succión y salir del limo.

—Estamos intentando mantenernos a la misma altura —le interrumpió Giordino—, porque si no se sigue bombeando aire con la manguera volverá a hundirse.

—¡Estaremos preparados! —contestó Turner.

Dio al personal técnico la orden de subir a bordo del crucero en cuanto emergiese, hacer un agujero en la parte superior del casco y bombear aire para reanimar a los pasajeros y la tripulación. Luego emitió una llamada de socorro a todos los barcos en cincuenta kilómetros a la redonda, pidiéndoles que acudieran lo antes posible con todos los equipos de reanimación y los respiradores de oxígeno que llevaran a bordo. También pidió que todos los médicos estuvieran preparados para subir al *Golden Marlin* en cuanto los técnicos hubieran practicado una abertura. El tiempo era oro. Entrar deprisa era la única manera de reanimar a los pasajeros y tripulantes que se hubieran desmayado por falta de oxígeno.

A los pocos minutos de que la noticia de que el *Golden Marlin* estaba subiendo a la superficie se propagase por la flota situada encima de él, el ambiente de pesimismo contenido se convirtió en una explosión de alegría. En el círculo de aguas despejadas delimitado por los barcos, bajo la atenta mirada de un millar de ojos, el agua burbujeó y el sol de la mañana pintó arco iris en las gotas que saltaban. Lo siguiente en aparecer fue el *Golden Marlin*, que surgió bamboleándose como un enorme corcho y al equilibrarse levantó un oleaje que embistió a los barcos de alrededor, haciendo que los yates más pequeños se balancearan como hojas arrebatadas a los árboles por una tormenta otoñal.

—¡Ya flota! —exclamó Turner, extasiado pero con el vago temor de estar viendo un espejismo—. ¡Botes de rescate! —vociferó por un megáfono desde el ala del puente, dirigiéndose a las lanchas que ya estaban en el agua—. ¡Deprisa, al barco!

Los gritos de alegría hacían vibrar el aire, en el que casi no soplaba ni una pizca de brisa. La gente gritaba a pleno pulmón. Muchos silbaban, y no quedaban ni bocinas ni sirenas por tocar. Les pasaba lo mismo que a Turner, que no daban crédito a lo que veían. Había sido una resurrección tan repentina que a muchos les había pillado desprevenidos. Los cámaras de los medios informativos, en sus lanchas, barcos y helicópteros, aprovecharon la primera ocasión de desobedecer las órdenes de dejar libre la zona —emitidas por Turner y el capitán de la Guardia Costera— y acudieron todos de golpe, resueltos en algunos casos a subir a bordo del crucero.

En cuanto el *Golden Marlin* se equilibró en el agua como una gallina en su palo, el ejército de rescatadores se lanzó hacia él. Las primeras lanchas en llegar y echar amarras fueron las del *Alfred Aultman*. Turner canceló la orden de usar instrumentos de corte y dio a su equipo de salvamento la sencilla instrucción de entrar por las escotillas de pasajeros y de cargamento, que, ahora que ya no había peligro de que entrara agua, podían ser abiertas desde el exterior.

El *Mercury* salió a la superficie junto al barco grande, mientras McKirdy lo gobernaba con el objetivo de mantener la manguera dentro de la sala de máquinas, bombeando el aire que expulsaba el agua. Giordino abrió la escotilla y, antes de que McKirdy pudiera impedírselo, se arrojó al mar desde el sumergible y nadó hacia el bote en que iba el equipo de rescate encargado de abrir la escotilla de pasajeros de estribor. Suerte que le reconoció alguien, porque si no le habrían mantenido a distancia. Le subieron a bordo del bote, y sumó toda la fuerza de sus músculos a la tarea de abrir la escotilla, que casi estaba sellada por el limo del fondo.

Consiguieron entreabrirla uno o dos centímetros, pero fue el siguiente esfuerzo concertado el que la hizo girar sobre sus goznes y permitió abatirla contra el casco. Al principio se quedaron callados, mirando por el agujero, notando el olor a rancio. Sabían que era un aire irrespirable. Aunque los generadores aún estuvieran en marcha, les pareció raro ver tan profusamente iluminado el interior del barco.

Justo entonces, el equipo que estaba en el otro lado del casco logró abrir la escotilla de babor y se produjo una corriente de aire que expulsó los malos aires. Al penetrar en la nave, los dos equipos encontraron la cubierta sembrada de cuerpos, que procedieron a intentar reanimar. Giordino reconoció al capitán Baldwin.

No se entretuvo, porque tenía sus propias prioridades. Corrió hacia el vestíbulo y se metió en ángulo recto por el pasadizo que llevaba hacia la proa, antesala de la escalerilla por la que se subía a la sala de mando. Corría con el corazón en un puño, jadeando por el aire enrarecido que poco a poco iba recargándose de oxígeno. Al irrumpir en la sala de control, cada vez tenía más miedo de no estar a tiempo de salvar a su mejor amigo desde la infancia.

Saltando sobre el cuerpo inerte de O'Malley, se arrodilló junto a Pitt, que estaba tendido cuan largo era en la cubierta; tenía los ojos cerrados y parecía que no respiraba. Giordino no perdió el tiempo en buscarle el pulso. Se agachó con la intención de hacerle el boca a boca, pero, para su sorpresa, de repente vio abrirse aquellos ojos verdes hipnotizadores y oyó que Pitt susurraba unas palabras:

—Espero que con esto termine la parte de variedades del programa.

Nunca un número tan grande de personas había estado tan cerca de morir al mismo tiempo. Nunca tantas, tampoco, habían burlado a la Parca, y a aquel perro de tres cabezas que custodiaba el Hades. Había sido casi un milagro que no muriera ninguno de los pasajeros o tripulantes del *Golden Marlin*: todos habían sobrevivido, arrebatados a la muerte. Solo diecisiete, casi todos ancianos y mujeres, fueron trasladados a hospitales de Miami en helicópteros de la Guardia Costera, y todos ellos, a excepción de dos, se recuperaron sin secuelas. Los dos mencionados fueron dados de alta una semana después, tras haber sufrido un cuadro de fuertes dolores de cabeza y traumatismos.

A la mayoría les había reanimado el aire fresco que volvía a circular por todo el barco. Solo cincuenta y dos necesitaron equipo de oxígeno para recobrar la conciencia. El capitán Baldwin se convirtió en objetivo preferente de los medios informativos, ensalzado por ellos —y por los directivos de Blue Seas Cruise Lines— como un héroe que sin duda había ayudado a evitar una tragedia de enormes dimensiones. Igual trato recibió el médico del barco, John Ringer, cuyos valerosos esfuerzos habían supuesto una aportación inconmensurable al objetivo de reducir a cero el número de víctimas mortales. También el capitán Turner y su tripulación fueron aclamados y recibieron honores de la marina por su participación en el rescate.

Pocos, muy pocos estaban al corriente del papel de Pitt y Giordino en el rescate del barco y en el de todos sus pasajeros y tripulantes. Cuando los medios informativos se enteraron de que el hombre que había ayudado a salvar a más de dos mil personas en el *Emerald Dolphin* también había desempeñado un papel decisivo en la tarea de reflotar el *Golden Marlin*, tanto él como Giordino ya habían desaparecido, recogidos por un helicóptero en la plataforma de popa del *Alfred Aultman*.

Todas las tentativas de encontrar y entrevistar a Pitt se vieron abocadas al fracaso. Parecía que se lo hubiera tragado la tierra.

TERCERA PARTE

UNA PISTA MILENARIA

33

El lago Tohono era uno de los más recónditos del estado de Nueva Jersey, lo cual no es mucho decir. Carecía de casas en sus orillas, y estaba situado en una finca privada propiedad de Cerberus, que la destinaba al uso y disfrute de sus principales directivos. Los empleados disponían de otro centro lacustre de ocio a cincuenta kilómetros. El aislamiento del lago explicaba la ausencia de vallas. La única medida de seguridad era una verja cerrada a ocho kilómetros de distancia, en una carretera que serpenteaba por colinas y frondosos bosques hasta llegar a una cómoda casa de tres pisos hecha de troncos de madera. La casa, construida frente al lago, tenía un embarcadero y un cobertizo destinado a guardar las canoas y los botes de remos. En el lago estaban prohibidos los barcos a motor.

Fred Ames no era directivo de Cerberus, ni siquiera un simple empleado, sino uno de tantos habitantes de la zona que, haciendo caso omiso de los letreros de PROHIBIDO EL PASO, iban caminando al lago para pescar. Llegó y montó un pequeño campamento entre los árboles de la orilla. Dada la abundancia de percas y la escasez de pescadores, tardó poco, veterano como era en esas lides, en conseguir varios ejemplares de entre dos y cinco kilos. Faltaba poco para mediodía. Cuando se disponía a meterse en el agua con sus botas altas y echar la caña, vio que llegaba una gran limusina negra y se detenía en la rampa para botes. Mientras se apeaban dos hombres con equipo de pesca, el chófer bajó al agua uno de los muchos botes situados junto a la rampa.

Ames se extrañó de que, tratándose de altos ejecutivos, no usaran un motor fuera borda. Uno de los dos pasajeros de la limusina se encargó de remar hasta el centro del lago, donde él y su acompañante prepararon los cebos artificiales para percas y empezaron a lanzar el sedal. Entonces Ames volvió a meterse en el bosque con la intención de preparar un poco de café en su hornillo Coleman y leer un libro de bolsillo hasta que se marcharan los ejecutivos pescadores.

El que remaba, que iba en el centro del bote, medía más o menos un metro ochenta, y para su edad, unos sesenta años, estaba bastante en forma. Tenía el pelo entre castaño y pelirrojo, sin una sola cana, y la tez bronceada. En él todo parecía minuciosamente cincelado en mármol por un escultor griego de la Antigüedad: cabeza, mandíbula, nariz, orejas, brazos, piernas, pies, manos... Todo parecía guardar las más perfectas proporciones. El azul extremadamente claro de sus ojos recordaba los de un husky, con la diferencia de que no eran de mirada penetrante, sino afable; una afabilidad que solía confundirse con simpatía, cuando lo cierto era que diseccionaban a cualquier persona que tuviesen a su alcance. Los movimientos del hombre —remando, poniendo el cebo, echando el sedal— estaban planeados al milímetro, sin el menor desperdicio de energía.

Curtis Merlin Zale era un perfeccionista. Ya no le quedaba nada del niño que iba a casa en bicicleta a través de los maizales para hacer los deberes. A los doce años, recién huérfano de padre, había abandonado los estudios para encargarse de la granja de la familia y se había educado de manera autodidacta. Al cumplir los veinte ya era dueño de la granja más grande del condado, y pagaba a un administrador que se la gestionaba a su madre y sus tres hermanas.

En una demostración de astucia y de sagaz tenacidad, Curtis había falsificado un expediente académico para que le aceptaran en la facultad de económicas más prestigiosa de Nueva Inglaterra. A pesar de su falta de instrucción, Zale, que se distinguía por su gran inteligencia y su memoria fotográfica, se había licenciado con todos los honores, y a continuación se había doctorado en económicas.

Desde entonces su vida se había ceñido a un patrón: fundaba

empresas, las levantaba hasta la cúspide del éxito y las vendía. A los treinta y ocho años se había convertido en el noveno hombre más rico de Estados Unidos, con una fortuna que se cifraba en miles de millones de dólares. A continuación había comprado una compañía petrolera con pocos beneficios pero de gran implantación en el país, y también en Alaska, y diez años más tarde había adquirido además una vieja y sólida empresa química. Con el tiempo las había fusionado, dando origen a una gigantesca multinacional que recibía el nombre de Cerberus.

Podía decirse que a Curtis Merlin Zale no le conocía nadie. No tenía amistades, no iba a fiestas ni a actos sociales, no estaba casado y no tenía hijos. Solo amaba una cosa: el poder. Compraba y vendía políticos como quien compra y vende perros con pedigrí. Era duro, despiadado y más frío que un glaciar. Sus adversarios en las operaciones comerciales nunca se salían con la suya. La mayoría acababan derrotados y en la ruina, víctimas de ofensivas sucias y traicioneras que excedían con mucho los límites de la ética comercial.

Su enorme astucia, y su prudencia, explicaban que no se sospechase que Curtis Merlin Zale hubiera llegado tan alto recurriendo al soborno y al asesinato. Lo raro era que nadie —socios comerciales, periodistas, enemigos— se hubiera hecho preguntas sobre el fallecimiento de las personas que se enfrentaban con él. La lista de los que se habían interpuesto en su camino y morían por causas aparentemente naturales —infartos, cáncer y otras enfermedades comunes— ya era muy larga, y había que sumarle a los que perecían en accidentes —de coche, con armas de fuego o ahogados—. Los menos numerosos eran los que, sencillamente, desaparecían. Y el rastro jamás llevaba hasta la puerta de Zale.

Curtis Merlin Zale era un sociópata despiadado y sin asomo de conciencia, capaz de matar a un niño con la misma facilidad con que aplastaba a una hormiga.

Fijó sus ojos azul claro en su jefe de seguridad, enfrascado torpemente en desenredar el sedal en el carrete.

—La verdad, me parece un poco raro que hayan salido mal tres proyectos cruciales, planeados tan minuciosamente, con tanta previsión y con tantos análisis informáticos.

James Wong se distinguía del esteoreotipo asiático en que no había adquirido una expresión inescrutable. Se trataba de un hombre corpulento para los estándares orientales, que había sido comandante de las fuerzas especiales, disciplinadísimo y con una rapidez mortífera, digna del cruce entre una mamba negra y una víbora bufadora. Era, además, la persona que estaba al frente de la organización de Zale que se dedicaba al juego sucio y a la seguridad: los Vipers.

—La culpa es de una serie de imprevistos que no se podían controlar —dijo, impacientándose con el carrete enredado—. Fue una coincidencia que, justo cuando el *Emerald Dolphin* se partía, apareciesen aquellos científicos de la NUMA y consiguiesen examinarlo bajo el agua. Luego, cuando secuestramos al equipo de investigación, lograron escapar; y ahora, según mis fuentes de inteligencia, el salvamento del *Golden Marlin* ha tenido mucho que ver con el personal de la NUMA. Se presentan de repente, como la peste.

—¿Usted cómo lo explica, señor Wong? Se trata de un organismo oceanográfico; no de un departamento militar, de inteligencia o de investigación del gobierno, sino de un organismo que se dedica a las ciencias del mar. ¿Cómo han conseguido frustrar actividades ideadas y ejecutadas por los mejores mercenarios profesionales del mercado?

Wong soltó la caña y el carrete.

—La tenacidad de la NUMA no se podía prever. Ha sido pura mala suerte.

—Personalmente, me cuesta tolerar los errores —dijo Zale inexpresivamente—. Los imprevistos se deben a la mala planificación, y los errores a la incompetencia.

—A mí me duele más que a nadie que haya salido mal —dijo Wong.

—Por otro lado, me alarmó profundamente la locura cometida por Omo Kanai en Nueva York. Aún no entiendo que sus planes de abatir un avión lleno de niños nos costaran perder un aparato de época tan caro. ¿Quién autorizó el incidente?

—Lo hizo por iniciativa propia, al encontrarse con Pitt. Ya han dicho sus propios directivos que hay que eliminar a todos los que supongan algún obstáculo para nuestros planes. Tampoco hay que olvidar el hecho de que Kelly Egan iba a bordo.

—¿De qué servía matarla?

—Podía reconocer a Kanai.

—Tenemos mucha suerte de que la policía no haya podido vincular a Kanai con los Vipers y seguirle la pista hasta Cerberus.

—Ni ha podido, ni podrá —prometió Wong—. Hemos repartido bastantes pistas falsas como para borrar el rastro definitivamente; lo mismo que ya hemos hecho en un centenar de operaciones que nos han servido para afianzar nuestro poder.

—Yo lo habría hecho de otra manera —dijo Zale con un tono que se adivinaba gélido.

—Lo que cuenta son los resultados —alegó Wong—. Ahora nadie pensará en los motores de Egan como un medio de propulsión viable, al menos mientras no hayan concluido las investigaciones del *Emerald Dolphin* y el *Golden Marlin*, lo cual podría tardar cerca de un año. Además, ahora que el doctor está muerto, su fórmula pronto le pertenecerá a usted.

—A condición de que usted pueda ponerla en mis manos.

—Considérelo hecho —tuvo la audacia de decir Wong—. Le he asignado la misión a Kanai, y esta vez no se atreverá a fallar.

—¿Y Josh Thomas? Nunca la cederá.

Wong se rió.

—Ese viejo borracho nos entregará la fórmula muy, pero que muy pronto. Es una promesa que le hago.

—Le veo muy seguro.

Wong asintió con la cabeza.

—Kanai ha compensado su precipitación raptando a Kelly Egan del *Golden Marlin* después de preparar su hundimiento. Va a llevarla a Nueva Jersey, a casa de su padre.

—Donde supongo que pensará torturarla en presencia de Thomas, para obligarle a ceder la fórmula del petróleo.

—No es un plan muy ingenioso, pero dará sus frutos en cuanto a información.

—¿Y los vigilantes que rodean la granja?

—Hemos encontrado una manera de infiltrarnos sin que salten las alarmas y les avisen.

—Kanai tuvo suerte de que le ordenaran volver antes de que sus hombres y su barco saltaran por los aires en las islas Kermadec.

—Le necesitaba aquí por varias razones.

Tras unos instantes de silencio, Zale dijo:

—Quiero que esto se zanje de una vez por todas. Es necesario concluir nuestros proyectos sin interrupciones externas. Ya no queda margen para fallos. Quizá fuera conveniente buscar a alguien capaz de dirigir las operaciones de los Vipers sin complicaciones.

De repente, antes de que Wong pudiera responder, la caña de Zale se curvó: una perca había mordido el anzuelo. El pez salió a la superficie y volvió a zambullirse. Zale calculó que pesaba unos tres kilos. Esperó en silencio a que el pez se cansase —Wong tampoco dijo nada— y luego empezó a recoger el sedal. Cuando tuvo el pez delante de él, Wong lo recogió con una red y se quedó mirando cómo saltaba entre sus pies.

—Buena pesca —dijo Wong.

El presidente de Cerberus extrajo de la boca del pez los ganchos del anzuelo rojo y blanco con cara de satisfacción.

—Un Bassarino de los de toda la vida, de eficacia demostrada. Nunca fallan. —En lugar de volver a echar la caña, hurgó aparatosamente entre los avíos de pesca buscando otro anzuelo—. El sol está subiendo. Me parece que voy a probar con un Winnow.

Al mirar los ojos de Zale en una tentativa de leerle el pensamiento, Wong sintió encenderse una luz de alerta en su cerebro.

—¿Debo entender sus palabras como que ya no sirvo como jefe de los Vipers?

—Considero que hay otras personas más capaces de obtener resultados satisfactorios en las futuras iniciativas.

—Le he sido leal durante veinte años —dijo Wong con mal disimulada indignación—. ¿Eso no cuenta para nada?

—Le aseguro que le estoy agradecido, y… —De pronto Zale señaló el agua detrás de Wong—. Han picado.

Al volverse a mirar, Wong recordó que aún tenía enredado el sedal y que no había echado el anzuelo, pero era demasiado tarde. Zale, como un rayo, sacó una jeringuilla de la cesta de pesca, clavó la aguja en el cuello de Wong y empujó el émbolo.

El veneno surtió un efecto prácticamente inmediato. Wong perdió la sensibilidad sin tener tiempo de resistirse, y cayó muerto en la barca con el cuerpo flácido y los ojos muy abiertos por la sorpresa.

Zale le buscó tranquilamente el pulso, y al no encontrarlo le ató los tobillos con la cuerda del ancla, una lata grande llena de cemento endurecido. A continuación la echó por la borda y empujó el cadáver de Wong. Contempló el agua con indiferencia, hasta que ya no subían burbujas.

El pez seguía dando coletazos en el fondo de la embarcación, pero se estaba quedando sin fuerzas. Zale lo arrojó al agua, como a Zale.

—Lo siento, amigo —dijo contemplando el agua verdosa—, pero los fracasos engendran más fracasos. Cuando alguien pierde reflejos, es el momento de sustituirle.

Fred Ames, que ya se impacientaba, se asomó al lago con precaución, sin abandonar la protección de los árboles. Al llegar a la orilla, se quedó mirando al pescador que remaba en solitario hacia la limusina.

—Qué raro —murmuró—. Juraría que en la barca iban dos.

34

Algunos miembros de los Vipers, que tras la reestructuración estaban dirigidos por Omo Kanai, habían cronometrado el relevo de los guardias de seguridad en la granja de Egan para saber en qué momento exacto entraban por la verja los del turno siguiente y se marchaban los del anterior. Luego entraron en la finca disfrazados de ayudantes del sheriff, a bordo de un vehículo pintado como un coche patrulla del condado. Después de matar al vigilante de la carretera, que había salido de su escondrijo sin olerse nada raro, entraron en la casa, hicieron prisionero a Josh Thomas y convocaron al resto de los vigilantes para una reunión cuyo presunto objetivo era debatir nuevos programas de seguridad.

En cuanto los vigilantes llegaron a la casa, se les pegó sin ceremonias un tiro a cada uno y se dejaron sus cadáveres en un sótano del cobertizo que servía para protegerse de los huracanes.

Cuando Omo Kanai llegó al aeropuerto más cercano en un avión privado sin identificar, perteneciente a Cerberus, metió a Kelly —que iba sedada— en el maletero de su coche y la llevó a la granja de su padre, que había caído en manos de sus hombres. Tras cruzar la puerta principal con ella en brazos, la dejó caer a los pies de Josh Thomas, que estaba atado y amordazado en una silla.

Thomas forcejeaba para desatarse y mascullaba incomprensibles insultos a través de la mordaza, pero lo único que consiguió fue que los cinco hombres de la sala, que ya se habían quitado el disfraz de ayudantes del sheriff y llevaban su uniforme negro de trabajo, se rieran de él.

—¿Todo bien? —preguntó Kanai.

Un gigantón de dos metros de estatura y unos ciento cuarenta kilos de peso asintió con la cabeza.

—Los vigilantes de Egan no eran gran cosa. Se han tragado el cuento del sheriff como unos tontos.

—¿Dónde están?

—Los hemos eliminado.

Viendo la sonrisa torcida de su eficaz colega, y su cara donde no faltaba ni un solo detalle —cicatrices, nariz rota, huecos en la dentadura, orejas deformadas—, Kanai asintió satisfecho.

—Tú sí que trabajas bien, Darfur.

La respuesta fue el brillo de unos ojos malévolos y oscuros bajo una abundante y negra cabellera. Kanai y Darfur habían empezado a colaborar hacía muchos años, eliminando a un grupo terrorista con base en Irán. El corpulento árabe señaló a Thomas.

—Haz el favor de fijarte. No tiene ni un rasguño, pero creo que ya le hemos ablandado bastante para que te diga lo que quieres saber.

Al observar a Thomas, Kanai vio una expresión desencajada que solo podía deberse a una paliza. Estaba seguro de que Darfur le había roto las costillas. Otra cosa que observó en el científico fue su mirada de rabia al ver a Kelly drogada y semiinconsciente en el suelo. Después de sonreírle, se acercó a la joven y le dio una brutal patada en el estómago. El rostro de Kelly se contrajo por el dolor, profirió un gemido lastimero y abrió los ojos.

—Despierte, señorita Egan. Ha llegado el momento de que convenza al señor Thomas de que nos facilite la fórmula del petróleo de su padre.

Kelly se ovilló en el suelo, sujetándose el estómago con las manos mientras recuperaba la respiración a duras penas. Nunca había sentido un dolor semejante. Kanai era un experto en golpear con la punta de su bota en el lugar más indicado, donde provocara mayores sufrimientos. Al cabo de un minuto, la joven se incorporó como pudo, apoyándose en un codo, y miró a Thomas.

—Josh, no les cuentes nada a esta basur...

No pudo decir nada más. Kanai le aplicó la bota al cuello, cortándole el aliento, y le apretó la cabeza contra la alfombra.

—Es usted muy tozuda —dijo con frialdad—. ¿Le gusta sufrir? Porque puede dar por hecho que sufrirá.

Uno de los hombres de Kanai entró con una radio portátil.

—Informan de que un coche se acerca a la verja. ¿Le impedimos que pase?

Kanai se lo pensó un momento.

—No, más vale dejarlo pasar y ver quién es, no vayamos a levantar sospechas.

—A ver, genio —dijo Giordino entre bostezos, porque aún estaba cansado del precipitado vuelo desde Miami—, ¿cómo piensas abrir la puerta del castillo?

—Introduciendo el código —contestó Pitt al volante de la vieja camioneta Ford que le habían alquilado a un vendedor de maquinaria agrícola.

—¿Te lo sabes de memoria?

—No.

—¿Me arrastras hasta aquí, menos de una hora después de haberte sacado del *Golden Marlin*, con la idea peregrina de que Kanai se ha llevado a Kelly al laboratorio de su padre, y no te sabes el código de seguridad?

—¿Qué mejor sitio para sonsacarles información a ella y a Josh Thomas? Porque la fórmula tiene que estar escondida en el laboratorio.

—Ya. ¿Y con qué brillante estratagema piensas entrar? —preguntó Giordino, fijándose en lo maciza que era la verja y lo alto que era el muro.

En lugar de responder, Pitt sacó la cabeza por la ventanilla y pulsó una serie de botones.

—Tendrá que servir. La verdad es que Kelly tenía un mando a distancia con un código distinto.

—Supongamos que es verdad que Kanai y sus esbirros han neutralizado el sistema de seguridad y han reducido a los guardias. ¿Qué te hace pensar que vaya a abrirnos la verja?

—Que como código he introducido la palabra «Cerberus».

Giordino puso los ojos en blanco.

—Si fuera mínimamente sensato, me plantaría aquí.

Los ojos verdes de Pitt tenían una expresión muy seria.

—Si me equivoco, la verja se quedará cerrada, el viaje habrá sido en balde y habremos perdido a Kelly definitivamente.

—Tranquilo, ya la encontraremos —dijo animosamente Giordino—. No pararemos hasta dar con ella.

Justo cuando estaban a punto de dar media vuelta, la enorme verja empezó a bascular con lentitud.

—Me parece que hemos dado en el clavo —dijo Pitt, viendo confirmadas sus sospechas.

—Supongo que eres consciente de que habrán tendido una emboscada para convertirnos en un colador.

Pitt puso el coche en marcha y cruzó la verja.

—Nosotros también vamos armados.

—Sí, claro; tú tienes tu Colt, que está para el museo, y yo, aparte del destornillador que he encontrado en la guantera, no tengo nada. En cambio, a los tíos con los que pensamos enfrentarnos les salen las armas de asalto hasta por las orejas.

—Quizá consigamos algo de camino.

Pitt condujo por los sembrados, y al llegar a la viña frenó un poco a la espera de que se levantara la barrera. Ocurrió lo que esperaba. A los pocos segundos se acercó uno de los hombres de Kanai con uniforme de guardia de seguridad y se apoyó en la ventanilla con un fusil de asalto cruzado sobre el pecho.

—¿Querían algo?

—¿Dónde está Gus? —preguntó Pitt con tono inocente.

—Ha llamado diciendo que estaba enfermo —contestó el guardia. Buscó armas en el coche con la mirada, y al no verlas se relajó.

—¿Cómo está la niña?

Las cejas del guardia se arquearon un poco.

—Que yo sepa…

Le interrumpió un gesto de Pitt: el de coger por el cañón el Colt que tenía escondido bajo el muslo derecho y, dibujando un arco con el brazo por encima del volante, estamparlo en la frente del guardia, que bizqueó, deslizó la cabeza y los hombros a lo largo de la puerta del coche y desapareció.

El falso guardia de seguridad casi no tuvo tiempo ni de chocar con el suelo. Pitt y Giordino lo arrastraron por las viñas, lo metieron en un voluminoso tronco y bajaron ocho escalones hasta llegar a una sala subterránea de vigilancia, con una pared cubierta por veinte monitores cuyas correspondientes cámaras barrían los sembrados y el interior de la casa. Pitt quedó en suspenso al ver a Thomas atado, y a Kelly retorciéndose en el suelo. Le dolía ver que la habían maltratado, pero al mismo tiempo se alegraba muchísimo de descubrir que estaba viva y muy cerca. Los cinco miembros de los Vipers de la habitación no parecían sospechar que estaban siendo espiados por las cámaras.

—¡La hemos encontrado! —dijo Giordino, contentísimo.

—Aún está viva —dijo Pitt, montando en cólera—, pero parece que se lo han hecho pasar muy mal, los muy cerdos.

—Bueno, pero ahora no vayamos a entrar a saco, como el Séptimo de Caballería en Little Big Horn —dijo Giordino—. El sistema de seguridad nos permite cubrir toda la granja y la casa desde aquí, y localizar al resto de los hombres de Kanai.

—Habrá que actuar deprisa. Seguro que esperan que el guardia que hemos tumbado informe sobre nosotros.

Mientras Giordino tomaba asiento frente a la consola del sistema de seguridad, Pitt encontró el uniforme negro del asesino, el que se había quitado para disfrazarse de guardia de seguridad de Egan. Miró hacia abajo, donde estaba tumbado el matón, y vio que eran más o menos de la misma estatura. Rápidamente se quitó la ropa de calle y se enfundó los pantalones y el jersey negros. Las botas le apretaban, pero se las calzó a la fuerza y completó el disfraz con un pasamontañas que le tapaba la cara y la cabeza.

—Tratándose de asesinar, estos no tienen inhibiciones —dijo Giordino cuando en uno de los monitores apareció la imagen de los cadáveres de los guardias de seguridad de Egan, apilados como sacos de grano en un sótano del cobertizo. Fue cambiando de cámara para encontrar a los hombres de Kanai—. He contado a dos aparte de los cinco de la casa, uno vigilando la puerta trasera que da al río y el otro al lado del cobertizo.

—Contando a nuestro amigo del suelo, son ocho.

—No sería mal momento para pedir refuerzos.

Pitt señaló con la cabeza uno de los tres teléfonos de la mesa.

—Llama al departamento del sheriff, explícales la situación y pídeles que envíen un equipo de élite SWAT.

—¿Y tú? ¿Qué piensas hacer?

—Con este uniforme, pensarán que soy de los suyos —dijo Pitt—. No estará de más tener a alguien infiltrado en la casa para cuando se arme la de san Quintín.

—¿Y yo? —preguntó Giordino.

—Tú quédate aquí, controla la situación y dirige al equipo SWAT.

—¿Y cuando llame Kanai preguntando por los que iban en el coche?

—Imita la voz. Di que eran dos vendedores de fertilizantes y que ya te has ocupado de ellos.

—¿Cómo piensas llegar a la casa?

—La viña casi toca la fachada. La cruzaré y me desplazaré por el porche aprovechando las columnas. Lo más difícil será cruzar la zona de césped.

—No vayas a meternos en otro lío gordo, Stan —dijo Giordino esbozando una sonrisa burlona.

—Prometo portarme bien, Ollie.

Giordino volvió a ocuparse de los monitores, mientras Pitt subía por los escalones del viejo tronco y se metía con sigilo entre las viñas.

El cerebro de Pitt se dividía entre dos emociones: el miedo de no poder rescatar a Kelly antes de que los sicarios de Kanai volvieran a torturarla y el simple y crudo deseo de venganza. Le parecía mentira que Cerberus y su banda de Vipers asesinos hubieran dejado semejante rastro de cadáveres, y todo ¿para qué? ¿Para sacar tajada? ¿Por la obsesión del poder? Nadie vivía bastante como para disfrutar mucho tiempo de unas recompensas tan corruptas. A él le parecía enfermizo.

Corrió entre las hileras de vides agachándose a la altura de las ramas superiores y hundiendo las botas en el suelo blando. No se había llevado el fusil automático del mercenario. Casi nunca los usaba. Prefería ir ligero, con el único equipaje de su viejo Colt y dos cargadores de repuesto. Era un día de verano, caluroso y húmedo. Empezaba a sudar debajo del pasamontañas, pero no quería quitárselo porque le hacía pasar por uno de los Vipers y no quería levantar sospechas.

Después de recorrer más de cien metros, llegó al punto donde terminaban las hileras de vides. Solo una estrecha franja de césped bien cortado le separaba de la fachada de la casa. Los Vipers que vigilaban el cobertizo y la parte trasera no podían verle, pero cruzar quince metros de espacio abierto sin ser detectado por nadie de la casa se parecía más a jugar a ser el Hombre Invisible que a actuar con sigilo. Al fijarse en las ventanas, percibió movimiento al otro lado, señal de que cuando saliera de la protección de la viña quedaría completamente a la vista.

Había quince metros hasta la primera columna del porche de la casa, quince metros de césped bajo un sol de justicia. Se desplazó por el borde del viñedo hasta que sus movimientos quedaron ocultos por las cortinas del interior. Dado que cualquier movimiento brusco podía llamar la atención de alguno de los ocupantes de la casa, cruzó el porche muy despacio, atento a cualquier movimiento del vigilante de la parte trasera. Caminaba dando pasos cortos, como un gato acechando a un pájaro ocupado en atrapar un gusano.

Al porche de columnas se subía por cinco escalones. Pitt los pisó con pies de plomo, temeroso de que crujieran, algo que, por suerte, no ocurrió. En poquísimos segundos tenía la espalda contra el muro lateral de la casa, a poco más de medio metro del ventanal del salón. Entonces puso cuerpo a tierra y se arrastró con lentitud al pie de la ventana hasta llegar al otro lado y poder levantarse para llegar a la puerta principal. Giró el pomo lentamente y la entreabrió. En el vestíbulo no había nadie. Entró como una sombra.

La entrada al salón no era una puerta, sino un arco abierto. Aprovechando que al lado había un pedestal con un tiesto y una pequeña planta tropical, Pitt la usó como parapeto para espiar el salón. No fue un simple vistazo, sino un examen detenido cuya finalidad era grabarse en la memoria la posición de todos los presentes.

Josh Thomas, cuya cabeza goteaba sangre a causa de los cortes en la frente, las orejas y la nariz, estaba en una silla en el centro de la sala, atado y encogido. Pitt reconoció al piloto del Fokker rojo, y supo que se trataba de Omo Kanai. Estaba sentado en el centro de un gran sofá de piel, cómodamente recostado en un apoyabrazos y fumándose un puro con toda tranquilidad. A cada lado de la chimenea había un miembro de los Vipers vestido de negro y con el arma a punto. Otro estaba junto a Thomas, apuntándole a un ojo con un cuchillo. El quinto era un monstruo, un gigante que cogía la larga melena de Kelly con una mano y, obviando la resistencia de su víctima, la levantaba en vilo con los pies a pocos centímetros de la alfombra. Por la boca de la joven no salían gritos, solo gemidos de dolor.

Pitt se refugió un momento al otro lado del arco, preguntándose si Giordino le veía por algún monitor. Era absurdo pensar que podía entrar como si nada, decir «¡Manos arriba, canallas!» y llegar a viejo. Si se le ocurría hacer algo tan absurdo, los de dentro no tendrían el menor reparo en pegarle cien tiros. Se habían pasado muchos años aprendiendo a matar y no perderían ni una milésima de segundo en tomar la decisión. Para gente así, matar era tan natural como lavarse los dientes. En cambio, Pitt tenía que mentalizarse para disparar contra otro ser humano. Aunque ya lo hubiera hecho otras veces en defensa propia, no tenía tanta sangre fría. Tenía que hacer de tripas corazón y justificar su decisión por la posibilidad de salvar la vida de Josh Thomas y Kelly Egan; pero solo si tenía éxito, y eso, lo viera por donde lo viese, era difícil.

Aunque se beneficiara del factor sorpresa y su aparición en la sala con el uniforme negro de los Vipers no levantara sospechas inmediatas, llegó a la conclusión de que era más seguro concederse otros dos segundos de ventaja disparando a través de la planta tropical sin salir por completo de su escondrijo. El hecho de que al principio no supieran de dónde procedían las balas haría que reaccionasen con mayor lentitud. De ese modo podría elegir sus blancos por orden de prioridad.

Descartó rápidamente la idea. Quizá abatiera a dos o tres, pero seguro que los que quedaran le acribillarían a balazos sin darle tiempo a terminar. Por otro lado, había muchas probabilidades de que Kelly o Thomas se vieran alcanzados por una bala perdida. Decidió que la única esperanza era ganar tiempo hasta que aparecieran los refuerzos. Dejó el Colt en la mesa, detrás de un jarrón con flores, y entró discretamente en el salón, donde permaneció en silencio.

Al principio no se fijaron en él. Todos los ojos estaban concentrados en Kelly, que forcejeaba con Darfur. Pitt vio que el terrible dolor hacía que los ojos de la joven derramaran lágrimas, y le resultó penosísimo no hacer ningún movimiento para interrumpir su tortura. Calculó que faltaban cinco minutos más para que llegase el equipo de élite SWAT, pero no podía mantenerse al margen viendo sufrir a Kelly y a Thomas.

Entonces le dijo a Kanai en un tono tranquilo:

—Dile al gordo que la suelte.

Kanai le miró con las cejas arqueadas por la sorpresa.

—¿Qué has dicho?

—Que le digas al gordo de tu esbirro que aparte de la chica esas manos de cerdo.

Y se quitó el pasamontañas.

Todos los Vipers de la sala se dieron cuenta enseguida de que Pitt era un impostor, y varios de ellos le apuntaron al pecho con sus armas.

—¡Usted! —murmuró Kanai, sorprendidísimo—. ¡Esperad! —exclamó—. No le matéis. Todavía no.

Kelly, olvidando fugazmente su dolor, miró a Pitt con expresión incrédula.

—¡No, no! ¡No deberías haber venido! —dijo sin aliento, con los dientes apretados.

—Como el gordo no la suelte —dijo Pitt con frialdad—, el próximo en morir serás tú, Kanai.

Kanai le miró, divertido.

—¿Ah, sí? ¿Y quién me va a matar? ¿Usted?

—Está a punto de llegar un equipo SWAT. La única manera de salir es por la carretera. Estás atrapado.

—Perdone que no le crea, señor Pitt. —Kanai le hizo al gigante una ligera indicación con la cabeza—. Deja en el suelo a la señorita, Darfur. —Volvió a mirar a Pitt—. ¿Ha matado a alguno de mis hombres?

—No —dijo Pitt—. Solo he dejado inconsciente a tu amigo del centro de seguridad y le he tomado prestado el uniforme.

—Tengo cuentas que saldar con usted, señor Pitt. ¿Está de acuerdo?

—A título personal, me considero merecedor de una medalla por desbaratar tus asquerosos planes. Tú y tus amigos deberíais volver al lodo jurásico.

—Su muerte será lenta y dolorosa.

Conque esas tenían. Kanai no pensaba matar a Pitt con rapidez. El asesino veía llegada la oportunidad de resarcirse. Pitt comprendió plenamente lo precario de su situación. ¿Qué pensaría Giordino al presenciar la escena por el monitor? Las fuerzas del orden estaban de camino, eso seguro, pero ¿cuándo llegarían? Era necesario ganar todo el tiempo posible.

—¿Al colarme he interrumpido algo? —preguntó con tono inocente.

Kamai le dirigió una mirada muy significativa.

—Estaba conversando relajadamente con la señorita Egan y el señor Thomas acerca de las investigaciones del doctor Egan.

—Ah, ya, el numerito de la fórmula del petróleo —dijo Pitt con desprecio—. Qué poco creativo, Kanai. Tú y tus colegas de Cerberus debéis de ser los únicos en todo el estado que no conocen la fórmula.

Los ojos de Kanai se abrieron un poco más de lo normal.

—Está usted bien informado.

Pitt se encogió de hombros.

—Es cuestión de saber interpretar el tamtan.

Kelly, que se había acercado a Thomas, le quitó la mordaza y le limpió la sangre de la cara con el jersey, dejando a la vista su sujetador. Thomas la miró con la vista nublada y murmuró unas palabras de agradecimiento. Darfur, el gigante, estaba detrás de Pitt como un coyote que hubiera acorralado a un conejo en un barranco.

—No, si aún será una suerte que haya venido... —le dijo Kanai a Pitt. Se volvió hacia Kelly—. ¿Y bien, señorita Egan? ¿Tendrá la amabilidad de facilitarme la fórmula del petróleo, o tendré que disparar contra este hombre? Empezaríamos por las rodillas, seguiríamos por los codos y luego le arrancaríamos las orejas a tiros.

Kelly miró a Pitt con expresión angustiada. Era la gota que colmaba el vaso. Ahora que Kanai no solo amenazaba a Thomas, sino también a Pitt, supo que no tendría la fortaleza de resistir y se vino abajo de repente.

—La fórmula está escondida en el laboratorio de mi padre.

—¿Dónde? —quiso saber Kanai—. Ya lo hemos registrado a fondo.

Pitt interrumpió el conato de respuesta.

—No se lo digas. Es mejor que nos muramos todos que darles a sus amigos, esa panda de asesinos de Cerberus, un filón que no se merecen.

—¡Basta! —le espetó Kanai. Desenfundó una automática de una sobaquera y apuntó el cañón hacia la rodilla izquierda de Pitt—. Parece que tendré que convencer a la señorita Egan.

Darfur se interpuso.

—Consideraría un honor que me dejaras trabajarme a este perro.

Kanai miró al coloso y sonrió.

—Soy un descuidado. Me había olvidado de tu capacidad de persuasión, amigo mío. Es todo tuyo.

Cuando Darfur se giró para apoyar el fusil en una silla, Pitt, que había estado fingiendo que sentía miedo, saltó como una serpiente de cascabel y asestó un rodillazo en la entrepierna del monstruo. Debería haber sido un golpe brutal, que como mínimo le dejara fuera de combate, pero erró un poco la puntería y Darfur recibió casi toda la fuerza del golpe justo al lado de los genitales, donde los muslos se unen con el tronco.

Tomado por sorpresa, se dobló con un ronco gruñido de dolor, pero en cuestión de segundos se recuperó y golpeó a Pitt en el pecho con las manos enlazadas, un verdadero mazazo que vació los pulmones de la víctima y le dejó caído en la alfombra después de derribar una mesa. Pitt nunca había recibido un golpe como aquel. Se incorporó de rodillas y recuperó el aliento. Por poco que siguieran castigándole así, terminaría en el depósito de cadáveres. Era consciente de que era imposible tumbar al gigante a base de patadas y puñetazos; en cuanto a ofrecer resistencia, habría necesitado unos músculos del tamaño de tubos de desagüe. Necesitaba un arma, la que fuera. Cogió una mesa de centro, la levantó y se la partió a Darfur en la cabeza. El monstruo debía de tener el cráneo de hierro. Pareció que se le desenfocaba la vista y perdió un poco el equilibrio. Pensando que quizá se desplomara, Pitt se disponía a abalanzarse sobre la pistola que Kanai tenía en la mano, pero Darfur se rehízo del golpe, se frotó la cabeza, volvió a enfocar la vista y regresó al ataque.

Pitt se había enzarzado en la peor pelea de su vida, y la estaba perdiendo. En el mundo del boxeo se dice que entre dos boxeadores es imposible que gane el de menos envergadura. Al menos en un combate justo. Pitt miró desesperadamente alrededor, buscando algo que arrojar. Cogió una lámpara de cerámica muy pesada de una mesita y la lanzó con las dos manos, pero su único efecto fue rebotar en el hombro derecho de Darfur como una piedra contra un tanque. Los siguientes proyectiles fueron un teléfono, un jarrón y el reloj de la repisa de la chimenea, pero era como disparar pelotas de tenis, porque ninguno de esos objetos tuvo el menor efecto sobre el enorme cuerpo de Darfur.

Por la mirada de sus ojos fríos de pez, Pitt vio que el gigante se estaba cansando del juego. Darfur se abalanzó sobre él como en un placaje de rugby, pero Pitt conservaba la suficiente agilidad para apartarse y dejar que el tren expreso pasara de largo, chocando con el piano. Luego corrió a coger el taburete para estampárselo a Darfur en la cara, pero el golpe no llegó a producirse.

Kanai, que tenía los brazos de Kelly alrededor del cuello, se la quitó de encima como si fuese un simple y pequeño roedor y le asestó a Pitt un culatazo en el cogote. El dolor fue tan intenso que puso a Pitt de rodillas, y aunque no perdió el sentido sí tuvo unos instantes de desvanecimiento. Poco a poco recuperó la lucidez, y con la vista nublada oyó chillar a Kelly. Cuando recuperó la visión, vio a Kanai retorciendo el brazo de la joven hasta casi romperlo. Kelly había intentado arrebatarle el arma, aprovechando lo absorto que estaba en la desigual pelea entre Pitt y Darfur.

De repente, Pitt notó que Darfur le obligaba a levantarse y, tras rodearle con sus brazos, empezaba a estrujarle el pecho. Poco a poco, irreversiblemente, se le empezó a comprimir el aire en los pulmones, como si una boa constrictor se le hubiera enroscado al cuerpo. Tenía la boca abierta, pero no podía respirar. Volvía a nublársele la vista, y no se hizo ilusiones: sin duda esta vez sería la definitiva. Sintió que estaban a punto de partírsele las costillas. De repente, a dos segundos de rendirse y dejar que la muerte aliviase su agonía, sintió que la presión se aflojaba bruscamente y que los brazos que le oprimían el tórax se quedaban flácidos.

Como si fuera un sueño, vio entrar a Giordino en la habitación y darle a Kanai un puñetazo en los riñones que le hizo doblarse de dolor. Kanai soltó el arma y dejó de contorsionar el brazo de Kelly.

Los demás Vipers se quedaron paralizados, con las armas apuntando a Giordino y atentos a que Kanai les diera la orden de disparar.

Por unos instantes, Darfur miró aprensivamente al intruso, pero al ver que Giordino no llevaba armas de fuego y que era un adversario bastante más bajo que él —más de un palmo—, se le pintó el desprecio en la cara.

—Dejádmelo a mí —dijo con la peor intención.

Una fluida sucesión de movimientos le sirvió para soltar a Pitt —que se derrumbó en la alfombra hecho un ovillo—, dar dos pasos y levantar del suelo a Giordino en un tremendo abrazo de oso. Ahora Darfur ya no dominaba a su oponente, sino que estaban cara a cara, separados por escasos centímetros. Una mueca malévola contraía los labios de Darfur, mientras que Giordino permanecía impávido, sin dar señales de sentir miedo.

Al ser enlazado por encima de la cintura por los brazos de Darfur, Giordino había levantado los suyos para mantenerlos libres, extendidos sobre la cabeza del gigante. Darfur, sin hacerles ni caso, empleó todas sus fuerzas —que eran muchas— en intentar acabar con el pequeño italiano.

Pitt, que seguía aturdido y con terribles dolores, se arrastró por el suelo respirando a grandes bocanadas, entrecortadas por el dolor que le atenazaba el pecho y la cabeza. Kelly saltó sobre la espalda de Darfur y volvió a cogerle la cabeza, tapándole los ojos al mismo tiempo que la zarandeaba. Darfur no tuvo ninguna dificultad en desprenderse de ella con una mano, y la empujó como si fuera un maniquí. Luego siguió estrujando a Giordino, mientras Kelly quedaba despatarrada en el sofá.

Giordino, sin embargo, no necesitaba que le salvasen. Bajó los brazos y apretó los dedos en torno al cuello de Darfur, y de pronto el gigante comprendió que era él quien tenía la muerte de cara. Al sentir que ya no podía respirar, se le contrajo el rostro por el miedo y, desesperado, alternó los puñetazos en el pecho de Giordino con los intentos de aliviar la férrea presión de sus dedos en el cuello. Inútiles esfuerzos, puesto que Giordino era implacable; no daba señales de ceder, tenaz como un bulldog, mientras Darfur se retorcía como loco de un lado a otro del salón.

De repente, con un gemido atroz y entrecortado, el cuerpo de Darfur quedó flácido y se derrumbó como un roble bajo el hacha, con Giordino encima. Justo entonces, en la grava del camino de acceso, frenaron varios coches patrulla y furgonetas, y la casa se vio rodeada por un grupo de hombres uniformados y armados hasta los dientes. Al mismo tiempo, entró por las ventanas el ruido de los helicópteros.

—¡Por detrás! —ordenó Kanai a sus hombres.

Cogió a Kelly por la cintura y empezó a sacarla a rastras de la habitación.

—Como le hagas daño —dijo Pitt con pétrea frialdad—, te destrozaré con estas manos.

Vio que Kanai calculaba deprisa las posibilidades de escapar con una prisionera que se resistía.

—Tranquilo —respondió con desdén el mercenario, arrojándole a Kelly—. De momento es tuya; al menos hasta que volvamos a vernos las caras, porque cuenta con que no será la última vez.

Pitt trató de seguirle, pero no estaba en condiciones de correr. Sus pies trastabillaban, y se apoyó en un aparador a la espera de que se le aclarara al visión y se le pasaran un poco los dolores. Al cabo de un minuto regresó al salón y vio a Giordino cortando las cuerdas que ataban a Thomas, mientras Kelly limpiaba las heridas de la cara del científico con un trapo empapado en Jack Daniel's.

Echó un vistazo a Darfur, tirado en el suelo.

—¿Está muerto?

Giordino negó con la cabeza.

—No del todo. Me ha parecido mejor que sobreviva. Quizá se le pueda convencer de que les cuente lo que sabe a la policía y el FBI.

—Has apurado al máximo, ¿eh? —dijo Pitt con una sonrisa tensa.

Giordino le miró y se encogió de hombros.

—He salido a los dos segundos de ver que te descubrías, pero me ha entretenido el que vigilaba el cobertizo.

—Te estoy muy agradecido —dijo Pitt con tono franco—. Si no es por ti, no lo cuento.

—Sí, la verdad es que mis intervenciones empiezan a ser monótonas.

Con Giordino era imposible tener la última palabra. Pitt se acercó y ayudó a Thomas a levantarse.

—¿Qué, cómo va eso, viejo amigo?

Thomas sonrió animosamente.

—Unos cuantos puntos y estaré como nuevo.

Kelly miró a Pitt, que le pasó un brazo por la espalda y le dijo:

—Estás hecha una valiente.

—¿Se ha escapado?

—¿Kanai? Pues me temo que sí, a menos que le pillen los ayudantes del sheriff.

—¿Pillarle, a ese? Imposible —dijo Kelly, nerviosa—. No le encontrarán, y volverá con más ganas de matar que nunca. Sus jefes de Cerberus no descansarán hasta haber conseguido la fórmula.

Pitt miró por la ventana como si buscara algo más allá del horizonte. Cuando se decidió a hablar, fue lentamente, como si mascara cada sílaba.

—Tengo la extraña sensación de que la fórmula del petróleo no es lo único que quieren.

35

Faltaba poco para el anochecer. Los coches patrulla se habían llevado esposados a Darfur y los dos Vipers reducidos por Pitt y Giordino, acusados del asesinato de los guardias de seguridad de Egan. Los primeros en declarar ante los investigadores de homicidios habían sido Kelly y Thomas, seguidos por Pitt y Giordino. Kelly había acertado en su pronóstico de que las fuerzas del orden no atraparían a Omo Kanai. Pitt había seguido el rastro del asesino hasta los acantilados que dominaban el Hudson, donde había una cuerda que bajaba hasta el agua.

—Deben de haber huido en un barco que les esperaba —señaló Giordino.

Los dos amigos estaban en un mirador al borde del acantilado, contemplando el agua. Pitt se fijó en las verdes colinas y bosques de la otra orilla. La parte del Hudson popularizada por Washington Irving era una sucesión de pueblecitos repartidos por la orilla de Nueva York.

—Es increíble lo previsto que lo tiene todo; Kanai, quiero decir.

—¿Tú crees que el interrogatorio servirá para que los Vipers confiesen algo?

—De hecho, tampoco cambiaría nada —dijo Pitt con lentitud—. Lo más probable es que la organización de los Vipers funcione a base de células aisladas a las órdenes de Kanai. Por encima de él no conocen a nadie. Seguro que ni siquiera saben que los jefes de verdad están en los despachos de Cerberus.

—Claro, siendo tan listos es lógico que no dejen un rastro directo.

Pitt asintió.

—Será imposible que los fiscales encuentren suficientes pruebas para detenerles. Si algún día llegan a pagar por los crímenes atroces que han cometido, no será por la vía jurídica.

Kelly cruzó el césped desde la casa al mirador.

—¿Tenéis hambre?

—Yo siempre —dijo Giordino, sonriendo.

—He preparado una cena ligerita mientras Josh se encargaba de los cócteles. Hace unas margaritas que tumban de espaldas.

Pitt le rodeó la cintura.

—Acabas de pronunciar la palabra mágica, guapísima.

Decir que los gustos del doctor Elmore Egan en materia de decoración eran eclécticos era quedarse corto. El mobiliario del salón seguía el estilo colonial, la cocina delataba clarísimamente la mano de un ingeniero con más pasión por los electrodomésticos poco habituales que por la alta cocina, y el comedor parecía salido de una granja vikinga, con sillas y mesas de roble macizo y complicados adornos escultóricos en unas y otras.

Mientras Pitt, Giordino y Thomas saboreaban unas margaritas que amenazaban con saltar del vaso, Kelly sirvió una fuente de atún con ensalada de col. Todos comieron con normalidad, a pesar de que el día hubiera sido tan traumático.

Después de cenar, pasaron al salón y volvieron a colocar los muebles en su sitio, mientras Thomas les servía a todos un oporto de cuarenta años.

Pitt miró a Kelly.

—Le has dicho a Kanai que la fórmula de tu padre estaba escondida en el laboratorio.

Ella miró a Thomas de reojo, como pidiéndole permiso. El viejo esbozó una sonrisa y le dio su aprobación con la cabeza.

—La fórmula de papá está en una carpeta, escondida en un compartimiento secreto detrás de la puerta.

Giordino hizo girar lentamente el oporto en la copa.

—Pues a mí me habría engañado. Nunca se me habría ocurrido buscar detrás de una puerta.

—Tu padre era muy listo.

—Y Josh muy valiente —dijo Giordino con respeto—. No le ha dicho nada a Kanai, y eso que le han propinado una buena paliza.

Thomas negó con la cabeza.

—Le aseguro que si Dirk no llega a aparecer en el momento justo, habría revelado el escondrijo de la fórmula para ahorrarle más torturas a Kelly.

—Es posible —dijo Pitt—, pero al ver que a usted no podían sonsacárselo han concentrado sus esfuerzos en ella.

—Pueden volver. Esta misma noche, sin ir más lejos —dijo Kelly, nerviosa.

—No —la tranquilizó Pitt—. Kanai necesitará un poco de tiempo para reunir otro equipo. Tardará bastante en volver a intentarlo.

—Tomaremos todas las precauciones posibles —dijo Thomas con aire grave—. Es necesario que Kelly se esconda fuera de la casa.

—Estoy de acuerdo —dijo Pitt—. Está claro que Kanai partirá de la premisa de que usted y Kelly se llevarán la fórmula de la granja para ponerla a buen recaudo; es decir, que usted y ella siguen siendo la única manera de encontrarla.

—Podría irme a Washington contigo y con Al —dijo Kelly con un brillo travieso en la mirada—. Seguro que estaría bien protegida.

—Es que aún no sé si volveremos a Washington. —Pitt dejó el vaso vacío sobre una mesa—. ¿Podríamos ver el laboratorio del doctor Egan, o es mucho pedir?

—No hay gran cosa que ver —dijo Thomas.

Les llevó desde la casa al cobertizo. Dentro había tres mesas corridas con la típica parafernalia de los laboratorios químicos.

—No es muy emocionante, pero es donde encontramos la fórmula del petróleo y lo perfeccionamos.

Pitt se paseó por la sala.

—Esperaba otra cosa, la verdad.

Thomas le miró de modo extraño.

—No le entiendo.

—Es imposible que el doctor Egan concibiera y diseñara sus motores magnetohidrodinámicos aquí —dijo Pitt con rotundidad.

—¿Por qué lo dice? —preguntó Thomas con cautela.

—Esta sala es un simple laboratorio de química. El doctor Egan era un ingeniero de primera fila, pero no veo mesas de dibujo, ordenadores programados para representar componentes tridimensionales ni instalaciones o maquinaria para construir modelos. Perdone, pero no es el espacio adecuado para que un cerebro creativo consiga un gran adelanto en la tecnología de propulsión. —Pitt guardó silencio, mirando fijamente a Kelly y Thomas, que contemplaban el sucio suelo de madera—. Lo que no acabo de explicarme es que los dos me estén engañando.

—Ni Kelly ni yo le ocultamos nada, señor Pitt —dijo Thomas, muy serio—. Lo cierto es que no sabemos dónde investigaba Elmore. Era muy buena persona, y buen amigo, pero le encantaban los secretos. Desaparecía durante días, y a veces durante semanas, en un laboratorio que solo conocía él. Kelly y yo intentamos seguirle varias veces, pero siempre se daba cuenta, no sé cómo, y nos esquivaba. Parecía un fantasma, con la facultad de desaparecer cuando quisiera.

—¿Dirían que el laboratorio secreto está aquí, en la granja? —preguntó Pitt.

—No lo sabemos —contestó Kelly—. Siempre que estábamos seguros de que papá había salido de la granja para un viaje de negocios o de investigación, Josh y yo lo registrábamos todo, pero no llegamos a encontrar ninguna pista sobre su localización.

—¿Qué investigaba el doctor Egan justo antes de su muerte?

Thomas hizo un gesto de impotencia con los hombros.

—No tengo ni idea. No quería contármelo. Se limitaba a decir que revolucionaría la ciencia y la tecnología.

—Es raro que —dijo Giordino—, siendo usted su mejor amigo, le tuviera tan poca confianza.

—Tendría que haberle conocido. Elmore era dos personas a la vez. Pasaba sin ninguna transición de ser el padre y el amigo des-

pistado pero entrañable a convertirse en el gran ingeniero paranoi-
co que no se fiaba de nadie, ni siquiera de su círculo más íntimo.

—¿Tenía alguna afición, algo que hiciera por gusto? —inquirió Pitt.

Josh y Kelly se miraron.

—Le apasionaba investigar a los vikingos, hasta extremos increíbles —dijo Thomas.

—También era un incondicional de Julio Verne —añadió
Kelly—. Releía varias veces todas sus novelas.

—Aquí no veo nada que lo demuestre —dijo Pitt refiriéndose
al laboratorio.

Kelly se rió.

—Es que no te hemos enseñado su biblioteca.

—Me gustaría verla.

—Está en un edificio separado de la casa, con vistas al río. Lo
construyó hace casi veinte años. Era como una segunda casa, un
santuario donde se refugiaba de las presiones del trabajo.

El edificio que albergaba la biblioteca de Egan era de piedra
y parecía inspirado en los molinos del siglo XVIII. Tenía el tejado
de pizarra y hiedra en las paredes. La única concesión a las comodidades modernas eran las claraboyas del tejado. Thomas abrió la
puerta con una llave grande y antigua.

El interior de la biblioteca era como se lo había imaginado
Pitt, con estanterías de caoba y revestimientos de madera que de-
mostraban un gran refinamiento. Los sillones y sofás, amplios y
muy mullidos, eran de piel, y el escritorio, que aún estaba cubierto de papeles, un modelo de tapa corrediza, con un enorme tablero de madera de rosal. Los visitantes quedaron inmersos en un
ambiente de calma y de confort. Pitt pensó que aquella biblioteca
debía de haberle ido a Egan como anillo al dedo. Era el entorno
ideal para investigar.

Recorrió las estanterías, que iban desde el techo hasta el suelo.
Había un raíl por el que se desplazaba una escalera sobre ruedas,
destinada a acceder a los estantes superiores. La única pared libre
estaba adornada con cuadros de barcos vikingos. Debajo había
una mesa con una maqueta de un submarino de más de un metro
de longitud. Pitt calculó que estaba hecha a una escala de aproxi-

madamente medio metro por centímetro. Examinó la maqueta a fondo, y como era ingeniero naval supo apreciar la meticulosidad con que estaba realizada. Se trataba de una embarcación de extremos redondeados, dotada de portillas en los flancos y de una torreta hacia la proa. Las hélices tenían más forma de pala que los diseños modernos de puntas curvadas.

Nunca había visto ninguna embarcación que se le pareciera. El único recuerdo que le despertó fue cuando había estudiado los planos de un submarino construido por los Confederados durante la guerra civil.

En la placa de latón de la base decía: «Nautilus. Setenta metros de longitud, ocho de manga. Botado en 1863».

—¡Qué maqueta más bonita! —dijo—. Es el submarino del capitán Nemo, ¿verdad? De *Veinte mil leguas de viaje submarino*, ¿no?

—Lo diseñó papá a partir de un dibujo de la edición original, y encargó su construcción a un experto en modelismo, un tal Fred Torneau.

—Una obra de arte —dijo Giordino con admiración.

Siguiendo con su visita, Pitt examinó los títulos de los libros de las estanterías. Cubrían toda la época vikinga, desde 793 hasta 1450. Había una sección dedicada a los alfabetos rúnicos usados por los pueblos germánicos y escandinavos entre los siglos III y XIII.

Viéndole tan interesado por los libros, Kelly se acercó y le cogió por el brazo.

—Papá se hizo experto en traducir los caracteres de las piedras rúnicas que hay por Estados Unidos.

—¿Creía que los vikingos habían llegado tan al sur?

Ella asintió.

—Estaba convencido. Cuando yo era pequeña, nos llevaba en caravana a mi madre y a mí por la mitad de los estados del Medio Oeste, y se dedicaba a copiar y estudiar todas las runas que encontraba.

—No podían ser muchas —dijo Giordino.

—Encontró y clasificó más de treinta y cinco piedras con alfabetos rúnicos antiguos. —Kelly se quedó callada, señalando un anaquel de carpetas y cuadernos—. Está todo allí.

—¿Alguna vez quiso publicar lo que había descubierto? —preguntó Giordino.

—No, que yo sepa no. Hace unos diez años fue como si se apagara un interruptor. De repente ya no le interesaban nada sus estudios vikingos.

—De una fijación a otra —dijo Thomas—. Después de los vikingos, Elmore se enfrascó en Julio Verne. —Hizo un amplio gesto con la mano, señalando toda una estantería—. Coleccionaba todos los libros y relatos escritos por Verne.

Pitt sacó un volumen y lo abrió. Estaba encuadernado en piel y tenía letras doradas en el lomo y la tapa: *La isla misteriosa*. Muchas de sus páginas estaban profusamente subrayadas. Volvió a guardarlo y retrocedió un paso.

—Sobre Verne no veo cuadernos ni libretas. Se ve que el doctor Egan leía los libros pero no escribía comentarios.

Thomas, que parecía agotado por los traumáticos sucesos del día, se sentó lentamente en un sillón de cuero.

—La afición de Elmore a Verne y los vikingos es un misterio. Como persona, no era de los que se vuelven expertos en algo por puro placer. Que yo sepa, nunca profundizaba en ningún tema sin tener un objetivo.

Pitt miró a Kelly.

—¿A ti te contó alguna vez la razón de que le obsesionaran tanto los vikingos?

—Más que su cultura o su historia, eran las runas.

Giordino bajó de la estantería uno de los cuadernos vikingos de Egan y lo abrió. A medida que lo hojeaba fue arrugando el ceño y poniendo cara de perplejidad. Tras repetir el proceso con otros dos cuadernos, levantó la cabeza, sorprendido, y se los pasó a los demás.

—Vaya, parece que el doctor Egan aún era más enigmático de lo que parecía.

Una vez examinados los cuadernos, se miraron todos con el mismo desconcierto.

Todas las páginas estaban en blanco.

—No lo entiendo —dijo Kelly sin saber qué pensar.

—Yo tampoco —añadió Thomas.

Kelly abrió dos cuadernos más y los encontró igualmente vírgenes.

—Me acuerdo perfectamente de los viajes en familia por el campo, buscando piedras rúnicas. Cada vez que papá encontraba una, destacaba las runas con talco y la fotografiaba. Luego, al anochecer, acampábamos cerca y traducía los mensajes. Me acuerdo de que yo le daba la lata, y de que cuando me decía que le dejara solo siempre estaba escribiendo. Le vi tomar notas con mis propios ojos.

—Pues no eran estos cuadernos —dijo Pitt—. Aquí no se ven páginas sustituidas por otras en blanco. Tu padre debió de esconder los originales en alguna parte.

—Estarán criando polvo en el famoso laboratorio secreto —comentó Giordino, cuyo respeto hacia Elmore Egan había disminuido bastante.

La hermosa cara de Kelly era toda desconcierto, y sus ojos de color azul zafiro parecían esforzarse en ver algo que no tenían delante.

—Pero ¿qué razón podía tener? Por mi parte, le recuerdo como un hombre tan recto y honrado que era incapaz de engañar a nadie.

—Sus motivos tendría —dijo Thomas, queriendo consolarla.

Pitt la miró compasivamente.

—Es tarde. Esta noche no resolveremos nada. Propongo que lo consultemos con la almohada, y quizá amanezcamos con alguna respuesta.

Nadie se opuso. Todos estaban agotados; todos excepto Pitt, que fue el último en abandonar la biblioteca. Antes de entregar la llave a Thomas, simuló usarla para cerrar la puerta. Más tarde, cuando ya dormían todos, entró sigilosamente en la biblioteca por la puerta abierta, encendió la luz y se dedicó a consultar el material de investigación de Egan sobre las piedras rúnicas, hasta que empezó a dibujársele una pista, una historia.

A las cuatro de la mañana tenía lo que buscaba. Todavía se le escapaban muchas respuestas, pero al menos el agua se había aclarado lo suficiente para vislumbrar el fondo. Satisfecho, durmió cómodamente en uno de los sillones de cuero, aspirando el peculiar olor a libros viejos.

36

Giordino les sorprendió a todos preparando el desayuno. Después Pitt, cansado y con ojeras de haber dormido poco, cumplió con su deber de llamar a Sandecker y ponerle al corriente de todo. El almirante tenía pocas novedades acerca de la investigación sobre Cerberus. Comentó de pasada que Hiram Yaeger no se explicaba cómo Pitt, en un descuido suyo, podía haber llenado de petróleo el maletín de Egan. Pitt fue el primero en sorprenderse. No sabía a quién adjudicar la broma.

Mientras Giordino acompañaba a Thomas, que tenía trabajo en el laboratorio, Pitt y Kelly regresaron a la biblioteca. Kelly se fijó en el montón de libros y papeles que había en el escritorio de madera de rosal, y dijo:

—Vaya, parece que hemos tenido a algún duende trasnochando.

Pitt la miró.

—De duende nada, que soy de carne y hueso.

—Ahora entiendo esas ojeras de golfo —dijo ella, sonriendo. Se acercó y le dio un besito en la mejilla—. Podrías haber aprovechado la noche para visitarme a mí, no la biblioteca de mi padre.

Pitt estuvo a punto de decir «El trabajo es lo primero», pero cambió de idea.

—Cuando tengo la cabeza a mil kilómetros, no estoy para cortejos.

—Más que mil kilómetros, mil años —rectificó ella, fijándose en los libros sobre vikingos que estaban abiertos encima de la mesa—. ¿Qué buscabas?

—Ayer dijiste que tu padre viajaba por el campo y tradujo treinta y cinco piedras rúnicas.

—Piedra más, piedra menos. No lo recuerdo exactamente.

—¿Te acuerdas de los sitios?

Al esforzarse por recordar, Kelly movió arriba y abajo la cabeza, haciendo que se le ondulara en los hombros la melena castaña. Levantó las palmas de las manos.

—Me suenan cinco o seis, pero estaban tan apartados que no sabría decirte cómo se llega.

—No hace falta.

—¿Qué te traes entre manos?

—Organizaremos una expedición para seguir los pasos de tu padre hasta las piedras rúnicas y, asimismo, haremos que las traduzcan.

—¿Cón qué objetivo?

—Digamos que es una corazonada —dijo Pitt—. Si tu padre se pateó la región buscando inscripciones vikingas, y luego escondió o destruyó sus traducciones, no fue por simple capricho. Se había propuesto algo; tenía una misión, y no sé cómo, pero sospecho que estaba vinculada con sus experimentos.

Los labios de Kelly expresaban duda.

—Pues eso es que ves algo más que yo.

Pitt le sonrió.

—Por probar no se pierde nada.

—Papá destruyó todas las notas donde explicaba cómo llegar a los emplazamientos de las piedras rúnicas. ¿Cómo piensas encontrarlos?

Pitt se inclinó sobre el escritorio, cogió un libro y se lo dio. Se titulaba *Mensajes de los antiguos vikingos*, y su autora era la doctora Marlys Kaiser.

—Esta mujer ha hecho una clasificación exhaustiva de más de ochenta piedras rúnicas de toda Norteamérica, y de sus traducciones. En la biblioteca de tu padre también hay obras anteriores suyas. Creo que valdría la pena ir a verla.

—Ochenta runas… —Kelly guardó silencio. Había algo que no le cuadraba—. Papá solo estudió treinta y cinco. ¿Por qué se detuvo? ¿Por qué no estudió las otras cuarenta y cinco?

—Porque solo le interesaban las inscripciones relacionadas con el proyecto que tenía en ese momento.

Los ojos azules de Kelly brillaron llenos de curiosidad, una curiosidad cada vez más intensa.

—¿Por qué no dejó constancia de las inscripciones que había traducido?

—Espero que la doctora Kaiser sepa explicárnoslo —dijo él, apretándole la mano.

—¿Cuándo salimos? —preguntó ella, que empezaba a entusiasmarse.

—Esta tarde, o en cuanto tus nuevos guardias de seguridad estén apostados alrededor de la granja.

—¿Dónde vive la doctora Kaiser?

—En un pueblo que se llama Monticello. Queda unos cien kilómetros al noroeste de Mineápolis.

—Nunca he estado en Minnesota.

—En esta época del año está lleno de bichos.

Kelly echó un vistazo a los libros sobre vikingos que poblaban las estanterías de la biblioteca de su padre.

—¿Tú crees que la doctora Kaiser conocía a papá?

—Lo lógico es que la hubiera consultado —dijo Pitt—. El domingo a esta hora tendremos algunas respuestas.

—Faltan cuatro días. —Kelly le dirigió una mirada interrogante—. ¿Por qué tanto?

Pitt salió con ella de la biblioteca y cerró la puerta.

—Pero antes tengo que hacer cinco o seis llamadas telefónicas. Luego tomaremos un vuelo a Washington, donde hay una serie de personas en cuyo criterio confío mucho. Quiero reunir todos los datos posibles antes de ponernos a buscar piedras rúnicas.

Esta vez, cuando el jet de la NUMA aterrizó en el aeródromo de Langley, Pitt tenía esperándole a una congresista: Loren Smith. En cuanto puso el pie en la pista, Loren le abrazó mientras le metía los dedos por el pelo negro y ondulado y le hacía agachar la cabeza para darle un beso.

—Hola, marinero —dijo con voz sensual, antes de soltarle—. Ya ha vuelto mi vagabundo.

Kelly, que salía del avión, vaciló. Por la manera en que se miraban a los ojos Pitt y Loren, comprendió enseguida que no se trataba de una simple amistad, y sintió un ataque de celos. Loren era una mujer bellísima, con una cara y un cuerpo cuya aura de salud hablaba de su infancia en un rancho de las laderas occidentales de Colorado. Experta amazona, había presentado su candidatura al Congreso y había ganado. Ya iba por el sexto mandato.

Iba vestida de manera informal, a tono con el calor y la humedad de Washington, y sus pantalones cortos marrón claro, sus sandalias doradas y su blusa amarilla le sentaban inmejorablemente. Mujer de pómulos marcados, ojos violeta y cabello de color canela, si no se hubiese dedicado a la política podría haber sido modelo. Durante los últimos diez años, su relación con Pitt había pasado varias veces de íntima a platónica y viceversa. Habían llegado a pensar muy en serio en casarse, pero los dos estaban casados con su trabajo y les costaba convivir en un terreno común.

En cuanto Kelly se acercó, las dos mujeres se observaron de pies a cabeza. Pitt se encargó de presentarlas, y como era varón no se dio cuenta del conflicto territorial que se planteó entre ambas desde el primero momento.

—Os presento: Kelly Egan, Loren Smith, del Congreso.

—Es un honor, señoría —dijo Kelly con una sonrisita forzada.

—No, por favor, llámame Loren —contestó dulcemente su adversaria—. El honor es mío. Conocía a tu padre. Mi más sentido pésame. Era un gran hombre.

La cara de Kelly se iluminó.

—¿Conocías a papá?

—Compareció ante una comisión que investigaba los pactos de precios entre petroleras, en la que yo participaba. También nos reunimos varias veces en privado para comentar asuntos de seguridad nacional.

—Sabía que papá iba a Washington de vez en cuando, pero nunca me dijo que se hubiera reunido con nadie del Congreso. Yo pensaba que eran viajes relacionados con los departamentos de Comercio y Transportes.

En ese momento Giordino bajó del avión y le dio un abrazo a Loren, seguido por un beso en cada mejilla, besos que fueron correspondidos por ella.

—Veo que sigues estupenda —dijo, contemplando el metro setenta y tres de estatura de Loren desde su propio metro sesenta y cinco.

—¿Cómo está mi romano favorito?

—Como siempre, luchando contra los bárbaros. ¿Y tú?

—Yo contra los filisteos en la capital de la nación. Como siempre.

—De vez en cuando deberíamos intercambiar nuestros papeles.

Loren se rió.

—Seguro que saldría ganando.

Le dio a Pitt otro beso en los labios.

—Siempre reapareces cuando creía que te habías perdido por esos mundos.

—¿Qué coche has traído? —preguntó él, a sabiendas de que siempre iba a buscarle en uno de sus modelos de coleccionista.

Loren señaló con la cabeza un elegante Packard verde oscuro de 1938, con estilizados guardabarros y dos neumáticos de recambio. Las bellas líneas de la carrocería, personalizada por Earle C. Anthony, un prestigioso tratante en Packards con más de cinco décadas de trayectoria profesional, simbolizaban la esencia de un coche clásico. Aquel, en concreto, era un modelo 1607 con algo más de trescientos cincuenta y tres centímetros de batalla y un motor de doce cilindros magníficamente silencioso de siete mil setecientos cincuenta centímetros cúbicos, ajustado por Pitt para llegar a los doscientos caballos.

El amor entre las mujeres y los coches espectaculares es de naturaleza erótica. Kelly recorrió suavemente con los dedos la figura cromada que había encima del radiador, un cormorán, y el hecho de tocar una obra maestra de la ingeniería hizo que le brillaran los ojos de admiración. Sabía que su padre habría apreciado en su justo valor un coche tan espléndido.

—Calificarlo de bonito a secas —dijo— no es hacerle justicia.

—¿Quieres conducir? —preguntó Loren dirigiéndole una mirada imperiosa a Pitt—. Seguro que a Dirk no le importa.

Dándose cuenta de que no tenía opción, Pitt se resignó a ayudar a Giordino a meter el equipaje en el maletero y compartir con Loren el asiento de atrás. Giordino se sentó al lado de Kelly, que con el gran volante en las manos estaba en el séptimo cielo.

La ventanilla que separaba los asientos delanteros de los traseros estaba levantada. Loren miró a Pitt provocativamente.

—¿Se quedará en tu casa?

—¡Qué mal pensada eres! —contestó él, riéndose—. De hecho, confiaba en que la alojaras tú en tu casa de la ciudad.

—Este Dirk Pitt no es el que conocía.

—Perdona que te decepcione, pero Kelly corre peligro de muerte y estará más segura en tu casa. La corporación Cerberus está dirigida por unos locos que no vacilarían en matarla con tal de apoderarse de la fórmula de superpetróleo de su padre. Doy por supuesto que habrán localizado mi hangar; por eso me parece prudente no tenerla demasiado cerca.

Loren le cogió la mano.

—¿Qué harían sin ti las mujeres del mundo?

—¿Te importa hacerle de canguro?

Loren sonrió.

—Para variar no me irá mal un poco de compañía femenina. —Se le borró la sonrisa—. Hablando en serio: no sabía que tuvieras líos con Cerberus.

—El FBI y la CIA prefieren que no se divulgue la investigación.

—¡Y que lo digas! En los medios informativos no se ha filtrado nada. ¿Qué sabes que yo no sepa?

—La NUMA ha aportado pruebas concluyentes de que el incendio y el hundimiento del *Emerald Dolphin*, así como la explosión que llevó al *Golden Marlin* al fondo del mar, fueron intencionados. Estamos convencidos de que Cerberus, y su brazo secreto, los Vipers, son los responsables de los dos desastres.

Loren miró fijamente a Pitt.

—¿Estás seguro?

—Al y yo hemos estado metidos hasta las orejas en esto desde el principio.

Loren se apoyó en el respaldo del lujoso asiento de piel y miró un rato por la ventanilla, hasta que volvió a girarse.

—Resulta que formo parte de la comisión que investiga prácticas desleales en Cerberus. Sospechamos que intentan conseguir un monopolio a base de comprar la mayoría de los pozos de petróleo y gas de Norteamérica.

—¿Con qué objetivo? —preguntó Pitt—. Casi el noventa por ciento de nuestro petróleo es de procedencia extranjera. No es ningún secreto que los productores estadounidenses no pueden competir en coste del barril.

—Tienes razón —reconoció Loren—; no podemos permitirnos producir nosotros mismos el petróleo que necesitamos. Con el juego peligroso que se traen los productores extranjeros, recortando la producción para subir las precios, se corre el riesgo de que cualquier país del mundo se enfrente a una grave escasez. En Estados Unidos, la situación empeora por el hecho de que las reservas y existencias de petróleo del país prácticamente se han agotado. Los productores nacionales están encantados de vender sus concesiones y sus campos a Cerberus, y limitarse a refinar el crudo que llega del extranjero. La cadena de abastecimiento es larga: de campos a depósitos, de depósitos a superpetroleros, otra vez a depósitos y por último a las refinerías. Cuando se agote esta cadena, por el descenso de la producción, harán falta entre tres y cinco meses para que recupere la normalidad.

—Estás describiendo un desastre económico de dimensiones épicas.

Loren apretó los labios.

—Los precios subirán exageradamente. Las compañías aéreas tendrán que subir los precios de manera astronómica. En las gasolineras, los precios serán desorbitados. La inflación se cuadruplicará. El boom de los precios del petróleo podría llegar hasta ochenta dólares por barril.

—No me cabe en la cabeza pagar el litro a dólar y medio —dijo Pitt.

—Pues es lo que se nos viene encima.

—¿Y a los productores extranjeros no les perjudicaría? —preguntó Pitt.

—No, porque recortarían los costes de producción y casi triplicarían los beneficios. La OPEP, sin ir más lejos, está indignada por las manipulaciones que ha tenido que sufrir durante tantos años por parte de Occidente. En el futuro serán despiadados y no atenderán a nuestros ruegos de más producción y precios más bajos. Tampoco harán ni caso a nuestras amenazas.

Pitt miró las barcas del río Potomac por la ventanilla.

—Volviendo a Cerberus, ¿qué planteamiento siguen? Si lo que pretenden es conseguir el monopolio nacional del crudo, ¿por qué no se apoderan también de las refinerías?

Loren hizo un gesto de extrañeza con las manos.

—Es muy posible que hayan mantenido negociaciones secretas con los dueños de las refinerías para comprárselas. Yo, si estuviera en su lugar, no dejaría ningún flanco por cubrir.

—Deben de tener un motivo, un motivo importante; si no, no se dedicarían a dejar un rastro de cadáveres.

Siguiendo indicaciones de Giordino, Kelly salió por la verja del fondo del aeropuerto internacional Ronald Reagan y condujo el Packard de época por la pista de tierra que llevaba al viejo hangar de Pitt. Este bajó la ventanilla y habló con Giordino.

—Oye, ¿qué te parece si las dejas a ellas en la ciudad, en casa de Loren, y vas a la tuya a lavarte? Luego nos recoges a todos hacia las siete. Haré una reserva para la cena.

—Por mí, encantada —dijo Kelly, antes de girarse en el asiento y sonreír a Loren—. Espero no molestar.

—En absoluto —dijo amablemente Loren—. Tengo una habitación de invitados a tu disposición.

Kelly miró a Pitt con los ojos brillantes.

—Me encanta conducir este coche.

—Bueno, pero no te encariñes —dijo él con una sonrisa burlona—, que me lo pienso quedar.

Mientras el Packard se deslizaba silencioso por la carretera, Pitt introdujo el código de seguridad en su mando a distancia, entró en el hangar, dejó las maletas en el suelo y consultó su reloj de pulsera Doxa. Las manecillas indicaban las dos y media. Metió la mano por la ventanilla abierta de un jeep de la NUMA y llamó por un teléfono móvil.

Respondió una voz grave y musical, de elegante cadencia.

—Dígame.

—¿Saint Julien?

—¡Dirk! —exclamó Saint Julien Perlmutter, anecdotista, gastrónomo y prestigioso historiador naval—. Ya tenía ganas de tener noticias tuyas. Me alegro de oírte. Me informaron de que estabas en el *Golden Marlin*.

—Pues sí.

—Felicidades, aunque por poco no lo cuentes.

—Oye, Saint Julien, quería saber si tienes tiempo para una investigación corta.

—Para mi ahijado favorito siempre tengo tiempo.

—¿Puedo ir a verte?

—Sí, claro. Tengo ganas de probar un oporto de sesenta años que encargué a Portugal. Espero que me acompañes.

—En un cuarto de hora estoy ahí.

37

Pitt conducía por una calle de Georgetown bordeada de árboles y de elegantes casas de principios del siglo veinte, hasta que se metió por el camino de entrada de una de ellas. Dejando atrás una enorme mansión de ladrillo con hiedra en las paredes, accedió a una espaciosa cochera, al fondo de la cual se abría un patio cubierto. Donde antes se habían guardado los carruajes y más tarde los automóviles de la mansión, había ahora una espaciosa vivienda con dos pisos de sótano que albergaban la mayor biblioteca sobre el mar jamás acumulada por una sola persona.

Aparcó el jeep, caminó hasta la puerta y levantó la pesada aldaba de bronce, que tenía forma de velero. La puerta se abrió casi antes del golpe y apareció, llenando el marco, un individuo enorme, de ciento ochenta kilos de peso, que llevaba un pijama de seda estampado de cachemira y bata a juego. No era la suya una gordura fofa; se trataba de un hombre sólido en todo su volumen y que poseía una sorprendente elegancia de movimientos. Tenía el pelo largo y gris, tan gris como la barba, una nariz roja como un tulipán y unos ojos intensamente azules.

—¡Dirk! —exclamó y, después de abrazar con fuerza al visitante, retrocedió un poco—. Pasa, pasa. Parece que ya no nos veamos nunca.

—Tengo que reconocer que echo de menos tus fabulosas dotes de cocinero.

Pitt siguió a Saint Julien Perlmutter por varias habitaciones y pasillos, llenos hasta el techo de libros sobre el mar y sobre barcos. Era una biblioteca inmensa, muy codiciada por universidades y museos, pero Perlmutter no pensaba desprenderse de ningún volumen hasta el día de su muerte. Solo entonces, al hacerse público su testamento, se conocería al legatario de su colección. Llevó a Pitt a una espaciosa cocina, con tarros, utensilios y vajilla suficientes para diez restaurantes, y le hizo señas de que se acomodara al lado de una mesa de barco con una brújula antigua en el centro.

—Siéntate mientras descorcho este oporto tan fantástico. Lo reservaba para una ocasión especial.

—No sé yo si mi presencia puede calificarse así —dijo Pitt, sonriendo.

—El simple hecho de no tener que beber solo ya es una ocasión especial —dijo jocosamente Perlmutter. Era una persona afable, de risa fácil, y casi siempre se le veía sonreír. Extrajo el corcho y llenó de líquido rojo oscuro dos copas de oporto y le alargó una a Pitt—. ¿Qué te parece?

Pitt lo saboreó y lo movió sin prisa por la lengua antes de tragárselo y expresar su aprobación.

—Un néctar digno de dioses.

—Uno de los grandes placeres de la vida. —Perlmutter apuró su copa y se la volvió a llenar—. Decías que tenías que encargarme una investigación.

—¿Sabes quién era el doctor Elmore Egan?

Perlmutter le miró fijamente.

—Por supuesto. Un genio. Sus motores magnetohidrodinámicos, tan eficaces y de tan bajo coste, son un prodigio de la era tecnológica. Lástima que fuera una de las víctimas del *Emerald Dolphin* en vísperas de su triunfo. ¿Por qué lo preguntas?

Pitt se recostó en la silla, disfrutó de la segunda copa de oporto y contó lo que sabía de la historia, empezando por el incendio a bordo del *Emerald Dolphin* y acabando por el incidente en casa de Egan, a orillas del Hudson.

—¿Y qué tengo que ver yo en todo esto? —preguntó Perlmutter.

—El doctor Egan era un incondicional de Julio Verne, sobre todo de *Veinte mil leguas de viaje submarino*. He pensado que si alguien podía contarme cosas del submarino del capitán Nemo, el *Nautilus*, eras tú.

Perlmutter se apoyó en el respaldo y se quedó mirando el adornado techo de su cocina.

—Como es una obra de ficción, no lo he incluido en mi lista de proyectos de investigación. Lo leí hace bastantes años. Una de dos, o Verne era un adelantado a su tiempo o veía el futuro, porque para mil ochocientos sesenta y seis el *Nautilus* era muy moderno.

—¿Es posible que alguien, o algún país, construyera un submarino la mitad de eficaz que el *Nautilus*? —preguntó Pitt.

—El único que me viene a la memoria, y que se demostró que funcionara antes de la década de mil ochocientos noventa, es el submarino confederado *H. L. Hunley*.

—Sí, ya me acuerdo —dijo Pitt—. En mil ochocientos sesenta y cuatro hundió al *Housatonic* en las costas de Charleston, en Carolina del Sur, y se convirtió en el primer submarino de la historia que hundía un barco de guerra.

Perlmutter asintió.

—Sí, fue una proeza que no se repitió hasta cincuenta años más tarde, en agosto de mil novecientos catorce, cuando el *U-21* mandó a pique al *HMS Pathfinder* en el mar del Norte. El *Hunley* se quedó en el fondo del mar, enterrado en el limo, durante ciento treinta y seis años, hasta que lo descubrieron, lo rescataron y lo pusieron en un tanque de laboratorio para conservarlo y exponerlo al público. Cuando lo examinaron directamente, después de limpiarlo de limo y retirar de dentro los restos de la tripulación, descubrieron que conceptualmente era mucho más moderno de lo que se había supuesto. Tenía líneas muy fluidas, y un sistema rudimentario de esnórquel con fuelles para bombear aire, tanques de lastre con bombas, timones de inmersión y remaches ahogados para reducir la resistencia del agua; lo cual, dicho de paso, es un concepto creado por Howard Hughes, que lo aplicó a un avión que diseñó a mediados de los años treinta. El *Hunley* experimentó incluso con motores electromagnéticos, pero, como la tecnología no estaba a punto, al final la hélice la movían ocho hombres con una manivela. A partir de entonces la ciencia de los submarinos se estancó, hasta que John Holland y Simon Lake empezaron a experimentar con submarinos y construirlos, y varios países los aceptaron, incluidos nosotros y los alemanes. Al lado del *Nautilus* del capitán Nemo, esos primeros pasos parecerían toscos.

Perlmutter se quedó sin fuelle, y justo cuando se disponía a coger de nuevo la botella de oporto puso cara de haber tenido una revelación.

—Se me acaba de ocurrir algo —dijo, levantando su gran volumen de la silla sin dificultad. Salió al pasillo, y al cabo de unos minutos volvió con un libro en la mano—. Un ejemplar de las actas de la investigación sobre el hundimiento de la fragata estadounidense *Kearsarge*.

—¿El barco que hundió al famoso corsario confederado *Alabama*?

—Exacto —contestó Perlmutter a Pitt—. Se me habían olvidado las extrañas circunstancias en que encalló en el arrecife Roncador, en las costas venezolanas, en mil ochocientos noventa y cuatro.

—¿Extrañas? —preguntó Pitt.

—Sí; según su capitán, Leigh Hunt, les atacó una embarcación submarina parecida a una ballena. Primero la persiguieron, luego se sumergió, y al final volvió a salir a la superficie, embistió al *Kearsarge* y le hizo un boquete muy grande en el casco. El *Kearsarge* llegó de milagro al arrecife Roncador, donde encalló, y la tripulación montó un campamento hasta que les rescataron.

—Es como para sospechar que el bueno del capitán había hecho más visitas de la cuenta al armario del ron —dijo Pitt en tono jocoso.

—No, lo dijo completamente en serio —respondió Perlmutter—, y lo importante es que toda la tripulación le respaldó. No hubo ni uno que lo hubiera presenciado y diera una versión discordante. En sus declaraciones, todos describían un gran monstruo de acero que hacía rebotar las balas de cañón que le lanzaba el *Kearsarge*. También mencionaban una especie de torreta superior piramidal, que parecía que tuviera ojos de buey. El capitán Hunt dio su palabra de que había visto la cara de alguien mirándole por una portilla, la cara de alguien con barba.

—¿Hicieron algún comentario sobre el tamaño del «monstruo»?

—La tripulación estuvo de acuerdo en que tenía forma de puro, cilíndrico con los extremos cónicos. Como era de esperar, calcularon su tamaño entre treinta y noventa metros, y su manga entre seis y doce.

—Probablemente se tratara de unas dimensiones intermedias —dijo Pitt, pensativo—: algo más de sesenta metros de eslora y entre siete y ocho de manga. Para mil ochocientos noventa y cuatro, no era precisamente un submarino como para tomárselo a la ligera.

—Ahora que lo pienso, el *Kearsarge* no es el único barco que consta como hundido por un monstruo submarino.

—Al ballenero *Essex*, que zarpó de Nantucket, lo hundió una ballena —dijo Pitt.

—Sí, pero era una ballena de verdad —dijo Perlmutter, muy serio—. Yo me refiero al *Abraham Lincoln*, un buque de la marina de Estados Unidos que informó sobre un encuentro con una embarcación submarina que les embistió y les rompió la hélice.

—¿Cuándo fue?

—En mil ochocientos sesenta y seis.

—Veintiocho años antes.

Perlmutter contempló la botella de oporto, reducida a un tercio de su contenido.

—Durante ese tiempo desaparecieron muchos barcos en circunstancias misteriosas, la mayoría barcos de guerra británicos.

Pitt dejó la copa en la mesa, pero no quiso que Perlmutter se la volviera a llenar.

—Me resisto a creer que una embarcación sobrenatural, adelantada en varias décadas a su tiempo, hubiera sido construida por particulares.

—Pues el *Hunley* lo hicieron particulares, los que financiaron el proyecto —le informó Perlmutter—. De hecho, era el tercer barco que construían Horace Hunley y sus ingenieros, y cada uno era más avanzado que el anterior.

—De ahí a pensar que el monstruo misterioso no estuviera diseñado y construido por un país industrializado, hay mucho trecho —dijo Pitt con escepticismo.

—A saber —dijo Perlmutter encogiéndose de hombros con indiferencia—. Es posible que Julio Verne se enterara de que había un barco así y se inspirara en él para el capitán Nemo y su *Nautilus*.

—Me extraña un poco que una embarcación de sus características, suponiendo que existiera, navegara casi treinta años por el mundo sin que la vieran con más frecuencia, y sin que ninguno de sus tripulantes desertara y se fuera de la lengua. Además, si se dedicaba a embestir y hundir barcos, ¿cómo es posible que no hubiera más supervivientes contándolo?

—Ni idea —dijo lentamente Perlmutter—. Yo lo único que sé es lo que encuentro en la historia naval escrita. Lo cual no significa que no haya más informes desconocidos para los investigadores, repartidos por archivos de todo el planeta.

—¿Y Verne? —preguntó Pitt—. Debe de haber algún museo, alguna casa natal o de familiares que hayan guardado todos sus papeles, su material de investigación y sus cartas…

—Sí. Expertos en Verne los hay por todas partes, pero el doctor Paul Hereoux, presidente de la Sociedad Julio Verne de Amiens, en Francia, cuya sede está en la casa donde vivió el escritor entre mil ochocientos setenta y dos hasta su muerte en mil novecientos cinco, está considerado como la máxima autoridad sobre su vida.

—¿Podemos ponernos en contacto con él?

—Algo más que en contacto —dijo Perlmutter—. Dentro de unos días tengo pensado viajar a París para investigar en un archivo y buscar información sobre el barco de John Paul Jones, el *Bonhomme Richard*. Pasaré por Amiens y hablaré con el doctor Hereoux.

—Es más de lo que te podría pedir —dijo Pitt, levantándose—. Bueno, tengo que ir a adecentarme, que ceno con Al, Loren y Kelly, la hija del doctor Egan.

—Deséales que tengan una feliz vida de mi parte.

Antes de que Pitt hubiera cruzado la puerta, Perlmutter ya abría otra botella de oporto.

38

Cuando volvió a su apartamento de encima del hangar, Pitt hizo una llamada al almirante Sandecker. Luego se duchó, se afeitó y se puso unos pantalones deportivos y un polo. Al oír la bocina del Packard, se puso una americana ligera y salió del hangar. Una vez que estuvo sentado en el asiento del acompañante, que era de piel, saludó con la cabeza a Giordino, que iba vestido de manera parecida, aunque su americana cruzada reposaba en el asiento, puesto que era una noche calurosa y había un noventa y cinco por ciento de humedad en Washington.

—¿Listo? —preguntó Giordino.

Pitt asintió.

—El almirante nos ha organizado compañía por si tenemos problemas.

—¿Vas armado?

Pitt apartó la solapa y enseñó su viejo Colt en una sobaquera.

—¿Y tú?

Giordino se volvió para que se viera una Ruger automática P94 del calibre 40, escondida debajo del brazo.

—Espero que sean precauciones exageradas.

Sin decir nada más, pisó el embrague, puso la primera con el largo cambio de marchas con pomo de ónix y soltó lentamente el embrague mientras presionaba el pedal del acelerador. El voluminoso Packard rodó suavemente por la carretera en dirección a la verja del aeropuerto.

A los pocos minutos, Giordino frenó ante el domicilio de Loren en Alexandria, y Pitt se acercó a la puerta y llamó al timbre. Dos minutos después las mujeres salieron a la entrada. Loren, sofisticada, radiante y espectacular, llevaba un jersey de algodón de cuello redondo con cortes laterales y una falda recta que le llegaba justo por encima de los tobillos; Kelly, un suave traje chaqueta de crep georgette de rayón con bordados y ribetes de volantes que acentuaba su feminidad.

Cuando todos estuvieron instalados en el Packard, Giordino, que volvía a tener a Kelly a su lado, se volvió hacia Pitt y preguntó:

—¿Adónde?

—Ve por Telegraph Road hasta el pueblo de Rose Hill. Hay un restaurante, el Knox Inn, donde hacen una cocina casera de estilo campestre que te lleva al séptimo cielo de los gourmets.

—A ver si está a la altura de la propaganda que le haces —dijo Loren.

—¿Casera? Me parece una idea estupenda —dijo Kelly, contenta—. Me muero de hambre.

Durante el trayecto al restaurante, más que nada hablaron por hablar. En ningún caso surgió el tema de sus respectivos antecedentes, ni el de Cerberus. Ellas hablaron principalmente de los viajes que habían hecho, mientras Pitt y Giordino permanecían en silencio, muy atentos a los coches y a la carretera por si surgían complicaciones imprevistas.

El sol de verano se puso tarde. Los ocupantes de los otros coches miraban el viejo Packard como a una distinguida anciana de camino al baile de alguna plantación. No podía competir en velocidad con los modernos automóviles, pero Pitt sabía que para apartarlo de la carretera, con sus tres toneladas, como mínimo haría falta un buen camión. Por sus características, era además como una especie de tanque; su enorme chasis proporcionaba una firme protección a los pasajeros en caso de choque.

Giordino entró en el aparcamiento del restaurante y las mujeres se apearon del coche bajo la atenta mirada de los hombres. Pitt y Giordino echaron un vistazo general a la zona de aparcamiento de alrededor del local, pero no vieron ningún indicio de actividades sospechosas. Nada más entrar en la posada, cuyo uso como parada y fonda de diligencias se remontaba a 1772, el camarero les condujo a una mesa del patio, una mesa muy agradable al pie de un gran roble.

—Para lo que vamos a pedir —dijo Pitt—, yo recomendaría prescindir de cócteles o vino y encargar una cerveza buenísima que fabrican ellos.

Ahora que él y Giordino ya estaban relajados, el tiempo pasó muy deprisa gracias a los locos chistes del italiano, que tardó muy poco en tener a las mujeres retorciéndose de risa. Pitt, que los había oído como mínimo cincuenta veces, sonreía por educación, mientras examinaba los muros del patio y al resto de la clientela como una cámara de seguridad que girase sobre su eje. Sin embargo, no vio nada que le llamase la atención.

Pidieron una parrillada de cerdo y pollo, sémola de maíz con langostinos y cangrejos, una ensalada de col a la sureña y mazorcas de maíz. Pitt solo se puso tenso a la hora del postre —pastel de lima—, al ver aproximarse a su mesa a un individuo bronceado y tirando a pelirrojo acompañado por dos personajes con cara de palo a quienes solo les faltaba llevar un letrero con las palabras «asesinos a sueldo». El intruso llevaba un traje caro a medida, y nada de endebles zapatos italianos, sino ingleses, a prueba de bombas. Mientras cruzaba el patio entre las mesas, la mirada de sus ojos azules, casi blancos, se encontró con la de Pitt. Caminaba con gracia, pero también con una arrogancia con la que parecía dar a entender que era dueño de medio mundo.

Sintiendo despertarse una alarma en su cabeza, Pitt le tocó a Giordino la pierna con el pie e hizo un gesto que el fornido italiano reconoció enseguida.

El desconocido de los ojos azules fue derecho hacia su mesa y se detuvo ante ellos, examinando las caras como si las archivase en la memoria hasta que su mirada se detuvo en la de Pitt.

—No nos conocemos, señor Pitt, pero me llamo Curtis Merlin Zale.

Ninguno de los comensales conocía su cara, pero todos habían oído su nombre, y al ver en carne y hueso al legendario monstruo sus reacciones fueron diversas. A Kelly se le cortó el aliento y se le abrieron mucho los ojos. Loren le observaba con expresión divertida, mientras Giordino centraba su interés en los dos guardaespaldas. Pitt miró a Zale con estudiada indiferencia, aunque se le había despertado una sensación de frío en las entrañas. Si alguna sensación le produjo ver a aquel hombre, que al parecer gozaba con la crueldad y la barbarie, fue asco. No hizo el menor ademán de levantarse.

Zale se dirigió a las damas con una aristocrática y leve reverencia.

—Señorita Egan, congresista Smith, estoy encantado de conocerlas después de tanto tiempo. —A continuación se giró hacia Pitt y Giordino—. Señores, son ustedes más obstinados de lo normal. Su entrometimiento ha sembrado la contrariedad en mi corporación.

—Es que le precede su fama de sociópata que lo hace todo por codicia —dijo ácidamente Pitt.

Los dos guardaespaldas dieron un paso adelante, pero Zale les hizo señas para que retrocediesen.

—Esperaba que habláramos tranquilamente, para beneficio de todos —dijo sin que se le notara la menor mala intención.

Este tío es astuto, pensó Pitt. Es como esos timadores que venden ungüento de serpiente.

—No se me ocurre qué podemos tener en común. Usted mata a hombres, mujeres y niños. Al y yo somos ciudadanos corrientes, gente respetuosa con la ley que sin comerlo ni beberlo se ha visto envuelta en esa locura de plan suyo para hacerse con el monopolio nacional del petróleo.

—Cosa que no conseguirán —dijo Loren.

El rostro de Zale no expresó disgusto al enterarse de que Pitt y Loren estaban al corriente de sus planes.

—Supongo que saben que en cuanto a recursos les llevo muchísima ventaja. A estas alturas, incluso ustedes deberían haberse dado cuenta.

—No cometa la estupidez de creerse más poderoso que el gobierno de Estados Unidos —alegó Loren—. El Congreso le parará los pies antes de que haya podido poner en marcha ni un solo aspecto de sus planes. Mañana a primera hora solicitaré una investigación a fondo de su relación con los desastres del *Emerald Dolphin* y el *Golden Marlin*.

Zale sonrió con aire condescendiente.

—¿Está segura de que es lo más prudente? Ningún político está a salvo de escándalos… o accidentes.

Loren dio un salto tan brusco para levantarse que tiró la silla.

—¿Me amenaza? —dijo con voz sibilante.

Zale no retrocedió ni alteró su sonrisa.

—¡No, por favor, congresista Smith! Solo apunto posibilidades. Si tiene pensado destruir Cerberus, tendrá que estar dispuesta a arrostrar las consecuencias.

Loren se indignó. Le parecía increíble que un miembro electo del gobierno recibiera amenazas de falsa deshonra y posiblemente de muerte. Después de que Pitt le enderezara la silla, se sentó con lentitud mirando fijamente a Zale. Pitt no decía nada; se le veía relajado, casi como si disfrutara con el enfrentamiento.

—Está loco —le espetó Loren a Zale.

—Pues yo creo que estoy bastante cuerdo. Siempre sé por dónde piso. Hágame caso, señorita Smith, y no cuente con el apoyo de los demás congresistas, porque tengo más amigos en el Capitolio que usted.

—A fuerza de sobornos y chantajes, seguro —intervino Pitt.

A Loren le salían chispas por los ojos.

—Sí, y cuando se descubra a quién y cuánto ha pagado, usted y sus secuaces serán acusados de más delitos que John Gotti.

Zale hizo un gesto imperioso con la cabeza.

—Lo dudo.

—Estoy totalmente de acuerdo con el señor Zale —dijo Pitt, muy tranquilo—. Nunca irá a juicio.

—Es más inteligente de lo que pensaba —dijo Zale.

—No —siguió diciendo Pitt con un amago de sonrisa sardónica—, no le condenarán por ningún delito, porque seguro que se muere antes. No hay nadie que merezca más la muerte que usted, Zale, aparte de esos canallas asesinos de los Vipers a quienes tiene a sueldo.

Algo en los ojos verde ópalo de Pitt, un rasgo de frialdad, introdujo una grieta del grosor de un cabello en la compostura de Zale.

—A ese respecto tomaré medidas, señor Pitt. También a usted le veo demasiado bien informado para llegar a la vejez.

Su voz tenía la frialdad de un iceberg.

—Una cosa es que se considere inmune a las acciones judiciales, y otra que no se le pueda perjudicar actuando al margen de la ley. Entérese de una cosa, Zale: acaba de formarse un grupo que no tiene nada que envidiarles a sus Vipers y cuyo objetivo es desbancarle. Ahora le toca a usted mirar por encima del hombro.

Zale no se esperaba algo así. Se preguntó si era posible que Pitt y Giordino fueran algo más que oceanógrafos de la NUMA. Lo primero que pensó fue que Pitt se había marcado un farol. La expresión de sus rasgos, lejos de reflejar miedo, estaba llena de una fría cólera. Decidió pagarle con la misma moneda.

—Ahora que sé con qué me enfrento, les dejaré que terminen el postre, pero mis amigos se quedarán.

—¿Qué quiere decir? —preguntó Kelly, asustada.

—Que sus esbirros tienen intenciones de matarnos en cuanto él se haya marchado y esté a salvo en su limusina.

—¿Aquí, con tanta gente? —se extrañó Giordino—. ¿Y a cara descubierta? Pues sí que tiene mal gusto para las situaciones.

La mirada de los ojos clarísimos de Zale se estaba empañando de cautela. Los de Pitt eran inescrutables. Giordino, en actitud reservada y con las manos en el regazo, llamó al camarero y pidió un Rémy Martin. Solo las mujeres estaban tensas y nerviosas.

Zale estaba sumido en el desconcierto. Acostumbrado a dominar las situaciones, se las veía ahora con dos hombres que no reaccionaban de la manera prevista. No temían a la muerte. El cerebro del magnate, siempre tan decidido, se encontraba en un callejón sin salida. Y no le estaba gustando la experiencia.

—Ahora que le hemos visto la cara al enemigo —dijo Pitt con voz sepulcral—, le sugiero que se marche del restaurante aprovechando que aún puede andar, y ni se le ocurra hacerle daño a la señorita Egan o a cualquiera de esta mesa.

No era una bravuconada, sino la mera exposición de un hecho. Zale controló su cólera a la perfección.

—Si bien me molestan sus intromisiones, le respeto, y respeto al señor Giordino, como dignos adversarios. Sin embargo, también me doy cuenta de que son mucho más insensatos de lo que había creído.

—¿Qué ha querido decir? —murmuró Giordino con mala leche, mirando a Zale por encima de la copa de coñac.

La mirada de Zale era venenosa, como de reptil. Echó un vistazo a los demás comensales de la sala, pero nadie parecía interesado por la conversación que se desarrollaba en el rincón entre los tres hombres de pie y las cuatro personas sentadas. Entonces le hizo una señal con la cabeza a sus guardaespaldas y se volvió para marcharse.

—Adiós. Lástima que tengan un futuro tan corto.

—Antes de que salga huyendo —dijo Pitt—, sería prudente que se llevara a sus amigos, no vayan a seguirle en ambulancia.

Zale dio media vuelta y le miró fijamente, mientras sus hombres avanzaban con la mano en el bolsillo de la americana. Simultáneamente, como si lo hubieran ensayado, Pitt y Giordino sacaron de debajo de la mesa las armas que tenían en el regazo, escondidas bajo las servilletas.

—Adiós, señor Zale —mumuró Giordino con una sonrisa forzada—. La próxima vez…

No acabó la frase. Los esbirros se miraron nerviosos. No estaba resultando el simple asesinato que tenían planeado, y no hacía falta ser muy listo para saber que cualquier tentativa de desenfundar las armas les convertiría en hombres muertos.

—Retiro lo de insensatos —dijo Zale levantando las palmas de las manos—. Ya veo que han venido equipadísimos al restaurante.

—Al y yo éramos jefes de los boy scouts —dijo Pitt—. Nos gusta ir preparados. —Tranquilamente, dio la espalda a Zale y clavó el tenedor en el pastel de lima—. Espero que en nuestro próximo encuentro esté atado con correas a una mesa, recibiendo una inyección letal.

—Ya están avisados —dijo Zale controlando su expresión facial, pero rojo de rabia.

Giró en redondo y, a largos pasos, cruzó el patio, el interior del restaurante y el aparcamiento, donde entró en una limusina Mercedes negra. Los dos pistoleros a sueldo fueron unos cuantos coches más allá, subieron a un Lincoln Navigator y se mantuvieron a la espera.

Loren tendió el brazo y le tocó la mano a Pitt.

—¿Cómo puedes estar tan tranquilo? A mí me ha dado escalofríos.

—¡Qué mala bestia! —susurró Kelly con mirada asustada.

—Zale ha mostrado sus cartas en el momento equivocado —dijo Pitt—. Y la verdad es que me extraña.

Loren se quedó mirando la entrada del patio, como si previera el regreso de los hombres de Zale.

—Es verdad. ¿Qué sentido tiene que un empresario tan importante se rebaje a hablar con la plebe?

—Curiosidad —sugirió Giordino—. Quería verles las caras a los que le están reventando los planes.

—Este pastel de lima está buenísimo —proclamó Pitt.

—Yo no tengo hambre— murmuró Kelly.

—Sería un crimen dejar algo tan bueno —dijo Giordino, y se acabó el postre de la joven.

Después de los cafés y de que Pitt pagara la cuenta, Giordino se subió a una silla y echó un vistazo al aparcamiento por encima del muro del patio del restaurante, escondiendo la parte superior de la cabeza detrás de unas hojas de hiedra.

—Los hermanos Karamazov están sentados en un cuatro por cuatro, debajo de un árbol.

—Deberíamos avisar a la policía —dijo Loren.

Pitt sonrió.

—Ya está todo organizado. —Sacó un móvil del bolsillo de la americana, marcó un número, dijo como máximo cuatro palabras, lo apagó y sonrió a Loren y Kelly—. Vosotras dos esperad en la entrada mientras Al va a buscar el coche.

Loren le quitó de la mano las llaves del Packard.

—Al podría verse en apuros. Más vale que vaya yo a buscar el coche. A una mujer desarmada no le dispararán.

—Yo de ti no me fiaría demasiado. —Pitt estuvo a punto de negarse, pero en el fondo sabía que Loren tenía razón. Los hombres de Zale eran asesinos, no tontos de remate. Yendo Loren sola, no le dispararían. Querían tenerles a los cuatro en el punto de mira. Asintió—. Bueno, pero ve agachada entre los coches. Nuestros amigos esperan en el otro extremo de donde está el Packard. Si arrancan antes que tú y mueven el coche, Al y yo iremos corriendo.

Loren y Pitt ya habían corrido juntos varias veces. Ella era rápida. En las carreras de velocidad, después de cien metros Pitt solo la aventajaba en poco más de medio metro. Agachada, salió corriendo como un fantasma en la noche y tardó menos de un minuto en llegar al Packard. Como estaba perfectamente familiarizada con él, metió la llave en el contacto casi con el mismo movimiento que le sirvió para apretar el botón de arranque. El gran V-12 se puso en marcha de inmediato. Entonces Loren metió la primera y pisó el acelerador de modo un poco brusco, haciendo que las grandes ruedas delanteras resbalaran sobre la grava. Al llegar a la puerta del restaurante, frenó y se deslizó hacia el asiento del acompañante, mientras Pitt, Giordino y Kelly se metían en el coche.

Pitt pisó a fondo el acelerador, y el majestuoso automóvil embocó la carretera con fluidez. Entonces aceleró y cambió de marcha. El Packard no era ningún bólido; no estaba fabricado para ganar carreras, sino como un vehículo elegante y silencioso. Pitt tardó casi un kilómetro en conseguir que alcanzase los ciento treinta kilómetros por hora.

Como la carretera era recta, tuvo tiempo de sobra para mirar por el retrovisor y ver salir al Navigator del aparcamiento del restaurante, reflejando la luz de las farolas en su pintura negra. La oscuridad de la carretera rural no le permitió ver mucho más. El Navigator se acercaba deprisa, con los faros apagados.

—Nos persiguen —dijo con la inexpresividad de un conductor de autobús indicando al pasaje que se aparte de la puerta.

Excepto dos coches que pasaron en dirección contraria, la carretera estaba desierta. Al otro lado del arcén, el bosque era denso, oscuro y poco acogedor. Había que estar loco de miedo para querer utilizarlo como escondrijo. Miró de reojo a Loren un par de veces. Las luces del salpicadero se le reflejaban en los ojos, y sus labios dibujaban un esbozo de sonrisa sensual. Evidentemente, estaba disfrutando con la emoción y el peligro de la persecución.

El Navigator acortó muy deprisa la distancia que lo separaba del viejo Packard. A ocho kilómetros del restaurante, su conductor ya la había reducido a pocos centenares de metros. La presencia del coche negro era casi invisible, salvo cuando reflejaba los faros de los que pasaban en sentido contrario y le hacían señales con las luces para avisarle de que no llevaba las suyas encendidas.

—Todos al suelo —dijo Pitt—. En cualquier momento se nos colocarán al lado.

Ellas le hicieron caso, pero Giordino solo se agachó un poquito y sacó la Ruger automática por la ventanilla trasera, apuntando al Navigator, que seguía acercándose. Se avecinaba una curva. Pitt exprimía al máximo la potencia del viejo y sólido motor V-12. El conductor del Navigator se acercaba por la parte exterior de la curva, invadiendo temerariamente el carril contrario. Transcurridos treinta segundos, Pitt tomó la curva con el Packard, cuyos grandes neumáticos chirriaron al deslizarse por el asfalto.

En cuanto el coche recuperó su estabilidad y tuvo delante un tramo recto de carretera, Pitt miró por el retrovisor y estuvo a tiempo de ver salir del bosque dos voluminosos Chevrolet Avalanch, justo por delante del Navigator. La aparición de ambos vehículos, dotados de ametralladoras, fue tan inesperada como repentina.

El conductor del Navigator, tomado por la más absoluta sorpresa, imprimió al volante un giro brusco que hizo que el cuatro por cuatro patinara incontrolablemente por la carretera y, al llegar al arcén, perdiera su tracción y diera tres vueltas de campana hasta desaparecer en los matorrales, entre nubes de polvo y una lluvia de hojas y ramas. Entonces saltaron de los Avalanch varios hombres armados y de camuflaje, que se apresuraron a rodear el Navigator volcado.

Pitt levantó el pie del acelerador y redujo la velocidad del Packard a ochenta kilómetros por hora.

—Se acabó la persecución —dijo—. Ya podéis relajaros y respirar con normalidad.

—¿Qué ha pasado? —preguntó Loren, que miró por la ventanilla trasera y vio los faros atravesados en la carretera, mientras la nube de polvo se asentaba.

—El almirante Sandecker ha llamado a unos amigos y les ha organizado un poco de diversión a los pistoleros a sueldo de Zale.

—Por poco no lo contamos —dijo Giordino.

—Teníamos que llegar a un punto donde se cruzaran dos carreteras, para que nuestros salvadores pudieran dejarnos pasar antes de cortarles el paso a los que nos perseguían.

—Tengo que reconocer que me has hecho pasar un minuto de miedo —dijo Loren, resbalando en el asiento y dando un posesivo apretón al brazo de Pitt.

—Habría preferido no arriesgar tanto.

—¡Vaya par de tramposos! —les dijo ella a Pitt y Giordino—. No nos habíais dicho que los marines estuvieran esperando para rescatarnos.

—De repente hace una noche espléndida —dijo Kelly, aspirando el aire que pasaba por encima del parabrisas y del cristal divisorio—. Debería haber sospechado que teníais la guerra controlada.

—Os llevo a todos a casa —dijo Pitt, poniendo rumbo a las luces de la ciudad—. Mañana salimos otra vez de gira.

—¿Adónde vais? —preguntó Loren.

—Mientras tú formas la comisión para investigar a Cerberus y la destrucción intencionada de los dos cruceros, Al, Kelly y yo iremos a Minnesota a buscar piedras rúnicas antiguas.

—¿Qué esperáis encontrar?

—La respuesta a un enigma —dijo lentamente Pitt—. Una llave que podría abrir perfectamente más de una puerta.

39

Marlys Kaiser salió de la cocina al porche, atraída por el ruido de las aspas de un helicóptero acercándose a su granja de las afueras de Monticello, Minnesota. Su casa respondía al prototipo de las granjas del Medio Oeste: estructura y revestimientos de madera, chimenea que subía desde la sala de estar hasta el dormitorio del piso superior y tejado a dos aguas. Delante había una extensión de césped grande y bien cuidada, y al otro lado un establo rojo que estaba como nuevo. En otros tiempos el conjunto había sido una explotación lechera, pero ahora el establo era el despacho de Marlys, y las ciento veinte hectáreas de maíz, trigo y girasoles eran cultivadas y explotadas por un aparcero. Detrás de la granja empezaba una cuesta que bajaba hasta la orilla del lago Bertram. Sus aguas, de un azul verdoso, estaban rodeadas de árboles, y en las de los bordes, poco profundas, abundaban los nenúfares. El lago Bertram atraía a muchos pescadores de Mineápolis porque siempre estaba bien abastecido de peces, entre ellos una nutrida colonia de bagres que empezaban a picar a la puesta de sol.

Mirando hacia el este, Marlys se protegió la vista del sol de la mañana mientras un helicóptero color turquesa con las siglas de la NUMA en letras negras bajaba hacia el tejado del establo y, tras unos instantes de cernerse sobre el jardín, aterrizaba en el césped. Entonces el sonido agudo de las dos turbinas se interrumpió y las aspas dejaron de girar lentamente. Por último se abrió una puerta y alguien arrojó una escalerilla cuyo último peldaño casi tocó el suelo.

Mientras Marlys se acercaba, salieron del helicóptero una joven de melena castaña que brillaba al sol y un hombre bajo y robusto, de pelo negro y rizado y claro aspecto italiano. El siguiente en apearse fue un hombre alto, de pelo oscuro y ondulado, rostro curtido y amplia sonrisa, que cruzó el césped con una actitud franca que a Marlys le recordó a su difunto marido. Cuando le tuvo más cerca, tuvo ocasión de ver los ojos más verdes que había visto en su vida.

—¿Señora Kaiser? —dijo con tono afable el hombre alto—. Me llamo Dirk Pitt. Anoche le comenté que vendríamos de Washington a hablar con usted.

—No les esperaba tan temprano.

—Tomamos un avión a última hora y fuimos a Duluth, a una base de investigación de la NUMA. Luego nos han dejado el helicóptero, y hemos seguido el viaje hasta Monticello.

—Ya veo que no han tenido problemas para encontrar esto.

—Sus indicaciones eran muy precisas.

Pitt se volvió y le presentó a Al y Kelly, a quien Marlys dio un abrazo maternal.

—La hija de Elmore Egan. ¡Qué emoción! Me alegro muchísimo de conocerte. Era muy amiga de tu padre.

—Ya lo sé —dijo Kelly, sonriendo—. Hablaba mucho de usted.

Marlys les miró a los tres.

—¿Ya han desayunado?

Pitt contestó la verdad:

—No hemos comido nada desde Washington.

—En veinte minutos tendré listos unos huevos, beicon y crepes —dijo ella calurosamente—. ¿Quieren dar un paseo, para ver los campos y el lago?

—¿La granja la lleva usted sola? —preguntó Kelly.

—¡No, por Dios! Tengo de aparcero a un vecino que me paga un porcentaje de lo que le dan por la cosecha a precio de mercado, que hoy día siempre es demasiado bajo.

—Por la verja del prado que hay al otro lado de la carretera, la puerta de la planta baja del establo y el pajar de encima, yo diría que esto fue en tiempos una granja lechera.

—Es muy observador, señor Pitt. Mi marido fue lechero casi toda la vida. Usted también debe de tener experiencia en el tema.

—Pasé un verano en la granja de mi tío, en Iowa. Llegué a saber mover los dedos para sacar un chorrito de leche y dirigirlo hacia el cubo, pero de ahí a ordeñar de verdad…

Marlys se rió.

—Cuando esté hecho el café, les pego un grito.

Pitt, Giordino y Kelly recorrieron los campos, bajaron a un embarcadero y tomaron una de las barcas que alquilaba Marlys a los pescadores. Tras un paseo por el lago, con Pitt a los remos, oyeron gritar a su anfitriona desde el porche, justo cuando volvían.

Cuando estuvieron reunidos alrededor de la mesa de la rústica cocina, Kelly dijo:

—Se lo agradecemos mucho, señora Kaiser.

—Marlys. Por favor, considéreme una amiga de la familia.

Durante el desayuno no hablaron de nada importante: el tiempo, la pesca en el lago, los problemas económicos que afectaban a los agricultores de todo el país… El tema de las piedras rúnicas solo salió a colación después de recoger la mesa y de que Giordino ayudara a cargar con destreza el lavaplatos.

—Mi padre nunca explicó la razón de que le interesaran tanto las inscripciones de las piedras rúnicas —dijo Kelly—. Mi madre y yo le acompañábamos en sus excursiones de búsqueda, pero nos interesaba más la parte divertida de acampar y dar paseos que el hecho en sí de buscar viejas piedras con inscripciones.

—La biblioteca del doctor Egan estaba repleta de libros sobre los vikingos, pero no había ninguna nota de su mano —añadió Pitt.

—Escandinavos, señor Pitt —le corrigió Marlys—. La palabra «vikingo» se refiere a un grupo de navegantes que iban por el mar asaltando a otras embarcaciones, gente sin miedo y muy arrojada en el combate. Es probable que varios siglos después les hubieran llamado piratas o bucaneros. La época vikinga arranca del año setecientos noventa y tres, cuando asaltaron el monasterio inglés de Lindisfarne. Llegaron del norte como fantasmas para saquear Escocia e Inglaterra, hasta que Guillermo el Conquistador, un normando de antepasados escandinavos, salió victorioso en la batalla de Hastings y se convirtió en rey de Inglaterra. Del año ochocientos en adelante, las flotas vikingas vagaron por toda Europa y el Mediterráneo. Su reinado fue corto, y su poder decayó en el siglo trece. El episodio final de su historia fue en mil cuatrocientos cincuenta, cuando los últimos salieron de Groenlandia.

—¿Tiene alguna idea de por qué en el Medio Oeste se han encontrado tantas piedras rúnicas escandinavas? —inquirió Giordino.

—Las sagas, sobre todo las de Islandia, se refieren a navegantes y pobladores de Islandia y Groenlandia que intentaron colonizar la costa nordeste de Estados Unidos entre los años mil y mil doce de nuestra era. Cabe suponer que enviaron expediciones para reconocer el interior de nuestro país.

—Pero la única prueba tangible de que llegaran a Norteamérica es el asentamiento de L'Anse aux Meadows, en Terranova —dijo Pitt.

—Si establecieron colonias en Francia, Rusia, Inglaterra, Irlanda y los confines del Mediterráneo —alegó Marlys—, lo lógico es que no tuvieran ninguna dificultad en penetrar en la Norteamérica interior por el río Saint Lawrence, o rodeando Florida y metiéndose por el golfo y por el Mississippi. Es posible que aprovecharan la red hidrográfica del interior para explorar grandes zonas del país.

—Tal como indican las piedras con inscripciones rúnicas que han llegado a nuestros días —dijo Giordino.

—Sí, pero no solo de escandinavos —dijo Marlys—. Antes de Leif Eriksson y de Cristóbal Colón, América recibió a muchos otros visitantes del Viejo Mundo. Nuestras costas fueron exploradas por diversos navegantes de la Antigüedad, que habían cruzado el Atlántico. Se han encontrado piedras con inscripciones de jeroglíficos egipcios, alfabeto chipriota, letras y números nubios, alfabeto púnico cartaginés y ogam ibérico. Se han encontrado y traducido más de doscientas piedras con inscripciones en el alfabeto ogam, que se empleó principalmente entre los celtas de Escocia, Irlanda y la península Ibérica. Toda la zona está sembrada de piedras con inscripciones pendientes de identificar. Es posible que la llegada de viajeros de la Antigüedad a nuestras tierras se remonte a hace cuatro mil años. —Hizo una pausa para recalcar lo que había dicho—. Y las inscripciones alfabéticas solo son una parte.

Kelly la miró fijamente, con cara de incredulidad.

—¿Hay algo más?

—Los petroglifos —aventuró Pitt.

—Los petroglifos —repitió Marlys, asintiendo con la cabeza—. Existen cientos de ejemplares documentados de imágenes en piedra de barcos, animales, dioses y diosas. Se han encontrado rostros con barba idénticos a los de la antigua Grecia, y cabezas que apenas se distinguen de las que se esculpían en el Mediterráneo durante la época clásica. Uno de los motivos más frecuentes son los pájaros volando. También hay muchos caballos y barcos. Incluso existen petroglifos de animales no nativos de América, como el rinoceronte, el elefante y el león. Muchas de esas imágenes son astronómicas, con representación de estrellas y constelaciones cuyas posiciones en la piedra coinciden con posiciones estelares de hace miles de años.

—Ya le dije por teléfono —intervino Pitt— que estamos investigando la fascinación del padre de Kelly por una serie de piedras rúnicas que descubrió y estudió hace quince años.

Marlys miró un momento al techo para hacer memoria.

—El objeto de los estudios del doctor Egan era una serie de treinta y cinco inscripciones rúnicas referentes a un grupo de escandinavos que exploraron el Medio Oeste en mil treinta y cinco. Recuerdo que estaba obsesionado con las inscripciones porque tenía la esperanza de que le llevaran a una cueva. ¿Dónde estaba esa cueva? No tengo la menor idea.

—¿Tiene documentada alguna de las inscripciones?

Marlys dio una palmada.

—Hoy es su día de suerte. Vamos a mi despacho del establo, que es donde las tengo archivadas.

El viejo establo para vacas lecheras había sido reconvertido en un despacho gigantesco, con el techo muy alto a causa de la desaparición del pajar. La mitad del espacio estaba ocupado por estanterías como las de las bibliotecas. En el centro de la sala había una mesa cuadrada de grandes dimensiones con una abertura transversal, donde Marlys trabajaba con dos ordenadores. La mesa estaba llena de fotografías, carpetas, libros e informes encuadernados. Al otro lado de ella había un monitor de gran tamaño con estanterías debajo que servían para almacenar cintas de vídeo y discos. Se había conservado el suelo de madera original, en cuyas planchas, muy pulidas, se observaban todavía las muescas que habían dejado las pezuñas de las vacas al entrar y salir durante el ordeño. También había una puerta que dejaba entrever un laboratorio; allí, las paredes y el suelo parecían recubiertos de una fina capa de polvo blanquecino.

Toda una pared de la gran sala estaba llena de objetos arqueológicos, vasos de cerámica en forma de cabezas y figuras humanas o animales que en muchos casos eran interpretaciones creativas de personajes casi cómicos en extrañas, y a veces retorcidas posturas. Había también una vitrina de considerables dimensiones que contenía un centenar o más de objetos de menor tamaño, imposibles de identificar a simple vista. A Pitt le impresionaron especialmente varias máscaras de piedra muy parecidas a las que había visto en los museos de Atenas. Ninguna de ellas podía ser obra de indios americanos, ni representar a miembros de sus propias tribus. Todos los bajorrelieves correspondían a imágenes de hombres con barba rizada, interesante fenómeno teniendo en cuenta que los nativos de Norteamérica, Centroamérica y Sudamérica tenían la suerte de no tener que afeitarse.

—¿Todo esto ha aparecido en Estados Unidos? —preguntó.

—Sí, son objetos encontrados en todos los estados, desde Colorado a Oklahoma, pasando por Georgia.

—¿Y lo de la vitrina?

—Son casi todo herramientas, aunque también hay algunas monedas y armas antiguas.

—Tiene usted una colección increíble.

—Todo lo que ven lo legaré cuando me muera a un archivo y museo universitario.

—Parece mentira que por aquí pasaran tantos pueblos antiguos —dijo Kelly, alucinada.

—Nuestros antepasados tenían la misma curiosidad que nosotros por saber qué había más allá del horizonte. —Mientras buscaba en las estanterías, Marlys señaló con el brazo unos cuantos sillones y un sofá—. Pónganse cómodos, que voy a buscar los documentos de las incripciones que interesaban a tu padre.

Al cabo de menos de un minuto, encontró lo que buscaba y sacó y depositó en la mesa dos voluminosos archivadores metálicos. Uno de ellos contenía más de cien fotografías, y el otro estaba lleno de papeles.

Separó la foto de una roca grande con una inscripción; Marlys estaba de pie al lado para que se vieran las dimensiones.

—Esta es la piedra Bertram. La encontró en mil novecientos treinta y tres un cazador en la otra orilla del lago. —Se acercó a un armario alto y sacó algo parecido a un molde de yeso—. Normalmente hago fotos después de destacar las inscripciones con polvos de talco o con tiza, pero si tengo la posibilidad le aplico encima varias capas de látex líquido. Luego, cuando se seca, lo llevo a mi laboratorio y hago un molde con yeso húmedo. A su vez, cuando se seca, lo reproduzco con un cianotipo y subrayo las imágenes o los caracteres inscritos. Entonces aparecen en la piedra erosionada letras y símbolos que no se apreciaban a simple vista.

Pitt observó atentamente las marcas, que parecían ramas.

—Hay algunas letras que coinciden con el alfabeto que usamos hoy día.

—Esta escritura es una combinación del antiguo alfabeto germánico Futhark y de uno posterior, el Futhork escandinavo. El primero se componía de veinticuatro runas o letras, y el segundo dieciséis. El origen de la escritura rúnica se pierde en la noche de los tiempos. Existen ligeras similitudes con el griego y el latín antiguos, pero los expertos consideran que el alfabeto rúnico básico tiene sus orígenes en el siglo primero, en las culturas germánicas que lo vincularon a la lengua teutónica de la época. En el siglo tercero había emigrado a los países nórdicos.

—¿Cómo sabe que la inscripción de la piedra no es falsa?

Lo había preguntado el escéptico de Giordino.

—Por varias razones —contestó amablemente Marlys—. Por un lado, los expertos en falsificaciones de la policía han examinado varias de las piedras y han llegado unánimemente a la conclusión de que las inscripciones grabadas corresponden a la misma mano. Todas las características son idénticas. La segunda razón es la siguiente: ¿quién se dedicaría a recorrer tres mil kilómetros haciendo inscripciones rúnicas sobre una expedición de reconocimiento escandinava inexistente? Además, si fueran falsas las habría hecho un verdadero maestro de esa lengua y su alfabeto, tal como afirman los modernos expertos en runología, que no han encontrado variantes incorrectas en las letras. Tercera razón: según los expertos en historia local, los primeros en descubrir la piedra rúnica Bertram fueron una tribu de los ojibway, que hablaron de ella a los primeros colonos en mil ochocientos veinte. Los siguientes en documentarla fueron unos tramperos franceses. Parece bastante improbable que las grabara alguien mucho antes de los primeros asentamientos en la zona. La última razón, la cuarta, es que, aunque las dataciones por carbono solo funcionan con materias orgánicas, no con piedras, el único método para establecer la antigüedad es estudiar el grado de erosión de la piedra a lo largo de los años. La acción de los elementos sobre las inscripciones, en función de la dureza de la piedra, permite establecer de manera aproximada el momento en que fueron grabadas las letras. Pues bien, a juzgar por el desgaste y las fracturas producidas por el viento, la lluvia y la nieve, estas son de entre los años mil y mil ciento cincuenta, lo cual parece razonable.

—¿Se han encontrado otros objetos en los alrededores? —siguió preguntando Giordino.

—Nada que haya sobrevivido tantos años a la intemperie.

—No tiene nada de raro —dijo Pitt—. Con el paso de los siglos, el viaje de Coronado desde México hasta Kansas ha dejado muy pocos testimonios materiales, o ninguno.

—Voy a hacer la pregunta del millón de dólares —le dijo Giordino a Marlys—. ¿Qué pone en la piedra?

Marlys cogió un disco y lo insertó en el ordenador. Al cabo de unos instantes las letras aparecieron en la pantalla, subrayadas en el vaciado hecho a partir del molde de látex líquido y reproducidas con gran detalle. Había cuatro líneas con casi ciento cuarenta letras.

—Es posible que nunca se consiga una traducción totalmente

fidedigna —dijo—, pero seis runólogos, tanto de aquí como de Escandinavia, están de acuerdo en que dice:

> Magnus Sigvatson pasó por aquí en el año 1035 y reclamó las tierras de este lado del río para su hermano Bjarne Sigvatson, jefe de nuestra tribu. Helgan Siggtrygg asesinado por skraelings.

—La traducción de *skraelings* es «bárbaros», o «infieles perezosos»; o, en el vernáculo antiguo, «seres despreciables». Es de suponer que a Siggtrygg le mataron durante un enfrentamiento con indios del lugar, antepasados de los sioux y los ojibway.

—Magnus Sigvatson. —Pitt pronunció el nombre en voz baja, acentuando cada sílaba—. Hermano de Bjarne.

Marlys suspiró, pensativa.

—En una saga se cuenta que un tal Bjarne Sigvatson zarpó de Groenlandia hacia Occidente con varios barcos de colonos. Otras sagas posteriores afirman que Sigvatson y los suyos fueron engullidos por el mar.

—¿Y las otras treinta y cuatro piedras? —dijo Pitt—. ¿Qué revelan?

—En la mayoría de los casos parecen señales divisorias. A Magnus no le faltaba ambición. Reivindicó para su hermano Bjarne, y para su tribu, una cuarta parte de los futuros Estados Unidos. —Marlys hizo una pausa para examinar otro molde con inscripciones subrayadas en el monitor—. En esta pone: «Magnus Sigvatson desembarcó aquí».

—¿De dónde procede la piedra? —preguntó Giordino.

—De Bark Point, que es un saliente de la bahía de Siskiwit.

Pitt y Giordino se miraron, divertidos.

—No conocemos los nombres —dijo Pitt.

Marlys se rió.

—Perdonen. La bahía de Siskiwit está en Wisconsin, en el lago Superior.

—¿Y el resto de las piedras rúnicas? ¿Dónde aparecieron? —preguntó Kelly.

—Teniendo en cuenta que probablemente solo se haya localizado y traducido menos de una cuarta parte de las piedras rúnicas, hay que decir que estos escandinavos eran muy locuaces. La primera y la última fueron descubiertas en Crown Point, en el extremo sur del lago Champlain. —Marlys se quedó callada, mirando a Pitt con una leve e irónica sonrisa—. Que está en el norte del estado de Nueva York.

Pitt le devolvió una sonrisa educada.

—Ya, ya lo sé.

—Desde ahí —continuó Marlys— aparecen tres piedras en tres emplazamientos de los Grandes Lagos, lo cual permite suponer que navegaron hacia el norte hasta llegar al río Saint Lawrence. Luego cruzaron los lagos y desembarcaron en la bahía de Siskiwit. Desde ese punto, yo diría que trasladaron los barcos de una vía fluvial a otra hasta llegar al Mississippi, donde emprendieron su viaje hacia el sur.

—Pero el lago Bertram no está en el Mississippi —dijo Kelly.

—No, pero solo queda a tres kilómetros. Mi teoría es que los escandinavos desembarcaron y, antes de seguir río abajo, hicieron expediciones cortas por la campiña.

—¿Hasta dónde llegaron? —preguntó Giordino.

—Se han encontrado inscripciones en piedra en Iowa, Missouri, Arkansas y Kansas, formando un itinerario sinuoso. La piedra más apartada la encontró un grupo de boy scouts cerca de Sterling, en Colorado. A partir de ahí consideramos que volvieron caminando al Mississippi, donde habían dejado los barcos. En la orilla oeste del río, a la altura de Memphis, apareció una piedra donde se lee: «Los barcos se quedan aquí custodiados por Olafson y Tyggvason». —Marlys siguió hablando—: Desde ese punto debieron de navegar río arriba por el Ohio, llegar al Allegheny y alcanzar el lago Erie antes de rehacer el camino por el que habían venido desde el lago Champlain.

Kelly ponía cara de perplejidad.

—No tengo muy claro lo que quieres decir con lo de primera y última piedra.

—Según nos consta, la piedra rúnica del lago Champlain fue la primera en grabarse, al principio de la expedición. Seguro que hay más, pero no se han encontrado. Cuando volvieron, casi un año después, añadieron otra inscripción debajo de la primera.

—¿Podemos verlas? —pidió Pitt.

Marlys tecleó una orden, y en la pantalla apareció una piedra de grandes dimensiones. A juzgar por el hombre que estaba sentado encima de ella, medía unos tres metros. Estaba situada en un profundo barranco.

Llevaba inscritos diez renglones, y encima el petroglifo de un barco vikingo con sus velas, remos y escudos laterales.

—Esta es un hueso duro de roer —dijo Marlys—. Ninguno de los epigrafistas que han estudiado la piedra ha estado completamente de acuerdo con los demás sobre el mensaje, aunque el texto de las traducciones se parece bastante.

Empezó a traducir la larga inscripción:

> Después de seis días de navegación por el fiordo, dejando a nuestras familias en el poblado, Magnus Sigvatson y sus cien camaradas descansan aquí y reivindican todas las tierras que alcanza la vista desde el agua para mi pariente y jefe de nuestra tribu, Bjarne Sigvatson, y para nuestros hijos.
>
> Son tierras mucho más extensas de lo que sabíamos, más incluso que nuestra querida patria. Llevamos abundantes provisiones, y nuestros cinco pequeños barcos son sólidos y están en buenas condiciones. Tardaremos muchos meses en regresar por el mismo camino. Que Odín nos proteja de los skraelings.

—Debo advertirles —siguió diciendo Marlys— que las traducciones son muy vagas, y que probablemente no recojan el mensaje original. En la segunda inscripción, grabada en el viaje de vuelta, pone:

> Catorce meses después de separarnos de nuestras familias, nos faltan pocos días de navegación por el fiordo para llegar a casa, a la cueva de debajo de los acantilados. Quedamos noventa y cinco de los cien. Alabado sea Odín por protegernos. Las tierras que he reivindicado en nombre de mi hermano son mayores de lo que creíamos. Hemos descubierto el paraíso. Magnus Sigvatson.

—Luego hay una fecha de mil treinta y seis.

—Seis días de navegación por el fiordo —repitió Pitt, pensativo—. Parece indicar que los escandinavos tenían un asentamiento en Estados Unidos.

—¿Se ha descubierto algún emplazamiento? —preguntó Giordino.

Marlys negó con la cabeza.

—Los arqueólogos aún no han encontrado ninguno por debajo de Terranova.

—Uno se pregunta por qué desapareció sin dejar rastro...

—En algunas leyendas indias antiguas se menciona una gran batalla con salvajes del oeste, gente rara con pelo largo en la barbilla y cabezas que brillaban.

Kelly se mostró desconcertada.

—¿Cabezas que brillaban?

—Cascos —dijo Pitt, sonriendo—. Deben de referirse a los cascos que llevaban los vikingos en la batalla.

—Es raro que nunca se haya descubierto ningún indicio arqueológico de un yacimiento —dijo ella.

Pitt la miró.

—Tu padre sabía dónde estaba.

—¿Por qué lo dices?

—Si no, ¿cómo se explica tanto fanatismo a la hora de buscar piedras rúnicas? Yo diría que tu padre buscaba la cueva a la que se refiere la última inscripción. La razón de que abandonara tan de repente las investigaciones debe de ser que la encontró.

—Sin sus archivos y documentos —dijo Giordino—, no tenemos por dónde empezar. A falta de poder acotar un poco la búsqueda, sería como dar palos de ciego.

Pitt miró a Marlys.

—¿Usted no tiene nada del doctor Egan que pueda ayudarnos a averiguar qué datos acumulaba?

—No tenía costumbre de escribir, ni por carta ni por correo electrónico. No guardo ni un simple papelito con su firma. Toda la información la intercambiábamos por teléfono.

—No me sorprende —murmuró Kelly, resignada.

—Es lógico —dijo Giordino—. Teniendo en cuenta su problema con Cerberus...

Pitt se quedó pensativo, hasta que volvió a mirar a Kelly.

—Tú y Josh dijisteis que habíais registrado la granja de tu padre buscando el laboratorio secreto, y que no habíais encontrado nada.

Kelly asintió con la cabeza.

—Es la verdad. Inspeccionamos hasta el último centímetro cuadrado de nuestra propiedad y las dos granjas colindantes, pero no apareció nada.

—¿Y el acantilado de encima del río?

—Fue de los primeros sitios donde buscamos. Hasta contratamos escaladores para examinar las paredes, pero no encontraron cuevas, caminos ni escaleras que bajaran por los riscos.

—Si la única inscripción sobre una cueva figura en la primera piedra rúnica, ¿qué sentido tenía patearse el país en busca de otras inscripciones que no conducían a nada?

Pitt aventuró una explicación.

—Porque cuando empezó a buscar aún no lo sabía. Debía de tener la esperanza de que las otras piedras le proporcionaran más pistas, pero la búsqueda fue en balde. El rastro siempre remitía a lo mismo: a la primera piedra rúnica.

—¿Qué fue lo primero que le indujo a buscar? —le preguntó Giordino a Kelly.

Ella negó con la cabeza.

—No tengo ni idea. A mi madre y a mí nunca nos dijo qué buscaba.

—La cueva del acantilado —dijo lentamente Pitt.

—¿Tú crees que es lo que buscaba?

La respuesta de Pitt fue afirmativa:

—Sí.

—¿Y crees que la encontró?

—Sí —repitió Pitt.

—¡Pero si no hay ninguna cueva! —protestó Kelly.

—Se trata de buscar en el lugar indicado. Si nosotros también la encontramos, será la puerta de muchos misterios, incluido el del proyecto secreto de tu padre.

—Podrían cambiar el enfoque de su investigación —dijo Marlys.

—¿Qué propone? —preguntó Pitt.

—Yo les recomendaría consultar al doctor Jerry Wednesday.

—¿Quién es?

—Uno de los principales expertos en las antiguas tribus indias del valle del Hudson. Quizá pueda aportar algo sobre los contactos con los escandinavos.

—¿Dónde se le puede localizar?

—En el Marymount College de Tarrytown, Nueva York. El doctor Wednesday es profesor de historia cultural.

—Sí, conozco Marymount —dijo Kelly—. Es una universidad católica para mujeres que queda justo al otro lado del río de la granja de papá.

Pitt miró a Giordino.

—¿Tú qué dices?

—Que, cuando se buscan tesoros históricos, la investigación no tiene límites.

—Es lo que siempre digo yo.

—Ya me parecía que me sonaba.

Pitt se giró y le dio la mano a Marlys.

—Gracias, Marlys; por su hospitalidad y por habernos ayudado.

—No, por favor —dijo ella—; así los vecinos ya tienen tema de conversación.

Usando la mano como visera, vio elevarse el helicóptero de la NUMA por un cielo despejado y poner rumbo nordeste hacia Duluth. Entonces se le despertó el recuerdo de Elmore Egan: un verdadero excéntrico, un bicho raro, pero entrañable. Esperó fervientemente haberles orientado bien en su búsqueda y que el doctor Wednesday pudiera darles la pista definitiva de su aventura.

40

Varios vehículos cuatro por cuatro polvorientos y sin nada que llamara la atención recorrían el camino privado a la cabaña de Cerberus, junto al lago Tohono. Ninguno de los coches, de marca Jeep, Durango y Chevrolet Suburban, eran nuevos: ninguno tenía menos de ocho años. Los habían elegido adrede para que se confundiesen con los que conducían los habitantes del condado. Al cruzar los pueblos de la zona, nadie se había fijado en sus ocupantes, que iban vestidos de pescadores.

Llegaban con diez minutos o un cuarto de hora de intervalo entre coche y coche, y entraban en la cabaña con cajas y cañas de pescar. Lo raro era que ninguno se fijara en el embarcadero, ni en las barcas. Una vez en la cabaña, se quedaban dentro y no se les veía poner cebos ni lanzar la caña. Su misión iba mucho más allá de la soledad y el placer de la pesca.

Tampoco se reunían en la sala de estar, con su enorme chimenea de rocas con musgo y su alto techo de troncos. Los sillones y sofás cubiertos de alfombras navajo, y la decoración, a la que daban lustre varios cuadros de Russell y Remington y diversas esculturas de bronce, no estaban destinados esta vez al relax. Los presuntos pescadores se reunían en un sótano de grandes dimensiones con una sólida puerta de acero. Al otro lado de ella, un túnel se adentraba doscientos metros en la seguridad del bosque, hasta un punto del que partía un camino de casi un kilómetro que acababa en un campo despejado donde se podía hacer que acudiera un helicóptero en cuestión de minutos. La carretera y los alrededores de la cabaña estaban protegidos de los intrusos por una serie de sistemas de seguridad dotados de alarmas. Era un escenario ideado para no llamar la atención, pero en el que se habían tomado todas las precauciones posibles para impedir el espionaje de cualquier agente del gobierno o de las fuerzas de seguridad estatales y locales.

Abajo, en el sótano lujosamente amueblado, seis hombres y dos mujeres estaban sentados a una mesa redonda de pino. La novena persona era Curtis Merlin Zale, que, una vez repartidas sendas carpetas con encuadernación de piel, se apoyó en el respaldo a la espera de que los demás estudiaran su contenido.

—Memoricen lo que lean —les indicó—. Mañana por la tarde, cuando nos marchemos, se destruirá todo el papeleo y todas las notas.

Los intereses del imperio Cerberus exigían celebrar en el más estricto secreto aquella sesión destinada a planificar una estrategia. Los ocupantes de la mesa eran presidentes de las mayores petroleras del hemisferio norte y se habían reunido para trazar una estrategia de cara a los meses siguientes. Para los economistas, los funcionarios del Departamento de Comercio y los periodistas del *Wall Street Journal*, aquellos gigantes de la industria petrolera solo dirigían las actividades cotidianas de las empresas autónomas que estaban bajo su control independiente. Nadie, salvo los propios interesados, sabía que estuvieran ligados entre bambalinas a Curtis Merlin Zale y a los largos tentáculos de Cerberus. Se había creado un monopolio sin precedentes en la historia, y sus parámetros eran rígidos.

Todos los magnates del petróleo habían ganado millones de dólares gracias a su alianza clandestina con Cerberus, y el día en que alguno de ellos ingresara en prisión por incurrir en conductas comerciales delictivas estaba muy lejos. Cierto que cualquier investigación concienzuda que emprendiera el Departamento de Justicia llevaría ineludiblemente a destapar el mayor cártel formado para monopolizar el mercado del petróleo desde los tiempos de Rockefeller y la Standard Oil, pero se habían tomado precauciones para frenar cualquier iniciativa de esa índole antes de que diera sus primeros pasos. La única amenaza, y muy real, era que uno de los conjurados informara al Departamento de Justicia de las actividades delictivas del cártel. Sin embargo, los desertores en potencia sabían muy bien que en cuanto se divulgase su deserción desaparecerían o morirían tanto ellos como diversos miembros de sus familias. Quien entraba no podía dejar la organización.

Un riesgo alto, sin duda, pero los beneficios esperados eran estratosféricos. A aquellas personas no les hacía falta un gran esfuerzo de imaginación para saber que, en última instancia, el rendimiento en dólares de su nefanda empresa superaría las doce cifras. Más allá del dinero, el poder que comportaba un éxito absoluto solo podía medirse en términos del grado de control que a largo plazo obtendrían sobre el gobierno de Estados Unidos y sus ramas legislativa y ejecutiva.

—Todos ustedes conocen las previsiones —dijo Zale para empezar la reunión—. Me apresuro a añadir que no se trata de cifras manipuladas. Entre los años mil novecientos setenta y cinco y dos mil, la población mundial creció en un cincuenta por ciento, y la demanda de crudo siguió una evolución proporcional. En dos mil diez, la producción total de petróleo alcanzará su punto máximo. Quedan, por lo tanto, menos de siete años. Desde entonces hasta dos mil cincuenta, la producción caerá a una pequeña parte de su actual volumen.

El presidente de Zenna Oil, un hombre de cuarenta y seis años que respondía al nombre de Rick Sherman y que, aunque parecía un profesor de matemáticas de primaria, dirigía la tercera compañía productora de petróleo del país, observó a Zale a través de unas gruesas gafas sin montura.

—Las estadísticas ya se están quedando cortas. A estas alturas ya se ha declarado una escasez permanente de petróleo, diez años por delante de las previsiones. La demanda ha superado a la producción mundial, que a partir de ahora no hará sino disminuir a gran velocidad.

—Pues si en la producción las previsiones no son buenas, el panorama de la economía mundial se presenta negrísimo —dijo Jesús Morales, presidente de CalTex Oil—. El impacto será paralizador y permanente. Habrá una subida de precios espectacular, acompañada de hiperinflación e incluso racionamiento. Solo de pensar en lo que subirán los gastos de transporte, ya tiemblo.

—Estoy de acuerdo. —Sally Morse se limpió los cristales de sus gafas de lectura y estudió el informe de Zale. Era presidenta de Yukon Oil, el tercer productor de Canadá, y hacía cinco años había sido la última en integrarse a aquella camarilla secreta, aunque empezaba a arrepentirse—. En el futuro no habrá hallazgos importantes. Desde mil novecientos ochenta, a pesar de las previsiones de los geólogos, han aparecido pocos yacimientos nuevos que produzcan más de diez millones de barriles. Los mil trescientos once yacimientos petrolíferos importantes que se conocen contienen el noventa y cuatro por ciento del petróleo del que se tiene constancia a nivel mundial. A medida que vaya bajando la producción de esos yacimientos, los precios del petróleo y de la gasolina emprenderán una subida imparable.

—La mala noticia —dijo Zale— es que las exploraciones solo encuentran un barril de petróleo nuevo por cada diez de los que consumimos.

—Y la situación solo puede empeorar —añadió Morales.

Zale asintió con la cabeza.

—He ahí la razón fundamental de que formáramos nuestra alianza. Teniendo en cuenta que la capacidad industrial de China e India va a exigir cada vez más petróleo, la competición entre esos dos países, Europa y Estados Unidos no tardará en convertirse en una muy reñida batalla por los precios.

—Sí, y la única beneficiaria será la OPEP —dijo Sherman—. Con la demanda mundial subiendo tan deprisa, los productores de la OPEP le sacarán al barril de petróleo hasta el último centavo que puedan.

—Una situación que parece pensada para favorecernos —dijo Zale con aplomo—. Si unimos nuestros recursos, campos y refinerías de Norteamérica, podremos dictar nuestras propias condiciones y nuestros propios precios. También podremos duplicar la producción haciendo prospecciones donde hasta ahora no nos lo había permitido el gobierno. Nuestras nuevas redes de oleoductos transportarán el petróleo por tierra, ahorrándonos el elevado coste de los petroleros. Si nuestra estrategia surte el efecto deseado, al norte de México solo se venderá petróleo estadounidense y canadiense. Para exponerlo en términos sencillos, el noventa y seis por ciento de los ingresos redundará en provecho de nuestras respectivas organizaciones.

—Pues los países de la OPEP no van a quedarse cruzados de brazos. —El veterano empresario petrolero Gunnar Machowsky había empezado montando pozos, y había tenido que esperar a la sexta tentativa para encontrar un gran yacimiento en el interior de Nevada. Era alto y corpulento, con una gran barriga y pelo blanco alrededor de la calva. Único propietario de Gunnar Oil, su compañía tenía fama de estar saneada y nunca dejaba de producir sustanciosos beneficios—. Se puede contar desde ya con que rebajarán más que nosotros el precio del barril.

Zale sonrió.

—No tengo la menor duda. Si quisiéramos competir con sus precios, nos arruinaríamos todos, pero el plan es conseguir que el petróleo extranjero se vuelva tan impopular entre los ciudadanos norteamericanos que nuestros dirigentes no tengan más remedio que prestar oídos al clamor popular y decidirse por el embargo.

—¿A cuántos legisladores tenemos comprados? —preguntó Guy Kruse, personaje relajado, con gafas y una afable forma de hablar que dirigía Eureka Offshore Oil Ventures.

Zale miró a Sandra Delage, principal administradora del cártel. Se trataba de una rubia de ojos azules y aterciopelados cuyo atractivo físico y apariencia discreta engañaban, ya que tras ellos había una rapidez de pensamiento y una destreza organizativa tales que le habían granjeado la admiración y el respeto de todos los presentes en el sótano. Antes de contestar, Sandra dedicó unos instantes a estudiar una libreta de gran formato.

—A día de ayer, podíamos contar tranquilamente con treinta y nueve senadores y ciento diez congresistas, que votarán como se les indique.

Kruse sonrió.

—Parece que las ayuditas han sido más eficaces de lo que esperábamos.

—Creo que se puede decir sin temor a equivocarnos que la Casa Blanca también tendrá en cuenta los consejos de los aquí presentes —añadió Delage.

—Quedan los grupos de presión ecologistas y los miembros

del Senado y del Congreso que quieren salvar a los castores —dijo Machowsky con tono malhumorado.

Zale se apoyó en la mesa y gesticuló con un lápiz en la mano.

—En cuanto la escasez de petróleo y la subida de precios se vuelvan agudas, el clamor popular acallará sus protestas. De momento, ya contamos con bastantes votos para abrir nuevas explotaciones desde Alaska a Florida, por mucho que se quejen los ecologistas. Los gobiernos de Estados Unidos y de Canadá no tienen más remedio que permitir que hagamos prospecciones en terrenos de titularidad nacional donde los geólogos han encontrado reservas abundantes.

»Por si alguien no se acuerda, el gobierno cavó su propia tumba al empezar a abrir la Reserva Estratégica de Petróleo. Desde entonces han recurrido a ella cinco veces más, y ahora ya no queda petróleo ni siquiera para garantizar durante tres semanas la demanda nacional.

El entrecejo de Machowsky se frunció.

—Eso fue una estupidez, idea de los políticos. Nuestras refinerías ya funcionaban al máximo de su capacidad. Lo único que consiguieron fue engañar a los crédulos votantes, que se creyeron que el gobierno les hacía un favor.

Sally Morse asintió.

—Parece que, sin saberlo, nos han puesto la situación en bandeja.

Sam Riley, presidente de Pioneer Oil, una compañía con grandes reservas propias en el Medio Oeste, tomó la palabra por primera vez.

—No habríamos podido planearlo mejor ni siendo adivinos.

—En efecto —dijo Zale—. Ha sido una combinación de suerte y de acierto en nuestras previsiones. —Se volvió hacia Dan Goodman, de Diversified Oil Resources—. ¿Cómo están los datos de nuestra operación petrolera conjunta en el oeste de Colorado?

Goodman, ex general del ejército que había estado al frente de la unidad de suministro de combustible, no llevaba menos de diez años a ninguno de sus compañeros de mesa. A pesar de sus más de ciento diez kilos de peso, conservaba una dureza física que combinaba con un seco sentido del humor.

—Gracias a un avance tecnológico en el esquisto, en una semana iniciaremos la operación de puesta en marcha. Todos los sistemas y equipos de extracción de esquisto se han verificado a fondo y están preparados. Puedo decir sin temor a equivocarme que ahora contamos con una enorme fuente potencial de petróleo, gas de hidrocarbono y un combustible sólido capaz de superar al carbón. El rendimiento estimado de ciento cincuenta litros de petróleo por tonelada de roca parece razonable.

—¿Qué dimensiones calcula que tiene el depósito? —preguntó Kruse.

—Dos billones de barriles.

Zale miró a Goodman.

—Repítalo.

—Dos billones de barriles de petróleo de esquisto, y es posible que me quede corto.

—Dios santo —murmuró Sherman—. Eso está muy por debajo de las estimaciones de los informes energéticos del gobierno.

—Claro, porque estaban manipuladas —dijo Goodman con cierto brillo en los ojos.

Riley se rió.

—Como consigan bajar el precio del barril a menos de cincuenta dólares, nos desbancarán a los demás.

—Todavía no. De momento calculamos que estará sobre los sesenta dólares por barril.

Morales apoyó la silla en las dos patas traseras y se puso las manos en la nuca.

—Ahora, lo único que falta antes de poder empezar la operación es terminar de construir el sistema de oleoductos.

Antes de contestar, Zale le hizo una señal con la cabeza a Sandra Delage, que hizo bajar una pantalla de grandes dimensiones apretando un botón de un mando a distancia. Casi enseguida se iluminó un gran mapa de Alaska, Canadá y los cuarenta y ocho estados norteamericanos. Las fronteras nacionales y estatales estaban cruzadas por una serie de líneas negras que unían yacimientos, refinerías y grandes ciudades.

—Señoras y señores, nuestro sistema de transporte de petróleo: sesenta mil kilómetros de oleoductos subterráneos. El último tramo, el de los campos de Pioneer Oil en Nebraska, Wyoming, Kansas y Dakota del Norte y del Sur, estará acabado y listo para funcionar a finales de mes.

—¡Qué buena idea burlar a los ecologistas enterrando los conductos! —dijo Riley, el propietario de la compañía en cuestión.

—La maquinaria de excavación y tendido de oleoductos creada por los ingenieros de Cerberus ha permitido que nuestras brigadas de construcción trabajasen las veinticuatro horas para tender dieciséis kilómetros al día.

—Y ha sido muy ingeniosa —dijo Jesús Morales— la ocurrencia de contratar el derecho de paso del ferrocarril para tender conductos paralelamente a las vías.

—Tengo que reconocer que nos ha ahorrado pagar miles de millones a los titulares privados y públicos de los terrenos —admitió Zale—. Y, además, nos permite bombear petróleo directamente a cualquier gran ciudad de los dos países sin restricciones y sin tener que preocuparnos por la estricta normativa de los gobiernos.

—Es un milagro que hayamos llegado tan lejos sin interferencias del Departamento de Justicia —dijo Sally Morse.

—Hemos sabido no dejar rastro —dijo Zale—. Nuestros topos del Departamento de Justicia se encargan de que cualquier mención o pregunta por parte de sus agentes o del FBI se traspapele o se archive para más tarde.

Guy Kruse le miró.

—Tengo entendido que en estos momentos hay una comisión, encabezada por la congresista Loren Smith, que piensa investigar la gestión de Cerberus.

—La investigación de Smith no llegará a ninguna parte —afirmó rotundamente Zale.

—¿Cómo está tan seguro? —preguntó Morse—. Porque si en el Congreso hay alguien que no está de nuestro lado, es Loren Smith.

Zale le lanzó una mirada gélida.

—Se tomarán las medidas necesarias.

—Como con el *Emerald Dolphin* y el *Golden Marlin* —murmuró sarcásticamente Machowsky.

—El fin justificaba los medios —replicó Zale—. El principal objetivo se cumplió achacando los desastres a fallos en los motores de Elmore Egan. Todos los contratos para instalar sus motores magnetohidrodinámicos han sido cancelados; y, ahora que Egan está muerto, conseguir la fórmula de su superpetróleo será simple cuestión de tiempo. En cuanto entremos en la fase de producción, controlaremos los beneficios de la fabricación y venta de sus motores y tendremos participación en ellos. Ya ven que tenemos cubiertos todos los aspectos del mercado de combustibles.

—¿Puede garantizarnos que no habrá más interferencias de la NUMA? —preguntó Sherman.

—La situación es temporal. No tienen jurisdicción sobre nuestras actividades comerciales.

—No fue muy prudente secuestrar su barco de investigación con toda la tripulación a bordo —dijo Riley.

—Eso fue un revés inesperado, pero ya es historia, y no hay ninguna pista que lleve hasta Cerberus.

Dan Goodman levantó la mano.

—En todo caso, yo aplaudo el éxito de su campaña para poner a la opinión pública en contra de la importación de petróleo extranjero por parte de Estados Unidos. Hacía décadas que a nadie le importaba de dónde procediera el combustible, pero con los desastres de los superpetroleros, provocados por su grupo de los Vipers en Fort Lauderdale, Boston y Vancouver, con millones de litros de petróleo invadiendo zonas muy pobladas y ricas del país, la posición a favor del autoabastecimiento ha ganado muchos puntos.

—Sí, la acumulación de tantos accidentes provocados en nueve meses hizo que el vertido del *Exxon Valdez* en Alaska pareciera un melodrama de poca monta —reconoció Morales.

Zale se encogió de hombros con aire indiferente.

—Una trágica necesidad. Cuanto más se prolonguen las operaciones de limpieza, mayor será la exigencia de petróleo nacional.

—Pero ¿no habremos vendido nuestras almas al diablo para afirmar nuestra posición en el mercado, y nuestro monopolio? —preguntó Sally Morse.

—La palabra «monopolio» es muy fea, señora —dijo Zale—. Prefiero llamarlo «consorcio».

Morse se cogió la cabeza con las manos.

—Cuando pienso en toda la gente, los pájaros, los animales y los peces que han muerto para que consigamos nuestros objetivos, me pongo enferma.

—No es el momento de tener problemas de conciencia —le reprochó Zale—. Estamos en una guerra económica. Quizá no haga falta recurrir a generales, almirantes, tanques, submarinos o bombas nucleares, pero si queremos ganar necesitamos satisfacer el apetito insaciable de petróleo de la población. Pronto, muy pronto, estaremos en condiciones de decirle a cualquiera que viva al norte de México qué petróleo tiene que comprar, y cuánto tiene que pagar por él. No tendremos que rendir cuentas a nadie. Con el tiempo, nuestros esfuerzos harán que se sustituya el estado de derecho por un estado empresarial. Ahora no podemos aflojar, Sally.

—Un mundo sin políticos —murmuró Kruse, pensativo—. Suena demasiado bien.

—El país está al borde de una campaña de grandes manifestaciones contra el petróleo extranjero —dijo Sherman—. Solo necesitamos un incidente más para que se decidan.

Una sonrisa de zorro atravesó las facciones de Zale.

—Voy un paso por delante de ti, Rick. El incidente al que te refieres se producirá dentro de tres días.

—¿Otro vertido de un petrolero?

—Mucho peor.

—¿Hay algo peor? —preguntó inocentemente Morse.

—Un vertido agravado por una explosión —respondió Zale.

—¿Cerca de alguna costa?

Zale negó con la cabeza.

—En el interior de uno de los puertos más activos del mundo.

Los conspiradores guardaron unos instantes de silencio, mientras asimilaban las extraordinarias consecuencias de un accidente así. Sandra Delage miró a Zale y dijo en voz baja:

—¿Me permites?

Él asintió sin decir nada.

—El sábado, aproximadamente a las cuatro y media de la tarde, el *Pacific Chimera*, un superpetrolero con cuatrocientos noventa metros de eslora y setenta de manga, dimensiones que lo convierten en el más grande del mundo, entrará en la bahía de San Francisco y pondrá rumbo a Point San Pedro, donde en principio tendría que amarrar y descargar. Digo «en principio» porque no se detendrá, sino que proseguirá a toda máquina hacia el centro de la ciudad y chocará con el edificio Ferry del World Trade Center. Las previsiones son que antes de pararse penetre unas dos manzanas en la ciudad. Luego se harán detonar dos cargas explosivas, y el *Pacific Chimera*, con su peso muerto de seiscientas veinte toneladas de petróleo, saltará por los aires arrasando toda la zona portuaria de San Francisco.

—¡Dios mío! —murmuró Sally Morse, que de repente se había quedado blanca—. ¿Cuántas víctimas habrá?

—Podrían ascender a varios miles, porque será en hora punta —contestó Kruse sin mostrar emoción alguna.

—¿Qué más da? —preguntó fríamente Zale, como un forense metiendo un cadáver en la nevera del depósito—. Han muerto muchos más en guerras que no sirvieron para nada. En este caso será favorable a nuestros objetivos, y a la larga nos beneficiaremos todos. —Se levantó de la silla—. Bueno, creo que por hoy ya hemos hablado bastante. Mañana por la mañana retomaremos la conversación en el mismo punto, comentaremos nuestros respectivos acuerdos con nuestros gobiernos y cerraremos nuestros planes para el año que viene.

A continuación, los magnates más poderosos de dos países se levantaron y subieron con Zale en ascensor hasta el comedor de la cabaña, donde les sirvieron unos cócteles.

La única excepción fue Sally Morse, de Yukon Oil, que se quedó en suspenso imaginando los atroces sufrimientos que estaban a punto de ser infligidos a miles de hombres, mujeres y niños inocentes de San Francisco. Sentada a solas, tomó una decisión que podía costarle la vida, pero se afirmó en ella y salió de la sala resuelta a llevarla a cabo.

Al término de la reunión, cuando el chófer de su jeep frenó ante el Lockheed Jetstar de la compañía, el piloto ya estaba esperándola.

—¿Lista para el vuelo a Anchorage, señora Morse?

—Ha habido un cambio de planes. Tengo que ir a Washington para otra reunión.

—Pues cambiaré el plan de vuelo —dijo el piloto—. En principio solo serán unos minutos.

Al dejarse caer en un sillón de piel de ejecutivo, ante una mesa con ordenador, varios teléfonos y fax, Sally comprendió que se había metido en un callejón sin salida. Hasta entonces nunca había tomado una decisión que pusiera en peligro su vida. Era una mujer de recursos, que administraba Yukon Oil desde el fallecimiento de su esposo, pero su experiencia no daba para tanto. Estuvo a punto de coger el teléfono y hacer una llamada, hasta que cayó en la cuenta de que el riesgo de que los esbirros de Zale interceptaran su conversación era muy alto.

Le pidió a la azafata un martini que le levantase el ánimo, se descalzó y empezó a hacer planes para poner freno a Curtis Merlin Zale y a sus malvadas operaciones.

El piloto del Boeing 727 de Zale estaba en la cabina, leyendo una revista a la espera de que apareciera el jefe. Miró hacia fuera para matar el tiempo, y vio que el avión de Yukon Oil rodaba por la pista y despegaba en un cielo sembrado de grandes nubes blancas. Mientras miraba, el avión cambió de dirección y puso rumbo al sur.

Qué raro, pensó. Lo lógico era que el piloto pusiera rumbo al noroeste, a Alaska. Salió de la cabina y se acercó a un hombre que leía el *Wall Street Journal* con las piernas cruzadas.

—Disculpe, pero he considerado que tenía que informarle de que el avión de Yukon Oil ha puesto rumbo a Washington, no a Alaska.

Omo Kanai dejó el periódico y sonrió.

—Gracias por ser tan observador. Es una noticia muy interesante…

41

Tarrytown, población del condado de Westchester, es una de las más pintorescas del histórico valle del Hudson. Sus calles arboladas están llenas de tiendas de antigüedades coloniales, coquetos restaurantes y establecimientos de artesanía local. En los barrios residenciales pueden verse mansiones góticas y grandes y suntuosas fincas aisladas. Lo más famoso de Tarrytown es Sleepy Hollow, gracias a Washington Irving y su relato *La leyenda de Sleepy Hollow*.

Pitt dormitaba cómodamente en el asiento trasero, con Giordino al volante y Kelly en el asiento del acompañante, admirando el paisaje. Después de recorrer una estrecha carretera, en la que Giordino se dio un hartón de curvas, llegaron al campus de Marymount, diez hectáreas en lo alto de una colina con vistas sobre el río Hudson y el puente de Tappan Zee.

El Marymount College, fundado en 1907 por una orden católica dedicada a la enseñanza, las Hermanas del Sagrado Corazón de María, era el primero de una vasta red de centros repartidos por el mundo. La madre fundadora, Joseph Butler, se había impuesto la misión de crear instituciones de enseñanza donde las mujeres pudieran recibir una educación que las preparase para ocupar puestos de autoridad e importancia en todos los países del planeta. Fiel a la tradición católica de instituciones independientes y dedicadas a las humanidades, Marymount era uno de los centros femeninos de enseñanza que más deprisa crecían en Estados Unidos.

Los edificios del campus eran austeros, casi todos de ladrillo marrón. Al pasar por la vía principal, Pitt no pudo evitar quedarse mirando a las atractivas jóvenes que salían o entraban en clase. Pasó junto a Butler Hall, un edificio grande con una cúpula coronada con una cruz, y frenó en la zona de estacionamiento contigua al Gerald Hall, cuyas dos primeras plantas alojaban los despachos del personal docente.

Subieron por la escalinata del Gerald Hall, cruzaron la puerta y se acercaron a la mesa de información. Al levantar la vista, una estudiante rubia de veintipocos años se encontró con la mirada y la sonrisa de Pitt.

—¿Adónde quieren ir? —preguntó cordialmente.

—Al departamento de antropología. Al despacho del doctor Jerry Wednesday.

—Suban por la escalera de la izquierda y sigan por la derecha. El departamento de antropología está detrás de la puerta del fondo del pasillo.

—Gracias.

—Viendo a tantas chicas guapas, me dan ganas de volver a estudiar —dijo Giordino al cruzarse en la escalera con un grupo de alumnas.

—Mala suerte —dijo Pitt—. Aquí no admiten hombres, solo mujeres.

—Podría dar clases.

—Te pondrían de patitas en la calle después de una semana de comportamiento lascivo.

Otra estudiante que trabajaba en el departamento de antropología les hizo pasar al despacho del doctor Wednesday. Cuando entraron en la sala, que olía a libros viejos y donde no cabía un alfiler, un hombre que estaba sacando un volumen de una estantería repleta se giró hacia ellos y les sonrió. El doctor Jerry Wednesday no era más alto que Giordino, pero sí mucho más delgado. No llevaba la típica chaqueta de tweed con coderas, ni fumaba la clásica pipa. Su atuendo consistía en un suéter, unos Levi's y unas botas de excursionista. Tenía la cara delgada, perfectamente afeitada, grandes entradas y el pelo ralo, lo que hacía suponer que se acercaba a los cincuenta años. Sus ojos eran de color gris oscuro. Al sonreír mostraba una dentadura tan blanca y tan perfecta que habría enorgullecido a cualquier dentista.

—Supongo que uno de los dos es quien habló conmigo por teléfono —dijo, jovial.

—Sí, fui yo —dijo Pitt—. Le presento a Kelly Egan y Al Giordino. Yo me llamo Dirk Pitt.

—Siéntense, por favor. Me pillan en un buen momento. No tengo clase hasta dentro de dos horas. —Miró a Kelly—. ¿Por casualidad es hija del doctor Elmore Egan?

—Efectivamente —contestó ella.

—Me apenó mucho la noticia de su muerte —dijo sinceramente Wednesday—. No sé si lo sabe, pero nos carteábamos, y llegué a conocerle. Investigaba sobre una expedición vikinga que creía que había pasado por Nueva York en... me parece que en mil treinta y cinco.

—Sí, a mi padre le interesaban mucho las piedras rúnicas que habían dejado.

—Venimos directamente de Minnesota, de hablar con Marlys Kaiser —dijo Pitt—. Es quien nos ha aconsejado venir a verle.

—¡Qué gran mujer! —Wednesday se sentó al otro lado de su mesa cubierta de papeles—. Supongo que Marlys les habrá comentado que el doctor Egan era de la opinión de que los vikingos que poblaron esta zona fueron masacrados por los indios del valle.

Kelly asintió.

—Sí, algo me contó.

Wednesday rebuscó en un cajón abierto de su mesa y sacó un fajo de papeles arrugados.

—Se sabe muy poco de los primeros indios americanos que vivieron junto al río Hudson. El primer documento sobre los nativos, junto con su descripción, es de Giovanni da Verrazano, y se remonta a mil quinientos veinticuatro. Durante su épico viaje por la Costa Este, Verrazano penetró en el puerto de Nueva York y, después de dos semanas de exploración, siguió hasta Terranova y volvió a Francia.

Wednesday hizo una pausa para estudiar sus notas.

—Según la descripción de Verrazano, los nativos tenían caras angulosas, pelo negro y largo y ojos negros. Se vestían con pieles de zorro y ciervo, y se adornaban con objetos de cobre. Dejó constancia de que fabricaban canoas con un solo tronco, y de que vivían en chozas redondas o alargadas, hechas de troncos partidos y con tejado de hierbas largas y ramas. Aparte de la descripción de Verrazano, los primeros indios han dejado poco que descubrir, estudiar y documentar a los arqueólogos. En general, lo máximo que se puede formular son hipótesis acerca de su forma de vida.

—Así que la historia de los indios norteamericanos empieza en mil quinientos veinticuatro —dijo Giordino.

—La historia escrita. El siguiente navegante que dejó constancia de ellos, en mil seiscientos nueve, fue Henry Hudson, que entró en el puerto y subió por el río que ha recibido su nombre. Lo increíble es que llegó hasta Cohoes, unos quince kilómetros al norte de Albany, hasta que no pudo seguir por las cataratas. A los indios que vivían en la parte baja del río les describe como fuertes y belicosos, mientras que los de más arriba, según él, eran amables y educados.

—¿Qué clase de armas usaban?

—Arco y flechas. Hacían las puntas afilando piedras y las unían al astil con resina dura. También tenían garrotes, y fabricaban hachas tallando grandes pedernales.

—¿De qué se alimentaban? —preguntó Kelly.

—Había caza y pesca en abundancia, sobre todo esturiones, salmones y ostras. Al mismo tiempo cultivaban grandes campos de maíz y lo cocinaban con calabaza, pipas de girasol y alubias. También producían tabaco, y se lo fumaban en pipas de cobre. El cobre era abundante en todo el norte, en la zona de los Grandes Lagos. Era el único metal que los indios sabían trabajar. Conocían la existencia del hierro, pero no sabían trabajarlo.

—Así que vivían bien...

—Hudson no observó indicios de hambre ni desnutrición entre los indios —contestó Wednesday con una leve sonrisa—. Hay algo interesante, y es que ninguno de los primeros exploradores menciona cabelleras cortadas, prisioneros ni esclavos. Cabe suponer que esas prácticas tan repugnantes las introdujo gente llegada del otro lado del mar.

Pitt juntó las manos, pensativo.

—¿Alguno de los primeros exploradores refiere indicios de contactos anteriores con europeos?

—Hay algunas observaciones, tanto en Hudson como en otros; por ejemplo, que los indios no parecían tan sorprendidos como cabría esperar al ver barcos extraños y hombres de piel blanca con el pelo rubio o pelirrojo. Uno de los marineros de Verrazano cuenta que algunos indios llevaban adornos de hierro parecidos a hojas oxidadas de cuchillo. Otro afirma haber visto un hacha de hierro en la pared de una casa india. También corrió el rumor de que un marinero había encontrado un recipiente cóncavo de hierro que se usaba como fuente.

—Un casco vikingo —dijo Giordino, pensativo.

Wednesday sonrió pacientemente y siguió hablando.

—Las antiguas leyendas solo empezaron a aflorar cuando los holandeses empezaron a poblar el valle construyendo un fuerte en lo que hoy es Albany, en mil seiscientos trece, y empezaron a aprender las lenguas tribales.

—¿Qué contaban esas leyendas?

—Es difícil deslindar el mito de la realidad —contestó Wednesday—. Como es lógico, los relatos transmitidos oralmente durante varios siglos eran muy vagos, con pocas pruebas en su apoyo. Uno de los que surgieron se refería a hombres salvajes con barba, piel blanca y cabezas duras que reflejaban el sol. Esos hombres llegaron al valle y se instalaron en él. Un grupo de ellos emprendió un largo viaje...

—Magnus Sigvatson y los cien que salieron a explorar el oeste —le interrumpió Kelly.

—Sí, conozco las piedras rúnicas que descubrió su padre, y sus traducciones —dijo Wednesday sin alterarse—. El mismo relato cuenta que cuando los indios, para quienes el robo no era delito, empezaron a robar y sacrificar el ganado que había llegado en los barcos de los extranjeros, hubo represalias. Los salvajes de cara peluda, que era como les llamaban, recuperaron el ganado y les cortaron las manos a los ladrones. Por desgracia, uno de ellos era hijo de un jefe local, que montó en cólera y reunió a otras tribus del valle, entre ellas la de los Munsee Lenape, o Delaware, relacionados culturalmente con los algonquinos. La coalición atacó el poblado de los extranjeros, lo destruyó y no dejó supervivientes. Hay una versión que da a entender que se llevaron a algunas mujeres y niños como esclavos, pero en realidad es una costumbre muy posterior.

—Para Magnus y sus hombres debió de ser muy duro volver y encontrarse muertos a sus amigos y parientes.

Wednesday asintió.

—Nos movemos en el terreno de las hipótesis, pero en fin... Ahora les tocaba a ellos. La leyenda describe una gran batalla con los salvajes de cabezas relucientes, que mataron a más de mil indios antes de sucumbir.

—No es una historia muy bonita —murmuró Kelly.

Wednesday levantó las palmas de las manos con expresión ausente.

—Vaya usted a saber si es verdad o mentira.

—Parece raro que no se haya descubierto ningún rastro del poblado —observó Pitt.

—La leyenda añade que los indios, locos de rabia, destruyeron y quemaron hasta el último vestigio del asentamiento, y que lo dejaron todo tan arrasado que no quedó nada que los arqueólogos del futuro pudieran analizar.

—¿Se decía algo de una cueva?

—La única referencia que me consta está en una de las piedras rúnicas que encontró el doctor Egan.

Pitt miró a Wednesday, esperando en silencio hasta que el profesor captó la indirecta.

—Lo que hay son algunas circunstancias pendientes de explicar, como que en el valle del Hudson, hacia el año mil, empezó una transición importante. De repente los nativos descubrieron la agricultura y empezaron a cultivar sus propias plantas. La agricultura se sumó como medio de sustento a la caza, la pesca y la recolección. Más o menos en la misma época empezaron a fortificar sus poblados con piedras y troncos verticales reforzados con terraplenes. También empezaron a construir chozas ovaladas con plataformas para dormir adosadas a los muros, cosa que hasta entonces no habían hecho.

—Lo que está sugiriendo, en definitiva, es que los vikingos les enseñaron a cultivar la tierra y a construir casas sólidas. Y, después de la gran batalla, los indios empezaron a levantar empalizadas defensivas por si se producía otro ataque masivo de extranjeros.

—Soy realista, señor Pitt —dijo Wednesday—. Yo no sugiero nada. Lo que les he contado son antiguos relatos y suposiciones de tradición oral. Mientras no aparezcan pruebas concluyentes que vayan más allá de las inscripciones de las piedras rúnicas, cuya autenticidad sigue siendo puesta en duda por la mayoría de los arqueólogos, lo máximo que podemos hacer es aceptar esas historias como leyendas y mitos.

—Yo creo que mi padre encontró pruebas de un asentamiento vikingo —dijo Kelly sin levantar la voz—, pero murió antes de divulgar sus investigaciones, y no encontramos ni sus notas ni sus diarios.

—Pues espero que lo consigan —dijo Wednesday con tono franco—. Nada me haría más ilusión que convencerme de que en el valle del Hudson hubo exploradores y colonos seiscientos años antes que los españoles y los holandeses. Podría ser divertido reescribir los manuales de historia.

Pitt se levantó, tendió la mano por encima de la mesa y estrechó la del doctor Wednesday.

—Gracias, doctor. Le agradecemos que nos haya dedicado este tiempo.

—¡No faltaba más! Ha sido divertido. —Wednesday sonrió a Kelly—. Por favor, si encuentran algo, comuníquenmelo.

—Aún nos queda una pregunta.

—¿Cuál?

—¿Alguna vez han aparecido objetos vikingos aparte de los que mencionaban los primeros exploradores?

Wednesday reflexionó.

—Ahora que lo pienso, en los años veinte hubo un granjero que dijo que había encontrado una cota de malla oxidada, pero no sé qué se hizo de ella, ni si llegó a examinarla algún científico.

—Gracias otra vez.

Se despidieron, salieron del despacho de Wednesday y fueron a buscar el coche. El cielo se estaba llenando de nubes oscuras y parecía que fuese a llover en cuestión de minutos. Subieron al coche justo cuando caían las primeras gotas. Los ánimos eran sombríos cuando Giordino metió la llave en el contacto y arrancó el coche.

—Papá encontró el poblado —dijo Kelly con gran convicción—. Estoy segura.

—Mi problema —dijo Giordino— es que no consigo establecer el vínculo entre un poblado y una cueva. Me parece que no existe ni lo uno ni lo otro.

—Aunque se destruyera hasta el último vestigio del poblado, yo estoy seguro de que había una cueva y de que sigue habiéndola —dijo Pitt.

—Ojalá supiera dónde —dijo Kelly con aire compungido—. Josh y yo no la encontramos.

—Podría ser que los indios sellaran la entrada —comentó Giordino.

Kelly se volvió hacia la ventanilla y dirigió una mirada ausente a los árboles que rodeaban el aparcamiento.

—Entonces nunca la encontraremos.

—Propongo buscar desde el río, al pie del acantilado —dijo Pitt con tono resuelto—. Usando el sonar de barrido lateral es muy posible encontrar una cavidad en la roca por debajo de la superficie. Podríamos conseguir un barco y un sensor de la NUMA, y empezar pasado mañana.

Justo cuando Giordino metía la primera marcha y salía de la zona de estacionamiento, sonó su teléfono móvil.

—Giordino. —Una pausa—. Un momento, almirante, que está aquí mismo. —Se lo pasó a Pitt—. Es Sandecker.

—Diga, almirante. —Pitt se quedó mudo durante tres minutos, escuchando sin contestar—. Sí, señor, ahora mismo vamos. —Le devolvió el teléfono a Giordino—. Quiere que volvamos a Washington lo antes posible.

—¿Algún problema?

—Más bien una emergencia.

—¿Ha dicho de qué se trata? —preguntó Kelly.

—Por lo visto, Curtis Merlin Zale y sus colegas de Cerberus están a punto de provocar una catástrofe todavía peor que la del *Emerald Dolphin*.

CUARTA PARTE

EL ENGAÑO

42

8 de agosto de 2003
Washington

La congresista Loren Smith tenía la sensación de estar atada a un caballo salvaje que la arrastraba por el desierto. Pese a haber sido citados ante la comisión sobre prácticas comerciales ilícitas, los directivos de Cerberus no se habían presentado, sino que habían enviado como representantes a todo un ejército de abogados de la empresa que se dedicaban a arrojar una impenetrable cortina de humo sobre el conjunto del proceso.

—Estos tíos son lo más falso que he visto en mi vida —murmuró entre dientes al dar el mazazo que cerraba la sesión hasta la mañana siguiente.

Mientras mascaba su profunda ira y frustración, se acercó a ella otro miembro del Congreso, Leonard Sturgis, un demócrata de Dakota del Norte, y le puso una mano en el hombro.

—No te desanimes, Loren.

—Hoy no puedo decir que me hayas ayudado mucho —dijo ella con cierta dureza—. Has estado de acuerdo con todo lo que decían, sabiendo perfectamente que eran tergiversaciones y mentiras.

—No me negarás que todas las actividades sobre las que han prestado declaración son completamente legales.

—Quiero ver a Curtis Merlin Zale ante la comisión, a él y a su consejo directivo, no a una pandilla de picapleitos que se dedican a obstaculizar el proceso.

—Estoy seguro que el señor Zale comparecerá cuando haga falta —dijo Sturgis—, y creo que te parecerá una persona de lo más sensata.

Loren le lanzó una mirada asesina.

—La otra noche, Zale tuvo la mala educación de interrumpirme cuando estaba cenando, y más bien me pareció un mal bicho de cuidado.

Sturgis hizo algo tan poco característico de él como fruncir el entrecejo. En el Congreso tenía fama de ser el gran pacificador. Su aspecto curtido parecía indicar muchos años de vida a la intemperie. Sus hermanos aún llevaban la granja familiar de Buffalo, en Dakota del Norte. A él le reelegían invariablemente por su lucha sin cuartel para conservar el modo de vida de los granjeros. Loren consideraba que su único fallo era ser tan amigo de Curtis Merlin Zale.

—¿Conociste a Zale? —preguntó él, sinceramente sorprendido.

—Sí, y ese individuo que dices que es tan sensato amenazó con matarme si no aparcaba la investigación.

—Me cuesta creerlo.

—¡Pues créetelo! —dijo Loren irritada—. Hazme caso, Leo; distánciate de Cerberus, porque les queda muy poco. Están a punto de caer con todo el equipo, y Zale podrá dar gracias si no acaba en el corredor de la muerte.

Sturgis la vio dar la vuelta y alejarse a grandes pasos, impecablemente vestida con un traje beige de lana y un cinturón de ante. Llevaba un maletín de piel cuyo color hacía juego con el del vestido, como era su costumbre.

Loren no volvió a su despacho. Como ya era tarde, fue directamente a buscar su coche a la planta del aparcamiento subterráneo reservada a los miembros del Congreso. Mientras se incorporaba al tráfico del final de la hora punta, repasó mentalmente los acontecimientos del día. Tres cuartos de hora después llegó a su casa de Alexandria, y al frenar y accionar el mando a distancia de la puerta del garaje una mujer salió de la oscuridad y se acercó al coche por el lado del conductor. Loren se volvió sin asustarse y bajó la ventanilla.

—Señora Smith, perdone que la moleste, pero es que es muy urgente que hablemos.

—¿Quién es usted?

—Me llamo Sally Morse, y soy presidenta de Yukon Oil Company.

Loren observó a la mujer, que solo llevaba unos pantalones de sport y un jersey de algodón azul claro. Le gustó la sinceridad de su mirada.

—Entre en el garaje.

Aparcó el coche y cerró la puerta del garaje.

—Pase, por favor. —Entró la primera en el salón. La decoración era ultramoderna, con muebles artesanales diseñados en exclusiva para ella—. Siéntese. ¿Le apetece un café?

—Preferiría algo más fuerte, si no le molesta.

—Usted dirá qué veneno prefiere —dijo Loren abriendo un mueble bar en cuyas puertas de cristal había grabados diseños florales exóticos.

—¿Whisky escocés con hielo?

—Sí, me irá bien algo fuerte.

Sirvió un chorro de Cutty Sark con unos cubitos de hielo y le alargó el vaso a Sally. Luego destapó una cerveza Coors y se sentó al otro lado de la mesa de centro.

—Bueno, señora Morse, ¿por qué ha venido a verme?

—Porque lleva la investigación del Congreso sobre el imperio Cerberus y su impacto en el mercado del petróleo.

A Loren se le estaba acelerando el pulso. Hizo un esfuerzo por mantener la compostura.

—¿Debo deducir que tiene información y desea facilitármela?

Sally se bebió un buen trago de whisky, hizo una mueca y respiró hondo.

—Me gustaría que entendiera una cosa: desde este momento mi vida corre un grave peligro, es muy probable que me quede sin bienes, y mi reputación y mi posición, que he conseguido con tanto trabajo, quedarán por los suelos.

Loren permaneció pacientemente sentada, sin presionar a Sally.

—Es usted muy valiente.

Sally negó con la cabeza con aire apesadumbrado.

—No lo crea. Ocurre que tengo la suerte de no tener una familia a la que Curtis Merlin Zale pueda amenazar o asesinar, como han hecho sus secuaces en tantos otros casos.

A Loren empezó a subirle la adrenalina. El mero hecho de oír el nombre de Zale era como recibir un rayo en el tejado.

—Está usted al corriente de sus actividades criminales —se atrevió a decir.

—Sí, desde que me enroló en sus filas y formó el cártel con los presidentes de otras grandes compañías petroleras.

—No sabía que hubiera un cártel.

Loren empezaba a sospechar que había encontrado un verdadero filón.

—Oh, sí, por supuesto que lo hay —dijo Sally—. El plan de Zale era realizar una fusión secreta entre nuestras compañías para conseguir que el país ya no dependiera del petróleo extranjero. Al principio parecía una causa noble, pero con el tiempo ha ido quedando claro que sus planes no se limitaban a cortar las importaciones de la OPEP.

—¿Cuál es su principal objetivo?

—Conseguir más poder que el gobierno de Estados Unidos. Imponer su voluntad a un país que depende en tan gran medida de conseguir petróleo a un precio justo y de disponer de un suministro abundante, que aplaudirá sus esfuerzos sin saber que llegará el día en que Zale les dejará con un palmo de narices, cuando haya conseguido el monopolio absoluto y el petróleo extranjero esté vetado en nuestro territorio.

—Es una posibilidad que no me cabe en la cabeza —dijo Loren, incapaz de asimilar el alcance de lo que Sally decía—. ¿Cómo puede conseguir el monopolio sin abrir nuevos y enormes campos en Norteamérica?

—Haciendo que en Estados Unidos y Canadá se levanten todas las restricciones posibles en materia de perforaciones y de explotación de terrenos de propiedad pública. Dejando al margen todas las preocupaciones ecológicas. Y comprando y controlando al gobierno de Washington. Pero lo peor de todo es que pretende incitar a la opinión pública de este país a manifestarse con toda la violencia que haga falta contra las importaciones de petróleo.

—¡Imposible! —le espetó Loren—. Una sola persona no puede conseguir tanto poder a expensas de tantas otras.

—Las manifestaciones ya han empezado —dijo Sally, muy seria—, y los disturbios lo harán en cualquier momento. Lo comprenderá en cuanto le explique la última catástrofe que ha planeado Zale. En estos momentos, casi nada se interpone entre él y un monopolio total del petróleo.

—Es inconcebible.

Sally sonrió con tono grave.

—Puede que suene a tópico decir que no permitirá que ningún obstáculo se interponga en su camino, o que no reparará en medios para conseguir sus objetivos, incluido el asesinato en masa, pero desgraciadamente es la pura verdad.

—El *Emerald Dolphin* y el *Golden Marlin*.

Sally miró a Loren, confusa.

—¿Ya sabía que participó en las dos tragedias?

—Ya que usted me cuenta lo que sabe, no veo inconveniente en decirle que el FBI, en estrecha colaboración con la NUMA, ha demostrado que los desastres no fueron accidentales, sino que los provocaron unos agentes de Cerberus que reciben el nombre de «los Vipers». Por lo que hemos podido averiguar, su intención era culpar del incendio del crucero y del hundimiento del submarino a los motores magnetohidrodinámicos del doctor Elmore Egan. Zale quería interrumpir su producción, a causa de un petróleo revolucionario formulado por Egan que prácticamente elimina la fricción. Si ese petróleo saliera al mercado, provocaría un bajón en las ventas y haría perder mucho dinero a las refinerías.

—No tenía ni idea de que los investigadores del gobierno conocieran la existencia del círculo secreto de asesinos mercenarios de Zale —dijo Sally, atónita.

—Mientras no lo sepa Zale…

Hizo un gesto de desaliento con las manos.

—Sí que lo sabe.

Loren puso cara de escepticismo.

—¿Cómo? La investigación se está llevando a cabo en el mayor de los secretos.

—Curtis Merlin Zale se ha gastado más de cinco mil millones de dólares en comprar a todos los funcionarios del gobierno que puedan servirle de algo. Tiene en el bote a más de cien senadores y congresistas, y a gente de todos los departamentos del gobierno, incluido el de Justicia.

—¿Me podría nombrar a alguno? —preguntó Loren, muy atenta.

La expresión de Sally se volvió casi malévola. Sacó del bolso un disquete.

—Está todo aquí. Doscientos once nombres. No sé decirle cuánto ni cuándo cobraron, pero el otro día llegó a mis manos por error un archivo protegido que iba dirigido a Sandra Delage, la administradora interna del cártel, y antes de volver a protegerlo y reenviárselo hice copias. Tuve la suerte de que Sandra no conociera mis problemas de conciencia con Cerberus y con las locuras que planea Zale, y no se oliera nada raro.

—¿Podría nombrarme a unos cuantos?

—Digamos que son líderes de las dos cámaras, y tres personajes importantes de la Casa Blanca.

—¿El congresista Leonard Sturgis?

—Sí, está en la lista.

—Me lo temía —dijo Loren, furiosa—. ¿Y el presidente?

Sally negó con la cabeza.

—Que yo sepa, no quiere saber nada de Zale. El presidente no es perfecto, pero conoce su juego lo suficiente para saber que está más podrido que un camión de fruta a los noventa días.

Loren y Sally siguieron hablando hasta las tres de la madrugada. Al enterarse por boca de su informadora del plan de Zale de volar un superpetrolero en el puerto de San Francisco, Loren quedó horrorizada. Insertaron el disquete en el ordenador privado de Loren e imprimieron su contenido hasta contar con un fajo de papeles de un grosor considerable. A continuación, las dos mujeres escondieron el disquete y la copia impresa en una caja fuerte que Loren había instalado en el garaje, detrás de un armario lleno de trastos.

—Esta noche puedes quedarte a dormir aquí, pero habrá que encontrarte un escondite seguro mientras dure la investigación. Cuando Zale descubra que vas a destapar el asunto, hará todo lo posible para que te calles.

—Un eufemismo para decir que me asesinará.

—Ya intentaron sonsacarle la fórmula con torturas a Kelly Egan, la hija del doctor Egan.

—¿Y lo consiguieron?

No, la rescataron antes de que los Vipers de Zale lograran averiguar algo.

—Me gustaría conocerla.

—Ah, pues muy fácil. La tenía instalada en casa, pero desde la otra noche, cuando Zale nos abordó en el restaurante donde cenábamos, también he tenido que esconderla en otra parte.

—Solo he traído lo justo: algunos cosméticos, joyas y un par de mudas de ropa interior.

Loren miró a Sally de arriba abajo y asintió con la cabeza.

—Tenemos más o menos la misma talla. Dispón tranquilamente de mi vestuario.

—Cuando se haya acabado todo este sucio asunto, seré feliz.

—Supongo que te das cuenta de que con esta iniciativa te citarán a declarar ante funcionarios de Justicia y ante mi comisión de investigación del Congreso.

—Asumo las consecuencias —dijo solemnemente Sally.

Loren le rodeó la espalda con un brazo.

—Repito lo de antes: eres muy valiente.

—Es una de las pocas veces en mi vida que antepongo las buenas intenciones a la ambición.

—Te admiro —dijo Loren con tono sincero.

—¿Dónde piensas esconderme después de esta noche?

—Sabiendo que Zale tiene tantos topos en el Departamento de Justicia, me parece poco aconsejable llevarte a una casa vigilada del gobierno. —Loren sonrió con astucia—. Tengo un amigo que puede esconderte en un hangar viejo con más sistemas de seguridad que Fort Knox. Se llama Dirk Pitt.

—¿Es de fiar?

Loren se rió.

—Mira, si aquel filósofo griego de la Antigüedad, Diógenes, aún se paseara con su antorcha en busca de un hombre honrado, al llegar a la puerta de Dirk podría dejar de buscar.

43

Cuando Kelly llegó a Washington y bajó del avión, la acompañaron a una furgoneta anónima que la llevó a una casa vigilada de Arlington. Tras despedirla, Pitt y Giordino subieron a un Lincoln Navigator de la NUMA y se dejaron llevar tranquilamente por el chófer a Landover, en el estado de Maryland. Veinte minutos más tarde se metieron por Arena Drive y entraron en la amplia zona de estacionamiento de FedEx Field, el estadio donde juega el equipo de fútbol americano de los Washington Redskins. Construido en 1997, tiene capacidad para 80.116 aficionados en asientos anchos y cómodos. En sus extremos dispone de varios restaurantes de comida étnica, y los espectadores tienen a su servicio dos enormes pantallas para la repetición de las jugadas y cuatro marcadores que les permiten seguir el partido con el máximo detalle.

El Navigator penetró en la zona VIP subterránea del aparcamiento y frenó ante una puerta vigilada por dos guardias de seguridad con uniforme de combate y fusiles automáticos, que, tras comparar las caras de Pitt y Giordino con las fotos que les había facilitado el departamento de seguridad de la NUMA, les dejaron acceder a un largo pasillo que pasaba por debajo de las gradas.

—La cuarta puerta a la izquierda —les indicó uno de los guardias.

—¿No te parece un poco exagerado? —le preguntó Giordino a Pitt.

—Conociendo al almirante, tendrá sus razones.

Al llegar a la puerta encontraron a otro guardia armado que tras un somero vistazo la abrió y se apartó.

—Creía que la guerra fría se había terminado hacía años —murmuró Giordino.

Fue una pequeña sorpresa encontrarse de pronto en el vestuario del equipo visitante. En el despacho de administración ya había varias personas sentadas. Estaba Loren, con Sally Morse; estaban, representando a la NUMA, el almirante Sandecker e Hiram Yaeger. Pitt reconoció al almirante Amos Dover, de la Guardia Costera, al capitán Warren Garnet, de los marines, y al comandante Miles Jacobs, un veterano de las operaciones de los equipos SEAL de la marina. Todos ellos ya habían trabajado alguna vez con él y con Giordino.

El único que no le sonaba era un hombre alto, guapo y distinguido como un capitán de crucero. Un parche en un ojo reforzaba su imagen de marino. Pitt le calculó algo menos de sesenta años.

Dejándole para más tarde, saludó a sus colegas de la NUMA y dio la mano a los militares, a quienes conocía de anteriores aventuras. Con Dover, que era un auténtico oso, había colaborado en el proyecto Deep Six. A Garnet y Jacobs les había salvado *in extremis* de salir perdiendo en un tiroteo, gracias a su aparición, junto con Giordino, en el gigantesco Snow Cruiser del almirante Byrd. Una vez intercambiados los cumplidos de rigor, Pitt concentró su atención en el hombre del parche.

—Dirk —dijo Sandecker—, te presento a Wes Rader, un viejo amigo mío de la marina. Servimos juntos en el Báltico, vigilando a los submarinos rusos que salían hacia el Atlántico. Wes es subsecretario del Departamento de Justicia, y coordinará todas las actividades desde el punto de vista jurídico.

A Pitt se le ocurrieron varias preguntas, pero las dejó para mejor momento. Si hubiese estado a solas con Loren, la habría abrazado y besado en los labios, pero estaban trabajando y ella era congresista, así que se limitó a estrechar la mano que le tendía.

—Encantado de volver a verla, señora Smith.

—El gusto es mío —dijo Loren con un brillo malicioso en la mirada. Se volvió hacia Sally—. Es el hombre del que te hablé. Os presento: Sally Morse, Dirk Pitt.

Al mirar los ojos verde ópalo de Pitt, Sally vio lo mismo que la mayoría de las mujeres: alguien en quien confiar.

—Me han hablado mucho de usted.

Pitt miró a Loren de reojo y sonrió.

—Espero que su fuente de información no haya cargado las tintas.

—Por favor, cojan sillas y acomódense —dijo Sandecker—. Vamos a comenzar la reunión.

Se sentó y sacó uno de sus puros gigantes. No lo encendió por deferencia a las mujeres, pero probablemente no hubiera suscitado protestas; probablemente ellas lo hubieran preferido al olor a sudor que aún flotaba en el vestuario desde el último partido.

—Para los que no lo sepan, les informaré de que la señora Morse es presidenta de Yukon Oil Company. A continuación describirá una grave amenaza para nuestra seguridad nacional y para los ciudadanos de este país, algo que nos afecta a todos. —Se volvió hacia Sally—. Le cedo la palabra.

—Disculpe que le interrumpa, almirante —dijo Rader—, pero no me explico tantas medidas de seguridad. Parece un poco exagerado reunirse en el vestuario de un estadio.

—Recibirá la respuesta a su pregunta en cuanto la señora Morse haya contado lo que tiene que contar. —Sandecker le hizo a Sally un gesto con la cabeza—. Si es tan amable…

A lo largo de dos horas, Sally expuso en detalle el vasto plan de Curtis Merlin Zale para formar un monopolio petrolero y, al mismo tiempo que ganar una fortuna, dictar sus condiciones al gobierno de Estados Unidos.

Al final de su exposición, una pesada nube de incredulidad flotaba en el vestuario. Wes Rader fue el primero en hablar.

—¿Está segura de que lo que nos ha contado es verdad?

—Palabra por palabra —dijo Sally con firmeza.

Rader se volvió hacia Sandecker.

—Una amenaza de este calibre está por encima de nuestras competencias. Es necesario informar enseguida a otras personas: el presidente, los líderes del Congreso, el estado mayor, mi jefe del Departamento de Justicia… Y no sigo para no extenderme.

—No podemos —dijo Sandecker. Distribuyó documentos

con listas de congresistas, funcionarios, integrantes del Departamento de Justicia y estrechos colaboradores del presidente—. He aquí la razón. Ya sabe el porqué de tanta confidencialidad —le dijo a Rader—. Todas las personas de la lista que tiene en la mano han sido compradas por Cerberus y Curtis Merlin Zale.

—Imposible —dijo Rader, leyéndola con total incredulidad—. El rastro de papeleo sería descomunal.

—Los pagos se hacían a través de filiales extranjeras de Cerberus —respondió Sally—. Todos los fondos y el dinero de los sobornos están en cuentas de paraísos fiscales. Los investigadores del Departamento de Justicia tardarían años en localizarlas.

—¿Cómo es posible que una sola persona haya corrompido todo el sistema?

Loren se encargó de contestar por Sally.

—Los miembros del Congreso que no han podido resistirse a los sobornos de Zale son los que tenían menos medios económicos. Es posible que por un millón de dólares no hubieran renunciado a sus ideales y su ética, pero diez o veinte millones ya es otro cantar. Los que han caído en la trampa de Zale no conocen todo el alcance de su red. De momento, gracias a Sally, aparte del círculo de Cerberus somos los únicos que estamos al corriente de la influencia ilimitada que ha obtenido Zale en el gobierno.

—Y no olvidemos a los respetados integrantes de los medios de comunicación —añadió Sally—. Los que están bajo el poder de Zale pueden presentar las noticias bajo un punto de vista favorable a él. Si se resisten, Zale solo tiene que amenazar con delatarles. A falta de credibilidad, en pocas horas estarían de patitas en la calle.

Rader negó con la cabeza.

—Sigue pareciéndome increíble que el responsable sea una sola persona, por mucho dinero que tenga.

—No actuaba solo. Zale tenía el respaldo de las principales compañías petroleras de Estados Unidos y Canadá. No todo el dinero procedía de Cerberus.

—¿De Yukon Oil también?

—De Yukon Oil también —respondió Sally con extrema seriedad—. Tengo tanta culpa de haberme dejado engatusar por Zale como el resto.

—El hecho de haber acudido a nosotros te redime de sobra —le dijo Loren, apretándole la mano.

—¿Por qué yo —preguntó Rader—, si en el Departamento de Justicia solo soy el número tres?

—Ya has visto que tu nombre no figura en la lista, mientras que sí están tus superiores directos —contestó Sandecker—. Por otro lado, hace años que os conozco a tu mujer y a ti, y sé que eres una persona honrada, imposible de sobornar.

—Alguna intentona habrán hecho —dijo Loren.

Rader miró el techo, haciendo un esfuerzo de memoria, y asintió.

—Sí, hace dos años. Estaba cerca de mi casa, paseando a mi cocker spaniel, y se me acercó una mujer… sí, era una mujer… y se puso a hablar conmigo.

Sally sonrió.

—¿Pelo rubio ceniza, ojos azules, más o menos un metro setenta y cinco, sesenta kilos, atractiva y directa?

—Es una buena descripción.

—Se llama Sandra Delage y es la principal administradora de Zale.

—¿Te ofreció dinero? —quiso saber Sandecker.

—No, qué va, no fue tan directa —contestó Rader—. Me acuerdo de que dijo generalidades, como preguntarme qué haría si me tocase la lotería, que si estaba contento con mi trabajo, que si me reconocían mis esfuerzos, que dónde me gustaría vivir aparte de en Washington… Se ve que no pasé el examen. Al llegar a un cruce, subió a un coche que se había parado al lado, y es lo último que sé.

—Los primeros pasos dependen de vosotros. Es necesario frenar a Zale y sus compinches del cártel de Cerberus y llevarles ante la justicia —dijo Sandecker—. En caso contrario, se avecina un escándalo nacional de dimensiones espectaculares.

—¿Por dónde empezamos? —preguntó Rader—. Si la lista de funcionarios sobornados de la señora Morse es correcta, no puedo ir a ver tranquilamente al secretario de Justicia y decirle que le detengo por aceptar sobornos…

—Si lo hicieras —dijo Loren—, los asesinos de Zale, los Vipers, se encargarían de que tu cadáver apareciera en el río Potomac.

Sandecker le hizo una señal con la cabeza a Hiram Yaeger, que abrió dos cajas grandes de cartón y empezó a repartir un fajo encuadernado de documentos con un grosor de bastantes centímetros.

—Procesando la información de la señora Morse, y nuestras propias investigaciones sobre el imperio criminal de Zale, en los equipos informáticos de la NUMA, hemos elaborado un pliego de cargos con pruebas de sobra para convencer a funcionarios honrados de las medidas que hay que tomar. —Miró a Rader a los ojos—. Wes, tienes que formar un equipo en el Departamento de Justicia, gente de la más absoluta confianza que te ayude a preparar una acusación a prueba de bombas. Tiene que ser gente que no tenga miedo de las amenazas, como los Intocables que se ocuparon de Al Capone. No puede haber filtraciones. Como Zale se huela que estáis tramando algo, lo que sea, os mandará a sus verdugos.

—Me parece mentira que en Estados Unidos pueda ocurrir algo así.

—En los negocios y la política pasan muchas cosas que no llegan a la opinión pública —dijo Loren.

Rader miró con aprensión el grueso informe que tenía delante, encima de la mesa.

—Espero no querer abarcar más de lo que puedo.

—Yo, desde el Congreso, te prestaré todo el apoyo posible —le prometió Loren.

—Nuestra prioridad número uno —dijo Sandecker mientras pulsaba una serie de botones en un mando a distancia y hacía bajar un monitor con la imagen de la bahía de San Francisco— es evitar que el petrolero vuele la mitad de San Francisco. —Se volvió hacia Dover, Garnet y Jacobs, que aún no habían dicho nada—. Que es donde intervenís vosotros.

—La Guardia Costera cerrará el acceso a la bahía al *Pacific Chimera* —dijo rotundamente Dover.

Sandecker asintió con la cabeza.

—Dicho así parece fácil, Amos; tú has detenido a miles de

barcos que llevaban todo lo imaginable, desde drogas o inmigrantes ilegales a armas de contrabando, pero para cerrarle el paso a uno de los mayores superpetroleros del mundo hace falta algo más que pegarle un tiro a proa y cuatro gritos por megáfono.

Dover sonrió a Garnet y Jacobs.

—¿Es la razón de que tengamos en la mesa a representantes de los SEAL de la marina y los Recon de los marines?

—La operación, naturalmente, la dirigirás tú —dijo Sandecker—, pero si el capitán del petrolero no obedece tus órdenes y mantiene el rumbo hacia la bahía, no tendremos alternativa. Hay que detener el barco fuera del Golden Gate, pero ni hablar de abrir fuego contra él y arriesgarse a un vertido monstruoso de petróleo. El último recurso es que un helicóptero deposite en el barco a un equipo de combate que neutralice a la tripulación.

—¿Dónde está ahora el *Pacific Chimera*? —preguntó Dover.

Sandecker pulsó otro botón del mando a distancia, y el mapa se amplió por la parte del mar que quedaba al oeste del Golden Gate. Apareció la pequeña imagen de un barco con rumbo a la costa de California.

—Aproximadamente a mil quinientos kilómetros de la costa.

—O sea que tenemos menos de cuarenta y ocho horas.

—Las noticias de las señoras Morse y Smith las hemos conocido esta misma madrugada.

—Haré que haya barcos de la Guardia Costera listos para interceptar el petrolero a ochenta kilómetros de la costa —dijo Dover con firmeza.

—Yo, como refuerzo, organizaré un equipo de abordaje aéreo —le garantizó Jacobs.

—Mis SEAL estarán preparados para abordar al petrolero desde el mar —añadió Garnet.

Dover le miró con extrañeza.

—¿Sus hombres pueden abordar a un superpetrolero desde el agua sin necesidad de que se detenga?

—Es un ejercicio que hemos ensayado muchas veces —dijo Garnet con un esbozo casi imperceptible de sonrisa.

—Pues habrá que verlo —dijo Dover.

—En fin, señoras y señores —dijo pausadamente Sandecker—,

hasta aquí el papel de la NUMA en este proyecto. Colaboraremos en todo lo que haga falta y aportaremos todas las pruebas que hemos acumulado sobre el incendio y el hundimiento intencionado del *Golden Marlin*, pero somos un organismo científico dedicado a la oceanografía y no tenemos permiso para dedicarnos a otras tareas. Dejo en manos de Wes y Loren la formación de un equipo de patriotas de absoluta confianza que pongan en marcha la primera fase de una investigación secreta.

—Menudo trabajito —le dijo Loren a Rader.

—Sí —respondió él con voz queda—. Algunos de los de esta lista son amigos míos. Cuando todo termine, me habré quedado muy solo.

—No serás el único paria —le dijo Loren con sonrisa irónica—. Yo también tengo amigos en la lista.

Dover apartó la silla, se levantó y miró a Sandecker, que seguía sentado.

—Te mantendré al corriente de la operación cada hora.

—Te lo agradezco, Amos.

Fueron saliendo del vestuario, menos Pitt, Giordino y Rudi Gunn, que se quedaron a petición del almirante. Al marcharse, Yaeger le puso una mano en el hombro a Pitt y le pidió que al acabar la reunión pasase por el edificio de la NUMA y subiese a la planta de informática.

Sandecker se repantigó en la silla y encendió el puro gigante, observando nerviosamente a Giordino a la espera de que hiciera lo mismo con uno de los suyos. Sin embargo, Al se limitó a aguantarle la mirada con una sonrisa de condescendencia.

—Bueno, chicos, parece que en lo que queda de partido no vais a poder jugar.

—No creo que tú y Rudi nos dejéis mucho tiempo en el banquillo —dijo Pitt mirando fijamente al almirante y a Gunn.

Gunn se ajustó las gafas.

—Vamos a enviar una expedición a los bancos de peces de French Frigate, al noroeste de las islas Hawai; su misión es investigar por qué muere tanto coral, y nos gustaría que la dirigiese Al.

—¿Y yo? —preguntó Pitt.

—Espero que aún tengas el equipo térmico del Proyecto

Atlántida —dijo Sandecker con tono irónico—, porque vuelves a la Antártida para hacer perforaciones e intentar llegar al lago que los científicos han detectado debajo del casquete polar.

La expresión de Pitt insinuaba cierta discrepancia.

—Como comprenderá, almirante, no pienso discutir sus órdenes, pero, con todo respeto, solicito cinco días para Al y para mí. Se trata de resolver un misterio relacionado con el doctor Elmore Egan.

—¿Encontrar su laboratorio secreto?

—¿Ya lo sabe?

—Tengo mis fuentes de información.

Kelly, pensó Pitt. Mientras la protegía de los esbirros de Zale, el muy zorro ha hecho de tipo bondadoso. Debe de haberle sonsacado lo de la búsqueda de los escandinavos y el enigma de la cueva perdida.

—Tengo la firme convicción de que averiguar en qué trabajaba el doctor Egan justo antes de morir, y hacerlo antes que Zale, atañe a la seguridad nacional.

Sandecker se volvió hacia Gunn.

—¿Qué te parece, Rudi? ¿Les damos cinco días a estos pillos para que busquen espejismos?

Gunn miró a Pitt y Giordino por encima de las gafas, como un zorro observando a dos coyotes.

—Creo que podemos ser magnánimos, almirante. De todos modos, aún tardaremos cinco días o más en equipar y poner a punto los barcos de investigación que he asignado a los proyectos.

Sandecker exhaló una nube de aromático humo azul.

—Bueno, pues nada; Rudi os informará de dónde tenéis que incorporaros a vuestros respectivos barcos. —Y, abandonando sus bruscos modales, añadió—: Que tengáis suerte en vuestra búsqueda. Yo también tengo curiosidad por saber qué tramaba Egan.

Cuando Pitt llegó del estadio, se encontró a Yaeger repantigado en su silla con las piernas extendidas y el teclado delante, hablando con Max.

—¿Querías verme, Hiram?

—¡Por supuesto! —Yaeger se irguió y sacó el maletín de piel de Egan de un armario cercano—. Llegas justo a tiempo para el siguiente número.

—¿Número?

—En tres minutos.

—No entiendo.

—Cada cuarenta y ocho horas, exactamente a la una y cuarto del mediodía, este maletín se vuelve mágico.

—¿Se llena de petróleo? —dijo Pitt, vacilando.

—Exacto. —Yaeger abrió el maletín, que estaba vacío, y pasó la mano por encima con un gesto de mago, antes de bajar la tapa y los cierres. Luego observó el segundero de su reloj de pulsera, contando los segundos, hasta que dijo—: Invirtiendo la típica frase, ahora no lo ves, y ahora sí lo ves…

Abrió los cierres con cuidado y levantó la tapa. El maletín estaba lleno de petróleo hasta unos dos centímetros del borde.

—Sé —dijo Pitt— que no practicas la magia negra, porque en el *Deep Encounter*, después de recibir el maletín de Kelly Egan, me pasó lo mismo con Al.

—Tiene que ser algún tipo de truco o de espejismo —dijo Yaeger, desconcertado.

—Al contrario, es muy real —dijo Pitt. Metió un dedo en el petróleo y lo frotó con el pulgar—. Tiene un tacto sin fricción. Yo diría que es el superpetróleo del doctor Egan.

—Ahora la pregunta del millón de dólares: ¿de dónde sale?

—¿Ya lo ha procesado Max? —preguntó Pitt, mirando fijamente el holograma al otro lado de la mesa de Yaeger.

—Lo siento, Dirk, pero estoy tan perpleja como tú —dijo Max—. Tengo unas cuantas ideas que me gustaría investigar, a condición de que esta noche, al irse a casa, Hiram no me apague.

—Solo si prometes que no entrarás en sitios confidenciales o privados.

—Procuraré ser buena chica.

Había hecho una promesa, pero con tono de complicidad.

A Yaeger no le hizo ninguna gracia. Max ya le había puesto en dificultades en más de una ocasión por meterse en lugares que tenía prohibidos. En cambio, Pitt no se aguantaba la risa.

—¿Alguna vez te has arrepentido de no haber hecho que Max fuese un chico?

La cara de Yaeger era como la de alguien que se ha caído en una cloaca vestido de esmoquin.

—Da gracias por la suerte que tienes —dijo con tono de cansancio—. Tú eres soltero. Yo, aparte de tener que pelearme con Max, tengo mujer y dos hijas adolescentes en casa.

—Aunque no te des cuenta, eres digno de envidia, Hiram.

—Sí, claro, para ti es muy fácil decirlo. Tú nunca has dejado que entre una mujer en tu vida.

—No —dijo Pitt con pesar—, la verdad es que nunca lo he hecho.

44

La soltería de Pitt, sin él saberlo, iba a sufrir una interrupción provisional. Al volver a su hangar observó que el viejo zorro de Sandecker había apostado un equipo de seguridad, con órdenes de patrullar los aledaños de su casa, en el extremo desierto del aeropuerto. No cuestionó los temores del almirante; él no consideraba necesaria la medida, a pesar de las amenazas de Zale, pero la agradeció de todos modos. No descubrió la verdadera razón hasta el momento de entrar en el hangar y subir a su apartamento del altillo.

El equipo de música estaba encendido, pero lo que se oía no era jazz moderno, su género favorito, sino la programación de una emisora de música de fondo. Percibió olor a café, y el leve rastro de un perfume femenino. Al asomarse a la cocina se encontró con Sally Morse, que removía el contenido de varios cazos en la encimera. Iba descalza, con un vestido de tirantes y poco más.

¿Quién la ha invitado? ¿Quién le ha dado permiso para invadir mis dominios como si fuera la dueña? ¿Quién le ha hecho pasar por los sistemas de seguridad? Todas estas preguntas acudieron a la mente de Pitt, pero como era un ingeniero naval de modales afables se limitó a decir:

—Hola. ¿Qué hay para cenar?

—Buey stroganoff —contestó Sally al girarse sonriendo dulcemente—. ¿Le gusta?

—Es uno de mis platos favoritos.

Viendo su cara de perplejidad, Sally comprendió que no esperaba encontrarla allí.

—A la congresista Smith le ha parecido más seguro que me esconda aquí, sobre todo porque el almirante Sandecker ha rodeado el hangar con un equipo de seguridad.

Ahora que ya tenía la respuesta a sus preguntas, Pitt abrió la puerta superior del mueble-bar para servirse una copa.

—Como me había dicho Loren que le gusta el tequila, me he tomado la libertad de preparar margaritas. Espero que no le moleste...

A pesar de que Pitt prefería tomarse su exclusivo tequila con un chorrito de lima y un poco de sal en el borde del vaso, no le hacía ascos, ni mucho menos, a una margarita bien combinada. Eso sí, era preferible prepararlas con un tequila más barato. A su modo de ver, era un crimen diluir algo de tan alta calidad con bebidas dulces. Miró con cara de pena su botella medio vacía de Juan Julio Plata, un buen tequila cien por cien de agave azul, y elogió el buen gusto de Sally por pura educación. Luego se fue a su dormitorio para ducharse y ponerse algo más cómodo, unos pantalones cortos y una camiseta.

El dormitorio parecía haber sufrido un bombardeo. El suelo de planchas de madera estaba lleno de zapatos y diversos elementos propios del vestuario femenino. En la cómoda y en las mesitas de noche había varios frasquitos de esmalte de uñas y otros cosméticos. ¿Por qué será que las mujeres siempre dejan la ropa por el suelo?, se preguntó. Al menos los hombres la dejan tirada por las sillas. Le parecía mentira que una sola mujer hubiera generado semejante caos, hasta que oyó canturrear en el lavabo.

Muy lentamente, con la punta del pie, abrió la puerta, que ya estaba entreabierta. Ante el espejo semiempañado, vio a Kelly, que llevaba una toalla alrededor del cuerpo y otra más pequeña en la cabeza. Se estaba maquillando los ojos, y al ver la cara de bobo de Pitt en el espejo sonrió de forma encantadora.

—Bienvenido a casa. Espero que Sally y yo no hayamos trastocado tus costumbres.

—¿También te han aconsejado instalarte aquí?

—A Loren le ha parecido más seguro que su casa, y no podíamos fiarnos de las casas vigiladas del gobierno por la infiltración de Zale en el Departamento de Justicia.

—Lástima que en el apartamento solo haya un dormitorio. Espero que a ti y a la señora Morse no os moleste compartir la cama.

—¡No, si es muy grande! —dijo Kelly mientras seguía maquillándose como si llevara muchos años de convivencia con Pitt—. Por nosotras no te preocupes. —Lo siguiente lo añadió como si acabara de ocurrírsele—. ¡Ay, perdona! ¿Querías entrar en el lavabo?

—Tranquila —dijo él irónicamente—. Cojo un poco de ropa y me ducho abajo, en la zona de invitados.

Sally había salido de la cocina.

—Me parece que te hemos molestado.

—Sobreviviré —dijo Pitt mientras metía algunas cosas en una bolsa de viaje—. Vosotras tranquilas, como en casa.

La sequedad de su tono indicó a Sally y Kelly que no se alegraba mucho de que se hubiesen instalado en su casa.

—Nos verás lo mínimo —prometió Kelly.

—No me malinterpretéis —dijo Pitt al ver que se sentían algo violentas—. No sois las primeras que os instaláis aquí y dormís en mi cama. Yo adoro a las mujeres; de hecho, me encantan sus peculiaridades. Soy de la vieja escuela, de la que las pone en un pedestal; vaya, que no me toméis por un viejo cascarrabias. —Se quedó callado, enseñando los dientes—. En el fondo será un placer tener en casa a dos bombones como vosotras, cocinando y haciendo la limpieza.

A continuación salió del dormitorio y bajó a la planta principal por la escalera de caracol.

Al principio, al quedarse solas, Sally y Kelly no dijeron nada. Luego se volvieron la una hacia la otra, se miraron y se les escapó la risa.

—¡Dios mío! —dijo Sally—. ¿Existe o me lo he imaginado?

—Existe, existe —contestó Kelly—. Es un fuera de serie.

Pitt se instaló en el vagón de Manhattan Limited que tenía al lado de la pared del hangar, sobre raíles. Se trataba de una reliquia —obtenida hacía bastantes años durante una operación de reconocimiento en el río Hudson— que usaba para alojar a las visitas y las amistades. Giordino tenía la costumbre de pedírselo para una noche cuando quería impresionar a una de sus numerosas amiguitas. A las mujeres, aquel antiguo y lujoso vagón les parecía un entorno muy exótico para una velada romántica.

Después de ducharse, mientras se afeitaba, oyó sonar la extensión del teléfono. Levantó el auricular y contestó con un simple:

—¿Diga?

—¡Dirk! —La voz profunda de Saint Julien Perlmutter hizo vibrar su tímpano—. ¿Cómo estás, muchacho?

—Muy bien, Saint Julien. ¿Dónde estás?

—En Francia, en Amiens. Me he pasado todo el día hablando con expertos en Julio Verne. Mañana he quedado con el doctor Paul Hereoux, presidente de la Sociedad Julio Verne. Ha tenido la amabilidad de darme su permiso para investigar en los archivos de la sociedad, que están en la casa donde Verne vivió y escribió hasta el año de su muerte, mil novecientos cinco. ¿Sabes que era un personaje excepcional? No me imaginaba que lo fuese hasta tal punto. Un visionario con todas las de la ley. Que fundó el género de la ciencia ficción lo sabe todo el mundo, pero también previó los viajes a la Luna, los submarinos capaces de dar la vuelta al mundo bajo el agua, las imágenes holográficas en tres dimensiones... Pienses en lo que pienses, seguro que a él ya se la había ocurrido. También predijo el choque de asteroides y cometas con la Tierra, y sus efectos devastadores.

—¿Has descubierto algo nuevo sobre el capitán Nemo y el *Nautilus*?

—No, solo lo que sale en *Veinte mil leguas de viaje submarino* y *La isla misteriosa*.

—Es la secuela, ¿no? Donde se narra lo que le pasó a Nemo después de que el *Nautilus* se perdiera en una tormenta en las costas de Noruega,

—Sí. *Veinte mil leguas de viaje submarino* se publicó por entregas en una revista en mil ochocientos sesenta y nueve, y en mil ochocientos setenta y cinco apareció *La isla misteriosa*, que contiene la historia y la biografía de Nemo.

—Por lo que leí en las investigaciones del doctor Egan sobre

Verne, estaba fascinado por el proceso de creación de Nemo y de su submarino. Debía de creer que Verne se basó en algo más que en su imaginación desbordante. Sospecho que estaba convencido de que construyó la historia partiendo de un personaje real.

—Dentro de un par de días sabré algo más —dijo Perlmutter—, pero no esperes demasiado, ¿eh?, que aunque las narraciones de Verne fueran tan ingeniosas no dejan de ser obras de ficción. Que el capitán Nemo sea uno de los grandes personajes de la literatura no impide que en el fondo solo sea el precursor del científico loco que busca vengarse de las ofensas del pasado. El genio noble que se echa a perder.

—De todos modos —insistió Pitt—, parece increíble que una maravilla técnica como el *Nautilus* fuese creada por Verne desde cero en su cabeza. O era el Leonardo da Vinci de su época, o tenía información técnica muy por encima de lo que se consideraba factible en mil ochocientos sesenta y nueve.

—¿Recibida del verdadero capitán Nemo? —preguntó cínicamente Perlmutter.

—O de otro genio de la mecánica —respondió Pitt en serio.

—Puede que consiga nuevos datos en el archivo, pero no apostaría los ahorros de toda mi vida por el resultado.

—Yo leí las novelas hace muchos años —dijo Pitt—, pero me acuerdo de que en *Veinte mil leguas de viaje submarino* Nemo es un personaje misterioso. Que yo recuerde, el autor no nos lo desvela de verdad casi hasta el final de *La isla misteriosa*.

—Sí, en el capítulo dieciséis —dijo Perlmutter de carrerilla—. Es hijo de un rajá de la India. Su auténtico nombre es príncipe Dakkar, y de niño descollaba por su inteligencia y su talento. Verne le describe como un joven guapo, riquísimo y dominado por el odio a los ingleses, que habían conquistado su país. Con el paso de los años las ansias de venganza le trastocan el juicio, sobre todo después de encabezar la rebelión de los cipayos en mil ochocientos cincuenta y siete. Los agentes británicos se vengan haciendo prisioneros, y matando a su padre, su madre, su mujer y sus dos hijos.

»Durante sus años de duelo por su familia y su país, se fascina por la ciencia de la ingeniería naval e invierte su fortuna en construir un astillero en una isla remota e inhabitada, que es donde crea el *Nautilus*. Verne cuenta que Nemo utilizaba la electricidad mucho antes de que Tesla y Edison construyeran sus generadores. Los motores del submarino le suministran energía indefinida, sin necesidad de repostar.

—Es como para preguntarse si Verne no se anticipó a los motores magnetohidrodinámicos del doctor Egan.

—Cuando Nemo ya tiene construida su embarcación —siguió explicando Perlmutter—, recluta a una tripulación leal y desaparece bajo el mar. En mil ochocientos sesenta y siete rescata a tres náufragos que se han caído de una fragata estadounidense atacada por él, y que comparten su existencia secreta y sus viajes submarinos por el mundo. Los náufragos —un profesor, su criado y un pescador canadiense— huyen cuando el *Nautilus* se mete en la tormenta, y Nemo desaparece. A los sesenta años, toda su tripulación ha muerto y él está enterrado bajo el mar, en un cementerio de coral. Solo en su querido submarino, Nemo pasa sus últimos años en una cueva de la isla de Lincoln, debajo de un volcán. Después de ayudar a un grupo de náufragos a luchar en la isla contra los piratas, y de ayudarles a volver a casa, fallece de muerte natural. Entonces el volcán entra en erupción y la isla de Lincoln se hunde bajo el mar, enterrando al capitán Nemo y su increíble *Nautilus* en las profundidades, donde se les venera en la ficción.

—Pero ¿era ficción? —preguntó Pitt—. ¿O estaba basado en la realidad?

—No me convencerás de que Nemo fuera algo más que un fruto de la imaginación de Verne —dijo Perlmutter con tono convencido y calmado.

Pitt permaneció un rato callado. No se hacía ilusiones. Estaba persiguiendo una quimera.

—Ojalá supiera qué descubrió el doctor Egan sobre los vikingos y el capitán Nemo —se decidió a comentar.

Perlmutter suspiró pacientemente.

—No creo que pueda haber ninguna relación entre dos temas tan diferentes.

—Egan era un fanático de los dos. No puedo evitar tener la corazonada de que estaban conectados.

—Dudo mucho que descubriera algo nuevo sobre el uno o el otro; en todo caso, nada de lo que no haya constancia.

—Eres un viejo cínico, Saint Julien.

—Soy historiador, y no recojo ni publico nada que no haya documentado.

—Pues que disfrutes entre el polvo del archivo —dijo Pitt con tono jocoso.

—No hay nada que me emocione tanto como encontrar una nueva perspectiva histórica en un diario de a bordo o una carta olvidados. Menos el sabor de un buen vino, claro; o una comida preparada por un cocinero de primera.

—Por supuesto —dijo Pitt, sonriendo al imaginarse el volumen de Perlmutter, resultado directo de su excesiva afición a la comida y la bebida.

—Si encuentro algo interesante, te llamo.

—Gracias.

Justo cuando Pitt colgaba el teléfono, Sally Morse salió a la galería del altillo para anunciar que la cena estaba lista. Pitt se dio por enterado con un grito, pero tardó un poco en salir del vagón y subir por la escalera.

Ahora que ya no desempeñaba ningún papel en la operación contra Curtis Merlin Zale, la organización criminal de los Vipers y el cártel de Cerberus, se sentía perdido, sin dirección. Quedarse sentado, mirando desde fuera sin poder intervenir, iba en contra de su manera de ser. Se había salido de la carretera, y de lo que más se arrepentía era de no haberlo hecho antes para meterse por cierto desvío que en su momento había pasado por alto.

45

Las oficinas de Cerberus en Washington ocupaban una gran mansión construida en 1910 para un rico senador californiano. La casa reconvertida en sede empresarial, ubicada en un terreno de cuatro hectáreas en los alrededores de Bethesda y rodeada por un muro alto de ladrillo con enredaderas, estaba muy lejos de contener despachos espartanos para los ingenieros, científicos o geólogos de la multinacional. Al contrario: sus cuatro plantas de suites de gran lujo bullían de letrados de la empresa, analistas políticos, miembros de grupos de presión de alto nivel e influyentes ex senadores y ex congresistas, todos al servicio del mismo objetivo: aumentar la influencia de Zale sobre el gobierno de Estados Unidos.

A la una de la madrugada, una furgoneta que se identificaba como de una empresa de material eléctrico frenó ante la verja y la dejaron pasar. Las medidas de seguridad eran estrictas. La caseta de al lado de la verja estaba ocupada por dos de los cuatro vigilantes; los otros patrullaban por la finca acompañados por perros de presa. La furgoneta se detuvo en una zona de estacionamiento próxima a la puerta principal, y un hombre alto y negro caminó hacia la entrada con una caja larga que contenía lámparas fluorescentes. Después de firmar en recepción, tomó un ascensor al tercer piso y cruzó el suelo de teca cubierto de caras alfombras persas hechas a mano. En el vestíbulo del gran despacho del fondo del pasillo no había secretaria. Ya hacía una hora que se había marchado a casa. El hombre pasó al lado de la mesa desocupada y penetró en un amplio despacho que tenía la puerta abierta.

Curtis Merlin Zale estaba sentado en un enorme sillón de piel, estudiando los informes sísmicos de un geólogo acerca de un campo de petróleo y gas recién descubierto en Idaho, y no alzó la mirada para ver entrar al electricista. Este, en lugar de instalar los fluorescentes, se sentó tan campante en una silla, al otro lado de la mesa. Entonces Zale interrumpió la lectura del informe y se enfrentó con la oscura y siniestra mirada de Omo Kanai.

—¿Qué, se confirmaron sus sospechas? —preguntó Kanai.

Zale sonrió con suficiencia.

—El pez ha mordido el anzuelo sin olerse nada.

—¿Puedo preguntar quién es?

—Sally Morse, de Yukon Oil. Empecé a dudar de su fidelidad a la causa al oírle hacer preguntas sobre nuestro plan de meter el superpetrolero en pleno centro de San Francisco.

—¿Y cree que ha hablado con las autoridades?

—Estoy seguro. En vez de volver a Alaska, su avión puso rumbo a Washington.

—La presencia de un elemento incontrolable en la capital podría ser peligrosa.

Zale negó con la cabeza.

—No tiene documentación, solo su palabra. Es imposible demostrar nada. Ni siquiera sospecha el favor que nos ha hecho con su deserción.

—Si declara ante el Congreso… —dijo Kanai, dejando la idea a medias.

—Si tú tomas las medidas necesarias, tendrá un accidente antes de que puedan interrogarla.

—¿El gobierno la ha metido en una casa vigilada?

—Nuestras fuentes del Departamento de Justicia aseguran que desconocen su paradero.

—¿Tiene alguna idea de dónde se la puede encontrar?

Zale se encogió de hombros.

—De momento no. Debe de estar escondida en casa de alguien.

—Entonces costará localizarla —dijo Kanai.

—Ya me ocupo yo —dijo Zale, seguro de sí mismo—. Tengo a más de cien de nuestros hombres buscándola. Es cuestión de horas.

—¿Cuándo tiene que declarar ante el comité?

—Aún faltan tres días.

Kanai puso cara de satisfacción.

—Supongo que estará todo a punto —dijo Zale—. Aquí no puede haber descuidos o problemas imprevistos.

—No creo que los haya. Su plan es brillante. La operación está planeada hasta el mínimo detalle. No veo margen para fallos.

—¿Tu equipo de los Vipers ya está a bordo?

—Todos menos yo. Tengo esperando un helicóptero que me llevará al petrolero cuando esté a ciento cincuenta kilómetros de la costa. —Kanai echó un vistazo a su reloj—. Bueno, tengo que irme, o no podré dirigir los preparativos finales.

—¿Y el ejército? ¿No puede detener al petrolero? —preguntó Zale, esperanzado.

—Los que lo intenten se llevarán una muy fea sorpresa.

Se levantaron y se dieron la mano.

—Suerte, Omo. La próxima vez que nos veamos, el gobierno de Estados Unidos ya no estará en las mismas manos.

—¿Y usted? ¿Dónde estará durante el incendio de mañana?

Zale sonrió de oreja a oreja.

—Declarando ante la congresista Smith.

—¿Cree que conoce sus planes sobre el petróleo nacional?

—Seguro que Sally Morse le ha hablado de nuestros proyectos. —Zale se volvió hacia la ventana y contempló las luces temblorosas y los iluminados monumentos de la capital—. Pero, bueno, mañana a esta hora dará igual. El clamor popular contra el petróleo y el gas extranjeros se habrá convertido en una marea que recorrerá todo el país y barrerá cualquier resistencia contra Cerberus.

Al salir de su despacho del edificio de oficinas del Congreso y entrar en la sala de vistas, Loren se quedó atónita, con la mirada fija en la mesa reservada a las personas que habían sido citadas ante la comisión que ella dirigía. Esta vez no había ningún ejército de abogados de Cerberus ni ningún pelotón de directivos de la compañía.

La única persona sentada a la mesa era Curtis Merlin Zale.

Ni papeles en la mesa, ni maletín en el suelo; únicamente Zale, sentado con toda la tranquilidad del mundo, con un traje impecable y una sonrisa para cada uno de los congresistas que iban entrando y ocupando los asientos del estrado. Su mirada se desvió hacia Loren, que estaba sentándose y dejando un fajo de papeles en su mesa. Ella, al sorprenderle, se sintió sucia. A pesar de lo bien parecido que era Zale y de lo intachablemente vestido que iba, le encontró repulsivo, como una serpiente venenosa tomando el sol sobre una piedra.

Tras comprobar que sus colegas del Congreso estuvieran sentados en sus respectivos asientos, listos para iniciar la sesión, intercambió miradas con Leonard Sturgis. Su compañero asintió educadamente, pero se le veía tenso, como si no le gustara tener que hacer preguntas agresivas a Zale, o fingir que se las hacía.

Primero Loren pronunció unas frases para declarar abierta la investigación, y luego agradeció su presencia a Zale.

—Supongo que sabe que goza del privilegio de comparecer con asistencia letrada —le informó.

—Sí —dijo él serenamente—, pero en aras de la máxima cooperación, y para que no quede nada por aclarar, me presento ante ustedes con la intención de responder exhaustivamente a todas sus preguntas.

Loren echó un vistazo al gran reloj de la pared del fondo de la sala de vistas. Indicaba las nueve y diez de la mañana.

—Es posible que la sesión dure casi todo el día —informó a Zale.

—Estoy a su disposición todo el tiempo que haga falta —dijo él con tono sosegado.

Loren se giró hacia Lorraine Hope, una tejana.

—Congresista Hope, ¿me hará el honor de abrir la sesión?

La tal Hope, que era negra y robusta, de Galveston, en la costa de Texas, asintió con la cabeza e inició la vista. Loren sabía que su nombre no figuraba en la lista de los sobornados por Cerberus, pero no podía estar segura de su actitud hacia la compañía. Hasta el momento, sus investigaciones habían sido moderadas y con visos de independencia; sin embargo, al vérselas con Zale en persona su actitud cambió.

—Señor Zale, ¿considera que Estados Unidos se beneficiaría de ser autosuficiente en cuestiones de petróleo, de no necesitar la importación de crudo de Oriente Medio y Latinoamérica?

¡Pero bueno, se lo está sirviendo en bandeja!, pensó Loren.

—La dependencia del petróleo extranjero —empezó a decir Zale— está sangrando nuestra economía. Hace cincuenta años que estamos a merced de la OPEP, que juega con los precios del mercado como si fuese un yoyó. Su insidiosa estratagema ha consistido en subir dos dólares el precio del barril de petróleo y luego bajarlo un dólar: dos arriba y uno abajo, con el resultado de que el precio va subiendo lentamente y de que en la actualidad pagamos casi sesenta dólares por cada barril de petróleo importado. En las gasolineras, los precios son de escándalo. Las empresas de transportes y los camioneros con vehículo propio están arruinándose. La subida del combustible ha hecho que los precios de los billetes de avión estén por las nubes. La única manera de frenar esta locura, que a la larga acabará con el país, es desarrollar yacimientos propios y no tener que depender del petróleo extranjero.

—¿Hay bastantes reservas en el subsuelo para satisfacer las necesidades norteamericanas? En caso afirmativo, ¿para cuánto tiempo? —preguntó Lorraine Hope.

—Las hay —dijo rotundamente Zale—. Sumando Estados Unidos, Canadá y las reservas submarinas, tenemos de sobra para garantizar cincuenta años de autosuficiencia total a Norteamérica. A día de hoy, también puedo anunciar que en el plazo de un año los enormes depósitos de esquisto de Colorado, Wyoming y Montana estarán listos para procesar crudo. Solo con eso ya nos ahorraríamos tener que volver a depender del petróleo extranjero; y es muy posible que a mediados de siglo la tecnología haya conseguido fuentes de energía alternativa viables.

—¿Quiere decir que en la creación de nuevos campos no debería tenerse en cuenta el medio ambiente? —preguntó Loren.

—Las protestas ecologistas exageran mucho —replicó Zale—. El número de animales muertos por culpa de la creación de pozos y oleoductos es inexistente, o muy reducido. Las vías migratorias pueden ser modificadas por los expertos en gestión de la fauna. Las prospecciones no tienen efectos contaminantes ni en el suelo ni en la atmósfera. Y lo más importante es que cerrar nuestras costas al petróleo extranjero es evitar tragedias como la del *Exxon Valdez* y los demás vertidos de petróleo que ha sufrido el país durante los últimos años. Si no hace falta que vengan petroleros a traer petróleo a Estados Unidos, se elimina el riesgo.

—Aporta usted argumentos sólidos —dijo Sturgis—. Personalmente, coincido bastante con su análisis. Siempre he estado en contra del chantaje de los cárteles extranjeros del petróleo. Si las compañías petroleras estadounidenses pueden abastecer por sí solas al mercado nacional, yo estoy a favor.

—¿Y qué me dice de las compañías que traen petróleo del resto del mundo y lo trasladan a nuestros puertos y refinerías? —quiso saber Loren—. Si se les corta el suministro a Estados Unidos, lo más probable es que quiebren.

Zale no dio la menor señal de desconcierto.

—La solución es fácil: tendrán que vender su producción a otros países.

Siguieron varias preguntas, con sus correspondientes respuestas. Loren se dio cuenta de que Zale no iba a arredrarse. Consciente de controlar a tres de los cinco miembros de la comisión, sentía que tenía el control de la situación. Solo algunas consultas de reojo a su reloj de pulsera rompían su impasibilidad.

La frecuencia con que Loren dirigía la vista hacia el reloj de la pared del fondo no era menor. Le estaba costando mucho no pensar en el desastre que acechaba a San Francisco. Se preguntó si la Guardia Costera y las fuerzas especiales lograrían frenarlo a tiempo. Lo más desmoralizador era saber que no podía echarle en cara a Zale lo que sabía y acusarle con antelación de haber planeado una matanza.

46

La superficie del agua era un interminable desfile militar de olas; olas sin espuma, con surcos como los que deja el arado en los cultivos. Flotaba un extraño silencio sobre el mar. Las olas estaban cubiertas por una fina bruma que atenuaba el sonido del movimiento del agua, pero apenas ocultaba las estrellas que se hundían al oeste, detrás del horizonte. Al este, donde el cielo era oscuro, las luces de San Francisco formaban una vaga y resplandeciente nube.

Cuando faltaba una hora para que amaneciese, el *Huron*, un barco patrulla de la Guardia Costera, interceptó a toda velocidad al gigantesco superpetrolero *Pacific Chimera*, treinta kilómetros al oeste del Golden Gate. El buque se vio sobrevolado por dos helicópteros de la Guardia Costera, a los que se sumaba la última adquisición de los marines: un helicóptero Goshawk en el que iban el capitán Garnet y los treinta hombres de su equipo Recon. Una lancha patrulla del ejército, veloz y acorazada, seguía al petrolero por la popa. A bordo iban el comandante Miles Jacobs y su equipo SEAL, preparados para lanzar escaleras con garfios a la espaciosa cubierta del petrolero.

El almirante Amos Dover, principal encargado de la operación, miraba por los prismáticos.

—Es muy grande. Su longitud debe de equivaler a unos cinco campos de fútbol, si no me quedo corto.

—Más que un superpetrolero, es un petrolero gigante —observó Buck Compton, el capitán del barco. A lo largo de sus veintitrés años en la Guardia Costera había estado al frente de muchas y muy arriesgadas misiones de rescate con el mar en contra, o de intercepción de barcos cargados de inmigrantes ilegales o de droga—. No parece que el ochenta por ciento de su masa quede por debajo de la línea de flotación. Según sus especificaciones, puede transportar más de seiscientas mil toneladas de petróleo.

—Si su cargamento de petróleo explota, preferiría que no me pillase en un radio de quince kilómetros.

—Mejor aquí que en la bahía de San Francisco.

—El capitán no hace ningún esfuerzo por pasar desapercibido —dijo Dover en voz baja—. Tiene todas las luces encendidas, de proa a popa. Casi parece que quiera anunciar su presencia. —Bajó los prismáticos—. Qué raro que quiera hacerse notar tanto.

Compton, que aún observaba al petrolero, vio con claridad que el cocinero vaciaba un cubo de basura en el mar, atrayendo a una bandada de gaviotas que cayeron sobre los restos que había dejado atrás el gigantesco casco.

—Esto tiene una pinta que no me gusta nada —dijo con rotundidad.

Dover se volvió hacia su radiotelegrafista, que tenía una radio portátil conectada al altavoz del puente.

—Ponte en contacto con nuestros helicópteros y pregunta si ven alguna señal de actividad hostil.

Cumplida la orden, el operador esperó a que alguien contestase por el altavoz.

—Almirante Dover, aquí el teniente Hooker. En las cubiertas solo se ve a un marinero que parece que esté verificando tuberías, y al cocinero.

—¿Y el puente de mando? —inquirió Dover.

Una vez transmitido el mensaje, la respuesta fue inmediata.

—El ala del puente está vacía. Lo único que veo al otro lado del cristal son dos oficiales de guardia.

—Comunique sus observaciones al capitán Garnet y al comandante Jacobs, y dígales que esperen a que me haya puesto en contacto con el petrolero.

—Tiene una tripulación de quince oficiales y treinta marineros —dijo Compton, leyendo los datos informáticos sobre el petrolero—. Está registrado en Gran Bretaña; o sea que, si subimos a un barco con bandera de otro país sin el debido permiso, nos pueden echar a la caballería.

—Eso es problema de Washington. Nosotros tenemos órdenes estrictas de interceptarlo.

—Mientras no nos echen la culpa a nosotros dos…

—Haga usted los honores, capitán.

Compton le cogió el transmisor al radiotelegrafista.

—Llamando al capitán del *Pacific Chimera*. Aquí el capitán del *Huron*, de la Guardia Costera. ¿Adónde se dirigen?

El capitán del superpetrolero, que estaba en la caseta de mando, contestó casi enseguida.

—Aquí el capitán Don Walsh. Nos dirigimos a las instalaciones de bombeo de Point San Pedro.

—La respuesta que esperaba —murmuró Dover—. Dígale que se ponga al pairo.

Compton asintió con la cabeza.

—Capitán Walsh, aquí el capitán Compton. Por favor, póngase al pairo para una inspección.

—¿Es necesario? —preguntó Walsh—. Detenernos costará tiempo y dinero a la compañía, y nos desajustará el horario.

—Obedezca, por favor —respondió Compton con tono autoritario.

—Tiene la línea de flotación bastante alta —comentó Dover—. Debe de ir con los depósitos a tope.

El capitán Walsh no accedió verbalmente, pero al cabo de un minuto Dover y Compton vieron disminuir la estela provocada por el giro de las hélices del petrolero. A proa seguía levantando espuma, pero comprendieron que necesitarían más de un kilómetro para detener completamente el barco.

—Ordéneles al comandante Jacobs y al capitán Garnet que suban al barco con sus equipos de asalto.

Compton miró a Dover.

—¿No quiere que suba un grupo de abordaje del *Huron*?

—Si hay resistencia, están mejor equipados ellos que los nuestros —contestó Dover.

Después de que Compton diera la orden, vieron que el piloto

hacía descender el helicóptero, rodeaba la proa del superpetrolero y, batiendo el aire con sus aspas, maniobraba por encima de la estructura superior del barco para no chocar con el radar y la chimenea. Antes de bajar, Garnet examinó la cubierta por si había indicios de hostilidad. Tras comprobar que la vasta superficie de la cubierta superior estaba desocupada, le hizo señas al piloto de que bajara a una zona despejada, en la zona de proa de la estructura superior.

Abajo, en el agua, el barco patrulla de Jacobs se aproximó a la popa del petrolero y cuando estuvo a una distancia prudencial usó lanzadores de aire comprimido para disparar sus garfios, que se engancharon a la borda. Rápidamente, los SEAL treparon por las escaleras de cuerda y se repartieron por la cubierta en dirección a la estructura superior principal, con las armas a punto. La única señal de vida la dio un marinero, que se llevó una sorpresa.

Varios de los hombres de Jacobs encontraron bicicletas de la tripulación y montaron en ellas para patrullar por la enorme cubierta y los túneles de los tanques de petróleo en busca de explosivos. Garnet dividió sus efectivos: una mitad bajó a la sala de máquinas, y la otra, encabezada por él, cruzó la estructura superior de popa, reunió a la tripulación del petrolero y se dirigió a la caseta de mando. Cuando Garnet entró en el puente, el capitán Walsh fue a su encuentro con cara de indignación.

—¿Se puede saber qué pasa? Ustedes no son de la Guardia Costera.

Garnet habló por su radio portátil sin hacerle caso.

—Almirante Dover, aquí el Equipo Uno. Tenemos controlados los camarotes de la tripulación y la caseta de mando.

—Comandante Jacobs —dijo Dover—, informe sobre el Equipo Dos.

—Aún nos queda mucho espacio por reconocer —respondió Jacobs—, pero en las zonas que ya hemos cubierto no hay ningún rastro de explosivos.

Dover se volvió hacia Compton.

—Voy a echar un vistazo.

Bajaron un bote que llevó al almirante al petrolero, cuya escalerilla ya había sido desplegada por los hombres de Garnet. Dover subió a cubierta y en cinco tramos de escalera llegó al puente, donde encontró a Walsh furibundo.

Al capitán del *Pacific Chimera* parecía sorprenderle que su barco fuera asaltado por un almirante de la Guardia Costera.

—Exijo saber qué pasa —le espetó a Dover.

—Se nos ha informado de que este barco lleva explosivos —dijo Dover—, y estamos realizando una inspección de rutina para verificarlo.

—¡Explosivos! —se sorprendió Walsh—. ¿Está loco? Esto es un petrolero. Habría que estar muy mal de la cabeza para llevar explosivos a bordo.

—Es lo que queremos averiguar —repuso Dover con calma.

—Sus informaciones son ridículas. ¿De dónde las saca?

—De un directivo de Cerberus Oil.

—¿Y qué pinta en esto Cerberus Oil? El *Pacific Chimera* pertenece a Berwick Shipping, una empresa británica; transportamos petróleo y productos químicos por todo el mundo para varios clientes extranjeros.

—¿De quién es el petróleo que llevan? —preguntó Dover.

—En este viaje, de Zandak Oil, una compañía indonesia.

—¿Cuánto tiempo hace que Berwick transporta petróleo para Zandak?

—Más de veinte años.

—Aquí el Equipo Uno —dijo la voz de Garnet por la radio de Dover.

—Aquí el almirante Dover. Le escucho.

—No encontramos indicios de artefactos explosivos ni en la sala de máquinas ni en la estructura superior de popa.

—Bueno —dijo Dover—, pues échenle una mano al comandante Jacobs, que tiene mucho más terreno que reconocer.

Pasó una hora, mientras el capitán Walsh echaba pestes y se paseaba por el puente con el aspecto de estar enfadadísimo; y es que sabía que cada minuto de retraso del barco le costaba varios miles de dólares a su compañía.

El capitán Compton llegó del *Huron* y subió al puente del petrolero.

—Me carcome la impaciencia —dijo, sonriendo—. Espero que no les moleste que suba a ver cómo va todo.

—Pues no muy bien —dijo Dover, exasperado—. De momento no hay ni rastro de explosivos o dispositivos de detonación. La actitud del capitán y la tripulación no parece muy propia de una misión suicida. Empiezo a temer que nos hayan tomado el pelo.

A los veinte minutos llegó el parte de Jacobs:

—Está limpio, almirante. No hemos encontrado indicios de material explosivo.

—¡Ajá! —tronó Walsh—. ¿Qué les decía? Ustedes están locos.

Dover no hizo ningún esfuerzo por aplacar al airado capitán del petrolero. Empezaba a albergar serias dudas sobre la veracidad de la historia de Sally Morse, pero también le causaba un gran alivio saber que el barco no tenía ninguna intención de volar medio San Francisco.

—Perdone por la intromisión, y por el retraso —le dijo a Walsh—. Ya nos vamos.

—Ya pueden contar con que mi gobierno elevará protestas contra el suyo —dijo Walsh, enfadado—. No tenían ningún motivo legal para detener mi barco y subir a bordo.

—Disculpe las molestias —dijo Dover, sinceramente apenado. Luego, mientras salían del puente, se volvió hacia Compton y le dijo en voz baja—: No me gustaría nada ver las caras de los de Washington cuando les notifique que les han engañado.

47

Pitt estaba en su despacho, quitándose de encima papeleo de la NUMA antes de tomar el avión para ir a la granja de Elmore Egan. De pronto el almirante Sandecker pasó junto a su secretaria, Zerri Pochinsky, y entró por la puerta. Pitt levantó la cabeza, sorprendido. Casi siempre que el almirante quería comentar asuntos de la NUMA insistía en que su director de proyectos especiales subiera a verle a su despacho. Se notaba que Sandecker estaba muy nervioso; tenía los labios tensos bajo la barba en punta, y sus ojos azules, tan llenos de autoridad, delataban preocupación.

Pitt no tuvo tiempo de hablar.

—Zale nos ha puesto sobre una pista falsa.

—¿Cómo? —respondió, confuso.

—El *Pacific Chimera* está limpio. Acaba de informar el almirante Dover, y no había explosivos a bordo. El capitán y la tripulación no tienen nada que ver con ningún plan para destruir el puerto de San Francisco. Una de dos, o nos han tomado el pelo o Sally Morse tenía alucinaciones.

—Yo me fío de Sally. Prefiero pensar que nos han tomado el pelo.

—¿Por qué?

Pitt reflexionó antes de contestar.

—Zale es más listo que un chacal. Seguro que dio información falsa a Sally sabiendo que estaba a punto de pasarse al otro bando y de avisar al gobierno. Ha usado el clásico método del mago: mover una mano para distraer al público mientras se usa la otra para hacer el truco. —Miró fijamente a Sandecker—. Para mí que tiene otro desastre preparado.

Bueno, vale —dijo Sandecker—, vamos a seguir con tu razonamiento. ¿A qué conclusión nos lleva?

—Espero que Hiram Yaeger y Max lo sepan —dijo Pitt mientras se levantaba, rodeaba su mesa a toda prisa y salía por la puerta.

Yaeger estaba examinando páginas y más páginas de cuentas de bancos extranjeros en cuyos archivos informáticos había entrado Max mientras investigaba los pagos ilegales y sobornos de Cerberus a casi mil miembros del gobierno de Estados Unidos. La cantidad total no merecía otro calificativo que astronómica.

—Max, ¿estás segura de las sumas? —preguntó, alucinado por las cifras—. Parecen un poco raras.

La imagen holográfica de Max se encogió de hombros.

—He hecho todo lo que he podido. Es probable que queden como mínimo cincuenta pistas por seguir. ¿Por qué lo preguntas? ¿Te sorprenden las cantidades?

—Pues mira, no sé si a ti veintiún mil doscientos millones de dólares te parecerán un pellizco, pero para un informático muerto de hambre es mucho dinero.

—Tanto como muerto de hambre…

Pitt entró en el despacho de Yaeger como si le persiguiera un búfalo, con Sandecker pegado a sus talones.

—Hiram, el almirante y yo necesitamos que tú y Max emprendáis lo antes posible una nueva investigación.

Al levantar la vista, Yaeger vio lo serios que estaban ambos.

—Estamos a vuestra disposición. ¿Qué queréis que investigue?

—Identifica todos los barcos que lleguen a puertos importantes del país durante las siguientes diez horas, con prioridad para los superpetroleros.

Yaeger asintió con la cabeza y se volvió hacia Max.

—¿Lo has oído?

Max reaccionó con una sonrisa seductora.

—En sesenta segundos estaré con vosotros.

—¿Tan deprisa? —preguntó Sandecker, que nunca dejaba de admirarse por el potencial de Max.

—De momento nunca me ha fallado —dijo Yaeger con una sonrisa cómplice.

Mientras Max se borraba lentamente, Yaeger le dio al almirante los resultados de su anterior investigación.

—Tenga. Aún no está todo, pero sí el noventa y cinco por ciento de las averiguaciones: nombres, cuentas en el extranjero y cantidades depositadas por los que se dejaron sobornar por Curtis Merlin Zale y sus compinches de Cerberus.

Un vistazo a los números hizo que Sandecker pusiera cara de asombro.

—No me extraña que Zale tenga en el bolsillo a tantos altos funcionarios. Las sumas que ha pagado darían para cien años de presupuesto de la NUMA.

—¿La Guardia Costera y los equipos de las fuerzas especiales han impedido entrar al petrolero en la bahía de San Francisco? —preguntó Yaeger, que no estaba al corriente de las novedades.

—Zale nos ha engañado —dijo Sandecker lacónicamente—. Es verdad que el barco iba lleno de petróleo, pero no de explosivos. No ha aparecido ninguno a bordo, y el petrolero ha seguido su rumbo hacia el destino estipulado, al sur de la zona de la bahía.

Yaeger miró a Pitt.

—¿Tú crees que era un señuelo?

—Creo que respondía al plan de Zale. Desde el primer momento había algo que no me cuadraba: el enorme calado que tiene un petrolero del tamaño del *Pacific Chimera* cuando va cargado al máximo de su capacidad. La bahía que rodea la ciudad de San Francisco es poco profunda para que la cruce un barco de esas dimensiones. Habría encallado mucho antes de llegar al puerto.

—Así que no descartas que Zale haya enviado otro petrolero a una ciudad portuaria que no sea San Francisco —sugirió Yaeger.

La materialización de la forma femenina de Max en su pequeño escenario les hizo callar.

—Me parece que tengo lo que me habíais pedido.

—¿Te has documentado sobre todos los superpetroleros que llevan rumbo a nuestros puertos?

—Sí, y hay muchos. Ciñéndonos a los más grandes, hay uno que se dirige a Luisiana desde Arabia Saudí, pero su punto de destino queda a más de cien kilómetros de cualquier ciudad importante. También hay uno con rumbo a la estación de bombeo de Nueva Jersey, pero no está previsto que llegue antes de mañana. El último es un petrolero gigante con destino a Long Beach, California, pero aún le quedan dos días de viaje. Eso es todo. Se ve que vuestro amigo, el señor Zale, ha perdido la oportunidad de colar otro petrolero.

—Así que ha sido una pérdida de tiempo —murmuró Sandecker—. Zale nunca ha tenido la intención de arrasar San Francisco ni ningún otro puerto densamente poblado.

—Eso parece —dijo Pitt, desanimado—. Pero entonces, ¿a qué venía el subterfugio? ¿Qué ganaba?

—¿Habrá sido una manera de ponernos a prueba?

—No, no es su estilo.

—¿No hay ningún error? —le preguntó Yaeger a Max.

—He entrado en los registros de todas las autoridades portuarias del país.

Sandecker se dispuso a salir del despacho cabeceando con aire cansino.

—Pues nada, asunto concluido.

—¿Se os ha ocurrido la posibilidad de otro tipo de embarcación? —preguntó Max.

Pitt la miró con interés.

—¿Por qué lo dices?

—No, es que estaba pensando por mi cuenta. Un buque de gas natural licuado podría hacer más daño que un superpetrolero.

Pitt recibió la revelación como un mazazo.

—¡Un buque de gas natural licuado!

—En los años cuarenta voló uno en Japón, y la explosión casi tuvo la potencia de la bomba atómica de Hiroshima —les informó Max—. Hubo más de mil víctimas.

—¿Te has informado de si hay alguno con rumbo a un puerto nacional? —preguntó Yaeger.

La reacción de Max fue una especie de mohín.

—No parece que tengas en mucha consideración mis dotes intuitivas. Pues claro que he investigado todas las llegadas de buques de gas natural licuado.

—¿Y bien...? —dijo Yaeger.

—A las diez y media está previsto que llegue a Nueva York desde Kuwait el *Mongol Invader*.

—¿De la mañana o de la noche?

—De la mañana.

El almirante miró su reloj.

—Podemos descartarlo. Tendría que haber llegado a puerto hace veinte minutos.

—No —dijo Max—. Ha tenido problemas con los generadores y ha tenido que quedarse al pairo mientras se los arreglaban. Lleva cinco horas de retraso.

Pitt y Sandecker se miraron con caras de susto.

—Seguro que es el plan de Zale —dijo Pitt—: distraer con el *Pacific Chimera* y atacar Nueva York desde el este con el *Mongol Invader*.

Sandecker dio un puñetazo en la mesa.

—Nos ha pillado durmiendo como bebés.

—Nos queda poco tiempo para impedir que llegue a la parte baja de la bahía y ponga rumbo a los Narrows —observó Max.

—¿Qué aspecto tiene el barco? —le preguntó Yaeger.

Max hizo aparecer una imagen del *Mongol Invader* en la pantalla de un monitor de gran tamaño, y era digna de un tebeo de ciencia ficción. El casco tenía el mismo perfil que un petrolero, con los motores y la estructura superior a popa, pero ahí terminaba el parecido. En lugar de una cubierta lisa y de grandes dimensiones, había ocho tanques esféricos sobresaliendo aisladamente del casco, todos idénticos, gigantescos y esféricos.

Max empezó a enumerar las características técnicas de la embarcación.

—Es el buque de gas natural licuado más grande de la historia. Su eslora total es de quinientos sesenta y siete metros, y su manga de ciento nueve. Su tripulación solo se compone de ocho oficiales y quince marineros. La razón de que sean tan pocos es que el barco está casi totalmente automatizado. Sus motores de turbina de doble reducción suministran sesenta mil caballos de potencia a cada una de las dos hélices. Está matriculado en Argentina.

—¿Quién es el titular? —preguntó Yaeger.

—Le he seguido el rastro a través de una fachada de empresas de papel que llevan hasta el imperio Cerberus.

Yaeger enseñó los dientes.

—¿Por qué será que me lo imaginaba?

—Los buques de gas natural licuado tienen mucho menos calado que los petroleros, por la diferencia de peso entre el gas y el petróleo —dijo Sandecker—. Puede subir perfectamente por el río Hudson, dirigirse a la parte baja de Manhattan, meterse entre los muelles sin encallar y chocar con tierra firme.

—Sally Morse dijo que el *Pacific Chimera* tenía previsto chocar con la ciudad en el World Trade Center —dijo Yaeger—. ¿Podemos deducir que Zale tuvo un lapsus y se refería al de Nueva York?

—Yo, si quisiera hacer el máximo daño posible chocando con Manhattan, es justo a donde me dirigiría —dijo Sandecker con convicción.

—¿Qué volumen de gas lleva? —preguntó Pitt a Max.

—Doscientos catorce mil trescientos sesenta y nueve metros cúbicos.

—Tremendo —murmuró Yaeger.

—¿Y el cargamento de gas?

—Propano.

—Aún peor —gimió Yaeger.

—La bola de fuego podría ser espantosa —explicó Max—. En los años setenta, en Kingman, Arizona, explotó un vagón de carga con más de treinta mil litros de propano, y la bola de fuego se propagó casi doscientos metros. Un litro de propano produce setenta y un litros de gas. También se pueden calcular ciento sesenta y dos metros cúbicos de vapor de propano por metro cúbico de líquido, y multiplicarlo por doscientos quince mil. Es muy posible que se obtuviera una bola de fuego de un diámetro de tres kilómetros.

—¿Y los daños estructurales? —preguntó Sandecker.

—Muy graves —contestó Max—. Quedarían en pie los principales edificios, como los rascacielos del World Trade Center, pero vacíos por dentro. La mayoría de los otros edificios que estuvieran cerca del centro de la explosión quedarían destruidos. En cuanto al número de víctimas mortales, no quiero ni entrar en hipótesis.

—Todo porque el loco de Zale y el cártel de Cerberus quieren azuzar a la ciudadanía contra el petróleo extranjero —murmuró con rabia Pitt.

—¡Tenemos que detener ese barco! —dijo Sandecker con frialdad—. Esta vez no puede haber errores.

Pitt dijo lentamente:

—La tripulación no se dejará abordar como en el *Pacific Chimera*. Apostaría el sueldo de un mes a que Omo Kanai ha puesto al mando a su grupo de los Vipers. Zale nunca dejaría en manos de aficionados una misión de este tipo.

Sandecker volvió a consultar su reloj de pulsera.

—Tenemos cuatro horas y media antes de que entre en el Hudson. Voy a informar al almirante Dover de lo que hemos descubierto, y a pedirle que avise a sus unidades de la Guardia Costera de la zona de Nueva York para que se dispongan a interceptar el barco.

—También debería llamar a la División Antiterrorista del Estado de Nueva York —le aconsejó Max—. Están preparados para una situación así, incluso se han hecho simulacros.

—Gracias, Max —dijo Sandecker, entusiasmado con la creación informática de Yaeger. Hasta entonces siempre le había parecido una rémora en el presupuesto de la NUMA. Ahora se daba cuenta de que valía hasta el último centavo, y más—. Me encargaré de ello.

—Yo aviso a Al. Con el nuevo jet de ala pivotante de la NUMA, el *Aquarius*, deberíamos tardar menos de una hora en llegar al muelle de la NUMA en Nueva York.

—¿Y qué piensa hacer cuando llegue? —preguntó Max por curiosidad.

Pitt la miró como si le hubiera preguntado a Joe DiMaggio si sabía jugar al béisbol.

—¿Qué va a ser? Impedir que el *Mongol Invader* destruya medio Manhattan.

48

Una mirada a un buque transportador de gas natural licuado tendría que ser por naturaleza escéptica, ante la dificultad de creer que tan grotesca embarcación sea capaz de surcar los mares. El *Mongol Invader*, que cortaba el mar rizado rumbo a la entrada del puerto de Nueva York, era, con sus ocho depósitos bulbosos surgiendo de la parte superior del casco, el mayor buque transportador de gas natural de la historia, y no parecía hecho para flotar. Estrictamente utilitario y pintado de un color como de arcilla, se trataba sin duda de uno de los barcos más feos de la flota mundial.

Sus arquitectos lo habían diseñado para envolver, sustentar y proteger los ocho gigantescos depósitos esféricos de aluminio aislado cuyo interior contenía en ese momento propano líquido. La refrigeración del propano tendría que haberlo hecho descender hasta una temperatura de ciento treinta grados bajo cero, pero la travesía desde Kuwait había ido acompañada por un proceso de calentamiento paulatino que hacía que en aquel momento solo estuviera a once o doce grados del umbral de peligro.

El *Mongol Invader*, una bomba flotante con capacidad para arrasar la parte baja de la isla de Manhattan, surcaba las olas rebeldes a veinticinco nudos, impulsado por dos grandes hélices de bronce y apartando las aguas con facilidad engañosa gracias a su proa submarina. Las bandadas de gaviotas que acudían a sobrevolarlo notaban algo extraño, algo de mal augurio que, imponiéndoles un silencio inusual, las llevaba finalmente a alejarse.

En el *Mongol Invader*, a diferencia del *Pacific Chimera*, no se veían marineros ni en los depósitos ni en las largas pasarelas de encima de las cúpulas. La tripulación permanecía en sus puestos, invisible y lista para entrar en acción. En total solo eran quince hombres, repartidos por el barco: cuatro a cargo de los controles de la caseta de mando, cinco de la sala de máquinas y seis armados con misiles portátiles con capacidad para hundir el mayor barco de la Guardia Costera o derribar cualquier avión que pudiera atacarles. Los Vipers conocían perfectamente el precio de bajar la guardia. Tenían la firme convicción de poder contrarrestar sin problemas cualquier tentativa de abordaje por parte de las fuerzas especiales, a las cuales la mayoría de ellos habían pertenecido. Su confianza en saber frustrar cualquier maniobra destinada a cortarles el paso antes de llegar a las inmediaciones de la ciudad era absoluta; y, una vez que pasaran por debajo del puente Verrazano, no estaba nada claro que el principal responsable de la operación de intercepción se arriesgara a provocar una descomunal bola de fuego.

Omo Kanai se apoyó en la barandilla del ala del puente de estribor para observar las amenazadoras nubes negras que encapotaban el cielo. Estaba seguro de que los efectivos dispuestos contra él, fueran cuales fuesen, no esperarían que quince hombres —no terroristas fanáticos, sino simples mercenarios bien pagados— se planteasen suicidarse por su jefe. No estaban en ninguna película de James Bond. Sonrió. Aparte de la tripulación del barco, nadie conocía la existencia del submarino adosado al casco, treinta metros a proa del timón y de las dos hélices. Antes de que el barco embistiese la costa de Manhattan, Kanai y sus Vipers subirían a bordo del submarino oculto y descenderían a las profundidades para huir de la consiguiente bola de fuego.

Flexionó sus hombros musculosos, percibiendo con el cuerpo la veloz masa del barco que tenía bajo sus pies. Nada ni nadie impediría que el *Mongol Invader* llegara a su destino; y a él se le recordaría durante mil años como el autor del peor atentado contra Estados Unidos de la historia.

Levantó la cabeza, y al mirar por el cristal vio transitar los coches por el puente, suspendido sobre un agua que las nubes pintaban de un tono gris verdoso. El paso fugaz de los colores de los automóviles era como una procesión de insectos. Observó en el tablero de mandos que los fuertes vientos, de veinte nudos, soplaban del sudeste, y pensó que eso haría que el alcance de la bola de fuego fuese aún más devastador.

En ningún momento se le pasó por la cabeza la imagen de miles de víctimas incineradas. Kanai era impermeable a las emociones, y a la muerte; cuando llegara su hora, él le haría frente sin vacilación.

Su segundo de a bordo, Harmon Kerry, un individuo con pinta de duro y los brazos cubiertos de tatuajes, subió al puente, cogió unos prismáticos y se fijó en un carguero que pasaba a babor del *Mongol Invader* con rumbo a mar abierto.

—Falta poco —dijo con auténtica delectación—. ¡Menuda sorpresa están a punto de llevarse los americanos!

—Qué va —murmuró Kanai—. Si a estas alturas ya se han dado cuenta de que el *Pacific Chimera* era un señuelo, no será ninguna sorpresa.

—¿Tú crees que saben algo de la operación?

—Hasta ahora, los planes de Zale nunca han sido perfectos —dijo Kanai sin rodeos—. Siempre ha habido imprevistos que han impedido un éxito total. De momento, lo que hemos hecho lo hemos hecho bien, pero en el gobierno de Estados Unidos habrán atado cabos, no sé si una persona o varias. Las cinco horas de retraso por los problemas de generadores nos pueden salir caras. En vez de llegar inesperadamente a la misma hora en que abordaban al *Pacific Chimera*, protegidos por la oscuridad de antes del alba, es posible que esta vez nos echen encima de todo. Y cuenta con que vendrán mejor preparados que las otras veces.

—Ya tengo ganas de ver derretirse la Estatua de la Libertad —dijo Kerry con una sonrisa diabólica.

El timonel que se ocupaba del tablero de mandos les dio el parte.

—Cuarenta minutos para llegar al puente.

Kanai se irguió y contempló el arco del puente, que se acercaba con lentitud.

—Como tarden mucho en intentar detenernos, habrán perdido su última oportunidad.

A los quince minutos de haber recibido el aviso urgente de Sandecker, el almirante Dover acudió a la base marítima de Alameda, en la Costa Oeste, y subió a un caza cuyo piloto solicitó un aterrizaje de emergencia en el aeropuerto internacional John Fitzgerald Kennedy, entre vuelos comerciales. Desde allí, un helicóptero de la policía de Nueva York trasladó a Dover a la base de la Guardia Costera en Sandy Hook, donde dos barcos patrulla de treinta y tres metros de eslora y gran velocidad esperaban su llegada para interceptar al *Mongol Invader*.

Entró en la sala de reuniones apretando los puños por los nervios y angustia, mientras se esforzaba por pensar con calma. No podía dejarse abrumar por la estratagema de Zale, ni acusarse de poca capacidad de deducción por haber pasado por alto algo que en retrospectiva parecía tan obvio. Aún no estaba demostrado que Sandecker tuviera razón. Los motivos para otra operación de intercepción eran hipotéticos, sin nada sólido a lo que aferrarse; aun así, estaba decidido a no dejar ningún cabo suelto. Si resultaba que lo del *Mongol Invader* era otra falsa alarma, que lo fuera. Seguirían buscando hasta dar con el barco correcto.

De camino a la presidencia de la mesa de reuniones, saludó con la cabeza a los diez hombres y las dos mujeres que ocupaban la sala, y no se anduvo con cumplidos.

—¿Las patrullas aéreas de la policía ya han sobrevolado el barco?

Quien asintió fue un capitán de policía que estaba arrimado a la pared.

—Ahora mismo hay un helicóptero en la zona, e informa de que el barco se dirige al puerto a toda máquina.

Dover suspiró de alivio, pero solo un instante. Si de veras se trataba del barco que pensaba arrasar la parte baja de Manhattan, había que detenerlo.

—El almirante Sandecker les ha informado a todos desde Washington por teléfono y fax, y ya saben a qué atenerse. Si no podemos desviar el barco, habrá que hundirlo.

Intervino un comandante de la Guardia Costera, sentado al lado de Dover.

—Señor, si disparamos contra los depósitos corremos el riesgo de provocar una explosión enorme. Es muy posible que toda la flotilla de barcos de intercepción, y los pilotos de los helicópteros patrulla de la policía, se vean envueltos en la bola de fuego.

—Mejor mil que un millón —respondió Dover sin contemplaciones—; ahora bien, las órdenes son no disparar bajo ningún concepto más a proa de la estructura superior de popa. Si la tripulación se niega a detener el barco, no tendré más remedio que pedir cazas de la Marina y ordenar que destruyan el barco con misiles aire-tierra. En ese caso, se les avisará a todos con tiempo para que interpongan la máxima distancia entre sus barcos y el *Mongol Invader* antes de que se produzca la explosión.

—¿Qué posibilidades tenemos de subir al barco, reducir a la tripulación y desactivar los sistemas de detonación? —preguntó alguien de la policía.

—Si no se detiene, si mantiene el mismo rumbo y velocidad, pocas. Por desgracia, nada más comprobarse que nos habíamos equivocado de barco, los efectivos militares de los que disponíamos en San Francisco han recibido la orden de regresar a sus respectivas bases. No hemos tenido margen para volver a reunirlos, ni para constituir otros grupos a tiempo. Ya sé que los equipos antiterroristas de Nueva York han recibido instrucción en casos idénticos, pero prefiero no recurrir a ellos hasta haber comprobado si la tripulación opone resistencia. —Hizo una pausa para fijarse en los asistentes—. Por si alguien aún no lo sabe, la temperatura máxima del propano inflamado en el aire es de dos mil grados.

El capitán de un barco de bomberos del puerto de Nueva York, uno de los dos que había en la sala, levantó la mano.

—Almirante, permítame añadir que, si el cargamento del barco es expuesto al fuego, la consiguiente explosión de vapor de doscientos mil metros cúbicos de propano podría generar una bola de fuego de unos tres kilómetros de diámetro.

—Razón de más para detener al barco antes de que se aproxime a la ciudad —contestó Dover lacónicamente—. ¿Alguna pregunta más? —Nadie contestó—. Pues entonces, sugiero que demos inicio a la operación, porque se agota el tiempo.

Al salir de la reunión, fue directamente al muelle y cruzó la pasarela para subir al *William Shea*, de la Guardia Costera. De repente tenía muy malos presentimientos. Si el *Mongol Invader* se resistía, y si los cazas de la Marina no lograban mandarlo a pique antes de que alcanzara su objetivo, no dispondrían ni remotamente del tiempo necesario para evacuar Manhattan. Por desgracia, a aquella hora del día las calles y edificios estarían llenos de oficinistas y transeúntes. Si dejaban que explotase el buque de gas natural, los daños, la pérdida de vidas, podían ser horrendos.

Aparte de eso, lo único que se le cruzó por la cabeza fue la breve mención de Sandecker a que Dirk Pitt y Al Giordino intervendrían finalmente en la operación. Sin embargo, ninguno de los dos había hecho acto de presencia. Se preguntó qué les había impedido estar presentes en la reunión. Claro que tampoco habrían marcado ninguna diferencia. Dover dudaba de que hubieran desempeñado un papel fundamental en la operación.

Bajo un sol que intentaba asomar entre las nubes, el *William Shea* y su barco gemelo, el *Timothy Firme*, zarparon rumbo a su particular batalla con el *Mongol Invader* y su mortífero cargamento de gas propano.

49

—Nunca había visto un submarino así —comentó Giordino mirando una esbelta embarcación cuyo aspecto se parecía más al de un crucero que al de un submarino.

Desde el muelle de la bahía de Sheepshead, al sur de Brooklyn, Pitt admiraba una nave de veinticinco metros de eslora cuyo diseño exterior tenía la elegancia de una lancha motora. Giordino tenía razón: a partir de la línea de flotación, presentaba el mismo aspecto que cualquier yate de lujo. Las únicas diferencias visibles estaban bajo el agua. Los ojos de buey de la parte delantera del casco eran como una versión reducida de los del casco del *Golden Marlin*.

El *Coral Wanderer*, con capacidad para acoger con todas las comodidades a once pasajeros y tripulantes, era el mayor modelo de la serie Ocean Diver que fabricaba el astillero Meridian de Massachusetts. Desplazaba cuatrocientos toneladas y estaba diseñado para navegar a una profundidad de tres mil seiscientos metros, con un alcance de doscientas millas náuticas.

El capitán Jimmy Flett abandonó la cubierta por la escalerilla, bajó al muelle y se acercó a Pitt con la mano tendida. Era bajo y corpulento y, aunque sus largos años de afición al whisky escocés le hubieran enrojecido la cara, por alguna razón no habían empañado la limpidez ni el brillo de sus ojos azules. La piel de sus brazos y manos no tenía ese color bronceado de los que han hecho muchos viajes por mares cálidos y soleados. Flett se había pasado la mayor parte de su vida navegando por el mar del Norte, y presentaba el aspecto recio y animoso del pescador que, a pesar de las tormentas, vuelve a casa con su pesca. Había vivido, y sobrevivido, a más embates que casi nadie.

Dejó la mano de Pitt hecha puré.

—Dirk, ¿cuánto tiempo hace que no navegamos juntos ni nos bebemos juntos un buen whisky?

—Desde el ochenta y ocho, en el *Arvor III*.

—Cuando buscábamos el *Bonhomme Richard* —dijo Flett con una suavidad inesperada—. No lo encontramos, ¿verdad?

—No, pero de paso encontramos un barco espía ruso que se había ido a pique en una tormenta.

—Ya me acuerdo. La marina británica nos ordenó olvidarnos de que lo hubiéramos visto. Siempre he pensado que organizaron una inmersión a las pocas horas de que les facilitáramos las coordenadas.

Pitt se volvió hacia Giordino.

—Al, te presento a Jimmy Flett, un buen amigo de otros tiempos.

—Encantado —dijo Giordino—. Dirk me ha contado muchas cosas de ti.

—Todas malas, espero.

Entre risas, Jimmy estrujó la mano de Giordino y se dejó estrujar la suya.

—Bueno, ya veo que te has dado a la buena vida y que ahora eres capitán de barcos de lujo —dijo Pitt con efusividad, señalando el yate submarino con la cabeza.

—Como marinero, soy de superficie. Lo de debajo del agua no me interesa nada.

—¿Entonces?

—Pagan bien, y es un trabajo fácil. Ahora que me estoy haciendo viejo, ya no puedo luchar como antes contra los elementos.

—¿Ya te has puesto de acuerdo con tus jefes para que podamos disponer del barco? —preguntó Pitt.

—Hombre, no es que les encante la idea, porque aún está en pruebas y no tiene el certificado; en cuanto cumpla todos los requisitos tengo que llevarlo a Montecarlo, para que sus nuevos propietarios lo pongan al servicio de los europeos ricos.

—La situación es gravísima.

Flett miró los ojos verdes de Pitt.

—¿Para qué lo quieres? Por teléfono solo me has dicho que era para la NUMA.

—Tenemos intención de usarlo como torpedero.

Flett miró a Pitt como si le supurara materia gris por una oreja.

—Ya —murmuró—, de torpedero. ¿Y qué barco pretendéis mandar a pique?

—Un buque de gas natural.

Flett pasó a imaginarse que las que supuraban eran las dos orejas.

—¿Y si me opongo?

—Tendrás más de medio millón de muertos sobre la conciencia.

Flett comprendió enseguida la situación.

—El barco que dices… ¿Piensan volarlo unos terroristas?

—Más que terroristas propiamente dichos, es un grupo de criminales que tienen planeado encallar el barco cerca de las torres del World Trade Center y prenderle fuego al combustible.

Ahí terminaron todas las vacilaciones y protestas. Flett se limitó a decir:

—El *Wanderer* no lleva tubos lanzatorpedos. ¿Qué se os ha ocurrido?

—¿Te suena de algo el submarino confederado *Hunley*?

—Sí.

—Pues nos inspiramos en un episodio de la historia —dijo Pitt con una sonrisa llena de seguridad, mientras Giordino empezaba a descargar una furgoneta aparcada en el muelle.

En veinte minutos, los tres habían montado un tubo largo a modo de verga que sobresalía casi diez metros de la proa del barco. También fijaron dos tubos a lo largo de la cubierta, bajo la cabina elevada. Subieron a bordo nada más terminar, mientras Flett ponía en marcha los grandes motores diésel. Giordino, muy ocupado en la proa, fijaba botes explosivos magnéticos a los extremos de los dos tubos secundarios. El que ya estaba montado tenía una carga submarina de cincuenta kilos con un detonador en la punta.

Flett se puso al timón, mientras Pitt y Giordino soltaban las amarras de proa y popa. El viejo capitán tenía enfrente un tablero dotado de una serie de palancas que controlaban los timones de inmersión y los propulsores direccionales de superficie y de inmersión, además de la velocidad.

Poco después, a tres cuartos de su potencia, el *Coral Wanderer* salía a toda velocidad de la bahía de Sheepshead en dirección al puente Verrazano. A proa del submarino, las aguas ya estaban ocupadas por un despliegue de barcos de la Guardia Costera y patrulleros de menor tamaño. Cuatro helicópteros, dos de la Guardia Costera y dos de la policía de Nueva York, sobrevolaban como buitres un barco gigantesco y visualmente repulsivo, de color beige sucio.

Flett aceleró al máximo, haciendo que la proa emergiera del agua. Cruzaban la bahía muy deprisa, muy cerca de la costa norte. Tras rodear Norton Point a la altura de Seagate, el *Coral Wanderer* fijó un rumbo perpendicular a la parte central del buque de gas natural.

—¿Qué velocidad alcanza? —le preguntó Pitt.

—En superficie, cuarenta y cinco nudos, y en inmersión veinticinco.

—En cuanto estemos sumergidos, vamos a necesitar hasta el último nudo que puedas sacarle. La velocidad máxima del *Mongol Invader* también son veinticinco nudos.

—¿Se llama así? —preguntó Flett, contemplando los colosales depósitos que sobresalían del buque—. ¿«Invasor mongol»?

—Sí, y la verdad es que le va como anillo al dedo —contestó Pitt, mordaz.

—En principio deberíamos llegar antes de que pase por debajo del puente.

—Cuando se meta en los Narrows, será demasiado difícil volarlo desde el aire sin cargarse la mitad de Brooklyn y de Staten Island.

—Como fallen la Guardia Costera y la policía de Nueva York, ya puedes rezar para que funcione ese plan vuestro del *Hunley*.

Pitt señaló la flota a través del cristal.

—Ya se acercan el sheriff y sus chicos.

Desde el *William Shea*, el almirante Dover entabló contacto con el *Mongol Invader*.

—Aquí la Guardia Costera de Estados Unidos. Por favor, detengan inmediatamente el barco y prepárense para que subamos a bordo.

En el puente del *William Shea*, el silencio acrecentaba la tensión. Dover repitió su llamamiento no una sino dos veces, pero no hubo respuesta. El *Invader* mantenía su rumbo hacia el puerto de Nueva York sin dar señales de detenerse. En el puente, todos, la tripulación y el capitán, observaban al almirante, pendientes de que diera la orden de atacar.

De repente se oyó una voz serena.

—Aquí el capitán del *Mongol Invader*. No tengo ninguna intención de detener el barco. Se les comunica que cualquier tentativa de infligir daños a mi barco les reportará graves consecuencias.

La incertidumbre y el suspense se volatilizaron de golpe. Ya no quedaban dudas, solo un horror muy real. Dover podría haber entablado conversación con el capitán, pero tenía el tiempo en contra. Cualquier estrategia dilatoria presentaba inconvenientes graves. Dio la orden de que los helicópteros depositaran a sus equipos antiterroristas en la zona despejada, a proa de los depósitos. Al mismo tiempo indicó a los barcos de la Guardia Costera que se acercaran al buque de gas natural con la artillería a punto.

Dirigió los prismáticos hacia el puente de la horrenda embarcación, que proseguía su rumbo hacia la entrada de los Narrows. Tenía curiosidad por saber lo que pensaba el demente de su capitán. Porque tenía que estar loco; nadie en su sano juicio se propondría devastar una ciudad y matar a un millón de personas por el mero hecho de ganar dinero. No se trataba de terroristas entregados a una causa o una religión.

Le parecía mentira que un ser humano pudiera llegar a tales extremos de maldad y sangre fría. Suerte que el mar está en calma, pensó mientras el helicóptero sobrevolaba el buque preparándose para aterrizar y los barcos de la Guardia Costera trazaban un suave ángulo de ciento ochenta grados con el objetivo de acortar distancias respecto a la nave.

Los dos helicópteros de la Guardia Costera, modelos Dolphin modificados pintados de rojo y anaranjado, se apostaron a popa del buque de gas natural, mientras el primer helicóptero Jayhawk azul y negro de la policía descendía hacia la proa. El piloto incrementó la velocidad de giro de las aspas para adaptarse a la velocidad del gigantesco buque mientras sobrevolaba la proa durante unos instantes en busca de escotillas, salidas de ventilación o cadenas de ancla que pudieran suponer un peligro para el aterrizaje. Entre el extremo superior de la proa y el primer depósito de gas había un mástil muy largo que servía como soporte del radar y del puesto de vigía. Tras comprobar que disponía de espacio suficiente para aterrizar sin problemas, el piloto hizo una maniobra que colocó el helicóptero apenas siete metros por encima de la proa.

Ahí terminó la maniobra.

Dover, que lo seguía todo a través de los prismáticos, se quedó conmocionado al ver elevarse de la parte superior del primer tanque un pequeño misil que hizo saltar por los aires al helicóptero como un petardo en una lata de atún. Las llamas de los depósitos de gasolina envolvieron el helicóptero, que tardó un momento en caer al mar, y con él el equipo antiterrorista de la policía. Segundos después, el agua se lo había tragado y solo quedaban algunos fragmentos en la superficie, aparte de la espiral de humo que se elevaba hacia un cielo cada vez más despejado.

50

Como de un manotazo, ante la mirada indiferente de Kanai, el *Mongol Invader* apartó los lastimosos restos del helicóptero de la policía. El mercenario no sentía remordimientos por haber borrado de la faz de la tierra a doce hombres en menos de diez segundos. Desde su punto de vista, el ataque del helicóptero no pasaba de ser un simple engorro.

Tampoco le preocupaba la flotilla que cercaba al barco, compuesta por embarcaciones de la Guardia Costera y lanchas de bomberos. Le infundía seguridad saber que no se atreverían a arrojar su artillería sobre él, a menos que el comandante de la flota estuviera loco o fuera un estúpido redomado. Si se daba el caso de que un proyectil mal dirigido penetraba en uno de los tanques y provocaba su combustión, saltarían por los aires todos los barcos y aviones en un radio de dos kilómetros, sin contar los coches que cruzaban el puente, y morirían muchas personas.

Miró hacia arriba, hacia la calzada del puente, uno de los más largos del mundo. El barco se había acercado tanto que ya llegaba a sus oídos el zumbido del tráfico. Su satisfacción creció al ver alejarse a los demás helicópteros, tras comprender sus pilotos que ante la amenaza de un misil estaban indefensos. A continuación se fijó en los dos barcos de la Guardia Costera, con sus estructuras superiores y cascos de color blanco, sus franjas anaranjadas y sus insignias destacando sobre un fondo de rayas azules. Se acercaban al casco del buque, cada uno por su lado. Sus intenciones estaban claras, pero su pobre armamento no parecía muy capaz de infligir daños de consideración al *Invader*.

Pensó, divertido, que ahora le tocaba a él. Sin embargo, antes de que los Vipers pudieran recibir de su boca la orden de lanzar misiles contra los dos barcos, estos abrieron simultáneamente fuego con las Bushmaster de veinticinco milímetros que llevaban en la proa. Las armas de doble cañón no parecían estar a la altura. Eran demasiado pequeñas para hacer mella en semejante monstruo.

El barco de estribor concentró los disparos en el mamparo del puente y la cabina de mando, que tenía un centímetro de acero de grosor, mientras el de babor apuntaba a la parte baja del casco, a popa, en una tentativa de horadar las planchas de acero, más gruesas que las anteriores, que protegían la sala de máquinas. En uno y otro caso, los artilleros tuvieron la precaución de no apuntar cerca de los depósitos gigantes que contenían el mortífero propano.

Kanai se echó de bruces en la cubierta mientras los proyectiles de veinticinco milímetros acribillaban el puente, perforaban las ventanas y atravesaban el tablero de mandos. El mercenario que estaba al timón murió al instante, una de las dos víctimas mortales con que se saldó el inesperado ataque. Despreciando el fuego enemigo, Kanai levantó el brazo, cogió la radio del tablero del puente y exclamó:

—¡Ahora! ¡Lanzad los misiles tierra-tierra!

Tumbado en la cubierta, miró hacia arriba por las ventanas rotas. Faltaba un kilómetro y medio para que el *Invader* cruzara el puente por debajo. También observó que la proa se desviaba ligeramente a estribor. La consola de navegación había quedado convertida en un colador; sus controles informatizados ya no podían impartir órdenes al timón.

Se puso en contacto con la sala de máquinas.

—Informe de daños.

El jefe de máquinas, que había desempeñado la misma función en varias operaciones secretas de la Marina, contestó con voz pausada:

—El fuego enemigo ha inutilizado el generador de babor, pero los motores están intactos. Aquí abajo hay un muerto y un herido grave. Los proyectiles entran por el mamparo como el granizo en un golpe de viento; por suerte, cuando llegan a la maquinaria han perdido casi toda la fuerza, y así los daños se reducen al mínimo.

Kanai vio que el buque empezaba a salirse del canal y dirigirse hacia una boya.

—Nos han destrozado los controles del puente. Gobierna tú el barco desde abajo. O haces que recupere el rumbo, o chocaremos con un arco del puente. Mantén el rumbo fijo hasta nueva orden.

Se arrastró por el ala del puente, y al asomarse y mirar hacia abajo vio a uno de los Vipers apoyado en la borda de estribor, lanzando misiles a bocajarro contra la proa del *Timothy Firme*. El primero de ellos atravesó la fina cubierta, cruzó el casco y explotó en el agua. El otro estalló contra un mamparo y provocó una lluvia de acero que barrió la cubierta y abatió a los artilleros del Bushmaster de veinticinco milímetros. Los trozos del arma saltaron por los aires como hojas quemándose.

Acto seguido, en el lado opuesto del *Mongol Invader*, otro misil silbó en el aire y se introdujo por la chimenea del *William Shea*. Fue como un mazazo que hizo que el barco se escorase diez grados, al mismo tiempo que provocaba un diluvio de escombros y una negra y densa humareda. A proa, sin embargo, el Bushmaster de veinticinco milímetros seguía acribillando el casco alrededor de la sala de máquinas del *Mongol Invader*.

Otro misil se estrelló contra el *Timothy Firme*, cuyo casco tembló y de cuya popa salieron llamas. Momentos después recibía el tercer misil en plena estructura superior, por debajo del puente. La explosión hizo llover trozos de acero por toda la parte delantera del barco. A diferencia de la mayoría de las embarcaciones de la Marina, las de la Guardia Costera no estaban acorazadas, y salieron malparadas del ataque. La mitad de los oficiales estaban tirados por el puente. El barco perdió velocidad y empezó a rezagarse del buque de gas natural hasta quedar a la deriva con dos focos de incendio, humo en abundancia y, en general, daños muy graves. Mientras tanto seguían las explosiones, que, haciendo temblar repetidamente a ambos barcos, llenaron el cielo de columnas de humo y llamas.

Kanai había conseguido la ventaja táctica.

Contento del cariz favorable que estaba tomando la batalla, echó un vistazo a popa y vio a los dos barcos de la Guardia Costera a la deriva y reducidos prácticamente a chatarra. La superficie del mar había quedado libre de peligros.

Aunque los helicópteros de la policía estuvieran a raya, Kanai era consciente de que aún no tenía el camino despejado. Pese a la proximidad del puente Verrazano, previó que el principal responsable de la operación recurriría a cazas antes de que el barco se hubiera puesto relativamente a salvo por debajo, y más allá, del puente.

Dover se examinó las heridas. Le sangraba el hombro izquierdo y un lado de la cabeza a causa de los cortes producidos por la metralla. Al tocarse la oreja descubrió que la tenía colgando de un trozo de carne. Entonces, más por frustración que por dolor, se la arrancó y se la metió en el bolsillo, pensando que ya se la coserían. Cruzó el puente de mando esquivando los destrozos. La cubierta estaba sembrada de muertos y heridos. Pensó abstraídamente que unos hombres tan jóvenes no se merecían acabar así. No estaban en guerra con ninguna potencia enemiga, sino enfrascados en una batalla por razones de economía interna; y le parecía absurdo, incomprensible, que esa batalla costara tantas vidas.

Los dos barcos habían sido blanco fácil para un mínimo de cuatro sistemas portátiles de lanzamiento de misiles teledirigidos, de los que se llevaban al hombro. Dover percibió que la velocidad del barco en que iba cada vez era menor. El *William Shea* había sufrido daños graves por debajo de la línea de flotación, y empezaba a hundirse.

En cuanto al estado del *Timothy Firme*, no podía evaluarse porque se interponía el *Mongol Invader*, pero el almirante Dover dio por sentado lo peor y ordenó al único oficial que quedaba en pie en el *Firme* poner rumbo a la costa y dejarlo varado. La lucha de la Guardia Costera contra aquel barco de pesadilla había llegado a su fin.

La última carta, pensó con ánimo sombrío; y, apretando la radio en una mano, dio la orden de que intervinieran los tres cazas

F-16C de la Guardia Aérea Nacional, que ya estaban en formación dando vueltas sobre el mar a pocos kilómetros. Tuvo el reflejo de agacharse en el momento en que un misil salía del buque de gas natural, parpadeaba frente a la cabina y explotaba en el agua a un centenar de metros, sin causar ningún daño. Luego se puso de cuclillas y se asomó por la borda, mirando hacia arriba.

Cambió la frecuencia de la radio y dijo con claridad:

—Escuadra Azul, Escuadra Azul, aquí Flota Roja. Si me oyen, y me entienden, ataquen el buque de gas natural. Repito: ataquen el buque. ¡Pero sobre todo no disparen contra los depósitos de propano!

—Recibido, Flota Roja —respondió el jefe de la escuadra—. Concentraremos el fuego en la estructura superior de popa.

—Procuren darle a la sala de máquinas, debajo de la chimenea —ordenó Dover—. Hagan todo lo posible para detener el barco cuanto antes y sin prenderle fuego al gas.

—Recibido, Flota Roja. Iniciamos el ataque.

El jefe de la Escuadra Azul hizo que los otros dos cazas se adelantaran con quinientos metros de separación, mientras él daba vueltas a fin de seguir el desarrollo del ataque e intervenir si los dos primeros aviones erraban el blanco. Temía que, pecando de excesiva precaución, sus pilotos dispararan demasiado a popa, lo más lejos posible de los tanques, y por culpa de ello no le dieran al buque; temores infundados, como estaba a punto de demostrarse.

El primer piloto ladeó el avión e inició un descenso casi en barrena. Mientras fijaba la trayectoria del caza directamente hacia la sala de máquinas de las entrañas del *Invader*, bajo la gran chimenea, estableció la de los misiles para que se estrellaran en el buque, que empezaba a quedar oculto por el humo del incendio de los barcos de la Guardia Costera; pero, décimas de segundos antes de que pudiera pulsar el botón de disparo, un misil tierra-aire despegó del buque de gas natural y redujo el F-16 a una pira gigantesca que estalló como un cohete de pirotecnia. Pareció que flotaba unos segundos, pero ya no era un caza, sino chatarra en llamas, algo destrozado que empezó a caer deshecho en mil pedazos, hasta zambullirse en el mar.

—¡Aléjate! —gritó el jefe al segundo avión.

—¡Demasiado tarde! —se oyó contestar al piloto—. He puesto el...

Fue lo último que dijo. No quedaba margen para maniobras de huida, ni forma de desviarse de la caída en barrena. No había, en suma, tiempo de reaccionar. Un lanzador escupió otro misil, y el caza quedó convertido en otra bola de fuego, que de nuevo pareció flotar antes de caer en los brazos abiertos de un mar indiferente, a menos de cien metros de donde lo había hecho el primer F-16.

El jefe de la escuadra no daba crédito a lo que acababa de ver: dos de sus mejores amigos, pilotos de la Guardia Nacional que habían respondido a la emergencia —ambos empresarios de profesión, y padres de familia—, incinerados en un abrir y cerrar de ojos, con pocos segundos de diferencia; dos hombres que ahora yacían junto con los restos de sus aparatos en el fondo de la entrada del puerto de Nueva York. Estaba tan afectado que no se consideró en condiciones de pasar al ataque y, alejándose de aquel panorama de destrucción y muerte, emprendió el regreso a Long Island, a la base aérea de la Guardia Nacional.

La fulminante caída de los dos aparatos sumió a Dover en el estupor. Comprendió enseguida lo que significaba, y como él toda la tripulación de los barcos de la Guardia Costera, las lanchas de rescate y los helicópteros. La pérdida de los pilotos era una tragedia, pero el hecho de que hubieran fracasado en su misión de detener al buque de gas natural antes de que accediera a la parte alta del puerto era otra cosa, era el preludio de un desastre.

De repente, la sorpresa le dejó estupefacto al ver que una de las lanchas de rescate de la Guardia Costera, de quince metros de eslora, se lanzaba sin previo aviso y a toda velocidad hacia la popa del *Mongol Invader*. Mientras la tripulación se lanzaba por la borda con las manos en el cuello de sus chalecos salvavidas, el capitán mantuvo el timón aferrado y el rumbo fijo hacia el enorme buque.

—Un suicidio —se admiró Dover—. Un suicidio puro y duro, pero que Dios le bendiga.

La respuesta del *Invader* fue abrir fuego de bajo calibre. Como un enjambre de avispas, la nube de balas envolvió la lancha y silbó en torno al joven que manejaba el timón. Alrededor del fino casco de fibra de vidrio pareció que no quedaba ni un centímetro cuadrado de agua sin agitar. Se vio que el timonel se secaba los ojos salpicados de agua con una mano, mientras con la otra sujetaba férreamente el timón. La brisa matinal tensaba al máximo la pequeña enseña roja, blanca y azul.

Al ver estrellarse los dos cazas, muchos conductores habían dejado los coches aparcados en el puente. Una gran multitud se agolpaba en la barandilla, asistiendo al drama. La lancha de rescate se había convertido en el centro de todas las miradas, incluidas las de la tripulación de los helicópteros supervivientes. Y todos rezaban por que el capitán de la lancha saltara por la borda antes del choque.

—Un desafío glorioso —murmuró Dover para sus adentros—. ¡Ya estás bastante cerca! —exclamó, sabiendo que no le oía—. ¡Salta!

No pudo ser. Justo cuando el capitán parecía a punto de saltar de la cabina, le alcanzó en el pecho una lluvia de balas y cayó de espaldas en la cubierta. Ante la mirada de mil personas en trance, el barco, con un ensordecedor ruido de motores y una nube de espuma en las hélices, se estrelló contra el gran timón de babor del buque de gas natural.

No hubo explosión, humareda ni llamas. Al chocar con el voluminoso timón de acero, la insignificante lancha se desintegró. La única manifestación visible del impacto fue una nubecilla de polvo y escombros que cayó en el agua. El buque, gigantesco y amenazador, prosiguió su rumbo como un elefante que no siente la picadura de un mosquito.

Dover hizo el esfuerzo de erguirse, sin hacer caso de la sangre que le caía sobre el zapato a causa de otra herida de metralla en el tobillo derecho, y vio que el buque no había sufrido ningún desperfecto. Su proa estaba a pocos metros de la vertical del puente.

—¡Por favor, que no se nos escape justo ahora! —murmuró, consumido por el miedo y la rabia—. Si llega al puente, que Dios nos coja a todos confesados.

Nada más salir de su boca estas palabras, algo explotó bajo el agua, bajo la popa del *Mongol Invader*, y Dover vio con incredulidad que la proa del gigantesco barco se desviaba lenta pero inexorablemente a babor, apartándose del puente. Al principio el movimiento era lento, pero fue ganando velocidad.

51

—Este pedazo de buque transportador de gas es como ocho embarazadas acostadas en fila en un balneario —dijo Jimmy Flett ante el timón del tablero de mandos, mientras acortaban distancias respecto al *Mongol Invader*.

—Un helicóptero, dos barcos y dos F-16 reducidos a chatarra en veinte minutos —murmuró Giordino observando los restos que flotaban por las olas, dispersados entre las lanchas—. Aún es más peligroso que feo. Y mira que es feo, ¿eh?

—Ya no lo frenarán —dijo Pitt, usando los prismáticos para seguir al buque en su obstinado rumbo hacia Manhattan, donde tenía cita con una pesadilla de destrucción.

—Está a unos veinte metros del puente —calculó Flett—. Tenemos el tiempo justo para adelantarlo, sumergirnos y hacer volar las hélices y los timones.

Giordino consideró que era una tarea arriesgada.

—Solo podremos hacer una pasada. Como fallemos, no podremos dar la vuelta y repetir el ataque. Va demasiado deprisa. En lo que tardásemos en salir a la superficie, adelantarlo y hacer otra inmersión, ya haría un buen rato que habría cruzado el puente.

Pitt le miró con una sonrisa que dejaba sus dientes a la vista.

—Pues tendremos que acertar a la primera. ¡Digo yo!

El *Coral Wanderer* resbalaba por las olas como un canto rodado salido de las manos de un as del béisbol. Pitt desplazó el punto de mira de los prismáticos hacia los barcos incendiados de la Guardia Costera. El *William Shea* se acercaba gradualmente a la costa de Brooklyn. El *Timothy Firme* se escoraba y se hundía por la popa. En cuanto a las lanchas de rescate, habían formado un círculo alrededor de los dos barcos para aportar refuerzos al control del fuego. Lo mismo habían hecho las lanchas de bomberos, cuyas mangueras arrojaban agua a las partes incendiadas de los barcos. Pitt pensó que en aquella cacería los sabuesos no estaban a la altura del oso, y lamentó profundamente que no hubieran podido llegar antes para paliar los estragos.

El optimismo de su respuesta a Giordino había sido un arranque de presuntuosidad, desmentido en lo más hondo por el terrible miedo al fracaso. Pitt estaba decidido a frenar al *Mongol Invader* e impedir que penetrase en la parte alta del puerto, aunque significara jugarse la vida los tres, él, Giordino y Flett.

Ya era demasiado tarde para echarse atrás. A popa, muy a popa quedaban los temores y las dudas. Pitt tenía la seguridad, muy meditada, de que Kanai iba a bordo del buque. Tenían cuentas que saldar, y la furia empezaba a dominarle.

Al observar el puente de mando del *Invader*, destrozado por los proyectiles, no vio moverse a nadie dentro. La parte del casco de debajo de la chimenea tenía más agujeros que un colador, pero eran pequeños, y todo indicaba que los daños eran de poca consideración.

Parecía que el *Coral Wanderer* tardara una eternidad en acortar distancias. A doscientos metros de la popa del buque de gas natural, Flett redujo la velocidad y activó las bombas de lastre. Entonces el lujoso submarino se sumergió bajo el agua a una velocidad insospechada, al menos para Pitt, y tras hacerlo con la misma suavidad que si estuviera guiado por una mano gigante, obedeció a la orden de Flett de alcanzar una velocidad superior a la prevista por sus constructores. En adelante no habría margen para errores.

Mientras Giordino se quedaba con Flett en el puente, Pitt bajó a la cabina principal y se dirigió a la proa, dotada de un ventanal de observación. Cuando estuvo cómodamente sentado en un sofá de ante, descolgó el teléfono que había en el apoyabrazos.

—¿Estamos conectados? —preguntó.

—Te oímos por el altavoz —contestó Giordino.

Flett leyó el indicador.

—Ya estamos a ciento cincuenta metros.

—La visibilidad es inferior a cuarenta —informó Pitt—. Estad muy pendientes del radar.

—Disponemos de una imagen informática del barco —dijo Giordino—. Ya te diré con qué parte del casco hemos entrado en contacto.

Transcurrieron tres agónicos minutos, mientras Flett iba anunciando la distancia.

—Cien metros —notificó a Pitt—. Empieza a verse la sombra en la superficie.

Pitt oía el rumor de los motores del *Mongol Invader* y sentía correr el agua por debajo de su quilla. Al clavar la mirada en la oscuridad verdosa, discernió a duras penas la espuma blanca que se deslizaba por el casco de la nave; y justo después aparecieron sus planchas diez metros por delante y tres por encima, dibujándose en el agua turbia.

—¡Ya lo tenemos! —exclamó.

Flett puso inmediatamente marcha atrás con las dos hélices, evitando que el *Wanderer* colisionase con el *Invader*.

—Jimmy, baja otros tres metros.

—Lo que tú digas —contestó Flett haciendo que el *Wanderer* se desplazara justo por debajo del lado de estribor del casco del *Mongol Invader*.

Para Pitt, sentado en la cabina de observación de proa, tenía mucho de fantasmagórico ver deslizarse el gigantesco casco por encima del submarino como un gran monstruo mecánico sin voluntad propia. El ritmo de las hélices era como un latir lejano, pero tardó poco en adquirir la intensidad del ruido de una trilladora. Se fijó en algo, un objeto de gran tamaño que sobresalía del casco cerca de la quilla, pero lo perdió enseguida de vista.

Pitt era una prolongación de los ojos de Flett. Cuando aparecieran las grandes hélices de bronce, solo él podría tomar y anunciar la decisión en fracciones de segundo. El movimiento del gran buque por el agua dificultaba todavía más la visibilidad. Bajó del sofá, se echó en la moqueta con la cara a uno o dos centímetros del ventanal de observación y aguzó la vista para ver a través de la cortina de espuma y agua verde, y reconocer la carga explosiva magnética del final de la verga de la proa del *Wanderer*, pero el agua se movía demasiado para verla claramente.

—¿Preparado, Jimmy?

—Cuando tú digas —respondió Flett con una voz sólida como una roca.

—Deberías ver la hélice de estribor solo tres segundos después de que la vea aparecer yo desde la proa.

No dijeron nada más. En un ambiente cada vez más tenso, y con el cerebro y el cuerpo tensos como cuerdas de banjo, Pitt se colocó el auricular a dos o tres centímetros escasos de la boca y lo estrechó con tal fuerza que los nudillos se le pusieron blancos. De pronto la cortina verde se abrió en una explosión de burbujas.

—¡Ahora! —dijo con toda su energía.

Reaccionando como un rayo, Flett aceleró hasta que notó una sacudida delante del barco. Entonces dio marcha atrás, rezando por haberlo cronometrado todo con la necesaria precisión.

Pitt, reducido a simple y vulnerable espectador, vio chocar la carga magnética con las planchas de acero del casco y quedarse prendida segundos antes de que Flett diera marcha atrás a la máxima velocidad. La voluminosa hélice, girando como un molino enloquecido, convertía en reluciente espuma el agua de la bahía.

Giordino y Flett, en el puente de mando, parecían hipnotizados por la visión de las poderosas palas acercándose a ellos. Durante breves instantes tuvieron la certeza de que no se apartarían a tiempo, de que las hélices triturarían el barco de lujo, y junto con él sus cuerpos, pero en los últimos segundos los motores diésel del *Coral Wanderer* rugieron y sus hélices mordieron el agua con feroz violencia. Entonces el submarino dio un respingo, justo cuando pasaban a su lado, a poco más de medio metro del ventanal de observación de proa, las hélices de quince metros de diámetro del buque de gas natural, haciendo que el yate se bamboleara como un árbol a merced de un huracán.

Tumbado en la cubierta, con el brazo en alto y la mano aferrada al pasamanos de una escalera de caracol, lo único que veía Pitt por el cristal era un impetuoso remolino de agua, al que se sumaba la ensordecedora palpitación de las palas al girar. A los treinta segundos escasos, el yate recuperó su estabilidad, las aguas se serenaron en la estela del *Mongol Invader* y el martilleo de las hélices empezó a desvanecerse.

—No sería mal momento, Al —dijo al levantarse.

—¿Tú crees que ya estamos bastante lejos?

—Si este barco está hecho para aguantar la presión del agua a trescientos metros, también aguantará la onda expansiva de una detonación a cien metros.

Giordino cogió con las dos manos un pequeño mando a distancia negro y accionó un minúsculo interruptor. Inmediatamente se oyó un golpe sordo, amplificado por la acústica del agua y seguido por una onda expansiva que, antes de pasar de largo, golpeó al *Coral Wanderer* con la fuerza de una ola de seis metros. Las aguas volvieron a quedar en calma.

Pitt asomó la cabeza por la escalera.

—Sube, Jimmy. Vamos a ver si hemos hecho algo bueno. —Miró a Giordino—. En cuanto hayamos salido a la superficie, hay que montar otra carga rápidamente.

El almirante Dover, que no se explicaba la causa de la sorda explosión submarina, sintió un intensísimo y repentino alivio al ver que el *Mongol Invader* se desviaba del canal y viraba en redondo. No podía saber que los responsables eran Pitt y Giordino, a bordo de un submarino. En el *William Shea*, con la excepción de los heridos, la tripulación estaba demasiado ocupada para haberse fijado en la peculiar embarcación justo antes de que se sumergiera y colocara una carga magnética de explosivos a muy poca distancia de la hélice de estribor del *Mongol Invader*. El estallido había abierto un boquete de dos metros y medio en el casco, por debajo de la base del eje de la hélice, partiéndola en dos. El soporte del timón, dañado previamente por la heroica acción suicida del capitán de la Guardia Costera, se había torcido a babor en un ángulo de cuarenta y cinco grados.

Mientras la hélice se curvaba hacia abajo, sostenida en precario gracias a lo poco que quedaba del eje, dentro del compartimiento de la maquinaria el gran motor triplicó sus revoluciones por minuto en cuestión de segundos, descontrolándose, y el jefe de máquinas sudó lo suyo para desconectarlo.

Con la hélice de babor girando todavía a su máxima velocidad y la de estribor gravemente dañada, la proa del barco se orientó con lentitud en dirección a Staten Island, emprendiendo un nuevo rumbo en sentido contrario que devolvería el buque a mar abierto o bien lo haría navegar en círculos.

Dover pensó que se había evitado lo más grave de la catástrofe. Quedaba, sin embargo, una pregunta en pie: ¿cumpliría sus planes el loco que capitaneaba el buque de gas natural? ¿Lo volaría, consciente de que aún se podían causar muchas víctimas mortales y pérdidas por valor de miles de millones de dólares?

Después de su derrota, Dover se había concienciado de que la catástrofe era inevitable, pero ahora que se había producido el milagro —¡y de qué modo tan inesperado!— rezó para que aún fuera posible evitarla.

Si grande fue la sorpresa del almirante Dover al ver que el buque invertía el rumbo bruscamente, la de Omo Kanai le abocó a la más absoluta confusión. Pese a haber sentido, y oído, la explosión bajo la popa del *Mongol Invader*, no le había dado importancia, puesto que no había barcos ni aviones que se atrevieran a atacarle en treinta kilómetros a la redonda. Cuando el barco emprendió el inesperado cambio de rumbo, Kanai dio un grito hacia la sala de máquinas.

—¡Corregid el rumbo! ¿No veis que estamos girando?

—Es que ha habido una explosión y nos ha dejado sin hélice de estribor —contestó el jefe de máquinas con un tono de evidente nerviosismo—. En el tiempo que he tardado en apagar el motor de babor, la hélice nos ha hecho dar la vuelta.

—¡Compénsalo con los timones! —le ordenó Kanai.

—Imposible. Antes ha chocado algo con el de babor, no sé si los restos de algún barco, y como lo ha torcido aún es más difícil controlar el giro.

—¿Qué quieres decir? —preguntó Kanai, que por primera vez empezaba a perder la compostura.

El tono de la respuesta fue de una gran inexpresividad.

—Que o seguimos dando vueltas, o frenamos del todo y nos quedamos a la deriva. La verdad es que no podemos ir a ninguna parte.

Era el final, pero Kanai se negaba a aceptar la derrota.

—Estamos demasiado cerca para renunciar. Cuando hayamos cruzado el puente, ya no habrá nada que nos pare.

—Te digo que con el timón de estribor torcido cuarenta y cinco grados a babor, y con la hélice de estribor inutilizada y con el eje roto, cuanto antes salgamos de esta lata de gas mejor para nosotros.

Comprendiendo que era inútil prolongar la discusión, Kanai miró hacia arriba, hacia el puente colgante. Casi lo tenían encima, pero empezaba a alejarse. Menos de cien metros habían mediado entre el éxito y el fracaso, antes de que el *Mongol Invader* se hubiera visto desviado por la misteriosa explosión. Después de haber estado tan cerca, y con todo en contra… Le pareció imposible que le hubieran arrebatado la victoria cuando estaba a punto de tocarla con los dedos.

Fue al mirar el agua cuando reparó que en la estela del *Mongol Invader* había una especie de yate privado, y pensó: Este barco no es normal. Estuvo a punto de darle la espalda, pero de repente se fijó y lo entendió todo. En un momento de rabia, vio que el yate se hundía entre las olas.

—Vale, Jimmy —le dijo Pitt al capitán del yate submarino—. Ya le hemos hecho dar la vuelta. Ahora, a mandar a pique los depósitos de gas.

—¡Espero que no desactiven las cargas, los muy desgraciados! —dijo Flett manipulando los controles para estabilizar el *Coral Wanderer* a diez metros y volver a acercarse al buque.

La rubicunda faz del viejo marinero no delataba la menor vacilación. Al contrario: parecía divertirse por primera vez en mucho tiempo.

El *Wanderer* se deslizaba bajo el agua como un pez. Ahora que parecía más lejana la posibilidad de que su valioso barco sufriera daños, Flett estaba más relajado. Concentró la mirada en la pantalla del radar y el GPS, para no desviarse del rumbo hacia el *Invader*.

—¿Dónde quieres que le demos? —preguntó a Pitt.

—Debajo de la sala de máquinas, en el lado de babor de la popa, y con cuidado de no provocar una explosión en el casco debajo de alguno de los tanques. Si ponemos una carga demasiado a proa, todo el barco podría saltar por los aires y no dejar nada en pie en un radio de tres kilómetros.

—¿Y la tercera carga, la última?

—En la misma zona, pero en el lado de estribor. Si conseguimos hacerle dos boquetes grandes en el casco, debería irse a pique enseguida, porque tiene poco calado.

El siguiente en hablar fue Giordino, que lucía una extraña cara de satisfacción.

—Ahora que no tenemos que competir con ninguna hélice, esta pasada, comparada con la de antes, debería ser pan comido.

—No te adelantes a los acontecimientos —replicó, como había hecho en otras ocasiones, Pitt—. Piensa que a esto aún le queda mucha cuerda.

52

—Como escribió John Milton Hay, «el más afortunado es el que reconoce el momento de irse a casa» —citó Jimmy Flett en el momento en que un misil lanzado por el *Mongol Invader* estuvo a punto de rozar la cabina de mando durante el proceso de inmersión y explotó al chocar con el agua a menos de treinta metros de la popa del *Coral Wanderer*—. Quizá debiéramos haber seguido su consejo.

—Está claro que van a por nosotros —dijo Pitt.

—Ahora que han descubierto que somos los que les han averiado el barco, deben de estar subiéndose por las paredes —comentó Giordino, burlón.

—No parece que se mueva.

—Pues si las ratas de su tripulación están abandonando el barco —dijo Giordino mientras el agua iba cubriendo el cristal—, yo no veo que bajen ningún bote.

En cuanto el agua se cerró sobre el techo de la cabina y el *Coral Wanderer* se volvió invisible para los ocupantes del buque de gas natural, Flett aumentó al máximo la velocidad de inmersión y viró bruscamente a estribor. Nada más oportuno, ya que justo entonces el submarino de lujo sufrió la sacudida de otra detonación, la de un nuevo misil que había explotado casi en el mismo punto de la superficie donde, de no ser por la rápida maniobra de Flett, habrían estado ellos.

Flett enderezó el rumbo y lanzó al yate directamente hacia el casco de babor del buque inutilizado. A los pocos segundos estalló otro misil, pero más lejos. Los Vipers habían perdido la última oportunidad de destruir a sus verdugos. Ahora el *Wanderer* estaba bajo el agua, donde no se le podía ver desde el barco. La leve estela que dejaban sus hélices apenas era visible en la superficie.

Pitt volvió al ventanal de observación de proa, a fin de reanudar la vigilancia. Ahora que el buque estaba al pairo, la segunda pasada carecería de la complejidad y el riesgo de la primera. La tripulación de los Vipers debía de estar preparándose para la huida, pensó. Pero ¿dónde? No estaban echando ningún bote al agua, y a nado no podían irse, eso seguro... De repente se acordó de algo que había visto.

No era el momento de sopesar factores. Debía concentrarse con toda su materia gris, enfocar la vista y estar preparado para volver a avisar a Flett. De repente el casco del coloso irrumpió ante el cristal. Esta vez fue más fácil. Flett no acortó distancias tan deprisa como antes. Se acercaban a un barco que no se movía, no había que esquivar sus hélices.

Pasó un minuto, pasaron dos, y Pitt vio que el casco ocupaba todo el ventanal.

—Ya lo tenemos delante, Jimmy.

Flett redujo la velocidad de los motores con mano experta y adoptó un rumbo paralelo al casco. Primero, en una exhibición de su pericia como marino, dejó una distancia de menos de dos metros entre el submarino y el buque de gas natural, y a continuación incrementó la velocidad mientras se dirigían a la parte de la popa que albergaba la sala de máquinas.

La carga magnética hizo un ruido metálico al adherirse al casco. El submarino de lujo se apartó con rapidez. Cuando estuvieron a una distancia segura, Giordino sonrió.

—Venga, otra vez, con entusiasmo.

Y pulsó el detonador. De nuevo el agua se vio recorrida por un sordo estallido y el *Wanderer* capeó la onda expansiva.

—Eso sí que es el golpe de gracia —dijo Flett—. Con estos explosivos tan modernos que habéis traído, debe de tener un agujero más grande que el que pudiera haber hecho cualquier torpedo.

Pitt subió a la cabina de mando.

—Jimmy, supongo que el barco tiene cámara de salvamento.

Flett asintió con la cabeza.

—Sí, claro, como todas las embarcaciones comerciales submarinas. Es un requisito del derecho marítimo internacional.

—¿Llevas equipo de submarinismo?

—Sí —dijo Flett—. Hay cuatro juegos para los pasajeros que quieran salir a bucear cuando el barco esté en servicio.

Pitt miró a Giordino.

—¿Qué, Al, nos damos un baño?

—Estaba a punto de proponértelo —dijo Giordino como si le apeteciera—. Es mejor recargar la verga debajo del agua que arriesgarse a que nos metan un misil por la boca.

No perdieron el tiempo en enfundarse los trajes. Decidieron que cada minuto era crucial y que, teniendo en cuenta lo que tardarían en colocar la tercera carga en la punta, podían aguantar el frío de bucear en calzoncillos. Después de salir por la cámara estanca, que tenía espacio para dos personas, colocaron el explosivo y volvieron al barco en menos de siete minutos, entumecidos por los dieciocho grados de temperatura del agua.

En cuanto estuvieron en la cámara estanca, Flett preparó al *Coral Wanderer* para su último ataque. Antes de que Pitt y Giordino hubieran subido a la cabina de mando, la carga ya estaba adherida al casco y el submarino ya retrocedía.

Pitt le puso una mano en el hombro.

—Muy bien, Jimmy.

Flett sonrió.

—Es que yo no pierdo el tiempo.

Giordino se secó con una toalla y se sentó, en calzoncillos, en una silla, pero antes de vestirse cogió el mando a distancia del explosivo y, por indicación de Flett, accionó el pequeño interruptor que detonaba la carga, practicando otro gran agujero en la popa del *Mongol Invader*.

—¿Nos atrevemos a salir a la superficie para ver lo bien que lo hemos hecho? —le preguntó Flett a Pitt.

—Todavía no. Quiero averiguar algo.

En el momento en el que la segunda carga abría otro boquete en el casco del buque de gas natural, el puente de mando sufrió una sacudida. Parecía que la explosión se hubiera producido justo debajo de los pies de Kanai. La estructura superior de popa tembló por la detonación. Los que observaban el barco desde la orilla, en los barcos y en el puente vieron con claridad que su proa empezaba a levantarse.

Hasta entonces Kanai había barajado la posibilidad de remontar los efectos de la primera explosión y, sin saber muy bien cómo, volver a dirigir el barco hacia los Narrows, pero se engañaba. La siguiente explosión decidió la suerte del buque. El *Mongol Invader* se iría a pique en los sesenta metros de profundidad de la parte baja de la bahía. Se sentó en la butaca del capitán y se limpió la sangre que le caía sobre los ojos, a causa del profundo corte que un trozo de cristal le había hecho en la frente.

Ya hacía unos minutos que no se oía el sonido del motor. Kanai se preguntó si el jefe de máquinas y sus hombres habrían huido de la sala antes de que las dos explosiones la llenasen con un chorro de varias toneladas de agua. Miró el puente, que estaba como si una muchedumbre enloquecida lo hubiera dejado patas arriba. Aplicándose una toalla en la frente, se acercó a un armario, abrió la puerta y contempló un tablero de interruptores. Con el cerebro embotado, puso el temporizador en veinte minutos sin tener en cuenta la posibilidad de que el barco se hundiera antes de la explosión de las cargas colocadas bajo los gigantescos depósitos. Luego puso el interruptor de detonación en posición de encendido.

Apareció alguien por la escalera exterior. Era Harmon Kerry. Sangraba por una docena de heridas, pero no parecía consciente de ello. Tenía los ojos vidriosos y respiraba con dificultad, como si hubiera hecho un gran esfuerzo. Se apoyó en el tablero de mandos para recuperarla.

—¿No has cogido el ascensor? —preguntó Kanai por pura curiosidad, como si el desorden circundante no fuera con él.

—Estaba estropeado —dijo Kerry, jadeante—. He tenido que subir diez tramos de escalera a pie. Una bala había arrancado un cable de la polea, pero lo he arreglado. Yo creo que, si nos lo tomamos con calma, nos llevará a la cubierta inferior.

—Deberías haber ido directamente al submarino.

—No pienso abandonar el barco sin ti.

—Te agradezco tu lealtad.

—¿Has preparado las cargas?

—Explotarán en veinte minutos.

—Pues tendremos suerte si no nos pilla demasiado cerca —dijo Kerry, reconociendo la angustia de la derrota en el perfil de Kanai. Parecía que le hubieran timado en una partida de póquer—. Más vale que nos demos prisa.

De repente el barco dio un bandazo y la cubierta se inclinó hacia atrás.

—¿Ya está todo el mundo preparado? —preguntó Kanai.

—Que yo sepa, todos han abandonado sus puestos para bajar al submarino.

Kanai echó un último vistazo a los cadáveres. Había un herido que aún respiraba, pero, dándole prácticamente por muerto, pasó por encima de él para ir al ascensor. Antes de entrar miró por última vez el tablero de mandos donde estaba el temporizador de la carga explosiva, cuyos números rojos habían iniciado la cuenta atrás. Al menos la misión no había fracasado del todo. Mejor algunos muertos y destrozos que ninguno, pensó perversamente.

Después de cerrarse las puertas, Kerry pulsó el botón de la cubierta inferior esperando que todo saliera bien. El ascensor bajó lentamente, entre temblores y sacudidas, pero bajó. Llegaron sanos y salvos al final del recorrido, en el pantoque, justo encima de la quilla.

Al llegar a la escotilla del submarino de emergencia, unido al casco por una selladura hermética, el agua ya les llegaba a las rodillas y tenían que inclinarse para compensar el ángulo cada vez más pronunciado de la popa al hundirse.

Les esperaba el jefe de máquinas, embadurnado de sudor y aceite.

—¡Rápido, o el submarino se inundará! El barco se está hundiendo muy deprisa.

Kanai fue el último en cruzar la escotilla y meterse en la cabina principal de pasajeros. Las dos hileras de asientos enfrentados estaban ocupados por seis hombres, tres de ellos heridos. Eran los únicos supervivientes del equipo de los Vipers.

Tras ajustar la escotilla, Kanai pasó a la cabina de mando. Le acompañaba el jefe de máquinas, que se sentó a su lado y accionó los interruptores de las baterías.

Arriba se oían los crujidos y silbidos del *Mongol Invader*, sus protestas contra la tensión que estaba elevándole la proa. Era cuestión de minutos que se fuera a pique con la popa por delante.

Cuando Kanai estaba a punto de poner en marcha los motores de propulsión, miró por el cristal en forma de burbuja y vio acercarse una singular embarcación por el agua turbia. Al principio la tomó por un yate privado hundido en la refriega, pero luego se dio cuenta de que era el mismo barco que había visto sumergirse hacía unos instantes. Cuando lo tuvo más cerca, vio que le salía de la proa una larga verga metálica. Tardó demasiado en descubrir el objetivo de la misteriosa embarcación.

El yate se lanzó contra ellos hasta que su verga metálica se clavó en el mecanismo que sujetaba al submarino de emergencia a la base del casco del buque de gas natural, atascando las clavijas de expulsión. Entonces la cara de Kanai adquirió la rigidez de una máscara mortuoria. De nada sirvió que accionara frenéticamente el mecanismo de desprendimiento. No respondía. No había manera de que las clavijas salieran de las ranuras y liberasen al submarino de su soporte, adherido a la base del casco.

¿Por qué no nos soltamos? —exclamó el jefe de máquinas, al borde del pánico—. ¡Date prisa, maldita sea, que se nos va a hundir el barco encima!

Mientras tiraba febrilmente, con todas sus fuerzas, de la manija del mecanismo de desprendimiento, Kanai clavó la vista en el abismo verde y en el submarino que flotaba justo detrás del borde curvo del casco. Cuál no sería su horror al reconocer, tras el ventanal de observación, al hombre que estaba sentado en la proa. El efecto de lente del agua le permitió distinguir los ojos verdes, el pelo negro y la sonrisa malvada.

—¡Pitt! —dijo en un grito sofocado.

Pitt observaba a Kanai con una curiosidad morbosa. La popa del buque de gas natural chocó en un ángulo cerrado con el fondo del mar, provocando un gran estruendo y una enorme nube de limo. El resto del casco empezó a aposentarse lentamente, hasta que el submarino de emergencia quedó a pocos metros de verse sepultado en el limo a causa del peso colosal que tenía encima.

En el rostro de Kanai, el pavor dio paso repentinamente a una ira ciega; mientras el casco empezaba a presionar al submarino contra el limo, amenazó a Pitt con el puño. Pitt tenía el tiempo justo para responder. Ensanchó los labios hasta sonreír de oreja a oreja y enseñar todos los dientes, e hizo un gesto de despedida con la mano en el momento en que Jimmy Flett desplazaba el *Coral Wanderer* a popa para no quedar atrapados también ellos por el gigantesco barco.

Entonces el submarino de emergencia, y todos los supervivientes del equipo de los Vipers, desaparecieron en un remolino de agua turbia, enterrados para toda la eternidad bajo los restos del *Mongol Invader*.

Kanai pereció aplastado en el terror de la negrura total, sin llegar a saber que los explosivos no habían detonado bajo los gigantescos tanques de propano. Murió sin saber que uno de los proyectiles disparados hacia el puente de mando del buque por los cañones de proa de veinticinco milímetros del barco de la Guardia Costera *Timothy Firme* había cortado el cable principal que conectaba los detonadores.

La heroica lucha de la Guardia Costera no había sido en vano.

QUINTA PARTE

CÍRCULO CERRADO

53

12 de agosto de 2003
Amiens, Francia

El Rolls-Royce plateado y verde rodaba majestuosamente silencioso por Amiens, al norte de París, en el valle del Somme. Mucho antes de la llegada de los romanos, ya existía un pueblo en el emplazamiento de la actual ciudad. La población y sus alrededores contaban con una larga tradición como campo de batalla: entre los celtas y las legiones romanas, durante las guerras napoleónicas, y por último en las dos guerras mundiales, en las que Amiens sufrió la ocupación alemana.

El Rolls-Royce pasó junto a la formidable catedral, iniciada en 1220 y concluida en 1270. Mezla de románico y gótico, sus muros engloban una fachada con rosetón, tres portales y dos torres gemelas. Poco después, el coche cruzó el río, sembrado de barcas que servían como puestos de fruta y verdura a los granjeros.

Saint Julien Perlmutter no viajaba con la chusma maloliente, como llamaba a la ciudadanía de a pie. Detestaba los aviones y los aeropuertos. Prefería viajar en barco y llevar consigo su hermoso Rolls-Royce Silver Dawn de 1955, así como a su chófer, Hugo Mulholland.

Abandonado ya el casco viejo de Amiens, Mulholland se metió por una estrecha carretera y, cuando llevaba recorrido un kilómetro y medio, frenó ante una verja de hierro flanqueada por altos muros con enredaderas. Pulsó un botón de un interfono y habló. Aunque no contestó nadie, la verja empezó a bascular con lentitud. Entonces Hugo se internó por un camino de grava que rodeaba la fachada de una mansión francesa.

Se apeó del coche y le abrió la puerta a Perlmutter, que desplazó su gran volumen del asiento trasero y subió por los escalones que llevaban a la puerta principal, sacando mucho partido a un bastón. A los pocos momentos de haber tirado de la cadena de la campanilla, abrió la puerta —cuyos paneles de vidrio estaban decorados con veleros— un hombre alto y delgado cuya alargada y bien parecida cabeza estaba rematada por una cabellera blanca peinada hacia atrás. Miró a Perlmutter con sus ojos azules de expresión afable, y al tenderle la mano se inclinó con elegancia.

—Monsieur Perlmutter, soy Paul Hereoux.

—Doctor Hereoux —dijo Perlmutter mientras cubría la fina mano del francés con su gran zarpa carnosa—, hacía tiempo que esperaba el honor de conocer al respetado presidente de la Sociedad Julio Verne.

—El honrado soy yo, por acoger en casa del señor Verne a un historiador tan distinguido.

—Hermosa casa, en verdad.

Hereoux condujo a Perlmutter por un largo pasillo que desembocaba en una biblioteca de grandes dimensiones, dotada de más de diez mil volúmenes.

—Aquí está todo lo que escribió Verne, y lo que escribieron sobre él hasta su muerte. Las obras posteriores a esa fecha se encuentran en otra sala.

Perlmutter fingió estar impresionado. Aunque las dimensiones de la biblioteca se salieran de lo común, no dejaban de ser inferiores a un tercio de su colección de historia naval. Se acercó a una sección de carpetas con manuscritos, pero no tocó ninguno.

—¿Su material inédito?

—Es usted muy perspicaz. En efecto, son manuscritos que no terminó o que no le parecieron dignos de publicarse. —Hereoux señaló un sofá grande y muy mullido, situado ante un ventanal con vistas a un frondoso jardín—. Siéntese, por favor. ¿Le apetece un café, o un té?

—Café, si es tan amable.

Después de dar instrucciones por un intercomunicador, Hereoux se sentó frente a su invitado.

—Bueno, Saint Julien... ¿Me permites que te llame por tu nombre de pila?

—Por supuesto. Nos conocemos desde hace mucho tiempo, aunque acabemos de vernos las caras por primera vez.

—¿Y bien? ¿Cómo puedo ayudarte en tu investigación?

Perlmutter hizo girar el bastón en el espacio que dejaban sus rodillas.

—Me gustaría profundizar en las investigaciones de Verne sobre el capitán Nemo y el *Nautilus*.

—Te refieres a *Veinte mil leguas de viaje submarino*, claro.

—No, al capitán Nemo y a su submarino.

—Nemo y su submarino son sus máximas creaciones.

—¿Y si fueran algo más que creaciones?

Hereoux le miró.

—Lo siento, pero no te entiendo.

—Tengo un amigo convencido de que Verne no creó a Nemo desde cero. Sospecha que se inspiró en un modelo real.

Hereoux permaneció impasible, pero Perlmutter observó un ligero movimiento en sus ojos azules.

—Me temo que en relación a esa teoría no puedo ayudarte.

—¿No puedes o no quieres? —preguntó Perlmutter.

Casi era un insulto, pero lo acompañó con una sonrisa de condescendencia.

En la expresión de Hereoux se insinuó un matiz de desagrado.

—No eres el primero que viene aquí con una idea tan descabellada.

—Será ridícula, pero también es intrigante.

—¿Cómo puedo ayudarte, amigo mío?

—Dejándome investigar en el archivo.

Hereoux se relajó como si le hubieran repartido una escalera de color.

—Te ruego que consideres esta biblioteca como tuya.

—Tengo algo más que pedirte. ¿Me das permiso para que me ayude mi chófer? Es que ya no puedo subir a una escalera para alcanzar los libros de los últimos estantes.

—Naturalmente. No dudo que sea una persona de confianza; ahora bien, tendrás que responsabilizarte de cualquier contratiempo.

Discreta manera de referirse al deterioro o robo de los libros y los manuscritos, pensó Perlmutter.

—Eso no hace falta ni decirlo, Paul. Te prometo que tendremos el máximo cuidado.

—Pues nada, aquí te dejo. Si tienes alguna pregunta, estaré arriba, en mi despacho.

—Sí, tengo una.

—Tú dirás.

—¿Quién clasificó los libros de las estanterías?

Hereoux sonrió.

—El señor Verne, por supuesto. Todos los libros y los manuscritos están exactamente donde los dejó al morir. Desde entonces ha venido mucha gente a investigar, claro, como tú, y a todos les indico lo mismo: que dejen el material tal como lo han encontrado.

—¡Qué interesante! —dijo Perlmutter—. Igual que hace noventa y ocho años. Da que pensar.

En cuanto Hereoux cerró la puerta de la biblioteca, Mulholland miró a Perlmutter con semblante reflexivo y circunspecto.

—¿Se ha fijado en su reacción al insinuarle que Nemo y el *Nautilus* existieron?

—Sí, es verdad, le he visto un poco alterado. Me gustaría saber qué oculta, si es que oculta algo.

El chófer de Perlmutter, Hugo Mulholland, era un personaje taciturno, calvo y de ojos tristes.

—¿Ya ha pensado por dónde quiere empezar? —preguntó—. Lleva una hora sentado y mirando los libros sin coger ninguno.

—Paciencia, Hugo —repuso Perlmutter con dulzura—. Lo que buscamos no salta a la vista. Si no, hace tiempo que lo habrían descubierto otros investigadores.

—Por lo que he leído, Verne era un hombre complicado.

—No, complicado no, ni necesariamente brillante, pero sí imaginativo. ¿Sabes que es el fundador de la narrativa de ciencia ficción? La inventó él.

—¿Y H. G. Wells?

—*La máquina del tiempo* es treinta años posterior a *Cinco semanas en globo*, de Verne.

Perlmutter cambió de postura en el sofá y siguió observando las estanterías. Tenía una agudeza visual sorprendente para alguien de su edad. A los optometristas les costaba creerlo. Desde el centro de la sala era capaz de leer casi todos los títulos de los lomos, menos los que estaban demasiado gastados o tenían una letra muy pequeña. No se entretenía en los libros, ni en los manuscritos inéditos. Lo que le interesaba eran los cuadernos de notas, que no eran precisamente escasos.

—Conque sospecha que Verne escribió *Veinte mil leguas de viaje submarino* basándose en una idea previa... —dijo Mulholland, cogiendo una de las tazas de café que Hereoux había llevado a la biblioteca.

—A Verne le encantaba el mar. Había pasado su infancia en una ciudad portuaria, Nantes, y quiso escaparse de grumete en un pequeño velero, pero su padre le alcanzó en un vapor y se lo llevó a casa. Tenía un hermano en la marina, Paul, y nunca se cansaba de navegar. Cuando ya era un escritor de éxito, se compró varios yates y navegó por todos los mares de Europa. En su juventud escribió sobre un viaje que había hecho en el transatlántico más grande de la época, el *Great Eastern*. Tengo la acuciante sensación de que en aquella travesía ocurrió algo que le inspiró *Veinte mil leguas de viaje submarino*.

—Si hacia mil ochocientos sesenta existía un Nemo real, ¿de dónde sacó los conocimientos científicos para construir un submarino que se adelantaba cien años a su época?

—Es lo que quiero averiguar. El doctor Elmore Egan conocía la historia. El misterio es de dónde la sacó.

—¿Se sabe qué le ocurrió al capitán Nemo? —inquirió Mulholland.

—A los seis años de publicar *Veinte mil leguas de viaje submarino*, Verne escribió una novela, *La isla misteriosa*, en la que un grupo de náufragos se establecen en una isla desierta y sufren el acoso de unos piratas. Un benefactor desconocido, a quien nunca han visto, les deja víveres, aparte de matar a los piratas que atacaban el campamento. Hacia el final de la novela, los náufragos son conducidos a un túnel que desemboca en una cueva inundada, en el corazón del volcán de la isla, y encuentran el *Nautilus* y al capitán

Nemo, agonizante. Nemo les advierte que el volcán está a punto de entrar en erupción, y escapan a tiempo. La isla salta por los aires, y el capitán Nemo y su fabuloso invento quedan enterrados para siempre.

—¡Qué raro que Verne tardara tanto en escribir el final de la historia!

Perlmutter se encogió de hombros.

—A saber qué le pasaría por la cabeza. A menos que después de varios años recibiera la noticia de la muerte del auténtico Nemo...

Hugo giró en redondo y miró los millares de libros.

—Bueno, y ¿en qué montón de paja está la aguja?

—Los libros podemos descartarlos. Todo lo que se haya publicado ha estado a disposición de que lo lea cualquiera. Los manuscritos también; seguro que ya los han examinado todos los coleccionistas de material sobre Verne. Quedan los cuadernos de notas. Vuelve a pasar lo mismo: los habrán estudiado a fondo los investigadores.

—¿Entonces? —preguntó Mulholland.

—Entonces, falta buscar donde no haya buscado nadie —dijo Perlmutter, pensativo.

—¿O sea?

—Un hombre como Julio Verne no habría escondido sus secretos en ningún lugar obvio. Era como todos los buenos escritores de ficción: una persona retorcida y astuta. Tú, amigo Hugo, si quisieras esconder algo en una biblioteca para que no lo encontrara nadie en cien años, ¿qué sitio elegirías?

—Creo que ya hemos descartado todo lo que lleve algo impreso o escrito.

—¡Exacto! —saltó Perlmutter—. Un escondrijo que no forme parte de los libros ni de las estanterías.

—Un compartimiento secreto en la chimenea, por ejemplo —dijo Mulholland, fijándose en las piedras de debajo de la repisa—. Sería algo más permanente.

—Subestimas a Verne. Tenía una imaginación por encima de la media. En esa época, las historias de misterio estaban llenas de chimeneas con compartimientos secretos.

—¿Un mueble, o un cuadro?

—Los muebles y los cuadros no son permanentes. Se pueden mover o cambiar. Piensa en algo que dure.

Mulholland reflexionó, hasta que su rostro grave se iluminó y miró hacia abajo.

—¡El suelo!

—Aparta las alfombras y déjalas sobre el sofá —le indicó Perlmutter—. Examina con cuidado las rendijas entre las planchas. Busca muescas en las esquinas, como si hubiesen sido levantadas alguna vez.

Mulholland se pasó casi media hora a gatas. Cuando ya no le quedaba ni una sola plancha por inspeccionar, alzó la vista, sonrió y se sacó una moneda del bolsillo, que introdujo entre dos planchas para levantar una de ellas.

—¡Eureka! —exclamó, enfervorecido.

Llevado por el entusiasmo, Perlmutter depositó su corpachón en el suelo, se tumbó de costado y examinó la ranura de debajo de la plancha. Dentro había una bolsa de cuero. La cogió cuidadosamente con el pulgar y el índice y, tras levantarla con la máxima suavidad, se puso en pie —no sin una pequeña ayuda por parte de Mulholland— y volvió a hundirse en el sofá.

Casi con veneración, desató un cordón de terciopelo y abrió la bolsa, de la que extrajo un cuaderno de notas no mucho mayor que un fajo de postales, pero de siete u ocho centímetros de grosor. Después de soplar para quitar el polvo de la tapa, leyó en voz alta, traduciendo las palabras en francés de la cubierta.

—*Investigación sobre el ingenioso capitán Amherst*.

Empezó a leer con gran lentitud el texto, escrito en una caligrafía precisa cuya altura apenas rebasaba los tres milímetros. Como dominaba seis idiomas, no tuvo problemas para leer la narración de Verne sobre las aventuras de un genio británico de la ciencia llamado capitán Cameron Amherst.

Mientras sus ojos leían las palabras, su cerebro evocaba la imagen de aquel hombre sin par, a quien Verne había conocido y de quien había escrito la biografía. Dos horas más tarde, cerró el cuaderno y se apoyó pesadamente en el respaldo del sofá con la expresión de quien acaba de pedir en matrimonio a la mujer amada y de recibir un sí.

—¿Ha encontrado algo interesante? —preguntó Mulholland con curiosidad—. ¿Algo que no sepa nadie más?

—¿Te has fijado en el lazo de la bolsa?

Mulholland asintió con la cabeza.

—Sí, como máximo tendrá diez o doce años. Si el último en tocar la bolsa hubiera sido Verne, ya haría mucho tiempo que el cordón se habría deteriorado.

—Lo cual nos lleva a concluir que el doctor Hereoux conoce el secreto de Verne desde hace años.

—¿Qué secreto?

Perlmutter extravió la mirada durante varios segundos, y al hablar lo hizo con un hilo de voz, como si sus palabras llegaran de muy lejos.

—Pitt tenía razón.

Acto seguido cerró los ojos, emitió un largo suspiro y se quedó dormido.

54

Curtis Merlin Zale, que ya llevaba ocho horas de comparecencia ante la comisión del Congreso, consultaba a menudo su reloj de pulsera y cambiaba nerviosamente de postura en la silla. Ya no era el paradigma de confianza en sí mismo que se había presentado ante Loren Smith y el resto de la comisión. Su boca ya no dibujaba la sonrisa de suficiencia; ahora sus labios estaban tensos, muy apretados.

Ya hacía varias horas que el informe de Omo Kanai y las noticias sobre el desastre en Nueva York deberían haber llegado a la sala.

Mientras William August, congresista por Oklahoma, interrogaba a Zale acerca del aumento de precios de las refinerías de petróleo, Sandra Delage, vestida con un traje de chaqueta a medida, se acercó a su jefe por detrás y le dejó un papel en la mesa. Zale pidió permiso para leerlo por encima antes de contestar a August. De repente abrió mucho los ojos, y al mirar a Delage la vio tan seria como una empleada de pompas fúnebres. Entonces, tapando el micro con la mano, susurró varias preguntas, que ella contestó en voz demasiado baja para que la oyera ninguno de los presentes; luego dio media vuelta y se marchó.

Zale no se dejaba afectar por las derrotas, pero en ese momento parecía Napoleón después de Waterloo.

—Perdone—murmuró a August—, ¿podría repetir la pregunta?

Loren estaba cansada. La tarde ya tocaba a su fin, pero aún no era el momento de liberar a Zale de sus obligaciones. Sus ayudantes la habían mantenido informada sobre la intercepción del *Pacific*

Chimera y sobre la ausencia de cargas explosivas en el barco. En cuanto a la misión contra el *Mongol Invader*, solo había sabido de ella dos horas después. Llevaba desde las dos sin saber nada de Pitt ni de Sandecker, cuatro horas intentando controlar un miedo que podía más que ella.

Por si su nerviosismo fuera poco, lo agravaba la fría rabia que sentía al ver que Zale respondía estudiadamente a todas las preguntas sin titubear o alegar falta de memoria ni una sola vez. Los periodistas que cubrían el acto se estaban llevando la imagen de un hombre que lo tenía todo controlado y encauzaba la sesión en función de sus intereses.

Como se daba cuenta de que Zale también estaba cansado, Loren hacía un esfuerzo de paciencia. Su actitud era como la de una leona al acecho, esperando el momento de lanzarle a su rival los graves datos suministrados por Sally Morse. Así pues, sacó del maletín los papeles donde tenía apuntadas sus preguntas y acusaciones y aguardó pacientemente a que su colega August hubiera terminado su interrogatorio.

Justo entonces se fijó en que varias personas del público miraban fijamente algo a sus espaldas, al tiempo que se empezaban a oír murmullos en la sala. Alguien le puso una mano en el hombro, y al girarse no dio crédito a lo que vio: ni más ni menos que a Dirk Pitt, con los tejanos sucios y el suéter arrugado. Parecía cansadísimo, como si acabara de escalar una montaña; tenía el pelo enmarañado y barba de tres días. Un guardia de seguridad le sujetaba por el brazo para sacarle de la sala, pero Pitt le arrastraba como un tozudo san bernardo.

—¡Dirk! —susurró Loren—. ¿Qué haces tú aquí?

Pitt contestó sin mirarla, con una sonrisa insolente cuyo destinatario era Zale; habló por el micrófono de Loren, para que se le oyera en toda la sala.

—Hemos impedido que el buque de gas natural licuado explotara en el puerto de Nueva York. Ahora mismo, el barco está en el fondo del mar. Por favor, informen al señor Zale de que se ha hundido con todo el comando de los Vipers, y de que la señora Sally Morse, presidenta de Yukon Oil, ya puede declarar ante este comité sin miedo a represalias.

A continuación le rozó a Loren el cabello pelirrojo con un movimiento de la mano que podía interpretarse como accidental, y salió de la sala.

Los hombros de Loren se habían aligerado de un enorme peso.

—Señoras y señores —dijo—, se está haciendo tarde. Si nadie tiene inconveniente, preferiría posponer la sesión hasta mañana a las nueve, hora en que llamaré a declarar a un testigo de gran importancia que desvelará lo que se oculta tras las actividades criminales del señor Zale...

—¿No le parece que sus palabras son un poco fuertes? —la interrumpió Sturgis—. Hasta ahora no hemos visto ni oído pruebas de la existencia de actividades dignas de ese calificativo.

—Las tendrán mañana —dijo Loren sin alterarse, observando a Sturgis con expresión victoriosa—, cuando la señora Morse nos facilite una lista de todas las personas de Washington y el resto del país que se han dejado sobornar por el señor Curtis Merlin Zale. Tiene mi palabra de que el rastro de corrupción, y la cuantía de las sumas depositadas en paraísos fiscales, tendrán el efecto de un mazazo en el gobierno, y superarán a cualquier otro escándalo anterior en su impacto sobre la opinión pública.

—¿Qué tiene que ver la tal Sally Morse con el señor Zale? —preguntó Sturgis, que se dio cuenta demasiado tarde de que la capa de hielo sobre la que patinaba era muy fina.

—Ha pertenecido al consejo interno de Cerberus, y tiene en su poder constancia escrita de las reuniones, los sobornos y los crímenes. Seguro que a usted, señor Sturgis, le sonarán muchos nombres de la lista.

Entonces el hielo se quebró, y Sturgis cayó por la grieta. Se levantó bruscamente y salió de la sala sin decir nada, mientras Loren, con un golpe de martillo, aplazaba la vista hasta el día siguiente.

El público se alborotó. Mientras algunos corresponsales de los principales medios de comunicación rodeaban a Zale, otros corrieron detrás de Loren, pero Pitt, que la esperaba en la puerta, la ayudó a cruzar la ruidosa muchedumbre de periodistas que la ensordecían con sus preguntas e intentaban cortarle el paso. Con un brazo en su cintura, logró apartarla del acoso y bajar con ella por la escalinata del Capitolio hasta un coche de la NUMA que esperaba en el bordillo. Junto al coche, que tenía las puertas abiertas, estaba Giordino.

Curtis Merlin Zale se había quedado sentado a su mesa, rodeado de periodistas y de flashes, como perdido en el abismo de una pesadilla.

Al final se levantó y, con paso titubeante, cruzó el gentío. Tras refugiarse en su limusina con la ayuda de la policía del Capitolio, se dejó conducir a la mansión donde se encontraba la sede de Cerberus en Washington. El chófer le vio cruzar el vestíbulo con paso de anciano y subir en ascensor a su lujoso despacho.

No había nadie tan aislado de la realidad como Zale, un hombre sin amigos íntimos ni parientes vivos. Omo Kanai, acaso la única persona con quien podía relacionarse, estaba muerto. Zale se había quedado solo en un mundo donde su nombre corría de boca en boca.

Sentado a su mesa, contemplando el patio por la ventana, sopesó su futuro y lo encontró de un ominoso color negro. Tarde o temprano, por mucho empeño que pusiera por conservar la libertad, daría con sus huesos en la cárcel. Cuando los miembros del cártel de Cerberus se volvieran en su contra para salvar el pellejo, los mejores y más caros abogados penalistas del país tendrían perdida la batalla de antemano. Con testimonios así, la pena de muerte era segura.

Previsiblemente, su fortuna se le iría en un alud de demandas, tanto públicas como civiles. Ya no contaba con sus leales Vipers; enterrados en el limo de la bahía de Nueva York, ya no estaban en disposición de eliminar a los testigos adversos.

Era imposible escapar. No había en todo el mundo un escondite seguro. Un personaje de su talla sería presa fácil para los investigadores, aunque huyera al desierto del Sahara o a una isla desierta.

De repente se le aparecían las víctimas de su codicia, pero no como espectros ni fantasmas repulsivos, sino como un desfile de gente normal proyectado en una pantalla. Al final había perdido su apuesta. No veía ninguna escapatoria. La decisión no fue difícil.

Se levantó de la mesa, se acercó a un mueble-bar, se sirvió un whisky carísimo de quince años y, después de un trago, volvió a la mesa y abrió un cajón lateral. Lo que sacó parecía una antigua cajita de rapé. Contenía dos pastillas que guardaba para la remota posibilidad de que un accidente o una enfermedad degenerativa le dejaran inválido. Después de otro trago de whisky, y el último, se puso las pastillas bajo la lengua y se recostó en su gran sillón de cuero.

A la mañana siguiente encontraron muerto a Curtis Merlin Zale, y su mesa sin rastro de papeles. Tampoco había ninguna nota de despedida donde expresara vergüenza o arrepentimiento.

55

Giordino frenó ante el edificio de la NUMA. Pitt bajó a la acera, se volvió y asomó la cabeza por la ventanilla para decirle a Loren:

—Dentro de nada, tu casa de Alexandria estará rodeada por una horda de reporteros y cámaras de televisión. Yo creo que lo mejor sería que Al te llevara al hangar, al menos por esta noche. Puedes dormir con las otras chicas. Mañana se reanudará la vista, y tus ayudantes tendrán tiempo de organizarte un equipo de seguridad.

Ella sacó la cabeza y le dio un besito en los labios.

—Gracias —dijo con dulzura.

Pitt sonrió y se despidió con la mano, mientras Giordino volvía a internarse en el tráfico.

Fue directamente al despacho de Sandecker, donde encontró esperándole al almirante y a Rudi Gunn. Sandecker volvía a estar radiante. Entre calada y calada satisfecha a uno de sus grandes puros personalizados, fue al encuentro de Pitt y le estrechó la mano vigorosamente.

—Muy bien, muy bien —repitió—. Buenísima, la idea de usar una verga con explosivos submarinos en botes magnéticos. Le volasteis al barco media popa sin poner en peligro los tanques de propano.

—Tuvimos suerte de que funcionara —dijo Pitt con modestia.

También Gunn le dio la mano.

—Nos habéis dejado mucho que limpiar.

—Podría haber sido peor.

—Ya estamos negociando contratos con empresas de rescate para que se lleven el barco. No queremos que sea un peligro para la navegación —dijo Gunn.

—¿Y el propano?

—La parte de encima de los tanques está a menos de diez metros de la superficie —explicó Sandecker—. En principio, para los submarinistas tendría que ser fácil conectar tubos y bombas a otros buques de gas natural y extraer el gas.

—La Guardia Costera ya ha colocado boyas alrededor del lugar del naufragio, y ha apostado un barco faro para avisar a las embarcaciones que pasan por allí —añadió Gunn.

Sandecker volvió a sentarse a su mesa y lanzó hacia el techo una gran nube de humo azul.

—¿Qué tal ha ido la vista de Loren?

—Para Curtis Merlin Zale, mal.

El almirante puso cara de satisfacción.

—Parece que oigo cerrarse la puerta de una celda.

Pitt esbozó una sonrisa.

—Sospecho que, cuando le hayan leído la sentencia, Curtis Merlin Zale acabará sus días en el corredor de la muerte.

Gunn asintió con la cabeza.

Se lo merece, por haber asesinado a cientos de personas inocentes por dinero y poder.

No será el último que veamos de su calaña —dijo Pitt, absorto en malos pensamientos—. Tarde o temprano aparecerá otro sociópata.

—Más vale que te vayas a casa y descanses —dijo Sandecker, compasivo—. Luego te tomas unos días libres para tu proyecto de investigación sobre Elmore Egan.

—Ah —recordó Gunn—, ahora que lo dices: Hiram Yaeger ha preguntado por ti.

Pitt bajó a la planta de informática de la NUMA y encontró a Yaeger sentado en un pequeño almacén, mirando fijamente la cartera de piel de Egan. Al oír entrar a Pitt, Yaeger le miró, levantó una mano y señaló el interior del maletín.

—Llegas en buen momento. Si no me fallan los cálculos, faltan treinta segundos para que se llene de petróleo.

—¿Tan controlado lo tienes? —preguntó Pitt.

—Es una secuencia. Siempre se llena catorce horas exactas después de la última vez.

—¿Tienes alguna explicación para que sean justo catorce?

—Max lo está analizando —contestó Yaeger mientras cerraba una puerta acorazada que parecía de caja fuerte de banco—. Por eso quería que vinieras al almacén. Es una zona segura, con paredes de acero, que sirve para proteger datos importantes en caso de incendio. Estas paredes no dejan pasar nada, ni ondas de radio, ni microondas, ni sonido, ni luz.

—¿Y sigue llenándose de petróleo?

—Ahora lo verás. —Yaeger miró su reloj y siguió la cuenta atrás con el índice—. ¡Ahora! —exclamó.

Pitt vio que el interior de la cartera de piel de Egan empezaba a llenarse de petróleo, como si lo vertiera una mano invisible.

—Tiene que ser un truco.

—Nada de eso —dijo Yaeger cerrando la tapa.

—¿Entonces?

—Al final, Max y yo hemos encontrado la solución. La cartera de Egan es un receptor.

—Como si me hablaras en chino —dijo Pitt, confuso.

Yaeger abrió la puerta de acero macizo y encabezó la marcha hacia su sofisticado sistema informático. Max, que ya estaba preparada, les recibió con una sonrisa.

—Hola, Dirk. Te echaba de menos.

Pitt se rió.

—Te habría traído flores, pero como no puedes cogerlas…

—Oye, que esto de ser inmaterial no es que sea muy gracioso, ¿eh?

—Max —dijo Yaeger—, cuéntale a Dirk lo que hemos descubierto sobre la cartera de piel del doctor Egan.

—En cuanto me apliqué al problema con todos mis circuitos, tardé menos de una hora en encontrar la solución. —Max miraba a Pitt como si sintiera algo por él—. ¿Ya te ha dicho Hiram que la cartera es un receptor?

—Sí, pero ¿de qué tipo?

—De teletransporte cuántico.

Pitt la miró fijamente.

—Imposible. El teletransporte no entra en las posibilidades de la física actual.

—Es lo que pensábamos Hiram y yo al empezar el análisis, pero aquí está. Antes de aparecer en la cartera, el petróleo ha sido introducido en una cámara que mide todos sus átomos y moléculas. Entonces lo traducen a un estado cuántico que se envía y reconstruye en la unidad receptora, respetando el número exacto de átomos y moléculas de acuerdo con las mediciones de la cámara de transmisión. Comprenderás que simplifico demasiado. Lo que aún no entiendo es que se pueda enviar el petróleo a través de objetos sólidos, y a la velocidad de la luz. Espero encontrar la solución con un poco de tiempo.

—¿Os dais cuenta de lo que decís? —preguntó Pitt con la mayor incredulidad del mundo.

—Totalmente —dijo Max con firmeza—. Pero no esperes demasiado, aunque sea un avance científico increíble. A los seres humanos no se les podrá teletransportar, ni ahora ni nunca. Aunque fuera posible enviar a una persona, recibirla a varios kilómetros y recrear su cuerpo, no podríamos teletransportar sus pensamientos y los datos que ha acumulado a lo largo de su vida. Saldría de la cámara receptora con un cerebro de recién nacido. En cambio, el petróleo está hecho de hidrocarburos líquidos y otros minerales. En comparación con un ser humano, su composición molecular es muchísimo menos complicada.

Mientras hacía esfuerzos ímprobos por juntar las piezas del rompecabezas, Pitt tomó asiento.

—Parece increíble que el doctor Egan creara un motor dinámico revolucionario prácticamente en el mismo período de tiempo en el que diseñó un teletransportador que funciona.

—Era un genio —dijo Max—. Eso está claro. Y aún tiene más mérito que lo consiguiera sin un equipo de ayudantes, y sin que el gobierno le financiara un laboratorio enorme.

—Es verdad —dijo Pitt—. Lo hizo él solo, en un laboratorio escondido… cuya localización aún tenemos que averiguar.

—Espero que lo encontréis —dijo Yaeger—. El descubrimiento de Yaeger tiene unas posibilidades increíbles. Las sustancias con estructuras moleculares básicas, como el petróleo, el carbón, el hierro o el mineral de cobre, aparte de muchos otros minerales, podrían transportarse sin necesidad de barcos, trenes ni camiones. Su sistema de teletransporte podría revolucionar el sector del transporte.

Tras unos instantes de reflexión sobre el enorme potencial del invento, Pitt miró a Max.

—Oye, Max, ¿la cartera de Egan os ha suministrado bastante información para reproducir un sistema de teletransporte?

Max negó tristemente con su fantasmal cabeza.

—Aunque me pese decirlo, no. No tengo bastantes datos, ni siquiera para empezar. Aunque cuente con la cámara receptora del doctor Egan como modelo, la parte principal del sistema es la unidad transmisora. Podría pasarme años trabajando en el problema sin encontrar la solución.

Yaeger le puso una mano en el hombro a Pitt.

—Lástima que Max y yo no hayamos podido aclararte más las cosas.

—Lo habéis hecho mejor que bien. Os lo agradezco —dijo Pitt en tono franco—. Ahora me toca a mí encontrar respuestas.

Antes de ir al hangar, Pitt pasó por su despacho para ordenar la mesa, leer el correo y responder a los mensajes del contestador. Cuando llevaba una hora sentado, notó que se dormía y decidió marcharse. Fue justo entonces cuando sonó el teléfono.

—¿Diga?

—¡Dirk! —tronó la voz de Saint Julien Perlmutter—. ¡Qué bien que te encuentro!

—¡Saint Julien! ¿Dónde estás?

—En Amiens, Francia. El doctor Hereoux ha tenido la amabilidad de dejarme trabajar toda la noche en la casa de Julio Verne, estudiando un cuaderno de notas que escondió Verne hace casi un siglo, y que encontramos Hugo y yo.

—¿Te ha dado alguna respuesta? —preguntó Pitt, cuya curiosidad se había despertado.

—Ibas bien encaminado. El capitán Nemo existió, pero se llamaba Cameron Amherst, capitán de la Royal Navy.

—¿No era Dakkar, el príncipe indio?

—No —contestó Perlmutter—. Se ve que Verne odiaba a los británicos y le cambió el nombre, además de su país natal, que de Inglaterra pasó a ser la India.

—¿Qué se sabe de él?

—Era de una familia rica de armadores. Ingresó en la Royal Navy y ascendió tan deprisa que a los veintinueve años ya era capitán. Nació en mil ochocientos treinta. Era muy inteligente, un niño prodigio, y al crecer se convirtió en un genio de la ingeniería. Se le ocurrían constantemente diseños de barcos y sistemas de propulsión. La lástima es que era un poco marañero, y, como los carcas del almirantazgo no habían querido tener en cuenta sus propuestas, acudió a la prensa y les acusó de ser unos ignorantes, de tener miedo al futuro. Entonces le expulsaron sin ceremonias de la marina, por insubordinación.

—Más o menos como a Billy Mitchell ochenta años después.

—Buena comparación —dijo Perlmutter—. Verne conoció a Amherst en un viaje por el Atlántico, como pasajero del *Great Eastern*, y se convirtió en confidente de sus planes de construir una embarcación submarina que pudiera viajar por todo el mundo. Amherst hizo dibujos en el cuaderno de notas de Verne, y le describió en detalle el sistema revolucionario de propulsión que había diseñado para su submarino. No hace falta decir que Verne estaba fascinado. Él y Amherst se escribieron durante cuatro años, hasta que de repente dejó de recibir correspondencia del inglés. Luego empezó a escribir sus imaginativos relatos, se hizo famoso y se olvidó de Amherst.

»Ya sabes que a Verne le encantaba el mar. Tenía varios barcos de recreo, con los que navegó por toda Europa. En uno de esos viajes, concretamente por la costa danesa, salió del mar una embarcación de gran tamaño, parecida a una ballena, y se puso al lado del velero donde iban él y su hijo Michel. Los dos se quedaron de piedra al ver al capitán Amherst, que salió por una torre de proa, saludó al escritor y le invitó a subir a bordo. Verne dejó a Michel al mando del barco y entró en la increíble embarcación submarina de Amherst.

—Así que el *Nautilus* existió...

Perlmutter, al otro lado de la línea, asintió casi con veneración.

—Verne se enteró de que Amherst había construido su submarino en secreto en una gran cueva submarina de Escocia, situada bajo las tierras de su familia. Cuando el barco estuvo terminado y hubo superado todas las pruebas, Amherst reclutó a una tripulación de marineros profesionales, solteros y sin lazos familiares, y durante treinta años se dedicó a viajar por los mares.

—¿Cuánto tiempo estuvo a bordo Verne? —preguntó Pitt.

—Dio órdenes a su hijo Michel de volver a puerto y esperarle en el hotel. Consideraba un honor que su viejo amigo hubiera ido a su encuentro. Se quedó a bordo del *Nautilus*, que es el nombre real que le había puesto Amherst al submarino, casi dos semanas.

—¿No dos años, como los personajes de la novela?

—Tuvo tiempo de sobra para estudiar la embarcación centímetro a centímetro; tanto, que en su libro la refleja con precisión absoluta, excepto por algunas licencias de escritor. A los pocos años escribió *Veinte mil leguas de viaje submarino*. Según una anotación en el cuaderno de Verne, en mil ochocientos noventa y cinco llegó a su casa un misterioso mensajero y le entregó una carta de Amherst. A esas alturas ya había muerto casi toda su tripulación y el capitán habría querido volver a su casa solariega de Escocia, pero esta había sido arrasada por un incendio en el que había perecido lo que le quedaba de familia. Para colmo, la cueva del acantilado donde había construido el *Nautilus* se había hundido, así que no le quedaba nada por lo que volver.

—¿Entonces se fue a la Isla Misteriosa?

—No —dijo Perlmutter—. Eso se lo inventó Verne para que no encontraran la última morada de Amherst y su *Nautilus*, o al menos para que tardaran muchísimo en hacerlo. Otra cosa que ponía en la carta era que Amherst había encontrado una cueva submarina parecida en el río Hudson, en Nueva York, que les serviría de tumba a él y al *Nautilus*.

Pitt se puso tenso, incapaz de contener un grito de euforia.

—¿El Hudson?

—Es lo que pone en el cuaderno de notas.

—Saint Julien…

—Dime.

—Te quiero tanto que te comería.

Perlmutter rió entre dientes.

—Con este pedazo de cuerpo que tengo, dudo mucho que te me acabaras, muchacho.

56

La niebla matinal flotaba sobre el agua azulada del río, como hacía casi mil años, a la llegada de los escandinavos. La visibilidad era inferior a cien metros, y aún no había llegado la hora de que abandonara el puerto la flota de pequeños yates y lanchas motoras que solía poblar el río casi todos los domingos de verano. La niebla, suave como los dedos de una mujer joven, se enroscaba al barco que navegaba cerca de la orilla, al pie del rocoso acantilado. No era una embarcación que destacara por su elegancia, ni cuya proa fuese abriéndose paso entre la niebla con un dragón complejamente tallado, como las que habían llegado muchos siglos antes. Se trataba de un barco de trabajo de la NUMA, de ocho metros de eslora, eficaz, funcional y diseñado para el reconocimiento próximo a la costa.

El barco mantenía escrupulosamente una velocidad de cuatro nudos, arrastrando bajo el agua un largo y estrecho sensor amarillo cuyas señales eran transmitidas a la unidad receptora del sonar de barrido lateral. Giordino estaba de pie, observando fijamente la representación en color y tres dimensiones del lecho del río y la parte sumergida del acantilado. No había playa, solo un poco de arena y de piedras que, nada más tocar el agua, volvían a caer con rapidez.

Kelly, la encargada del timón, lo gobernaba con cautela, mirando alternativamente, con sus ojos azul zafiro, la orilla de su izquierda y el agua de delante, siempre atenta al peligro de que algún escollo se clavara en el casco. A simple vista parecía que la pequeña embarcación apenas se moviera. El motor fueraborda, un potente Yamaha de doscientos cincuenta caballos montado en la popa, estaba prácticamente al ralentí.

Kelly casi no se había maquillado y llevaba su pelo de color miel recogido en una larga trenza que caía por su espalda, y la niebla condensaba en su cabello gotitas que brillaban como perlas. Se había puesto unos pantalones cortísimos, de un blanco que resaltaba aún más con la camiseta sin mangas de color verde mar que llevaba bajo una ligera chaqueta de algodón. Sus bonitos pies estaban enfundados en unas sandalias abiertas, de un color a juego con el de la camiseta. En cuanto a sus largas y torneadas piernas, las tenía separadas, con los pies bien plantados en el suelo para compensar los vaivenes que pudiera producir el paso de un barco oculto por la niebla.

Aunque Giordino estuviera tan concentrado en la lectura del sonar, no podía reprimir alguna que otra miradita a la maciza estructura de popa de Kelly. Pitt no podía hacer nada de eso. Él estaba en la proa del barco, cómodamente recostado en una tumbona. En expediciones así, como no era un hombre que quisiera impresionar a nadie y tampoco veía lógico quedarse tantas horas de pie, solía llevarse su tumbona favorita y un mullido cojín. Bajó la mano, cogió una taza de base ancha como las que se usan en los barcos y bebió un poco de café solo. A continuación siguió examinando el acantilado con unos prismáticos de gran angular dotados de lentes especiales para captar hasta el último detalle.

Aparte de algunas zonas donde la roca volcánica se alzaba en formaciones verticales, las empinadas laderas estaban cubiertas de matojos y de arbustos. El acantilado, que formaba parte del sistema de fallas de la cuenca de Newark, inactivo desde el Jurásico, se caracterizaba por estar compuesto de arenisca sedimentaria y de rocas arcillosas de un marrón rojizo, usadas en las típicas edificaciones neoyorquinas del siglo XIX. Las partes más escarpadas se componían de roca ígnea muy resistente a la erosión, motivo de su gran belleza natural.

—Aún faltan doscientos metros para pasar por debajo de la granja de papá —anunció Kelly.

—¿Ves algo, Al? —preguntó Pitt a través del parabrisas.

—Rocas y limo —contestó lacónicamente Giordino—. Limo y rocas.

—Sigue atento a cualquier indicio de deslizamiento de tierras.

—¿Tú crees que la entrada de la cueva puede haberse cerrado por causas naturales?

—No, yo creo que han sido causas humanas.

—Si Cameron metió el submarino en el acantilado, tenía que haber una cavidad bajo el agua.

Pitt contestó sin bajar los prismáticos.

—La cuestión es si aún existe.

—Es raro que en tanto tiempo no lo haya encontrado ningún submarinista —dijo Kelly.

—Tendría que haber sido por casualidad, porque en esta zona no hay barcos naufragados que investigar, y para la pesca con arpón son mejores otros trechos del río.

—Cien metros —les avisó Kelly.

Pitt enfocó con los prismáticos la cima del acantilado, a cien metros de altura, y al ver asomarse los tejados de la casa y el estudio de Egan se inclinó un poco, para no perderse ni un detalle de la pared rocosa.

—Veo indicios de deslizamiento —dijo, señalando la masa dispersa de rocas que había resbalado por la escarpadura.

Giordino miró por la ventanilla lateral para ver a qué se refería, pero enseguida volvió a prestar atención a los instrumentos de navegación.

—De momento nada —informó.

—Apártate otros seis o siete metros de la orilla —le ordenó Pitt a Kelly—. Así el sonar tendrá mejor ángulo para leer la pendiente bajo el agua.

Kelly consultó el indicador de profundidad.

—Primero el fondo va bajando, y hacia la mitad del río cae casi en vertical.

—De momento nada —dijo Giordino con calma—. La roca se ve muy compacta.

—Veo algo —dijo Pitt, casi como si no tuviera importancia.

Giordino levantó la cabeza.

—¿Algo? ¿Qué?

—Parecen marcas humanas en la roca.

Kelly se fijó en la pared.

—¿Inscripciones?

—No —contestó Pitt—. Más bien parecen incisiones de cincel.

—El sonar no recoge cuevas ni túneles —dijo Giordino inexpresivamente.

Pitt dio la vuelta a la cabina y saltó a la cubierta de trabajo.

—Vamos a recoger el sensor y a echar el ancla justo al lado de la orilla.

—¿Tú crees que deberíamos bucear sin haber localizado el objetivo? —preguntó Giordino.

Pitt se inclinó hacia atrás para observar el abrupto acantilado.

—Estamos justo debajo del estudio del doctor Egan. Si hay una cueva escondida, tiene que ser por aquí. La manera más fácil de encontrarla es sumergirse y buscar a ojo.

Kelly realizó una diestra maniobra semicircular en el mismo instante en que Pitt recogía el sensor y echaba el ancla. Luego dio marcha atrás, siguiendo la corriente del río, y retrocedió lentamente hasta tocar el fondo con las uñas del ancla. Por último apagó el motor y se sacudió la larga trenza para quitarse las gotitas de humedad.

—¿Queréis amarrar aquí? —preguntó con una sonrisa coqueta.

—Perfecto —la felicitó Pitt.

—¿Puedo ir con vosotros? Me saqué el título de submarinista en las Bahamas.

—Deja que nos adelantemos. Si encontramos algo, salgo y te hago señas.

Era verano, y el agua del río Hudson estaba fresquita, a veintidós grados. Pitt se decantó por un traje de neopreno de seis milímetros, con rodilleras y coderas. También se ató un cinturón con pesos ligeros para contrarrestar la flotabilidad del traje. Después de ponerse los guantes, las aletas y la capucha, se pasó las correas de las gafas por detrás de la cabeza, dejándoselas subidas, y dejó el tubo colgando. Como no iban a bajar a más de tres metros, no se puso compensador de flotabilidad. Prefería gozar de mayor libertad de movimientos para meterse entre las rocas.

—Primero haremos un reconocimiento general en buceo libre. Luego usaremos botellas de oxígeno.

Giordino asintió sin decir nada y colgó la escalerilla en la popa, pero no se dejó caer de espaldas, sino que descendió tres escalones y se metió en el agua. Pitt pasó las piernas al otro lado de la borda y se sumergió casi sin perturbar la superficie.

El agua tenía la transparencia del cristal, hasta que, a los nueve metros de profundidad, se volvía más oscura y adquiría un color verdoso por el efecto de las nubes de minúsculas algas. Estaba bastante fría. A Pitt, hombre de sangre caliente, le gustaba el agua a partir de los veintisiete grados. Consideraba que, si Dios hubiera querido que los seres humanos fueran peces, les habría dotado de una temperatura corporal de quince grados, no de treinta y siete.

Respiró hondo y dobló el cuerpo, levantando las piernas para impulsarse hacia abajo con el peso combinado de las dos, en una inmersión que no le costó el menor esfuerzo. Las rocas, grandes y recortadas, se acumulaban como piezas de un rompecabezas imposible de montar. Había muchas que pesaban toneladas, y otras, en cambio, cuyo tamaño no superaba el de un cochecito infantil. Antes de salir a respirar a la superficie, Pitt se cercioró de que las uñas del ancla estuvieran bien clavadas en la arena del fondo.

Empujados por la corriente, él y Giordino usaron las manos como anclas y, aferrándose a las rocas, se deslizaron sobre las superficies cubiertas de musgo, contentos de haber tenido la previsión de ponerse guantes con los que protegerse los dedos de las aristas. Tardaron poco en darse cuenta de que no estaban en la zona correcta, ya que aquella parte de la ladera descendía hacia el centro del río de modo demasiado gradual.

Después de salir a tomar aire, decidieron dividir la búsqueda. Pitt iría corriente abajo, y Giordino corriente arriba por la orilla rocosa. Pitt miró a lo alto, buscando orientarse por las construcciones situadas al borde del acantilado, pero solo vio el extremo superior de la chimenea de la casa. Entonces nadó a contracorriente, en paralelo a la casa y al estudio de Egan, que dominaban el río desde más de cien metros de altura.

La niebla se estaba levantando. El sol empezaba a arrancar destellos del agua y a proyectar una luz moteada en las rocas cubiertas de limo. Pitt vio unos cuantos peces poco mayores que su dedo índice, que le rodeaban curiosos sin demostrar ningún miedo, como si supieran que aquel ser tan raro y torpe era demasiado lento para darles alcance. Les acercó un dedo, pero dieron vueltas alrededor de él como si fuera un mayo. Perezosamente, siguió moviendo las aletas, flotando en la superficie y respirando lentamente por el tubo, mientras veía discurrir el accidentado fondo.

De repente pasó por debajo de él un tramo sin rocas. El lecho se había vuelto liso y horizontal, con un canal que dividía las rocas. Antes de llegar a nado al otro lado, donde reaparecía la aglomeración de rocas, calculó que el fondo descendía unos diez metros. En su segunda pasada por encima del hueco, evaluó su anchura en unos doce metros. El canal estaba orientado hacia la orilla, donde el deslizamiento había depositado rocas bajo el agua. Tras absorber todo el aire que pudo en los pulmones, Pitt aguantó la respiración y se sumergió en busca de una abertura en las anfractuosidades. Las peñas, que se solapaban, presentaban un aspecto frío y lúgubre, como si fueran de naturaleza diabólica o guardaran un secreto y no quisieran desvelarlo.

La corriente hacía oscilar las algas como largos dedos de bailarina de ballet. Pitt encontró un saliente de roca desprovisto de vegetación en cuya dura superficie se observaban extrañas incisiones, y se le aceleró el pulso al reconocer la tosca representación de un perro. Una opresión en los pulmones le hizo salir a respirar una bocanada de aire. Luego volvió a sumergirse y a nadar, usando las manos de vez en cuando para guiarse por las rocas.

Vio salir una perca de más de veinte centímetros de debajo de un gran saliente de piedra. Al ver la sombra de Pitt, el pez salió huyendo. Pitt penetró en pos de él bajo el saliente. Entonces apareció entre las rocas un túnel oscuro, hacia el que se sintió atraído. Sentía un hormigueo en la nuca. Tomó otra bocanada de aire en la superficie y se introdujo con cuidado en la abertura. Cuando estuvo dentro y la luz dejó de deslumbrarle, vio que a tres metros el conducto se ensanchaba. Decidió no ir más lejos y, exhalando lo que le quedaba de aire, regresó a la superficie.

Al ya estaba en el barco, y no había encontrado nada interesante. Kelly se había sentado encima de la cabina y tenía los pies apoyados en la cubierta de proa. Miró a Pitt, que movió los brazos y dijo con todas sus fuerzas:

—¡He encontrado una manera de entrar!

No hizo falta repetirlo. En menos de tres minutos, Kelly y Giordino remontaban a nado la corriente hacia su compañero. Pitt no se quitó la boquilla del tubo para hablar. Se limitó a indicarles con gestos de entusiasmo que le siguieran. Tras una pausa destinada a llenarse los pulmones de aire, Giordino y Kelly siguieron a las aletas de Pitt por la desordenada aglomeración de fragmentos rocosos.

Recorrieron a nado la parte estrecha del túnel, rozando sus paredes con las aletas y haciendo que la vegetación desprendiera una nube translúcida de color verdoso. Justo cuando Kelly empezaba a tener miedo de que le faltaran pocos segundos para abrir la boca y tragar agua, vio ensancharse la cavidad y se aferró al tobillo de Pitt para que su impulso la llevara hasta la superficie.

Sacaron la cabeza del agua los tres a la vez y, tras escupir las boquillas de sus respectivos tubos de respiración y levantarse las gafas de submarinista, descubrieron que estaban en una cueva enorme, de unos sesenta metros de altura. La sorpresa inicial les impidió comprender lo que veían.

Pitt miró hacia arriba y se quedó estupefacto al ver una serpiente que le enseñaba los colmillos.

57

La cabeza de serpiente, con su elegante y sinuoso perfil, ricamente labrada y con las fauces abiertas, contemplaba con sus ojos ciegos el agua que corría por la cueva como si buscase una costa a lo
lejos. Más de un metro por encima del borde del agua, una enorme repisa de piedra servía de base para seis barcos descubiertos de
madera, apuntalados con calzos del mismo material y colocados
en hilera, proa contra popa. La serpiente surgía de la roda del que,
además de ser el mayor de los seis barcos, era el que estaba más
cerca del borde.

Los barcos eran íntegramente de roble, y el mayor alcanzaba
los veinte metros de eslora. Los reflejos del sol que penetraban en
la cueva a través del agua proyectaban vaporosas cintas de luz
en el bello perfil de los cascos. Desde donde estaban, metidos en
el agua, los submarinistas gozaban de una visión completa de las
quillas y los cascos, anchos, curvos y simétricos, con remaches
oxidados de hierro que aún aguantaban las tablas en tingladillo.
Debajo de donde se colgaban los escudos había pequeñas portillas por las que aún sobresalían remos. Ahora estaban en manos
de fantasmas, y parecían listos para recibir la orden de surcar las
aguas. Sorprendía que unos barcos de diseño tan elegante hubieran sido concebidos y construidos hacía mil años.

—Son barcos vikingos —murmuró Kelly con asombro—.
Tanto tiempo aquí, y sin saberlo nadie…

—Sí, tu padre lo sabía —dijo Pitt—. Gracias a las inscripciones, sabía que los vikingos se habían establecido sobre el acantilado

del Hudson, y esa información le permitió descubrir el túnel que bajaba hasta la cueva.

—Están bien conservados —comentó Giordino mirando los barcos con admiración—. No veo partes podridas, y eso que hay mucha humedad.

Pitt señaló los mástiles, todavía erguidos y con sus velas roji-blancas de basto algodón recogidas. Luego señaló el techo abovedado de la cueva, situado a gran altura sobre sus cabezas.

—Como la cueva es tan alta, no les hizo falta desmontar los mástiles.

—Parece que solo haya que echarlos al agua, desplegar las velas y… a navegar —susurró Kelly, tan maravillada que se había quedado sin aliento.

—Vamos a mirarlos de más cerca —dijo Pitt.

Después de quitarse las aletas, las gafas y los cinturones, llegaron al saledizo por una escalera tallada en la roca y subieron por las pasarelas que llevaban desde el suelo de piedra a la hilada superior del mayor de los barcos. Eran pasarelas de gran solidez, obra indudablemente del doctor Egan.

A pesar de que la cueva estaba en penumbra, reconocieron los objetos desperdigados por la cubierta, el más grande de ellos un sudario que parecía contener un cuerpo. A cada lado había un bulto de menor tamaño, igualmente enfundado en un sudario, y los tres estaban rodeados por una gran variedad de valiosos objetos dispuestos sin orden ni concierto. Había figuras de santos, una pila de códices en latín eclesiástico y varios relicarios con monedas y cálices de plata, fruto, sin duda, del saqueo de monasterios durante expediciones de pillaje por Inglaterra e Irlanda. También había cajas de madera ricamente labradas que contenían collares de ámbar, broches de oro y plata y suntuosos collares y brazaletes de plata y bronce. También había platos de bronce, incensarios orientales, muebles, tejidos, mantelerías y un hermoso trineo esculpido para transportar al jefe por la nieve invernal.

—Debe de ser Bjarne Sigvatson —dijo Pitt.

Kelly miró los dos pequeños bultos con tristeza.

—Y los otros, sus hijos.

—¡Vaya guerrero debió de ser, para acumular tantas riquezas! —murmuró Giordino, fascinado por los tesoros.

—Tenía la impresión, por haber leído los cuadernos de notas de mi padre —dijo Kelly—, de que a los jefes importantes que habían muerto gloriosamente se les mandaba al Valhalla con todos sus bienes materiales y sus pertenencias, incluidos sus caballos, sus demás animales y sus criados. También debería tener su hacha de batalla, su espada y su escudo, pero yo no los veo...

—Fue un funeral apresurado —dijo Giordino.

Pitt señaló la pasarela.

—Vamos a ver qué hay en el resto de los barcos.

Kelly quedó horrorizada al constatar que contenían una mezcla de huesos y enseres domésticos destrozados. Había pocos esqueletos intactos. La mayoría parecían descuartizados.

Pitt se arrodilló para examinar un cráneo con una hendidura en la parte superior.

—Debió de ser una masacre espantosa.

—¿Se pelearían entre ellos?

—Lo dudo —dijo Giordino. Retiró una flecha de las costillas de una osamenta y la enseñó—. Esto me huele a indios.

—Por lo que cuentan las sagas, Sigvatson y los suyos zarparon de Groenlandia y no volvió a saberse nada de ellos —dijo Pitt, tratando de imaginarse el rostro que correspondía a la calavera—. Todo esto también otorga credibilidad a la leyenda que nos contó el doctor Wednesday, la de que los indios exterminaron a los vikingos del poblado.

—Esta es la prueba de que no es ningún mito —dijo Giordino con voz queda.

Kelly miró a Pitt.

—Entonces, el poblado de los escandinavos...

—Estaba en la granja de tu padre —concluyó él—. El doctor Egan encontró objetos que le impulsaron a emprender su proyecto de investigación.

Kelly se retorció las manos, apenada.

—Pero ¿por qué guardó el secreto? ¿Por qué no avisó a ningún arqueólogo para que hiciera excavaciones? ¿Por qué no le demostró al resto del mundo que los vikingos habían llegado al actual estado de Nueva York y habían fundado una colonia?

—Tu padre era muy inteligente —dijo Giordino—. Debía de

tener buenos motivos para mantenerlo en secreto. Lo que está claro es que no quería que durante sus investigaciones le molestara toda una tropa de arqueólogos y periodistas.

Media hora después, mientras Kelly y Giordino examinaban el resto de los barcos vikingos —una tarea difícil a la escasa luz de la cueva—, Pitt empezó a pasearse por la plataforma rocosa. Divisó una escalera tallada en la roca que comunicaba con un túnel. Al subir por los primeros cuatro escalones, apoyó una mano en la pared para no perder el equilibrio y súbitamente sus dedos toparon con algo que parecía un interruptor. Lo tocó con suavidad y averiguó que giraba en el sentido de las agujas del reloj. La curiosidad le hizo moverlo hasta que emitió un clic.

De repente la cueva quedó iluminada hasta sus últimos rincones por una serie de lámparas fluorescentes de gran potencia empotradas en las paredes de roca.

—¡Qué bien! —exclamó Kelly, sorprendida—. Ya no tenemos que ir como ciegos.

Pitt se acercó a donde ella y Giordino registraban uno de los barcos.

—Sé otra razón de que tu padre no dijera nada de la cueva —dijo lentamente.

El interés de Kelly no parecía muy grande; sí el de Giordino, que le miró. Conocía a Pitt desde hacía demasiado tiempo para no saber cuándo iba a decir algo importante. Entonces siguió la dirección de la mirada de su amigo.

Al fondo de la cueva había una larga embarcación cilíndrica de hierro, amarrada a un embarcadero. Su casco tenía una fina pátina de óxido. La única protuberancia visible era una torreta a pocos metros de la proa. Antes de que Pitt encendiera la luz, la oscuridad les había impedido ver la embarcación.

—Pero… ¿se puede saber qué es eso? —murmuró Kelly.

—Eso —dijo Pitt con una nota victoriosa en su voz— es el *Nautilus*.

El asombro de pisar un embarcadero construido por el doctor Elmore Egan, y de contemplar el legendario submarino, fue equivalente al que habían sentido al descubrir los barcos vikingos. Encontrar de repente un prodigio de la ingeniería del siglo XIX, considerado por todos como una ficción, era como un sueño hecho realidad.

Al pie del embarcadero había un montón de piedras adosado al borde de la plataforma rocosa. Tenía forma de sarcófago y una placa de madera con una inscripción que lo identificaba como el lugar de reposo del creador del submarino:

Aquí descansan los restos mortales del capitán Cameron Amherst,
que cobró fama como el inmortal capitán Nemo
gracias a los escritos de Julio Verne.
Que los que descubran algún día su tumba
le honren con el respeto que merece.

—Cada vez le tengo más aprecio a tu padre —dijo Pitt a Kelly—. Era un hombre envidiable.

—Estoy orgullosa de que papá erigiera este monumento con sus propias manos.

Giordino, que se había quedado rezagado explorando una cueva lateral, se acercó al embarcadero.

—He encontrado otra respuesta al misterio que me obsesionaba.

Pitt le miró.

—¿Qué misterio?

—Si el doctor Egan tenía un laboratorio secreto, ¿de dónde sacaba la electricidad? He encontrado la explicación en una cueva lateral. Dentro hay tres generadores portátiles, conectados a bastantes baterías como para dar suministro a todo un pueblo. —Señaló el borde del embarcadero, recorrido por una serie de cables que se introducían por la escotilla del submarino—. Diez a uno a que el laboratorio lo tenía dentro.

—Ahora que tengo el *Nautilus* cerca —dijo Kelly—, lo veo mucho más grande de como me lo imaginaba.

—No es que se parezca mucho a la versión de Disney —comentó Giordino—. Por fuera, el casco es sencillo y funcional.

Pitt asintió. La parte superior del casco solo sobresalía un metro del agua, permitiendo adivinar la masa de debajo.

—Calculo que tendrá unos setenta y cinco metros de eslora y unos siete u ocho de manga, mayor que en la descripción de Verne. Por sus dimensiones se parece al primer submarino con diseño hidrodinámico que construyó la marina en mil novecientos cincuenta y tres.

—El *Albacore* —dijo Giordino—. Hace diez años lo vi navegar río abajo por el York. Tienes razón, se parecen.

Se acercó a un tablero eléctrico montado encima del embarcadero, al lado de una pasarela que llevaba a la zona del puente del submarino más cercana a la torreta, y al encender un par de interruptores el interior de la nave quedó bañado en una luz que salía por su parte superior a través de una hilera de ojos de buey, así como por otros de mayor tamaño que se veían bajo el agua.

Pitt se volvió hacia Kelly y le indicó por señas la escotilla abierta.

—Las damas primero.

Kelly se puso las manos en el pecho, como si el corazón le latiera demasiado deprisa. Tenía ganas de ver dónde había trabajado su padre durante tantos años, de ver por dentro la famosa embarcación, pero le costaba dar el primer paso. Tenía la impresión de meterse en una casa encantada. Al final, haciendo un gran esfuerzo de voluntad, entró por la escotilla y bajó por la escalera.

El pasillo de acceso era corto. Esperó a que Pitt y Giordino se reunieran con ella. Delante había una puerta que parecía más indicada para una casa que para un submarino. Pitt giró el pomo, la abrió y cruzó el umbral.

Caminaron en silencio por un comedor muy amueblado, de casi cinco metros de longitud y con una mesa de teca para diez personas, cuyas patas, bellamente esculpidas, representaban delfines de pie. Al fondo había otra puerta por la que se accedía a una biblioteca, cuya capacidad calculó Pitt en más de cinco mil volúmenes. Se fijó en los títulos de los lomos: en una pared había libros de ingeniería y de ciencia, y en la otra ediciones originales de clásicos. Cogió uno de Julio Verne y lo abrió. La página del título contenía una dedicatoria del escritor a «la mayor inteligencia del universo». Pitt lo devolvió con cuidado a su sitio y reanudó la exploración.

El siguiente compartimiento era bastante grande, de unos diez metros de fondo. Pitt lo identificó con el lujoso salón descrito por Verne como un verdadero museo de tesoros artísticos y antigüedades rescatadas del mar por Cameron. Sin embargo, ya no era ni museo ni galería. Elmore Egan lo había transformado en taller y laboratorio de química. Su espacio, de unos cuatro metros de anchura, estaba ocupado por varias mesas cubiertas de instrumental químico, un amplio taller entre cuya maquinaria figuraban un torno y una perforadora, y tres monitores de ordenador con varias impresoras y escáneres. Lo único que no había desaparecido era el órgano, sin duda porque pesaba demasiado para haberlo movido. El instrumento en el que Amherst había interpretado obras de los grandes compositores era una obra maestra de artesanía, con su precioso acabado de madera y su tubería de latón.

Kelly se acercó a una mesa de instrumentos químicos y cogió con ternura los recipientes y probetas para juntarlos y ordenarlos en las repisas. Mientras ella se entretenía en el laboratorio, empapándose de la presencia de su padre, Pitt y Giordino salieron de la sala y, al llegar al fondo de un largo pasillo, cruzaron un mamparo hermético y penetraron en el siguiente compartimiento. Aquella parte del *Nautilus* había sido el camarote privado del capitán Amherst, reconvertido por Egan en la estancia donde se refugiaba para reflexionar. No había ni un centímetro cuadrado sin su correspondiente plano o dibujo, o su cuaderno de notas —los había a centenares—, todo ello alrededor de una gran mesa de dibujo donde Egan había traducido sus ideas a la realidad.

—Conque es aquí donde vivió un gran hombre, y donde se dedicó a crear otro que no le iba a la zaga —comentó Giordino filosóficamente.

—Sigamos —dijo Pitt—. Quiero ver dónde construyó su cámara de teletransporte.

Cruzaron otro mamparo hermético y pasaron a un compartimiento que había albergado los tanques de aire del submarino. Egan los había desmontado para despejar la sala y que cupiera el instrumental de teletransporte. Había dos tableros con diales e interruptores, una consola de ordenador y una cámara cerrada que contenía la estación emisora.

Pitt sonrió al ver en la cámara un bidón de doscientos litros con la etiqueta «superpetróleo». Estaba conectado a un temporizador y a una serie de tubos, unidos a su vez a un receptáculo redondo en el suelo.

—Ya sabemos de dónde sale el petróleo que llena constantemente el maletín del doctor Egan.

—Me gustaría saber cómo funciona —dijo Giordino, examinando la estación emisora.

—Tendrá que descubrirlo alguien más inteligente que yo.

—Parece mentira que funcione.

—Aunque parezca tan tosco y tan elemental, tienes delante un avance científico que cambiará definitivamente los transportes del futuro.

Pitt se acercó al tablero donde estaba el temporizador, vio que la secuencia estaba prevista para las catorce horas y la ajustó a las diez.

—¿Qué haces? —preguntó Giordino con curiosidad.

Una sonrisa traviesa curvó las comisuras de los labios de Pitt.

—Enviar un mensaje a Hiram Yaeger y a Max.

Como ya habían recorrido todo el submarino hasta la proa, volvieron sobre sus pasos y, al llegar al gran salón, encontraron a Kelly en una silla, con aspecto de estar viviendo una experiencia extracorpórea.

Pitt le apretó un hombro con ternura.

—Vamos a la sala de máquinas. ¿Quieres venir?

Ella le acarició la mano con la mejilla.

—¿Habéis encontrado algo interesante?

—El compartimiento de teletransporte de tu padre.

—Así que es verdad que inventó y construyó una máquina que puede teletransportar objetos.

—Sí.

Fuera de sí por la euforia, Kelly se levantó y siguió a los dos hombres en silencio hacia la popa.

Cuando estuvieron al otro lado del comedor y del compartimiento de entrada, cruzaron una cocina que a Kelly le puso los pelos de punta, llena de cacharros y de recipientes acumulados. Había un fregadero de grandes dimensiones a rebosar de platos sucios y utensilios, verdosos por el moho. En un rincón se amontonaban las cestas de desperdicios y las bolsas de basura.

—Tu padre tenía muchas virtudes —observó Pitt—, pero no la de la limpieza.

—Tenía otras cosas en que pensar —dijo afectuosamente Kelly—. Lástima que no me tuviera más confianza, porque podría haberle hecho de secretaria y ama de llaves.

Al cruzar el siguiente vano, penetraron en los camarotes de la tripulación, que les reservaban la más deslumbrante de todas las sorpresas.

Era donde Elmore había almacenado los tesoros desplazados del salón principal y de la biblioteca. Solo con los cuadros ya se habrían podido llenar dos salas del Metropolitan Museum of Art: hileras de obras de Leonardo da Vinci, Tiziano, Rafael, Rembrandt, Vermeer, Rubens y treinta artistas más. Los armarios y los camarotes contenían estatuas antiguas de bronce y mármol. También estaban los tesoros rescatados por Amherst de antiguos barcos naufragados: montañas de lingotes de oro y plata, cajas a rebosar de monedas y piedras preciosas… El valor de la colección superaba la capacidad de comprensión de los tres, y sus cálculos más descabellados.

—Me siento como Alí Babá al descubrir la cueva de los cuarenta ladrones —dijo Pitt en voz baja.

Kelly también se había quedado de piedra.

—Ni en sueños se me habría ocurrido algo así.

Giordino cogió un puñado de monedas de oro y las dejó caer entre sus dedos.

—Esto aclara todas las dudas sobre la financiación de los experimentos del doctor Egan.

Después de casi una hora inspeccionando el tesoro, reanudaron la visita, que, cruzando otro mamparo hermético, les llevó a la sala de máquinas del *Nautilus*. Se trataba de la parte más amplia de la nave, de cerca de veinte metros de longitud por unos siete de anchura.

El laberinto de tuberías, tanques y mecanismos de aspecto insólito que Pitt y Giordino reconocieron como un equipo generador de electricidad debía de ser la pesadilla de cualquier fontanero.

El fondo de la sala, mirando hacia la popa, estaba dominado por un enorme sistema de transmisión con engranajes de acero. Paseándose por la sala, pues no compartía ni mucho menos la fascinación de los dos hombres por la maquinaria, Kelly llegó a una mesa alta, una especie de atril con un gran libro encuadernado en piel. Lo abrió y descifró la anticuada caligrafía en tinta marrón. Resultó tratarse del libro de a bordo del jefe de máquinas. La última entrada llevaba fecha de 10 de junio de 1901:

He apagado por última vez el motor. Mantendré en funcionamiento los generadores hasta mi fallecimiento, para que haya suministro. El *Nautilus*, que tan fielmente me ha servido durante cuarenta años, se convertirá en mi tumba. Es la última anotación que hago.

La firmaba «Cameron Amherst».

Mientras tanto, Pitt y Giordino examinaban a fondo el voluminoso motor de aspecto decimonónico en sus válvulas y mecanismos de aspecto desusado, muchos de ellos de latón fundido y bruñido.

Pitt lo rodeó y se metió por debajo para examinarlo desde todos los ángulos posibles. Luego, rascándose la incipiente barba, dijo:

—He investigado centenares de motores de barco en centenares de embarcaciones distintas, incluidos vapores antiguos, pero nunca había visto un diseño así.

Giordino, ocupado en leer las placas de fabricación atornilladas a diversas partes de la maquinaria, contestó:

—Este generador no salió entero de la misma fábrica. Calculo que Amherst encargó las piezas a treinta fabricantes de maquinaria de Europa y América, y las ensambló con su tripulación.

—Así consiguió construir el *Nautilus* en secreto.

—¿Qué me dices del diseño?

—Pues que me parece una combinación de mucha energía eléctrica y una modalidad rudimentaria de magnetohidrodinámica.

—Es decir, que a Amherst se le ocurrió el concepto ciento cuarenta años antes de que lo redescubrieran.

—Como le faltaba la tecnología necesaria para hacer pasar el agua de mar por un tubo magnético mantenido a cero absoluto con helio líquido, que no se comercializaría hasta sesenta años después, usó una especie de convertidor de sodio; algo muchísimo menos eficaz, pero que le permitía alcanzar sus objetivos. Tuvo que compensarlo empleando mucha energía eléctrica para conseguir una corriente que pudiera hacer girar la hélice a una velocidad eficaz.

—Entonces es bastante verosímil que Egan usara el motor de Amherst como punto de partida para sus diseños.

—Debió de servirle de inspiración.

—Fenomenal —dijo Giordino, admirando la inventiva en la que se basaba el enorme motor—; sobre todo si se tiene en cuenta que hizo navegar al *Nautilus* durante cuarenta años por los lugares más recónditos del mundo submarino.

Kelly se acercó con el libro de a bordo de la sala de máquinas. Parecía que estuviera viendo un fantasma.

—Si ya habéis terminado, me gustaría buscar el pasadizo que debió de descubrir papá para moverse entre esta zona y la casa de arriba.

Pitt asintió con la cabeza y miró a Giordino.

—Deberíamos ponernos en contacto con el almirante e informarle del descubrimiento.

—Sí, seguro que le interesa —dijo Giordino.

No tardaron más de cinco minutos en subir por el pasadizo que llevaba a la parte superior del acantilado. A Pitt le pareció asombroso que los vikingos hubieran utilizado el mismo camino mil años antes. Casi oía sus voces, y palpaba su presencia.

Josh Thomas estaba sentado en el estudio de Egan, leyendo una revista de análisis químico, y se llevó un buen susto. De repente la alfombra del centro de la sala se había levantado, como si hubiera un fantasma debajo, y al apartarse se abrió una trampilla por donde apareció la cabeza de Pitt como el resorte de una caja sorpresa.

—Perdone por la intromisión —dijo, sonriendo alegremente—, pero es que pasaba por aquí.

SEXTA PARTE

UN FANTASMA DEL PASADO

58

16 de agosto de 2003
Washington

Pitt se levantó de la cama, se puso una bata y se sirvió una taza de café preparado por Sally Morse. Le habría gustado quedarse casi toda la mañana en la cama, pero Sally y Kelly estaban a punto de marcharse. Después de declarar ante la comisión del Congreso encabezada por Loren y en el Departamento de Justicia, Sally había recibido el efusivo agradecimiento del presidente, junto con la autorización para tomar un vuelo a casa y reanudar sus funciones de presidenta de Yukon Oil hasta que se la solicitara para nuevos testimonios.

Cuando Pitt entró en la cocina con paso y ojos de dormido, Sally estaba vaciando el lavavajillas y tarareando alegremente una canción.

—Aunque me parezca mentira decirlo, echaré de menos tropezarme por la casa contigo y con Kelly.

—Reconozco que ha sido divertido.

Con su jersey gris amarronado de cuello vuelto y sus tejanos marrones, Sally estaba muy atractiva. Llevaba el pelo suelto, de un color rubio ceniza.

—Deberías buscarte una mujer como Dios manda para que te cuide.

—La única que me querría es Loren, pero está demasiado ocupada jugando a la política. —Pitt se sentó ante la mesa del desayuno, recuperada de un viejo vapor en los Grandes Lagos, y tomó un poco de café—. ¿Y tú? ¿Demasiado ocupada llevando una compañía petrolera para encontrar un hombre como Dios manda?

—No —dijo ella lentamente—. Soy viuda. Yukon Oil la levantamos juntos mi marido y yo. Luego él se mató en un accidente de aviación, y le sustituí. Desde entonces intimido a la mayoría de los hombres que se me acercan.

—Es el inconveniente de ser presidenta de una empresa, pero no te preocupes, que antes de que termine el año tendrás suerte.

—No sabía que fueras pitoniso —dijo ella, risueña.

—El gran Dirk Pitt lo ve todo y lo sabe todo; concretamente, veo que se te lleva a Tahití un hombre alto, moreno, guapo y del mismo nivel laboral y de ingresos que tú.

—Ya estoy impaciente.

Kelly entró tan campante en la cocina, con un jersey de punto de color marfil, sin mangas y escotado, y unos pantalones cortos azules de algodón.

—Casi me da pena irme de este monumento a la locura humana —bromeó.

—Te enviaré la factura por correo —dijo Pitt con gran seriedad—. Lo cual me recuerda que debo contar las toallas antes de que os vayáis volando.

—Un favor que le debo a Sally —dijo ella, cerrando la cremallera de su bolsa de viaje—. Ha tenido la amabilidad de ofrecerse a llevarme en su jet privado al aeródromo próximo a la granja de papá.

—¿Lista? —preguntó Sally.

—¿Qué planes tienes? —preguntó Pitt, levantándose de la silla.

—Montar una fundación filantrópica con el nombre de papá. Luego pienso donar los cuadros y el resto de los tesoros artísticos a una lista selecta de museos.

—Bien hecho —la felicitó Sally.

—¿Y la plata y el oro?

—Una parte servirá para construir y financiar el Laboratorio Científico Elmore Egan; lo dirigirá Josh Thomas, que tiene planeado contratar a los mejores cerebros jóvenes del país. Casi todo lo demás irá a la beneficencia. A ti y a Al, lógicamente, os tocará una parte.

Pitt negó con la cabeza y sacudió las manos.

—No, por favor. A mí no me falta de nada. Al quizá aceptara un Ferrari nuevo, pero te aconsejo que uses lo que nos habías reservado para mejores fines.

—Empiezo a ver que Loren tenía razón —dijo Sally, impresionada.

—¿Ah, sí? ¿En qué?

—En que eres honrado.

—En momentos así, me odio a mí mismo.

Pitt les llevó el equipaje hasta la limusina, que esperaba abajo para trasladarlas al avión de Sally.

Sally se acercó y le dio un abrazo y un beso en la mejilla.

—Adiós, Dirk Pitt. Ha sido un privilegio conocerte.

—Adiós, Sally. Espero que encuentres a tu media naranja.

Kelly le dio un beso en la boca.

—¿Cuándo volveremos a vernos?

—Dentro de bastante. El almirante Sandecker piensa mantenerme ocupado mucho tiempo, para que no me meta en líos.

Pitt saludó con la mano hasta que la limusina cruzó la verja de entrada al aeropuerto. Entonces, lentamente, cerró la puerta del hangar, subió a su apartamento y volvió a la cama.

Cuando Loren llegó para pasar el fin de semana con Pitt, le encontró agachado debajo del capó del Packard verde de 1938. Parecía cansada por el enésimo día de sesiones sobre el escándalo Zale, que tenía en vilo a todo el gobierno. Llevaba un traje de chaqueta negro que le iba como un guante.

—Hola, hombretón. ¿Qué haces?

—Estos carburadores de antes estaban hechos para usar gasolina con plomo. La que hay ahora, sin plomo, lleva productos químicos raros que los corroen por dentro. Cada vez que saco a pasear los coches antiguos, tengo que revisar los carburadores, porque si no se estropean.

—¿Qué te apetece cenar?

—¿Seguro que no quieres que salgamos?

—La prensa y la televisión están revolucionadas por el escándalo, y a mí aún se me considera un blanco legítimo. Me ha traído la chica que me peina, sentada en el suelo de la furgoneta de su marido.

—¡Qué suerte ser tan conocida!

Loren puso mala cara.

—¿Te parece bien pasta con espinacas y jamón?

—Me apunto.

Una hora después le avisó desde arriba de que la cena estaba preparada. Después de lavarse, Pitt entró en la cocina y encontró a Loren con una chaqueta de esmoquin de seda como única prenda. Se la había regalado ella a él por Navidad, pero Pitt nunca se la ponía porque decía que parecía un gigoló de tres al cuarto. Miró el contenido de la olla, pasta hirviendo.

—Para ser solo pasta, huele muy bien.

—Debería. Le he puesto media botella de chardonnay.

—Pues ya no hace falta que tomemos ningún cóctel antes de cenar.

Disfrutaron de la cena informal, salpicada de sarcasmos y pequeñas pullas: una vieja costumbre entre dos personas que no tenían nada que envidiarse ni en ingenio ni en inteligencia. Pitt y Loren desmentían el viejo dicho de que los contrarios se atraen. Era difícil parecerse más en gustos y aversiones.

—¿Qué, falta poco para que se acaben las sesiones? —preguntó él.

—El martes es el último día. Luego nos relevará el Departamento de Justicia. Yo ya he cumplido.

—Tuviste suerte de que apareciera Sally.

Loren asintió, levantando su copa de chardonnay.

—Sin ella, Zale aún estaría en este mundo, sembrándolo de desastres y de asesinatos. Su suicidio ha resuelto muchos problemas.

—¿Y sus compinches? ¿Qué les tienen reservado los de Justicia?

—A los miembros del cártel de Cerberus se les procesará. Todos los funcionarios del Departamento de Justicia están haciendo horas extras para organizar la acusación contra los miles de burócratas y políticos que consta que cobraron sobornos. Las repercusiones de este escándalo tardarán mucho en diluirse.

—Espero que desanime a otros de perder los papeles por dinero.

—Ahora mismo hay un equipo operativo enorme dedicándose a seguir el rastro de las inversiones y las cuentas en paraísos fiscales de los culpables, partiendo de los datos que les ha dado Hiram Yaeger.

Pitt contempló la copa mientras hacía girar el vino.

—Bueno, y ahora ¿qué pasa con nosotros?

Ella le rozó la mano con los dedos.

—Nosotros como siempre.

—¿Tú en el Congreso y yo debajo del mar? —dijo él lentamente.

Los ojos color violeta de Loren le dirigieron una mirada dulce.

—Me parece que es como tiene que ser.

—Adiós a mi ilusión de ser abuelo.

Ella retiró la mano.

—No ha sido fácil competir con un fantasma.

—¿Summer?

Pitt pronunció el nombre como si viera algo lejos, muy lejos.

—Nunca lo has superado del todo.

—Una vez me pareció que sí.

—Maeve.

—Después de que Summer se perdiera en el mar, y de que Maeve muriera en mis brazos, me quedé como vacío. —Se quitó de encima los recuerdos como un perro sacudiéndose el agua—. Soy más sentimental de lo que me conviene. —Rodeó la mesa y besó suavemente los labios de Loren—. Tengo una mujer preciosa y estupenda a la que no valoro como se merece.

En ese momento de ternura sonó el timbre. Arqueando una ceja, Pitt miró la pantalla de la cámara de seguridad que tenía oculta fuera. Mostraba la imagen de un chico y una chica delante de la puerta, con abundante equipaje a sus pies.

—Parece que vienen para quedarse —dijo Loren sarcásticamente.

—¿Quiénes serán?

Ella le impidió pulsar el botón del interfono.

—Me he dejado el bolso encima del guardabarros del Packard. Bajo corriendo a buscarlo y aprovecho para quitarnos de encima a las visitas.

—Pues no sé qué pensarán al verte así... —dijo él, señalando con el dedo la chaqueta de esmoquin, que apenas cubría el cuerpo de Loren.

—Me asomaré con la puerta entreabierta.

Pitt, ya más relajado, se acabó la pasta. Justo cuando apuraba la copa de vino, oyó la voz de Loren por el interfono.

—Dirk, deberías bajar.

Le extrañó el tono, como si no se atreviera a hablar. Bajó por la escalera de caracol y, pasando al lado de sus coches de coleccionista, llegó a la puerta de entrada. Loren la tenía abierta unos tres cuartos, y se escondía tras ella para hablar con la joven pareja.

A juzgar por su aspecto, ambos tenían veintipocos años. Algo en el chico llamaba la atención. Tenía el pelo negro y ondulado, y medía dos o tres centímetros más que Pitt. Por lo demás, sus constituciones y pesos parecían idénticos, así como el verde opalino e hipnótico de sus ojos. Pitt miró a Loren, que observaba fascinada a la pareja, y al fijarse más detenidamente en la cara del chico se puso tenso. Parecía que estuviera mirando un espejo mágico que le reflejase con veinticinco años menos.

Haciendo un esfuerzo de voluntad, miró a la chica y sintió un hormigueo en todo el cuerpo, mientras se le aceleraba el pulso. Era muy guapa, alta y esbelta, con una larga melena pelirroja. Sus ojos, de un color gris perla, sostuvieron la mirada de Pitt, que, en pleno aluvión de recuerdos, tuvo que apoyarse en el marco de la puerta para que no se le doblaran las rodillas.

—Señor Pitt...

La voz del chico era grave. No había sido una pregunta, sino una afirmación.

—Yo mismo.

Al ver la sonrisa del joven, la misma que tantas veces había visto en boca de Pitt, Loren sintió escalofríos.

—Hacía mucho tiempo que mi hermana y yo queríamos conocerle; veintitrés años, para ser exactos.

—Ahora que me habéis encontrado, ¿en qué os puedo ayudar? —preguntó Pitt como si le diera miedo la respuesta.

—Tenía razón mamá: nos parecemos.

—¿Tu madre?

—Se llamaba Summer Moran. Nuestro abuelo era Frederick Moran.

Pitt sintió que le estrujaban el corazón en un potro de tortura. Le costó contestar.

—Tanto ella como su padre murieron hace muchos años en las costas de Hawai, durante un terremoto submarino.

La chica negó con la cabeza.

—Mamá sobrevivió, pero muy malherida. Se le aplastaron las piernas y la espalda, y quedó muy desfigurada. No volvió a caminar. Se pasó el resto de su vida en la cama.

—No, no puedo… No pienso creérmelo. —Parecía que hablase a través de un velo—. La perdí en el mar cuando se fue nadando a salvar a su padre.

—Créame —dijo la joven—. Es verdad. Mamá quedó muy malherida a causa de un desprendimiento submarino, pero la salvaron los hombres de mi abuelo, y al poco tiempo de llevarla a la superficie les rescató a todos un barco pesquero. Entonces la llevaron lo antes posible a un hospital de Honolulú, y durante casi un mes se debatió entre la vida y la muerte. Estaba casi todo el tiempo inconsciente, y no pudo decirle quién era a los médicos y las enfermeras. Más de un año después, cuando ya estaba lo bastante recuperada para recibir el alta, regresó a su casa familiar de la isla de Kauai y no volvió a salir. Por suerte, nuestro abuelo le dejó una herencia importante, y mamá tenía todo un equipo de asistentas y enfermeras que la cuidaban inmejorablemente.

—¿Tú y tu hermano nacisteis antes del accidente? —preguntó Loren arrebujándose con la chaqueta de esmoquin.

La chica negó con la cabeza.

—Nos tuvo en el hospital, una semana antes de los nueve meses de embarazo.

—¿Sois gemelos? —dijo Loren, boquiabierta ante lo diferentes que eran.

La joven sonrió.

—Mellizos. Es bastante habitual. Mi hermano se parece a mi padre, y yo he salido a mi madre.

—¿Nunca intentó ponerse en contacto conmigo? —preguntó Pitt profundamente apenado.

—Mamá estaba segura de que, si lo hubieras sabido, habrías acudido corriendo a su lado, y no quería que la vieras con el cuerpo destrozado y la cara desfigurada. Quería que la recordaras tal como había sido.

Pitt se sintió abrumado por un sentimiento de culpa inmerecido, y por la más absoluta confusión.

—Si lo hubiese sabido…

Los recuerdos de Hawai volvieron todos de golpe. Summer había sido una mujer de una belleza impresionante, con la que aún soñaba.

—No es culpa tuya —dijo Loren apretándole el brazo—. Le pareció que tenía un buen motivo para guardar el secreto.

—¿Dónde está, si está viva? —exigió saber Pitt—. Quiero saberlo.

—Mamá murió el mes pasado —contestó el chico—. En los últimos tiempos su salud se había deteriorado mucho. La enterraron en una colina con vistas al mar. Hizo el esfuerzo de seguir viviendo hasta que mi hermana y yo nos licenciáramos, que fue cuando nos habló de ti. Su último deseo era que nos conociésemos.

—¿Por qué? —preguntó Pitt, convencido de saber la respuesta.

—Yo me llamo como mi madre —dijo la joven—. Summer.

El chico sonrió.

—Y a mí, mamá me puso el nombre de mi padre. También me llamo Dirk Pitt.

A Pitt le partió el corazón descubrir que Summer, con el cuerpo destrozado, le había dado un hijo y una hija y los había criado durante tantos años sin que él lo sospechara. Estaba al mismo tiempo destrozado y exultante.

Sacando fuerzas de flaqueza, dio un paso hacia delante, les rodeó con sus brazos y les abrazó.

—Tendréis que perdonarme. No es poca sorpresa descubrir de repente que tengo dos hijos mayores y guapísimos.

—No sabes lo felices que estamos de haberte encontrado, padre —dijo Summer, a punto de quebrársele la voz.

A todos se les empañaron los ojos. Los dos jóvenes lloraron abiertamente. Loren se tapó la cara con las manos, y los ojos de Pitt se llenaron de lágrimas.

Cogió a sus dos hijos de la mano y les hizo entrar en el hangar. Una vez dentro, se apartó y les sonrió de oreja a oreja.

—Prefiero que me llaméis papá. Por aquí no nos andamos con cumplidos, y menos ahora que habéis venido a mi casa.

—¿No te molesta que nos quedemos? —preguntó Summer con aire inocente.

—¿El Capitolio tiene cúpula? —Pitt les ayudó a entrar el equipaje y señaló el vagón de tren que tenía las palabras MANHATTAN LIMITED pintadas en letras doradas—. Podéis elegir entre cuatro lujosos compartimientos. Cuando os hayáis instalado, subid, que tenemos mucho que contarnos.

—¿Dónde habéis estudiado? —preguntó Loren.

—Summer tiene un máster del Instituto Scripps de Oceanografía. Yo el mío me lo saqué en ingeniera naval por la Facultad de Náutica de Nueva York.

—Sospecho que vuestra madre tiene algo que ver con vuestros currículos —dijo Pitt.

—Sí —respondió Summer—; ella nos inspiró el interés por las ciencias del mar.

—Qué mujer más sensata.

Pitt sabía perfectamente que Summer había preparado a sus hijos para que en el futuro trabajasen con su padre.

Los dos jóvenes se detuvieron asombrados ante la colección de coches y aviones antiguos del hangar.

—¿Todo esto es tuyo? —preguntó Summer.

—De momento —dijo Pitt, riéndose—; pero creo que podéis decir sin temor a equivocaros que algún día será vuestro.

Dirk puso cara de sorpresa al ver un coche anaranjado y marrón de gran tamaño.

—¿Es un Duisenberg? —preguntó en voz baja.

—¿Sabes de coches antiguos?

—Me han encantado desde que era pequeño. El primer coche que tuve era un Ford descapotable de mil novecientos cuarenta.

—De tal palo, tal astilla —dijo Loren enjugándose las lágrimas.

Ahora sí que Pitt estaba conmovido por su vástago recién descubierto.

—¿Has conducido algún Duisenberg?

—No, qué va.

Le pasó al joven un brazo por la espalda y dijo, orgulloso:

—Pues ya lo conducirás, hijo, ya lo conducirás.